Zu diesem Buch

Gemessen daran, was der flüchtende deutsche Kriegsgefangene – der in diesem erregenden Heimkehrerroman Clemens Forell genannt wird – auf seiner dreijährigen Wanderschaft vom äußersten Nordosten Sibiriens durch die öden Tundren und die undurchdringliche Taiga bis zur persischen Grenze erlebte, waren die legendären Abenteuer des homerischen Helden Odysseus regelrecht harmlos. Nach vierjähriger, todgeweihter Zwangsarbeit in einem sibirischen Bleibergwerk trat er nach mehreren gescheiterten Versuchen, beseelt von der Sehnsucht, seine Frau und seine beiden kleinen Töchter in Deutschland wiederzusehen, die aussichtslos erscheinende Flucht an. Barmherzige Rentierhirten, hilfsbereite Jakuten, die ihn vor einem Wolfsrudel retten, und arme Leute, die mit dem noch Elenderen Mitleid haben, helfen ihm weiter. Unter Goldwäschern entgeht er mit Mühe einem tödlichen Streit um die Beute. Er begegnet Gaunern und wird aus Not selbst zum Räuber, nie aber fällt er Verrätern in die Hände. Meist jedoch bleibt er allein, zuletzt nur von seinem treuen Hund Willem begleitet. Mit «Narben am Körper und an der Seele», durch eine Bleivergiftung farbenblind geworden, sucht er nach seiner unfaßbaren Heimkehr schließlich in den Barockkirchen seiner bayerischen Heimat «die Gnade des Vergessens».

«So ungewöhnlich die Geschichte dieser Flucht anmutet, so zwingend ist doch, unabhängig von ihren Einzelheiten, die zum Teil romanhaft kaschiert sein mögen, die innere Wirklichkeit des Geschehens: das Elend der Verbannten, ihre unverlierbare Sehnsucht nach Freiheit, Angst und Mißtrauen dieser Welt und nicht zuletzt die Gebrochenheit des Menschen, der alldem doch noch glücklich entrinnt» («Der Tagesspiegel»). «Josef Martin Bauer hat die Erlebnisse vom Beginn der Zwangsarbeit bis zum erlösenden Ende zu einem Buch geformt, das auch das Entsetzliche, das Großartige, Wunderbare und Übermenschliche dieser Flucht eines einsamen Mannes in der sibirischen Ewigkeit zum tief menschlichen Erlebnis nachzubilden wußte» («Münchner Merkur»). Der Roman dieser waghalsigen Flucht, von Josef Martin Bauer auf Grund der authentischen Berichte eines geflohenen deutschen Offiziers nacherzählt, erregte nicht nur in der Bundesrepublik, sondern in der ganzen westlichen Welt großes Aufsehen. Die Gesamtauflage beträgt bereits weit über 2 Millionen Exemplare. Auch eine sechsteilige Verfilmung durch das Deutsche Fernsehen war außerordentlich erfolgreich und wurde mehrfach wiederholt.

Josef Martin Bauer, geboren am 11. März 1901 in Taufkirchen/Bayern als Sohn eines Bäckers, sollte nach dem Abitur Theologe werden. Er verließ jedoch das Priesterseminar und arbeitete in verschiedenen Gelegenheitsberufen, als Büroschreiber, Buchhalter, Fabrikarbeiter und später als Redakteur einer Lokalzeitung. 1930 erhielt er den Jugendpreis deutscher Erzähler. Er begann mit Romanen im bäuerlichen Milieu: «Achtsiedel» (1930), «Die Notthafften» (1931) und «Die Salzstraße» (1932). Vor allem dem Schicksal «kleiner Leute» in seiner Voralpenheimat zugewandt, blieben neben zahlreichen größeren Erzählungen auch seine volkstümlichen, in einer kernigen und eigensinnigen Sprache geschriebenen und nicht selten von Humor durchzogenen Romane «Das Haus am Fohlenmarkt» (1936), «Das Mädchen auf Stachet» (1940), «Am anderen Morgen» (1949), «Drei Sonntagslügner» (1957), «Kranich mit dem Stein» (über den Kardinal Martin von Petuel; 1958), «Der Abhang» (1960), «Siebtens Die Gottesfurcht» (1964) und «Kleine Liebesleute oder Die schönen Torheiten» (1967). Josef Martin Bauer, der auch als Hörspielautor bekannt wurde, starb am 15. März 1970.

Josef Martin Bauer

So weit die Füße tragen

rororo

Rowohlt

Umschlagentwurf Werner Rebhuhn
(Szenenfoto aus der gleichnamigen Fernsehverfilmung des WDR)

1.– 25. Tausend	November 1973
26.– 35. Tausend	März 1974
36.– 43. Tausend	Oktober 1974
44.– 58. Tausend	März 1975
59.– 68. Tausend	April 1976
69.– 78. Tausend	Mai 1977
79.– 85. Tausend	Oktober 1978
86.– 90. Tausend	Dezember 1979
91.– 96. Tausend	April 1981
97.–102. Tausend	Februar 1982

Veröffentlicht im Rowohlt Taschenbuch Verlag GmbH,
Reinbek bei Hamburg, November 1973,
als Lizenzausgabe mit Genehmigung des Ehrenwirth Verlages

Satz Aldus (Linofilm-Super-Quick)
Gesamtherstellung Clausen & Bosse, Leck
Printed in Germany
780-ISBN 3 499 11667 7

Daß die Hölle so schön sein kann!

Das Schreien am Zug entlang ist nicht weniger laut als sonst, und die Türen der Waggons werden nicht freundlicher aufgestoßen. Nach sechsundzwanzig Tagen hat das Ohr unterscheiden gelernt, was für Kernstücke der Schwall rauher russischer Worte hat, und nach dem bloßen Klang verstehen die Männer, deren Leiber beim Aufreißen der Tür durch die Öffnung quellen, daß sie fürs erste die Toten herauszulegen haben, damit man sie abbucht, daß sie Schnee in den Kochtopf fassen dürfen und daß es erlaubt ist, von dem Holzstoß da drüben zu nehmen, zwar nur ein paar Arme voll für jeden Waggon, aber eben doch Holz, nachdem seit neun Tagen der Kanonenofen nicht mehr angeheizt werden konnte.

Vor dem Rechteck der offenen Tür liegt ein sichtig kalter Tag, der mild zum Abendwerden eingerötet ist.

In der Gleiswirrnis eines Verschiebebahnhofs hat der Zug angehalten.

Der Weg in die Ewigkeit hat seine festen Stationen, die schon mit in die Ewigkeit eingeplant sind und keine verlorene, aber auch keine gewonnene Zeit mehr kennen, ob der Zug drei Stunden oder vier Tage hier verhält. Diese Station nun heißt Omsk.

Der Tag der Fahrt ist der sechsundzwanzigste. Aus den Waggons, die der Tod seit dem letzten Anhalten besucht hat, werden die Leichen in den kalten Tag hinausgehoben und an die Böschung eines etwas höher liegenden Nachbargleises gelegt. Holz wird hereingenommen. Die Handreichungen sind gewohnt und eingelernt. Aber die Stadt jenseits der Toten und der Geleise ist schön: eine von romantisierenden Adventzeichnern auf rosaroten Abendhimmel gemalte und mit Schneebehang überzuckerte Silhouette von Türmen und Hochhäusern.

Ein himmellanger Mann, den Arm voll Holz, wie es eben zugeteilt wurde, macht sich den linken Arm frei, um auf die Stadt zu deuten.

«Herrgott! Ist das schön!» «Soweit hier überhaupt etwas schön sein kann.» «Die Türme. Die Kirchen.»

Leibrecht nimmt dem Himmellangen das Holz ab und wirft es in den Waggon. «Die Kirchen scheinen es dir besonders angetan zu haben, Forell. Einmal fromm gewesen? Oder wieder auf dem Weg, fromm zu werden? Der Holzstapel, wenn man es richtig betrachtet, ist schöner. Wollen wir es nicht noch einmal versuchen?» «Ich bin zu groß», lacht Forell. «Mich kennen sie.» Aber im Trubel der Holzausgabe versucht er es noch einmal, stellt sich an und will von neuem in den Stapel greifen, als er an der Reihe ist. Da schreit der Pelzvermummte aber auch schon auf, und selbst wenn Forell nicht ein Wort Russisch verstünde, müßte er aus der reichen Wahl farbiger

Schimpfworte das Ergebnis ziehen, daß der Mann ihm das Holz aus der Hand schlagen wird, wenn er es wagen sollte, für den Waggon Nummer acht ein zweites Mal Holz zu nehmen.

«Der Bursche im Pelz ist auf seine Art auch fromm», lächelt Leibrecht, als Forell, enttäuscht und sichtlich kleiner geworden, leer an den Waggon zurückkommt. «Er hat schöne Worte und Namen aus alten frommen Zeiten gefunden, als er dich abfertigte. Trotzdem – du hast recht. Was hier an Türmen geboten wird, ist herrlich.» «Ich bin meine Kindheit lange im Schatten von Kirchtürmen gelaufen. Papa war aus Liebhaberei ein eifriger Botaniker, der Sonntag um Sonntag durch die Berge zog und uns Kindern, die wir unentwegt mit ihm gehen mußten, zäh und illustrativ beizubringen wußte, wo die gleichen Blumen aus anderem Gestein völlig andere Farben ziehen und wo die Berge ihre herrlichsten Kirchen haben. Kennst du Ettal?» «Ein paarmal durchgefahren.» «Die Kirche solltest du kennen. Ich weiß heute nicht mehr, ob sie so schön und großartig ist, wie sie mir als Kind erschienen ist. Darum möchte ich einmal wieder in dem Rundbau unter der Kuppel stehen.» «Und danken für glückliche Heimkehr?»

Forell macht die Augen eng, als Leibrecht so leichthin und wie im Spott von der Heimkehr spricht, die es für keinen mehr gibt. «Ich möchte einmal noch unter dieser Kuppel stehen und mich umsehen oder umhören. Das hat Papa mir beigebracht in der Ettaler Klosterkirche. Der Raum hat keine Akustik. Man ist allein, wo man auch steht, und es kommt anstatt eines vollen Tones immer nur ein Wispern, ein Bruch von Wort und Musik an den Menschen. Mit Papa möchte ich dort sein.» «Jetzt gib dich mit Omsk zufrieden! An den Verhältnissen gemessen ist es auch schön. Und was deinen Vater betrifft, so ist er, wenn ich mich aus deinen Erzählungen recht erinnere, schon gestorben.» «Vierzig, im Frühjahr. Er wird mir fehlen mit seinen Erklärungen. So bin ich eben dann allein.» «Komm, Forell! Komm! Nach sechsundzwanzig Tagen im geschlossenen Waggon erträgst du die kalte Luft nicht mehr.» «Steigen wir eben ein!» «Ich kenne das, mein Lieber. Genauso hat es mit Emmesberger angefangen. Der hat von Äpfeln auf dem Schlafzimmerschrank geträumt. Bei dir sind es Kirchen. Für deine Frömmigkeit gebe ich nicht allzu viel. Aber aus solchen Träumen kommen dann die großen Dummheiten, wenn die Zeit dazu bleibt und das Gewissen Frostschäden abbekommen hat. Emmesberger hat mit den Äpfeln auf dem Schrank angefangen. Dann ist er tagelang mit Danhorn zusammengesteckt und hat sich erklären lassen, wie weit die mandschurische Grenze an der knappsten Stelle von der Bahn entfernt ist. Er ist die Sorgen um die Flucht los und darf nun ewig Äpfel vom Schlafzimmerschrank essen, friert nicht mehr, hungert nicht mehr, braucht sich nicht mehr die Berge um den Baikalsee erklären zu lassen, und wenn es ihn nicht inzwischen völlig zugeschneit hat, lehnt er noch so im Schnee, wie wir ihn am Tobol aus dem Wagen gelegt haben: den starr gefrorenen rechten Arm hinter dem Kopf, wie wenn er schlafe oder halbwach von den Äpfeln träume.»

«Laß den guten Emmesberger in Frieden! Er war eine treue Seele. Aber so einer kommt im Ernstfall keine fünfzig Kilometer weit.» «Du, meinst du, kämest weiter?»

Forell hat ein kaltes, eckiges Gesicht bekommen. Der rosarote Abend ist graugelb geworden und leuchtet Forells Gesicht aus, daß es nur noch Wachs ist. «Daß es keinen Sinn hat, weiß ich so gut wie du. Aber es hat keinen Sinn, mich mit Emmesberger abschrecken zu wollen. Emmesberger ist tot. Er war ausgelaugt und leer. Die Kälte hatte es leicht mit ihm. Die plötzlich aufgeflackerte Hoffnung hatte ja schon etwas an sich von der Euphorie, die zuweilen einem Sterbenden noch neues Leben vorgaukelt. Mit Toten kannst du mich nicht erschrecken. Ich habe ihn selber hinausgetragen und in den Schnee gelegt. Gut, daß du mich daran erinnert hast.» Forell nimmt den um einen Kopf kleineren Leibrecht heftig am Arm. «Man müßte an einem Tag, der nicht zu kalt ist, den Mut zum Sterben haben. Es ist ein gefährliches Spiel. Ich weiß. Ganz wenig Chance. Die Toten aber haben ihre Chance in ihrer Bedeutungslosigkeit. Sie werden aus der Liste abgeschrieben, und wenn sie einmal ausgebucht sind, kommt niemand mehr auf den Gedanken, sie zu suchen. Es bleibt nur die Frage: wie lang hält einer es aus, so als Toter im Schnee zu liegen, wenn der Zug zwei, drei, vier Stunden stehenbleibt? Zwei Stunden getraue ich es mir auszuhalten. Länger nicht. Länger geht es unmöglich. Ganz erstarren darf ich ja nicht. Komm, Leibrecht! Wir steigen ein!»

Leibrecht und Forell helfen sich gegenseitig hinauf.

Es riecht nach Weiterfahrt.

Die Begleitsoldaten sind wieder mürrisch und benützen die quer in die Faust genommene Maschinenpistole wie der Croupier einer Spielbank seinen Rechen. Der Gewinner bekommt zugeschoben, was ihm zusteht, Geldeswert oder wrackige Menschen ohne Wert. Die Gefangenen, grau quellende Masse, müssen förmlich zusammengepreßt werden, damit die Tür zu schließen ist.

Als aber die Masse wieder wie Teig in einer Kastenform zurechtgedrückt ist, schließt niemand die Tür. Man wird also erst später weiterfahren. Erst in einer Stunde. Oder erst morgen früh. Vielleicht gar erst nach Tagen. Warum auch beeilen? Keiner, wie sie hier eingepfercht sind, hat weniger als fünfundzwanzig Jahre vor sich, und jede Stunde, jeder Tag, jede Woche Fahrt und Halten und Herumgestoßenwerden geht von den fünfundzwanzig Jahren ab, freilich nicht anders als ein Löffel Salz vom Meer. Man hat nicht zugehört, was Forell und Leibrecht gesprochen haben. Es war nur soviel zu hören, daß sie Omsk im Abendlicht schön gefunden und von der Innigkeit heimatlicher Kirchen geplaudert haben. Forell und Kirchen!

In den langen Tagen der Fahrt hat man die Zeichen deuten gelernt, die darauf hinweisen, daß es wieder einmal Essen geben wird. Sonst wären die

Türen längst geschlossen worden. Von dort herüber, wo der Himmel sich nun aus dem Graugelb algengrün verfärbt hat, so daß die Türme und Hochhäuser wie vor einem Spiegel aus Wasser stehen, kommt eben noch genug Licht, um die Gesichter in Waggon acht matt zu erhellen, seltsam angespannte Gesichter, wie wenn sie auf einen Prediger hören würden, der aus der Nacht auf sie einspricht. Selbst dann bleiben die Gesichter so gleichförmig angespannt und starr, als die Füße, um sich zu erwärmen, zu stampfen beginnen. Einer fängt an. Nach ein paar Minuten stampfen sechsundachtzig Männer, die Kälte aus den erschlaffenden Beinen zu stoßen. Sie wissen gar nicht in Waggon acht, daß dieses Stampfen vorn begonnen und sich von Wagen zu Wagen fortgepflanzt hat, als wäre Befehl dazu gegeben worden. Irgendwo vorne wird dann etwas Lautes geschrien, vielleicht weil den Transportoffizier der Lärm vergrämt hat, und wie vorhin das Stampfen von vorn nach rückwärts durch den Zug gegangen ist, so kommt nun mit einem schleifenden Kriechen vom Platz der Lokomotive her das Schweigen. Dann stehen die Gesichter wieder starr, wie wenn alle horchen müßten, aber was wie Andacht und Versunkenheit erscheint, ist das gebannte Warten auf ein hörbares Zeichen, daß es heute endlich wieder Kartoschki geben wird.

Um neun am Abend geschieht es wirklich.

Ein Eimer voll Kartoffeln, nicht ganz gargekocht wie immer, schon beinahe kalt wie immer, wird mit viel Lärm zur Waggontür hereingeschüttet, durch die Tür auf den Boden. Was an der Tür steht, weicht zurück, nicht aus Ehrfurcht vor dem Essen, das sonst zertreten werden könnte, sondern aus Mißtrauen. Es könnte ja einer, wenn man sich nicht auf diese Methode geeinigt hätte, im Dunkel schnell zugreifen und eine Kartoffel beiseiteschaffen für sich allein. Auf Leibrecht liegt die Verantwortung, daß richtig und gerecht verteilt wird. Weil er ein Mann ist, der zu gar nichts zwingen kann, hat man ihn gezwungen, das zu übernehmen, denn er hat eine Art, zu befehlen, daß es wie eine Bitte klingt, die auch den Rücksichtslosesten zur Rücksicht veranlaßt.

Leibrecht ist Bankbeamter und könnte seinem Aussehen nach vielleicht ein Nachtportier eines mäßig großen Hotels sein. Als Leutnant ist er aus dem ersten Weltkrieg heimgekehrt. Aus diesem zweiten Krieg kehrt er nicht mehr heim, denn er wurde, für andere Aufgaben nicht recht brauchbar, zu den Landesschützen eingezogen, hat sich brav und bieder, als das Landesschützendasein noch in der Etappe vor sich ging, auf gemächlich rollender Kugel zum Hauptmann emporgedient und ist beim großen Beschuldigen in der Lubljanka zu fünfundzwanzig Jahren verurteilt worden, weil man ihn dafür verantwortlich machte, daß sein Bataillon unter anderem auch gefangene Russen bewacht hatte. Einundfünfzig ist er, und sein blühweißes Haar sieht auch jetzt noch gepflegt aus. Daß er sechsundsiebzigjährig diese jetzt schon so mühevolle Reise in umgekehrter Richtung noch einmal machen soll, will ihm ungereimt erscheinen. Seine Gewalt über den Waggon bezieht er aus jener Güte, wie sie zuweilen den Einfältigen eigen ist. An Intelligenz und gereifter Klugheit fehlt es ihm keineswegs, doch verbirgt sich dies alles hinter der alles und nichts wissenden Flächigkeit seines Nachtportiergesichts. Niemand glaubt ihm seine Magenbeschwerden, die ihm das Ansehen eines opferbereiten Heiligen eingetragen haben. Sein Magen kann diese halbgaren und halbkalten Kartoffeln nicht vertragen, doch sehen die anderen in dem häufigen Verzicht auf die Hälfte seiner Ration eine Geste schönen Edelmuts. Vor allem aber weiß jeder, daß Leibrecht nie eine Kartoffel unberechtigt in die eigene Tasche stecken wird. Seine Einfalt ist nichts anderes als ein ans Pedantische grenzender Hang zur Rechtlichkeit, wo sie in Zahlen ausgedrückt werden kann. Bevor Emmesberger am Tobol aus dem Waggon gelegt wurde, hat er mit ihm seine Kartoffeln geteilt. Jetzt ist Puchta der Teilhaber, und Puchta wird wohl nicht bis ans Ostkap kommen, denn er ißt nur noch, ohne das Futter verwerten zu können.

Leibrecht macht einen Vorschlag. Man hat endlich wieder Holz und könnte, wenn der Kanonenofen angeheizt ist, die ganze Mahlzeit Kartoffeln in einem Stück Rupfen über das kochende Schneewasser hängen, damit alle endlich einmal etwas Warmes in den Leib bekämen.

«Wenn wir aber drei Tage stehenbleiben?» meint einer aus der Ecke. «Solange wir stehen, können wir es uns nicht leisten, Feuer zu machen, denn wir brauchen das wenige Holz auf der Fahrt, wenn wir uns unmöglich mehr anders warm halten können.»

Es wird eine Stunde dauern, bis der Schnee zu Wasser geschmolzen ist. Dann wird das Durchwärmen der Kartoffeln noch einmal mindestens eine Stunde dauern. Solche Einwände sind nicht zu entkräften. Jeder will sogleich essen, um anstatt eines Traumes von warmen Kartoffeln, dessen Erfüllung einer vielleicht nicht mehr erleben könnte, die zwar freudlose, aber greifbare Tatsache kalter Kartoffeln an sich und in sich zu erleben. Leibrecht versucht, so unzulänglich auch alles Maß ist, gerecht zu sein beim Ausgeben der Mahlzeit, von der niemand weiß, ob sie bis zum anderen Morgen oder bis zum Beginn der nächsten Woche vorhalten muß. Noch niemand hat zu ergründen vermocht, nach welchen Regeln, Zeitmaßen und Gebräuchen auf dem Transport Essen verabreicht wird. Doch jeder weiß, daß es jedesmal nur Kartoffeln sind, jedesmal kalte Kartoffeln in unzureichender Menge.

Weil ein paar Männer Omsk schön zu finden gewagt haben, scheint diese Stadt eine Verbeugung des Dankes für die Anerkennung machen zu wollen. Am andern Tag um Mittag geschieht das Seltsame, daß vorne am Zug, der immer noch auf dem Verschiebebahnhof steht, das rauhkehlige Schreien anhebt, das der animalische Instinkt allmählich dahin deuten gelernt hat, daß es bald vom Aufreißen der Waggontüren begleitet sein wird und dann vom tonlosen Hereinpoltern halbweicher Kartoffeln. Damit das Wunder voll werde, sind die Kartoffeln noch handwarm.

Als die Gefangenen satt sind, heben sie die Augen, um zu sehen, daß Omsk nicht mehr schön ist, seit dem Morgen eine Dunstschicht aufgekommen ist und sich wie Kleister so zäh zwischen die Türme und Hochhäuser gehängt hat. Die Augen der Satten sehen Dunst, wo die Hungrigen Kuppelglanz gesehen haben.

Weil nichts mehr beachtenswert erscheint, werden die Waggontüren zugeschoben. Gegen Abend erst setzt sich der Zug in Bewegung. Eine Strecke lang geht es noch über Weichen, doch schon jetzt beginnen die Gefangenen zu ahnen, was sie noch gar nicht spüren können: die Kälte der freien Fahrstrecke, die vom Boden, von den Seiten, von der Decke und durch die beiden schmalen Sichtöffnungen hereinkommt. Die Sichtöffnungen, die offenbar noch kein Wachmann entdeckt hat, müssen früher einmal, als der Waggon zu ähnlichen Zwecken gebraucht wurde, mit einem ganz stumpfen Gegenstand gebohrt worden sein, mit einem Löffelstiel etwa oder vielleicht in grauenvoller Geduld mit den Fingernägeln.

«Wer kann Licht machen?» Es ist Leibrecht, der fragt. Aus der Richtung seiner Stimme ist zu hören, daß er noch steht.

«Die Puschka liegt auf dem Ofen.»

Eine solche Antwort ist keine Antwort. Licht muß nicht sein, und heizen darf man jetzt doch nicht, wo niemand weiß, wie lang es dauern wird, bis es noch einmal Holz gibt. Wahrscheinlich gar nicht mehr. Geschlafen muß jetzt werden.

«Ich möchte das Holz vor die Tür schlichten, damit man sich näher heranlegen kann, ohne zu erfrieren.»

Am Ofen herum klappert etwas, Metall an Metall. Einer hat die Puschka in die Hände bekommen. Das weißliche Bündel Funken sprüht zweimal auf. «Einen Fetzen Papier!» Es riecht nach angebranntem Docht. Dann sehen die am Boden ausgestreckten Männer das Licht an einem Span entlangglimmen.

«Zünd uns das schöne Haus nicht an!» Ein paar Hände, aus dem Liegen heraus, greifen mit zu, Leibrecht zu helfen, wenn er mit dem Scheitholz die Tür verbauen will. Es dauert nicht lang, dann kann sich Leibrecht daneben niederlegen. Ein guter Platz ist es längst nicht. Aber so ist Leibrecht nun einmal: er ist mit einem noch kälteren und noch schlechteren Platz zufrieden, wenn er nur nicht eng zwischen anderen eingekeilt sein muß, wenn er Individuum bleiben darf und sich das kleine Abgesetztsein erkaufen kann durch mehr Frieren. Um die anderen das nicht fühlen zu lassen, wird er morgen wieder um so kameradschaftlicher sein. Bevor er mit feuchtem Finger den Span löscht, hebt er ihn über sich. Das Bild ist das gewohnte: Sechsundachtzig Männer in einem Vierzigmannwaggon, reihenweise auf der gleichen Körperseite liegend, weil nur nach diesem Kaffeelöffelsystem der Raum erträglich genutzt werden kann. Nach ein paar Stunden ist es soweit, daß Unruhe in die eng liegenden Leiber kommt. Es hat lange gedauert, bis sie gelernt haben, um etwa die gleiche Zeit unruhig zu werden und dann unter Stöhnen und Fluchen sich alle gleichzeitig auf die andere Seite zu drehen. Leibrecht schämt sich, daß er immer einen Vorwand sucht, um nicht Löffel zwischen Löffeln sein zu müssen, einer aus einem Dutzend, aber er hat noch nie im Leben anders als die ganze Nacht auf der rechten Seite liegend schlafen können. Bei Abgang des Transportes waren es noch einundneunzig Mann. Jetzt sind es sechsundachtzig. Der Span, bevor er ausgelöscht wird, beleuchtet ringsum, wo Holzwand ist, eine fingerdicke Schicht von Rauhreif, die über Schrauben und Nieten noch höher und wulstiger in den Raum hineinwächst. In vier Wochen wird reichlich Platz sein.

Am anderen Morgen, als der gewohnte Lärm ausbricht mit den im Frost blechern klirrenden Stimmen der Begleitsoldaten und dem Aufreißen der Türen, wird Puchta zur Abbuchung auf das Nachbargeleise gelegt. Er hat um vier Uhr das Kaffeelöffelwenden wortlos verweigert, und seinetwegen hat die ganze Reihe so liegen bleiben müssen, so wie er: die Arme verschränkt und die Knie angezogen. Seine paar Kartoschki verteilen sich künftig auf fünfundachtzig andere. Und das ist für den einzelnen nicht viel.

Übrigens hat er eine beinahe säuglingshafte Art, zu schlafen und im Schlaf zu lächeln, wie er so im Schnee des Bahndamms liegt. Was aber hat einer mitten in Sibirien zu lächeln!

Forell nimmt sich den schmächtigen Danhorn beiseite.

«Wann sind wir der mandschurischen Grenze am nächsten?» «In vier Wochen», sagt Danhorn mürrisch. «Red vernünftig, Kerl!» «Ich rechne nur nach dem Tempo, in dem wir bis jetzt gefahren sind. Diese Stadt wenigstens müßte dir ein Begriff sein.» «Nowo-Sibirsk.» «Sib-Chicago. Die Patenstadt würde sich schämen. Aber du hast dich noch nicht daran gewöhnen können, endlich etwas häßlich zu finden.» Forell weiß: man muß Danhorn mürrisch sein lassen, weil er sich darin glücklich fühlt. So häßlich ist die Stadt, wie sie sich darbietet, nun auch wieder nicht. Danhorn schaut durch seine dicken Brillengläser zur spaltweit geöffneten Waggontür hinaus. Gott mag wissen, wie es ihm gelungen ist, die Brille bis hierher zu retten. Kein Haar ist diesem Danhorn seit der Gefangennahme gekrümmt worden. Die Vernehmer haben sich mit ihm wenig Mühen gemacht. Auf Befragen hat er bereitwillig erzählt, wie die russischen Beutekarten in der Kartenstelle der Armee, bei der Danhorn den ganzen Krieg lang arbeitete, so schnell in ungezählten Kopien mit deutscher Beschriftung an die Truppe hinausgegeben werden konnten, die vordem mit Dreihunderttausenderkarten hatte arbeiten müssen.

Mürrisch im Lager, mürrisch unterwegs, mürrisch in der Lubljanka, mürrisch in der Aussicht auf fünfundzwanzig Jahre Zwangsarbeit – das ist Danhorn.

«Wieviel Schule hast du denn besucht, Forell? Kann einer denn mit soviel Unwissenheit Oberleutnant werden? Wer hat bei euch denn Geographieunterricht gegeben? Wie oft hast du das Klassenziel nicht erreicht? Und wenn nicht – aus welchen Gründen?» «Studienrat Eibl hat dieses Gebiet vernachlässigt. Ich weiß. Wir sind mit Rußland nur bis zum Ural gekommen.» «Dann ist höchste Zeit, das Versäumte nachzuholen.» «Gelegenheit wird uns sicher noch reichlich geboten werden.» «Gar nichts wird uns geboten. Ein geschlossener Waggon, der nur alle paar Tage einmal geöffnet wird. Und später, wenn man uns an die frische Luft setzt, wird es sehr frische Luft sein. Aber – was willst du schon sehen?» «Wenn möglich, die Grenze zur Mongolei von der anderen Seite.» «Abhauen?» «Ja. Du weißt, wie Sibirien aussieht.» «Ich weiß so wenig wie du.» Danhorn bleibt mürrisch. Doch er fühlt sich geschmeichelt und schaut durch dicke Brillengläser auf den Kameraden, der über mehr an Körper, Größe, Haltung und Zähigkeit verfügt als er. Ohne sein Wissen aber, ohne Danhorns Kartenkenntnisse ist er hilflos und arm. Danhorn weiß, wie Sibirien auf der Karte aussieht. Elf Jahre hat er in Leipzig in einem kartographischen Institut gearbeitet, und in seine Gehirnrinde haben sich langsam die Gitternetze eingegraben, die er nur auszufüllen braucht.

«Wo ist Kap Deschnew?» «Für dich unwichtig. Wenn du erst dort einmal bist, hat dir Gott längst die Dummheit verziehen, daß du einmal an Flucht gedacht hast.»

Mit dünnem Finger scharrt Danhorn in den Rauhreif an der Waggonwand eine ungewisse, etwa von Norden nach Süden verlaufende Linie.

«Der Ural. Westlich davon die Kleinigkeit Europa, die uns nicht mehr interessiert.» Der Finger zeichnet weiter, und als Forell an dem tödlichen Weißwerden erkennt, daß dieser Finger die Karte nicht zu Ende zeichnen wird, bricht er aus einem Buchenscheit einen Span heraus, einen etwas rüden Griffel für einen Kartographen, doch wird das wohl auch eine rüde und nur ungefähre Karte werden.

«Versuch es damit!» «Der Irtysch. Haben wir hinter uns. Omsk, wenn du dich erinnern magst. Der Irtysch fließt zusammen mit dem Ob. Hier stehen wir im Augenblick. Die Augenblicke in Sibirien sind lang. Hier der Jenissei. Merk dir, Großer: alles fließt und geht und deutet nach Norden. Auch die Lena. Ein repräsentatives Wasser. Ich habe keine Ahnung, welche Reiseroute Intourist vorgesehen hat für unsere Fahrt ins Weiße, aber ich könnte mir vorstellen, daß die ostwärtigen Nebenflüsse» – der Buchenspan zeichnet schabend immer neue Flußläufe in die Eiskruste der Waggonwand – «interessanter werden als die Zuflüsse von Westen. Das zum

Beispiel, wenn wir ihn je sehen sollten, wäre der Witim. Dann eine Kleinigkeit weiter nordostwärts die Olekma. Kleinigkeit ist hier alles, was unter tausend Kilometern liegt. Nicht ganz ohne Reiz scheint mir der Aldan zu sein.»

«Unser Kartenblatt reicht nicht, Danhorn.» «Den Rest zeichnen wir eben an die Waggondecke. Für dich nicht mehr von Bedeutung, denn du wirst hier südlich des Baikalsees – der See hat etwa diese Form und Größe – oder im Jablonoij-Gebirge Reißaus nehmen, die kürzeste Strecke zur Grenze wählen, übrigens keine sehr lange Strecke, wenn dies etwa die Grenze darstellt, und wirst beim Grenzposten deine Papiere vorweisen. Du hast doch?» «Sind solche Grenzen denn bewacht?» «Anzunehmen. Oder hast du in Rußland schon einen Stadtausgang, eine Kolchose, einen Ferkelstall oder ein Krautfeld gesehen, das nicht bewacht wäre?» «Saustall!» «Jaja. Ich sagte ja eben: Ferkelstall. Wachturm. Panzer. Hunde. Scheinwerfer und sehr lebhaft arbeitende Kleinwaffen.»

Danhorn bleibt immer gleich mürrisch. Er beliebt zu scherzen, und seine Scherze kommen wie mit Essig getränkt. Dabei aber schauen seine gelben Augen starr und böse durch die verzerrenden Gläser. Die Zähne scharren seufzend auf der bärtigen Unterlippe. «Das Überschreiten der Grenze ist eine Frage der Intelligenz. Ein klein wenig davon hast du ja abbekommen, wenn du auch von Geographie keine entfernte Ahnung hast.» «Nur von der entfernteren Geographie.» «Lernt in der Jugend, damit ihr im Alter wißt, wo ihr Blei schürft!» «Ich möchte nicht gern nach Blei graben.» «Das tut keiner gern. Ich auch nicht. Für eine solche Flucht aber bin ich zu schwächlich. Was willst du schon von einem Kartenzeichner verlangen! Die Intelligenz, um das zu tun, was du tun willst, habe ich auch. Aber ich bin so ungeschickt, daß ich jeden Menschenfänger auf mich locken würde. Dabei hätte ich eher noch als du die landesübliche Körpergröße. Du bist ausgesprochen zu groß. Na gut! Du jedenfalls wirst abhauen und über die Grenze gehen. Es wundert mich nur, daß ich noch nie von einem Mann erzählen gehört habe, der dieses Intelligenzstück vollbracht hätte. Sollte, was anzunehmen ist, die Intelligenz in diesem Fall nichts nützen, dann ist es, glaube ich, in derlei Gegenden weder üblich noch notwendig, ein Grab zu schaufeln. Das soll bis fast in den Mai hinein auf Schwierigkeiten und hartgefrorene Erde stoßen.» «Danke!» «Bitte! Es muß ja nicht gerade das Simpelste passieren. Der kompliziertere und schlimmere Fall ist der andere, daß du tatsächlich über die Grenze kommst, zwei kalte Kartoffeln in der Tasche, die du im Transportzug von der Verpflegung abgezweigt hast. Dann mußt du gut einteilen. Die Wüste Gobi nämlich ist etwa von dieser Größe, daß wir beim Zeichnen unserer Landkarte auf den Fußboden des Waggons überwechseln müssen. Im übrigen bist du nie jenseits der Grenze, auch wenn du sie überschritten hast.»

Forell wird allmählich verärgert und fragt nicht mehr nach. Doch vermag Danhorn nicht mehr aufzuhören, als er einmal sich freigeredet hat. «Die Sowjetunion ist auf allen Landkarten der Erde grün. Daran erinnerst du dich vielleicht. Dieses Gebiet hier kommt auf den Karten blaßgrün. Das wird seine Gründe haben. Eine unbeliebte Farbe.»

Im spitzen Hin und Her ihrer Unterhaltung haben beide nicht beobachtet, daß die Kameraden ringsum, durch das Fluchtgespräch wach geworden, herangetreten sind und böse auf die Karte blicken, deren Einzeichnungen sich schon wieder mit neuem Rauhreif zu schließen beginnen. Leibrecht streicht mit einer Geste, die zu billig ist, um ganz vornehm zu sein, das weiße Haar über den Schläfen glatt und sagt halblaut, man werde Forell die Hälfte der Kartoffelration entziehen, wenn er sich noch kräftig genug fühle zu einem Fluchtversuch, der über die restlichen Kameraden nur noch größeres Unglück bringen werde. Andere hinter ihm sagen es deutlicher.

«Laß du deine Hände von solchen Sachen! Oder bist du vielleicht einer von denen, die es immer wieder probieren?»

Forell, im Erschrecken und Entsetzen sogleich wachsgelb über das ganze Gesicht, geht einen Schritt weiter zurück, denn dies sieht nach echtem Streit aus, weil die Kameraden aus Furcht vor Vergeltung in eine müde Willfährigkeit abgesunken sind, die für ihre Auflehnung den Punkt des geringsten Widerstandes sucht, den eigenen Kameraden. Im Zurückgehen stolpert er, schlägt der Länge nach hin, und ehe er versuchen kann, wieder auf die Beine zu kommen, ist das krause Männerspiel im Gang, von dem die Kraft, die Verzweiflung, der Mut, der Spieltrieb, die Angst und die Heldenhaftigkeit Gebrauch machen, wenn andere Torheiten unzureichend werden.

Lange dauert es nicht. Dazu reicht die Kraft so wenig aus wie die Duldsamkeit der Begleitsoldaten. Die Tür wird aufgerissen, und ein grobschlächtiger Friede tritt in den Waggon, rauh von Stimme und Manieren. Derlei Auseinandersetzungen aber haben sich offenbar auch in anderen Waggons schon begeben. Vor der robusten Gewalt wird den Gefangenen fast beschämend die eigene Schwäche bewußt. Und die keuchenden Männer lachen verlegen, als der rohe Eingriff den Streit geschlichtet hat.

Erst zwei Tage später, als dies längst vergessen und alle Erregung eingefroren ist, wird jemand wieder auf die ins Eis geritzte Karte aufmerksam. Forell bleibt unbeteiligt in seiner Ecke liegen, als Danhorn seine Karte noch einmal erklären muß und befragt wird, wo denn nun jenes Sibirien liege, das in der Lubljanka beim Massenurteil genannt worden sei.

«Das Ostkap?»

Danhorn steht mürrisch und hilflos vor den Narben, die als letzte Spur der mit dem Span gezeichneten Karte noch verblieben sind, und mit unbehilflichen Händen erklärt er, daß die Langwand des Waggons wirklich nicht ausreiche, um auch das noch darzustellen.

«Das läßt sich nicht zeichnen, Leute. Man muß ja auch berücksichtigen, daß die Erde die Form einer Kugel hat. Der Platz reicht nicht. Aber vielleicht läßt sich das an der Decke des Waggons darstellen.» «Noch weiter Osten?» «Auch das. Noch weiter Norden.» «Das gibt es nicht.» «Glaubt ihr denn wirklich, daß es in diesem Land etwas gibt, was es nicht gibt?» «Als ob du schon dort gewesen wärest!» «Es wäre besser für mich, wenn ich nicht soviel wüßte. Mein Arm ist zu kurz, um das nun zu zeigen. Du bist der größte, Forell. Komm her! Nimm den Span!» Forell hat noch den Zorn im Leib über die wüste Affäre, die man ihm bereitet hat, weil er von Flucht zu reden gewagt hat. «Habt nur Geduld, auch wenn euch die Erwartung schwerfällt! Ihr kommt alle hin. Solange Vorrat reicht.»

In der Ecke, Forell gegenüber, liegen zwei Mann, die heute erfroren sind. Die starre Angst schaut hinauf zur Decke. Bis man dort, wo der Platz und die Armlänge nicht mehr reichen, um die Karte fortzusetzen, endlich sein wird, ist aller Vorrat erschöpft, lebt keiner mehr, braucht keiner mehr Flucht zu planen oder über Hunger zu klagen. Die Karte wird, solang auch die Fahrt dauert, nicht mehr vollendet. Und nun hassen die Eingeschlossenen den hageren, immer mürrischen Danhorn, weil er zu wissen behauptet, daß nach allem Ende erst noch die große Endlosigkeit beginnen werde, an deren Überhang ins Raumlose und Ewige das Ostkap sein soll.

Als der Zug schon sieben Stunden in Krasnorjarsk steht und die Türen der Waggons noch immer nicht aufgerissen werden, beginnen die Schuhe in einem bösen, eigensinnigen Takt gegen die Bretterwände zu schlagen. Zwei Tage schon keine Kartoffeln mehr, Brot oder eine andere Nahrung von Wert sowieso nicht. Aber auch keine Kartoffeln mehr. Und halb neben der Tür, damit sie den beißenden Windzug abfangen und so der Kameradschaft noch einen allerletzten Dienst tun, sind sechs Tote aufeinandergelegt. Auch sie bedeuten nicht genug Schutz.

Die Kälte beginnt mit handdickem Frostniederschlag den Raum kleiner zu machen. Die Männer scheuen die Wände. Genügend Stroh haben sie nicht, um sich nach der Seite hin gegen das Hereinquellen des Frierens zu schützen. Nun sieht es aus, als habe man sie vergessen.

Aus dem Poltern an den Türen wird ein böses Schreien, als weitere Stunden vergehen, ohne daß die Russen sich um ihre Gefangenen kümmern. Wie viele aber können noch schreien? Das macht einer kaum noch eine halbe Stunde, dann liegt er im Stroh und wimmert nur noch, verbraucht, erschöpft, keiner Absicht mehr fähig nach dem nutzlosen Kraftaufwand. Danhorn, von seiner Geographie geplagt, haucht einen Kreis in die Eiskruste, wo Krasnojarsk etwa die Hälfte der Strecke durch Sibirien bezeichnet, und stammelt mit grauen Lippen. «Die wollen uns ja gar nicht mehr ans Ende bringen.»

Leibrecht, dessen schmaler Eleganz niemand Ausdauer zutrauen möchte, hämmert noch mit den Stiefeln gegen die Tür und hält es noch durch, als außer Forell und einem Mainfranken namens Burger niemand mehr standhaft genug ist, um idiotisch das Bein mit dem Stiefel gegen die hölzerne Wand zu schwingen.

Den Russen, als sie nach Stunden aufmachen, fallen zwei von den sechs Leichen entgegen. Sie scheinen sonst nichts erwartet zu haben als Tote und sind völlig gleichgültig. Der gewohnte Befehl: die Toten herauslegen, Schnee ins Geschirr fassen und den Eimer mit Kartoffeln hineinnehmen!

Forell muß wohl tobsüchtig sein.

Der Begleitsoldat hatte den Eimer noch kaum losgelassen, da hat Forell ihn schon umgekippt und die Kartoffeln zum Wagen hinausgeschüttet. Es dampft ein klein wenig im Schnee, wo die Kartoffeln grau wie Schlammbrocken herumliegen. Ausgerechnet heute wäre das Essen noch warm gewesen.

«Behaltet eure Kartoschki!»

Die Erschöpften hinten im Waggon stehen auf und versuchen, wo längst das Hirn schon versagt, den Vorgang zu begreifen. Diesen Forell in seinem Eigensinn begreift man nie ganz.

Aber ganz verrückt muß doch wohl Leibrecht sein.

Es ist ein müder Sprung, aber es ist ein Sprung, mit dem der Fünfzigjährige sich, die Hand nur leicht aufgesetzt, aus dem Waggon hinausflankt. «Behalten Sie Ihre Kartoffeln und sagen Sie, wir möchten den Transportoffizier sprechen!» Der weißhaarige Leibrecht ist auch hier noch höflich. Und die saubere Einfalt glaubt daran, daß man hier in Krasnojarsk sich beim Rapport beschweren kann. Das Haar ist schon bis zum Aufringeln über die Ohren hereingewachsen, doch es ist weiß, sauber und gescheitelt. Wie er das wohl zuwege bringt?

Er hat bei aller Höflichkeit des «Sie» an Stimme verausgabt, was er besitzt, und möglicherweise hat er den Kredit an seine Kraft und seinen Mut sogar überzogen. Soviel freilich hat er erreicht, daß aus Waggon neun auch der Eimer mit den Kartoffeln herausfliegt und ein gellendes Schreien anhebt. Drei Minuten sind das höchstenfalls, bis die Rebellion den ganzen Zug erfaßt hat und die Soldaten bedenklich mit den Maschinenpistolen herumzufuchteln beginnen. Derartiges geht so leicht los, wenn die Finger klamm sind. Und von so krasser Kälte werden auch die zweifach geschützten Hände eines ringsum gepolsterten Russen nicht verschont. Kalt kommt die Ernüchterung auf. Keiner will so sterben. Keiner mag sich die Chance nehmen lassen, redlich und langsam zu erfrieren, denn keiner glaubt daran, daß er vielleicht der nächste sein wird, den man als wunderlich erstarrtes Zerrbild einer menschlichen Kreatur hinauswirft.

Alles geht in die Waggons zurück, die so und so nicht verlassen werden dürfen. Selbst Forell weicht dieser Gewißheit, so billig und doch aufregend zu sterben, aus, indem er zurückgeht in den Waggon, schon darauf gefaßt, die Anwürfe der anderen hören zu müssen, die er um die Mahlzeit und damit um das Leben gebracht hat. Die anderen sehen ihn nur stumpf an. Sie sehen genauso stumpf, nur gieriger, die draußen langsam zu Brei zertretenen Kartoffeln an, aus denen es noch dünn heraufdampft. Es geht nicht mehr. Die paar Kartoffeln, süß und fad, sind kein Essen mehr, nur noch klebrige Verzögerung des Verhungerns. Forell hat recht. Möglicherweise hätte er in den Augen der Kameraden nicht recht, wenn da draußen nicht Leibrecht wäre und schreien würde, immer noch.

«So geht das nicht mehr, wie ihr es treibt. Wir verhungern.»

Das Letzte hat der Soldat verstanden. Er spuckt einen herrlichen Bogen in den Frosttag und nickt. «Gutt!» Nach seiner Ansicht ist das sogar ganz gut, weshalb er noch einmal seinen grandios gekonnten Bogen spuckt. Es bleibt verwunderlich, daß er nicht auf den Abzug drückt, um die Rebellion zu beenden. Leibrechts Gehirn arbeitet mit feiner Präzision. Er begreift: ein eventuelles Schießen bringt Scherereien und macht einen Bericht erforderlich. Wenn er sich bewegen und ein paar Schritte weit laufen würde, möchte der Kerl sicher liebend gern abdrücken. Nur auf den ruhig stehenden Gefangenen, der nur mit den Händen gestikuliert, will er nicht schießen. Und so kommt dem Weißhaarigen der Mut, noch einmal zu verlangen, daß man ihn zum Transportoffizier führe.

Weil dies offenbar noch nicht verlangt worden ist, bleibt der Soldat unschlüssig. Der Transportoffizier, ein Leutnant, erlöst ihn aus der unklaren Situation. Ein paar Sätze flitzen hin und her. Kein Wort ist zu verstehen. Ein kaltes, glattes Gesicht mustert den aufsässigen Leibrecht. Plötzlich spricht der Leutnant ein fast makelloses Deutsch.

«Was willst du?» «Für den ganzen Transport ein menschenwürdiges Essen.» «Du revoltierst?» «Nein. Ich spreche für die Leute, die verhungern.» «Also ist eine Konspiration im Gang, die zu unterdrücken meine Pflicht ist. Wie heißt du?» «Hauptmann Leibrecht.» «Towarisch Leibrecht! In zehn Sekunden ist der Wagen abgeschlossen. Ohne dich. Dann gehörst du zu denen.» Er deutet auf die Leichen.

«Das ist Ihr Recht, Leutnant. Ihre Pflicht aber wäre es gewesen, von dem in Samara bis an die Decke vollgeladenen Waggon Verpflegung täglich Essen auszugeben an den Transport, und nicht auf den Stationen billige, halb verfaulte Kartoffeln zu geben, bis die Leute massenweise an Hunger und Schwäche sterben.» «Was sagst du?» «Der Waggon zwischen dem Waggon für das Begleitpersonal und der Lok war es. Er ist jetzt leer.»

«Einsteigen!» lächelt dünn und gefährlich der Leutnant.

Es ist, zumal vom Boden bis zur unteren Türhöhe eine halbe Mannshöhe zu überwinden bleibt, kein angenehmes Einsteigen, wenn fast bis auf Haarberührung das Ende eines eilfertigen Stückes Waffe nahe ist. Doch hat Leibrecht das Gefühl, so etwas einmal gesagt haben zu müssen. Mehr freilich bangt ihm vor den eigenen Kameraden, deren Schicksal sich nun wohl in aller Stille hinter gänzlich geschlossener Tür innerhalb weniger Tage vollenden wird.

Finsternis glotzt ringsum auf ihn, als die Tür zugeknallt ist.

Kein Wort fällt. Nicht einmal von der Angst wird gesprochen, von der elenden, erbärmlichen Angst um dieses wertlose Leben, das Leibrecht für sie alle verspielt hat. Es ist ja kein wertloses Leben. Noch wird es hoch angesetzt, sonst hätte es nicht die Rebellion gegeben.

Bei tiefer Nacht, im Licht heller Scheinwerfer, die vordem niemand gesehen hat, beginnt das Rumoren und Schreien am Zug entlang wieder, jenes gleiche mit soviel Stimmaufwand betriebene Ritual des Türenaufreißens, wie es sonst die Ausgabe von Essen zu begleiten pflegt. Das Scheinwerferlicht dringt wie ein hell stechender Stab durch die Blicklöcher herein. Scheinwerfer bedeuten dem, der Rußland kennengelernt hat, immer die Ahnung von Entsetzlichem. Leibrecht findet als erster den Mut, so feig zu sein, daß er hörbar aufstöhnt. Er hat gesprochen für die anderen. Er muß die Konsequenzen auf sich nehmen. Nur dies bekümmert ihn und hat ihm das Stöhnen abgepreßt: daß die Soldaten nacheinander jeden Waggon aufreißen. Es war eben überall Rebellion, es ist nacheinander überall der Kübel mit den Kartoffeln hinausgeworfen worden, und die Vergeltung greift zum Abschrecken darum in jeden Waggon.

Weißes, hartes Licht springt herein, als die Tür von Waggon acht aufgerissen wird. Leibrecht versucht nicht zu wanken.

Da werden aus einer flachen Wanne, wie sie daheim die Metzger benützen zum Einpökeln von kleinen Mengen Brat, handlange Fische hereingeschüttet, eine ganze Menge Fische, so daß auf jeden Mann, wie sie hier liegen, zwei wenn nicht drei Fische treffen. Anstatt Brot gibt der Soldat alles dazu, was er vom Mutterleib an bis zu seinem dreißigsten Lebensjahr an unflätigen Flüchen gelernt hat. Bei einem guten Russen sind das viele Flüche, die wunderlicherweise fast alle irgendeinen Bezug auf die Mutter und den Mutterleib haben, und der Vorrat reicht von Waggon acht, wo die Rebellion ihren Ausgangspunkt hatte, noch mindestens drei Waggons weit.

Zum erstenmal, seit man die Lubljanka verlassen hat, geht dem einfältig vornehmen Leibrecht alle Haltung verloren. Er wird, als Reaktion auf die ausgestandene Angst, geschwätzig und überzogen munter, ohne freilich in diesem Zwiespalt zwischen Lachen und Weinen, Entspannung und Renommiererei allein zu sein, da alle auf die Anspannung der letzten Stunden gleich reagieren, nicht nur in Waggon acht, sondern davor und dahinter, so daß die Nacht laut bleibt und in dem gespenstisch klingenden Lachen die gleiche Hysterie abstrahlt wie die von Angst erfundenen Scheinwerfer der Russen.

Beim Wegrollen des Zuges freilich schon, ein paar Stunden später, fragt eine Stimme aus dem Dunkel, ob denn auch das Geschirr ausreichend mit Schnee gefüllt sei.

Die Nacht ist noch nicht um, als die schwer gesalzenen Fische ihre Wirkung zu tun beginnen, ohne daß dem einzelnen mehr erlaubt werden könnte, als zuweilen einmal wieder den Finger in das Schmelzwasser zu tauchen, das über dem zag geheizten Kanonenofen gewonnen worden ist aus dem in Krasnojarsk hereingeholten Schnee. Später, denn auch sehr viel Schnee gibt nur sehr wenig Wasser, lehnen die Durstigen an der Waggonwand. Der Durst, eine viel größere Qual, als sie der Hunger je sein kann, gaukelt ihnen wider alle Überzeugung den Glauben vor, daß der Reif an den Wänden so rein wie weiß ist, wenn man sich nur nicht scheut, mit den Fingern abzukratzen, was in sechs Wochen wie wuchernder Pilz an Niederschlag angewachsen ist.

Die Fische von Krasnojarsk bleiben auf dem ganzen langen Bahnweg bis Irkutsk die einzige Beigabe zum Essen, das weiter wieder nur aus Kartoffeln besteht. Es wird, wie es scheinen will, um der Fische willen nunmehr weniger gestorben. Der kleine Vorrat an Kraft hält bei so ausgehungerten Menschen wunderlich lang vor, auch wenn alles gleich innerhalb einer einzigen Stunde hinuntergewürgt worden ist und von einigen schlecht vertragen wird. Warum der Leutnant kapituliert hat, wagt niemand zu ergründen. Mag sein, daß dergestalt ein wenig vor der Zeit damit begonnen wurde, die Verurteilten nun als Sibirier gelten zu lassen, als künftige Arbeitskräfte, die zu verschleudern ein Verbrechen ist, wenn schon das wortlose Abschaffen menschlichen Lebens hier so gilt, daß jeder glaubt, mit dem Tod eines dieser Menschen eine gute Tat vollbracht zu haben.

Irkutsk prägt sich der Erinnerung für alle Zeit unvergeßlich ein.

In der Lubljanka, wenn endlich das Geständnis unterschrieben war, hat es Papyrossi gegeben, die ersten aus der Hand des nun unendlich liebenswürdigen Vernehmungsoffiziers, die letzten für alle Zeit. Mit gönnerhafter Wurstigkeit geben die Begleitsoldaten beim Aufenthalt in Irkutsk in jeden Waggon für jeden Gefangenen, der noch lebt, ein Päckchen Machorka herein. Es sind die schmalen, braunen Päckchen, wie sie zur Ration des Soldaten gehören. Wer nicht weiß, wie herrlich von Aroma der vielverachtete Machorka schmeckt, der war noch nie hinter russischem Stacheldraht und hat noch nicht zwei geschlagene Monate lang einen Transport mitgemacht durch halb Sibirien bis zum Baikalsee, jedenfalls noch nicht in den Monaten der grausamsten Kälte.

In einem Waggon, der nichts enthält als das Lagerstroh und die schwachen Bündel Menschen, kommt aus unbekannten Ecken in feuchten und zerdrückten Fetzen Zeitungspapier, das jeder längst zu Tüten zu drehen gelernt hat. Darin hält sich der Machorka, mag er auch körnig sein wie Hühnerfutter, einigermaßen zusammen, sofern man diese Tüte richtig nach oben dreht, bis die Glut den Tabak zusammenbäckt und das Rauchen weiterhin so vor sich gehen kann wie anderswo etwa das Rauchen einer handgeformten Zigarette.

Ein sonderbarer Tag ist das. Die Waggontüren bleiben offen. Kein Begleitsoldat versucht allen Ernstes zu verhindern, daß die Gefangenen aus den verschiedenen Waggons miteinander sprechen. Die Kälte ist heute nicht, was sie eben noch war: grauer Feind allen Lebens, sondern eine Komponente im Bild einer Landschaft, die durch den Machorkarauch hindurch gesehen liebenswert erscheint, männlich, von einer prächtigen Kraft. Wenn das nun Sibirien ist, dann mag es ertragen werden.

«Es sind heute zwei Monate.» «Was?»

Die Männer wenden sich langsam um, als der Student Willi Bauknecht aus Waggon vier, ein Bursche mit noch unfertigem Flaum unter den Schläfen, an der Waggontür seine Striche vorweist.

«Am 24. Oktober sind wir weggefahren.» «Stimmt.» «Wir dürfen die Rechnung mit dem Kalender nicht völlig einbüßen. Darum habe ich jeden Tag angemerkt. Acht Tage also fallen noch in den Oktober. Dreißig macht der November. Den Rest könnt ihr mitzählen.»

Soviel Auflauf erscheint den Wachmannschaften gefährlich, weshalb sie die Anstauung auseinandertreiben, nicht ohne daß die Tage, mit einem Nagel in graugrün gestrichenes Bandeisen geritzt, zweimal nachgezählt worden wären.

«Darum also!» «Gar nichts: darum! Die Russen wissen es gar nicht. Zufall, daß es heute Machorka gegeben hat. Das ist auf der Fahrt so fällig, ob man am zehnten Juli durch Irkutsk kommt oder am vierundzwanzigsten Dezember. Nicht Heiliger Christ, sondern Sankt Irkutsk. Wir werden seiner gedenken, nachdem zufällig der Weihnachtsabend unseres Jahres fünfundvierzig mit diesem freundlichen Heiligentag zusammenfällt.»

Der Student sollte lieber in den Waggon zurückgehen und dort nach Herzenslust heulen, weil man ihm das Schicksal auferlegt hat, den Christtag hier zu verbringen, doch um nicht heulen zu müssen, gibt er sich schnodderig und tut, als wäre ihm schon viel Bart auf die Wangen und schon viel Erlebnis auf die empfindsame Haut der Seele gewachsen.

Zu mehr als einer andächtigen Schweigsamkeit reicht es nicht, denn für später haben die Russen noch eine Überraschung bereit. Der Aufwand an Stimme ist groß und der Hang zur Geheimnistuerei nur mäßig, als der Transportzug einen neuen Waggon bekommt und der neue Waggon eine Belegung, die etwas außerhalb des üblichen Stils liegt. Ohne daß Tatsächliches erzählt wird, nur auf dem ausgetretenen und unbeirrbaren Weg des Gerüchts, sickert innerhalb weniger Stunden der Sachverhalt durch den ganzen Zug: was da zugeladen wurde, sind nicht Kriegsgefangene, sondern strafgefangene Russen, die das gleiche Ziel haben wie der Transport verurteilter Deutscher. Der Spruch des Gerichts hat auch bei ihnen auf jene

Zeitdauer gelautet, die nach menschlichem oder unmenschlichem Ermessen als lebenslänglich gilt, ob es nun zwanzig, fünfundzwanzig oder mehr Jahre sind. Was sie verbrochen haben, weiß niemand. In einem Land, das alles zu kategorisieren versteht, heißen Verurteilte dieser Qualität Cilnys. Was zur Klasse, zum Stamm, zum Volk der Cilnys gehört, hat keine Aussicht mehr, die Sonne je wieder westlich des Urals aufgehen zu sehen, auch wenn die Wiege in Weißrußland oder im Kaukasus stand.

Im Herbst fünfundvierzig ist der Transport von Tomsk bis hierher gelaufen. Auf der letzten Wegstrecke vor Irkutsk ist der Typhus unter den Cilnys ausgebrochen. Man hat die Leute aus dem Zug genommen, hundertzwanzig Mann, um sie in Lazarettbaracken wieder gesund zu bekommen. Die Weiterfahrt am Heiligen Abend fünfundvierzig treten noch vierzig Mann an.

Es gibt kein Gefängnis, so wird behauptet, das ähnlich sicher wäre wie die Osmita in der für den Menschenumschlag seit Jahrhunderten bedeutungsvollen Stadt Tschita.

Was für wunderliche Ziele sich der Ehrgeiz setzen kann! Die längste Hängebrücke der Welt. Die schönste Stadt der Welt. Das grandioseste Wasserbauwerk der Welt. Das ausbruchsicherste Gefängnis der Welt. Der Ehrgeiz sucht die unüberwindbare Spitze in dem zu erreichen, was eben je nach Land und Brauch am nötigsten ist.

Außerhalb der Stadt auf einer mäßigen Anhöhe gelegen, versucht die Osmita – es wird behauptet, das hieße «Die Unüberwindliche» – Eindruck zu erwecken durch eine zyklopenhafte Ummauerung, an deren Bau sich die Geduld Asiens geübt zu haben scheint. Was hinter dieser Umfassungsmauer an Sicherheitsbedürfnis demonstriert wird, macht Eindruck auf den Menschen, der als Werkzeug, um diesen ewigen Quaderstein zu zersprengen, nichts hat als seine blanken Fingernägel. Das Bauwerk stammt aus Zeiten, da Sibirien selbst in diesem Teil noch nicht unbestritten russischer Besitz war, und hat seine erfolgreichsten Dienste zu jenen Zeiten getan, in denen die Kolonisierung hier ein Hauptlager aufschlagen mußte für den Zuzug aus den Gefängnissen des europäischen Rußland.

Neunzehnhundertfünfzig Mann, die vierzig Cilnys mit eingerechnet, steigen in Tschita aus dem Zug. Der auf ewige Dauer angesetzte und dann doch nach Stunden geglückte Zählappell beim Verlassen des Zuges weist nicht auf, wie viele Männer auf der Strecke geblieben sind. Die Ausgangszahl hat niemand in Erinnerung. Rechnet man aber nach der Sterblichkeit in einem einzigen Waggon zurück auf die ursprüngliche Stärke des Transports, so mögen es anfänglich weit über dreitausend Mann gewesen sein. Waggon acht hat von einundneunzig Mann unterwegs bis Tschita sechsunddreißig an den Tod verloren. Der Ausfall in den anderen Waggons, wie jeder ihn hätte überzählen können, wenn er in seiner eigenen Schlaffheit daran interessiert gewesen wäre, lag keinesfalls niedriger. Nie unterwegs haben die Transportbegleiter sich die Mühe gemacht, die Übriggebliebenen zu zählen. Es war ihnen genug, von ihren Listen abzusetzen, was tot und erstarrt aus den Waggons gelegt worden war.

Jetzt aber zählen sie. Jetzt halten sie auf dem Wegstück vom Bahnhof bis zur Osmita die Gefangenen wie Hunde ihre Schafherde zusammen und fühlen sich erleichtert erst in dem Augenblick, da die riesenhohen Mauern jeden Gedanken an Flucht lächerlich erscheinen lassen. Zweifache Fenstergitter, von denen die Russen rühmend erzählen, daß sie aus Stahl und nicht bloß aus gewöhnlichem Eisen seien, sind an den Fenstern auf Lücke gesetzt. Die Bewachung aber scheint nicht einmal in soviel Sicherung genügend Zutrauen zu setzen, denn um die wassertropfenden Wände der Kasematten ist ein unaufhörliches Pirschen und Schleichen und Lauschen, allzuviel Ehre für neunzehnhundertfünfzig Gefangene, denen auch der letzte Rest an Körperkraft abgesogen wurde. Nicht einmal ein Mann wie Forell denkt mehr an Flucht.

So wichtig ist der gefangene Mensch mit einemmal. War für den Transport augenscheinlich die Parole gegeben, sterben zu lassen, was untauglich sei für Sibirien, so wird hier das Bestreben fühlbar, jeden Mann zu erhalten, keinem das Ausreißen oder das Sterben zu ermöglichen und den Menschen als Kostbarkeit so zu pflegen, daß nicht durch Unfähigkeit der Verantwortlichen noch dezimiert wird, was sich aus einer heterogenen Masse als Auslese bewahrt hat.

Lang wird des Bleibens in der Osmita nicht sein. Sie ist für den Menschenbedarf Sibiriens eine Karawanserei, dazu bestimmt, daß die Herde hier marschfähig gemacht wird und sich an die neuen Hirten gewöhnt. Es ist zu spüren, wie mit neuen Leuten ein neuer, zugiger Wind in die Osmita kommt. Die physische Kälte, hier durch starke Mauern abgehalten, könnte auszuhalten sein, wenn nicht ein anderes Frieren jedem über den Rücken käme, sobald er ein erstes Mal die Nagajka sieht in den Händen eines kleinen, gedrungenen Burschen, der wie ein wandelnder Waffenständer durch die Flure kommt. Das sind nicht mehr die gleichgültigen, an allem uninteressierten Begleitsoldaten der Bahnfahrt, sondern eingeschulte Menschentreiber, die Fracht zu transportieren haben und sich am besten gleich in der Zwingburg noch mit der Fracht zusammengewöhnen, um hernach leichteres Spiel zu haben. Ihre Mission scheint zu sein, daß sie Schrecken um sich verbreiten, Furcht heranzüchten, Disziplin hochpeitschen und überhaupt einmal peitschen, um zu sehen, wie ein Mensch der neuen Ladung anspricht, wenn ihm das fürchterliche Lederstück über Hals und Schulter gezogen wird.

Diese Konvoisoldaten sind Menschentreiber von Beruf. Sie bringen an Ort und Stelle, was zu begleiten ist, und sie haben die Erfahrung wie das Recht, in jedem Fall zu tun, was verhindert, daß ein Mann unterwegs liegenbleibt. Damit sie sich mit Art und Unarten ihrer Pfleglinge vertraut machen; sind sie vor dem Abmarsch bereits ständig um die Gefangenen. Ihr Zunftzeichen aus zähem langem Leder genießt in aller Welt schauriges Ansehen, seit es Sibirien als die größte Strafvollzugsanstalt der Erde gibt.

Ihrer Imposanz tut die geringe Körpergröße keinen Abbruch. Pelz ist immer bildhaft. Pelzstiefel beginnen das haarige Bildnis von unten her. Pelz sind die Hosen. Pelz die Jacken. Pelz ist die Foffaika, hier nicht bloß halblange Steppweste, sondern beinahe ausgewachsener Mantel, der bis zu den Waden reicht, gerade so weit, daß dadurch das Gehen in Schnee nicht behindert wird. Mit einer Kordel um den Hals gehängt, baumelt zur Seite eine Nagan herab, eine Armeepistole, während die Maschinenpistole wie üblich um die Schulter getragen wird.

Die mannhafte Pracht in Pelz und Waffen ist nicht erst für die deutschen Kriegsgefangenen ersonnen worden, aber auch die Rechte der Transport-Konvois gehen zurück auf altes Spezialistentum. Begleitsoldaten des normalen Typs dürfen nur auf Geheiß eines Offiziers schlagen. Der Transport-Konvoi hat das Recht, nach seinem Dafürhalten die Nagajka anzuwenden, wo es nötig erscheint. Und es erscheint an manchen Tagen unaufhörlich nötig. Damit das Kinderschulbuchbild aus Sibirien vollendet werde, sitzt auf dem meist mit schrägen Augen armierten Kopf eine Pelzmütze, genau die schulbuchhafte Kosakenmütze. Das grüne Kreuz auf dem roten Mützentuch ist das Kennzeichen der sibirischen Transport-Konvois. Der Deckel der Lammfellmütze wird so zur Kokarde.

Was hier nun geschieht, ist selbst für die Bevölkerung von Tschita ungewohnt. Was unter den Händen der Konvois an Regiearbeit in der Stadt vor sich geht, ehe man die Gefangenen wegbringen kann, erfährt zwar niemand hinter den dichthaltenden Mauern, doch macht der Augenschein es offenbar, daß für den ungewohnten Zweck, wenn zufällig einmal ausreichend Schnee liegt, alles an Schlitten requiriert werden muß, was die Stadt überhaupt verfügbar hat. Es geht um fast zweitausend Mann, die abtransportiert werden sollen. Selbst wenn man den Schlitten mit zwanzig Gefangenen beladen will, was längst nicht in jedem Fall möglich ist, werden hundert Schlitten gebraucht.

Das Eindrucksvollste jedoch, als der Tag zur Abreise gekommen ist und der ganze Schub der Gefangenen weggebracht wird, ist die Parade der Pferde. Nur noch in Sibirien, wo das Pferd dem Menschen unentbehrlich geblieben ist, kann der Wille der Macht von heute auf morgen fünfhundert Pferde bestellen, so daß sie zur Stunde dastehen. Jeder Schlitten wird mit vier Pferden bespannt.

Der Morgen dampft und stampft. Die Konvois ordnen die Abfahrt eines regimentsstarken Transports mit dem reichen Schatz der Sprache und der Überzeugungskraft der Peitsche. In der klirrenden Kälte rauchen die

Nüstern und die Mäuler. Wieder einmal stimmen die Listen nicht mit der Köpfezahl überein. Sie stimmen nie, wenn es so kalt ist und wenn die Leiber hinter vierfachem Pelz ohne Beschwernis ertragen, was für die schlecht gekleideten Gefangenen eine Marter ist. Nach Stunden dann, deren jede dreifach zählt, hat das Chaos seine Ordnung gefunden, sind die Verpflegungsschlitten mit eingereiht, sind die bejahrten Muschiks aufgesessen und haben die Menschentreiber Platz genommen, einer auf jedem Schlitten, einer für fünfzehn oder achtzehn oder auch einmal zwanzig Mann.

Der spärliche Schnee stäubt auf unter zweitausend Hufen, und als die Karawane sich dehnt, in der Landschaft markiert durch eine kilometerlange Wolke von Atemdampf und flirrendem Staubschnee, ist es nicht allein die Erlösung von der dumpfen Osmita und der Hauch vom Zauber eines unbekannten Abenteuers, was hier und dort auf eines der kellerbleichen Gesichter Farbe legt und ein Lächeln bringt.

Das ist Sibirien, das gefürchtete Sibirien in seiner gewalttätigen Pracht. Entsetzen zwar strahlt der winterliche Himmel, unter dem eben der verbindende Faden mit den letzten Menschen, wo sie zu einer Stadt vereinigt sind, abreißt und die Fahrtrichtung unbekannt und scheinbar richtungslos ins Weiße geht, aber ein Bild wie dieses hat kein Landstück der Erde so grandios zu zeigen. Starr sitzen die Muschiks, nur den Abstand zum vorausfahrenden Schlitten im Auge. Was Pferde und Schlitten an Staub und Schnee hochwirbeln, fegt stechend um ihre Gesichter, um bärtige, menschliche, bäuerliche Gesichter von jener Güte, die über Rußland liegt, auch wo es am grausamsten ist. Wo die Fahrenden vorausschauen, windet sich die Kolonne um Hügelhänge und verliert sich mit dem Anfang irgendwo. Wo einer rückwärts schaut, kriecht ihm wie aus dem Boden kommend das Schattenspiel von Pferdeleibern und hochbepackten Schlitten entgegen, so daß der Mensch in seiner ganzen Erbärmlichkeit sich dennoch eingebettet fühlt, wie wenn er nun nicht mehr verlorengehen und verloren sein könnte.

Heimat kann ein solches Land nie werden, auch wenn es fünfundzwanzig Jahre lang nun an zweitausend Menschen geübt werden soll, daß sie sich damit abfinden. Aber hassen, nach allem Geschehenen aus Überzeugung hassen, kann man dieses Land erst recht nicht. Es hat die Männer hervorgebracht, die schrägen Auges jede Gemütsbewegung in den Gesichtern der Gefangenen unaufhörlich zu prüfen scheinen und ihre Fracht hüten, damit die Transportprämie sich nicht durch den leichtfertigen Tod eines Gefangenen vermindere. Es hat genauso aber die bärtigen alten Pferdeführer hervorgebracht und in Güte bis ins Alter ernährt, die beim Verhalten auf der Strecke nur schüchtern von ihrem Ranken Brot beißen und wie beiläufig ein Stück davon fallen lassen, um es dann übereifrig zu suchen und wie enttäuscht den Kopf zu schütteln, nachdem sie es mit dem Peitschenstiel endlich einem der Verbannten vor die Stiefel geschoben haben. Wehe, wenn der mit dem Kreuz auf dem Mützendeckel es sieht! Wehe, wenn Gott es sieht, daß der Mensch nicht barmherzig ist!

Mit der Barmherzigkeit, wenn sie amtlich ausgeübt wird, ist das so: es ist gut, daß keiner, der den Konvois anvertraut wurde, an Hunger und Entkräftung stirbt. Die Prämie wurde ja ausgesetzt, weil mit diesen Verdammten in der Verdammnis, wo sie ihren Ort hat, gerechnet wird wie mit einer Stange Metall. Wer zugrunde geht, der arbeitet nicht mehr. Der Sinn der Verdammnis jedoch ist Arbeit, Ertrag, Leistung aus der verbliebenen Kraft. Der Körper braucht auf diesem Transport unter freiem Himmel ausreichende Nahrung, denn alles wird schneller umgesetzt als im erschlafften Herumliegen unter dem Dach eines Eisenbahnwaggons. Aus einer so vernünftigen Rechnung wächst den Hungrigen Barmherzigkeit zu.

Nach dem langen Tag auf dem Schlitten sind die Männer steif und hohl, der flotten Fahrt überdrüssig und hungrig. Die Konvois kennen die Plätze, wo man Rast machen und zur Nacht bleiben kann, ohne daß befürchtet werden muß, daß auch nur ein Mann auf die Torheit verfällt, im Wald untertauchen zu wollen. Mit dem üblichen Lärm, der aller sibirischen Ordnung eigen ist, vollzieht sich das Ende einer Tagesreise an einem klug gewählten Platz. Die Verpflegungsschlitten laden ab, was für diesen Tag gebraucht wird. Immer sind es die Kochkessel. Die Rast bekommt ihr festes Ritual. Immer wird ein eiserner Dreifuß von den Verpflegungswagen gepackt und aufgebaut, der Kessel in Haken darunter gehängt. Für die Karawane sind es vier Kessel. Die Muschiks hat nicht der Zufall oder die Laune ausgewählt: sie müssen Pferde lenken und müssen kochen können, was gut, einigermaßen schmackhaft und nährkräftig ist.

Über den offenen Waldplatz zieht bald der Geruch einer kräftigen Suppe. Ruhig brennen die Feuer in den Himmel, Frieden ringsum und wunderbare Stille.

Kein Wind bewegt die Luft. Die Kälte Sibiriens steht wie beschworen. Fünfunddreißig oder vierzig Grad Kälte bei Wind wären für Mensch und Tier unerträglich. So aber regt sich die Luft nicht in einem Hauch.

Es gibt Brot. Das Brot ist anständig und gut zugemessen. Jedem Gefangenen wird, als das Kochen schon zu einer unerträglichen Zeremonie geworden ist, ein anständiger Schapf Kascha auf sein Blechgeschirr geschlagen, dick zum Brei gekochte Hirse, später auf der Reise abgelöst durch Mais, Grütze, Kartoffeln oder Sojabohnen, manchmal mit etwas Speck schmackhaft gemacht. Ohne das Brot völlig aufessen zu müssen, das ja für den anderen Tag reichen muß, fühlt der Magen sich endlich einmal nicht betrogen, sondern beinahe gesättigt. Noch mehr: die Mahlzeit wärmt den Körper aus und macht ihn fähig, bei unbewegtem Körper die Nacht in den dünnwandigen Zelten zu verbringen, vom gegenseitigen Austausch der Wärme der Furcht beraubt, als müsse man unter dem Nachthimmel Sibiriens unweigerlich erfrieren. Kalt ist es wohl, kalt bis tief in die Menschen hinein, die sich in den eilig aufgebauten Zelten eng aneinander drücken, doch legt sich auf die Insel von Menschen inmitten einer Waldblöße beinahe wärmend die reine Ruhe, das für menschlich Ausgehungerte leicht berauschende Gefühl, nun einmal niemand mehr als Gott allein ausgeliefert zu sein.

«Schlafen sollst du!» «Gern. Ich kann nur nicht.» «Bist noch unerlaubt jung, Kerl.» «In einem Monat achtzehn.» «Angst?» «Überhaupt nur Angst.» «Das gibt es.»

Dann sind sie wieder still. Der da drüben so laut schläft, muß Danhorn sein. Wer sonst von der ganzen Karawane könnte so mürrisch, aufreizend unfreundlich schnarchen, wenn nicht der Kartograph? Forell richtet sich ein ganz klein wenig auf, um zu erkennen, ob der Mürrische tatsächlich in der Nähe ist. Die konsequente Übellaune eines Kameraden, wenn man sich zweieinhalb Monate lang im gleichen Waggon daran gewöhnen lernen mußte, wirkt wie saubere, durch nichts beschmutzte Kälte. Man findet sich, weil sie sauber ist, mit ihr ab. Man freundet sich mit ihr an, weil es kein Ausweichen gibt. Man wird einfach dadurch getröstet, daß sie ohne Wanken und Wandlung da ist: etwas Bitteres, dem man Heilwirkung zutraut, weil etwas oder jemand doch nicht um seiner selbst willen kalt, bitter, mürrisch, hart und schroff sein kann.

Einer flucht, weil Forell die Zeltplane bewegt hat. Das kostet eine Menge Wärme. Stimmt. Es ist Danhorn. Gut, daß er da ist. Forell kann sich wieder ruhig legen. Und das Murren schläft wieder ein. Nur der Bub bringt es nicht fertig, für die Dauer von ein paar Stunden Schlaf aus dem sibirischen Schicksal auszusteigen. Dabei ist er so mutig, daß er seine Angst zugibt.

«Jetzt versuch's! Der Schlaf ist unser Eigentum. Es wird nichts herausbezahlt für nichterlebte Träume. Und wenn auch morgen früh alles wie heute ist – niemand mehr kann es dir nehmen, wenn du denen heute nacht entlaufen bist und daheim warst. Nur zum Weckruf wieder da sein! Das Zurückkehren in die Kaserne war immer scheußlich. Das Zurückkehren nach Sibirien nicht anders.» «Na, gut.» «Nur achtgeben, fürchterlich aufpassen, daß du nicht klein und mürbe wirst! Haben sie dich geschlagen?»

Der Achtzehnjährige schüttelte den Kopf. Es ist zu hören, eher zu spüren. Der Sack, auf dem der Knabenkopf liegt, raschelt leicht. «Ein paar Kolbenstöße bekommt jeder einmal, wenn er nicht so schnell gehen kann wie die anderen. Sonst nichts. Vielleicht hätte ich es nicht tun sollen. Dann wäre alles anders gekommen.» «Was?» «Kartoffeln gestohlen.» «Als du schon in Gefangenschaft warst?» «Ja. Es waren deutsche, ostpreußische Kartoffeln.» «Du kannst getröstet sein, mein Lieber. Ich habe nichts gestohlen, war nie bei einem Verband, den sie summarisch zu Kriegsverbrechern stempeln, habe keine Gefangenen bewacht, meinen Aufsatz über die Eindrücke in der sozialistischen Sowjetrepublik so kriecherisch geschrieben, daß ich mich hinterher selber schäme, und nicht einmal zugegeben, daß ich 1942 bereits aus der Gefangenschaft entwichen bin – das alles hat nichts geholfen. Fünfundzwanzig Jahre Zwangsarbeit. Weißt du, was ich zugegeben habe? In einem beiläufigen Gespräch, bei dem man mir sogar Zigaretten angeboten hat, ist mir das Geständnis entwischt, das ich überhaupt für kein Geständnis gehalten habe: daß mir russische Gockel und Gänse nicht schlechter geschmeckt haben als deutsche. Ob ich dafür verurteilt worden bin, weiß ich nicht. Von diesem Geständnis an bin ich nicht mehr geholt worden bis zur Urteilsverkündung. Es trifft längst nicht auf jedes Jahr ein russischer Gockel, auch nicht, wenn man die Gans zu drei Gockeln rechnen wollte.» «Ich habe die Kartoffeln aus Hunger genommen.» «Hunger war es bei mir nicht. Die Truppenküche – du hast sie ja mit siebzehn Jahren schon kennengelernt – war eintönig, und ein Gockel war Kriegsrecht.» «Aus Hunger habe ich die Kartoffeln genommen», beharrt eigensinnig der Achtzehnjährige. Es liegt etwas Ungeklärtes hinter diesem eingeschränkten Geständnis, was anders wiegt als der kleine Diebstahl. «Wie bist du mit diesem Alter in die Uniform geraten?» will Forell wissen.

«Herrgott! Nun haltet endlich das Maul und schlaft!» poltert einer in kehligem Tirolerisch. Der Wachmann gibt auf seine Art zu verstehen, daß hier einzig und allein er zu schreien und zu schimpfen hat. Das wirkt. Statt des Schlafes drückt die Furcht die Lippen zu. Wer freilich die Art der Schlafenden kennt, wie sie atmen, der spürt, daß kaum die Hälfte schläft.

Forell ist dann doch bereits am Einschlafen und denkt an anderes als den Achtzehnjährigen, als er ihn noch einmal leise zu sprechen anfangen hört.

«Sechs Jahre Gymnasium. Flakhelfer. Durch einen Splitter verwundet.» «Das auch noch?» Das murmelt Forell nur, um überhaupt etwas gesagt zu haben. Er horcht nicht hin, denn er spürt, wie der Schlaf, den er leicht und lose zu fassen bekommen hat, ihm wieder entwischen möchte in die Kälte, die das Einschlafen schwer macht.

«Sechs Wochen Lazarett. Dann war das Feuern der Geschütze schon bis ins Lazarett herein zu hören. Man hat durchgekämmt. Du kennst den Ausdruck ja. Ich war plötzlich Soldat und neun Tage später gefangen.» «Eine Schweinerei ist das, mit so jungen Leuten.» «Ein paar stumpfsinnige Wochen. Ich habe Kartoffeln gestohlen, aber wirklich aus Hunger. Glaub es mir!» «Gott ja! Junge Leute haben immer Hunger.»

Von da an ist die Nacht stumm. Forell ist zum Schlafen bereit. Der Achtzehnjährige hat zu sprechen aufgehört. Er hat angesetzt, um über irgend etwas in sich selbst hinwegzuspringen, aber der Schatten hat sich vor die Zunge gelegt, irgendein großer schwarzer Block von einem Schatten. Berückend schöne Sterne da oben, wo man durchs Zelt sieht, heller, greller als die Sterne daheim. Forell klemmt die Augen zu, um jetzt endlich nicht mehr ins Wachsein zurückgerufen zu werden. Genau da, im gewaltsam zugeschlossenen Auge, sieht er den Achtzehnjährigen wieder. Er weiß seinen Namen nicht. Nur sein Gesicht, dieses wie weinend zur Bitte um Verzeihung gedemütigte Gesicht beim Vortreten in der Lubljanka im großen Saal mit den rundlaufenden Bänken. Da steht unter dem Bild Stalins hinter dem blutrot bespannten Tisch starr wie ein fremdes Götterbild der Staatsprokuror Michail Uljanow, fremd und wie unbeteiligt, während der Mann zu seiner Rechten in gutem Deutsch, so daß niemand den Augenblick und seine Bedeutung mißverstehen kann, die Urteile verliest. Es ist so neblig in der Erinnerung, was da noch alles geschah. Jeder sollte das Urteil durch Unterschrift bestätigen, doch als einer sich weigerte, weigerten sich von da an alle. An ihrer Statt unterschrieben die Herren vom Gericht, daß den Männern das Urteil eröffnet worden sei. Der Knabe allein unterschrieb, nickte bleich, als wolle er noch etwas sagen, und trat dann gesenkten Kopfes zurück an die Wand und die Bank.

«Verstehst du das?»

Forell verstand gar nichts. Er glaubt tief geschlafen und qualvoll geträumt zu haben. Und doch kann es nicht sehr weit in der Nacht sein, denn die Sterne stehen noch so wie vor dem Einschlafen.

«Laß mich in Ruhe!» «Du verstehst das also auch nicht?» Der Achtzehnjährige beugt sich, auf die Ellbogen gestützt, zu ihm herab und flüstert etwas, wirr, zerfahren, kindlich aufgeregt wie ein religiöser Zweifler, dem es in den Sinn kommt und nicht mehr daraus zu tilgen ist, daß er Gott unwürdig empfangen habe. «Aber was habe ich es dir auch sagen müssen? Du hast ja nicht Angst. Du bist nicht feig. Dich haben sie mit Auszeichnungen vollgeklebt, weil du das nicht kennst: Angst.» «Und wie ich schon Angst gehabt habe!» knurrt Forell.

«Ihr Alten renommiert nur damit, daß ihr auch einmal Angst gehabt und euch zur Feigheit versucht gefühlt habt.» Der Bursche ist so aufgeregt, daß sein Wispern leicht zu einem Schreien umschlagen kann.

«Na, was ist denn?» fragt Forell und gibt sich Mühe, auf seine schläfrige Gleichgültigkeit einen warmen Ton zu legen, nur damit der junge Bursche seine Beherrschung wieder gewinnt. Dann liegen sie wach, bis die Sterne gedreht sind.

Auch Forell braucht jetzt keinen Schlaf mehr.

Alfons Mattern heißt der Achtzehnjährige. Sein Geburtsort liegt irgendwo bei Lörrach. Sein Schicksal begann, als mit einem Bombensplitter sein Krieg eigentlich zu Ende sein sollte. Aus einem kleinen Flakhelfer wurde er für wenige Tage zum Soldaten gemacht, gefangengenommen, etwas später beim Kartoffelstehlen ertappt und eingesperrt. Dort, wo man später auf den jungen Kartoffeldieb stieß, war man keineswegs hart zu ihm oder verfuhr etwa gar inquisitorisch mit seinen doch nur dürftigen Kenntnissen von größeren Zusammenhängen. Der Prokuror jedenfalls, der ihn zu vernehmen hatte, machte ihm, weil er aus Hunger Kartoffeln gestohlen hatte, keine großen Vorwürfe, sondern fragte ihn nach einem Feldwebel Heinz Dechant, der doch einen Zug in Matterns bunt gewürfelter Kompanie geführt haben mußte. Dechant? Einen Feldwebel Dechant kannte Mattern nicht. Später besann er sich darauf, daß er ihn doch vielleicht kannte. Noch später glaubte Mattern sich erinnern zu können, daß dieser Feldwebel Dechant keinen allzu guten Ruf unter den Soldaten genoß. Ach ja, er hatte Angst vor Rußland und viel Sehnsucht nach der warmen badischen Heimat, sehr viel Sehnsucht, denn seine Schwester wußte nicht einmal, wo etwa der Krieg sein Schicksal gestoppt haben mochte.

«Es war gar nicht so, daß sie mich sehr gedrängt hätten. Sie waren freundlich bei den Vernehmungen. Von diesem Feldwebel Dechant wußten sie Dinge, die ich nicht wußte. Keine ungeheuerlichen Dinge. Ich habe das Spiel nicht gekannt, in das ich mich verwickelt habe. Ein paarmal zu oft habe ich Ja gesagt.» «Bist eben noch jung und dumm.» «Nein. Das versprochene Heimkommen ist mir so schön erschienen. Nur nicht lang in Rußland sein müssen! Nur nicht über den Ural!» «Was ist aus dem Feldwebel Dechant geworden, den du – nennen wir es ehrlich beim richtigen Namen – denunziert hast?» «Er ist mit dabei. Bei der Urteilsverlesung ist er aufgerufen worden. Es standen andere vor mir. Ich konnte ihn nicht sehen, ich hätte ihn auch nicht gekannt, ich weiß doch nichts von ihm und über ihn, ich habe nur Ja gesagt. Wenn er nicht auf dem Weg bis Tschita erfroren ist, muß er mit auf einem der Schlitten sein.»

Der Achtzehnjährige schluckt und kann nicht mehr anders als weinen, bis Forell versuchen muß, ihn zu trösten mit jenen dünnen Vorwänden, nach denen mancher vielleicht sein Verhalten beschönigte. Angst. Wirre Sehnsucht nach daheim.

«Sie haben es dir schlecht vergolten, was?» «Sie waren logisch und konsequent. Was der Feldwebel Heinz Dechant getan hat, das hat auch sein Zug getan. Für was Dechant verurteilt worden ist, muß man auch seinen Zug verurteilen. Fünfundzanzig Jahre.» Aus dem schluckenden Weinen schlägt die magere Stimme um zu einem kranken Lachen, vor dem der abgebrühte Forell zurückweicht, soweit es das enge Liegen erlaubt. «Dabei kann ich mich an Dechant nicht erinnern und weiß nicht einmal, ob er je unseren Zug geführt hat. Es können sowieso nur zwei Tage gewesen sein. Gekannt habe ich ihn nicht, aber ausgesagt habe ich über ihn. Ob er ein guter Mensch oder ein Schinder ist, weiß ich nicht. Ein guter Zugführer ist er auf jeden Fall. Er läßt den Mann aus seinem Zug nicht zurück. Er nimmt ihn mit nach Sibirien. Ich bin zufrieden, daß man mich mitverurteilt hat. Wenn je etwas Gerechtigkeit war in diesem Land, dann mein Urteil. Verstehst du das? Kannst du begreifen, daß ich nicht heim will, solange nicht meine fünfundzwanzig Jahre um sind?» «Red kein Blech! Die sind nie um.» «Achtzehn und fünfundzwanzig sind dreiundvierzig. Mit dreiundvierzig hat man noch viel Leben vor sich.» «Nein. Hier ist das, glaube ich, alles anders. Man stirbt. So war es gemeint. Mag sein, daß du mit deinen achtzehn Jahren es lebend überstehst. Dann wirst du, wenn du Glück hast, bezahlter Arbeiter, wo du vorher Strafgefangener warst. Aber heimkommen? Nein.» «Mit fünfundzwanzig Jahren ist, zumeist wenigstens, sogar ein Mord gesühnt.» «Was du getan hast, läuft ja auf Mord hinaus.» «Das weiß ich. Daß sie mich verurteilt haben, ist ja, ohne daß die Narren selbst es begreifen, gerecht. Aber doch nicht für das ganze Leben. Ich war siebzehneinhalb Jahre alt. Ich hatte Angst.»

Weil Mattern ins laute Reden kommt, legt ihm Forell hastig eine Hand auf den Mund. Die Wachmänner haben eiliger zu gehen angefangen. Mattern begreift nicht, denn er ist erst achtzehn und auf seine Art ein Kind, daß die Methoden gewalttätig sind, mit denen notfalls die Ruhe der Reise gewahrt wird. Er schiebt Forells Hand beiseite und spricht, jetzt auf dem Rücken liegend, in die vor Frost zuweilen mit berstendem Eis oder mit der Stimme eines Waldtieres singende Nacht hinein. «Es waren nur Kartoffeln, die ich gestohlen habe, und getan habe ich es in meinem Hunger. Von da an hatte ich immer nur Angst. Sehnsucht auch. Ja. Ein Jahr wollte ich aushalten. Dann aber wollte ich daheim sein. Verstehst du das? Du verstehst es nicht. Ich habe euch bewundert, euch älteren Leute, weil ihr tapfer sein könnt. Bei mir hat es dazu nie gereicht. Feig war ich. Weißt du, wie Feigheit tut? Den Magen hat es mir gewendet, daß ich glaubte, seine Wände lägen nach außen ...»

Eine Pelzmütze, durch den Zelteingang hereingezwängt, beugt sich über den Knaben. Schräggestellte Augen betrachten das Gesicht, den halboffenen Mund, aus dem Worte und Sätze fallen, nicht zu verstehen und nur das Lallen eines Schläfers. Der Halbfertige da ist also einer, der im Schlaf redet. Ein Kind. Kinder sind nun einmal so.

Der Mann im Pelz geht wieder hinaus, ohne zu schlagen.

Willi Bauknecht, der Student mit dem wunderlichen Kalendergedächtnis, weiß fortwährend, wie man an der Zeit ist.

Der Schlittentransport mit Pferden, später als beinahe harmlose Reise angesehen, führt vierzig Tage lang durch Sibirien.

Dann wird die Riesenfracht abgewrackter Menschenschicksale auf Hundeschlitten umgeladen. Transport mit Hundeschlitten aber bedeutet hier nicht das verwegen taumelnde, halsbrecherische Dahinflitzen über stäubenden Schnee. Ein ganzes Heerlager von Hunden kommt zusammen. Die halbgroßen Hunde, klug und flinkfüßig, sind für schweren Dienst wohl nicht zu gebrauchen, denn wenn man die erdgraue Wolle abrechnet, bleibt nur ein hagerer Körper, dem zwar viel an eleganter Geschwindigkeit zugemutet werden kann, aber keine nach Zentnern berechnete Last.

Der Transport wird halbiert. Die Hälfte der Gefangenen bleibt zurück, um später nachgebracht zu werden. Die andere Hälfte wird auf die lange Kolonne von Hundeschlitten verteilt, aber die Hunde haben genug zu ziehen an den Zelten, der Verpflegung und den Fußkranken. Alle anderen dürfen sich höchstens einmal bei einer Fahrt bergab auf die Schlitten setzen, doch sobald es wieder eben oder gar einen Hang hinaufgeht, lädt die Peitsche mit eingelernter Geschicklichkeit alle ab, die sich auf den eigenen Füßen weiterschleppen können. Wer weiter vorne in der Kolonne ist, hat es schwerer, denn er muß im tiefen Schnee erst die Spur treten helfen. Wer weiter zurück ist, hat unaufhörlich die Peitsche im Nacken, die hier als einziges Instrument noch die Macht hat, den Zug zusammenzuhalten, wenn Müdigkeit und Erschöpfung die Reihe immer mehr verlängern. Die Hunde bestimmen die Geschwindigkeit, die der Mensch nicht mithalten kann. Die Konvoisoldaten aber haben Erfahrung darin, was ein Mensch auch in der Erschöpfung noch zu leisten vermag.

Die Peitsche, auch wenn sie grausam gehandhabt wird, kennt auch das Mitleid, denn sie hilft den Zermürbten, lebend das Ziel zu erreichen oder wenigstens am Ziel des Tages anzukommen, ohne daß einer der Konvoisoldaten gegen die Schläfe eines Erschöpften die Nagan abdrücken mußte.

Das Ziel der Hundeschlittenfahrt ist gar kein Ziel, sondern nur Ausgangspunkt für einen noch längeren Fußmarsch.

Fürs erste freilich ist Ruhe. Die Nagajka ist von den Geschlagenen genommen, seit die Konvoisoldaten nach ein paar Tagen mit Hunden und Schlitten weggefahren sind, die zweite Hälfte des Transports nachzubringen. Es vergehen Wochen. Monate sickern im Schmelzwasser des Frühjahrs weg. Nach zweieinhalb Monaten gellen die Schreie der Konvoisoldaten wieder auf. Die Peitschen werden von neuem geschwungen. Man ist wieder vollzählig, jene Leute freilich abgerechnet, die auf der Strecke geblieben sind.

Als die Nachgekommenen sich erholt haben, wird der Transport bei wärmerer Jahreszeit zu Fuß in Marsch gesetzt, und was sich hier als Sommer ausgibt, ist ausgefüllt von einem mühevollen Dahinstapfen einer sterbensmüden Kolonne, aus der von Woche zu Woche mehr Männer wegsinken, am Ende mit aller Kraft, am Ende auch mit dem Willen, noch weiter zu leben, weiter Berghänge hinaufzutraben, auf krankhaft grünem Moos dahinzutorkeln, in den nassen Nächten zu frieren und es einmal noch zu erleben, daß der zerschundene Körper ein Dach über sich bekommt.

Ein Monat geht so hin.

Im zweiten Monat beginnen die Männer, soweit sie noch leben, auf ein Ende zu hoffen.

Im dritten Monat haben sie aufgehört, an ein Ziel zu glauben.

Wer den vierten Monat der Totenwanderung überlebt, sieht nach dem Ende aller Sehnsüchte unverstehend vor sich auf einer beengten Hochfläche im ersten Schneetreiben eines neuen Winters Rauch über Dächern aufsteigen und unter den Dächern braungraue Holzwände mit Fenstern darin, aus denen zu vollkommener Täuschung, als ob dies Ruheplatz und Heimat wäre, gelbe Lichter blicken. Der Tag ist so trüb, daß die Augen des Bildes erst gewahr werden, als der traurige Zug in Gänseordnung fast bis zum Aufprallen nahe herangekommen ist.

Das ist die Station am Ostkap, die man aufsuchen gegangen ist.

Über eine beinahe ebene Fläche rinnt träg ein grauschwarzer Strom von Menschen. Und aus den Baracken kommt, was an Leben da ist: russische Soldaten, ein Wratsch, ein paar Offiziere.

Von dieser Stunde an, nachdem die Verbannten zum Zählappell angetreten sind, wird über sie keine Peitsche mehr geschwungen.

Nie mehr.

Neunzehnhundertfünfzig Mann sind aus Tschita aufgebrochen zum Marsch an den Polarkreis. Beim Zählappell sind es noch zwölfhundertsechsunddreißig.

Abzählen.

Blockweise abzählen.

Teilen und noch einmal anders aufteilen. Herrliche Bürokratie im Schnee, die von den Verbannten als Wohltat empfunden wird, weil morgen früh niemand mit Fäusten und Peitschen fuchtelnd zum Weiterstapfen auffordern wird. Mag sein, daß von den verbliebenen zwölfhundertsechsunddreißig Mann viele nicht mehr auf endliche Ruhe wartend an diesem Platz stünden, wenn die Peitschen und Kolben der Konvois nicht so nachdrücklich immer wieder zum Leben ermahnt hätten. Ob man es ihnen danken soll? Nach Monaten, die nichts gesehen haben als Moos und Fels und nicht einmal einen Horizont, tragen Eis und Fels endlich Bretter, die in die Form einer menschlichen Behausung gestellt sind, und beinahe wird es beglückend empfunden, daß jenseits der Baracken keine feste Sichtbegrenzung ist, sondern Dunst, der Nähe und Weite unbegrenzt ineinander verfließen läßt. Die Dächer sind flach und haben Schnee auf, der auf seine Art isoliert. Der Rauch aus den Kaminen hat eine Schicht Ruß darauf angesiedelt.

«Wir erfrieren nicht mehr, denn hier gibt's Kohlen», murmelt Leibrecht seinem Nebenmann zu. Mit einem Ellbogenstoßen wird das weitergegeben, bis alle, die noch einer Beobachtung fähig sind, es gesehen haben, daß auch am letzten Ende der Welt noch mit Kohlen geheizt wird. Das Abzählen und Aufteilen der zähen Masse Mensch will nicht ans Ende kommen, aber es wirkt beruhigend, daß im Schnee zwischen den düsteren Felsen, wo alles tot zu sein scheint, der lieb vertraute Bürokratismus noch lebt. Er gedeiht auch noch auf einem Boden, den jede Vegetation meidet. Was kann dem Menschen zwischen den sichernden Wänden von Papier noch geschehen?

Plumpe Handschuhe winken die abgezählten Schicksalshaufen ein: die erste Gruppe in diese Richtung, die zweite ein Stück weiter rechts, die dritte dort in den Dunst hinein, die vierte ganz ins Graue. Nichts ist mit den Baracken, auch mit den fensterlosen Holzbauten dort nichts. Nach einem schlappen Hinstolpern über Gestein, das zum Teil erst frisch aufgefüllt scheint, werden die Trupps in die Erde hinein geführt, in einen Berg, der wie ein Homburg, wie eine Melone daliegt, für einen gewalttätigen Eindruck zu schäbig, doch für die Respektlosigkeit, die ihn mit verniedlichenden Vorstellungen verbindet, zu ungeschlacht.

Der Eingang in offenem Fels und über Geröll ist richtig der Zugang in einen Bergwerksschacht, leicht abfallend, zu Anfang reichlich hoch und geräumig, bis sich die lichte Weite bei etwa zwei Metern Höhe erhält und nicht viel weniger an Breite, so daß man im Paar nebeneinander gehen kann, notfalls auch einmal zu dritt. Wort und Schrittegescharr hallen stumpf in dem nur streckenweise abgestützten Stollen. Im Stolpern murrt einer müde einen Fluch oder eine Kränkung, ein anderer sagt, nur um etwas gesprochen zu haben, «Höh!» Das kann wohl auch eine Mahnung an den Vordermann sein, daß er schneller gehen möge. Das Tageslicht, durch die hereindrängende Menge Männer stark abgedämmt, verliert allmählich alle Wirkung, und das Aufeinanderstolpern wird häufiger.

Der Wachsoldat, der vorausgeht, spricht mit sich selbst. Allmählich wird der Sinn dieses lauten Selbstgesprächs klar. Es soll das Licht ersetzen und dem Menschenhaufen in etwa klarmachen, wie die Richtung weitergeht. Die Füße spüren, daß die Sohle des Stollens sich weiterhin leicht senkt.

Hoppla!

Der Soldat ist stehengeblieben. Das Anhalten pflanzt sich in einem trägen Aufeinanderrücken fort, bis die Menschenmasse spürt, daß sie hier Platz findet zum Auseinanderquellen. Im Dunkel ahnen die Sinne eine geräumige Weite. Geschickte Hände, an das Manipulieren in der Finsternis gewöhnt, bringen Licht zustande, das in eine Handlaterne gehalten wird und durch schmutziges Glas hindurch sich müht, einen Raum auszuhellen, in dem fürs erste die Existenz eines Tisches mit einem Hocker davor überrascht. Am ersten Licht, das auf dem Tisch stehen bleibt, wird ein zweites angezündet. Der Soldat gibt ein Zeichen, die Leute mögen ihm folgen, hält das Licht etwas hoch und geht aus der Kaverne etwas nach rechts in einen Stollen.

Als später die Gefangenen den Sinn für Orientierung entwickelt haben, stellen sie fest, daß es keineswegs ein Labyrinth ist, sondern ein, wenigstens bis zu diesem Punkt, fast schnurgerade in dunklen Fels gebrochener Stollen, der sich noch einmal zu einer Kaverne ausweitet.

Was der Soldat, ohne unliebenswürdig zu sein, mit Wort und Händen erklärt, ist unschwer zu begreifen, und darin besteht die bedrückende Überraschung für die Verbannten: hier werdet ihr wohnen und schlafen, dies ist eure Unterkunft, dies ist euer Licht, dies ist euer Aufenthalt für die Zukunft. Nicht komfortabel und auch nicht angenehm. Das könnte auch bei primitivsten Ansprüchen niemand behaupten. Der Boden ist blank. Leider. Vor euch war eben niemand hier. Das alles muß sich erst einrichten. Aber kein Grund zur Klage. Denn es ist hier warm.

Unschlüssig und enttäuscht stehen die Männer herum. Draußen, außerhalb des Berges, sind doch Baracken, sicher nicht mit Wohnluxus ausgestattet, aber ein menschliches Dach über menschlichen Körpern, die lang nicht mehr gespürt haben, was Stroh ist. Das hier ist blanker Fels und sonst nichts, und der Wohnraum ist eine in den Berg gehauene Höhle ohne Entlüftung, soweit nicht auf dem langen Stollenweg noch die Winterkälte hereinwirkt.

Macht es euch bequem! Das ist der Sinn der schier bedauernden Handbewegung, mit der nach erfolgter Einweisung der Soldat auf den Boden weist. Aus nichts kann kein Stroh werden. Bis dorthin, wo Getreide wächst, das Stroh geben könnte, sind es an die sechstausend Kilometer Luftlinie, achttausend Kilometer Transportweg, ohne daß wohl je ein Narr es für erwägenswert gehalten hätte, um einer Strohhütte willen den ungeheuerlichen Apparat in Bewegung zu setzen, dessen es bedurft hätte, um heranzuschaffen, was den Verbannten das Leben ein klein wenig angenehmer gemacht hätte. Selbst Holz, wenn man mit Plätzen rechnen muß, wo es eingeschnitten wird, ist vielleicht dreitausend Kilometer entfernt, so daß es nie Stuhl, Bank oder Tisch geben wird.

In der Kaverne, deren Existenz in ihrem Sinn bald verständlich wird, in der kleineren Kaverne, durch die jeder gehen muß, wenn er je wieder ans Licht hinauskommen will, besetzt ein Soldat seinen Posten. Er sitzt am Tisch auf einem Hocker, die Maschinenpistole vor sich, Blickrichtung auf den Stollen zur Unterkunfts-Kaverne. Das ganze Problem der Bewachung ist auf die simpelste Weise gelöst. Baracken würden ein Sicherungssystem bedingen mit allem Aufwand an Wachen, Stacheldraht, Wachtürmen, Hunden und vor allem an Scheinwerfern. Licht spielt eine so ungeheure Rolle in allem. Grenzbewachung, Lagerbewachung, Wegsperre, Gefangenenhaltung, Verhör und sonstige penetrante Äußerungen einer beaufsichtigenden oder gerichtlichen Gewalt ohne das naiv schöne Spiel von Scheinwerfern sind in Sowjetrußland unvorstellbar. Schließt man nun aber die Gefangenen in den Berg ein, gleich an ihrem Arbeitsplatz, dann genügt es, daß ein Mann mit Maschinenpistole, alle zwei Stunden abgelöst, in der Wach-Kaverne vor seinem Tisch sitzt und den Stollen im Auge behält.

Nach den ersten Stunden einer enttäuschten Unschlüssigkeit kommt der Oberleutnant, der beim Zählappell schon zu verstehen gegeben hat, daß ihm die deutsche Sprache zumindest aus der Schule halbwegs geläufig ist, leicht gebückt und etwas benommen in die Unterkunfts-Kaverne, mit ein paar Sätzen zu eröffnen, daß die nächsten vier Wochen arbeitsfrei seien. Jeder könne sich in dieser Zeit erholen und sich darum bemühen, daß seine Bekleidung in Ordnung komme. Über das Wie vermag er nichts zu sagen. Es fallen die üblichen Worte aus dem soldatischen Sprachsatz: Ordnung, Disziplin, Essen, Gehorsam, Arbeit. Nur von Sauberkeit wird nicht gesprochen.

Um auf die Unmöglichkeit eines Wohnens ohne jede Andeutung von Mobiliar und auf den Mangel an Stroh hinzuweisen, hat keiner der Eingeschlossenen den Mut. Noch ist nicht bekannt, wie hier die Reaktion auf solche Vorstellungen aussehen wird. Der Oberleutnant aber sieht sich um, wird darauf aufmerksam, daß der Boden blank ist, schnippt mit den Fingern und sagt, es solle dafür gesorgt werden, daß die Kaverne etwas eingerichtet werde. In dem Ton, wie er das vorbringt, liegt kein Empfinden, mehr wohl der Gehorsam gegenüber den Vorgesetzten, den erreichbaren Stand an Ordnung beschaffen zu wollen. Leere, etwas törichte Gesichter, nur in der Nähe der Laterne überhaupt deutlicher aus dem Unbestimmten abgehoben, schauen dem Offizier zu, wie er durch den Stollen abgeht.

«Was sollen wir davon eigentlich halten?» Leibrecht macht den Versuch, das benommene Schweigen zu entwirren und die Kameraden daran zu erinnern, daß es mit dem Hinwarten auf weitere Überraschungen nicht getan sein wird.

«Das Essen abwarten», knurrt Danhorn so mürrisch wie boshaft, «und uns nach der Qualität des Essens richten.» «Das stand nicht in deinem Atlas, den du im Gehirn herumträgst», versucht Willi Bauknecht ein schütteres Lächeln.

«In deinem Kalender auch nicht.» «In meinem Kalender steht nichts mehr.» «Ist auch überflüssig.» «Gar nicht so überflüssig, wenn wir bedenken, daß von den fünfundzwanzig Jahren schon eines um ist.» «Wie wird gerechnet?» will Alfons Mattern wissen. «Vom Tag der Verurteilung an oder vom Tag unserer Ankunft hier?» Er meint die Frage ernst und rechnet, als ringsum ein plumpes Lachen einsetzt, daß man ja auch diesen Monat ohne Arbeit als geschenkt abrechnen dürfe.

Es wird gelacht über den kindlichen Glauben des Achtzehnjährigen. Dann nimmt ihn, als er sich des Gelächters wegen beschämt nach der Wand hin verdrückt hat, Forell heraus. «Geh mit! Wollen ein wenig das Gelände erkunden.» «Laß du alle Dummheiten!» will Leibrecht sich einschalten.

«Gar keine Dummheiten, Leibrecht. Ich habe Bauchgrimmen, als ob ich den Schlittenhunden ihren gefrorenen Fisch weggegessen und mir eine Vergiftung dran geholt hätte. Mattern! Los! Niemand kann uns verwehren, Bauchweh zu haben. Bin neugierig.»

Zehn Minuten darauf sind sie wieder zurück.

«Nach dem Hafen Wladiwostok Ausschau gehalten?» «Das gerade

nicht. Aber, um noch einmal auf das Thema Fisch zurückzukommen, es gibt Fischsuppe und Brot.»

Im Augenblick steht alles um Forell und den Knaben herum. Das Wort «Brot» hat eine wundersame Wirkung auf Menschen, die das Gefühl noch nicht losbringen können, als wolle man sie im Berg einmauern.

«Woher wollt ihr das wissen?» «Das Brot haben wir gesehen, und die Fischsuppe riecht man.» «In guten Häusern werden solche Küchengerüche abgefangen und durch den Kamin abgeleitet.» Der griesgrämige Danhorn wird mit einemmal witzig. Die Aussicht auf etwas zu essen gibt ihm Auftrieb.

«Das Haus hier scheint ein besonders gutes Haus zu sein. Toilettenverhältnisse, sage ich euch! Die Wasserspülung wird durch Kälte ersetzt. Macht euch nichts draus! Die ganze Sache hier klappt wie ein Automat. Man geht durch den Stollen hinaus, und drüben in der Kasematte geht auch schon wie eine Bahnschranke die Maschinenpistole des Iwan hoch. Ein nobler Kerl, der den Auftrag zu haben scheint, überallhin das Geleit zu geben. Mit den beiden auf den Bauch gelegten Händen mache ich ihm plausibel, worum es mir geht. Der Kleine da mimt mit. Wir brauchen überdies gar nicht zu mimen, wenn es weiter im Bauch so gärt. Es ist eine kleine Reise, der Iwan voraus, wir beide hinterher. Draußen gibt es einen Seitenstollen, nur ohne die daheim üblichen Hinweise. Der Iwan winkt in die Richtung. Und solang du in den prächtig gefließten Seitenfluren bist, hält der Russe den Hauptstollen außerhalb der Abzweigung blockiert. Sonst wäre es ein kurzer Weg ans Tageslicht. Ein raffiniertes System, muß ich sagen.» «Das beruhigt mich in Hinblick auf die von dir immer zu erwartenden Dummheiten», meint Leibrecht souverän und streichelt die Schläfe.

«Man muß bis ans Ende der Welt gehen, um in der Praxis zu erleben, wie einfach die Dinge gemacht werden können, die anderswo Anlaß zu soviel Komplikation sind. Die kommen glattweg mit einem Mann Bewachung aus für uns hundertachtzig Mann in dieser Kasematte. Rechnet man die Ablösung mit ein, dann brauchen sie zwei Mann. Nachdem sie uns in acht Gruppen aufgeteilt haben, schaffen sie es mit sechzehn Mann.»

«Wohin sind die anderen gekommen?» «Was weiß ich? Der Berg ist groß. Ein paar Stollen waren ja von draußen zu sehen. Und da irgendwo in einem Stollen, ziemlich nahe beim Tageslicht, wird gekocht, auf Kohlenfeuer, und zwar für heute Fischsuppe. Ihr werdet sehen.»

«Was du nicht alles weißt!» «Das vom Brot hat der Iwan bestätigt, als ich ihm meinen Hunger darstellte. Das vom Fisch ist mit der Nase festzustellen. Den Rauch von ungünstig ziehendem Kohlenfeuer bekommt man eine Strecke weit in den Stollen herein. Also muß es so sein.»

Es ist dann ein klein wenig anders. Die Suppe ist nicht Fischsuppe, sondern Graupensuppe. Der Geruch scheint aus bekannten Anhänglichkeiten noch irgendwo am Fels zu haften, von der letzten Fischsuppe her. Zwei Schapf Graupensuppe werden jedem ins Eßgeschirr geschlagen. Kleiner ist die Ration Kascha. Aber die Kunde vom Brot erfüllt sich, wenn auch die eingefallenen schwarzen Laibe von plumper Schwere sind, weil das dazu verbackene Hafermehl nur unordentlich ausgemahlen ist und der Teig nicht ordentlich gesäuert wurde. Mag sein, daß man das hier überhaupt nicht kann. Zweimal zwei Mann werden mit einem Fingerwinken des Wachsoldaten herausbeordert zum Essenholen für die anderen. Um die Örtlichkeiten, die Nachbarschaft, das Betriebsklima und ein klein wenig auch die Möglichkeiten des zukünftigen Lebens zu erkunden, vor allem um zu sehen, wie bedeutend die menschliche Ansiedlung ist, schiebt sich Forell sogleich in den Arbeitsdienst. Enttäuscht kommt er wieder. Er hat das Licht des Tages nur im Stollenausschnitt zu sehen bekommen und keine Gelegenheit gehabt, mit irgendwelchen Leuten in Berührung zu kommen, die nicht zur gleichen Kasematte gehört hätten.

Na ja, die Zeit kostet hier nichts. Was heute nicht ist, kann morgen sein. Übermorgen ist auch noch ein Tag. Und fünfundzwanzig Jahre haben viele Tage. Der Trost ist schlecht, aber das Essen ausreichend.

Wie Hunde vor dem Niederkauern, wenn sie dem zugemuteten Lagerplatz nicht trauen, gehen die hundertachtzig Männer in der Kaverne kleine Kreise, beschauen sich gegenseitig im Licht der einzigen Öllampe und wehren sich gegen die vom Verdacht aufgezwungene Vorstellung, daß jeder mit jedem hier, wie das Aufteilen in Gruppen sie zusammengewürfelt hat, unter der Öllampe als Ersatz für alles andere Licht zusammenleben wird müssen bis zum tonlosen Auseinandersterben. Das Bett wird Stein sein, ungefähr geebneter Stein. Der Himmel wird die unregelmäßig gebrochene Felsdecke sein. Und aus der Welt, wo sie anders ist und an ein paar Sommertagen wenigstens Sonne hat, wird nichts hereindringen als zuweilen eine kühl bewegte Luft.

«Es ist so dumpf hier», murmelt einer, der sich an der Wand einen Platz gesucht hat, wo ihn die Kameraden im entschlußlosen Herumgehen nicht treten oder stoßen werden.

«Sei froh darum!» Die Antwort kommt von einem hungerbrüstigen Burschen, der unaufhörlich in die Öllampe starrt. «Kalt war es lange genug. Wir sind in unserem Denken und Empfinden bereits so verkommen, daß wir es ohne Wind und Schnee nicht mehr aushalten zu können glauben.» «Wenn es auch davon nicht besser wird, so war es wenigstens schön geredet. Höhere Schulen genossen, ja? Das macht sich bezahlt. Man weiß dann wenigstens mehr von der Ordnung dieser Welt und von der letzten Bestimmung des Menschen, Blei graben zu dürfen bis ans Ende des Berges oder des Lebens.» Man hört so hin und her reden und weiß nicht, wer redet. Ist auch gleichgültig. Ob reden oder essen oder arbeiten oder schlafen – mit dem einen wie mit dem anderen bringt man ein Stück Zeit herum, die meiste Zeit freilich wird man mit Arbeit erschlagen müssen, die schönere Zeit aber wird jene sein, von deren Länge man nicht erfährt, weil sie an Schlafenden vorübergeht.

Erschöpfte Menschen, die nicht Ruhe finden, um der Erschöpfung zu erliegen, bleiben wach, bis das Öl in der Lampe verbraucht ist, und bohren an ihrem Schicksal, das sich so wenig mehr verändern wird wie die Wände von Stein um den Schlafkeller. Im Schneetreiben, im Sturm sogar, schlecht eingehüllt neben einer Schneewächte liegend und die Knochen voll Kälte, haben sie schlafen können. Am Ziel, von den unbarmherzigen Treibern befreit, finden sie keinen Schlaf mehr. Es wird dunkel, nachdem der letzte Tropfen Öl verbraucht ist. Die Atemzüge werden länger. Auch der letzte der Herumgehenden hat sich endlich hingelegt und die Bekleidungsstücke geöffnet, die Stiefel abgezogen und sich das Bündel unter den Kopf gelegt.

Mitten in der Nacht einmal fragt Danhorn vor sich hin, wer denn die Stollen in die Berge gegraben und die Kavernen ausgeweitet habe.

«Halt dein Maul!» «Das ist ja ein Werk, für das Jahrzehnte nötig waren.» «Und wenn schon.» «Ich verstehe das nicht.» «Dann schlaf!» «Solang mich das beschäftigt, kann ich nicht schlafen.» «Gottes erbarmungswürdigste Kinder sind es gewesen: der letzte Absud der Verbannten und Strafverschickten. Ich weiß es so wenig wie du. Aber wer sollte es sonst gewesen sein?» «Da magst du recht haben.»

Nach diesem Gespräch schläft auch Danhorn ein.

Am Morgen – die Tatsache, daß nun Morgen ist, wird durch die Wachsoldaten in die Höhle gebracht – bleibt Forell auf dem Bündel liegen und redet von verdorbenem Fisch. Es hat aber schon lang keinen Fisch mehr gegeben. Alle halben Stunden springt er auf, schiebt heftig die herumstehenden Kameraden beiseite und läuft wie gehetzt ins dunkle Stollenloch, den Stollen entlang bis zur Wach-Kaverne und dann ungeduldig hinter dem gemächlich seinen Pflichtgang abdienenden Posten in die zugige Stollenabzweigung. Er strapaziert die Posten recht sehr mit seinem Leiden, weshalb einen Tag darauf der Wratsch in die Kasematte kommt, der russische Feldscher, unendlich einfältig und von jenem Anspruch an die Geltung vor der Umwelt, wie er den Dummen fast regelmäßig eigen ist. Ob er von den Dingen der deutschen Sprache oder denen der Medizin weniger versteht, bleibt offen. Forell hat schon kluge und versierte Feldscher angetroffen, seit er in Gefangenschaft ist, so erfahrene Routiniers, daß sie manchem Arzt eine Vorgabe gewähren konnten. Der Bursche aber ist so versöhnlich dumm, daß es sich nicht einmal verlohnt, in Wut zu geraten, wenn dieser Gefolgsmann Äskulaps die Gepflogenheiten eines Arztes nachahmt und den Bauch befühlt. Forell erklärt mit Gesten, der Wratsch jedoch, offenbar noch nie gezwungen, diese Sprache zu erlernen, scheint alles falsch zu verstehen.

«Wie soll ich es dir denn klarmachen: Ruhr habe ich.» «Da. Da.» «Blutruhr.» «Da. Da.» «In diesem Bleisarg verrecke ich. Schau übrigens da hinüber. Wir haben noch mindestens fünf Leute mit den gleichen Krankheitserscheinungen.» Wenn es auf deutsch nicht geht, muß Forell die Erklärung auf russisch versuchen. Im Laufe der Jahre hat er einiges gelernt und hat sich Vokabular und Grammatik genug zugelegt, um sich verständigen zu können. Zur Darstellung dieser Situation aber fehlt ihm der Wortschatz. So lacht denn der Wratsch einmal in der geradebrechten und mit viel Gestik vorgetragenen Krankheitsgeschichte laut auf, öffnet seine Ledertasche und verabreicht dem Patienten, nur damit etwas geschieht, zwei Tabletten.

«Wenn das nicht Aspirin ist, du Held der Medizin, dann habe ich in meinem Leben noch nie Aspirin geschluckt. Aber vielleicht hilft es.»

Gar nichts hilft es. Auch die sechs Tabletten helfen nicht, die der Wratsch zur weiteren Kur und zur Nachkur da läßt. Zwei Tage später greift der eben diensttuende Soldat in die Bereiche der Medizin ein und läßt, um wieder einmal eine Stunde lang ruhig vor seinem Tisch sitzen zu dürfen, die vier schwersten Fälle durch Kameraden aus der Kasematte führen.

Wären die Dinge nur ein klein wenig anders und sähe Forell vor lauter Elend noch die Veränderung zu seinen Gunsten, so müßte er sich freuen und gleich wieder, seinem alten Hang folgend, aus der Gewißheit des Tageslichtes auf eine Möglichkeit der Freiheit schließen. So aber läßt er sich über Schnee, Eis und Geröll zu der großen, flach hingeduckten Baracke führen, sinkt zähneklappernd bald dem Mann rechts und bald dem Mann links in die Arme, friert so elend, daß er sich in die Höhle zurückwünscht, und kann sich nicht einmal freuen, als er seit Jahren zum erstenmal auf einem von Menschen für Menschen konstruierten Bettgestell liegt und unter sich einen Strohsack spürt.

Wo der Irrtum der von einem Anlernling der Wissenschaft über den nicht immer sehr sauberen Daumen anvisierten Medizin lag, braucht hinterher nicht mehr geprüft zu werden. Es dringt durch die Wände, so gut sie auch mit Glaswolle abgedichtet sein mögen, deutlich der Ton militärischer Verdammung herein, wenn Militärisches und Asklepisches aneinandergeraten, wobei der militärische Teil über mehr Stimme und Autorität zu verfügen scheint. Der Sinn aller Vorwürfe ist, daß der Wratsch beschuldigt ist, den unter den Gefangenen ausgebrochenen Typhus nicht erkannt oder rechtzeitig und wirksam genug bekämpft zu haben. Eine Panne ohne Schuldigen gibt es im Rußland von heute nicht. Am Typhus ist nun, wobei zugegeben werden muß, daß den Feldscher kein Genius je geküßt hat, diese klägliche Figur schuld. So einem Kerl müßte man den Prozeß machen und ihn ans Ostkap verbannen, wenn er nicht schon dort säße.

Typhus hin und Ruhr her – Forell weiß bald zu würdigen, daß er in einem Lazarett liegt, dessen Fenster zwar schwer vergittert sind, dessen klobige

Eisenöfen aber, wenn sie sich erst beim Nachheizen ordentlich ausgehustet und viel stinkigen Rauch in die Räume geblasen haben, eine herrliche Wärme abstrahlen.

Es ist schlimm mit der Krankheit, zumal sie so heftig ausgebrochen ist, daß die in den einzelnen Räumen stehenden sechs oder acht Betten längst nicht mehr ausreichen und auf dem Fußboden Krankenlager aufgeschlagen werden müssen.

Für die Kranken gibt es, was sonst im ganzen Lagerbereich ein fremder Artikel ist: Wasser. Die Mengen für eine kärgliche Reinlichkeit und die steinzeitlich anmutenden Versuche zu einiger Asepsis können nicht aus dem Schnee gewonnen werden, so daß nichts übertrieben werden kann, was den Konsum unsittlich steigern würde. Die Patienten enthüllen, wenn die Rinde abbröckelt und der Rest abgewaschen wird, wieder menschliche Antlitze, aus denen, da er hinderlich ist, auch der Bart abgeschabt wird. Langnasige, gelbe Gesichter liegen in den Betten, meist völlig apathisch, bis es bei weichendem Fieber dem und jenem der neunzig, hundert, im Höchstbetrieb hundertzehn Typhuskranken im Dämmer der Fieberschleier bewußt wird, daß es am Ende der Welt auch eine Frau gibt.

Schön ist sie nicht, die Schwester, deren Namen niemand weiß, aber wo auf tausend Kilometer sonst keine Frau mehr ist, wirkt ihre Anwesenheit erregend und zähmend. Das Blond der Haare ist aschig, und der möglicherweise wohlgeformte Körper steckt in einer Uniform, die Blicke und Empfindungen abweist. Ihr Dienstgrad scheint die unterste Stufe noch nicht überschritten zu haben. Nach ihrem Habitus und einer angemaßten Strenge ist sie Feldwebel. Mit einer Stimme ohne tragenden Klang kommandiert sie, sorgt für Sauberkeit, verlangt Ruhe, wo Genesende schon die Wiederkehr des Lebens mit mehr Stimme zu begrüßen versuchen, und hat plötzlich einen Namen.

Halbgenesende, die sich von Zimmer zu Zimmer schleppen und schon auf recht gut russische Art das Nachrichtenmittel des Gerüchts zu pflegen wissen, nehmen eine respektvolle Haltung an, sobald im Flur der Lazarettbaracke der leichtere, flinkere Schritt der Schwester hörbar wird, deren Füße zwar auch mit Stiefeln soldatischen Zuschnitts bekleidet sind, aber einen schnelleren Rhythmus oder überhaupt einen Rhythmus in das schwere Stampfen der Männerstiefel bringen.

«Achtung! Die Spinnwebe kommt!»

Die Tür fliegt auf. Spinnwebe kann das recht herrisch und männlich. Sie sieht am Bettrand eines Schwerkranken einen Halbgenesenden sitzen und runzelt die Stirn. Das heißt: Hier wird nicht gewandert! Hier ist nicht eine Klinik, die ständig durch Krankenbesuche gestört werden darf! Verschwindet! Man ist hier krank, dann liegt man eben zu Bett. Oder man fühlt sich gesund, dann gibt es nichts als die Rückkehr in die Kasematte. Oder man erliegt dem Typhus, dann ist Platz für andere Kranke. So ist

Spinnwebe. Brauenziehen und Stirnrunzeln sprechen eine gemeinverständliche Sprache, wo die Grenze, von der gegenseitigen Sprachunkenntnis gezogen, sonst vielleicht verhindern würde, daß die Getadelten den Tadel begreifen. Die Schwester geht, Kopf hoch, von Liegestatt zu Liegestatt. Die gutgeformte Hand streift mit gespreiztem Mittelfinger über ein Bordbrett, der Finger, immer noch gespreizt, wird auf die Distanz des Abscheus vor die Augen genommen, und hier nun fällt, mit Ekel und Tadel ausgesprochen, das wohl einzige deutsche Wort, das die Schwester kennt: Spinnwebe!

Es ist gewöhnlicher Staub, Ruß aus dem häufig qualmenden Ofen und der Niederschlag eines Raumes mit zuviel Menschen. Wie das in Deutschland doch nicht gar so häufig gebrauchte Wort, halbfalsch angewandt, ans Ostkap gekommen ist, wird niemand je erfahren. Gefürchtet ist das Wort, und gefürchtet ist Spinnwebe selbst, wenn sie den Finger angeekelt vor sich ausstreckt, um zu tadeln. Dennoch scheint es Spinnwebes Verdienst zu sein, daß mit der soldatischen Fingerprobe auf rauhen Bretterkanten etwas wie Reinlichkeit sich in der Baracke breit macht. Der Wratsch ist anscheinend nicht der Mann, dem es gelingt, ein noch höheres Aufflammen der Seuche zu verhindern, obgleich er nach der vom Kommandanten verabreichten Beschimpfung mit Eifer bemüht ist, seine Tabletten an den Mann zu bringen. Es ist nicht ausgeschlossen, daß sich unter den anscheinend gemischt aufbewahrten Tabletten manchmal ein Antipyreticum befindet, auch wirkungslos gegen den Typhus, aber eben doch ein klein wenig mehr als die kopfwehlindernden oder schweißtreibenden Mittelchen, die sich aus irgendwelchen Armeebeständen hier gelagert haben.

Forell bringt ein neues Heilsystem, auf das er schwört, bei den Typhuskranken in Schwung. Sowie er kriechen kann, schleppt er sich aus seiner Ecke an den Ofen, wenn einmal wieder nach Tagen das verschlackte Zeug herausgerissen und neues Feuer angemacht worden ist. Zum Neuanheizen des Ofens wird jeweils eine Kleinigkeit öliges, teerklebriges Holz gebracht, vielleicht von alten Fischfässern, aber eben Holz, damit das Kohlenfeuer angeschürt werden kann. Was als Kohle durch den Rost fällt von diesem Anheizholz, holt Forell mit den Fingern heraus und kaut es zusammen, auf dem Boden vor der Schüre hockend, bis aus einem Nachbarbett ein müdes Lachen kommt, weil der himmellange Kerl, dem der Ruß zerkauter Holzkohlen Zunge und Gaumen schwarz gefärbt hat, wie ein Chow-Chow anzusehen ist und weiterkaut, bis er einen fingerbreiten schwarzen Ring um die Lippen hat.

Es bedarf nicht des Gerüchts als Nachrichtenmittel, um die Kur des eigenwilligen Oberleutnants durch die ganze Lazarettbaracke bekannt zu machen, denn Forell schleppt sich in die anliegenden Krankenräume und sucht die Kohlenasche der Öfen nach den Überresten von Holzkohle durch.

Er schwört darauf, daß dies gut sei gegen den Typhus, und obgleich an ihm kein Zeichen von Genesung offenkundig wird, raufen bald die anderen Kranken das geringe Quantum Holzkohle mit allem Eifer aus.

Das Sonderbare geschieht, daß die Epidemie, nachdem zu Anfang mehrere Männer gestorben sind, weiterhin harmloser verläuft. Trägt nicht das Kohlefressen das Verdienst daran, so ist es die trotz allen Entbehrungen eines Jahres gute Konstitution der Männer, die Zähigkeit oder der Wille, diese erste Generalprobe mit dem Tod zu überstehen, um von hier an wohl auch das Leben im Berg auszuhalten bis ans Ende der fünfundzwanzig Jahre. Forell aber nennen sie, weil er immer wieder an Kohle kommt, denn die Russen sogar finden ihren Spaß an ihm, so daß ihm manchmal ein Stück Holz eigens zum Verkohlen gebracht wird, von da an im Lazarett Chow-Chow. Er hat ständig eine dunkle Zunge und einen kohligen Gaumen. Sie sehen es, wenn er flucht oder lacht. Und er tut beides häufig.

Besuche von Zimmer zu Zimmer sind verboten. Sie werden nicht streng geahndet, wenn einer dabei ertappt wird, aber es steht zu befürchten, daß die Ungehorsamen zeitiger wieder in die Kasematte geschickt werden. Nun kennt aber jeder Kranke längst die Gewohnheiten des Wachpersonals. Das Lazarett wird dauernd von einem zweistündig abgelösten Mann bewacht. Sein Stiefelschritt dringt durch die einfachen Holztüren in die Zimmer, wenn er den Gang hinaufgeht, am Ende des Ganges dann die Treppe emporsteigt in den ersten Stock, dort oben den Flur entlanggeht und am entgegengesetzten Ende wieder eine Treppe heruntersteigt. Das Lazarett ist ja nicht ein leicht hingestellter Barackenbau üblicher Art, sondern ein Haus aus Holz mit so viel Wohnlichkeit und Fassungsvermögen, daß der Zustand eines bloßen Provisoriums schon sichtbar überschritten ist. Wenn der Posten am oberen Ende des Flurs in die Treppe einschwenkt, ist der Augenblick gekommen zu einem eiligen Zimmerwechsel. Da der Posten ja nur seine Zeit heruntertritt, ist ihm keine Eile auferlegt. Er geht langsam, so langsam, daß ein halbwegs genesener Patient, den nicht gleich der Atem verläßt, vom letzten Zimmer am entgegengesetzten Ende des Flurs über die Treppe in den ersten Stock kommen und dort gerade noch das erstbeste Zimmer erreichen kann, ehe der Posten am gegenüberliegenden Ende des oberen Flurs auftaucht. In Etappen muß man sich dazu eben bis ans Eckzimmer vorarbeiten und dann oben das Ziel wieder in Etappen zu erreichen versuchen, die vom Turnus des ungefährlichen Wachsoldaten bestimmt werden.

Ist schon der Versuch einer so harmlosen Täuschung der Aufsicht beglückend, so verspielt man damit die Langeweile und dient dem in jedem Gefangenen wohnenden Suchen nach Neuigkeiten, Gerüchten, Erfahrungen und verwandten Schicksalen. Viel bedeutet es nicht, aber es gibt mehr Anschein von Sicherheit, wenn man sich aus all dem wahren und irrigen Gerede sein Bild der Welt zu machen versucht, in die man verdammt ist.

Forell ist unter den etwa hundert Mann berühmt geworden, als er Kohlen zu essen begann. Im ersten Stockwerk liegt einer, dessen Ruhm darin besteht, daß alle wissen, wie wenig krank er ist. Zwei Stuben weiter liegt ein Feldwebel, von dem alle sich erzählen, daß er schon seit Wochen sein Brot am Ofen trockne, um etwas Vorrat zu haben, wenn er auf die Flucht geht. Das Erdgeschoßzimmer acht, unmittelbar an der Treppe, beherbergt einen Wahnsinnigen, der bezaubernd schön singen kann, aber eben wahnsinnig ist, denn er spricht vom Wachwerden bis zum Einschlafen von seinem Sohn in Breslau. Niemand mehr glaubt an die Existenz dieses Sohnes, der Familiensilber, Schmuck und alte Münzen vergraben und es übernommen haben soll, in Breslau zu bleiben, bis der Vater wiederkommt, um den Schatz zu heben und dann endgültig zu fliehen in eine Welt, in der es sich von solchen Schätzen noch ruhig leben läßt. Beim ersten und zweiten Erzählen war es eine schöne Geschichte. Dann wurde sie widerwärtig. Und später reden die anderen von dem Sänger, dem die Russen zuweilen andächtig zuhören, nur als von einem Wahnsinnigen. Die Geschichte von Vaterliebe und Goldschatz ist nicht mehr zu ertragen.

Da ist der Feldwebel mit seinem getrockneten Brot, über das nichts zu den Russen gedrungen ist, doch ein dankenswerteres Ziel der Neugier.

Als Forell in die Stube eindringt, den Feldwebel zu besuchen, lacht von der Ecke her einer: «Chow-Chow!»

Acht Mann, jeder mit nur einer leichten Decke zugedeckt, wenden sich zur Tür, und die Fragen, ob das mit der Kohle denn helfe, fallen über ihn her. Dann reden sie eben von Kohle, Blutruhr, Typhus und fünfundzwanzig Jahren, von allem und jedem, um lang etwas zu reden und eine Fülle für die öden Stunden zu haben. Forell sieht sich die acht Gesichter an, um zu ergründen, welcher denn der mit dem getrockneten Brot und den Fluchtabsichten sei. Es bleibt ihm nichts übrig, als nach viel leerem Gespräch, das keinen Aufschluß gibt, geradeheraus zu fragen, welcher denn der Brotröster sei.

«Na, wer denn?» knurrt ein Vierzigjähriger, der daheim wohl Bauer ist, und deutet mit dem Daumen in die Ecke. «Der im letzten Bett. Aber wieso weißt du davon?»

Forell geht in die Ecke. «Es sollte mich wundern, wenn es die Russen nicht auch schon wüßten. Ihr redet zuviel, Leute.»

«Schon gut», lacht der Mann im letzten Bett, der bei Forells Eintreten «Chow-Chow!» gerufen hat. «Man muß darüber reden und ganz laut sagen, daß man bei Gelegenheit abhauen werde, dann nimmt keiner es ernst. Natürlich werde ich abhauen. Verlaßt euch drauf!» «Forell.» «Dechant.» «Na, was hast du denn? Ist dir übel? Man geht nicht in fremde Gemächer, um sie vollzukotzen.» «Clemens Forell.» «Ach, seid ihr Herren Offiziere förmlich! Heinz Dechant ist mein Name. Ich habe es nur bis zum Feldwebel gebracht.» «Ich war Oberleutnant. Aber das tut nichts.» «Dann mach es auch nicht gar so förmlich! Bist du noch krank?» «Noja, es macht sich allmählich. Du willst abhauen?» «Ist dir das so in die Knochen gefahren, daß du alle Farbe verloren hast? Natürlich. Meine Krankenzimmergenossen sind anderer Meinung und sagen, ich komme unmöglich durch.» Forell setzt sich an den Rand des eisernen Bettgestells und spürt jetzt erst so recht, wie krank er noch ist.

«In welchem Stollen bist du untergebracht?» «Die Dinger haben keine Nummern. Viel Flur, Kasematte, noch einmal Flur, dann unsere Kasematte. Welcher Stollen es ist, weiß ich nicht. Scheint überall gleich schöne Landschaft zu sein.» «Scheint so. Und – du willst abhauen?» «Du etwa auch?» «Ich sehe keine Möglichkeit.» «Hier aus dem Lazarett muß man abhauen, mein lieber Forell. Drinnen im Berg sieht das sehr schlecht aus. Brillante Idee übrigens von den Burschen, acht Löcher zu bewachen mit insgesamt sechzehn Mann. Ich werde hier mindestens vier Monate krank sein, um in dieser Zeit alles auszuspähen, was gefährlich sein könnte.» «So etwas wie Stacheldraht gibt es hier nicht?» Forell möchte sich vergewissern, ob er nicht etwa schlecht beobachtet und vielleicht etwas Gefährliches übersehen hat.

Dechant stützt sich auf die Ellbogen, betrachtet Forell eine kurze Weile und blickt dann durchs Fenster in den diesigen Tag hinaus. «Nichts da, soweit du siehst. Ich kenne jetzt alles an Gebäuden, was zum Schutz unserer Unfreiheit gehört. Wohin je ein Russe seinen Fuß gesetzt hat, da ist als Wichtigstes eine Kommandantura entstanden. Für so polare Verhältnisse recht ansehnlich. Steinbauten führt man an einer solchen Stelle besser nicht ein. Eine Kommandantura ohne Mauern, ohne Gerassel mit Stacheldraht, ohne Haftzellen, sofern nicht für die eigenen Soldaten etwas dieser Art vorhanden ist. Merkst du nicht, daß wir in ein wärmeres Klima geraten sind?»

Forell deutet mit dem Daumen an der Kommandantur vorbei auf einen ansehnlichen Barackenkomplex. «Was ist das?» «Lager für Vorräte, Verpflegung und – Blei.» «Soll das wirklich alles an Gebäuden sein?» «Wenn man vom Bleiberg absieht, ja.» «Dalstroj nennt sich das alles zusammen?» «Darüber bin ich mir nicht ganz klar. Ob ‹Dalstroj› eine Ortsbezeichnung darstellt, erscheint mir beinahe zweifelhaft. Der Name kommt mir etwas zu oft vor.» «Troizkoje kommt auch oft vor, viel öfter als Dalstroj, und ist dennoch eine Ortsbezeichnung.» «Völlig gleichgültig. Wichtiger wäre es, genau zu wissen, wo wir liegen. Wenn man das Ohr ein wenig an der Wand hat, erfährt man die seltsamsten Dinge. So völlig ohne Menschen, wie es uns vorkommt, ist die Gegend beileibe nicht. Und es ist auch nicht so, daß wir von der Welt gänzlich abgenabelt wären. Irgendwo am Kap Deschnew, wahrscheinlich sogar an zwei Stellen, haben die Sowjetrussen sich bereits erheblich nachhaltiger niedergelassen, das Eis abgesprengt bis auf den Fels und sich auf dem Fels festgesetzt, um von dem ewigen Wind nicht wieder weggeblasen zu werden. In dem Boden da sind noch ganz andere Dinge als unser armseliges Blei. Es geschieht hier in der Gegend auch in anderen Dingen mehr, als wir sehen.» «Kann uns gleichgültig sein.» «Nein, mein Lieber. Man müßte das genau wissen, um auf der Flucht den richtigen Weg zu wählen. Sonst läuft man den Nachbarn in die Hände.» «Mal unseren Kartographen fragen.» «Habt ihr so etwas bei euch?» «Ein immer trauriges und mürrisches Männchen, das auswendig ganz Sibirien an die Wand zeichnen kann. Der Mann hat in Leipzig in dieser Branche gearbeitet.» «Bis neununddreißig. Und in Leipzig hat man neununddreißig von der Sowjetunion etwa das erfahren, was neunundzwanzig vielleicht hochaktuell gewesen sein mag. Ach, wir mit unserer deutschen Einfalt! Schau dir den Kohlenhaufen dort an!» «Na, und?» «Woher kommen mitten im Eis ein paar hundert Tonnen Kohlen? Übrigens etwas typisch Russisches, nein, Sowjetrussisches, oder nein – es ist einfach russisch: Befehl des Kommandanten ist, daß die Kohlen nur verheizt werden dürfen für die Kommandantur, in der viele Öfen brennen, und für Zwecke der Küche. Das Kochen geschieht im Berg.» «Für uns Sträflinge, ja. Ich weiß.» «Es ist weiterhin Befehl der Kommandantur, daß im Lazarett jedes Zimmer bei Tag und Nacht geheizt sein muß. Das ist einfach ein Befehl der Vernunft, denn Kranke mit nur einer Decke auf dem Bauch brauchen viel Wärme. Kohle darf nicht verwendet werden. Holz ist rar wie Gold.» «Wir heizen die Stuben, daß die Öfen krachen.» «Der salomonische Ausweg, der praktisch dennoch eine Übertretung darstellt, bleibt so lang unbeanstandet, als der Kommandant nicht plötzlich die Sache quer in den Humor bekommt. Die Kohle wird durch Gitter geworfen. Und was für Gitter! Siehst du? Was durch die Gittermaschen fällt, ist nicht mehr Kohle, darf also für unsere Zwecke verwendet werden, sofern nicht über Nacht eine andere Ausführungsbestimmung erlassen wird. Mit den Kohlen, die da als Berg aufgeschüttet sind, kann zwei Jahre geheizt werden. In einem dritten Jahr aber muß neue Kohle kommen. Sicherlich nicht mit Hundeschlitten. Es fragt sich: bauen die Russen auf der Tschuktschen-Halbinsel selbst Kohle ab oder schaffen sie den Bedarf mit Schiffen heran? Im ersteren Fall gibt es wieder einmal mehr Menschen in der Nähe, als mir lieb sein kann. Was für Menschen sind es? Russen, im Freiland gezogen? Gefangene? Wenn Gefangene – wer bewacht sie?» «Je länger du so redest, Dechant, desto besser gefällst du mir.» Forell rückt näher an den Kameraden heran, weil es so schneidend still in der Stube geworden ist, seit in der Ecke ganz offen von den Möglichkeiten einer Flucht gesprochen wird. «Ich bin ein alter Praktiker im Ausreißen und habe nie solche Erwägungen angestellt, die ihre Heimat in der Theorie der Flucht haben.» «Mit der Praxis kommst du nicht weit.» «Das sehe ich allmählich ein.»

Es ist so still in der Stube, daß schon ein Flüstern wie lautes Schreien wirken würde. Dechant so wenig wie Forell wagt zu ahnen, ob nicht unter den sieben anderen Kranken einer sein wird, der morgen den Hergang des Gesprächs weitererzählt.

«Verfluchtes Sibirien!» sagt Forell mit einem überbetonten Stöhnen und lenkt das Gespräch auf Alltäglichkeiten, weil ihn das Mithorchen der anderen unsicher macht. An das immerwährende Kläffen eines bissigen Windes hat man sich so sehr gewöhnt, daß sein Heulen und Klirren der Fensterscheiben kaum noch ans Ohr kommt, das darunter jedes leiseste Flüstern aufnimmt. Sie sprechen vom Wind, von der Kälte, von der kleinen Chance des Menschen, der sich etwa hinauswagen sollte in soviel Härte eines barbarischen Klimas. Und als Forell die Mithörer endlich genügend abgelenkt zu haben glaubt, gibt er Dechant, während er von ganz flachen Dingen plaudert, die Frage auf, ob sie beide es wagen könnten. Das geht ohne Ton und Laut vor sich. Forell deutet lediglich mit dem Finger in der Geste einer Frage: Du und ich?

Dechant nickt bedächtig dazu.

Forell schiebt die Schultern hoch: Wird es überhaupt möglich sein?

Dechant gibt gähnend seine Antwort, als ob vom Wetter und von sonst nichts die Rede wäre: «Und doch ist es, glaube ich, im Winter hier noch besser als im sogenannten Sommer.»

Einverstanden!

In Etappen, die vom Rundgang des Postens bestimmt werden, kehrt Forell in seine Stube zurück. Die Kranken, die mit ihm den gleichen Raum teilen, wundern sich über ihn, als er anderntags fast seine ganze Ration Brot in dünne Scheiben am Ofen zu trocknen anfängt. Diese Methode hat hier schon einigen Ruf, und es kann nicht lang dauern, bis das Gerücht durch die Wände hindurch jeden Mann erreicht, daß auch im Erdgeschoß einer liegt, der Brot trocknet für die Flucht. Das Gerücht aber ist wie die Trommelsprache der Neger an keine Sprache gebunden. Es wird über kurz oder lang auch von den Russen verstanden werden, sofern sie das Bemühen eines Narren, von hier zu entlaufen, überhaupt ernst genug nehmen wollen, um auf das Gerücht hinzuhören.

Damit nichts allzu Auffälliges geschehe, wartet Forell ganze vier Tage, ehe er wieder die Panthersprünge ins obere Stockwerk wagt und bei Dechant, so beiläufig, einen Besuch abstattet.

«Wie lange gedenkst du noch krank zu bleiben?» will Dechant erfahren.

«Der Wratsch ist dumm genug, daß ich noch einen Monat herauswirtschaften kann.» Forell sieht noch schlecht aus. Die schwarzen Lippen machen das nur noch deutlicher. «In einem Monat habe ich die Menge Brot beisammen. Etwas anderes: wir brauchen Fett. Ich habe die Lösung: gestern hat es wieder einmal die kleinen Fischlein gegeben.» «Die haben wir alle acht in den Ofen geworfen. Nicht hinunterzubringen. Scheußliches Zeug!» «Aber fett. Wir haben hungrigere Zeiten zu erleben als diese guten Lazarettwochen. Ich kann mir vorstellen, daß uns eines Tages die winzigen Fettfische ausgezeichnet durch den Hals gehen werden, ohne daß uns der Ekel kommt. Bei uns unten ißt sie auch niemand. Ich habe sie eingesammelt. Jetzt sind sie im Freien in der Gefrieranlage. Nicht mehr in den Ofen werfen, sondern mir übergeben! Ich sorge schon dafür, daß sie gefrieren. Mit den Fischlein für acht Mann leben wir notfalls zwei Wochen, in der größten Not noch länger.» «Gut. Du bist zugestandenermaßen der bessere Praktiker. Dann traue ich dir auch zu, daß du eine Möglichkeit ausdenkst, wie wir aus dieser Hütte da wegkommen.» «Der einzige bedeutende Punkt in ganz Rußland, an dem es keine Scheinwerfer gibt. Der einzige Platz, an dem eine Flucht möglich ist.» «Dafür so nahe an der deutschen Grenze, daß sich die üblichen Vorsichtsmaßnahmen erübrigen.» Dechant fühlt sich heute schlecht. Er hat wieder Fieber, graust sich noch vor den Fischlein von gestern und hat eine plumpe, rauhe Zunge. «Du solltest auch Kohle essen», meint Forell. «Ich will nicht wie ein Salonhund aussehen.» «Das einzige, was hilft.» «Dann bring morgen eine Lieferung Kohlen!» «Ihr lacht darüber. Dabei gibt es wirklich nichts anderes, was helfen kann, vor allem nicht in einem Lager ohne vernünftige Medikamente. Du mußt ja gesund sein, wenn wir bloß daran denken wollen, die gastliche Stätte zu verlassen.»

Stumpf redet Dechant vor sich hin: «Natürlich muß ich gesund sein. Ich weiß. Mit dieser verfluchten Krankheit rutscht einem unversehens auch einmal die Seele mit weg. Dann schlichten sie mich da drüben, ich weiß den Platz bereits, unter ein paar Felsbrocken. Dann ist es vorbei mit dem Heimkommen. Und ich muß heim.» «Ich auch.» Forell ist in Sorge um den Kameraden. «Was es bei dir schon bedeutet!» «Irene ist jetzt vier Jahre alt.» «Ausgerechnet Irene!» «Wieso? Ist meine Tochter.» «Mit lauter Hurra und Tapferkeit bis zum Oberleutnant hinaufwerkeln, aber im dritten Kriegsjahr eine Tochter Irene taufen lassen! Einfälle habt ihr Herren! Da mußte ja der Krieg verlorengehen.» «Kathrin hat es so gewollt.» «Das sagst du so, wie man von einer Heiligen spricht. Liebe?»

Forell nimmt den schwarzen Mund eng und schweigt.

«Nimm's nicht übel, Großer! Du hast eine Kathrin und hast sie mit dir, wenn du wirklich wieder zurückschlupfen mußt in das schwarze Bergloch. Bei dir schläft eine Kathrin, wenn die anderen schnarchen und die ganze Fäulnis von Menschen, die verrotten müssen, die Kasematte ausfüllt. Auf der Felsdecke kommen, so schwarz sie sein mag, in den Nächten die dünnen Halbbögen des Mondes, wie er anfängt und zu sein aufhört. Eine Kathrin vermag das alles. Es ist ein wunderschönes Elend, eine Kathrin zu haben. Ich beneide dich, Forell.» «Du bist der erste, zu dem ich überhaupt einmal davon gesprochen habe. Es ist ja gar nicht so mit dem Ritter ohne Furcht und Tadel, mit der Tapferkeit und dem rauhen Krieger. Ein Kind bin ich, das zweimal schon die Flucht gewagt hat. Einmal ist sie tatsächlich geglückt. Als sie mich dreiundvierzig dann wieder erwischten, war mein Bild schon beim Vernehmungsoffizier. Das hat mir den Ruf eingetragen, als sei ich ein Raufbold im Namen des Vaterlandes. Daß es Kathrin gibt, brauchen die Narren ja nicht zu wissen. Ich machte die Dummheit von neuem. Jetzt, wo wir so weit weg sind, mache ich sie mit der traumwandlerischen Sicherheit eines Narren.»

Dechant liegt flach auf dem Rücken und schaut starr zur Holzdecke empor. Er ist so elend blaß wie Forell neulich, als er zum erstenmal den Namen Dechant hörte.

«Wenn ich wüßte, daß um mich eine Kathrin ganz tief und ehrlich weinen würde wie die deine um dich, würde ich bleiben und das still erfüllen, was man mit uns vorhat: lautlos wegsterben nach ein paar Jahren Zwangsarbeit. Bei mir ist alles schon in Scherben. Ich bin Ingenieur. Man muß sich das erzählen, damit man sich kennt. Eine Frau habe ich auch einmal gehabt. Richtig. Aber schon längst ohne Bedeutung. Und doch muß ich heim.»

Plötzlich richtet Dechant sich auf und starrt Forell aus fiebrigen Augen an. «Wo etwa in unserer Heimat kommt der Name Mattern vor?»

Also weiß er es. Forell spürt, daß ihm die Zunge wie gerauhtes Sohlenleder im Mund liegt. «Ist das ein Ortsname?»

«Mattern, habe ich gesagt.» «Ja. Und ich habe gefragt, was das sein soll.» «Wenn einer Jenikeit heißt, muß er wohl aus Ostpreußen sein. Habersetzer kann einer nur heißen, wenn er in Bayern seine Heimat hat. Wo heißen die Leute Mattern? Heraus mit der Rede!» «Der Name kommt zuweilen vor. Er ist neutral. In Bayern weiß ich zumindest drei Leute, die auf den Namen Mattern hören.» «Ich hätte gedacht, der Name gehöre in eine ganz bestimmte Gegend.»

Forell hat die Ruhe, nachdem er sich mehrere Tage an den Zusammenhang gewöhnen konnte, das Schicksalsspiel zu betrachten, als sei er nur zum stillen Zuschauer bestimmt. Er wird sein Wissen nicht hergeben und unter dem Berg, wenn er je noch dorthin zurückkehren sollte, dem Achtzehnjährigen nichts davon sagen, was ihm hier begegnet ist.

«Suchst du einen bestimmten Menschen unter diesem Namen?» «Ich werde ihn sogar finden.» «So schwer kann das nicht sein. Jeden Menschen gibt es nur einmal. Wenn du den Vornamen weißt und das Alter . . .» «Alfons. Alfons Mattern. Ich weiß nicht den Beruf, nicht das Alter, gar nichts. Nur, daß ich ihn finden werde, weiß ich so sicher, wie ich Heinz Dechant heiße und hier abhauen werde, weil ich heimkommen und diesen Herrn Mattern finden muß, finden werde.» «Die Geschichte kenne ich gut», könnte Forell ihm sagen, «die Geschichte ist mir in der ersten Nacht nach Tschita unter Himmel und Zeltplane erzählt worden von dem jungen Mann, den du suchst.» Er hört zu und nickt einmal und sagt dann einmal «Weiter!» und winkt wie entschuldigend zuweilen mit müder Hand, als

Dechant berichtet, wie er verhört und gepreßt und gequält worden sei, daß er Dinge gestehen sollte, von denen er nicht einmal entfernt wußte. Feldwebel sei er gewesen, ja, Zugführer damals in Ostpreußen, jaja, aber von den Dingen wisse er nicht. «Daß ich so tapfer zur Wahrheit stehen könnte, habe ich mir selbst nie zugetraut. Die Leute haben allerhand Methoden, die Angeschuldigten das Gegenteil der Wahrheit sagen zu lassen, aber ich bin bei der Ehrlichkeit geblieben, bis sie mein Geständnis nicht mehr brauchten, weil sich irgendein Alfons Mattern damit die Freiheit erkauft hat, daß er meine Untaten gestand, von denen ich nicht einmal weiß, wo sie stattgefunden haben sollen.»

Vielleicht wäre es dem Kranken eine Genugtuung, wenn Forell ihm erzählen dürfte, daß dieser Alfons Mattern ein Knabe voll Angst sei und hier im gleichen Bergstollen mit ihm liege. Dann wäre die Flucht überflüssig, weil sie nicht um ihrer selbst willen geschieht, nicht Heimat, Frau oder Kinder meint, sondern einer fälligen Abrechnung gelten soll. Das Gespräch hat Dechant angestrengt. Nun läßt er sich gehen und liegt mit halboffenem Mund da, verbraucht und fiebrig, in Wachsein, Traum und Fieber unaufhörlich von dem Denken an die Flucht ausgefüllt.

«Er ist ein Narr», sagt man weiter vorne in der Stube zu Forell, als er geht. «Ein guter Kerl sonst, zum Lachen aufgelegt, hilfsbereit, wenn er nicht selbst Hilfe braucht. Was hat er bloß, daß er immer davonlaufen will?» «Na, Gott! Wenn einer unschuldig hier ist!» «Sind wir alle.»

Forell zieht sich zurück in seine Stube, rechnet ein paar Tage lang die Chancen zusammen, jetzt für sich ganz allein, da mit Dechant kaum zu sprechen ist, und trocknet das klebrige Haferbrot langsam zu einem Reisevorrat. Durch trübe Fenster sieht er den trüben Tagen zu, wie sie schläfrig aufkommen, vom Wind überweht, und müde hinkriechen, nicht mehr als ein paar Mittagsstunden lang, bis sie zurückkriechen in ihre eigene Indifferenz zwischen Hell und Dunkel.

Dreimal in den Lazarettwochen sieht er die Soldaten eine Schlittenkolonne zusammenstellen. Den Zweck kennt er nun schon.

Von der Abfahrt bis zum Wiederkommen vergehen Wochen. Dann sind die Schlitten, jeder nur einfach bemannt, gefährlich hoch beladen mit grünem Reisig von Fichten oder fremdartigen, latschenähnlichen Koniferen. Für einen Tag zumindest liegt dann nicht der Geruch von Fisch über dem Lager, sondern schöner, herber Nadelgeruch. Andere Kranke wissen, daß dieses Reisig in den Kasematten das Stroh ersetzen soll.

«Das ist hier so gebräuchlich», meint der Bettnachbar. «Die Russen haben auch immer schon auf Reisig geschlafen.» «Die Soldaten in der Kommandantur?» «Die Russen, unsere Vorgänger und Arbeitsgenossen. Oder glaubst du, die Mäuse hätten die Stollen in den Bleiberg getrieben?» «Nein. Das ist alte Arbeit, echt russiche Geduldsarbeit.» «Als wir kamen, lagen in ein paar Stollen bereits sechshundert Cilnys, nicht kurzfristige

Strafnikis, sondern Dauergäste, die wir nie zu sehen bekommen. Aber sie sind da und waren schon vor uns da.» «Woher weißt du das?» «Gerücht. Von den Gerüchten stimmt die Hälfte nicht. Doch gibt es Gerüchte, die ein so sicheres Gepräge haben, daß man sie allmählich als die zähflüssige Wahrheit erkennt. Wie viele Cilnys in dieser Ecke bereits untergegangen sind, bis die ungezählten Löcher in den Berg gefressen waren, soll der noch lebende Gefangene lieber nicht auszurechnen versuchen. Wir sind die ersten Deutschen, die ersten Kriegsgefangenen. Aber nicht die letzten.» «So ist das?» «Etwa so. Ganz genau erfährt man das nie. Gib acht, daß dein Brot nicht anbrennt! Schade um alles, was du dir vom Mund absparst!»

«Hat die Kommandantur eine Funkverbindung?» «Das sollte man wissen, wenn man sich mit solchen Gedanken trägt wie du. Der Eisenmast auf der Baracke sieht annähernd wie eine Antenne aus, scheint aber andere Aufgaben zu haben. Es fragt sich, ob ein Durchgebrannter überhaupt einen Funkspruch wert ist.»

Draußen fährt ein Hundeschlitten vor.

Ein Soldat darauf. Wenn er das Pelzzeug ablegt, wird möglicherweise zu erkennen sein, ob er Offizier ist. Noch ein Mann steigt ab. Dann wird Gepäck abgeladen. Erstaunlich genug, was auf so einem Schlitten alles Platz findet. Der Aufwand an Spanntieren ist ja auch groß genug, um eine ordentliche Ladung zu rechtfertigen. Der zweite Mann vom Schlitten wird in die Kommandantur geführt, während das Gepäck in die Lazarettbaracke geschafft wird.

Noch am Abend geht Forell auf Erkundung. Sein Versuch jedoch, über die Treppe nach oben zu kommen, wird abgeschlagen. Es sind mehr Posten unterwegs, und oben wird mit der gebotenen Aufregung, die durch alles Neue ins Haus kommt, ausgepackt, eingerichtet und über einen Dolmetscher mit erheblicher Freundlichkeit ein Deutscher über medizinische Dinge befragt.

Ehe er in den Zusammenhang eindringen kann, wird Forell durch die Vorsicht gezwungen, sich ins Zimmer zurückzuziehen, das er dreizehn Stunden nicht mehr verläßt, ohne aber der Neuigkeiten verlustig zu gehen, die sich im Lazarett einspielen. Kohlen müssen geholt werden, Schnee wird hereingebracht, der auf dem Ofen zu Wasser werden soll, es gibt feste Essenszeiten und den Kontrollgang von Spinnwebe. Dabei sickert genug ein, um ein Bild zu formen. Was nicht den in aller Welt sonst üblichen Weg durch die Türen nimmt, sickert auf unerklärliche Weise durch Wände und Decken, weshalb nach knapp einem Tag das Bild komplett aus Mosaiksplitterchen zusammengesetzt ist.

Mit dem Schlitten sind Medikamente angekommen und ein Arzt. Der Arzt ist ein Deutscher, bis jetzt in Tomsk in einem Lager, Stabsarzt, Breslauer seiner Herkunft nach, Chirurg und Internist, bis zu seiner Einberufung tätig gewesen in Magdeburg, aus unbekannten Gründen zu fünfundzwanzig Jahren verurteilt mit der Milderung, daß er unter seinesgleichen als Arzt arbeiten darf und die Verantwortung für alle Gefangenen am Kap auferlegt bekommt.

Dabei hat noch niemand mit dem Arzt gesprochen.

Am anderen Morgen kommen sie so zur Visiste: ein Arzt, den Mantel blühweiß, ihm folgend der Wratsch mit einem unschuldsvollen Paar erstaunter Ochsenaugen, und diesem folgend Spinnwebe. Forell macht Meldung, wie er es gelernt hat, aber seit seiner Ankunft hier zum erstenmal vor einem Deutschen. Fall um Fall wird durchgenommen, aber wo es um eine mögliche Hilfe geht, schiebt auch der neue Mann die Schultern hoch. Gestern sind Medikamente gekommen mit dem Schlitten, der auch ihn hierhergebracht hat, aber da der Zufall des Vorhandenen die Lieferung ausgewählt hat, bedeutet das nicht viel.

«Sie sehen erträglich aus.» «Ich habe die Kur mit Holzkohle versucht.» Der Arzt lächelt. «Wie heißen Sie?» «Forell. Oberleutnant Clemens Forell.» «Ein nicht sehr häufiger Name, der mir schon einmal untergekommen zu sein scheint. Entschuldigen Sie: Doktor Stauffer.»

Als die Zeit etwa Mitte Januar sein dürfte und Forell es beim klügsten Aufwand an Verstellung nur noch schwer fertigbringt, für die kritischen Augen der Mediziner den kranken Mann zu spielen, denn die Holzkohle hat offensichtlich ganz ausgezeichnet ihre Wirkung getan, wird die Karte des Geschicks so gespielt, daß der beste Trumpf auf den Strafgefangenen Forell kommt.

Seit vierzehn Tagen schon müßte der große und wieder zu guten Kräften gekommene Mann im Berg sein, wenn die Welt nicht so klein wäre. Von der ersten Begegnung an hat Doktor Stauffer sich mit dem Namen Forell befaßt, der ihm aus einer angestaubten Ecke des Gedächtnisses bekannt erschienen ist. Mit einiger Mühe hat er später die Ecke gefunden über die Erinnerung an einen Kommilitonen aus der Tübinger oder Würzburger Zeit.

«Das könnte mein Bruder Ernst gewesen sein, der in Tübingen studiert hat. Dr. Ernst Forell, der gefallen ist.» «Die Welt ist so klein.»

Seit vierzehn Tagen müßte Forell bereits, wenn er nicht einen Bruder in Tübingen gehabt hätte, im Berg sein. Auf länger ist das Spiel nun nicht mehr zu dehnen, ohne daß der Wratsch auf den Fall aufmerksam wird, der kein Fall mehr ist, und bei den Russen Alarm schlägt. Das kann den Arzt um seinen Platz bringen und alle Kranken den ärmlichen Kenntnissen des Feldschers ausliefern.

«Sie sind nicht nur wieder gesund, sondern ausgesprochen kräftig.» «Ich weiß.» «Leider.»

An genau dem Tag, da Stauffer schweren Herzens den Patienten Forell gesund schreibt, kommt der Parawotschek der Kommandantur zum Arzt, er möge zwei Mann nennen, die wieder völlig gesund und in der Lage seien, die Strapazen einer vielleicht auf sechs Wochen berechneten Fahrt bei dieser Jahreszeit durchzustehen. Dr. Stauffer zögert noch, während er acht Scheine in der Hand immer wieder umschlichtet.

«Es ist auch für dich wichtig, Towarisch Stauffer. Irgendwo sollen Dekken und Medikamente abgeholt werden. Du hast dich mehrmals beklagt, daß die Kranken nur mit einer Decke zugedeckt werden können. Decken sind vorhanden. Dort sind ebenfalls Medikamente aus deutschen und amerikanischen Beständen. Der Schlitten darf laden, soviel die Hunde ziehen. Bitte!»

Der Dolmetscher sieht nicht ganz so aus, als würde er die Botschaften hin und her mit letzter Ehrlichkeit vermitteln. Es kann recht gut sein, daß die Absicht anders läuft und die fröhliche Unterbrechung, die eine solche Schlittenfahrt trotz grimmigster Kälte bedeuten würde, gänzlich andere Ziele hat. Nach einigem Überlegen sortiert Stauffer aus den acht Gesundscheinen zwei aus, die er vor den Dolmetscher hinlegt. «Lothar Eisemann, sechsundzwanzig Jahre alt. Kräftig und voll genesen. Und Clemens Forell, achtundzwanzig Jahre alt, sehr kräftig, gesund und wohl auch ausdauernd. Das sind zwei wirklich brauchbare Männer.»

Was weiter geschieht, ehe der Arzt die beiden überhaupt verständigen kann, geht so schnell vor sich, daß Forell nicht einmal mehr von Dechant Abschied nehmen kann. Und seltsam: Forell denkt bei der überraschenden Aufforderung des Postens, er möge sich sofort fertigmachen, weder an Flucht noch an irgendwelche Möglichkeiten dazu, sondern nur an das Loch im Berg, in das er jetzt abgeführt werden soll. Unter dem Bettgestell in einem Konservenkarton liegt das Dörrbrot, das im Berg wohl zu gebrauchen wäre, doch der Posten geht nicht mehr von der Stelle, bis Forell sich angezogen hat. Als er nach den Habseligkeiten greifen will, bedeutet ihm der Uniformierte, er möge alles zusammenbinden, auf das Bett legen und sofort ohne Umstände mitkommen.

Das nun ist, auch wenn Erfahrungen in solchen Dingen fehlen, ein ausgesprochen unangenehmes Gefühl: nicht in das halbwegs vertraute Dunkel des Bergstollens, sondern auf dem entgegengesetzten Weg in die Kommandantur geführt zu werden. In der Eile erforscht Forell alles Geschehnis der Lazarettmonate mit dem vielen Geschwätz von Brotdörren und Flucht, und ein klein wenig fühlt er sich beruhigt, als im Flur des Kommandanturgebäudes, ebenfalls von einem Posten bewacht, nicht Dechant des gleichen Schicksals wartet, sondern ein anderer, ihm fremder Mitgefangener. Es geht unter gediegener Bewachung auf der anderen Seite aus dem Gebäude, das viel größer als erwartet ist, hinaus und in einen holzgebauten Seitentrakt hinein, wo die Bewachung sich mehrt, aber eine humorige Gutmütigkeit die beiden Deutschen herumpufft, bis sie in einer penetrant nach Läusepulver riechenden Kammer in herrliche Wachpelze gesteckt werden, Pelzstiefel angepaßt und Pelzmützen auf den Kopf gestülpt bekommen. Pelzhandschuhe vervollkommnen die Ausrüstung, wie sie die beiden gleich prächtig nur an russischen Wachposten gesehen haben, seit sie gefangen wurden.

Die Zeichen sind nicht schlecht. Das Essen ist beinahe noch besser als die Zeichen der kommenden Dinge. Man steckt Forell und Eisemann in eine vergitterte Kammer: sie mögen hier schlafen, bis man sie wecken werde.

«Mensch! Was machen die bloß mit uns?» «Richtung Heimat vielleicht.» «Wir haben die Futterkosten noch gar nicht eingebracht. Aber es wird, nach der Kleidung zu schließen, weit gefahren.» «Du wirst sehen, Forell, daß sie uns heimschicken.» «Bist du eigentlich unmittelbar aus der Kinderbewahranstalt in den Krieg gekommen, oder hast du doch vorher noch lesen und schreiben gelernt, du Kindskopf?» «In Rußland ist alles möglich. Die können ja plötzlich entdeckt haben, daß wir unschuldig sind.» «Das Entdecken der Schuld hat ihnen mehr Mühe gemacht.» «Auf alle Fälle: wenn es nach Süden geht, ist es Richtung Heimat.» «Wenn es nach Norden geht, müssen sie uns ja ersäufen. Oder glaubst du, daß die Beringstraße zugefroren ist?» «Was ist die Beringstraße für eine Straße?» «Eine schwer befahrbare.» «Und das sollen wir mit Hundeschlitten machen?»

Forell beneidet dieses Kind um die entzückende Unwissenheit und schläft beinahe vergnügt ein.

Noch ist tiefe Nacht, als sie geweckt werden und verladen helfen müssen. Benommen torkeln sie herum, unbeweglich gemacht durch das viele Pelzwerk, und binden auf einen langen Eisenschlitten, was herangeschafft wird: Dörrbrot, Fisch, Konservendosen und ein Fellzelt, das ihre Wohnung für die nächsten Wochen sein wird. Freundlich und ungeheuer beschäftigt, Augen wie ein Kind so blau und treu, schnürt Wassilij mit Riemen alles fest. Wassilij heißt dieser Mensch in Uniform und Pelzen. Er pocht mit dem Finger auf die Brust: Wassilij. Er also ist Wassilij. In wieselhafter Unruhe treten die Schlittenhunde beim Einschirren herum, in dicke Wolle gewickelte Ungeduld, die sich ungehemmt auf die Fahrt zu freuen weiß.

Hoja ho!

Wassilij hat die Leitriemen in den Händen, stößt den wunderschön tragenden Ruf aus und strahlt, soweit der Pelz es freigibt, über das ganze Gesicht, als der Schnee aufstäubt unter den flinken Beinchen.

Da wird es eben ganz vorsichtig Tag am Polarkreis.

Beim Umschauen will es den Männern so erscheinen, als kippe das düstere Landstück mit den Gebäuden auf einem Wippbrett unter den Landschaftsspiegel hinunter, um nie mehr aufzutauchen. Fünfzehn Hunde knäueln in unberührtem Schnee dahin vor einer leichten Last, denn drei Männer und die Reiseausrüstung machen nicht soviel Gewicht aus, daß es die Hunde ermüden könnte, auch wenn die Fahrt immer zäher wird beim Berganfahren.

Wassilij schätzt die Strecke auf achtzig Werst, die man bis zum Abend zurückgelegt hat. Wann Abend ist, bestimmt ebenfalls Wassilij, und er wird auf eine recht späte Stunde gelegt. Das Zelt wird abgenommen und auseinandergerollt. Die Hände des Russen sind unvorstellbar geschickt und setzen, während die Gefangenen sich mit dem Wundern und Bewundern ausreichend beschäftigen, das Zelt neben den Schlitten, um dann für Essen nach einem so herrlich kalten und aufregenden Tag zu sorgen, nicht ohne daß sein reiner Kinderblick einen Wolkenschimmer von Vorwurf bekommt, weil sich die beiden Partner, als wären sie nie Soldaten gewesen, beim Zelten wie beim Anrichten der Mahlzeit dumm und hilflos angestellt haben. Den Umgang mit solcher Art Zelt zu lernen, ist ihnen eben vorbehalten geblieben bis zu diesem Tag am Ende der Welt.

Störend und hinderlich hängt an Wassilij, was immer er tut, die Maschinenpistole. Sie bleibt störend, als er sie beim Schlafen zwischen die Knie nehmen muß. Wer aber wagt schon einem Woenna Plenny zu trauen, der wegen unmenschlicher Verbrechen auf Lebenszeit ins Bleibergwerk verbannt ist? Ein knurriges Abendgespräch in der Wärme der Felldecken vereint die drei Menschen in Frieden und Zuneigung. Forell, der schon einiges Russisch gelernt hat, braucht jedoch kaum zu dolmetschen, wenn Wassilij Sinn und Ziel der Reise darlegt. In einer Stadt am Meer sind Medikamente und Decken zu holen für die Kameraden. Es bedeutet Vertrauen, Ehre und Auszeichnung für zwei so üble Burschen, daß sie die große Fahrt mitmachen dürfen.

Der Ehre und der Auszeichnung bewußt, machen Forell und Eisemann am Morgen beim Einrollen des Zeltes einigermaßen vernünftig die Umkehrung der Handgriffe, die beim Aufstellen dem Russen so fließend aus der Hand gekommen sind, mit dem Erfolg freilich, daß Wassilij das Zeltbündel noch einmal aufmacht und zeigt, wie man es auf ein Drittel des Volumens zusammenbringen kann. Mit Hoja ho, nachdem die Hunde nur zum Abend etwas bekommen haben, geht es stäubend in den Schnee des neuen Tages hinaus. Wassilij hat nur leicht in die Gegend geschnuppert, sich selbst Gewißheit zugenickt und ist rasch und zufrieden aufgestiegen.

Solang die Reise dauert, und sie beansprucht drei Wochen, zieht der Soldat keine Karte heraus und schaut nie auf einen Kompaß. Sicher hat er gar nichts dieser Art. Daß die Begleiter ihn fragen, wie er sich denn orientiere, bleibt ihm unverständlich.

Nach fünf Nächten legt sich der Soldat die Maschinenpistole beim Schlafen nicht mehr zwischen die Knie.

Jeden Morgen erhebt sich Wassilij als erster, doch wollen die Begleiter es längst nicht mehr zulassen, daß er die Arbeit des Zeltabschlagens oder irgendeinen Handgriff allein tun muß.

Eisemann ist ganz sicher keiner von denen, die je ein Haar versengt bekommen haben von den Lichtflammen des Heiligen Geistes, doch lernt er, was für eine sibirische Reise nötig ist, mit dem Eifer eines braven untertalentierten Kindes, nur um Wassilij eine Freude zu machen. Er haut ihm begeistert beide Hände auf die Schultern und sagt ihm, daß er ein Prachtkerl sei.

Wot tschelowek, versucht Forell zu übersetzen. Wassilij nickt nur, mit vollen Backen kauend und die Wonne zuweilen mit einem herrlichen Rülpser aus dem Magen abblasend, weil die Seele kein ähnliches Ventil hat. Er freut sich, daß man ihm so etwas sagt.

Wot tschelowek nennt ihn, das Gesicht voll strahlender Bewunderung, auch Eisemann am Ende der zweiten Reisewoche. Oft sind sie auf der Strecke bis hierher vom Schlitten gestiegen, wenn es scharf bergan ging. Menschen und Hunde haben zusammengeholfen, um schnell über die Strecke zu kommen und an keinem Tag unter achtzig oder auch einmal neunzig Werst zu machen. Die Art aber, in der Wassilij vor Tagen den unfreundlich hohen Gebirgsstock angegangen hat, ist ihnen so sehr zur Bewunderung ausgeschlagen, daß sie den Russen nicht einmal mehr auf die Schultern zu hauen wagen. Lang hat es gedauert, über diesen Abschnitt zu kommen, und bei aller Kälte sind sie immer wieder schweißnaß geworden, doch nicht ein einziges Mal hat Wassilij umkehren müssen, nie hat er den Eindruck von Unschlüssigkeit gemacht. Er hat den Durchgang zwischen den in der Fahrt unaufhörlich ihre Form verändernden Bergen schlafwandlerisch sicher gefunden, als sei es nicht seine, sondern nur des Leithunds Sache. Forell weiß zu schätzen, was das Wegefinden in einem tief gegliederten Gebirgsstock bedeutet, aber was er auf angelegten Straßen mit guten Wegweisern nicht für sehr leicht gehalten hätte, macht Wassilij wie unter Beschwörung. Nur daß andere ihn deswegen bewundern und laut rühmen, will er nicht recht verstehen. Alles ist so einfach: man fährt vom Ostkap weg und kommt in einer hölzernen Stadt am Meer an. Ist es arg mit dem Schnee, dann dauert es um zwei Tage länger. Ganz leicht ist es nicht mit dem vielen neuen Schnee.

Dann sind sie am Ziel.

«Wie oft bist du schon hier gewesen, Wassilij?»

Der gehobene Daumen sagt: Einmal.

Groß kommt die Stadt den beiden Deutschen nicht vor, aber nach etlichen Kehren in dem winkeligen Straßenwerk wagen sie nicht mehr zu sagen, wie die Richtung ist. Wassilij, der einmal in der Stadt gewesen ist, läßt die Hunde mit dem Schlitten hinter sich einen Haken um den anderen schlagen, hält dann plötzlich in einer Straße die Geschwindigkeit leicht an, und metergenau vor dem Eingang zur Kommandantur hält der Schlitten.

Forell und Eisemann blicken sich etwas betroffen an. Ihnen beiden ist nicht recht wohl. Das ist ein Ende. Ein Traum ist in verzaubernder Schönheit abgelaufen und für immer vorbei. Beim Erwachen tappen die Hände ins Leere.

Damit das Erwachen schneller vor sich gehe, wird mit Kolbenstößen geweckt. Selbst Wassilij trägt, als er die Gefangenen an den Posten vorbeischiebt, die Pistole so, daß sie droht und als treibendes «Dawai!» zur Eile auffordert. Als er aus einer Ledertasche die Papiere über seinen Auftrag und seine Menschenfracht vorgewiesen hat, trennen stoßende Kolben die dreispännige Freundschaft. Über einige Höfe oder Gebäudewinkel geht es, Wassilij fast traurig abseits, zum Lazarettbau, wo aufgeladen werden soll.

Das Essen für die beiden Woenna Plennys ist gut und reichlich. Sie werden in einen vergitterten Raum eingeschlossen zum Schlafen und am anderen Morgen wieder auf gleich rauhe Art herausgeholt. Wären sie nie freundlich behandelt worden und nie mit einem Menschen zu dritt durch einsames Land gefahren, so hätten sie den rauhen Zugriff der Soldaten nicht als Beschimpfung und Schmerz empfunden. Als könnten sie in dem fremden und verworrenen Winkelwerk überhaupt den Gedanken nur fassen an ein Entkommen, werden sie auf Schritt und Tritt bewacht, als sie Deckenstapel durch lange Gänge schleppen, Kisten zum Schlitten tragen und die Fracht darauf vertäuen.

«Man ist Vieh, solang man Gefangener ist. Eisemann, paß auf, was ich dir sage: Ich haue auf der Rückfahrt ab.» «Red keinen Papp!» «Gut, daß sie uns hier das noch einmal vorexerziert haben. Sonst würde man zu leicht vergessen, daß unser Schicksal immer nach Karabinerkolben riechen wird. Nein, mein Lieber. Sobald die Gelegenheit günstig ist, verschwinde ich.» «Das kannst du Wassilij nicht antun.»

Forell haut wütend seine Mahlzeit hinunter. Er will gar nicht mehr, daß sie ihm schmeckt. In drei Wochen, sofern nicht auf der Rückfahrt etwas Erlösendes passiert, muß er in den Stollen hinabsteigen und verabschiedet sich von der Welt, in der es Kathrin gibt, in der ein Soldat namens Wassilij auf Sibiriens herrlichem Schnee eine Demonstration des einfachsten Menschlichen vorgeführt hat, in der man eben für drei Wochen hoffen durfte, daß es sich gewandelt haben mochte. Nein.

«Mach mit! Zu zweit schaffen wir es leichter.» «Drei Tage später haben sie uns wieder.» «Und was dann? Glaubst du, die erschießen uns deswegen? Sie gehen sorgsam mit uns um, damit wir fünf Jahre, sechs Jahre im Bergwerk arbeiten. Dann haben wir uns erst amortisiert.»

Die Tür wird aufgeschlossen. Forell kann Eisemann eben noch zuflüstern, daß er, wenn er schon nicht mitmache, dichthalten möge. Eisemann nickt.

Vor dem Schlitten, an dem Wassilij ohne das nur im Schnee geltende

Lachen oder Lächeln seine Männer erwartet, sind neue Hunde. Die kleinen, dünnbeinigen Tiere mit der graubraunen Wolle und den schwarzen Stecknadelaugen sind abgelöst. Das Gespann besteht aus fünfzehn fast bernhardinergroßen Hunden.

«Jetzt haben sie uns Mondkälber eingespannt», grinst Forell. Er hat üble Erinnerung an diese Art Hunde, die damals den Transport in die Länge gezogen haben, weil sie nicht Schritt halten konnten mit den kleinen Hunden. Was den Rückweg verzögern oder schwerer machen kann, beginnt ihn jetzt auf wüste Art zu freuen.

Der Schlitten fährt eine Schleife, dann verläßt er den Hof, hält aber vor dem Haupteingang mit dem Posten noch einmal, weil sich Wassilij abmelden muß. Solang er nicht wieder zurück ist, stehen zwei Soldaten als Bewachung bei den zwei pelzvermummten Deutschen. Wassilij kommt, einen Sack über der Schulter, durch das Tor. Die beiden Deutschen müssen den Sack besonders sorgfältig verstauen, denn er enthält Post. «Post», flüstert Wassilij und wagt ein erstes Mal wieder vorsichtig zu lachen, doch dies erst beim Anlaufen des Schlittens.

Post. Ja. Die Soldaten da oben haben wahrlich kein vergnügliches Leben. Dennoch war es ihre freie Sache, daß sie sich dorthin gemeldet haben, und es wird sich am Ende der Dienstzeit lohnen, daß sie den weltfernen Platz gewählt haben. Dauert es zwei Jahre, dann tun sie den Dienst eben zwei Jahre. Sind es drei Jahre, so ist es längst noch nicht die Ewigkeit. Die Heimat ist weit, aber die Heimat schickt Post mit Nachricht von Kind und Häuschen oder von einer Anjuschka wenigstens, die auf das Ende der Trennung wartet, um dann gleich die Ehe zu beginnen, nachdem sie aus guten Gründen bis nachher aufgeschoben wurde.

«Wir würden uns genauso freuen auf einen schmutzigen Briefumschlag, aber Kathrin darf ja nicht einmal wissen, daß ich noch lebe und wo ich lebe. Mit der Ungewißheit jede Mahlzeit versalzen und die ungefähre Gewißheit vom Tod halbieren, damit alles doppelt zählt – das gehört uns zum Dank dafür, daß wir denen die Post mitbringen.»

Wassilij schaut um und lacht den beiden zu. Eisemann lacht unbeholfen zurück. Forell weicht dem fröhlichen Blick aus und starrt wütend vor sich hin. Die Mondkälber, gut ausgeruht, machen ihre Sache nicht so schlecht wie befürchtet, so daß der Schlitten zum Übernachten am Abend genau dort hält, wo auf der Herfahrt die letzte Station gemacht worden ist. Forell ist verstimmt über Wassilijs jungenhaftes Lachen, als er halten und zelten läßt. Um ihn aufzuheitern und wieder gesprächig zu machen, schwatzt Wassilij unentwegt vor sich hin, lobt sie beide, wie sie das Zelten so gut gelernt haben, gibt ihnen Machorka und Papier und teilt zu essen aus, daß Menschen und Hunde ihr Genügen haben.

«Was ist?» fragt er. Die Frage hat er schon gelernt.

Eisemann schweigt. Forell knurrt wütend: «Laß mich in Ruhe!» «Was ist?» «Wir sind nicht eure Hunde. Nicht Hunde. Nein. Mit Hunden geht ihr anständiger um. Was du getan hast, ist an diesem Platz nur Unfug, Weihnachtsgaukelspiel, von dem man hinterher ja doch erfährt, daß es nur aufgemacht wurde, um uns zu täuschen. Es war falsch, uns mitzunehmen, bloß um uns einmal zu zeigen, wie es sein könnte. Aber es war richtig, uns bei denen abzustellen wie Posthalterpferde. Hier ist es schön, wo wir allein sind. Aber wenn bloß noch ein vierter Mensch dabei ist, hast auch du Angst davor, bei einer menschlichen Handlungsweise ertappt zu werden. Paß auf, Wassilij, was ich dir sage: wenn du in einer einzigen Nacht nicht achtgibst, brenne ich durch, haue ich ab, verschwinde ich.»

Wassilij räuspert sich und spuckt aus. Das ist Zorn. Er hat verstanden. Er hat gesehen, wie man die beiden Deutschen als Schmutz behandelt hat, weil sie Strafgefangene sind, und wenn er sein Gehirn zu schwerer Arbeit plagt, kann er verstehen, warum Forell auch mit ihm nicht mehr sprechen will.

Von da an schläft er wieder mit der Maschinenpistole zwischen den Knien und liegt am Zelteingang, damit Forell, wenn er zu flüchten versucht, über ihn hinwegsteigen muß. Mit Eisemann berät Forell noch zweimal unterwegs seine Absicht, ohne ihn umstimmen zu können. Sonst wird nur noch das Nötigste gesprochen, aber das Schweigen ersetzt alles Reden so nachdrücklich, daß Wassilij in den Nächten oft lange Stunden wach liegt, immer des Schattens gewärtig, der über ihn hinwegsteigt und ins Freie zu kommen versucht. Dann schläft er gegen Morgen erst ein und ist am anderen Tag so mürrisch wie Forell. So belauern sie sich sieben Nächte lang. Auch die Nerven so eines gesunden Russen versagen einmal, und wenn er bis drei am Morgen wach gelegen ist, kommt der kurze Schlaf hernach so überwältigend, daß der Schatten, der über ihn hinwegsteigt, nur in die Träume zu gehören scheint, weil der Wille nicht mehr reicht zum Erwachen.

Forell nimmt die Lammfelldecke an sich, öffnet den Verschluß des Zeltes mit nervöser Hand und überlegt, während das Fell so aufdringlich laut knarrt, ob er nicht nach der Kehle des braven Soldaten Wassilij fassen soll, wenn er jäh erwacht. Der letzten Konsequenz dieses brutal gewordenen Denkens wird er enthoben. Der Zeltverschluß ist weit genug offen, um durchschlüpfen zu können. Sieben Tage und Nächte lang hat Forell genau überlegt, was er vom Schlitten mitnehmen wird, um das Vagabundieren wenigstens zehn Tage aushalten zu können. Als er das Zelt verlassen hat, tut er alles anders als überlegt. Wohl nimmt er, denn jeder Handgriff ist ihm ja bekannt, an Essen eine Last von vielleicht zehn Kilo an sich, alles ungeordnet und unüberlegt, aber als er glaubt, eine scharrende Bewegung im Zelt zu hören, klemmt er sich die Beute, die unzureichend ist, schnell unter den Mantel, wirft sich die Decke über die Schulter und beginnt zu laufen, unbedacht und ohne Plan einfach die Schlittenspur zurück, auf der sie hergekommen sind.

Spät erst, als es schon Tag ist, bringt er die Last so unter, daß er alles Erbeutete in der Decke tragen kann, die Decke wie einen Sack auf den Rükken gehängt, ein auffälliger Wanderer, dem sich die Torheit in den Zorn gemischt hat, bis er das Mögliche und das Sinnlose durcheinanderbrachte. Bis in die Mittagszeit hinein läuft er, vom jungen Schnee stark gehemmt, der Schlittenspur nach, zuweilen auf einer Hanghöhe sich umblickend, ob Wassilij nicht, was so einfach wäre, mit den Hunden umgekehrt ist, ihn wieder aus dem Schnee aufzufischen. Er muß einen großen Schlaf getan haben, wie er den Menschen mit reinem und unbeschwertem Gewissen geschenkt wird. Die Schlittenhunde, sogar die Mondkälber, sind gut und leicht viermal so schnell im hohen Schnee als der Mensch.

Der Flüchtige kommt bei solchen Umständen auf keine große Geschwindigkeit und darum auch nicht auf die rechte Lust an der Freiheit. Daß man ihn, wenn nicht Wassilij selbst die Verfolgung aufnimmt, in dem fröhlich gegliederten Gelände finden wird, ist nicht wahrscheinlich. Zwei Wochen zumindest werden vergehen, bis im Lager sein Fehlen gemeldet werden kann. Von da an, selbst wenn die Russen über eine Funkstation verfügen, vergehen noch Tage, bis die Suche etwa in den richtigen Raum vorstößt, selbst wenn es hier in der Nähe eine Stadt gibt, in der die Vermißtmeldung aufgefangen werden kann.

Mit vier Wochen unbehinderten Wanderns rechnet Forell. Die Tagesleistung kommt nicht über höchstens dreißig Kilometer, aber das sind, wie man es auch nehmen will, tausend Kilometer. Tausend Kilometer freilich sind nichts in einem Land ohne Maßstab. Fraglich bleibt nur, ob der Proviant auch nur annähernd so lange reichen wird. Forell zählt den geringen Vorrat nach und baut sich in die Lammfelldecke ein, erschöpft zu schlafen, nachdem die Inventur der Vorräte kein reiches Ergebnis erbracht hat. Er müßte die Witterung eines Sibirjaken haben oder einen Kompaß, um nicht zuviel Weg an Umwege zu verlieren. So ist das ein Wandern, das mehr Zeit als Strecke hinter sich bringt. Zudem ist die Decke mit dem Proviant doch eine ansehnliche Last, weil Riemen und Stricke fehlen, um sie bequem auf den Rücken zu binden. Was Forell bei sich hat, erlaubt nur ein loses Umhängen, das allmählich den Hals einschnürt.

Trotzdem müssen, wenn die Landschaft sich ändern soll, die ins Programm genommenen dreißig Kilometer am Tag heruntergetreten werden, stur und stumpfsinnig als Arbeitspensum, als Norm, selbst auf die Gefahr hin, daß ein sinnloser Rundlauf ohne Orientierung aus den dreißig Tageskilometern nur zwölf macht. Morgen wird es dann schon mehr sein. Übermorgen kommt das Land vielleicht flacher. Wenn nicht übermorgen, dann am vierten Tag! Nur aushalten! Und vor allem nicht schneeblind werden! Mit geschlossenen Augen zu gehen und sich nur manchmal aus der Spur dahinter die Richtung neu festlegen, könnte gut sein.

Das Land aber, so lang auch Forell nun schon wandert, will nicht eben werden. «Ein Paar Bretter unter den Füßen», redet der Schneewanderer vor sich hin, «und ich laufe am Tag achtzig Kilometer, an zehn Tagen achthundert Kilometer, in einem Monat mehr als tausend Kilometer. Nein. Mehr. Zweitausend. Drei mal acht sind vierundzwanzig. Vierundzwanzigtausend Kilometer.» Er besinnt sich, daß die Rechnung falsch sein muß, aber es bedrückt ihn, daß er nicht mehr rechnen kann. Das mit den Skiern ist ja nur Wunschgebilde. Sie müßten herrlich laufen, den Hang hinunter, den nächsten Hang noch zu einem Drittel hinauf ohne irgendein Bemühen, und dann schnell weiter. «Ich glaube, es würden am Tag hundert Kilometer werden.»

«Stoj kto!»

«Oder wenigstens Schneereifen», will Forell noch sagen, um seinen Gedanken zu Ende zu führen. Doch bleibt er stehen, weil es üblich ist, daß einer nicht gehörten oder nicht beachteten Forderung solcher Art gern die Kugeln einer Maschinenpistole folgen.

Das ist der elfte Tag, wenn Forell sich recht erinnert. Und die kleinen Schlittenhunde, nur elf vor einem leichten Schlitten, ziehen aus dem Hang kommend vor ihm einen wunderschönen Bogen. Ja. Skier müßte man haben oder so ein Hundegespann. Ein Hundegespann wäre noch besser. Die Leute hier haben – damit ist alles wunderleicht gemacht – Hunde und einen spielerisch leichten Schlitten.

«Stoj kto!»

Er weigert sich ja nicht, stehenzubleiben und sich der Kontrolle zu stellen. Sein Verstand arbeitet nur langsam. Dieses fürchterliche Schneelicht! Was hinter den Augen an Gehirn liegt, ist geröstet oder geschmolzen, wahrscheinlich geröstet und so auf ein Viertel zusammengeschrumpft. Wenn nicht alles trügt, dann sind die beiden Männer Soldaten. Abzeichen einer besonderen politischen Funktion tragen sie nicht. Was soll er denen nun erzählen?

Seinen Namen wollen sie wissen. Die Handbewegung, die zur Hergabe der Papiere auffordert, ist überall, wo man schreiben und lesen kann, die gleiche. Forell bedauert. Er hat keine Papiere.

«Forell», sagt er. Die Soldaten sagen viel und dieses Viele wirr durcheinander, so daß der Flüchtige, dem die Sprache längst nicht mehr fremd ist, kein greifbares Stück Wort heraushören kann. Der summende Schädel ist schuld mit der abgeschmorten Masse Gehirn, die doch wie ein Pudding den knöchernen Raum füllen sollte. Die Handbewegung, mit der ein Polizist oder ein Soldat in Polizeifunktion die Freiheit eines anderen aufhebt, ist auch überall auf der Welt die gleiche. Eine Hand nimmt seinen Arm. Er wird zum Schlitten geführt. Ein Soldat nimmt ganz hinten auf den Holmen Platz, der andere, um die Riemen zu führen, vorne.

Forell wird dazwischengenommen.

Viel Gesindel scheint es in Sibirien zu geben, sonst wäre nicht soviel Verdacht gerechtfertigt, wenn ein harmloser Wanderer durch die Gegend kommt. Harmlose Wanderer in Sibirien aber sehen anders aus als der Woenna Plenny mit der Decke über den Schultern. Das weiß und begreift er nicht. Aber auf dem Schlitten ist es angenehmer als im Gehen bis an die Hüften im Schnee.

Die Fahrt dauert zwei Stunden.

Ein kleines Dorf nur, eine ungeregelte Zusammenstellung von etlichen sechs Holzhäusern, verfügt nicht nur über zwei nach Soldatenart uniformierte Polizisten, sondern auch über eine kleine Sendestation, die zwar nicht mehr ist als ein tragbares Gerät, aber den einsamen Posten anknüpft an die Obrigkeit, die so ihr Fangnetz durch ganz Sibirien gespannt zu haben scheint. Die Maschen sind weit. Man sieht aber auch weit in einem solchen Land. Und was die Männer auf ihrer Patrouille etwa übersehen sollten, das ist längst für die Hunde zum Zeichen geworden, wohin sie die Fahrt nehmen müssen, um Verdächtiges zu finden. Verdächtiger konnte nichts sein als die mit der Mühe eines Erschöpften getretene Spur im Schnee. Waldläufer, Pelzjäger und Fischer hinterlassen, wenn die Jahreszeit so ist, die Spur von Laufbrettern oder Schneetellern. Als die Hunde erst einmal eine fremde Spur gefunden und die Uniformierten diese Spur in Augenschein genommen hatten, war der Verdacht wach geworden bis zur Sicherheit und die Suche nicht einmal mehr eine Frage der Zeit gewesen.

Man ist nicht übers Maß freundlich mit dem erbeuteten Mann und nicht unfreundlicher als nötig. Die Methoden des Verhörs sind einfach. Erst bekommt der erschöpfte Mann einen ordentlichen Napf voll Brei hingestellt. Der Brei ist heiß. Forell macht sich zuerst müde daran, um dann aber mit Behagen zu löffeln, bis der Körper sich satt fühlt und alles Gefährliche um sich herum wohlig abgerundet empfindet.

Die Fragen nach dem Woher und Wohin werden nur so beiläufig gestellt, und nach dem letzten Löffel Kascha sieht Forell keinen Grund mehr, warum er nicht die Wahrheit sagen sollte. Ja. Er ist entwichener Kriegsgefangener. Deutscher. Ja. Die Uniformierten bekommen Falten über die Stirn, als er seinen Standort nennt. Das Stirnrunzeln scheint zu fragen: Gibt es dort denn Kriegsgefangene? Oh, ja. Zwölfhundert. Interessant, auch für die Russen. Forell stellt nun, mit Mund und Händen erzählend, alles so dar, wie es gewesen ist mit der Fahrt um Decken und Medikamente. Auf der Rückfahrt sei er, um den unfreundlichen Platz im Bleiberg nicht mehr sehen zu müssen, aus dem Zelt entwichen.

Von dem komplizierten Spiel der Polizeifunkstellen, die am gleichen Tag noch um eines einzigen Mannes willen zu arbeiten beginnen, hat Forell wenig Ahnung. Er wird, nicht einmal sonderlich stark gesichert, neben dem Wachzimmer eingesperrt, angenehm versorgt von den beiden

Wächtern, die keiner Gemütserregung im Guten wie im Bösen fähig scheinen, und bekommt am nächsten Morgen bestätigt, daß seine Aussage annähernd glaubhaft erscheine. Forell wird befragt, ob er den Soldaten, vielleicht mit Hilfe des anderen Deutschen, ermordet habe.

Wassilij umgebracht? Nein. Wassilij dürfte inzwischen schon wieder nahe an seinem Standort sein mit dem anderen Deutschen.

Einen vollen Tag lang noch beschäftigt der Entwichene den Polizeifunk, dann wird der Gefangene für die zwei Bewacher uninteressant und beginnt ihnen zur Last zu fallen. Das ist unschwer zu spüren. Ihre Sehnsucht ist die Fahrt mit Schlitten und Hunden, von der sie durch die Anwesenheit des Fremden noch sechs Tage lang abgehalten werden. Am siebenten Tag wird Forell durch einen keineswegs bösartigen Fußtritt aus dem Schlaf geweckt. In der Wachstube, wo er noch einmal zu essen bekommt, sind jetzt vier Männer.

Der Abschiedsgruß heißt, ungefähr verstanden: Gute Fahrt! Mag ihn auf sich beziehen, wer will.

Soweit es die Fahrt ist, geht auch alles ganz erträglich. Forell macht sich beim Zelten nützlich und erntet ein wenig Anerkennung, die sich freilich mit einem Kopfnicken begnügt. Gesprochen wird nicht. Es hat keinen Sinn, sich mit einem Mann einzulassen, der soviel Ungelegenheiten bereitet hat. Weil zwei Soldaten, von denen einer ständig Wache halten muß, der Sicherheit etwa noch nicht genug sein könnten, werden dem Gefangenen sogleich beim Haltmachen zur Rast dünne Ketten um die Fußknöchel geschlossen. Sie erlauben keinen Schritt von mehr als höchstens fünfzehn Zentimetern, schmerzen nicht, stören nicht beim Schlafen, aber verhindern auch bei einem Narren, der in seiner unkorrigierbaren Dummheit sonst Ungelegenheiten bereiten könnte, daß er sich vom Schlafplatz entfernen wird.

Die Rückkehr ins Lager bedeutet keine Sensation.

Forell wird in die Kommandantur geführt.

Der Polit-Offizier kommt aus seinem Zimmer, schaut den Ausreißer kalt von oben bis unten an und sagt nur, beinahe mit einem Unterton von Lächeln: «Ah! Er ist da!» Irgendwer zieht dem Heimgekehrten den Pelzmantel von der Schulter und nimmt ihm die Pelzmütze weg.

«Pascholl! Na doma!» sagt der Offizier, weder heftig noch gereizt.

Na, wenn das so harmlos abgeht?

Zwei Soldaten nehmen Forell in Empfang und führen ihn weg.

Die Strecke kennt der Heimgekehrte schon aus seiner Lazarettzeit. Er weiß die Richtung und glaubt den richtigen Stollen zu kennen, der für ihn Doma, Haus, Heimat oder Quartier, wie man das Wort übersetzen mag, bedeutet. Die Zeit ist Abend.

Vor dem Stolleneingang – seltsam, daß man den Mitgefangenen heute erlaubt hat, herauszukommen! – stehen an die zweihundert Mann, offenbar hastig alarmiert und schnell bewaffnet. Forell weiß, ohne etwas Ähnliches je erlebt zu haben, was die Aufstellung der Kameraden in zwei Gliedern, knapp einen Meter voneinander, zu bedeuten hat.

Spießrutenlaufen!

Forell wird nicht wie beim klassischen Spießrutenlaufen ausgezogen, und an biegsamen Weidengerten gibt es im Eis nichts. Das ändert den Stil der Strafe, aber es mildert nicht die Grausamkeit, und die Vollstrecker sind keineswegs Russen, sondern die eigenen Leute, die Kameraden, die Freunde aus gleichem Schicksal. Lederriemen, die sonst die Hosen festhalten, mit einer metallenen Schließe am Ende, Holzprügel, Stücke Rundeisen, ein krummes Ende Drahtseil – entsetzt schaut der Sträfling in die Reihe und zuckt zurück. «Pascholl!» sagt einer der beiden russischen Begleiter, und Forell beginnt blitzschnell zu rechnen: Wird es ihm gelingen, bis an den Stollen durchzulaufen mit der größtmöglichen Geschwindigkeit, dann hat er wohl inzwischen dreißig oder vierzig Hiebe abbekommen, aber im Stollen selbst wird ihm nichts Schreckliches mehr geschehen, da der Raum zu beengt wird, daß noch die zweigliedrige Parade Platz hätte.

«Pascholl!»

So schnell es gehen will, rennt er los.

Man hat nicht vor, ihn zu schonen. Es glüht echter Haß in den Augen. Und das wollen Kameraden sein?

Ach ja, Forell ist auch nicht Kamerad gewesen und büßt das jetzt. Bei so plumpen Züchtigungsinstrumenten bedeutet die Kleidung nichts. Forell hat noch nicht vierzig Paare passiert, als er schon am Boden liegt. Ein fürchterlicher Schlag über den Kopf hat ihn niedergelegt. Der Schlag ist gar nicht mehr nötig gewesen, denn schon vorher ist der Geschlagene wankend einmal gegen die rechte Reihe gefallen, hat sich, von den Männern weggestoßen, wieder aufgerafft, die Hände über den Nacken gelegt, geschrien, ist in die Knie gegangen und wieder emporgetorkelt, bis der Hieb auf den Schädel die Kopfschwarte gespalten und das elende Bündel Mensch endgültig niedergelegt hat.

Es ist kein Zweifel mehr, daß Forell das Bewußtsein verloren hat. Die Schläger aber haben es genauso verloren. Die Zweierreihe löst sich auf. Von denen, die bereits zugeschlagen haben, sind einige zufrieden und werfen die Prügel weg. Unbefriedigt aber in ihrer Schlagsucht, weil der Kerl sich offenbar feig hingelegt hat, drängen andere heran, mindestens noch hundert Mann, und prügeln in maßloser Wut auf die Stelle, an der Forell liegt. Die meisten Schläge gehen fehl, andere Kameraden werden getroffen, die Schlagenden wissen gar nicht mehr genau, wohin sie schlagen müssen, um den Burschen zu treffen, aber wenn Forell nicht schon tot ist, wird er in wenigen Minuten erschlagen und zertreten sein.

«Seid ihr denn wahnsinnig?» schreit jemand. «Ja!» wird ihm geantwortet. Wer es gesagt hat, ist unwichtig. Sie wissen nicht mehr, was sie tun. Nur noch völlig erschlagen wollen sie den Burschen. «Überhaupt noch nicht gearbeitet! Im Lazarett herumgelungert! Aber weggelaufen! Schuft! Saukerl! Kommt, laßt mich hin!»

«Halt!» schreit Leibrecht. «Ihr seid tatsächlich wahnsinnig geworden!» Leibrechts Graukopf, kahl abgeschoren, wie sie ihn kennengelernt haben in der Lubljanka, ehe dann auf dem Transport die Haare wieder zur rechten Würde nachgewachsen sind, drängt sich zwischen die Brüllenden. Es ist nicht Brauch, Leibrecht zu widersprechen. Die Körperkraft hat er freilich nicht, um das Menschenknäuel mit den Fäusten zu entwirren, aber der Respekt schafft sich eine Gasse, während von der anderen Seite noch auf den Bewußtlosen eingeschlagen wird.

Leibrecht bückt sich. Da bekommt er einen knüppeligen Ast über die Schulter gehauen und sinkt stöhnend zusammen. Mit diesem Augenblick ist es still. Die Prügel und Riemen verschwinden.

Danhorn, mürrisch und eingeschrumpft, bloß ein Männchen ohne Ansehen, steht mit gegrätschten Beinen über Forell und Leibrecht. «Welches Schwein hat das getan?» Alles weicht zurück, aber als Danhorn noch einmal nach dem Schwein fragt, das sich an Leibrecht vergriffen hat, torkelt Leibrecht langsam auf.

Ein versöhnliches Lächeln, freilich ungelächelt, huscht über die trübe Szene, als Leibrecht mit den Fingerballen der linken Hand das kahlgeschorene Haar an der linken Schläfe glattstreichen will. «Reg dich nicht auf, Danhorn! Das war ein Versehen. Aber so schlägt man eben nicht zu, auch nicht auf einen, der durchgebrannt ist.» Er streicht noch einmal, wo nichts mehr ist, das Haar zurecht. «Wie könnt ihr bloß so dumm sein!»

Vier Mann versuchen, den Bewußtlosen aufzunehmen. Da er zwischen den Händen durchsackt, müssen etliche von den weggeworfenen Prügeln noch einmal aufgenommen werden, bis dann acht Mann den zerschundenen Körper des Ausreißers, auf vier Stöcke gelegt, langsam in den Stollen tragen. Es wird nicht mehr beschimpft und nicht mehr gehaßt.

Eine Stunde später kommt Dr. Stauffer in die Kasematte, von den Russen beauftragt, nach dem Spießrutenläufer zu sehen. Er kleidet ihn soweit nötig aus und befühlt alles nach Brüchen. «So etwas tut man nicht, Forell. Habe ich es Ihnen nicht schon einmal gesagt? Aber so etwas wie sachliche Überlegung gibt es für Sie nicht. Genauso spontan und ungezügelt wie Ihr Bruder. Untertauchen und verschwinden können Sie in einer Großstadt daheim, vielleicht fürs ganze Leben. Aber nicht in Sibirien. Wenn Sie es anders beabsichtigt haben, wenn Sie hier beerdigt sein wollen, ist das etwas anderes. Gesund bleiben ist viel wichtiger. Vorerst einmal: wieder gesund werden. Gebrochen scheint nichts zu sein. Das hier –», er wendet den Körper, «das hier ist der schlimmste Schlag. Die rechte Niere.»

Was der Arzt sagt, hören nur die Umstehenden. Forell ist, auch nachdem Dr. Stauffer ihn von den Blutkrusten einigermaßen gesäubert und ein paar Verbände aufgelegt hat, noch ohne Bewußtsein. An diesem Abend gibt es wieder vollwertiges Essen und wieder den primelhellen Tee. Die Strafverfügung gegen den Bleiberg ist wieder aufgehoben.

Erst am anderen Tag erwacht Forell aus der Betäubung. Er weiß fürs nächste nicht, wo er ist, und greift prüfend um sich. Die Lampe hellt die Kasematte aus, müde und dürftig, aber weil ein Rundraum keine Ecken hat, ist es überall gleich hell oder vielmehr gleich düster. Der ganze Körper schmerzt. Die Hände tasten nach der Unterlage: deutsche Zeltplanen, über Dreieck miteinander verknöpft, bilden eine geschlossene Decke auf einer rauhen und geräuschvollen Schicht Reisig. Soviel also ist inzwischen besser geworden in diesem Felsloch. Warum aber ist das Liegen so schmerzvoll? Er weiß, daß man ihn auf einem Hundeschlitten zurückgebracht hat, und wundert sich nicht über den Platz, doch über das Allerletzte hat er keine Erinnerung. Ach! Er möchte sich nach der anderen Seite drehen und vermag es nicht. Der Kopf brummt fürchterlich.

Als die Hand sorgsam den Schädel abtastet und auf Verbandmull kommt, sickert die Erinnerung langsam in die Dinge hinein, die durch etwas Entsetzliches an Schock und Schrecken abgeriegelt sind. Sie haben ihn mit Schlägen aufgenommen. Dann ist es wieder keine Erinnerung mehr, und das Licht in der Kaverne wird schwarz.

Irgendwo schlagen sie dünnpickend an den Berg, Menschen ohne Kraft, wie es scheint. Oder sie picken nur mit den Fingernägeln.

Dann kommen Schritte, die ein trockenes Echo auslösen. Wenn Forell die Kraft hätte, würde er sich aufrichten, um nachzusehen, was das ist. Aber er hat nicht einmal den vollen Willen, sich das zu wünschen, was sein Körper tun soll. Die Schritte sind von zwei Füßepaaren, und sie werden auf sonderbare Weise schräg getreten, wie wenn jemand an einer hängenden Felswand liefe. Dann kommen gleiche Schritte noch einmal, noch einmal, noch einmal. Forell sucht sich zu überlegen, daß diese Schritte ja aus dem Berg hinaus laufen.

Eine Zeit geht um, die nicht zu messen ist. Der Kranke döst oder schläft. Damit verliert er den Zusammenhang, der ein Zeitmessen ermöglichen würde, und den Zusammenhang mit den Verhältnissen. Nur soviel wird ihm begreifbar, daß im Berg alles seinen sinnlosen Rundlauf hat, daß der Berg wohl gar zugemauert ist, denn die Schritte kommen von der Seite, wo der Tag liegt, wieder zurück.

«Der Verrückte ist auch noch nicht aufgewacht», sagt jemand im Vorbeischlurfen. «Ich wollte, ich wäre so verrückt wie der», murmelt ein anderer.

In der halben Stunde Mittagspause, als hundertachtzig Mann in die Kasematte kommen, liegt Forell wieder bewußtlos. Er zwar glaubt, er sei wach und werde, irgendwo angebunden, zuweilen in das Gemurmel und

Geschrei vieler Menschen hinabgelassen wie in einen Brunnen, und man ziehe ihn plötzlich wieder empor, durch eine Decke von schwarzem Fels und durch weiß brodelnde Wolken bis hinauf, wo die Seligkeiten ihren Tummelplatz haben.

«Jetzt reißt er sich auch noch den Verband ab!» sagt jemand in die wundervoll kochenden Wolken hinein. «Dann halt ihm eben die Hände!» Das ist eine andere Stimme.

Forell sitzt halb aufgerichtet da, hält ein Stück Verband in der Hand und sagt hysterisch laut: «Daß es so weh tun könnte, an eine Wolke zu stoßen, habe ich nie geglaubt.» Eine Menge Menschen lacht, und Forell schämt sich, ohne den Grund der Beschämung zu wissen. Das Lachen der anderen ärgert ihn. Er ist in der Kaverne.

«Was ist nun los mit dir?» «Ah! Du bist es, Leibrecht?» «Gesund werden!» «Sagt einmal: habt ihr das getan?» «Essen mußt du auch. Wir haben für dich gefaßt.» «Na, gut. Ihr braucht zwar für mich nicht zu fassen. Ich gehe selber.» Dann kommt er wieder ins Nachsinnen. «Freilich habt ihr mich geschlagen. Was soll das heißen: jetzt bringt ihr mir zu essen und vorher schlagt ihr mich?» «Reden wir später darüber.»

Eine Trillerpfeife lärmt schmerzend, so daß Forell die Augen schließen muß. Der Ton tut in den Schläfen fürchterlich weh.

«Die Arbeit geht weiter.» Jemand wirft im Vorbeilaufen Forell ein Stück Brot zu. Dann sind alle draußen, und den Nachmittag lang sieht Forell, was er vor der Mittagszeit nur verworren im Gehör mitbekommen hat. Zu Paaren, einen Weidenkorb zwischen sich, kommen Männer aus dem Arbeitsstollen, trappen mit schräg gespreizten Füßen durch den weiten Kellerraum und verschwinden nach der anderen Seite. Die Körbe müssen sehr schwer sein, sonst würden die Füße der Träger sich nicht so schräg einsetzen. Mit trägen, schmerzenden Kiefern kaut der Zuschauer sein Brot, nur um etwas zu tun, um mit dem Brot die Zeit zu zerkauen und die Schmach, die ihm erst ganz bewußt wird, als die Kameraden mit vollen Körben hinausgehen und mit leeren Körben nach einiger Zeit wiederkommen. Sie alle sind so eigenartig beschäftigt mit den Weidenkörben, daß sie nicht hinüberschauen müssen zu dem Mann auf dem Schlaflager.

Sie haben ihn geschlagen. Auch wenn es mit Knüppeln, Eisenzinken und Leibriemen geschehen ist: sie haben ihn ausgepeitscht. Auch Danhorn war dabei. Sicher. Gott ja, es entspricht der Art eines Mannes, der sich selber am liebsten prügeln würde, um immer neuen Anlaß zum Mißmut zu haben. Alfons Mattern? Gesehen hat ihn Forell nicht, aber er wird es zu erfahren wissen. Der Student Willi Bauknecht. Leibrecht, der weißbeschneite Kahlkopf, dessen Hand nur Gepflegtheiten tun zu können scheint. Den hat er mit aller Bestimmtheit gesehen, ein Stück Latte in der Hand. Der Spitznasige dort, der die Augen wie eine schläfrige Henne kreisen lassen kann, hat mit einem Drahtseil zugeschlagen. Ziemlich weit vorne im linken Glied hat Forell ihn gesehen. «Du! Geh einmal her!»

Der Spitznasige blickt sich unsicher nach der Seite um. «Ich muß mit dem Korb zurückgehen. Wir beide gehören zusammen.» «Der andere soll ruhig auch herkommen.» «Es geht wirklich nicht», jammert der Spitznasige und kommt wie behext langsam heran, den Korb und den zweiten Mann nach sich ziehend. «Du weißt, daß wir gleich drinnen sein müssen. Wie geht es dir?» «So, wie es eben einem Menschen geht, der von einem Kameraden wie du zusammengehauen worden ist.» Forell stöhnt. «Den Russen die Henkersarbeit abnehmen! Feine Herren seid ihr. Ausnehmend feine Kameraden. Der Russe Wassilij hat mich nie geschlagen.» «Das war so...», will der Spitznasige einwenden. Forell spürt ein Stechen auf der rechten Brustseite, wenn er spricht, doch er fährt dem anderen ins Wort und sprudelt Fragen und Vorwürfe heraus: «Wie heißt du denn? Wo waren wir schon zusammen? Von wo kennst du mich? Habe ich dir einen Anlaß gegeben, auf mich wie ein Drescher einzuhauen? Du hast wohl noch nie ans Davonlaufen gedacht, du Trottel, du einfältiger. Du bist es doch gewesen, der mit einem Stück Drahtseil zugeschlagen hat? Ja oder Nein? Darfst es ruhig sagen. Ich kann nicht aufstehen, die Sache mit dir abzurechnen. Bloß deinen Namen möchte ich wissen, für hernach. Wenn du ihn nicht gerne sagst – ich kann mir dein Gesicht auch so merken.»

Der Spitznasige kommt so nahe heran, daß Forell ihn mit einem Griff ans Bein umreißen könnte. Dabei aber sagt er: »Ich heiße Portschach, Simon Portschach. Du kannst mich jederzeit finden, wenn du wieder gesund bist. Es war nicht richtig, daß ich so zugeschlagen habe, noch dazu mit dem Drahtseil. Jetzt reut mich das.» «Wieso jetzt?» Forell ist erstaunt. «Jetzt haben wir wieder zu fressen.» «Seit ich wieder da bin?» «Seitdem wir dich durchlaufen haben lassen.» «Also ums Essen habt ihr euch so benommen?» «Von dem Tag an, an dem sie dich wieder hatten, sind wir auf Suppe gesetzt worden bei gleicher Arbeit. Du wirst die Arbeit schon kennenlernen und selber probieren, ob man sie bei einem Löffel Suppe am Tag tun kann. Suppe hat es einmal am Tag gegeben, aber zweimal am Tag hat der Polit-Instruktor uns erzählt, warum es nur noch Suppe gibt: weil du abgehauen bist. Eigentlich nein. Es war deswegen, weil sie dich wieder erwischt haben.»

So dumm ist dieser Simon Portschach gar nicht, daß er nicht zu unterscheiden vermöchte zwischen Grund und Ursache.

«Wer hat euch denn mit dem Schlagzeug ausgerüstet?» will Forell wissen. «Das alles gibt es doch hier im Stollen nicht.»

«Laß dir etwas sagen, Forell: du hast dich bisher schön gedrückt. Recht hast du gehabt. Typhus oder nicht – oben ist es besser. Daß es oben besser ist, haben wir auch längst heraus. Aber man wird nur alle acht oder vierzehn Tage einmal auf eine Stunde hinaufgeführt. Das ist nicht viel. Seit sie aber wissen, daß du wieder geschnappt worden bist, und seit sie uns auf

Suppe gesetzt haben, hat der Ausflug fünfmal stattgefunden. Alle vier oder fünf Tage einmal. Und die Sachen zum Zuschlagen sind so herumgelegen. Was man brauchen konnte. Früher habe ich immer nur Schnee und Eis und Stein gesehen.»

«Die Gegenstände haben sie euch in die Hand gedrückt?»

«Nein.» «Aber sie haben euch geraten, mich durchzulassen?»

«Auch das nicht. Die Russen haben gar nichts gesagt. Das Gerede vom Spießrutenlaufen ist bei unseren Leuten aufgekommen. Ja. Ganz sonderbar. Hunger haben wir gehabt zum Wegfallen. Das Herumstehen droben hat erst noch Hunger gemacht. Mensch, Forell, ich habe dich wahrhaftig nie schlagen wollen. Gar nicht daran gedacht habe ich. Auf einmal habe ich doch daran gedacht. Das ist langsam so gekommen, weil in der zweiten Woche, nachdem sie dich erwischt hatten, der und der einen Stock da herunten hatte. Bis zum Verrücktwerden ist im Kreis herumgeredet worden, daß man es dir richtig besorgen müsse, wenn du schon schuld wärest, daß wir Hunger haben bis zum Magenumdrehen. Niemand hat ein Wort zu uns gesagt, daß wir es mit dir so machen sollen. Aber du siehst selber: seitdem gibt es wieder ordentlich zu essen, sehr ordentlich sogar.» «Ihr habt eure Sache zur Zufriedenheit gemacht. Man merkt es am Essen. Da hast du recht.» «Da schäme ich mich jetzt. Andere schämen sich auch. Weißt du: wenn die Russen uns gesagt hätten, wir sollen dich verprügeln, würde ich mich nicht so schämen. Das haben wir uns ausgedacht. Ich weiß nur nicht, wer. Und das nötige Zeug dazu haben wir gefunden. Oben. Es lag so herum. Früher lag nichts herum. Wenn ich mir das so betrachte, dann muß ich schon sagen, daß wir dumme Hunde sind.» «Du, wie mir scheint, im besonderen.» «Jaja. Aber die Zeit war scheußlich mit diesem Hunger und mit unserer Wut auf dich, die mit dem Hunger immer größer geworden ist. Ich hätte dich ganz allein erschlagen können, weil du abgehauen bist, vielmehr, weil du dich wieder erwischen hast lassen.» «Mach, daß du fortkommst!»

Portschach, der den Korbhenkel während des Gesprächs nicht aus der Hand gelassen hat, um auf dem Sprung zu sein, wenn etwa jemand nach ihm rufen sollte, zerrt seinen Mitträger am Korb weg, eilig in das finstere Stollenloch hinein.

«Mit deiner Geschwätzigkeit, du Hanswurst», murmelte Forell hinter ihm her, «habe ich wenigstens erfahren, daß nicht das Weglaufen, sondern das Wiedergefangenwerden die große Sünde ist.»

So geschwätzig ist Portschach, daß er noch einmal zurückkommt und, den Kopf in die Kaverne hereingestreckt, losplappert: «Nicht alle waren solche Idioten wie ich. Danhorn zum Beispiel. Der mag dich nicht, hat er gesagt, aber das andere, hat er gesagt, mag er erst recht nicht. Und Leibrecht. Leibrecht hat gesagt, wir seien Schweine. Recht hat er.»

Vor Ort, wo sie eine Zeitlang vergeblich auf Portschach und seine Mitträger gewartet haben und beide mit Beschimpfungen empfangen, bleibt die Arbeit für eine Viertelstunde stehen, weil Portschach sich damit ausredet, daß Forell ihn zurückgehalten habe. Bei dieser Gelegenheit habe er, Portschach, ihm gleich den ganzen Hergang erzählt.

«Ausgerechnet du!» «Ja, ausgerechnet ich.» «Du als Diplomat! Wenn man sich das vorstellt bei einem Kerl, der so dumm ist, daß er mit dem Schädel den Fels aufschlagen könnte, ohne auch nur eine Schramme zu bekommen.»

Portschach grinst verschmitzt, während er den gefüllten Korb aufnimmt. «Ich habe mich dumm gestellt.»

«Weil dir das schon Mühe macht!» «Ich habe mich dumm gestellt und alles genauso erzählt, wie es war.» «Und?» «Ein vernünftiger Mensch muß das verstehen. Forell ist ja auch ganz vernünftig, wenn er nicht von Zeit zu Zeit den Rappel bekommt und über Wien und Salzburg heimlaufen möchte.»

Der langnasige Portschach hat den Weg zu einer Art von Frieden geebnet. Von da an läuft das Gespräch mit Forell wieder beinahe normal. Auf männliche Art bringen die Schläger ihre Entschuldigung an, indem sie ohne viel Aufhebens für ihn sorgen, ihm ein Stück Verband wieder auflegen, in seinen Schöpfer Suppe das einsam irrende Stück Speck schmuggeln und ihm zu zweit beistehen, wenn er einmal ein Stück weit den Stollen hinaufgeführt werden muß.

Weniger feinfühlig schafft der russische Posten die Sache aus der Welt. Es scheint Zeitnormen zu geben für die Wiedergenesung eines zusammengehauenen Mannes. Der Posten hält am fünften Tag die Norm für erfüllt und jagt Forell, als um fünf Uhr morgens die Arbeit beginnt, mit dem Haufen an die Arbeit. Was er am Arbeitsplatz tut, ist dem Posten gleichgültig. Dort wird nicht beaufsichtigt. Die Arbeitsleistung kann in den ersten Tagen nicht sonderlich überzeugend sein, wenn Forell noch Mühe hat, sich auf den Beinen zu halten, und die Kameraden noch bemüht sind, die brüchige menschliche Verbindung wieder zu schließen bis zur klobigen Kameradschaft von Höhlenmenschen.

Die Bergwerke, von denen Hiob erzählt, um darzulegen, wie gering alle so geborgenen Schätze im Vergleich zur Weisheit wiegen, sind doch wohl schon fortschrittlicher betrieben worden als der Bleibergbau am Ostkap. Lebenslang Verbannte haben vor Zeiten, die nicht abzuschätzen sind, wahrscheinlich vor gar nicht langer Zeit, den Berg angebohrt und Stollen unter die wie eine halbe Melone geformte Felshaube vorgetrieben. Man hat ihnen sicher genauso wie dem zurückgekehrten Ausreißer Clemens Forell eine Spitzhaue in die Hand gedrückt: Fang an! In das Haus der Spitzhaue hat man ein rohes Stück Holz als Stiel getrieben, und die Sträflinge russischer Herkunft haben sich genauso wie die deutschen Gefangenen darüber gewundert, daß man ihren Händen so ein unbearbeitetes

Stück Holz zumutete, dem niemand auch nur versuchsweise die Kanten genommen hat.

Um fünf am Morgen gehen die Arbeitstrupps vor Ort. Die Männer der einzelnen Trupps kennen ihren Mann, der die Lampe trägt, und ihre Richtung in dem Stollengewirr, das seine gute Ordnung hat. Sechzehn Mann sind als Träger eingeteilt und nehmen, paarweise, ihre Körbe auf. Vier Mann sind zum Einfassen des erzhaltigen Gesteins vorgesehen, und ihre Schaufeln sind von Saboteuren erfunden und konstruiert worden. Den Rest des Trupps bilden die Männer mit den Spitzhacken, denen auferlegt wird, den Stollen in der gleichen Richtung wie angelegt weiter vorzutreiben, zwei Meter in der Höhe und knappe zwei Meter in der Breite. Viel Raum ist nicht, um mit der Hacke kräftig auszuholen, wenn am gleichen Platz eine ganze Mannschaft arbeiten muß. Zu irgendeiner Zeit sind die Spitzhacken sicherlich einmal spitz gewesen. Die Arbeit im Fels hat sie stumpf gemacht.

Forell betrachtet verwundert das Instrument, das man ihm in die Hand gedrückt hat. Weil man ihm zumutet, daß er damit den Fels aushauen soll, weil er sieht, daß die anderen mit einigem Erfolg dem Berg zu Leibe rücken, macht auch er, sowie die Schmerzen etwas erträglicher geworden sind, den Versuch. Er ist kein Jämmerling. Aber nach dem ersten Schlag fliegt ihm das Werkzeug aus den Händen. Von einem einzigen Schlag sind die Arme geprellt bis zu den Ellbogen.

«Wenn du es so treibst, hast du bis Mittag die Hände voller Blutblasen», sagt sein Nebenmann.

«Daran ist der kantige Stiel schuld.» «Am Abend hast du Zeit, den Stiel etwas zu putzen.» «Womit? Gibt es Hobel oder Schnitzmesser?» «In anderen Erdteilen, ja.» «Soll ich das Holz mit den Zähnen zubeißen?» «So dumm ist die Frage keineswegs, wie du meinst. Wir haben Leute, die es tatsächlich mit den Zähnen versucht haben. Aber es gibt scharfkantige Felsstücke und in besonders günstigen Fällen einmal einen Scherben Glas.» Er wendet sich einem Trägerpaar zu, das eben auf das Einfassen des Gesteins wartet. «Lorenz, du stehst mit den Russen einigermaßen gut. Sieh zu, ob sie nicht eine leere Flasche hergeben! Mit dem Boden einer starkwandigen Flasche, wenn der Bruch gut glückt, lassen sich zehn Hackenstiele feinmachen. Glas und Geduld schaffen alles. Warum denn so eilig?» «Aber wenn wir, bevor mein Handwerkszeug brauchbar wird, unsere Norm nicht erfüllen?» «Merk dir eins, Forell: hier ist das Paradies. Hier gibt es keine Normen. Wenn du einmal Träger wirst, aber nach deinem Fluchtversuch kannst du darauf lang warten, wirst du erleben, daß die Russen jeden Korb, der gefüllt hinausgetragen wird, genau aufschreiben. Das Bewachungspersonal muß täglich die Zahl der geförderten Körbe melden. Aber noch nie ist, wenn ein Tag einmal schlecht war, die Auflage gegeben worden, daß wir den Ausfall einzubringen hätten. Wie es möglich war, daß das

Normensystem nicht bis ans Kap durchgedrungen ist, bleibt ewig unverständlich. Der Weg ist eben weit von Moskau bis hierher. Der Erfolg ist übrigens offensichtlich: die Gefangenen arbeiten, wie wenn sie eins achtzig Stundenlohn bekommen würden, fleißig, mit einem allmählich entwikkelten Geschick, gutwillig und so zügig, daß man draußen reichlich zu tun hat mit dem Wegarbeiten. Du bist noch ein Säugling und bringst den ganzen Tag keinen Korb voll Gestein aus der Wand. Dafür hast du am Abend die Hände voller Blutblasen.»

Während der Nebenmann so plaudert, lockert er ohne großes Schlagen ein Stück Fels, das träg umkippt und auf den Abraum fällt.

«Daran haben wir gestern schon herumgestochert. Jetzt ist es soweit. Das sind, gering geschätzt, vierhundert Kilo. Die ganze Arbeit des Herauspickens in Bröckchen ist uns erspart. Aber du kannst dich damit eine Weile amüsieren. Hopp! Fangen wir an!»

Zu Mittag ist das Stück längst noch nicht so zertrümmert, daß alles schon in Körbe gefaßt werden könnte, aber Forell muß sich die Handflächen lecken wie ein Hund, denn die ersten Blutblasen sind schon aufgebrochen. Die Arme sind bis weit hinauf ohne Gefühl. Nur ein Kribbeln in den verprellten Armen mildert das Empfinden von Schmerz, überdeckt es und läßt beim Essen das Geschirr zwischen den Fingern, die es ganz fest zu halten geglaubt haben, wegfallen.

Der Mann aber, den die anderen Lorenz nennen, bringt blinzelnd eine Wodkaflasche mit. Im Stollen nebenan versucht er, die Flasche so zu zertrümmern, das es keine unnützen Scherben gibt, und die Flasche gibt ein paar herrlich scharfkantige Scherben.

«So geht das!» erläutert Portschach die Technik des feinen Abziehens von Holz. Seine Augen laufen Halbkreise wie die Augen einer schläfrigen Henne, als er die Kanten des Hackenstiels zu runden beginnt. Forell selbst weiß die Scherben nur schlecht in den klammen Fingern zu halten, aber da er genügend Geschick besitzt und die Kameraden, die ihn vor fünf Tagen noch unmenschlich verprügelt haben, den Stiel weiter bearbeiten, nimmt er soviel Form und Handläufigkeit an, daß Forell sich an diesem Abend zum erstenmal in der Felshöhle seiner Zukunft freut. Es ist eine bescheidene Freude, die einen blanken, weich in die Hand gehenden Stiel einer Spitzhacke betrachtet und mit den Händen noch im Einschlafen prüft, ob die Finger sich gut darum schließen.

Unter den zusammengeknöpften Zeltplanen wühlt Forell das Reisig auf, von dem längst die Nadeln abfallen, und versteckt ganz unten auf dem Felsboden ein Bodenstück der Wodkaflasche, damit später ein Brechen des Stiels nicht den Wiederbeginn der gleichen schmerzvollen Mühsal bedeutet. Das erste Stück zum Vermögen eines Verbannten wird sorgsam behütet und nicht etwa zu den erbärmlichen Habseligkeiten in den Rupfenballen gesteckt, der als Kopfkissen dient. Stöhnend verzerrt sich noch immer sein Gesicht, wenn er nachts sich auf die andere Seite zu drehen versucht, aber, vor Schmerz halb erwacht, tastet er nach dem Stiel der Spitzhacke, ob er noch neben dem Schläfer auf der Zeltplane liegt. Noch hat er nicht gelernt, das Los ausgewogen auf die Schultern zu nehmen, aber das erste Geschenk der Freudlosen ist ihm bereits zugefallen: ein winziger Abstrich von der Mühsal, eine fühlbare, wenn auch nicht stattliche Verringerung des Passivkontos. Das Thermometer des Lebens steht tief unter Null. Den roten Strich dorthin, wo vor die Begriffe dann Pluszeichen gesetzt werden, kann es nie mehr überschreiten. Alles Mühen kann nur noch einem Erleichtern der Mühen gelten, alle Plage nur der trickreichen Findigkeit, sich an sie zu gewöhnen und sie zu überlisten, von allem Häßlichen ist bei einigem Glück soviel zu verschönern, daß es um ein paar Grade weniger häßlich ist. Clemens Forell ist mit den zwölfhundert Kameraden in die Reihe der Erfinder eingegangen, die ein verwirrendes Spiel mit lauter Minus- und Pluszeichen bis zu jener Artistik betreiben, die eine Falschrechnung so lang weiterführen, bis sie scheinbar aufgeht.

Es ist eine wunderliche Gepflogenheit, den Tag um fünf Uhr zu beginnen. Ihn zwölf Stunden dauern zu lassen mit einer halben Stunde Mittagspause, ist nicht mehr als ein Rückfall um sechzig Jahre. Wäre nicht ans letzte Ende des Erzweges der Tag angebunden, nicht bloß als Lichtloch, durch das die Erze hinausgeschafft werden, sondern als Arbeitsstätte, die das geschürfte Gestein primitiv verhüttet, so wäre es gleichermaßen sinnvoll, den Arbeitstag um fünf am Abend beginnen zu lassen.

Für die Eingeschlossenen ist immer Nacht.

Gespenstisch, wo die Nacht der Ersatz aller anderen Zustände wird, ist es dennoch, wenn zur Stunde des Weckens überall im ganzen Berg, in acht Hauptschächten, die Menschen, die kaum noch einmal Gelegenheit finden, sich zu begegnen, durch Fels getrennt irgendwo zur gleichen Zeit vor Ort gehen, wenn aus den Kasematten der acht Hauptschächte die Erwachten sich in Gruppen aufteilen und mit ihren Öllichtern, die nicht einmal reguläre Grubenlampen sind, ihre Stollen aufsuchen. Manchmal – die Akustik scheint von unberechenbaren Umständen abhängig zu sein – pickt es weit weg schon irgendwo im Bleiberg, bevor die eigene Gruppe eine Spitzhaue angesetzt hat. Das ist selten. Dann nimmt einer die Hacke hoch und schlägt sie, damit es noch weiter trage, mit der Rückseite an den Fels, einmal, zweimal, dreimal. Die anderen sollen wissen, daß auch hier noch Leben ist. Sie empfangen den Gruß der Hacke wohl kaum.

Gespenstisch, wo die grob herausgehauene Decke den Himmel ersetzt, überkommt alle eines Tages die Angst vor der Höhle. Dann schreien sie in den Nächten und fassen mit den Händen in die Finsternis hinein: Macht doch Licht, Leute! Ich ersticke.

Die anderen haben es schon hinter sich, während Forell erst lernen muß, sich mit dem verlorenen Himmel abzufinden. Seit er einen Flaschenboden mit scharf schneidenden Bruchflächen unter der Plane liegen hat, geht er nicht mehr in Angst an die Arbeit vor Ort. Die wunden Hände heilen aus, als er gelernt hat, für die stumpf gerundete Hackenspitze die Stellen im Gestein zu finden, die Nachgiebigkeit versprechen. Er lernt die eigene Arbeitskraft einteilen, damit sie nicht um drei bereits erschöpft ist. Die Angst überkommt ihn beim Weggehen aus dem Arbeitsstollen. Es ist die Angst vor der Nacht. Noch fällt ihm das Schlafen schwer. Der Posten macht weit vorne in der Nähe des Schachtausgangs für eine Stunde die in die Öffnung gesetzte Tür auf, sofern er guter und menschlicher Laune ist. Dann kommt nach etwa zehn Minuten frische Luft herein. Die Verbannten am Polarkreis sind bettelfroh um die Kälte, die der Wind bei aufgeschlagener Tür in den Stollen treibt. Verstaubte Lungen atmen tief, solang die Gnade der geöffneten Tür gewährt wird. Hat der Soldat Rückenschmerzen oder schlechte Laune, bleibt die Tür geschlossen. Nach der Luft, die sparsamer ausgeschenkt wird als der Tee, hat der Tag nichts mehr zu bieten. Der Tee ist blond, andeutungsweise gesüßt oder ganz bitter, gewürzt von einem dünnen Staubniederschlag, der sich wie eine Haut darüber legt. Dem Tee, in kleinen Schlucken genommen, denn man muß sparen für die Nacht, folgt das Löschen der Lampe. Eine Weile murmelt es noch träg dahin. Das Gespräch bleibt an der Passivseite hängen bei den Minuszeichen, die sich zu Pluszeichen umlügen lassen, sofern das Gemüt bei dem oder jenem kindlich genug geblieben ist, um die abgeleistete Zeit von den auferlegten fünfundzwanzig Jahren abzurechnen. Welche Jahreszeit draußen eben abgehalten wird, berichten alle Tage die Korbträger. Manchmal bringen sie sogar das genaue Datum herein. Vierten April.

«Welches Jahr?» «Siebenundvierzig.» «Unsinn. Wir müssen längst achtundvierzig haben.» «Es hat schon seine Richtigkeit.» «Forell, du bist noch nicht lang im Bau. Was für ein Jahr haben wir? Doch nicht erst siebenundvierzig.» «Was sonst!» «Du kannst auch bloß Verdruß hereinbringen.» «Ihr wißt euch für den Verdruß entsprechend zu revanchieren.»

Das Gespräch, nur so gemurmelt, kann sich Stunden hinziehen. Einmal aber muß geschlafen werden. Und vor dem Schlafen hat Forell noch das Grauen, das die anderen bereits verlernt haben. Mäuse knabbern mit feinen Zähnen. Sie treiben anscheinend ein ausdauerndes Ballspiel mit einer Brotrinde. Ihr Spiel ist noch nicht aus, wenn der Schläfer wieder erwacht. Mäuse. Und das mißtönige Schnarchen von Männern. Forell faßt über sich in den Raum, ihn auszumessen, ob die Luft reichen wird, daß sie nicht alle ersticken. Was er für oben hält, ist nur die Kopfseite der Höhle. Plötzlich hat er die Orientierung verloren. Wie ein Reisender, der rückwärtsfahrend im Zug sitzt und sich mit einemmal die längst bekannten Dinge draußen in der Landschaft nicht mehr verkehrt vorstellen kann, verliert er die Begriffe für die Richtungen, steht auf und prallt, da sich die Seiten um ihn verwechselt haben, gegen die Wand, die Luft wird zu knapp, halbwach will

Forell aus der Höhle laufen und stößt wieder an die Felswand. Die satte Finsternis hängt ihm bis unter die weit aufgerissenen Lider. Er tut, was alle in der ersten Zeit getan haben, wenn es immer wieder über einen so gekommen ist: er schreit. Viel heftiger und ungehemmter schreit er als damals bei der grauenhaften Prozedur.

«Höhlenfieber!» knurrt jemand. «Leg dich hin, Chow-Chow! Es hilft alles nichts.»

Forell schämt sich, daß er so schreit, aber es brüllt ja nicht die Angst vor der Finsternis aus ihm, sondern das Würgen um Luft. Die Luft reicht nicht mehr. Er spürt ganz deutlich, daß er ersticken wird.

Da flammt träg an einem Luntenfeuerzeug die Öllampe auf. Es ist ein erbärmliches Licht, aber es tut die Wirkung, daß die schon verklemmte Kehle wieder Luft bekommt.

«Lausbub, mach das Licht aus und laß uns schlafen!» «Nein. Er soll es eine Weile brennen lassen!» «Ich danke dir.» «Kein Anlaß.»

Der Lausbub, der beschimpft worden ist, weil er Licht gemacht hat, ist Alfons Mattern. Der andere, der die Höflichkeit bis da herein bewahrt hat, ist Leibrecht. Der Lausbub legt sich wieder an seinen Platz. Leibrecht gibt einen Ratschlag, wie man die Angst mit einiger Logik ausschalten kann. «Leg dich jetzt ruhig hin und versuch ganz gleichmäßig zu atmen! Wenn du glaubst, es sei wieder gut, sagst du es mir. Ich lösche dann die Lampe. Und du mußt dir merken, wo die Lampe hängt. Kommt es hernach wieder über dich, daß du den Faden verlierst, dann hast du mit dem Platz der Lampe eine Visierlinie. Daran kann sich dein Raumgefühl zur Not hängen. Langsam atmen! Ganz stur rechnen: dort ist die Lampe, auch wenn sie nicht mehr brennt. Hier bist du. Die Höhle ist in der Mitte über zwei Meter hoch. Man kann nicht ersticken. Man kann nicht. Man kann nicht.»

Ein paar Nächte lang kommt das Angstgefühl noch. Es wird schläfrig geschimpft auf den Ruhestörer, ohne daß am anderen Tag noch jemand des Vorfalls Erwähnung tut. Als wieder eine Woche herum ist, spielen die Mäuse ihr Ballspiel mit Forells Brot, ohne daß er noch erwacht unter der grauenvollen Vorstellung, den Deckel des steinernen Sarges auf Greifnähe über sich zu haben.

Die halbwachen Träume vereinfachen sich, und auf dem Gesicht des Schläfers liegt ein verkrampftes, schadenfrohes Lächeln, denn er träumt bei Nacht von seiner Tagesarbeit mit der Spitzhacke, er haut Stein aus der Stirnwand des Stollens und schlägt und hämmert, bis der Berg in der Quere durchhauen ist. Auf der anderen Seite wundern die Menschen sich, daß da einer aus dem Berg gekommen ist, und machen ihm begreifbar, daß er frei ist, endgültig angelangt auf der anderen Seite der Erde. Das träumt er hartnäckig auch im Wachliegen weiter und hat damit die Ruhe gefunden, daß er nie mehr zur Nachtzeit brüllen muß.

Es haben schon andere hier gehämmert und geschlafen. Zwar weiß niemand, wohin die gekommen sind, die den Berg angebohrt haben. Vielleicht sind sie durch den Berg gekommen.

Unveränderlich in Ruhe und Gelassenheit sitzt der Posten auf seinem Hocker in der kleinen Kaverne, die Maschinenpistole vor sich auf dem Tisch. Kommt ein Gefangener zu später Stunde, wenn die Körbe ruhen, durch den Verbindungsstollen, so steht er auf und geht voraus bis dorthin, wo die Kälte schon fühlbar hereindringt und der Seitenstollen seinen Zwecken dient. Die Sache ist schreiend einfach. Der Posten sperrt den Ausgang. Wenn der Mann wieder kommt, folgt ihm der Posten und nimmt wieder auf seinem Hocker Platz. Er ist der Korken im Flaschenhals. Die Flasche ist immer geschlossen. An der Haltung und dem glatten Funktionieren des Flaschenkorkens ändert sich nie etwas. Das Gesicht ist um neun am Vormittag ein anderes als um ein Uhr mittags.

Zur Arbeitszeit, denn die Träger gehen von allen Arbeitsstellen ins Freie, ist der Korken bis ans letzte Ende hinausgeschoben. Die Träger, nicht die beneidenswertesten unter den Gefangenen, dürfen dann bis hinaus unter den freien Himmel gehen, ihre Körbe umkippen, den beinahe unveränderlichen Himmel sehen und wieder ins Dunkel zurückgehen. Der Posten sperrt allen Weg darüber hinaus.

Fragt man drinnen vor Ort die Träger, wie es draußen denn sei, so wissen sie nur zu sagen: Kalt.

Als Forell drei Wochen im Berg ist, wird eines Nachmittags die Arbeit eine Stunde früher abgebrochen. Von allen Stollen kommen die Gefangenen zurück in die Kasematte. Der Russe sagt etwas und gibt einen gutmütigen Wink: alle mögen ihm folgen. Hundertachtzig Mann stolpern hinter der Maschinenpistole her.

«Das wäre schon lange fällig gewesen, aber seit der Geschichte mit dem Chow-Chow war totale Urlaubssperre.» Forell hört es in seinen eigenen Ohren, daß man ihn immer noch für alles Schiefe verantwortlich macht, aber auch, daß man ihn Chow-Chow nennt. Ein knurriger Humor biegt die Dinge kameradschaftlich zurecht, bis mit der Aussicht auf eine Stunde unter freiem Himmel alles in einem leicht grinsenden Lächeln verrinnt. Die Dinge haben wieder ihren gewohnten Gang. Dieser gewohnte Gang führt alle Wochen oder alle zwei Wochen, je nach der Laune der Obrigkeit, ins Freie.

Frühling nennt man daheim in Deutschland, den Finger auf dem Kalender, diese Jahreszeit. Am Kap treten die Füße in unsauberen Schnee. Der Himmel ist im Berg auf ein paar Meter herabgelassen, im Freien auf fünfzig Meter. Die Sträflinge hören nur das Klappern der eigenen Zähne. Ein bissig scharfer Wind streicht stöhnend um den Berg, der aus seinen Schächten geduckte Männer speit.

Wenig Phantasie haben diese Leute: der Vordermann begegnet dem Tag so, daß er beim Hinaustreten beide Arme über die Brust schlägt und den Kopf wie zum Angriff senkt. Der nachfolgende Häftling macht es nach, schlägt die Arme vor die Brust und senkt den Kopf. Jeder weitere Mann ahmt das gegebene Beispiel nach. Die Russen winken mit antreibender Hand: Dawai! Dawai! Drinnen vor Ort treibt niemand an und befiehlt niemand Eile. Es ist doch eigentlich – aber den Gedanken auszusprechen, wäre Frevel – schöner in der dumpfen Kasematte als unter solchem Himmel.

Das Aufgebot an Bewachung scheint klein zu sein und nur lässig zu arbeiten. Möglicherweise, aber den Bereich kann niemand ausschauen, ist das ganze Terrain umstellt, um den einfältigen Versuch jedes Narren abzufangen, dem es etwa in den Sinn kommen sollte, das Freie mit der Freiheit zu verwechseln. Wer aber käme überhaupt auf einen solchen Gedanken unter dem beißenden Wind, der das Wasser aus den Augen treibt und die Sicht nimmt? In Haufen, weil andere so den Wind ein wenig abhalten, stehen die Gefangenen beisammen, stampfen mit den Füßen, schwingen die Hände, lassen die Köpfe frierend zurückkriechen in den Halskragen der Jacke, scharren mit den Zähnen und ertappen sich dabei, wie sie nach Minuten schon laut den Wunsch vor sich hin schnattern, wieder im Berg und wieder in der Wärme sein zu dürfen. Dort stehen die Leute aus dem Nachbarschacht, auch so zu Trauben aneinandergedrängt. Die Besatzung des übernächsten Schachtes macht Freiübungen, recht widerwillig, wie es scheint, aber von einem stimmbegabten Vorturner eifrig angetrieben. Vielleicht haben sie recht. Aber man fühlt sich zu kalt, um sich auch noch anstrengen zu wollen; selbst in der Spekulation auf etwas Erwärmung will keiner den Anreiz zu viel Betätigung sehen. Mehr als die Besatzung von zwei Nachbarschächten ist im Dunst nicht zu erschauen. Sicherlich ist alles vollzählig, denn das Fest des Ausstiegs in den Tag läßt sich keiner entgehen, um nach den ersten paar Atemzügen, die mühsame Arbeit für die Lungen bedeuten, nach dem Loch im Fels zu schielen und nach den Russen, von denen nun allein das Heil kommen kann mit einem lässigen Wink, die Gefangenen mögen wieder in ihren Schächten verschwinden.

Gut gerechnet ist es eine halbe Stunde seit Urlaubsbeginn. Den Gefangenen freilich erscheint es wie die Qual vieler Stunden. Das Zeichen kommt: Einrücken! Die schönste Geste des Erbarmens. In der Hast von Flüchtlingen, eingeduckt wie Spießrutenläufer, rennen die Männer in die dunkle Öffnung. Nur weg aus dem Wind und der Kälte und dem trüben Dunstgehäng!

Pascholl!

Der Wachsoldat läßt seine Maschinenpistole, am Riemen schaukelnd, auf den gekrümmten Rücken eines Gefangenen prallen, der im Schnee neben dem Haupteingang niedergekauert ist, eine Zeltplane ausbreitet und hastig den Schnee auf den Stoff scharrt.

«Sofort. Ich habe es gleich und bitte um Entschuldigung.»

Aber auch dem Russen gefällt es nicht mehr, um eines einzigen Häftlings willen noch lang am Wind zu stehen. Er schnieft kräftig auf und läßt die Pistole nun heftiger gegen den Rücken des Schneesammlers pendeln. Dem scheint die Menge Schnee jetzt zu genügen. Eilig faßt er die vier Enden der Zeltplane und läuft weg, dem Eingang zu, den Russen noch einmal um Entschuldigung bittend. «Danke!» sagt er, als die breite Tür hinter dem Wächter und ihm zuschlägt. Der Russe nickt. Er kennt nun den Mann bereits, der jedesmal im letzten Augenblick vor dem Einrücken sein Zelttuch ausbreitet und Schnee mit in die Höhle nimmt, soviel das Tuch faßt.

Leibrecht liebt es nicht, seinen Kameraden Belehrungen zu erteilen oder gar Befehle zu geben. Er stellt das Bündel Schnee am Ende des Stollens ab, und noch während alle mit dem Eingewöhnen in die dicke Luft der Kasematte beschäftigt sind, zieht er sich aus, noch frierend vom Einsammeln des Schnees, und fängt an, sich mit dem Schnee von oben bis unten einzureiben, das Gesicht zu reiben, als habe er schäumende Seife, und den in Strähnen am Körper entlangrinnenden Schmutz in wieder neuem Schnee zu lösen, bis er mit sichtbarem Erfolg ans Ende seiner Prozedur gekommen ist.

«Noch eine Portion Schnee gefällig?» «Brrr!» «Wißt ihr denn, wie warm das macht? Und wie sauber?»

Nein. Nach soviel Frieren erntet er nur ablehnenden Dank.

«Alfons!» Mattern schüttelt den Kopf.

«Willst du nicht?» «Ich möchte lieber nicht.» Das kommt teilnahmslos und zäh. «Na, wenn deine Mutter dich so sehen würde, den ganzen Kerl schwarz von oben bis unten!» Mit einemmal wird Leibrecht befehlend. «Dann wasch wenigstens deine Pranken, Kerl! Weißt du, wo wir sind? Weißt du, was wir tun? Hast du eine Ahnung, was Bleivergiftung ist? Einmal werden wir sie alle haben. Aber nicht schon in einem knappen Vierteljahr.»

Alfons Mattern kommt heran, streift Hemd und Hose ab und fängt Leibrechts blinzelnden Blick auf: dort ist der ausgebrochene Boden eines Weidenkorbes, auf den man sich beim Waschen stellen kann, um hernach auch die Fußsohlen sauber zu haben. Badematte nennt man so etwas anderswo, nur ist das Ding zum gleichen Zweck anderswo etwas ansehnlicher. Mit einem verlegenen Kopfnicken, noch nackt, bedankt sich Mattern für den Zwang.

Das Wasser der Verbannten versickert im Gestein. Dann kramt Leibrecht das runde Stück Weidenflechtwerk wieder beiseite und rät den anderen, ausgebrochene Böden der Körbe künftig zu sammeln. Er legt den Handballen an die linke Schläfe, wo sich wieder die Rohanlage eines Haarscheitels in den blühweißen Haarstoppeln abzuzeichnen beginnt. Das Thema, das er angeschnitten hat, läßt eine flackernde Unruhe aufkommen. Es ist nicht das erstemal, daß er so gesprochen hat. Nur hat die Gleichgültigkeit in Wochen immer wieder zugedeckt, was ein kurzes Abendgespräch an Lebenssorgen aufgebracht hat. Das Wort «Bleivergiftung» wird ungern gehört. Alle Eingeschlossenen haben sich an dem Gespenst erschreckt, als sie begreifen mußten, daß sie ringsum sogar bei Nacht am Bleiglanz scheuern. Was sie umgibt in ihrer Wohn- und Schlafhöhle, ist ja nicht taubes Gestein. In einem Stollen nebenan ist es eben erst geschehen, daß eine Woche lang nur taubes Gestein gefördert wurde, woraufhin die Russen sogleich einen Querstollen ansetzen ließen. Sie haben, als die Cilnys die Stollen vortrieben, die großen Kavernen für die Unterkünfte nur dort aushauen lassen, wo die Gewinnung eines Raumes zugleich Ausbeute an Erz bedeutete. Im Erlernen ihrer mühsamen Arbeit haben die Gefangenen bald den Blick dafür bekommen, was begehrt ist von der Ausbeute ihrer stumpfen Spitzhacken. Sie wissen, daß sie in einem durchstoßenen Erzgang schlafen und leben und Blei berühren, wenn sie ihr Säckchen mit dem Brot an die Felswand hängen, wo sich ein zufällig gefundener Nagel oder Haken eintreiben ließ. Sie kennen das taube Gestein, das sie, wertlos, genauso hinausschaffen müssen, und verstehen es recht, wenn der Schlag stumpf ankommt und die Spitze ein Nachgeben verspürt. Vom Bergbau versteht keiner auch nur das Geringste. Manchmal, weil das Erz die übliche Weichheit von Blei nicht hat, glauben sie oder reden sich ein, ihre Arbeit gelte weiß Gott welchen anderen Metallen. Das lassen sie wider die eigene Überzeugung dann gelten, um sich aus der Gewißheit herauszureden, daß sie gewiß und unweigerlich am Blei sterben werden, ehe auch nur einer von ihnen die fünfundzwanzig Jahre abgeleistet und den Berg wieder verlassen hat.

Leibrecht prüft, weil er Ungefähres über die Folgen einer Bleivergiftung gehört zu haben glaubt, die Zähne, ob sie nicht schon locker zu werden anfangen. Wie groß sein Entsetzen vor der Krankheit ist, weiß keiner der Kameraden. Leibrecht nämlich hat die Haltung eines Grandseigneurs, und wenn sein kranker Magen die gesunden und nährkräftigen, aber derben Mahlzeiten nicht vertragen kann, schafft seine menschliche Großartigkeit sich alle Fragen vom Leib, ob er nun vor Schmerz oder aus Erbarmen mit den unersättlichen «Kindern», dem Studenten Willi Bauknecht und dem neunzehnjährig gewordenen Alfons Mattern, seine Portion abgibt. Daß er manchmal feststellen zu müssen glaubt, die Zähne würden bereits locker und das Zahnfleisch habe schon den unempfindlichen Bleisaum, behält er für sich.

Seine vielfach unverstandene Marotte ist die Reinlichkeit, eine freilich primitive Reinlichkeit, wie sie gerade noch durchgehalten werden kann in einem Bereich ohne Wasser. Die Russen lassen ihn gewähren, wenn er Schnee in die Kasematte schleppt. Sie wissen, wozu er ihn verwendet. Sie wahren Geduld, wenn die Schneesammler nach und nach mehr werden, weil Leibrecht den Druck seiner Souveränität auf die anderen ausübt, daß sie mehr auf Sauberkeit halten lernen und die Sorge um den Körper recht verstehen.

Drei Männer bücken sich, fast gleichzeitig, über ein grünes Fleckchen im Eis.

Um etwa die Mittagszeit ist die Arbeit vor Ort abgebrochen und den Gefangenen Urlaub ins Freie gewährt worden. Die buckelige Hochfläche wimmelt von grauen Männern, die zu bewachen eine sinnlose Mühe wäre. Keine drohende Waffe und kein warnender Zuruf hindert die Männer daran, einmal hundert Meter zwischen sich und den Stolleneingang zu setzen, zweihundert Meter, dreihundert Meter. In Gruppen und Grüppchen gehen die Gefangenen herum, beschauen uninteressiert, was keines Interesses wert ist, und fühlen sich etwa so, wie wenn sie daheim an einem Tag im November, der nicht warm und noch nicht fühlbar kalt ist, auf das Durchkommen der Sonne warten würden.

«Was soll das denn sein?» fragt Lorenz und bückt sich auf das grüne Fleckchen in einer Eismulde nieder.

«Moos.» Forell tastet mit den Fingern über das magere Wachstum. «Ein Witz der Natur. In einer Landschaft ohne Leben so sensationell wie in der Steppe ein Baumriese.»

Simon Portschach hat Hände wie ein Bär, und ehe er selbst es sich versehen hat, sind die schweren Pranken mit der kümmerlichen Zartheit schon so robust verfahren, daß sich das Grüne auf einer Seite von der Unterlage gelöst hat. Die Unterlage aber ist Eis.

«Laß doch deine Pratzen davon!» «Ich wollte nur sehen, wovon das kümmerliche Zeug lebt.» «Wir leben auch.» «Nun paß aber auf, Forell: wie kann Moos auf Eis wachsen? Nach allen Seiten nur Eis, darunter nur Eis, das möglicherweise ein paar Meter dick ist, kein Humus, nicht einmal Verwitterungsreste von diesem Gestein. Wieso wächst Moos auf blankem Eis?»

Forell bettet das schüchterne Gewächs wieder in die Eismulde und streicht es glatt. «Ich verstehe nichts von Moosen, obgleich ich der Sohn eines großen Botanikers bin, der mir alles zu erklären versucht hat, was uns je bei den Bergwanderungen untergekommen ist. Vielleicht gewöhnt das Moos sich an die Umwelt wie wir Menschen. Bescheiden muß man eben werden, ob Moos oder Mensch. Wassilij hat behauptet, die Gegend hier würde im Sommer so grün vor Moos wie daheim vor Gras.»

«Das müssen wir den anderen erzählen», meint Lorenz.

Eine halbe Stunde später stehen vierzig Mann um das Moosfleckchen, das kaum die Fläche einer Kinderhand in der Eismulde bedeckt. Was sie reden, ist wirres Zeug, aber das Gespräch wird zum Geschrei, als immer mehr Leute herankommen und die Sache endlich einem Russen verdächtig wird. Er schlittert auf schlüpfrigem Boden eilig heran und drängt die zunächst stehenden paar Gefangenen beiseite, um zu sehen, welcher Fund denn so sensationell gewirkt haben mag. Da er nichts entdeckt, stippt er Forell in die Seite, der in die Hocke gekauert noch immer damit beschäftigt ist, das dünne Pölsterchen zu glätten.

«Moos!» sagt Forell und umgrenzt mit dem Finger die grünliche Stelle.

Da schüttelt der Russe den Kopf, lächelt unverstehend vor sich hin und gibt den Männern Zeichen, sie mögen etwas näher herankommen in Richtung auf die Holzgebäude. Es hat keinen rechten Wert, die Übersicht durch derlei Sonderexkursionen zu erschweren.

Acht Wochen später trägt das Land wirklich einen Hauch von Grün zwischen Geröll und finsterem Stein. Das Mooswunder aber, anfänglich viel bestaunt, ist plötzlich keiner Beachtung mehr wert, als die Gefangenen, eines sommerkühlen Tages wieder an die Oberwelt beurlaubt, Sensationelleres zu sehen bekommen. Simon Portschach, dessen Augen in der Erregung ohne Aufhören kreisen und blinzeln, streckt den Arm aus und deutet über einen Felsrücken hinter den Holzgebäuden. Hinter dem Felsrücken steigt, unruhig zwar, aber vom Wind noch nicht zerblasen, eine klobige Rauchwolke empor.

«Mensch! Rauch!» «Was ist dann schon?» «Ein Schiff!» «Auch gut. Vielleicht sind unsere Befreier im Anmarsch.» «Mach mich nicht lächerlich, Forell! Das ist tatsächlich ein Schiff, auch wenn du mehr Schule mitgemacht hast als ich, auch wenn du es zum Oberleutnant gebracht hast. Deine blöden Bemerkungen sind dir geschenkt. Ist das ein Schiff, oder ist es keines?» «Nur nicht gleich massiv werden! Man muß ja hoffentlich nicht jedesmal, wenn man einer anderen Meinung ist als ihr, spießrutenlaufen. Meinetwegen ist es ein Schiff.» «Und wenn es ein Schiff ist», ereifert sich Portschach, «dann ist da drüben so etwas wie ein Hafen, wenigstens eine Anlegestelle, ein Pier, das Meer, das Meer, mein Lieber.»

Wenn es, wie Portschach behauptet, der Rauch eines Dampfers ist, dann gibt diese Wolke jenseits des Felsrückens den Platz an, wo das Meer so nahe ist, daß alle Dinge damit ein anderes Gesicht bekommen. Dann liegt die Höhlenstadt mit den Gefangenen ja nicht sehr viel über dem Meer.

«Ein Schiff!» schreit Portschach.

Lorenz, der unter Tag so schnell und tüchtig gelernt hat, wie man dem Gestein und dem Bleiglanz seine Tücken abschaut, ist von so unkomplizierten Begriffen, daß ihm der Rauch eines Schiffes nichts zu sagen hat. Er nickt nur. Würde Portschach behaupten, der Rauch komme von einer Güterzugsmaschine, so würde er auch nicken.

Der Eisnebel schließt ringsum alles dicht ab, nicht für die nahe Sicht, denn er legt sich nicht so eng um alles wie daheim ein Novembernebel, aber mehr als höchstens zwei Kilometer weit durchdringt ihn der Blick nicht, wenn er auch zuweilen einmal aufgerissen wird. Der Rauch des Schiffes also markiert jenseits des Felsrückens die Stelle, wo eine völlig andere Welt auf so geringen Abstand nahe sein muß.

«Kinder, ein Schiff!» «Da draußen liegt ein Schiff!»

Mit dieser Botschaft läuft Forell von Gruppe zu Gruppe, lacht, schreit, deutet und wirft beide Hände empor: «Ein Schiff!»

Ein Kerl, so groß wie Forell selbst, nur noch um einiges breiter, dreht sich gemächlich um und schmunzelt nur. «Komm, Chow-Chow, benimm dich wie ein vernünftiger Mensch!»

«Du lieber Gott! Dechant!» «Alles schön und gut. Aber kein Geschrei, Chow-Chow!»

«Wenn doch ein Schiff . . .» «Ist dir das eine Neuigkeit?» «Noch keine Ahnung gehabt.» «Dann sei so gut und geh mit mir ein wenig beiseite!» «Es freut mich, daß ich dich wieder einmal angetroffen habe. Aber wozu das Zeremoniell?»

Dechant kratzt sich den kahl rasierten Schädel und blickt sich vorsichtig um, ehe er halblaut die Situation darstellt. «Von Leuten, die sich Ferien aus dem Bergwerk erlauben, dürfte man füglich erwarten, daß sie nicht in völliger Unkenntnis der Situation hier herumliegen und immer nur Erz aus dem Berg hauen.» «Ich bin bis jetzt höchstens sechsmal aus dem Berg herausgekommen.» «Ah ja! Als Träger wirst du also nicht eingeteilt?» «Mein Hang zu Sondertouren.» «Die Trägerarbeit ist nicht so gesucht, daß man dich nicht auch eines Tages einteilen wird. Diese Arbeit ist schwer und unbeliebt. Du mußt zusehen, daß du mehr aus der Höhle kommst. Du mußt mit Leuten aus den Nachbarschächten Kontakt nehmen. Daß es hier Schiffe gibt, ist ja wahrhaftig keine so sensationelle Neuigkeit. Schon im Lazarett habe ich mich über den Fahrplan genauestens erkundigt.»

Forell blinzelt nur ein wenig. Es ist das Zeichen für Dechant, daß er sein Wissen nicht zu geräuschvoll auspacken möge. Ein Russe ist herangeschlendert. «Bist du über den Typhus damals ohne ernstliche Schäden hinweggekommen?» «Bei mir hat sich die Sache lang eingehalten. Und dein Rezept, Holzkohle zu essen, erschien mir nicht sicher genug.» Der Russe hat sich wieder entfernt. «Du bist naiv, mein lieber Chow-Chow, wenn du glaubst, man werde dir die Botschaften ins Loch hineinbringen. Also, um es kurz zu machen: melde dich heute, soweit es irgendwie geht, zur Verladearbeit!»

Forell besteht von oben bis unten nur aus verständnislosem Staunen. «Haben wir denn damit etwas zu tun?» «Glaubst du, die Russen werden die Ladung löschen? Kohlen, Holz, Werkzeuge, Mehl, Kartoffeln und was in so einer Schaluppe Platz hat. Hernach muß das Blei verladen werden.» «Jaja», sagt Forell unsicher.

«Du denkst immer an Flucht und lieferst dann eine Laienarbeit, daß den Zobeln der sibirischen Wälder die Haare zu Berg stehen. Hast du denn tatsächlich heute zum erstenmal etwas von einem Schiff gesehen oder gehört?» Dechant spricht plötzlich zischend zwischen den Zähnen. «Hast du nie Überlegungen angestellt, wie man über diesen Katzensprung von Beringstraße hinwegkommen kann?» «Wo, in welcher Richtung, liegt Alaska?» «Das ist wieder die Frage eines Priesterseminaristen, der zum erstenmal vom Laster hört. Da unten legt zweimal im Sommer ein Schiff an. Die Zeit ist von den Eisverhältnissen abhängig. Ende Juni, dann Juli und August. Der August ist schon Herbst. Der Zufall spielt eine große Rolle. Trotzdem kommen die Schiffe mit einiger Genauigkeit an und müssen ja auch wieder zurückfahren, also wirst du nach dem Juli hier keinen Schiffsdampfkessel mehr rauchen sehen. Die Frage nach Alaska ist insofern wertlos, als es auch im Sommer unmöglich sein dürfte, die Beringstraße zu durchschwimmen. Die Temperatur des Wassers, die Entfernung, die politische Situation: Russen und Amerikaner sind Bundesgenossen. Aber man muß doch zu erkunden versuchen, wie die Grenzen dieser Welt verlaufen. Vor allem mußt du einmal da hinüberkommen bis zum Pier, bis zum Wasser. Schau nicht so ungläubig!»

Forell muß wirklich recht ungläubig dreingesehen haben. Er hat sich vom Zauber der Rauchfahne verwirren lassen und weiß nicht abzuschätzen, wie sich so eine Vision über einem Steinrücken in einen Reim mit dem Gedanken an Freiheit bringen lassen wird. «Warst du schon einmal unten am Pier?» «Wie wäre ich hinuntergekommen. Erst Typhus, dann Bergwerk.» «Du mußt doch Gewährsmänner haben.» «Das Gerücht. Das Geschwätz. Das Raunen des Windes. Die jedem Menschen angeborene Kombinationsgabe. Die bisher noch ungebrochene Kraft, ungezählte Male jeden Tag mit einem Korb Erz und Gestein den langen Stollen heraufzulaufen bis unter freien Himmel. Schauen, Lauern, Horchen. Die Himmelsrichtungen studieren, auch ohne Sonne. Du bist ein Träumer, Forell. Gut, ich weiß, daß dich die Kameraden zusammengehauen haben. Um der Zeremonie willen sind wir aus sämtlichen Stollen ins Freie geführt worden. Der spontane Volkszorn stach wohltuend ab von dem schönen Gleichmut der teilnahmslos zuschauenden Russen, die andere für sich zornig sein ließen. Ich kann mir vorstellen, daß es an die tief unter Milz und Nieren liegenden Kräfte geht. Aber, alter Chow-Chow – hast du dich noch nicht wieder hochgerappelt?»

Nein. Forell merkt, vor diesem breitschulterigen Kerl stehend, daß er in dem Leben ohne Licht schon soweit verkümmert ist, wie die russische Geduld es mit allen erreicht. Er hat gelernt, die Mahlzeiten hungrig zu schätzen, den Gedanken an andere Möglichkeiten aus seinen Nächten zu verbannen, sich an die Ewigkeit zu gewöhnen, gewissenhaft Stein und Bleiglanz aus dem Berg zu schlagen und Kathrin sogar aus der Rechnung seines restlichen Lebens abzusetzen. Da kommt das Schiff.

«Alles gut, Dechant. Aber wenn schon die Russen keine Anstalten treffen, uns je noch ehrlich zu bewachen, dann gibt es keinen Weg. Sie hätten ihn mit Stacheldraht und Scheinwerfern versehen.»

Dechant schaut den Kameraden mit eng gekniffenen Augen an. «Und ausgerechnet auf dich habe ich gesetzt.» «Ich habe meinen Beitrag geliefert.» «Stümperhaft genug. Glaubst du, das wäre in dieser Form vor sich gegangen, wenn der andere Mann auf dem Medizinschlitten ich gewesen wäre? Aber nein! Krank mußte ich sein. Total unfähig. Diesen Eisemann haben sie genommen und dich, der eine so dumm wie ein Ur, der andere so inkonsequent wie ein Frauenzimmer, immer nur eine Hälfte Vorsatz und die andere Hälfte Reue. Was ist denn mit der Liebe, Chow-Chow? Sie heißt Kathrin, hast du mir erzählt. Ist sie schön, deine Kathrin?» «Ja», sagt Forell, ohne zu wissen, was er antwortet. Erst die schon gesprochene Silbe hört er, wie sie für einen Sekundenbruchteil nachklingend in der Luft hängenbleibt.

«Sie ist schön und wartet, bis ihr dein Schweigen begreifbar macht, daß sie nicht mehr warten muß, nicht mehr warten soll, nicht mehr warten kann.» «Sei still!» überfährt ihn Forell.

Dechant aber redet tonlos, mit schleppender Eindringlichkeit weiter, noch ein fahles Lächeln an den Lippen, wo vom Weib und von der Frau und von der Liebe die Rede ist, eine aufreizend stille Rede mit Pausen darin, die unaussprechbare Dinge aussprechen. Hier nämlich am Kap ist der Mensch, der Wind, das Klima und die Sprache auf die Formel der schlichtesten Simplizität gebracht, so daß erlebt und gesagt wird, was der Mensch anderswo zu sagen sich scheuen und zu erleben sich nicht für imstande halten würde. «Aber ihr mit eurer Liebe, Chow-Chow! Nicht viel mehr als Gewohnheit zum Abgewöhnen. Erst sterbt ihr noch in jeder einsamen Stunde vor Sehnsucht und Entfernung, dann fangt ihr an, die Entfernung zu überschätzen und mit dieser Überschätzung zu rechtfertigen, daß die Sehnsucht aufgeschoben werden muß, bis die Sterne günstiger stehen. Was ihr so Liebe nennt . . .» «Ihr, sagst du? Nimmst du dich aus?» «Ja. Sollte sich die Gelegenheit dazu wieder geben, so werde ich nichts ausschlagen, aber ich zähle nicht darauf. Was ihr so Liebe nennt, ist zu müde, um dich morgen Blei schleppen zu lassen, vom Lager da drüben hinter der Kommandantur den Bergrücken hinunter, auf der anderen Seite, wo Treppen in den Stein gehauen sind, bis hinunter zum Pier. Das geht in die Arme, wird behauptet. Und in die Beine. Aber ich muß das Schiff sehen und das Wasser und den Weg erkunden, den ich nehmen werde, wenn ich mich hier verabschiede. Alfons Mattern ist auf meinen Besuch sicher nicht gefaßt, weil aus dem Jenseits keiner zurückkommt, er hätte denn etwas zu regeln unterlassen in dieser Welt. Ihr mit eurer Liebe! Wie wäre es mit ein wenig Haß, Chow-Chow? Niemand daheim, mit dem du etwas abzurechnen hättest? Nichts im Gedächtnis, was dich lebendig und gängig machen könnte? Einer vielleicht, der sich daheim breit macht in deinen Zimmern und deinen Rechten? Deine Kathrin ist schön, hast du gesagt? Und sie hat nichts gehabt. Liebesheirat. Solche Erwägungen sind oft recht einseitig. Jaja. Und dort über dem Bergrücken raucht ein Schiff.»

Mit dem Bewundern von Moos hat der Frühling begonnen. Der Sommer, viel erregender, hat sich mit einer Rauchfahne angekündigt. Von den Dingen dazwischen haben die Gefangenen nicht viel erfahren, da sie nur selten an die Erde heraufgekommen sind. Es ist auch an diesem Tag keine lange Begegnung mit der Oberwelt. Jetzt geben die Russen mit erhobenen Armen das Zeichen, daß zwölfhundert auf die Erde beurlaubte Menschen wieder in die Dunkelheit zurückzukehren haben.

«Wenn Freiwillige gesucht werden zum Ausladen – sofort melden!»

Dechant ist schon zwanzig Meter entfernt, als er das noch zurückruft.

Forell geht gemächlich auf seinen Stollen zu, der wie die Tür einer kleinen Dorfkirche nur allmählich aufnehmen kann, was da langsam hineindrängt, ohne Eile und wohl auch mit deutlichem Widerwillen, denn der Tag war der erste erträgliche Tag, den die Höhlenmenschen im Freien zugebracht haben. Der Wachtposten zählt seine Gefangenen gleich Schafen ein und folgt Forell, der sich aus guter Berechnung vorgenommen hat, den Beschluß zu bilden. Der Russe aber fragt nicht, ob jemand freiwillig Arbeit draußen tun will. Also werden eben andere mithelfen, das Schiff zu entladen. Wenn es das zweite Schiff des Sommers siebenundvierzig ist ...

Herrgott! Man lernt eine infame Zeitrechnung, die mit Zeit schon nichts mehr zu tun hat! Wenn das Schiff jenseits des Bergrückens das zweite und letzte dieses Sommers ist und der Russe nicht morgen früh noch Leute ausmustert für die Entladearbeiten, dann war dies für ein volles Jahr die letzte Gelegenheit, von der Gegend draußen mehr zu sehen als nur die Baracken der Kommandantur, des Lazaretts und des Wirtschaftslagers. Ein Jahr Warten, ehe sich überhaupt nur die Gelegenheit wieder gibt, etwas zu sehen. Fünf Jahre Sehen und Lauern und Beobachten, ehe die Felsbuckel und die Eismulden sich dem Gedächtnis so eingeprägt haben, daß die vernünftigste oder am wenigsten törichte Fluchtrichtung auch nur abzuschätzen sein wird. Wenn das Glück, an die Verladearbeit kommandiert zu werden, dem einzelnen nur alle paar Jahre einmal winkt, dann summieren sich zwanzig Jahre, bis der Plan gereift ist. Und wer wird nach zwanzig Jahren noch fliehen wollen, selbst wenn er es kann?

Am anderen Morgen aber, zwei Stunden vor der gewohnten Zeit des Arbeitsbeginns, steht der Russe unter der Lampe, die er mitgebracht hat, in der Stollenmündung und weckt. Zwanzig Mann! befehlen die zweimal hingestreckten zwei Hände.

Ehe die übrigen wach sind, steht Forell bereits auf und will sich melden. Aber halt! Nicht so! Keine Absicht und keine Hast anmerken lassen! An einem Reisigzweig kauend schlendert Forell, die Hände in den Taschen, heran und gibt mit einem Hochschieben der Schultern zu verstehen, daß er keine sonderliche Lust habe, da irgendeine unbekannte Sache zu erproben, aber notfalls sich nicht weigern werde. Man versteht sich, auch wenn man die Sprache nur mangelhaft spricht. Der Posten nickt. Er stampft ungeduldig auf, als die Schläfer sich nur schwer von ihrem Lager trennen können und nicht sehr willig herankommen. Es sind längst zwanzig, aber ihm scheint daran zu liegen, die Leute auszusuchen, wohl nach der Körperkraft.

Zwei, vier, sechs, acht – er zählt an Forell vorbei. Der schiebt sich in die nächste Reihe hinter den zweiten Mann, wo er unweigerlich mit herausgezählt werden muß. Die Meinung des Russen ist aber nun einmal offensichtlich eine andere Meinung als die des himmellangen Kerls, der es wohl durchstehen würde, zwölf Stunden lang Kisten oder sonstige Lasten zu schleppen. Mit bestechender Höflichkeit zählt der Russe an ihm vorbei, er umgeht ihn förmlich und nimmt beispielsweise den neunzehnjährigen Alfons Mattern, der längst nicht so nach Kraft und Leistung aussieht. Das kaum angedeutete Lächeln in dem bäuerlich einfachen Russengesicht will sagen: lieber keine Ungelegenheiten mit dir, Großer! Du bist einmal abgehauen und machst uns bei der Arbeit im Freien höchstens Schwierigkeiten. Nein, mein Guter!

Es ergibt sich, ob Forell nun flucht oder betet, ob er seine Absichten aus dem Trieb nach Freiheit oder einer jäh wieder geweckten Liebe bezieht, für ein volles Jahr keine Gelegenheit mehr, von der Gegend mehr zu sehen als das rauhe Hochplateau, und auch dies nur in den wenigen Stunden des Jahres, da die Freiheit in aufreizend kleiner Dosierung verabreicht wird.

Es ergibt sich, daß die einzelnen Gruppen zur Arbeit vor Ort, zum Einschaufeln in die Körbe und zum Tragen neu eingeteilt werden müssen. An einem Stollen wird heute überhaupt nicht gearbeitet.

Forell wird mit Willi Bauknecht zum Tragen eingeteilt. Das ist kein Ersatz für die ganz andere Möglichkeit mit dem Entladen des Schiffes, überdies ist das Tragen weitaus die schwerste Arbeit, von der jeder nur klagend berichtet und die ungezählten Ruinen zerfetzter Weidenkörbe Kunde geben. Dechant aber hat dringend dazu geraten, diese andere Sicht auf die Dinge einzutauschen gegen die Plage. Schön ist keine Arbeit im Berg, das Einfassen in die Körbe mit den biblischen Getreideschaufeln so wenig wie das hilflose Vorwärtstreiben des Stollens, obschon sich der Bestand an Werkzeugen inzwischen etwas ergänzt hat. Wenn einmal nur noch unzugängliche und unangreifbare Felsmauer vor den Männern steht und die Spitzhacken auch nach fünfzig Schlägen noch abprallen wie an einer Stahlwand, stehen jetzt wenigstens schwere Vorschlaghämmer und meterlange Eisenkeile zur Verfügung. Der Instinkt sucht für die auch schon stumpfen Keile nach einer Ritze, und der Vorschlaghammer treibt die Keile ein, um dann von der Seite her das Aufbrechen des Gesteins etwas hoffnungsreicher zu versuchen. Irgendwann gelingt es schon, manchmal erst nach einem halben Tag, und die Träger schleppen dann taubes Gestein hinaus, bis diese kuriose Art von Bergbau wieder auf einen Gang stößt. Kurioser als die Sturheit des Abbaues, die parallel Stollen neben Stollen in ein paar Meter Abstand vortreibt und die Erzgänge durchschneidet, anstatt ihnen zu folgen, ist die Ergiebigkeit des Berges, der nach wenigen Tagen erfolgloser Arbeit in Fels wieder Erzgänge darbietet und bis auf ein System von Pfeilern ausgehöhlt werden dürfte, ohne in seiner Ergiebigkeit nachzulassen.

«Warum sprengen wir denn nicht?» fragt Forell den Studenten Willi Bauknecht, als sie mit dem ersten Korb losgehen.

«Du wirst doch nicht glauben, daß die uns auch nur Schwarzpulver zu sehen geben würden?» «Also sollen sie selber sprengen!» «Dann aber, bitte, in unserer Abwesenheit!» «Sowieso. Wir könnten etwas Sprengstoff abzweigen und damit Unfug treiben. Übrigens – die Sache ist elend schwer. Setzen wir ab!» «Einmal habe ich schon mehrere Wochen lang getragen und kenne die Sache.» Bauknecht wischt sich den Schweiß von der Stirn. Von der Arbeitsstelle vor Ort zur Unterkunftskasematte ist der Weg bereits so lang, daß zweimal abgesetzt werden muß. Das Stück durch die Kaverne der Gefangenen, den Zwischenstollen und die Kasematte für den Wachtposten ist bei guter Körperkraft auf einmal zu schaffen.

«Es müßte doch keine Kunst sein, die Stollen so zu verbreitern, daß ein Rollbahngeleise zu legen wäre.» «Woher die Rollbahnwagen und die Geleise nehmen?» «In Rußland ist alles möglich.» «Rollbahnwagen und Geleise vielleicht. Aber Sprengen nicht. Es gibt keine Unterkünfte für die Arbeitskräfte als die Höhlen im Bleiberg. Wie weit dem Gestein zu trauen ist, weiß ich nicht. Wir jedenfalls schlafen sorglos im Berg, vielleicht ohne zu wissen, wann er sich dafür rächen wird, daß der Abbau von Anfang an auf riesige Unterkunftsräume abgestellt wurde. Wahrscheinlich haben die Russen recht mit ihrer Furcht, daß die erste kräftige Sprengung die Kavernen zum Einstürzen bringen könnte.» «Man kann Sprengladungen doch in ihrer Wirkung genau lenken.» «Kann man ohne Zweifel. Aber . . .» «Ich habe lang genug in der Branche gearbeitet. Dadurch bin ich den Burschen ja in die Hände gefallen. Wenn jede Sprengladung die erhoffte und berechnete Wirkung gehabt hätte, wären wir recht zufrieden gewesen. Unbedeutende Brücken sind stehen geblieben, obwohl wir alles berechnungsgemäß eingepackt hatten. Von einer Wirkung darüber hinaus gar keine Rede.» «Möglich, daß nichts passieren würde. Die Russen kalkulieren anders. Der Mensch ist billig. Blei ist eine sichere Sache, und Silber noch sicherer. Sechshundert Cilnys und zwölfhundert Kriegsgefangene schaffen zwar nicht das, was bei einem besser organisierten Bergbau geschafft werden könnte, aber sie produzieren sicher. Sie brauchen unter diesen Umständen wenig Bewachung. Mit Loren auf Feldbahngeleisen läßt sich das Fünfzigfache aus dem Berg herausholen – oder aber ein paar Jahre lang gar nichts, wenn die Kasematten einstürzen, neue Stollen in den Berg getrieben werden müssen und für die Menschen, die es machen sollen, keine Unterkünfte mehr vorhanden sind und auch keine derartigen Höhlen mehr geschaffen werden können, weil sie durch Sprengungen dann wieder zum Einsturz gebracht würden. Baracken für zweitausend Mann – und die Baracken müssen hier wahrhaftig winterfest sein – sind nicht auf Hundeschlitten heranzuschaffen. Auf dem Seeweg – na, ich traue dieser Verbindung zu Wasser nicht recht.»

Sie schleppen ihren Korb weiter, kippen draußen die Last auf eine hölzerne Rutsche, etwas abseits vom Ausgang des Stollens, und finden nicht die Zeit, sich zu verschnaufen. Herumstehen gibt es nicht.

Forell ist nach dem ersten Korb schon nicht mehr in Laune, sich diese gleiche Arbeit auf zwölf Arbeitsstunden umgerechnet vorzustellen. Er fühlt sich doch nicht als Schwächling und hat dem Studenten an Alter nicht soviel voraus, daß dies bereits einen Abfall in der Leistungsfähigkeit bedeuten würde. Bauknecht lacht, wenn Forell sich mit dem Ärmel den Schweiß abwischt.

«Du mußt dich an die Luft zurückgewöhnen, dann macht dir das bald keine Beschwernisse mehr. Das Tragen ist die schwerste Arbeit. Ich weiß. Aber nicht unmenschlich. Als sie mich zum erstenmal einteilten zu den Körben, ist mir auch der Schweiß ausgebrochen, und am Abend bin ich wie ein ausgeschundener Schlittenhund aufs Reisig gefallen. Morgen ist das schon leichter.»

Bauknechts Rat folgend, nimmt Forell jedesmal, wenn sie den Korb in die Holzrutsche geleert haben, ein paar tiefe Züge Luft.

«Die Verarbeitung ist übrigens interessant», meint Bauknecht.

Forell aber sieht nur die Rutsche, eine wirre Aneinanderstellung von Maschinen, Rauch, den bewachenden Soldaten und am Hang, ehe das Gelände abfällt in eine Geröllhalde, ein ansehnliches Aufgebot von Arbeitern, die keineswegs den Eindruck von Kriegsgefangenen oder Sträflingen machen.

Obgleich Forell am Abend wie zerschlagen auf die Zeltplanen fällt und sich vornimmt, gleich zu schlafen, kommt er hellwach wieder hoch, als die zwanzig Mann zurückkehren, die zum Entladen des Schiffes abgestellt worden sind.

«Wie war es?» «Mühsam.» «Ist es tatsächlich ein Schiff?»

Danhorn ist nicht in Laune, mehr als das Allernötigste zu sprechen. Er legt sich lang und hört unbeteiligt zu, wenn die anderen erzählen. Das Schiff hat keiner betreten dürfen. Nicht einmal bis zum Pier sind die Gefangenen herangelassen worden.

Portschach, dem die Geographie Sibiriens noch keinen Augenblick lang Überlegungen aufgezwungen hat, weiß mit grob beschreibenden Armen zu schildern, was in so einem verhältnismäßig kleinen Schiff alles Platz hat. Lüstern beschreibt er die Lebensmittelmengen, die ohne Ende aus dem Schiff kamen. «Da drüben, unten vielmehr, ist noch einmal ein ansehnliches Gebäude, aus Holz natürlich auch. Fürs erste wird alles dort untergebracht. Ich habe mir schon ausgerechnet, daß es noch für ein paar Wochen, wenn das Schiff bereits fort ist, Arbeit geben wird, bis wir alles oben haben in dem Lagerhaus und den Schuppen hinter der Kommandantur.»

«Hast du nichts mitgenommen von den schönen Sachen?» «Die Russen passen auf wie Schießhunde und haben uns gefüttert, bis uns die Hosen zu eng geworden sind. Dann wissen sie wenigstens, daß wir nicht aus Hunger etwas mitnehmen.» «Wie sieht es denn aus da unten?» will Forell erfahren.

Portschach weiß nichts zu schildern als die Dinge, die essenswert sind. Er läßt seine Augäpfel lüstern im Kreis gehen, wenn er vom Mehl bis zu den Konservendosen alles aufzählt. Forell möchte mehr erfahren und wartet immer noch auf eine Darstellung der Situation.

«Nichts für Weltreisende», knurrt Danhorn. «Der Himmel ist nicht hoch, und bis Alaska ist weit zu schwimmen.» «Sieht man Alaska?» Forell spürt nicht mehr, daß er müde ist.

«Nein. Wahrscheinlich sieht man es von diesem Punkt aus überhaupt nicht, auch nicht bei offenem Wetter, das es hier nicht zu geben scheint. Das Wasser ist schwarz, das Eis schmutzig, das Schiff kein hochseetüchtiger Ozeandampfer, dem man einen Taifun zumuten dürfte, aber ein paar tausend Kilometer Fahrt hat das Ding jedenfalls hinter sich. Das Mehl, das wir ausgeladen haben, ist sibirisches Mehl. Ob der Dampfer es in der Mündung der Lena irgendwo übernommen hat oder auf dem Jenissei, wage ich nicht zu wissen. Die Wahrscheinlichkeit spräche für den Jenissei. Dann aber muß ich in Hochachtung den Hut ziehen vor den Schiffsleuten und ihrem Kapitän.»

Seit man sich kennt, hat Danhorn noch nie so viele zusammenhängende Sätze auf einmal gesprochen. Er ist heute aufgekratzt, wie wenn er Alkohol erwischt hätte. Ganz ausgeschlossen erscheint es nicht, daß ihm einer vom Wachpersonal die Wodkaflasche an den Mund gehalten hat. Das trockene, immer verhärmte Gesicht aber strahlt Begeisterung aus, nicht als Folge von Wodka und nicht wegen der paar Tage Arbeit im Freien, sondern weil er mit einemmal seinen Respekt vor den Russen entdeckt hat, die ihre Gefangenen fünfzehn Breitengrade weit über Schnee und Eis treiben, selbst aber den anderen Weg nehmen, der noch vom Geschichtshauch der Entdeckerzeiten umweht ist. Blei, Antimon und Silber, recht betrachtet, sind auch respektable Motive.

Forell möchte unbedingt wissen, ob eine geordnete Verbindung möglich sei von hier zur Welt, wo ihre Wege nicht vom Eis bedrängt sind. Der ewig mürrische Danhorn grinst. Leibrecht glaubt, bei diesem Grinsen eine neue Zahnlücke in Danhorns Backenzähnen entdeckt zu haben. Er nimmt sich vor, ihn hernach darum zu befragen. Jetzt ist Danhorn dafür sicher nicht zu haben. Er grinst.

«Du bist schon wieder rückfällg in Gedanken, Worten und Wünschen, Forell.» «Nein. Ich möchte nur etwas mehr wissen, als ich bisher weiß.» «Du bist ein Kind, Forell: sobald die blauen Striemen auf dem Hintern nicht mehr schmerzen, denkst du einen neuen Bubenstreich aus.» «Unterschiebt mir nicht fremde Absichten!» «Du brauchst mir gar nichts zu sagen, alter Ausreißer. Ich kann genauso wenig wie du den Rauch eines Schiffes ertragen. Dabei habe ich das Schiff einen Tag lang auf kürzeste Distanz vor mir gesehen. In Gedanken und Überlegungen bin ich seit gestern ungezählte Male abgehauen, um dann freilich wieder in die von den Tatsachen aufgezwungenen Überlegungen zurückzukehren.»

Forell fühlt sich verstanden, und dies ausgerechnet von so einem widerhaarigen Burschen, der keines anderen Gedankens als einer mißlaunigen Ergebenheit fähig scheint. Danhorn ist gar nicht so. Danhorn ist ein Mensch, nicht nur eine wandernde Landkarte, er kennt Drang und Sehnsucht wie andere.

«Du gefällst mir, Danhorn.» «Du mir schon lange. Das ändert nichts daran, daß wir dich bei der nächsten Rückkunft von der nächsten mißglückten Flucht ganz und gar erschlagen müssen. Um dem vorzubeugen, gebe ich dir einen guten Rat: Hör auf, nach Alaska hinüberzuschielen!» «Ich schiele nicht hinüber.» «Weil man nicht kann. Edlere Motive hast du nicht. Ich bin einen Tag in der Nähe des Schiffes gewesen. Das schwarze Wasser sieht man nur bis etwa hundert Meter hinter dem Schiff. Eisnebel. Fast immer Eisnebel, wenn es auch im Juni und Juli, wie behauptet wird, klare Tage gibt. Keine Sicht und keine Aussicht. Du möchtest schwimmen. Ein edles und mutiges Vorhaben. Wenn du ein einziges Mal mit dem Weidenkorb von der Abbaustelle bis hinaus gegangen bist, verlassen dich die Kräfte. Weißt du, wie breit die Beringstraße ist? Wenn du sie durchschwimmst, wird die Sowjetische Geographische Gesellschaft nicht nur deine Begnadigung erwirken, sondern vorschlagen, daß die Beringstraße auf deinen Namen umgetauft wird. Mit Vitus Bering selig, nach dem sie lang genug benannt ist, war man sowieso nie ganz zufrieden, weil er nicht konsequent durchgesegelt ist bis zur Mündung der Kolyma, um seinen Beweis für die Existenz der Straße schlüssig zu machen. Für Segelschiffe war das eine gewagte Sache. Clemens Forell wird es schwimmend schaffen.» «Dann also nicht.» «Du sagst nur so. Aber ich warne dich.»

Leibrecht sinnt darüber nach, ob Danhorn seinen Backenzahn, dessen Fehlen ihm vorhin aufgefallen ist, wohl schon infolge einer Bleivergiftung eingebüßt hat. Es könnte sein. Und wenn es so ist, dann wird, wer immer fliehen will, es sich bald überlegen. Unvermittelt fragt er Forell: «Kannst du kochen?» «Wieso kochen?» «Es ist nur eine Frage.» «Ich kann genau

soviel und sowenig kochen wie jeder von uns. Was man eben vom Kochen wissen muß, wenn man auf Skihütten lebt, acht oder vierzehn Tage lang.»
«Schon gut.»

Leibrecht weiter zu drängen, was er mit dieser Frage sagen will, ist vergebliche Mühe.

Als der Arbeitstrupp am nächsten Abend in die Kaverne zurückkehrt, fehlt der Student Willi Bauknecht, der durch Zufall vom Posten für einen anderen Mann mit an die Arbeit genommen wurde. Bauknecht hat sich vorgedrängt. Forell weiß es. Nur ihn, Forell selbst, hat der Russe zurückgeschoben, genauso wieder wie am Morgen zuvor.

Leibrecht berichtet, traurigen Gesichts, wie es Bauknecht fertiggebracht hat, sie alle zu überspielen. Seine Traurigkeit ist die eines betagten Mannes, der sich mit der Gewißheit des Sterbens abzufinden begonnen hat und vom Sterben lächelnd zu sprechen weiß.

«Das war die Sensation des heutigen Vormittags: als wir unten ankamen, lag ein zweites Schiff am Pier. Ein kleiner Fischdampfer nur, von dem ich nicht einmal glaube, daß er fischt. Wird um diese Jahreszeit Fischfang betrieben? Keine Ahnung. Unser Parawotschek, nachdem lang Aufregung gewesen war hin und her zwischen Schiff und Kommandantur, rief die Frage aus, wer kochen könne.» «Mit dieser gleichen Frage bist du uns ja gestern schon gekommen?» «Man hat hie und da solche Ahnungen», sagt Leibrecht, ohne auch nur ein Fältchen zu ziehen. Niemand je erfährt, was Leibrecht vom Anlegen des Schiffes schon gestern gewußt hat. Daß er Russisch versteht, ist ihnen noch nicht aufgefallen, weil Leibrecht davon nie Gebrauch gemacht hat.

«Und was war?» «Der Student hat ihnen am besten gefallen. Ein Probekochen wurde nicht abgehalten, aber Bauknecht hat sich mit seinem jungen Lausbubenlachen als Koch vorgestellt und behauptet, er sei als Smutje auf einem Zerstörer gefahren. Wenn er von einem Schiff in seinen jungen Jahren per saldo mehr gesehen hat, als was ein Bodenseedampfer zu bieten hat, dann will ich in meinem ganzen Leben noch keine fünf Zahlen richtig addiert haben. Die Sache war so: der Smutje . . .» «Was ist ein Smutje?» «Russisch das gleiche wie deutsch: Schiffskoch. Ganz ehrlich, Kinder: ich habe gestern noch ein paar Brocken aufgefangen von einem unterwegs gestorbenen Smutje auf einem Fischdampfer. Lange habe ich es bei mir überlegt, als ich die wunderliche Absicht der Russen begriffen hatte, einen Kriegsgefangenen aushilfsweise auf ein Schiff zu geben, ob ich mich nicht melden sollte. Kochen – nein. Ich verstehe sicher noch weniger davon als Bauknecht. Bauknecht ist nicht halb so alt wie ich, unbeschrieben, unbelastet, den Wächtern angenehm wegen seines jungenhaften Lachens. Sie haben ihn genommen.» Leibrecht trägt die Geschichte vor wie die resignierte Beichte eines Erschöpften, dem langsam leichter wird um Kopf und Schultern und Herz, wenn er sich alles heruntergeredet hat. «Ich beneide ihn. Wir werden Bauknecht erst in einem Jahr wieder sehen, wenn wieder Schiffe hier anlegen können. Ob die Russen zu beneiden sind, die essen müssen, was er kocht, ist eine andere Frage.»

Der Neid bringt eine lange Schweigsamkeit in die Höhle. Das Glückslos hat nur einen treffen können. Darüber zu rechten, ist unsinnig. Forell ist der erste, der das Schweigen bricht. «Hoffentlich begreift der junge Springinsfeld, wieviel die Uhr geschlagen hat. Danhorn! Hat Bauknecht je an deinem Geographieunterricht teilgenommen? Hat er eine Ahnung, wie die Gerechten und die Ungerechten in der Welt verteilt sind, in der Welt wenigstens, die so ein Fischdampfer ausfährt?»

Danhorn, der gestern aufgekratzt gewesen ist wie nach einer halben Flasche Sekt, ist übellaunig wie noch nie. «Wenn der Lausbub doch ein Wort gesagt und sich eine Karte hätte zeichnen lassen! Aber einfach weggehen ohne einen Ratschlag der Vernunft?» Er schaut durch seine dickglasige Brille in die Lampe und knurrt vor sich hin: «Wenn man es noch könnte wie in der Kinderzeit, müßte man beten für ihn.»

Zu Anfang September schlägt am Ostkap der Wind um.

Die Russen haben plötzlich eiskalte Gesichter und tragen ihre Verachtung für das Höhlengesindel so deutlich zur Schau, daß der Wetterumschlag nicht mißzuverstehen ist. Die Korbträger bringen ihr Wissen in die Stollen: es muß etwas Schauerliches geschehen sein, daß sogar Innokentij, der freundlichste der Wachsoldaten, an den Trägern vorbei in die kalte Landschaft schaut, wenn sie vorüberkommen und ihre Körbe auf die Rutsche leeren. Kein überflüssiges Wort mehr. Keine für eine halbe Stunde geöffnete Tür mehr. Kein Urlaub ins Freie. Die Befehle so eiskalt hingefetzt, daß es schneidend von den Wänden hallt.

Vor vierzehn Tagen noch ist es gelungen, den Wachsoldaten das Zugeständnis abzuringen, daß die acht Trägerpaare jeder Arbeitsgruppe nicht mehr unausgesetzt zwölf Stunden mit den Körben laufen müssen, sondern sich in zwei Gruppen zu je vier Paaren stundenweise ablösen dürfen. Die Tageszahl der hinausgeschleppten Körbe Erz ist infolge dieser Vergünstigung nicht geringer geworden, denn eine Stunde lang schaffen es die Paare, ohne Aufhören zu laufen, und sind nach einer Stunde Pause wieder ausgeruht, um das scharfe Tempo durchzuhalten.

Über Nacht wird die Vergünstigung wieder abgeschafft.

Man sollte es ihnen praktisch demonstrieren, meint Lorenz, daß so nur die Förderung verringert wird. Aber den Mut, zum Zweck dieser Demonstration die Ganggeschwindigkeit zu verlangsamen, hat niemand. Jeder fürchtet jetzt die Russen. Neue Befehle scheinen gekommen zu sein, oder aber es ist eine Besichtigung des Lagers angekündigt. Die Hauer stehen schweißüberströmt in den Stollen und schlagen zu, als wollten sie den Berg in einem durchhauen. Die Füller fassen mit blanken Händen in die Körbe, was aus dem Berg gebrochen wird, um ja den Eillauf der Träger nicht aufzuhalten. Die Träger torkeln erschöpft durch die Gänge und fallen draußen wie blind über Hindernisse auf dem Weg, damit die Körbe ja schnell geleert werden und jeder wieder aus dem Blickbereich der Soldaten kommt. Im treibenden Wind, der Schnee mit sich führt und ihn den Männern spitz ins Gesicht schlägt, sind als graue Schatten die Träger der Nachbarstollen zu sehen, die in gleicher Hast ihre Körbe in ihre Rutschen leeren. Früher hat zuweilen ein Trägerpaar sich erlaubt, ein paar Augenblicke stehen zu bleiben, dem Werkeln der Steinquetschen zuzusehen, das System der ersten Erzaufbereitung zu studieren und bei dieser Gelegenheit auch einmal von nebenan trotz der Distanz ein Wort aufzuschnappen.

Vier Wochen kein Urlaub auf die Erde mehr. Fünf Wochen. Es ist Oktober und schon voller Winter. Das Klima dieser schauerlichen Angespanntheit bleibt unverändert, und niemand weiß den Grund, so daß jede Überlegung hinfällig wird, die aus der Kenntnis der Zusammenhänge eine Lösung ergeben würde.

Die Gefangenen, längst nicht wie die Russen Meister des Gerüchts und der Sickernachricht, versuchen ohne jeden Erfolg, Verbindung mit den Belegschaften der Nachbarstollen aufzunehmen, um überhaupt einmal zu wissen, was das ganze fahrige und gehässige Getue der Russen für Gründe oder Absichten hat.

Mit einemmal aber ist die Botschaft doch durch die Wände gekommen und sickert von Stollen zu Stollen weiter, ohne daß die Gruppen Verbindung miteinander haben: Willi Bauknecht ist wieder da.

Forell, der Russisch längst nicht so gut versteht wie Leibrecht, ist besser im Kombinieren. Das Schürfen nach Botschaften ist schwieriger und vom Glück des Zufalls mehr abhängig als das Graben nach Gold. Alle achtzehn Minuten nur kommt Forell mit seinem zweiten Träger aus dem Berg, die Abraumhalde entlang zur Rutsche, kippt den Korb und kehrt wieder um. Das dauert eine halbe Minute. Sprechen die Russen, Posten und Spezialarbeiter an den Maschinen in dieser halben Minute nichts, so war es eben nichts. Sprechen sie wirklich, so überlärmen alles Reden die Quetschanlagen, die das Gestein zertrümmern, und die Schüttelroste, auf denen sich das leichte Gestein von dem gewichtigeren Erz scheidet und mit hölzernen Scharren in eine Ablaufrinne gezogen wird. Ein paar zerflatterte Gesprächsfetzen, die das Ohr in dem kurzen Zeitraum aufnimmt, sind dann schließlich unverständlicher Dialekt, und was noch übrigbleibt, verständlich und verwertbar, braucht noch längst keine Beziehung zu haben zu den Dingen, die für die horchenden Korbträger interessant sein könnten. Es ist, wie wenn einer tonnenweise das Erdreich durch ein Handsieb reutern wollte, um einen winzigen Kiesel Gold herauszusieben.

Lang hat es gedauert, bis Forell auf diese Weise der Wahrheit nahegekommen ist, und schier noch länger ist die Zeit gewesen, die nötig war, um aus den Steinchen ein logisch vertretbares Bild ungefährer Tatsachen zusammenzusetzen.

«Bauknecht ist wieder da», berichtet er in der Kaverne, als sie ihre Kartoffelsuppe löffeln.

«Weißt du es auch ganz bestimmt?» Leibrecht läßt das Eßgeschirr sinken und spürt seine alten Magenschmerzen. Diese verdammte Kartoffelsuppe ruiniert ihm den Magen noch völlig. Sie ist noch ein übles Stück Nachwirkung vom Sommer, da das Schiff anlegte. Jetzt, bevor der Winter die Kartoffeln, die vom Frost schon süßlich geworden sind und sowieso aus der letzten Ernte stammen, völlig vernichtet, gibt es jeden Tag Kartoffelsuppe, die in jedem Eßgeschirr eine Schicht Sand absetzt und zwischen den Zähnen abscheulich scharrt. Es gibt ja kein Wasser für die Gefangenen. Um Tee zu bereiten, tragen die Küchenleute aus dem Stollen die großen Kochkessel ins Freie, schaufeln sie voll Schnee und lassen den Schnee über dem offenen Kohlenfeuer schmelzen. Die Kartoffeln zu waschen, gibt es keine Möglichkeit. So werden sie mit Schale und Schmutzkruste in den Kessel geworfen und zu Suppe verkocht. Keiner mehr will diese Erdsuppe essen, aber es wird kein Ende damit, solange nicht der letzte Rest Kartoffeln und Humus aufgegessen ist.

«Bauknecht scheint kein Glück gehabt zu haben.» «Ich habe ihn beneidet und bedauert zugleich. Vielleicht war er noch zu jung, die Chance zu nützen.» «Er hat sie genützt. Und der Zorn der Russen ist furchtbar. Noch ist Bauknecht nicht aus der Kommandantur herausgekommen. Das ist alles, was ich weiß.»

Leibrecht schaut den Haufen Kameraden an, der ihn umsteht. Er ist so gar kein Held, und noch in der Kasematte am Ostkap zündelt es manchmal wie Spott um ihn, weil er es nur zum Kommandeur eines Landesschützenbataillons gebracht hat. Wenn er energisch werden muß, verliert er jedesmal alle Farbe aus dem Gesicht. Das leicht gefallsüchtige Glattstreichen der weißen Schläfenhaare müßte ihm jetzt Halt und Haltung geben, wenn er nur die Hand hochzunehmen vermöchte.

«Werdet ihr den jungen Kerl dann auch zerschlagen, wie man es von euch erwartet?»

Die Leute gehen, mit den Eßgeschirren klappernd, an ihre Schlafplätze und erinnern sich mühsam, wie sie damals auch Forell nicht zuschanden hauen wollten und es am Ende doch taten. Rauhe Gepflogenheiten herrschen in dieser Gegend, und die russische Beharrlichkeit in Schweigen, Kälte, Abscheu und vorerst wortlosem Vorwurf hat einige schon dem Urheber des neuen Windes zum Feind gemacht, ehe sie noch wußten, wer der Urheber war.

Leibrecht bringt die Hand endlich zur Schläfe herauf, doch muß er sich an die Felswand lehnen, um den Nachsatz herauszubringen, den zu sagen ihm dienlich erscheint. «Wenn ihr es wieder einmal für richtig halten solltet, werde ich mit Bauknecht durch das Spalier gehen. Habt ihr mich verstanden?»

Zwei Wochen später wird die Essensmenge gekürzt und der Ton der Befehle schärfer gewählt. Das kennt man nun schon. Das hält der Mensch in schwerer Arbeit nur so lange aus, als er den leeren Magen mit Grimm und Wut füllen kann. Forell, der die Dinge nur aus der letzten Konsequenz kennt, wartet vergeblich darauf, daß der Polit-Instruktor kommen und zum Strafgericht auffordern wird. Das jedoch unterbleibt. Es wird nur beiläufig und auf Umwegen, wobei nicht einmal die Wachtposten, noch weniger der Dolmetscher oder der Polit-Instruktor sich direkt bemühen, der Zorn um so mehr genährt, je weniger für den Leib in die Eßgeschirre kommt. Ein untergründiges Spiel ist das mit Menschen, die man menschlich und politisch bereits abgeschrieben hat bis auf die minimale Funktion der Arbeitsleistung und der Ordnung in den eigenen Reihen. Die Felswände zwischen den Gefangenen und den Russen sind bei aller Stärke nicht so dicht, daß die Geschichte von der Rückkehr des Ausreißers nicht hereingedrungen wäre. Sie sind nicht dick genug, daß die Russen nicht verspüren würden, wie wenig die Kameraden sich bereitfinden wollen, Willi Bauknecht einen Empfang mit Prügeln zu bereiten. Es gärt, obgleich Leibrecht seine grazile Hand auf seine hundertachtzig Männer gelegt hat, in einem kleinen Winkel. Jeder weiß und kennt die schätzungsweise sieben Kameraden, die sich von der Hungersnot und der qualvoll überzogenen Arbeit loskaufen möchten durch ein Strafgericht an dem wiedergefangenen Bauknecht. Als die karge Ration bei heftig treibender Arbeit erst einmal echten, gierigen, unbeherrschten Hunger auslöst, bekommen die Rächer mehr Gefolgschaft, denn Männer, die vor Schwäche beim Körbetragen einmal links, dann wieder rechts gegen die Stollenwände torkeln und sogar die erdige Kartoffelsuppe als Leckerei zu ersehnen beginnen, sind schon keine Männer mehr.

Noch hält Leibrecht seine Kasemattenbesatzung unter milder Gewalt, doch ist er sich darüber klar, daß er bereits ein Viertel seiner Leute, über die ihm nichts als eine fast zu weiche Vornehmheit die Herrschaft in die Hand gegeben hat, an die Wut des Hungers und die Logik der Selbsthilfe durch Vergeltung verloren hat. Mehr als dieses Viertel jedoch scheint er nicht mehr verlieren zu können, solange Forell noch als lebendige Warnung stumm die Qual erträgt, ein seit damals angeschlagener Mann, dessen Körpergröße nicht mehr im rechten Verhältnis zur Körperkraft steht, weil er in die Hände der durch Hunger zu Wölfen gereizten Kameraden gefallen ist.

Wie lange es noch durchgestanden werden kann, ohne daß die Leute aus freien Stücken beginnen, nach abgebrochenen Pickelstielen zu suchen oder die neben dem Weg zwischen Stollen und der Erzrutsche wie zufällig herumliegenden Knüppel aufzulesen für den Zweck einer kameradschaftlichen Abrechnung, wagt niemand für sich selbst zu garantieren, geschweige denn für die trüb blickenden, hungrigen, zu Tätlichkeiten gereizten Mitgefangenen.

Da geschieht etwas Unerwartetes.

«Man muß den Russen eben zeigen», meint Forell, «daß man nicht zum Nachgeben bereit ist. Dann kapitulieren sie.»

An einem Abend wird, wie schon seit Monaten nicht mehr, die Tür an der Stollenmündung und an der Kaverne für den Wachtposten aufgemacht. Die von einem steifen Nordwind in den Stollen gejagte Kälte kriecht als unverbrauchte und für den Augenblick angenehm kühle Luft in die Höhle, wo die Männer tiefer und ruhiger zu atmen ansetzen.

Am Tag darauf gibt es wieder normales Essen, anständige Suppe, kräftigen Brei und den halben Liter Goldwässerchen, darin ein paar Krümel von Teeblättern treiben. Machorka wird ausgegeben, für jeden Mann ein schmales Papierpäckchen, und der Posten, nachdem er die Prawda gelesen hat, eine Nummer von Anfang Mai, wirft das Papier achtlos weg, das viele Rauchtüten bedeutet für den sonst wertlosen Machorka. Das Tempo der Bergwerksarbeit verlangsamt oder normalisiert sich wieder, seit die zugemauerten Gesichter der Russen trotz der harten Kälte wieder aufgetaut sind.

Aus guter Gewohnheit läßt der Russe an der Erzrutsche, wenn ein Korb darauf ausgeleert ist, sein mehr zur Unterhaltung als zum Antreiben bestimmtes «Dawai! Dawai!» vernehmen, ohne es den Trägern zu verwehren, daß sie wieder für je acht Mann eine Stunde Rast einlegen. Will einer, den leeren Korb in der Hand, nicht schleunigst wieder in den windgeschützten Stollen zurücklaufen, sondern in Neugier der Aufbereitung des Erzes zusehen, so zeigen sich die Russen, die Soldaten der Wachmannschaft wie die Spez an den Maschinen, sogar geschmeichelt. Es ist ja wohl auch ein Wunder, was man hier am Polarkreis an primitiver Verhüttungsanlage aufgebaut hat. Die Arbeit muß geschehen, und die Quetschwerke dürfen nicht leer laufen, aber es kommt fortwährend reichlich heran, was die Maschinen brauchen, auch wenn einmal ein Trägerpaar drei Minuten stehenbleibt und die Verhüttungsanlage unter freiem Himmel bewundert. Vor allem anderen muß man: die Dieselmotoren bewundern, die das alles treiben, das Quetschwerk, das die oft kinderkopfgroßen Gesteinsbrocken zertrümmert, die Schüttelroste, über denen sogar der Laie sieht, wie Gestein und Erz sich zufolge ihres unterschiedlichen Gewichts trennen, das Förderband, auf dem weitertransportiert wird, was schon Ausbeute in rohem Zustand bedeutet, während hölzerne Scharren wie spielerisch leicht das wertlose Gestein in eine Rutsche lenken, auf der es zur Abfallhalde befördert wird. Je mehr aus dem Berg kommt, desto mehr wird hier als Abraumhalde angebaut, und in Jahren vergrößert sich die Hochfläche immer weiter nach Norden. Wie groß wird sie wohl am Ende der fünfundzwanzig Jahre sein?

Die wiedergewonnene Gutmütigkeit der Russen geht nicht so weit, daß einem Gefangenen erlaubt wird, den Platz an der Rutsche zu verlassen. Wenn der Wind nicht zu wütend über das Hochplateau streicht, so daß der Schnee das Bild nicht trübt, ist die Verarbeitungsstätte ohne Mühen zu überschauen, und der im Berg wühlende Mensch sieht in seiner Arbeit einen anderen Sinn, wenn er die zweite Quetsche arbeiten sieht, die das vom Stein gesonderte Erz auf Nußgröße zerkleinert und über ein Förderband weitergibt an die Kessel, die in einer Reihe dastehen, jeder mindestens zwei Meter im Durchmesser, eingesetzt in Betonringe, ähnlich wie sie daheim zum Absenken von Versickerungsanlagen verwendet werden. Darin werden die Kessel untergeheizt. Wie Menschenkraft ohne Kräne die Einzelteile aus Magnitogorsk oder Kusnezk hierhergebracht und hier aufgestellt haben mag, bleibt ein Rätsel. Ob die Ringe wohl an Ort und Stelle betoniert worden sind?

Kaum ein paar Meter weit weicht der nordsibirische Winter vor dem durch Menschen angelegten Feuer zurück, wenn in den Öfen das Metall schmilzt und von der blank werdenden flüssigen Fläche die Krätze abgezogen wird, bis die Sachkenntnis der Spezialisten das Rohblei für sauber genug hält, daß es über schwenkbare Rinnen in Formen zu Barren gegossen werden darf.

Vor Ort arbeitet sich die Spitzhacke, wenn der Fels sich nicht wie eine unangreifbare Wand darbietet, am Tag vielleicht einen Raum von höchstens einem Meter vor. Das bedeutet bei normaler Höhe und Breite des Abbaustollens im Tagesdurchschnitt etwa drei Kubikmeter Gestein und Erz. Die Russen, die Buch führen über die aus dem Berg getragenen Körbe, mögen wissen, wie viele Körbe von einem einzigen Ort weggetragen werden müssen, bis es nur ein Kubikmeter ist. Die Gefangenen haben das Zählen längst aufgegeben, vielleicht weil sie erschrecken würden über das Mißverhältnis von Arbeitsaufwand und Erfolg. Die Russen jedoch scheinen zufrieden zu sein mit ihren Arbeitern und ihrem Berg, denn jeden Tag gehen die Schlitten den Hang hinauf zum Lagergebäude, in dem die Bleibarren gestapelt werden, bis im Sommer wieder das Schiff kommt, den Reichtum aus dem zerbohrten Berg und dem Verbrauch an Menschen wegzuschaffen.

Aus einem riesenhaften Vorrat, der beim Lagergebäude gestapelt ist und wohl auch dauernd ergänzt wird, sooft das Schiff kommt, werden die Weidenkörbe, sobald sie durchgescheuert sind, durch neue ersetzt. Körbe aus so wenig widerstandsfähigem Material sind nun einmal ungeeignet, um darin Stein und Erz zu schleppen. Etwas anderes, von einer vernünftigen Transportanlage gar nicht zu reden, haben sich die Russen noch nicht einfallen lassen. Das scheint dafür zu sprechen, daß die Körbe soviel wie keinen Wert darstellen, den sie schon dadurch gewinnen würden, daß man

Schiffsraum auf einer so gewagten Route daran verschwenden müßte. Wahrscheinlicher, denn die Vorräte werden nie kleiner, ist es doch wohl, daß billige – gleich billige? – Arbeitskräfte in tausend Kilometer Entfernung dort eben, wo es schon Kusselwald und Strauchwerk gibt, die Zweige von irgendeinem Wildwuchs auf dem sommersüber getauten Oberflächenstück des Eisbodens schneiden und daraus Körbe flechten.

Es ist wieder Winter. Die Kälte, durch die der Wind körnigen Schnee treibt, greift an wie ein aufgespleißtes Drahtseil, außen, innen, am ganzen Menschen. Man muß schon den Mut eines Leibrecht haben, um mühsam im Wind die Zeltplane auszulegen und vor der Rückkehr in die Kasematte einen Berg Schnee darauf zu häufen. Denn Reinlichkeit unter solchen Aspekten ist eine grausige Vorstellung. Immerhin findet Leibrecht Nachahmer, und wie die Köche ihre Kessel, so füllen auch die Kameraden von den Nachbarstollen, soweit man sie sehen kann, ein paar Zeltplanen mit Schnee. Ein einziger Tag Arbeit vor Ort freilich genügt schon wieder, um auf die Gesichter eine neue Staubschicht zu legen und das Gewandzeug in allen Poren mit Steinstaub zu dichten, bis es am Körper liegt gleich Zementsäcken, die schlecht entleert mit Wasser in Berührung gekommen sind.

Manchmal bleibt einer nach dem Ausflug ins Freie auf dem Reisig liegen, stöhnt kurzatmig und bittet die anderen, ihn nicht zum Aufstehen zu zwingen. Im Vorbeigehen mit dem Erzkorb melden es die ersten Träger dem Posten, der gelegentlich die Sache weitermeldet. Dann erscheint, vielleicht um Mittag, ochsenäugig und höchst verwundert – aber an dem Ausdruck stetiger Verwunderung sind nur die Augen schuld, die mit schön rundem Dotter zwischen viel Weiß wie Spiegeleier aus der Pfanne in die immer gleich unbegreifbare Umwelt blicken – der Wratsch und untersucht par distance das Bündel leidender Menschheit. Das Thermometer wird ersetzt durch vier weich gewurstete Finger, die in die Halsöffnung fassen, während der Kopf zu pendeln ansetzt wie der Kopf eines Schaufenstertieres. Außer den Ochsenaugen und einer überall gut gepolsterten Fülligkeit ist an dem Wratsch nichts bedeutend, vor allem nicht in der Richtung auf etwaige ärztliche Kenntnisse, aber seine Finger und sein Handrücken ersetzen jedes Thermometer. Lehnt der Wratsch nach solchem Fiebermessen die Einschaffung ins Lazarett ab, so ist der Kranke entweder ein Simulant, oder er leidet an einer Sache, die sich nicht in hohem Fieber äußert. Simulanten begeben sich dann nach einem halben Tag vor Ort. Kranke mit nur mäßig gestiegener Temperatur leiden weiter und sind vor die Wahl gestellt, ohne Hilfe wieder gesund zu werden oder so nahe an den Rand des Todes zu kommen, daß sich auf Nebengeleisen schon das nötige Fieber einstellt.

Mißt der Wratsch mit seinen Fingern unter dem Hemdausschnitt neununddreißig sieben, so zeigt Spinnwebes Thermometer mit aller Sicherheit ebenfalls neununddreißig sieben.

Verordnet der Wratsch den Transport ins Lazarett, so spricht der Neid tagelang über den Glücklichen, der aber sein bescheidenes Glück zumeist nicht recht zu schätzen weiß. Den Transportweg legt jeder Erkrankte, lediglich von zwei Kameraden gestützt und der größeren Sicherheit halber von einem Posten begleitet, zu Fuß zurück. Von der hierorts üblichen Pflicht, sich selbst fortzubewegen, wird der Mensch im Bleiberg erst durch den Tod befreit.

Im März achtundvierzig ist das.

Alfons Mattern hat am Abend, vom Außenstollen kommend, wo der Seitenstollen nach nicht ganz einwandfreier Fischsuppe mit Eifer begangen wird, zu schütteln angefangen, über Frieren geklagt und bei Nacht unsinnige Dinge gesprochen. Forell hat es zweimal so wie der Wratsch versucht, die Temperatur zu erkennen, aber nur festgestellt, daß der junge Kerl recht heiß war.

Bei der ersten Begegnung mit dem Tagesposten – es war wieder einmal Innokentij – hat Forell sich über sich und sein gutes Russisch gewundert, denn es ist ihm gelungen, dem willig zuhörenden Russen in beinahe vollendeten Formulierungen die Situation darzustellen und den Verdacht auf Lungenentzündung so verständlich auszudrücken, daß Innokentij beim Nennen des Namens Alfons das Gesicht einer mitfühlenden Mutter zeigte und nach erschöpfender Darstellung des Krankheitsbildes versprach, dem Wratsch Nachricht zu geben. In der Freude über die offensichtlichen Vorteile, die einige Kenntnis der Sprache mit sich bringt, geht Forell fast vergnügt seiner Arbeit als Träger nach, spricht Innokentij mehrmals wegen nebensächlicher Dinge an, um sich weiter in Konversation zu üben, und vergißt, obgleich er dutzende Male durch die Mannschaftskasematte gehen muß, darüber beinahe, daß der Wratsch sich noch immer nicht um den dort liegenden Kranken gekümmert hat.

Zu Mittag, in der halben Stunde Arbeitsruhe, weil Innokentij inzwischen abgelöst wurde, trägt Forell dem neuen Posten die Bitte vor, gibt dem Kranken, der sonst keine Nahrung annimmt, etwas abgestandenen Tee ein und wartet, wie der Fiebernde, den ganzen Nachmittag lang vergeblich auf den Missionär der Heilkunde. Man ist in der Höhle nachgerade daran gewöhnt, in Dingen der Krankheit von den Russen nicht ernst genommen zu werden. Mit Alfons Mattern aber sieht es am Abend schon so ernst aus, daß Leibrecht es wagt, den Posten so spät noch mit der Darstellung der Krankheit des jungen Burschen zu belästigen, und der Posten beteuert, daß nicht nur er nach Mittag, sondern Innokentij schon am Morgen Botschaft ins Lazarett gegeben habe, doch sei dort alles etwas in Unordnung, weil der Wratsch selbst krank darniederliege.

«Und Doktor Stauffer?»

Der Doktor wird, sobald es ihm seine Zeit erlaubt, kommen.

Es ist längst Schlafenszeit, als Doktor Stauffer, bekleidet wie irgendein Russe, vom Posten in die Höhle geleitet wird. Alles ist still. Die Öllampe brennt noch um des Fiebernden willen. Kaum ein paar Leute sind noch wach.

«Wo ist der Kranke?» fragt Dr. Stauffer leise.

Leibrecht führt ihn an den Schlafplatz. Man hat, damit die anderen durch sein Fiebern und seinen eventuellen Abtransport nicht gestört werden, Alfons Mattern an die Felswand beim Eingang gelegt.

Während der Arzt, auf dem blanken Fels niedergekniet, Mattern zu untersuchen beginnt, steht Forell auf, steigt über schlafende Kameraden hinweg und postiert sich so nahe, daß Stauffer ihn sehen muß. Der Posten weicht nicht von der Stelle. Den Wratsch, den Feldscher, den Sanitätsgehilfen – in diesem Fall ist er wirklich nicht mehr – können die Russen allein in die Kasematten gehen lassen. Bei Stabsarzt Stauffer ist das anders. Er ist Deutscher und ist Strafgefangener. Forell zieht, um sich nachdrücklicher bemerkbar zu machen, Alfons Mattern den Überrest eines Pullovers, feldgrau, soweit zwischen den Löchern noch etwas Wolle vorhanden ist, über den Kopf, dem Arzt so eine gründlichere Untersuchung zu ermöglichen. «So etwas Grünes habt ihr hier?» «Leider», brummt Leibrecht.

Dr. Stauffer untersucht, fühlt den Puls und läßt sich, anscheinend nervös, durch das Umsichschlagen des Patienten irritieren, so daß Leibrecht und Forell mit zugreifen müssen, den Tobenden zu bändigen.

«Hm?» macht der Arzt. Alles sehr leise, alles nur gebrummt. Er perkutiert die Brustseite und schaut, wie auf den Klang des Fingerpochens lauschend, vor sich hin. «Was wollt ihr mit dem armen Kerl denn? Lungenentzündung. Sagt dem Posten hernach, nicht jetzt, daß er vier Mann bereitstellen soll zum Transport!» Aus den Winkeln der Augen betrachtet er, während er den Patienten nach der Seite zu wenden versucht, den Russen. Auf die Sache mit den vier Mann zum Transport hat er nicht mit der geringsten Bewegung reagiert. Vielleicht versteht er, was zu hoffen ist, kein Wort Deutsch. «Habt ihr Ungeziefer hier im Bau? Nein? Man muß, von der Lungenentzündung abgesehen, an alle möglichen Dinge denken. Scheußliche Sache, wenn ihr Fleckfieber oder eine typhöse Seuche hereinbekommen hättet.»

Der Russe steht unbeweglich und unbewegt an seinem Platz. Er versteht also nicht Deutsch. Beim Nennen von Fleckfieber und ähnlichen Dingen nimmt ein Russe sonst erfahrungsgemäß sofort Distanz. Es ist kein Spaß, sich mit so etwas zu infizieren und dem eigenen Wratsch oder diesem deutschen Arzt bei recht beschränkten Heilmitteln ausgeliefert zu sein. Also versteht er nicht genügend Deutsch.

Das Stethoskop an den Rücken des jungen Kerls gesetzt, horcht der Arzt, setzt ab, pocht über flink gehenden Fingern die ganze Lunge ab und murmelt zuweilen einen Satzbrocken wie für sich selbst: «Den jungen Burschen werde ich, wenn ich ihn durchbringe, für einige Zeit behalten. Das ist alles, was ich tun kann. Hm. Daß der Student wieder da ist, wißt ihr längst. Zu euch hat man ihn nicht mehr gelassen. Es war den Herrschaften nach einiger Zeit klar, daß ihr ihn nicht zum Krüppel schlagen werdet. Man hat ihn einem anderen Stollen überantwortet. Was die spontane Volkswut mit ihm getan hat, erkennt ihr daran, daß mit einemmal alles wieder normal wurde. Die Herrschaften waren zufrieden. Zur Behandlung hat man nur den Wratsch zugelassen, nicht mich. Hm.» Alfons Mattern wird wieder auf den Rücken gelegt. Der Arzt pocht von neuem die Brustseite ab. «Hm. Einmal sehen, was man für ihn weiter tun kann. Ich habe, glaube ich, jemand, der so einen Burschen durchbringen würde. Dazu ist etwas mehr nötig als nur der gute Wille. Ihr habt, soviel ich weiß, einen Kartenzeichner hier. Ob der wohl nicht zuviel phantasiert, wenn er den halben Erdteil auf ein Blatt Papier zeichnet, nur so aus dem Kopf? Hm?» Der Posten gibt zu erkennen, daß er, wenn er Arzt oder auch nur Wratsch wäre, nicht so lange bräuchte für eine Diagnose. Das äußert er nur mit einer etwas ungeduldigen Bewegung.» «Vielleicht kann euer Kartenzeichner einmal krank werden.» Dann steht er auf und wendet sich an den Russen. «Ich weiß, daß ich spätestens morgen früh ans Messer geliefert bin, wenn du auch nur ein Wort verstanden hast. Aber unsere Sprache ist gottlob schwierig. Verstanden?» Der Russe nickt und fragt: «Lazarett?» «Ja. Lazarett.»

Bis zum Stollenausgang dürfen Leibrecht und Forell den kranken Kameraden bringen. Dann wird er von Russen übernommen, die sogar etwas wie eine Tragbahre haben. Eine Tragbahre und etliche Decken. Der Arzt hat das voraus gewußt. Jeder Fluchtversuch würde am nächsten Morgen, nicht drei Kilometer vom Lager entfernt, in einer Tragödie enden. Sicherer aber erscheint es den Russen, kein Risiko der menschlichen Torheit einzugehen und lieber Kork im Flaschenhals zu spielen, solang sie ganz sicher wissen, daß kein Gefangener im Freien ist.

«Ich habe alles mit mitangehört», sagt Danhorn hernach flüsternd zu Leibrecht. «Es gibt Leute, die ich lieber nicht als Ohrenzeuge dabei gehabt hätte. Wer, glaubst du, war außer dir noch wach?» «Hägelin.» «Traust du dem?» «Nein.» «Das ist bitter.» «Na, ja. Es bleibt immer noch zu hoffen, daß er eine Kleinigkeit Charakter mitbekommen hat und, wenn nicht, aus anderen Gründen schweigt. Er ist nicht eigentlich ein Schuft, wenn er auch zuviel nach der Balalaika tänzelt, immer noch von der idiotischen Hoffnung erfüllt, man werde ihn zum Dank dafür vorzeitig heimschicken. Wenn er merkt, daß auch für ihn kein Zug geht, wird er sich mit der Zeit anders besinnen. Vorsicht wird immerhin notwendig sein.» «Denk gelegentlich an die Karte!» «Hast du, außer der Prawda, die wir verraucht haben, schon einmal Papier in dieser Gegend gesehen?» «Ah so! Ganz sicher gibt es Papier nur im Lazarett.»

Alfons Mattern, mit Lungenentzündung von Dr. Stauffer in Behandlung genommen, bleibt zwei volle Wochen dem Tod näher als dem Leben. Der Arzt bleibt, solange die Krisis währt, angekleidet auf seiner Klappe liegen und tut dies Nacht für Nacht, das Ohr wach bei jedem ungewohnten Geräusch, um sogleich eingreifen zu können. Aber womit denn eingreifen? Der hagere Körper, wie er unter den Decken liegt, ist der eines vorzeitig gereiften Knaben, aber eben eines Knaben ohne Vergangenheit und Erlebnis. Wer am Ostkap ist, der ist selbst schon Vergangenheit.

In der vierten Nacht, als Stauffer in seine Stube hinein, im ersten Stockwerk des Lazarettbaues gleich neben der nordseitigen Treppe, jene Tür gehen hört, von der er weiß, daß sie Matterns Stube öffnet oder schließt, steht er auf, nach dem Kranken zu sehen, ob er nicht etwa schon zu atmen aufgehört hat. Denn es muß etwas Ungewohntes geschehen sein, daß jemand die Tür geöffnet hat.

Vor Matterns Bett sitzt Spinnwebe. Auf einem ungehobelten Brett an der Wand steht die Lampe.

«Was ist, Schwester?» «Gut. Er schläft.» «Schön, daß Sie nach ihm gesehen haben.»

Spinnwebe versteht wohl gar nicht, was der Doktor sagt. Sie neigt den Kopf leicht zur Seite, wie um besser zu hören. Gut. Er schläft.

«Wenn etwas ist, sagen Sie es mir!»

«Nichts ist.» Spinnwebe steht auf, rückt den Hocker beiseite und verläßt die Stube. Man hat sich nichts zu sagen und kann sich, da jedes eine andere Sprache spricht, nichts sagen. Der Arzt ist nicht verwundert, und Spinnwebe ist nicht betroffen. Man hilft, wo es um die Kranken geht, zusammen. Spinnwebe assistiert bei primitivsten Operationen, zu denen von den Narkosemitteln bis zu den Wundklammern alles fehlt. Die Patienten stöhnen vor Schmerzen, Spinnwebe aber steht kühlen Gesichts ungerührt dabei, und nach der Operation sagt Dr. Stauffer freundlich: «Danke, Schwester.»

Im Flur trennen sie sich. Alfons Mattern scheint eine ruhige Nacht zu haben. Es war sehr freundlich von Spinnwebe, die kalt wie Steingut ist, daß sie zur Nachtzeit nach Mattern gesehen hat, dem augenblicklich ernstesten Fall.

«Danke, Schwester.»

Die Tür geht auch in der nächsten Nacht.

Schon ist Stauffer daran, in die Stiefel zu schlüpfen und nach unten zu gehen. Da legt er sich wieder zurück. Also auch das gibt es zwischen Bleiberg und Meer am Kap, wo nur Verdammte leben. Nichts an Spinnwebes Art, Haut, Körper und Haltung will ins Bild vom Weib und der Liebe passen, eher noch ins Bild von der Mutter. Mutter in Uniform? Der um die Holzbauten fegende Wind, dessen graues Heulen bis in die Nachtträume der Kranken dringt, wird zum melodischen Singen. Das Summen des mit

Schmelzwasser halb gefüllten Geschirrs auf dem Kanonenofen nimmt den Ton auf, den kein Land der Erde sonst kennt: das Teelied eines Samowars. Die mit Fluch und Fluchen erfüllten Bretterräume umhüllen ein menschliches Geheimnis, von dem niemand weiß und wissen soll, nicht der Arzt, der im Zweifel sein könnte, ob er den Nachtbesuch am Krankenbett so deuten darf, und vielleicht nicht einmal Spinnwebe selbst.

Mit der Robustheit eines Sanitätsgefreiten faßt Spinnwebe, wenn ein Operierter nach der Qual eines Eingriffs bewußtlos liegt, unter einen splitternackten Manneskörper, um ihn auf sein Bett zurückzulegen. Alfons Matterns Knabenkörper, von schwerer Krankheit völlig ins Kindliche zurückgeschrumpft, bedeckt sie schon nach einer vom Arzt vorgenommenen Perkussion der Lungenspitzen scheu mit dem weißen Tuch. Was die überall gleich abweisende Kälte zu verheimlichen sucht, verrät die Keuschheit. Die Tage haben schon eine beträchtliche Länge, als Mattern endlich, für Stunden wenigstens, das harte Bett verlassen kann. Er verhält sich still wie ein genesendes Kind. Weil die Beine ihn noch nicht tragen, sitzt er am Bettrand, nachdem er ein paar Probeschritte in der Stube und auf dem Flur gewagt hat. Ein paar Russen sind bei Beginn des Tauwetters auf die Dächer gestiegen, um mit breiten Holzschaufeln den Winterschnee über den Dachrand zu werfen, und haben am nächsten warmen Tag mit spitzem Gerät die Eisschrunde auf den Dächern angegangen, damit die Schmelzwasser nicht wochenlang an den Wänden niedersickern und in die Bretterfugen eindringen.

Nur Köpfe sind über dem Rand der Schneehalde zu sehen, wenn die anderen, die gesund sind, aus ihren Felskammern für ein paar Stunden entlassen werden.

Sommer achtundvierzig.

Über das müde Gehirn, das in allen Windungen verstopft scheint, nimmt das Auge, während der Genesende schlaff am Bettrand sitzt, das Bild des Gewohnten wie etwas Fremdes auf, weil das Denken es nicht voll verwertet. Mit dem sehr fernen Lärm der Quetschmaschinen verbindet sich die Vorstellung vom Körbetragen. Der Urlaub der Kameraden aus dem Berg, wenn an den sichtbaren Köpfen zu sehen ist, wie schlaff die Männer herumgehen, wird dem schlaffen Zuschauer nicht als Urlaub bewußt, sondern nur als Zeit des Wartens auf den Trillerpfiff, dem von neuem das Leben in der Kasematte folgen wird. Hätte Alfons Mattern die Kraft, einen Gedanken durchzudenken bis ans Ende, dann könnte es kein anderer Gedanke sein als der an Flucht. Er war bewußtlos, als Dr. Stauffer in der Kaverne vom Schicksal des kalendermachenden Studenten Willi Bauknecht berichtete. Hier im Lazarett wird von anderen Kranken so vieles durcheinander erzählt, daß nur ein waches Gehirn die Spreu des Geschwätzes vom Korn der Tatsachen scheiden kann. Aus der Hochstimmung, die im letzten Sommer eine Zeitlang herrschte, ist in Matterns Denken nur das eine haftengeblieben, daß es sogar an diesem trostlosen Punkt der Erde einen kurzen Weg geben muß vom Bergwerk in einen Zustand von Freiheit. Davon aber hat schon im Berg niemand mehr gesprochen. Im Lazarett, soweit Mattern die Gesprächsfetzen richtig verwertet hat, wird voll Abscheu darüber gesprochen. Es muß wohl ein grauenhafter Weg sein.

Spinnwebe kommt einmal des Tags in die Stube und streift mit den Fingerspitzen über hoch liegende Bretterkanten. Sie müßte verweisend sagen: «Spinnwebe!» Doch das Wort scheint ihr nicht einzufallen. Vielleicht aber ist ihr das Wort zu hart, solange die Kranken alle bettlägerig sind und der einzige Genesende so erbarmungswürdig abgemagert am Bettrand sitzt, ein Knabe mit den ersten Bartsprossen. Alfons Mattern lächelt dünn, weil er dieses Lächeln aus Dank, Elend, Beglückung und Angst dem einzigen weiblichen Wesen zu schulden glaubt. Spinnwebe lächelt nicht zurück. Es genügt ihr, zu wissen, daß der Knabe noch viele Wochen im Lazarett bleiben muß oder bleiben darf.

Mit steinerner Ruhe, eines Mitempfindens für einen dieser deutschen Verbrecher so wenig fähig wie einer Regung überhaupt, die in den Raum des Menschlichen gehören würde, assistiert die Schwester, als sie ihren Rundgang nach der Sauberkeit der Räume beendet hat, bei der Blinddarmoperation eines kräftigen, immer wohlgelaunten Gefangenen, von dem sie sogar den Namen weiß: Dechant. Diesen Namen weiß sie mit herber Gaumigkeit auszusprechen. Dechant. Sie mag diesen Dechant nicht, seit er im Vorwinter sechsundvierzig mit Typhus hier gelegen ist. Ihr Mißfallen kommt aus der Ablehnung von soviel Kraft und Ungebrochenheit. Dechant hat ihr nichts zuleid getan, er ist höflich, er ist ein Mann mit Kultura, aber er ist, wenn sie schon nicht seine unbeugbare Kraft verachtet, um eben jenes Stück zu selbständig und zu klug, das einen Hilflosen in der Gefangenschaft aus der Hilflosigkeit heraushebt.

Dr. Stauffer kann günstigstenfalls mit einer nicht tief reichenden Lokalanästhesie die Schmerzen der Operation dämpfen, da ihm mehr nicht zur Verfügung steht. Dechant aber zuckt nicht, als das Skalpell ihm den Leib einen Finger lang aufgetrennt hat.

Wie man sich unter Menschen von Kultura kleidet, hat Spinnwebe noch nicht erfahren, sonst hätten die Deutschen damals nicht über sie gelacht, im Winter sechsundvierzig, als Wäsche, Schuhe, frauliche Nebensächlichkeiten aus irgendeinem Beutegebiet ans Ostkap kamen und Spinnwebe sich ein Paar brokatene Ballschuhe und ein Charmeuse-Unterkleid auswählte. Damit angetan ließ sie sich eines Tages vor den Russen wie den Deutschen sehen, sehr stolz und sehr unerfahren, denn das Unterkleid hatte sie obenauf angezogen. Davon, wie gesagt, mag sie nicht viel verstehen. Aber daß der Appendix dieses Dechant, wie er so auf der blankgescheuerten Blechschale liegt, nur ein wenig gereizt ist, keinesfalls heftig entzündet und schon gar nicht durchbruchsreif, weiß eine Schwester nach so vielen barbarischen Operationen recht wohl abzuschätzen.

Gebracht hat diesen Dechant der Wratsch. Er hat sich geirrt. Er irrt sich häufig, denn er ist dumm. Aber ganz recht geschieht dem Deutschen, daß der Wratsch sich geirrt hat.

Dächte sie nur ein ganz klein wenig weiter, so käme sie an dem Verdacht nicht vorüber, daß Heinz Dechant wieder einmal mit Absicht das Lazarett aufgesucht hat, um etliche Wochen in Ruhe, Geborgenheit und ohne die schwere Arbeit zu verbringen. Dächte sie noch um ein winziges Stück weiter, so käme sie in eine menschliche Wirrnis, für die ihr geradliniges Denken keinen Raum hat. Darum bleiben ihre Überlegungen auf halbem Weg stehen.

«Was sollte ich mit einem Blinddarm, der sich alle Jahreszeiten einmal bemerkbar machte?» fragt Dechant eine Stunde nach der Operation den Arzt. Das Lazarett ist nur mäßig belegt. Bei Dechant in der gleichen Stube liegen nur noch zwei Mann, die eben schlafen.

Dr. Stauffer kann nicht lächeln oder gar lachen. Er ist immer tragisch ernst. «Mehr als zehn Tage Lazarett gibt so eine Kleinigkeit auf keinen Fall. Dann müssen Sie wieder zurück.» «Gut. Aber ich habe den Blinddarm los. Wenn die Sache unterwegs passiert, wo der nächste Wratsch tausend und der nächste Arzt zweitausend Kilometer entfernt ist, habe ich mich umsonst bemüht.» Dechant spricht von Flucht wie vom Wegtragen eines Erzkorbes. Er ist über alles unterrichtet, was hier vorgeht. Er hört mit überfeinen Ohren aus jedem Gespräch, aus den Launen der Russen, aus der Art, wie das Essen sich eben zusammensetzt, aus dem Anspannen oder Nachlassen der Vorsicht, was eben aktuell ist.

«Alaska ist nicht aktuell. Darf ich Sie darauf aufmerksam machen?» «Kommt sehr darauf an. Haben Sie schon einmal gehört, Doktor, wie die Russen jetzt über die Amerikaner sprechen?» «Es herrscht etwas Mißstimmung.» «Mir genügt es, das von Ihnen bestätigt zu hören. Trotzdem – so geht das nicht.» Unter Stöhnen macht sich Dechant an seinen Gewandstücken, die am Fußende der Klappe liegen, zu schaffen und kramt eine Wehrmachtsuhr heraus.

«Wie kommen Sie zu einer Uhr, Dechant?» «Das frage ich mich auch. Aber ich habe sie. Die Wehrmachtsuhren sind Ihnen ja nicht unbekannt. Was ich hier noch habe, ist der Kompaß, den jede solche Uhr hatte, in das Gehäuse der Uhr eingebaut. Ihr Herren Offiziere habt echte Schweizer Uhren bekommen, wasserdicht und antimagnetisch. Aber keine eurer Uhren hatte einen Kompaß. Dem einzigen Mann hier, der eine solche Uhr gerettet hat, war der Kompaß nichts wert. Wir haben uns geteilt: ich habe Gehäuse und Kompaß bekommen, er hat die Uhr, für die ich in monatelanger Arbeit ein neues Gehäuse gebaut habe. Ihm liegt daran, die Zeit zu messen. Das tut auch noch der neugefaßte Überrest der Uhr, während mir der Kompaß helfen wird, die Richtung zu finden und beizubehalten.»

«Erzählen Sie diese Ihre Absichten eigentlich jedem?»

Dechant tut erstaunt. «Jedem? Sind Sie, Herr Stabsarzt, ein beliebiger Jedermann?»

Dr. Stauffer nickt nur, etwas eckig, etwas soldatisch.

«Da Sie soviel Vertrauen in mich haben, werden Sie mir vielleicht auch noch Details erzählen. Wohin soll die Reise denn gehen?» «Ungefähr nach Westen.» «Von Ihnen, Dechant, habe ich angenommen, Sie seien mehr als ein Laie. Träumen Sie denn tatsächlich so leichtsinnig?»

Läge hier Forell, am Blinddarm operiert, oder als der Zuverlässigste aller Zuverlässigen jener Hauptmann Leibrecht, den Stauffer nur ein einziges Mal kurz in der Kaverne gesprochen hat, von dem er aber – in der Oberwelt laufen die Gerüchte schneller und sicherer – aus dem Mund von Russen weiß, daß er seine Höhlenbesatzung gut genug in der Hand hat, um hundertachtzig Mann von einer zugemuteten Auspeitschung abzuhalten, dann ließe es sich offener sprechen. Heinz Dechant ist zu klug, um nicht schließlich an der Klugheit zu scheitern. Er ist, so breit seine Brust sein mag, zu feinnervig für ein Spiel, das dem Tod nur einer abgewinnen kann, der stärkere Nerven hat.

«Darf ich ernst mit Ihnen sprechen, Dechant: es gibt hier einen einzigen Menschen, der ungefähr die Chancen zum Fliehen hätte. Dieser einzige macht, weil er sich zu gut kennt, keinen Gebrauch von der Chance. Sie haben Vertrauen in mich, Dechant. Sie dürfen es haben. Mich mögen sie aufhängen, und ich werde das Fatum hinnehmen. Bei mir sind schon manche Fluchtpläne besprochen worden. Ich kenne die vorgesehenen Wege. Ich spreche besser Russisch als Sie denken. Körperlich wage ich etwas durchzustehen. Aber ich werde keinen Versuch machen, je selbst zu fliehen. Die Russen halten mich nicht auf, wenn ich das ganze Terrain abgehe, an den Maschinen herumstehe, über die Felsschwarte dort bis an die Pier hinuntergehe oder auch einmal in die Schreibstube der Kommandantur eindringe, um etwas zu verlangen, was mir die weitere Ausübung meines Berufs ermöglichen soll. Eines Tages werden die Russen wissen, daß ich die Fluchtpläne mit manchen Patienten nicht nur durchgesprochen, sondern deutlich gefördert habe. Was dann ist, kann ich mir ausrechnen. Das wird einmal so kommen. Trotzdem – fliehen, Dechant? Die Menschen, die das können, werden im zwanzigsten Jahrhundert sogar in Sibirien nur noch in Treibhäusern gezüchtet. Wir intellektuellen Menschen sind, nach Jahren der Gefangenschaft erst recht, nicht imstande, die Strapazen durchzustehen, selbst wenn auf der Strecke von zehntausend Kilometern, die Sie mindestens mit allen Umwegen rechnen müssen, kein feindlich gesinnter Mensch den Weg kreuzt und das Abenteuer schon beendet, ehe es begann.»

«Man muß mehr als den bloßen Mut und mehr als die verlangte

Gesundheit als Einsatz geben.» Der immer lachende Dechant runzelt die Brauen und stellt, schon wieder mit einem Lächeln, fest, daß ein kleines Brauenrunzeln an der Stirn ziehende Schmerzen im Leib verursacht. «Ich habe mich von Ihnen mit dem Messer zurechtmachen lassen, damit mich nicht unterwegs ein so einfältiger Zufall ins Eis wirft. Haben Sie freundlichen Dank für die Mühen, die ich Ihnen bereitet habe! Und suchen Sie mich zu verstehen, wenn ich um soviel Hilfe bitte, als Ihnen möglich und ratsam erscheint, ohne Sie selbst zu gefährden.»

Dr. Stauffer denkt mühsam nach, indes er den kraftvollen Mann auf dem Bett, der noch nichts an Statur, Gesundheit und Willen verloren hat, kritisch betrachtet. «Ihre Chancen stehen eins zu zehntausend. In ein solches Unternehmen steigen nur Desperados ein, die außer ihrem Leben nichts zu verlieren haben, aber im Glücksfall Goldklumpen lastenweise heimbringen. Der Kosak Deschnew, weil er gut dabei gefahren ist, als er um Pelze, Mammutzähne und Gold sechs Kotschen und neunzig Mann riskierte, sich selbst mit eingeschlossen, hat als Denkmal seinen Namen auf diesen Platz – in der Landkarte – gesetzt bekommen. Die ganz unbeschönigte und keineswegs tadelnswerte Gier nach Reichtümern hat ihn weit vor Bering die Beringstraße entdecken lassen. Semjon Iwanowitsch Deschnew wollte doch nicht berühmte Unentdecktheiten klären, sondern suchte nach Mammutzähnen. Wie groß die Zahl der Menschen ist, die nach und nach daran zugrunde gingen, daß Deschnew das Land der Mammutzähne entdecken wollte, fällt nicht ins Gewicht. Das Gold schürfen wir. Es ist nur Blei. Aber gutes Gold. In den beiden anderen Arten des Vorkommens hat er es entdeckt: als Pelz und als Mammutzahn. Dafür kann man, einfach gerechnet, Skorbut und Erfrieren hinnehmen. Genug Erfolg muß am Himmel stehen. Aber: bloß heimkommen? Das ist lediglich die Abgleichung einer Unterbilanz. Das ist nicht Inhalt genug für ein Abenteuer, dem der Tod voraus den Beschaustempel aufgedrückt hat, wenn der Abenteurer nicht eine Kosakennatur hat. Sie wissen zu viel und wollen zu wenig, Dechant. Ihr Seelenmobiliar ist zu vornehm. Ihre Gier, und wäre es die nach Gold in irgendwelcher Form, ist schon zu gezügelt und zu geformt. Leute wie Sie haben dekorativ arrangierte Vorstellungen, wenn sie an Gold denken. Aber Gold wollen Sie ja gar nicht. Bloß heim wollen Sie. Ein unbestimmter Wunsch statt einer eindeutigen Gier. Das geht in den Graben und ins Grab.»

Dr. Stauffer sitzt spät noch bei dem Patienten Heinz Dechant und muß in der Nacht Spinnwebe holen lassen zu Assistenzdiensten, weil Dechant sich wie ein Irrer benommen hat, aus dem Bett gesprungen ist und die Klammern losgerissen hat an der frischen Operationsstelle.

Ungern spricht Stauffer mit der Schwester mehr als das nur primitiv Dienstliche. Hier aber scheint ihm ein Wort nötig. Er hält, als wieder Ruhe geworden ist und Dechant in seiner Krankenstube liegt, Spinnwebe zurück, nimmt sein schlechtestes Russisch zusammen und erklärt, so gut er es sagen könnte, mehr mit den Händen als mit Worten, daß dieser Dechant ein Narr sei und sich vorgenommen habe, einen jungen Kameraden aus Rache umzubringen. Spinnwebe regt sich nicht. Was die Deutschen unter sich auszumachen haben, geht sie nichts an. Sie regt sich nicht, als Stauffer ihr sagt, Dechants Absicht gelte dem kaum zwanzigjährigen Alfons Mattern. Ein hochdiszipliniertes Frauenzimmer, diese Schwester. Sie zuckt nicht einmal mit den Lidern.

Im übrigen, meint Stauffer, werde es lange dauern, bis der Wahnsinnige gesund aus dem Lazarett entlassen werden könne, denn es müßten unweigerlich nach diesem Anfall, obgleich die Wunde wieder verschlossen worden sei, Komplikationen auftreten.

Von da an heißt Alfons Mattern Aljoscha. Sein richtiger Name ist sowieso meist unrichtig von Spinnwebes Lippen gekommen. Aljoscha ist besser, zumal die Schwester Dechants Neugier kennt.

Mattern völlig isolieren, ist der Russen wegen nicht möglich, aber Dechant liegt so übel darnieder, daß er keine Betätigung für seine Neugier braucht, und bis es von neuem gefährlich werden könnte, wird Aljoscha sowieso wieder im Berg sein.

Spinnwebe bedauert dies sehr. Aber in ihrem Gesicht steht davon nichts.

Wie schön, windig, kühl, eintönig, naß oder angenehm der Sommer am Kap Deschnew ist, erfahren die meisten Gefangenen im Berg nur durch ihre Träger.

Aus der Aufregung, die sich ergibt, wenn eine größere Kolonne von Sträflingen abzustellen ist zu Transportarbeiten, erfahren auch die anderen, wann am Pier ein Schiff angelegt hat. Es hat sich im Sommer siebenundvierzig nicht als günstig erwiesen, hier aus einem Stollen zehn Mann wegzunehmen und dort zwanzig. Klüger erscheint es, zumal nach der Sache mit dem jungen Gefangenen, der als Smutje auf ein Schiff genommen wurde, einen Stollen ganz stillzulegen und die Belegschaft geschlossen an die Verladearbeiten zu führen. So bleibt für die anderen nur die Botschaft vom Rauch und die Gewißheit, daß es viele Wochen lang Erdsuppe mit Kartoffeln geben wird.

Was den einen durch Arbeit an frischer Luft gewährt wurde, soll den anderen nicht versagt werden. Viermal im Sommer achtundvierzig wird der Korken aus dem Flaschenhals genommen.

Die grauen Männer, denen man bei dieser Gelegenheit Bart und Haare scheren wird, werden jeweils für ein paar Nachmittagsstunden ins Freie gelassen, bekommen am Tageslicht tränende Augen und haben Mühe, die kühle Luft als warm zu empfinden.

Leibrecht, der Sauberkeitsfanatiker, weiß für seine Leute einen Platz zu finden, an dem das Schmelzwasser so reichlich in einer Mulde zusammengesickert ist, daß bei sparsamem Gebrauch jeder sich von oben bis unten abschrubben kann. Es geschieht ein Wunder, das Stauffers ganzer Überredungskunst bei den Russen bedurft hat: die Männer bekommen, wo schon einmal der seltene Fall eingetreten ist, daß Wasser zur Verfügung steht, durch den Wratsch ein paar braune Seifenwürfel zugestellt, und in einem ersten Seifenschaum seit Jahr und Tag fühlen die Frierenden es wärmer um sich werden. Leibrecht sieht sich deutlich bestätigt in seiner Behauptung, daß Schmutz gleich Kälte sei. Die Russen sind gar nicht so, wie der Groll es ihnen nachsagt. Sie finden es vernünftig, daß die Gefangenen sich sauberhalten. Da aber nie Wasser in ausreichender Menge da war, ist ihnen niemals der Gedanke gekommen, Seife auszugeben. Da haben die Gefangenen aber nun einen Treiber in ihren eigenen Reihen, der die Männer nicht müßig palavern läßt, sondern findig ein Wässerchen ausmacht und seine Leute zum Waschen führt.

Der Tag um Ende Juni ist wunderschön. Die Eisnebel, von denen die Sicht immer knapp begrenzt wird, gehen mit einem leichten Wind allmählich beiseite, und wenn es auch nicht gerade Sonne ist, was dem Tag beschert wird, so hat der hoch liegende Dunst lockere Strähnen, durch die zuweilen fast mit dem echten Glanz die Sonne kommt. Andere Tage, so erzählen die Träger, kommen wohl sonniger, aber an diesen Tagen ist es für die meisten Nacht, die von einer unhandlichen und müden Grubenlampe sehr dürftig ausgeleuchtet wird.

Mitten im großen Waschen, wie sie alle nackt dastehen, stößt Leibrecht seinen Nachbar Forell mit dem Ellbogen an. «Was ist das denn?»

Forell folgt mit den Augen Leibrechts erstauntem Blick und sieht an seiner rechten Brustseite herunter. «Ein Infanteriesteckschuß.» Er schaut tiefer an sich hinab. «Und das sind so die üblichen Schnitte, die gemacht werden, wenn der Magen wieder zu ergänzen ist.» «Schön», meint Leibrecht blinzelnd, «ich habe dich noch nie so ausgezogen gesehen. Du hast offenbar Standscheibe gespielt beim Bataillons-Übungsschießen. Nein. Nein. Ich wollte dich auf etwas anderes aufmerksam machen.» Dann spricht er leise. «Mach kein großes Getöse, dreh dich um und schau rechts an der Kommandantur vorbei! Hast du? Mußt nicht gleich blind werden.» «Herrgott noch einmal!» entfährt es dem anderen. «Nichts für Kinder. Das gibt nur unnütz eine Menge Aufregung. Halt den Mund! Bei Licht betrachtet, vor allem bei so freundlichem Licht betrachtet, ist das, glatt und gemütlich und ohne Eis, die Beringstraße. Wasser ist hier so rar, daß man sich wundert, einmal soviel in einer einzigen Menge zu sehen.»

Forell hat sich noch immer nicht ganz gefaßt. Die gleichmäßige Fläche muß unweigerlich Wasser sein, aber der Felswulst hinter den Gebäuden, der sich weit nach rechts hin zieht, läßt einen Ausblick auf das Meer erst bei etwa fünfzehn Kilometern Entfernung vom Land zu. Nervös und hastig seifen sie beide, damit niemand auf ihr verwundertes Hinstarren aufmerksam wird.

«Gibt es in der Beringstraße Inseln?» «Danhorn fragen.» «Lieber nicht. Das erregt nur Aufsehen.» «Der Kamelhöcker dort liegt, schon der Farbe nach, deutlich näher.» «Kann ein Kap sein.» «Könnte es. Ist aber eine Insel. Überleg dir einmal, wie der Höcker auch in der Farbe absticht gegen das finstere Blau dahinter! In den Farben zeichnet sich die viel größere Entfernung ab.» «Komm! Seif mir den Rücken ab! Bei dieser Gelegenheit können wir beide eine Weile das Wunder anstarren, ohne die anderen aufmerksam zu machen.»

Sie seifen und waschen und reden sich warm, ohne zu merken, daß sie bereits einen Zuhörer haben. Bis Hägelin, neben ihnen stehend, ganz offen das Thema aufnimmt. «Einmal scheint schon jemand von uns da drüben gewesen zu sein.»

Leibrecht ist sofort verschlossen. Er traut Hägelin nicht, seit Forell nach der Flucht empfangen wurde. Der Mann tut so, als denke er wie die Russen und als sei er Aufseher, aber nicht Gefangener. Hägelin hat also damals gehört, was Stauffer in der Kasematte, gebrummt wie einen Krankheitsbefund, berichtet hat. «Etwas schwer zu erreichen, Hägelin.» «Von hier aus, ja.» «Hägelin, ich warne dich!» Leibrecht wird dienstlich. «Ich will das nicht so verstanden haben, als hättest du Absichten, von hier abzuhauen und etwa gar zu versuchen, das Meer zu durchschwimmen.» Dem zweideutigen oder eigentlich recht eindeutigen Burschen kann man nur so kommen, daß man ihm die eigenen Gedanken als dessen Überlegung unterschiebt und die Pflicht auferlegt, sich von dem Verdacht zu säubern. Es geht eben in einem Abwaschen hin.

«Unmöglich, da hinüberzukommen», antwortet Hägelin verlegen, aber er ist boshaft, er kann es nicht bleibenlassen, noch einmal auf die Sache mit Willi Bauknecht anzuspielen. «Dummheiten dieser Art überlasse ich anderen, die ihre Kameraden in die größte Schweinerei bringen, indem sie Dinge einfädeln, die uns allen schaden.»

«Das hat jeder dann auf seinem eigenen Buckel auszutragen.» Leibrechts Ton wird schneidend. Hägelin aber hat Oberwasser. Er läßt keinen Zweifel offen, daß er einer anderen Meinung als die Mehrzahl ist in bezug auf Fluchtabsichten und ihre Vorbereitung. Vor dem entscheidenden Wort aber hält er an. Er will nicht sagen, daß er etwas weiß, aber er läßt offen, daß man ihn zwingen könnte, alles das zu sagen, was ihm bekannt ist.

Inzwischen hat sich Danhorn, dem die Szene auffällig erschienen ist, herangearbeitet, nackt, den erbärmlich hageren Körper voll Seifenschaum und vor den Augen die Brille mit den dicken Gläsern.

«Was ist denn hier so interessant? Gedenkt etwa einer der Herren zu fliehen? Du vielleicht, Hägelin? Was die Herren vor sich sehen» – er hat ein unflätiges Grinsen aufgesetzt –, «ist aller Wahrscheinlichkeit nach eine der Diomedes-Inseln. Die tiefe Bläue da hinten gehört zu den amerikanischen Nationalfarben. Die Diomedes-Inseln übrigens auch, aber wenn du hinüberschwimmen willst, Hägelin, so muß ich dich warnen. Es handelt sich um neunzig Kilomter bis zum Festland und um nur geringfügig temperiertes Wasser. Du hättest nie deine Absicht zu erkennen geben dürfen, von hier auszureißen und da drüben an Land zu gehen. Das entspricht nicht deiner sonstigen Kameradschaftlichkeit.»

Hägelin ereifert sich, doch es wird offensichtlich, daß er schon im Rückzug ist.

«Hast du mich nicht ersucht, ich soll dir eine Karte aus dem Kopf zeichnen?»

Hägelin wagt nicht zu bestreiten, daß er diesen Wunsch einmal nach jenem nächtlichen Gespräch geäußert hat. Er könnte sich vorsagen, daß er es getan habe, um ein Beweisstück in der Hand zu haben für den Fall, daß es einmal notwendig werden sollte, sich mit der übrigen Belegschaft der Kasematte auseinanderzusetzen. Das aber wäre nicht einmal die Wahrheit. Ihm ist, als er damals so reden hörte, tatsächlich der Gedanke an Flucht gekommen. Das bedrückt ihn nun. Er gibt böse heraus. Danhorn ist ihm an Härte im Geben noch über. Der Fall zwar, soweit er Anlaß zur Furcht vor diesem lauernden Kerl hätte sein können, bereinigt sich in Heftigkeiten, die ungefährlich erscheinen, aber bei der Rückkehr in den Stollen ist alles bedrückt.

Die Furcht vor einem Mann, der nicht sicher steht, läßt zwar um Hägelin eine Atmosphäre von mehr Gesprächigkeit als bisher aufkommen, doch sind sich alle darüber klar, daß dieses Einwickeln in die Kameradschaft nicht eine echte Herzlichkeit vortäuschen kann.

Einmal noch werden die Gefangenen bei ähnlich gutem Wetter aus der Kasematte geführt. Das ist drei Wochen später und bei ähnlichen Umständen, aber selbst wenn der Blick aufs Meer wieder so frei läge, würde niemand auch nur die Äußerung wagen, daß der bloße Anblick von offenem Meer schön ist. Der Streit von neulich liegt noch in der Luft. Die Belegschaft, von den Russen kaum behindert, zerstreut sich nach einem flüchtigen Waschfest weiter in der Gegend, und wenn es nicht die Neugier nach echter Nachricht wäre, so müßte schon die Furcht vor Ungewißheiten Anlaß genug sein, unter den Männergruppen herumzuhorchen nach Einzelheiten über die Sache mit Willi Bauknecht.

So ungefähr glaubt Forell zu ahnen, wo Bauknechts Stollen seine Leute auf das Hochplateau herausgeschickt hat. Er fragt hier einmal und dort wieder: «Kennt ihr einen Mann, der Bauknecht heißt?»

Die Frage stößt auf Erinnerungen. Jeder Befragte hat wenigstens den Namen schon gehört. Mancher weiß sogar, in welchem Zusammenhang. Viel Zeit ist nicht für die Suche. Die Russen können plötzlich, wenn die Männer aus den verschiedenen Schächten sich zu wirr verknäueln, den

Trillerpfiff ertönen lassen zum Einrücken. Sie haben es sowieso von Grund auf nicht in ihrem Programm des Trennens und des gegenseitigen Mißtrauens vorgesehen, daß sich an Nahtstellen verbindet, was zu trennen ihnen günstig erschien.

Forell kommt spät erst an den gesuchten Mann. Es ist so spät geworden, weil er zweimal an ihm vorbeigegangen ist. Er hat ihn nicht erkannt.

«Holla! Willi!»

Auf einem Steinblatt, das schräg aus dem Boden ragt, sitzt ein kahlgeschorener, nach Alter, Art und Intelligenzgrad undefinierbarer Mann mit schmaler Stirn, tief liegenden Augen und messerscharfer Nase. Das Gesicht hebt sich bei Forells Anruf etwas an und zeigt keinen Ausdruck von Verwunderung oder Freude.

«Na, was ist mir dir? Du wirst mich doch kennen. Forell. Wir haben mitsammen Körbe geschleppt, und du hast mir gezeigt, was Jungsein heißt.»

Bauknecht schaut ihn teilnahmslos an. Seine rechte Hand stemmt sich auf den Stein wie bei einem Greis, der die Hilfeleistung einer Hand braucht, um sich zu erheben. Dann läßt er die Hand wieder abgleiten.

«Sag, wie es dir geht! Siehst nicht gut aus. Krank gewesen?»

In den Augen, die Forell ohne waches Interesse anblicken, steht nichts, was zu deuten wäre. Das Gesicht ist leer wie ein Steinbild voller Kanten, aber ohne Konturen. Er versteht wohl überhaupt nicht, was die Begegnung bedeutet und was Forell ihn fragen will.

«Ich habe es doch auch einmal schon riskiert und bin gefaßt worden. Damit habe ich die Absicht nicht aufgegeben. Wie ist es denn überhaupt gekommen, daß du denen wieder in die Hände gelaufen bist? Komm!» Er packt Bauknecht an den Schultern und will ihn wachrütteln aus seiner Apathie. Willi streift nur schlaff seine Hand ab.

Da kommt die erste Trillerpfeife. Es wird kühl. Die Wachsoldaten sind des Herumstehens müde und machen Schluß.

«Wenn mit dir nicht zu reden ist, muß ich es lassen. Sieh zu, daß du wieder zu uns kommst. Bei Leibrecht ist das alles anständiger. Ein paar Schufte gibt es überall. Das darf dich nicht grämen.»

Die Trillerpfeife drängt, und Forell muß quer übers Gelände laufen, damit er noch rechtzeitig zu seinem Haufen kommt. Im Umschauen sieht er noch, wie zwei Gefangene Bauknecht unter die Achseln greifen, ihn auf die Beine zu stellen, und wie Bauknecht dann mit träg nachschleppenden Füßen nach Art eines Halbgelähmten, wenn auch nicht mehr auf die anderen gestützt, in Richtung auf seinen Stollen weggeht.

In der Kasematte, als Forell seine Begegnung mit Willi Bauknecht berichtet, wissen andere schon mehr.

«Er spricht nicht», schildert Forell seine Zusammenkunft mit ihm, «er gibt sich völlig teilnahmslos und idiotisch. Ein alter Mann. Als er von seinem Platz aufstand, mußten zwei Kameraden ihm helfen.»

Leibrecht winkt traurig ab. «Die Herren Schicksalskameraden haben ihn, als er ihnen ausgeliefert wurde, weil wir nicht wollten, zum Krüppel geschlagen. Die übliche Strafe für Fluchtversuche. Immer wieder finden sich Leute, die das Amt übernehmen. Du kennst die Dinge aus Erfahrung, Forell.» «Wenn ich mir den armen Hund ansehe, muß ich euch wohl auch noch danken, daß ihr so glimpflich mit mir umgegangen seid.»

Leibrecht lächelt wissend. Es ist ein mageres, trauriges Lächeln in einem erschreckend verfallenen Gesicht. «Du hast dich auch damit begnügt, einen Schneeausflug in Sibirien zu machen, während Bauknecht weniger laienhaft als du seine Sache durchgespielt hat bis in die Freiheit. Das ist unverzeihlicher. Das hat er büßen müssen. Wißt ihr übrigens, warum die Russen ihn nach der Rückkehr so lang drüben in der Kommandantur in Gewahrsam gehalten und wie ein Museumsstück bestaunt haben? Es mußte erst noch ein höherer Offizier hergeschafft werden, der von ihm Wunderdinge hören wollte aus der Freiheit.»

«Du weißt, wie es scheint, die ganze Geschichte dieser Fahrt?»

«Nichts, was Bauknecht selbst erzählt hätte. Ich hatte ja nicht das Glück, ihn zu sprechen wie du. Er spricht nicht. Er spricht überhaupt kein Wort mehr. Zu Anfang nach der fürchterlichen Mißhandlung konnte er wohl nicht sprechen, dann aber wurde es eine Weigerung, von der Umwelt noch Notiz zu nehmen oder auf sie zu reagieren. Du hast uns die Rückkehr in die Anständigkeit leichter gemacht, indem du uns Schweine und weiß Gott was noch genannt hast. Beschimpfungen sind eine gute Basis für eine Versöhnung. Bauknecht schweigt und hat noch kein Wort gesprochen, seit das mit ihm geschehen ist. Möchtest du bei denen sein, die ihn verprügelt haben? Als Arbeitskraft bedeutet Bauknecht nichts mehr. Er kann sich, wenn die anderen ihm vom Lager helfen, vor Ort schleppen und ein paar Stunden lang Körbe füllen. Nur bei den anderen sein, nur ihnen die Folgen ihrer Gemeinheit unaufhörlich zeigen, aber kein Wort sprechen und sich so geben, als höre und sehe er die anderen nicht. Die Leute würden viel drum geben, wenn er in eine andere Kasematte käme. Er will nicht.»

Mit Willi Bauknecht, als er auf einem kleinen Fischdampfer als Smutje anheuerte, wobei noch offenbleiben mag, ob der Fischdampfer denn wirklich der Fische wegen sich zuweilen so weit in die nordamerikanischen Hoheitsgewässer von Alaska verirrte, geschah das so:

Er zeigte sich, um sein Eindringen in die Bereiche der Küche zu rechtfertigen, recht geschickt und anstellig. Seine Art war es immer schon gewesen, eine Atmosphäre von Fröhlichkeit um sich zu verbreiten. Die Kombüse war zugleich seine Schlafstelle. Zu Anfang benahmen sich die Russen mißtrauisch und gaben ihm beim Verlassen der Kombüse einen Begleitmann mit. Auf die lange Dauer erschien ihnen das töricht, wenngleich ihnen daran gelegen sein mußte, einen guten Koch treu bei der Pfanne zu halten. Die Russen waren sich darüber klar, denn sie kannten das Klima, wenn sie die Westküste von Alaska entlang fuhren und dies wohl schon seit Jahren so betrieben, daß es auch in einem relativ milden Klima nicht möglich war, schwimmend an Land zu kommen. Ein durchtrainierter Sportler vielleicht brachte eine solche Bravourleistung zuwege, wenn er von oben bis unten eingefettet alle Tage ins Wasser ging und dafür übte. Von einem Mann, der lang im Blei gearbeitet hatte, war derartiges nicht zu befürchten.

Sie hätten, mißtrauisch wie sie sonst sind, die Aufsicht nicht erlahmen lassen dürfen.

Da sie aber gutmütig und gutgläubig waren und in kauderwelschenden Unterhaltungen mit ihrem Smutje kein Geheimnis daraus machten, wo man sich eben aufhielt, stieg Willi Bauknecht eines Nachts, seine Kleider halbwegs wasserdicht verpackt und seinen Körper mit stinkigem Tran eingerieben, die Strickleiter hinab, die er langsam und immer wieder in Dekkung fliehend über die Bordwand gehängt hatte, und zwar dies alles in einer Nacht, die so freundlich war, bei nie totaler Dunkelheit eine nahe Küste sichtbar und für einen guten Schwimmer erreichbar zu zeigen.

Es gelang Willi Bauknecht, bei Tagwerden ans Land zu kommen. Das Gewandzeug war nicht so gut verpackt, daß es nicht doch naß geworden wäre. Dafür hatte es ihn am Schwimmen erheblich behindert. Es mußte am Körper trocknen, als Bauknecht sich auf den Weg machte, nach Menschen zu suchen, die sich seines Hungers vor allem erbarmen würden.

In der nächsten Nacht, nachdem der Tag nirgends einen Wohnplatz von Menschen gezeigt hatte, sah er in der Ferne Licht und ging auf das Licht zu. Fröhlich sorglos ging er in das Licht hinein, wurde bestaunt und bewundert von amerikanischen Soldaten, die sich ein Fest daraus machten, den Mann kräftig abzufüttern, der lachend und beredt in köstlich gemischten Sprachfragmenten erzählte, wie er hierhergekommen sei. So unterhaltsam war das Soldatenleben an diesem abgelegenen Platz nicht, daß nicht alle sich über den Ankömmling gefreut hätten, dessen Ankunft und Bericht die Soldaten freilich durch Funk an die nächste übergeordnete Dienststelle weitermelden mußten.

Bauknecht wurde gefüttert, verhört, wieder gefüttert und wieder vernommen, und dies ein paar Tage lang in langweiliger Folge, so daß er solches Leben bald verdrießlich fand. Unterhaltsamer aber wurde es, als ihn die Amerikaner in einen Kübelwagen packten – die Amerikaner nannten das Ding Jeep – und über unwahrscheinliche Geländehindernisse wegbrachten zu irgendeinem Stabsquartier, damit er dort wohl wieder ungezählte Male seine Geschichte von Verbannung und Flucht wiederholte.

Er brauchte sie, hier wenigstens, nicht mehr zu wiederholen, und vor Entsetzen hätte er wohl auch kein Wort über die Lippen gebracht. Neben ihm standen, als er das Gebäude betreten hatte, zwei amerikanische Offiziere, vor ihm aber, und er mußte auf sie zugehen, standen drei russische Offiziere, die ihn durch einen Dolmetscher kurz fragen ließen nach all dem, was er nun schon oft genug erzählt hatte. Darauf unterschrieben sie, den Empfang bestätigend, daß sie den entflohenen Strafgefangenen Willi Bauknecht ordnungsgemäß ausgehändigt bekommen hätten.

Welcher Art die Land- und Schiffsverbindungen von Alaska nach Kap Deschnew sind, wüßte Willi Bauknecht, auch wenn er sprechen möchte, nicht darzustellen. Es ist ihm nicht nach der Sicht, sondern nur nach dem Gefühl erinnerlich, daß er in einem geländegängigen Wagen transportiert, dann auf ein bedenklich kleines Schiff verladen und in einer Fahrt von wenigen Tagen zurückgebracht wurde nach Sibirien, nicht hierher, sondern an einen erheblich besser ausgebauten Anlegeplatz. Das ist das einzige, was er von diesem nördlichen Land mehr weiß als seine Kameraden. Er erinnert sich noch verschwommen einer eiskalten Höflichkeit, die ihn geleitete, bis er die vertrauten Baracken wieder sah.

Von der Geschichte weiß Leibrecht einen Teil. Den anderen haben andere zusammengehorcht. Kameraden von den Nachbarstollen haben die Geschichte nach ihrem Gutdünken ergänzt und verändert, bis von all dem bunten Gewirr aus Tatsachen und weitläufig erfundenen Details nur das eine als Gewißheit verblieb, daß die Amerikaner den Flüchtigen ohne alle Umstände ausgeliefert haben und jeden Fluchtversuch nach dieser Seite hoffnungslos erscheinen lassen.

«Nun ist das aber nicht mehr so wie noch vor einem Jahr.» «Bundesgenossen bleiben Bundesgenossen.» «Der Ton, wenn bei den Russen über ihre Freunde da drüben gesprochen wird, ist jetzt sehr schroff. Sie nennen die Amerikaner heute alles, was sie uns je einmal genannt haben.» «Gar nicht der Mühe wert, daß wir uns die Lippen fransig reden. Dort hinüber zu kommen ist keinem je möglich.»

«Es wäre auch ebenso dumm wie unkameradschaftlich», läßt sich Hägelin vernehmen. An den haben sie alle nicht gedacht, als sie sich verdrossen über Willi Bauknecht und seine traurige Geschichte unterhielten. Es ist nichts gesagt worden, was Hägelin nicht hätte hören dürfen. Jeder überdenkt noch einmal seinen eigenen Anteil an der Unterhaltung mit den Schlafgenossen. Keiner glaubt sich an ein unbedachtes Wort erinnern zu können.

Im Einschlafen noch denken viele unruhig darüber nach, ob denn wirklich Anlaß sei zum Fürchten vor diesem zweideutigen Burschen. Vielleicht ist es nur Mode und Sucht, in den eigenen Reihen einen Räudigen zu suchen, nur ein Symptom der Lagerpsychose, daß die Geschlagenen nach Schuldigen in ihren eigenen Reihen suchen. War Hägelin denn je offen widerwärtig zu einem von ihnen?

Ohne Zweifel – es sind noch mehr Hägelin da. Sie sind aber zu unbeteiligt an den leisen Gesprächen, um sich daraus ein Bild formen zu können.

Hägelin ist weniger derb in seiner Methode, dafür aber hellhöriger. Er braucht, wie es scheint, keinen Schlaf. Wann immer etwas als Gespräch vor dem Einschlafen über physisches oder psychisches Rülpsen hinausgeht, ist Hägelin Ohrenzeuge. Die Sprechenden ahnen es wenigstens, nehmen den Ton leiser und spüren dann, daß dort hinten auf dem Reisig einer den Kopf vom Bündel hebt, damit ihm nichts entgeht.

Noch vor Sommerende kommt Alfons Mattern aus dem Lazarett zurück. Er sieht gut aus, gesund in der Farbe, wenn auch immer noch recht schmal von Körper. Man wird sorgsam mit ihm umgehen müssen. Leibrecht gibt, als Mattern für ein paar Minuten draußen ist, die Spielregeln an: nicht merken lassen, daß man ihn schonen will, ihm das Zurückfinden in die harten Bedingungen des Berges erleichtern ohne jede deutlich sichtbare Einseitigkeit, ihn nicht zum Tragen einsetzen, sondern leicht mitbummeln lassen als zusätzlichen Mann bei den Haueleuten. Dabei muß Leibrecht sich innerlich einen harten Ruck geben, wenn er Hägelin ersucht, ein Auge auf den Zwanzigjährigen zu haben. Nein, Hägelin ist nun einmal nicht unkameradschaftlich, wo es um die rohe Arbeit geht. Der mit ihm eingeteilte Mann hat es leichter als andere, weil Hägelin seine immer noch recht gesunde Kraft nicht primitiv, sondern gut berechnet ansetzt. «Mattern hat sowieso seinen seelischen Schaden weg, den wir Älteren nicht so verspüren mit unseren Abnutzungserscheinungen am Empfinden. Wenn du einigermaßen sorgsam mit ihm umgehst, ist der Bub auf rechte Art so etwas wie ein Freund. Sei so gut, nimm dich seiner an! Mit dem Essen werden wir schon draufhelfen.»

Hägelin ist genau dort angesprochen worden, wo die weichste Stelle seines Wesens ist. In seiner Bereitwilligkeit, Alfons an der Hand zu nehmen, ist weder Heuchelei noch Hinterhalt. Es kommt etwas wie Freude in die Bedrücktheit, als Hägelin dem jungen Kameraden den Platz neben seinem eigenen zum Schlafen bereithält. In Matterns Abwesenheit hat sich der Platz durch Auseinanderrücken verloren. «Hallo, Alfons! Hier ist Platz und Friede nach den aufregenden Zeiten da oben!» «Oh, Hägelin! Ich heiße nicht mehr Alfons, sondern Aljoscha.» «Schon russifiziert?» «Man hat mich umgetauft, wahrscheinlich der Unterscheidung wegen. Ein Verdienst von Spinnwebe, die sich rührend um mich angenommen hat.» «Ei! Ei!» geht ein Schmunzeln durch das Verlies voller Männer, ein gutes, ein gütiges Schmunzeln, das sich dem Knaben unter dem Mantel eines vergnügten Spottes hilfreich anbietet, das Wiederzusammenleben zu erleichtern. Die meisten, weil ihnen das Schicksal noch nie ein paar Wochen ernstlicher Krankheit geschenkt hat, wissen nicht, wie Spinnwebe aussieht. Das Gerede der aus dem Lazarett Entlassenen hat sie so dargestellt, daß sie keinem begehrenswert erscheint. Alfons aber, dem der neue Name, der Kosename, unversehens entglitten ist, errötet so kindlich und so intensiv, daß es die an mageres Licht gewöhnten Kameraden auch beim Schein einer einzigen Lampe nicht übersehen können.

In der Zeit danach legen sich Verdacht und Angst. Ganz lassen sie sich nicht hinwegdiskutieren oder zerschweigen. Irgend etwas, schon zu weit vorgeschritten, als daß es noch einmal aufgehalten werden könnte, drängt aus sich selbst auf eine Entscheidung.

Heinz Dechant wird bei Anfang des Herbstes die Flucht versuchen.

Der Kreis derer, die es wissen, weil es ohne ihr Mitwissen nicht möglich sein wird, ist klein. Wie groß die Zahl derer ist, die es ahnen, wagen die Wissenden nicht auszudenken, ohne daß sich ihnen der Magenboden leicht anhebt. Viel Festigkeit der Nerven und viel Herz ist schon verbraucht worden, seit ein bloßes Fatum des Krieges sinnlos und unverdient in den Bleiberg eingemündet ist. Vor zwei Jahren noch hätte jeder kaltblütig die Pläne für sich oder einen anderen erwogen und kein Lid geregt. Heute verursacht das bloße Überdenken eines fremden Schicksals eine verräterische Übelkeit und ein nicht beherrschbares Zittern in den Händen.

Und doch muß, wofür sich ein Vorwand ja finden läßt, der mürrische Danhorn auf einige Zeit ins Lazarett. Ohne Zögern hat er sich schon damals bereit erklärt, als Dr. Stauffer den schwerkranken Mattern übersorgfältig untersuchte, eine Karte von Sibirien zu zeichnen, mit der Einschränkung freilich, daß er für den Maßstab keine Gewähr übernehme. Wer mit einer solchen Karte hernach flieht, ist ihm gleichgültig. Er, Danhorn, bräuchte keine Aufzeichnung, aber er hat kein Vertrauen in sich selbst, er sieht nicht ohne Brille und ist mit Brille eine so auffallende Gestalt, daß die Schneehasen vor Erstaunen stehenbleiben würden. Ihm ist nicht nach Flucht zumute, sondern nach einer sauberen Genauigkeit des Lebens, das er noch vor sich hat. Als ihn Leibrecht fragt, welche Krankheit er sich zulegen möchte, damit die Karte gezeichnet werde, scharrt er aus dem windigen Gepäck ein in Zeitungspapier eingeschlagenes Töpfchen mit Kochsalz hervor. «Salz macht aber nicht krank, Danhorn!» «Warum haben dann die Russen im Lager jeden barbarisch bestrafen lassen, bei dem Kochsalz gefunden wurde? Ich möchte, daß mich der Wratsch bei hohem Fieber antrifft.»

Nicht einmal Forell wird davon verständigt, als die Zeit der Krankheit da ist. Je weniger davon wissen, desto geringer ist die fahrige Unsicherheit, die sich breit macht und zu leicht verrät, daß etwas Gefährliches vor sich geht. Danhorn geht wie immer seiner Arbeit nach. Daß er Suppe, Kascha und Tee, das klebrige Brot ebenso, unberührt läßt, braucht niemand aufzufallen. Es wird Erz aus dem Ort geschlagen wie immer. Die Träger wechseln sich stundenweise ab. Die Füller schätzen aus langer Erfahrung die Korblasten längst aufs Kilo genau ab. Nichts ist verändert. Gar nichts.

Hägelin aber sagt bei der Arbeit vor Ort, die er kräftesparend und rationell anzusetzen weiß, womit Alfons Mattern geschont bleibt, völlig unvermittelt, wie im Selbstgespräch vor sich hin: «Er hat ja allmählich Zeit.» «Wer?» Das geht so bedeutungslos vor sich, daß Alfons nicht einmal weiß, ob er wirklich die Frage gestellt hat.

«Dechant.» «Nicht von Dechant reden!» «Man redet eben. Der Tag ist lang.» «Nicht reden bei der Arbeit, hat Doktor Stauffer mir geraten. Davon bekommt man Staub in die Lungen.» Mattern wehrt sich geschickt gegen das Thema Dechant.

Hägelin aber ist so hartnäckig wie Mattern geschickt.

«Der Sommer läuft aus. Im Sommer flieht man nicht. Hier nicht. In einer anderen Gegend wäre das anders.» Behutsam schleicht Hägelin an das Thema heran, und zum erstenmal, seit er ihn kennt, findet Alfons den hilfsbereiten Hägelin erschreckend. Sie sagen alle von ihm, daß er unangenehm und gefährlich sei. Sogar Leibrecht schwankt diesem Mann gegenüber zwischen Ausweichen und einer zu betonten Liebenswürdigkeit. Ein solches Benehmen ist Alfons Mattern noch nie begreifbar geworden, denn ihm hat sich Hägelin anders dargeboten. Forell, der beim Charakterisieren von Menschen wenig Zwischentöne verwendet, macht alles damit ab, daß er ihn einen Halunken nennt, der jeder Erbärmlichkeit fähig sei. Bei solcher Meinung über ihn hat er wohl auch nie wissen lassen, was er seit der Schneenacht hinter Tschita weiß. Forell weiß es von Mattern selbst, Leibrecht mag es von Forell wissen, Dr. Stauffer weiß es von Dechant. Wenn aber sonst niemand eingeweiht ist – warum läßt Hägelin das Thema Dechant nicht los?

«Ich glaube, Dechant ist gesund genug dafür. Und ich wünsche ihm, daß er durchkommt.» «Glaubst du, er wird allein gehen?» «Wir haben nie ein Wort miteinander gesprochen. Mir würde er am allerletzten etwas sagen.» Schon fürchtet Mattern, er sei zu weit vorgeprellt, und er biegt den Satz ab. «Ich bin zu jung dafür, daß mit mir jemand etwas Ernstes besprechen würde.» «Das ist wohl möglich. Andererseits nehme ich an, daß er nicht allein gehen wird.»

Das für Mattern immer ärgerlicher werdende Gespräch geht im Kreis und findet kein Ziel, ist aber auch von dem bohrend gesuchten Ziel nicht abzulenken, weil für Mattern die Richtung und Absicht nicht klar wird.

Am dritten Morgen danach beim Wecken, als Mattern im Traum mit Hägelin heftig gestritten hat, liegt Danhorn mit Fieber auf dem Reisig. Vom Traumstreit ist keine Spur geblieben. Hägelin lächelt in scheinbar ganz offener Vergnügtheit vor sich hin, macht Scherze beim Hintappen durch den Stollen zur Arbeitsstelle und pfeift sogar, wenn er den langen Eisenkeil mit dem Vorschlaghammer in eine Steinspalte treibt.

«Danhorn kommt heute ins Lazarett.» «Ist er denn krank?» will Mattern wissen, ehrlich über die Nachricht verwundert.

«Wie er es gemacht hat, weiß ich auch nicht. Willst du mit mir wetten, um die heutige Portion Kascha, daß wir ihn zu Mittag schon nicht mehr vorfinden? Er muß ja ins Lazarett. Nicht wahr? Die Karte zeichnen für Dechant. Das ist längst ausgemacht.» «So? Interessant. Aber ich will es nicht wissen. Mich können sie hernach leicht auspressen, ob ich davon gewußt habe. Hägelin, bitte, sag nichts mehr von dieser Geschichte, ob sie wahr ist oder nicht! Ich bitte dich! Laß mich aus dem Spiel!» «Soweit du aus dem Spiel sein willst.»

Die Portion Kascha – gut, daß Alfons nicht gewettet hat – wäre verloren. Am Vormittag kommt, über den Posten verständigt, der Wratsch, betrachtet riesenäugig den neuen Patienten und faßt, die Rücken von Finger und Handfläche an die Brust gelegt, unter den Halsausschnitt. Das sind gut und leicht vierzig Grad. Forell und Leibrecht, so leichtsinnig sind sie nun wieder, schleppen den Fiebernden unter Innokentijs Aufsicht bis an die Tür des Lazaretts. Stauffer ganz allein übernimmt den Kranken. Über Innokentijs Deutschkenntnisse ist er sich nicht klar und riskiert kein Wort, das zur Schlinge werden könnte, wenn es verstanden würde. Danke! Sonst nichts.

Danhorn hat sich, nachdem er außer dem dekretierten Urlaub aus der Höhle noch nie eine Pause einlegen durfte, nun wirklich einmal drei oder vier Wochen verdient. Die Karte zu zeichnen, braucht er zwei halbe Tage, wenn er sich nicht zu häufig unterbrechen muß, da er keine Zeugen bei dieser sonderbaren Arbeit brauchen kann. Das andere ist ruhig genossener Urlaub ohne das Unangenehme einer echten Krankheit, weil es den Erfahrungen eines so gewiegten Internisten keine Mühe macht, das Fieber innerhalb weniger Tage zu löschen. Der immerwährende Unmut ist ein Schutzpanzer um Danhorn, wenn er Ruhe für die Karte braucht. Spinnwebe vermag er nicht abzuschrecken, die als weibgewordenes Rufzeichen der Ordnung und einer peinlichen Sauberkeit durch die Stuben geht, schleppfüßig und ein Ziel gutmütigen Spottes, sofern nicht den Spott die Hochachtung überwiegt, die niemand ihr versagt. Das Papier für die Karte muß in Ermangelung anderer Quellen die Kommandantur liefern, aber auch dort gibt es kein Papier von der notwendigen Größe, und wenn es solche Formate gäbe, wäre es bei der Gefährlichkeit der Arbeit unmöglich, ein so ansehnliches Stück jedesmal beim Nahekommen von Schritten schnell verschwinden zu lassen. Danhorn zeichnet seine Karte Sibiriens auf Papier, das etwa Mitteilungsformat hat, und Dr. Stauffer hinterklebt die Einzelstücke mit Verbandmull, wonach die Karte leicht zu falten und widerstandsfähiger gegen den ihr wahrscheinlich zugemuteten Verschleiß ist.

In die Karte aufgenommen ist, als sie fertig da liegt, ganz Sibirien von der Tschuktschen-Halbinsel bis zum Karakorum, vom Kap Deschnew bis Hankau, von den Kurilen bis zum Ural. Das letzte zeichnenswerte Objekt im Westen ist der Aralsee, und nicht genau am richtigen Platz, sondern am ungefähr nördlichsten Punkt des Aralsees hat Danhorn eine Stadt eingezeichnet, unter dem Namen Kasalinsk.

«Warum haben Sie die Karte nicht weiter nach Westen fortgesetzt?» will Dr. Stauffer wissen.

«Wenn Dechant nach Verbrauch dieser Karte noch nicht Gelegenheit gefunden hat, über die Grenze zu kommen, lebt er längst nicht mehr.» «Sollte er aber vorhaben, sich anderswohin durchzuarbeiten?» «Dann werden ihm, nehme ich an, die Menschen arg hinderlich sein.» «Dechant spricht bereits recht gut Russisch.» «Sein Russisch dürfte für die Russen etwa so anzuhören sein wie das Sächsisch eines chinesischen Studenten, der im ersten Semester in Leipzig studiert, für die Leipziger.» Nicht mit einem einzigen Wort tut Danhorn dessen Erwähnung, daß sein Leben verspielt sein wird, wenn Dechant im Besitz dieser Karte angetroffen wird, und sei es viertausend Kilometer vom Kap Deschnew entfernt. An dem Verbandmull als Leinwandersatz wird man das Wirken des Arztes rekonstruieren können im gleichen Fall, aber auch Stauffer tut der Besonderheit seiner Situation keine Erwähnung. Er will, daß einer wenigstens, der den Mut dazu findet, die Flucht riskiert und heimkommt.

«Auf das Thema, auf den Leitgedanken kommt es an, wenn einer es schaffen wird. Ein Phantast, der nur so allgemein von Sehnsucht lebt, käme nie durch. Ein Liebender vielleicht. Ein Hassender mit großer Wahrscheinlichkeit. Dechant tut es um Haß und Vergeltung. Das ist meine Hoffnung. Sonst wäre sein Versuch kein Stück Brot wert. Er wird sich, daheim angekommen, zwar wundern.» Über das großflächige Gesicht des Arztes, das alles Gefühl zu tarnen weiß, huscht der dünne Anflug eines Lächelns. «So kann dann wenigstens Aljoscha ruhig sterben.» Das Lächeln ist erloschen.

Dr. Stauffer verordnet dem Kartenzeichner noch weitere drei Wochen Bettruhe. Für das nötige Fieber hat Danhorn selbst zu sorgen. Für Linderung des Fiebers wird der Wratsch zu sorgen wissen. Denn der Arzt hält es, einmal im Besitz der Karte, für besser, mit Danhorn jeden Kontakt zu vermeiden, damit so in etwa wenigstens die Zusammenhänge sich verwischen, die bestimmt von den Russen verfolgt werden, wenn einer der Gefangenen eines Tages das Lager verlassen hat.

Danhorn ist zufrieden damit.

Er genießt sein Leiden und bedauert seine Gesundung.

Da ein Mensch, dem zum Verkleiden seines wahren Wesens das Unwirsche und das Mürrische verliehen wurden, davon nur schlecht Gebrauch machen kann, wenn er allein ist, schenkt er sich manchmal eine ehrliche vergnügte Stunde, in der er mit sich selber spricht, wenn die Stubengenossen schlafen.

Hernach werden die Zeiten sowieso traurig sein.

Die Begrüßung in der Kasematte für den ebenso gesund wie mürrisch zurückgekehrten Danhorn fällt kühl aus. Mit gut geheuchelter Interessenlosigkeit schaut Leibrecht von seiner Einfüllarbeit auf, brummt etwas von Drückeberger und kümmert sich kaum darum, daß Danhorn ebenso knurrig darauf antwortet.

Die Tagesarbeit ist schon in vollem Gang, denn im Lazarett hat man sich nicht die Mühe gemacht, den Entlassungsfähigen so zeitig auf den Weg zu schicken, daß er den Arbeitsbeginn noch erreicht. Danhorn wirft sein Bündel hin, schaut sich zögernd um, ob ihn Leibrecht wohl wieder zum Füllen einteilt, und wägt erst prüfend die Spitzhacke ab, bevor er sich dazu entschließt, ein erstes Mal vor Ort mit dem stumpfen Instrument die wiedergewonnene Kraft zu erproben.

Um eine Nuance zu frostig fällt die Begrüßung aus. Man glaubt diese Nichtachtung des Zurückgekehrten der Vorsicht schuldig zu sein, damit nicht offenkundig wird, wie sehr die paar Eingeweihten auf Nachricht von draußen warten und auf einen nur mit dem Kopf genickten Bescheid, daß die Arbeit getan sei, um derentwillen die Krankheitskomödie aufgeführt wurde. Wenn sonst einer nach nur einer Woche Lazarett wieder in die Höhle eingezogen ist, hat ihn ein wüstes Hallo begrüßt, und nie hat es Leibrecht übersehen, den Wiedergenesenen am ersten Tag nur bei leichter Arbeit zurückzuschulen in die härteren Lebensbedingungen.

Danhorn greift als vierter Mann vor Ort mit zu. Der Erzgang ist im Augenblick recht ergiebig und macht den Haueleuten wenig Mühe, die Füller und die Träger zu versorgen. Lorenz, Hägelin, Alfons und Danhorn schaffen gut und leicht ihr Pensum, das vorher von dreien erreicht werden mußte. Es haben schon sechs, schon acht Mann hier gearbeitet und den Vorschlaghammer, wenn das Brecheisen wie ein Bohrer eingesetzt werden mußte, von Mann zu Mann weitergegeben, weil nach dreißig Schlägen die Hände völlig geprellt waren. Jetzt eben ist es eine Arbeit ohne sehr große Mühen, so daß Zeit verbliebe zu einem beiläufigen Geplauder. Alfons Mattern versucht es ein paarmal, die scheinbar so uninteressierte Schweigsamkeit zu durchstoßen mit einem Scherz, der ohne Echo bleibt, weil er zu lahm und zu unsicher kommt. Leibrecht und Forell, die Danhorns Mission genau kennen, wissen die Zeitlosigkeit der Verbannung richtig zu werten und können es in Ruhe dem Zufall überlassen, wann und wo ihnen Danhorn berichten wird, ob von seiner Seite her alles in Ordnung ist. Alle anderen aber, die besser nicht in die Sache mit einbezogen werden, damit sie bei einem eventuellen Verhör unbeschwert sagen können, sie wüßten von nichts, sollen mit nichts belastet werden. Und die in ihrer Größe nicht sicher abschätzbare Gruppe derer, die aus kindischem Glauben an die Erlösung oder für ein paar Stagan Machorka aussagen würden, soll aus der Gleichgültigkeit begreifen lernen, daß es keine Geheimnisse gibt.

Die Gleichgültigkeit freilich ist um ein klein wenig zu auffallend. Wenn Botschaft, Vermutung und Gerücht schon den Fels bei all seiner Dichtigkeit auf achthundert Meter Entfernung durchdringen können, bedarf es bei einem in der Luft liegenden Ereignis, das so eisig zerschwiegen wird, keines hochentwickelten Feingefühls, um innerhalb weniger Stunden alle hundertachtzig Mann spüren zu lassen, daß hier zu laut, zu eindringlich geschwiegen wird. Wer noch nicht gewußt hat, daß Danhorns Krankheit zweckgebunden war, fängt jetzt an, kleinste Anzeichen zu verwerten und sich ein eigenes Bild, wenn auch ein falsches, zu formen, in das die Beobachtungen einzubauen sind.

Leibrecht bekommt mit einem für niemand sichtbaren Augenzwinkern hinter den dicken Brillengläsern die Meldung zugefunkt, daß alles in Ordnung ist, soweit es Danhorns Sache war. Näheres wird sich in acht oder vierzehn Tagen erfahren lassen. Von seinem Wissen, das beim nächsten Korbwechsel auf Forell überspringt, macht Leibrecht keinerlei Gebrauch, aber Leibrecht, den noch niemand die Form der allerletzten Korrektheit verlieren gesehen hat, gibt irgendwann im Lauf des Tages, als er einen Korb angefüllt hat, dem Trägerpaar das Zeichen zum Gehen mit einem Fingerschnippen, das er noch unterstreicht, indem er durch die Lippen einen kleinen Pfiff gibt. Das Fingerschnippen wird zur Geste einer den ganzen Menschen ausfüllenden Genugtuung, und das Lippenpfeifen ist soviel wie ein vom Übermut hervorgelocktes Lachen. Solche Dinge aber bei einem Mann wie Leibrecht?

Nach zwei Tagen ist es glücklich soweit, daß in der ganzen Höhle nur davon geraunt wird, Danhorn hätte im Lazarett eine Sache abgemacht, die mit Flucht zusammenhängen müsse. Beobachtungen von untergeordnetem Gewicht werden aus vergangenen Wochen ins Gedächtnis heraufgeholt und miteinander verglichen. Nun wächst plötzlich der Respekt vor dem griesgrämigen Danhorn, der es wagen will.

Von etwa sechs Fällen, in denen eine Flucht gut überlegt versucht wurde, weiß man. Da ist einmal Forell, der nur die Verwegenheit, aber keinerlei taktisches Geschick bewies. Bauknecht hat an die Freiheit irrige Maßstäbe angelegt. Zwei Mann hat man vierzig Stunden nach dem Verlassen des Lagers erfroren aufgefunden, kaum zehn Kilometer entfernt. Sie waren spontan beim «Sonntagsurlaub» geflohen. Und so werden noch zwei Einzelfälle berichtet, die nicht einmal sonderlich viel Staub aufgewirbelt haben, weil sie schnell und schlicht unter ein paar Kolbenhieben wieder in den heimatlichen Stollen einmündeten, denn in der Naivität des ganzen Unterfangens sahen selbst die Russen nicht soviel Strafwürdiges, daß sie größere Aktionen gefördert hätten, so etwa wie bei Forell und Bauknecht. Daß noch nicht ein einziger Versuch bisher geglückt ist, nimmt dem Glauben an die Möglichkeit den Wind nicht aus den Segeln. Danhorn genießt ein wunderliches Vertrauen bei den Kameraden. Das wäre wohl der Mann, mit dem man es wagen könnte. Was Danhorn nicht selbst an Körperkraft und Ausdauer mitbringt, müßte freilich der Partner in doppelter Menge in das Unternehmen einbringen. Aber diesem widerhaarigen Kerl, den die Brille nicht klüger, sondern einfältiger erscheinen läßt, glaubt jeder die gute Kenntnis der Karte. Und das wäre in einem so fremden Land das wertvollste Stück Ausrüstung.

Es läßt sich nicht vermeiden, daß die wie eine Seuche aufflackernde Neugier ihn direkt angeht, wann und wie und in welcher Richtung denn die Flucht vonstatten gehen solle. Danhorn hält es für richtig nicht auszuweichen, nachdem das Gerede in aller Munde ist, sondern zu erklären, daß er selbst nicht entfernt an so etwas denke. Wolle aber ein anderer es versuchen, so berate er ihn selbstverständlich aus seinen leider unzureichenden Kenntnissen. «Im übrigen – wenn es niemand aus unserem Stollen ist, regen wir uns unnütz auf. Das Spießrutenlaufen wird jeweils bei den eigenen Leuten vollzogen.» «Bei Bauknecht war das anders.» «Das ist eine Frage der menschlichen Anständigkeit. Und in unserem Stollen sind wir nun einmal, was ich mir zur Ehre anrechne, anständige Leute. Ausnahmen bestätigen die Regel.»

Im übrigen sind alle sich darüber klar, daß Danhorn mit bei dieser Sache sein wird, nicht weil er selber es möchte, sondern weil der andere ihn braucht.

Nur einer kommt in der Kombination an ein völlig anderes Ziel. Hägelin ist zu gescheit, um sich übertölpeln zu lassen durch vage Gespräche. Er ahnt das, was nun mit einem Schlag zum erregenden Gesprächsstoff wird, schon seit langem. Er ist so klug und lauernd, daß ihm seit Wochen ein unmittelbarer Zusammenhang zwischen dem kleinen Alfons Mattern und Heinz Dechant klargeworden ist. Als Mattern längst schläft, tupft er ihn auf die Schulter. «Wie habt ihr das vor, Aljoscha? Du und Dechant?» «Was willst du von mir?» «Wissen will ich einiges. Aber wenn du jetzt schlafen willst, hat es Zeit bis morgen oder übermorgen.»

Alfons ist so wach, als wäre er im Schnee gewälzt worden. Hägelin aber hat es wirklich nicht eilig. Er kann leicht ein paar Tage warten, ohne freilich den Zeitpunkt zu verpassen. Der Knabe, dem die für den Schlaf gelassene Zeit immer zu kurz ist, bekommt keine Antwort mehr. Hägelin ist eingeschlafen. Alfons hat Angst vor dem nächsten Tag, da sie wieder zusammen arbeiten werden und Hägelin lauernd um ihn sein wird, sehr lang lauernd, ehe er die Frage von neuem abschießt. Es reicht vor Angst nicht zum Schlaf und reicht vor Müdigkeit nicht zum Wachsein, und zwischen Wissen und Traum auf dem Unsicheren schwimmend hat Alfons die Kehle des kräftigen Schlafnachbarn in den Händen.

Das aber ist nicht die Wirklichkeit. Als der Zwanzigjährige die Augen wach aufreißt, um zu klären, wo er sich befindet, schläft Hägelin an seiner Seite tief und laut. Ihn zu erwürgen, müßte ein Stärkerer kommen. Wäre er aber erwürgt, dann stünde die trübe Frage nach den Zusammenhängen nicht mehr zwischen ihnen. Spät und ohne die tiefe Ruhe, die entspannt, schläft Alfons Mattern wieder ein. Er träumt nicht mehr, daß seine Hände einem anderen Menschen um den Hals geklammert sind.

Würde Leibrecht am Morgen Matterns Wunsch erfüllen und ihn zu den Trägern einteilen, so käme manches in den nächsten Tagen anderes. Mattern sei zu schwach, will es Leibrecht scheinen. Den Wunsch, von Hägelin loszukommen, wagt Alfons nicht in seine Bitte zu flechten, denn es könnte Hägelin, wenn ein Wort darüber zu ihm käme, bitter stimmen, und dies ganz zu Recht. Hägelin nämlich, wenn man die Dinge nur an der Oberfläche sieht, ist gut zu dem Zwanzigjährigen. Er teilt seine Ration Brot mit ihm und nimmt, wo immer sie zusammen arbeiten, von der Arbeit das Schwerere auf sich. Ein Quäler aber ist er, ein Frager, in dessen Kameradschaftlichkeit tief irgendwo die Eifersucht der Minderen steckt, ein Mann, der gelten will, aber sich vor lauter Geltungsbedürfnis die Geltung verscherzt hat, als er sich in eine Sonderstellung absetzte, von wo er zu den Russen hinüberschielt. Er hat es keineswegs übersehen, daß die meisten Leute dennoch mit ihm Kontakt suchen, weil sie ihn fürchten. Und er genießt die Furcht.

Mehr als dieses Genießen der Furcht ist es nicht, wenn er den kleinen Mattern in Bedrängnis bringt. Daß er zu den Russen gehen und sein Wissen auskramen wird, ist kaum zu befürchten. Soviel Furcht ist auch in ihm, daß er die Konsequenzen scheut. Er treibt ein böses Spiel, wenn er mit seinem Wissen, das die anderen ihm vorenthalten haben, auftrumpft, nachdem er die unausgesprochenen Dinge so lang ausgehorcht hat, bis ihm – nach seinem Dafürhalten – alles klar ist.

«Wolltest du mich nicht heute nacht noch etwas fragen, Aljoscha?» «Nein», antwortet Alfons gehemmt, «eher, glaube ich, wolltest du mich etwas fragen, was ich selbst nicht weiß.» «Ah, ja! Die Sache mit diesem Dechant.» Hägelin gibt sich uninteressiert und schlägt mit der Spitzhacke weiter ins Gestein. «Wieso wolltest du heute zu den Trägern eingeteilt werden?» Alfons ist verlegen und weiß keine plausible Antwort. «Die Arbeit ist auf die Dauer gesünder, habe ich gemeint.» «Wir beide könnten ja einmal mit einem Trägerpaar tauschen.» Das kommt lauernd, und ehe Alfons es sich versieht, hat er «nein» gesagt. Es ist ihm sogar recht heftig über die Lippen gekommen.

«Dann wäre es nicht so schwer, einmal ein ruhiges Wort miteinander zu reden, ohne daß wir die anderen Haueleute als Zeugen haben müßten.» «Wenn du meinst?» Alfons möchte mit aller Kraft seines Willens nein sagen, aber er sagt ja, denn nun fürchtet er Hägelin. Ein Trägerpaar tauscht, gegen Leibrechts Einteilung, für einen halben Tag mit ihnen. Alfons Mattern und Hägelin tragen Körbe durch den halben Berg und bekommen sie von Leibrecht schwer gefüllt, weil er ihnen die Sondertour abgewöhnen will. Es sind noch andere Gründe mit im Spiel, wenn auch Leibrecht sich nicht gestehen will, daß er Angst hat vor Hägelin und dem verderblichen Spiel, in das auf irgendeine Weise Alfons Mattern verwikkelt werden soll. Es geht um Dechant und seinen Fluchtplan. Hägelin stellt sich quer zu allen Absichten.

«Es geht um Dechant und seinen Fluchtplan», redet Hägelin jetzt auf der Strecke unterwegs den Fall unmittelbar an.

«Ich weiß nichts von einem Fluchtplan. Wirklich nicht.» «Er wird abhauen. Das steht fest.» «Wenn er es will, so laß ihn doch! Ich kann ihn nicht hindern. Ich kann ihm nicht zureden. Mit mir wird so etwas doch nicht ausgesprochen.» Alfons ist sehr unglücklich. Er ahnt diese Flucht und er wünscht sie und er möchte, wie er es noch vor Jahren gekonnt hat, beten, daß Gott ihm die Flucht gelingen lasse. Das Unglück aber will, daß Hägelin davon weiß und nicht aufhören kann, darüber zu sprechen.

«Wann holen sie dich denn heraus?« «Mich?» fragt Alfons Mattern erstaunt. Jetzt versteht er gar nichts mehr.

«Es geht doch um dich. Ich weiß. Man kann mir nichts verheimlichen, auch wenn die Leute sich einen Knoten in den Hals machen, damit ihnen ja kein Wort entschlüpft. Du stehst zu Leibrecht, zu Forell und diesen Leuten. Das weiß ich auch. Die werden dir freilich helfen, daß du aus der Kasematte kommst. Aber daß sie damit ein Verbrechen an dir begehen, ein himmelschreiendes Verbrechen, ist ihnen nicht klar.»

Alfons begreift nicht mehr.

Hägelin begreift und begreift falsch.

Wenn es in der Suppe zum Abend Fisch gibt, weiß es zwei Stunden vorher jeder Gefangene. Und dann ist es längst nicht immer Fisch. Wenn, ohne daß ein Wort darüber gesprochen worden ist, ein Gefangener fliehen will, dann riechen sie es alle. Und meist kommt es doch nicht dazu. Hägelin hat es gerochen, daß Dechant fliehen will. Und ein einziges Mal hat Forell den Namen Alfons in Zusammenhang mit dem Namen Dechant ausgesprochen. Dr. Stauffer hat Alfons aus dem Berg geholt, damals, in der Nacht. Stauffer ist unvorsichtig gewesen, sehr unvorsichtig.

Warum aber will Hägelin es nicht dulden, daß Alfons mit Dechant flieht? Vielleicht weiß er es selbst nicht. Es hat nach Fisch gerochen und es gibt eine Graupensuppe ohne Fisch. Mit den Gerüchen und Gerüchten ist das zuweilen so. Es war von Dechant und von Alfons Mattern zugleich die Rede. Also muß der eine Name sich auf den anderen so reimen, daß, wenn der eine fliehen will, die Fluchtpläne auch für den anderen gelten.

«Du magst es leugnen, soviel du willst. Ich weiß.» «Es ist nicht wahr, Hägelin. Ich habe, seit ich von Willi Bauknecht gehört habe, nicht den geringsten Mut zu so etwas.» «So sagst du zu mir.» «Ich sage nichts mehr. Ich bin so müde. Ich will nicht, daß du soviel von Dechant redest.» «Wenn es nötig ist, werde ich noch mehr reden.» «Wie meinst du das?» Alfons spürt die Knie weich werden.

«Es gibt Mittel, um zu verhindern, daß einer abhaut und all seine Kameraden in die größten Unannehmlichkeiten bringt.»

Für Leibrecht ist es am Abend offensichtlich, daß Alfons Mattern den Trägerdienst nicht leisten kann. Er stellt diese Eigenmächtigkeit ab und teilt Hägelin wie Mattern wieder vor Ort ein. Mattern ist bleich wie ein Hemd und fahrig, greift die Arbeit verkehrt an, scheut vor jedem splitternden Stück Stein zurück und spricht kein Wort mehr.

Er spricht nicht mehr mit Hägelin, einen Tag nicht, einen zweiten Tag nicht, den dritten Tag nicht.

Zwei Stunden vor Arbeitsschluß am dritten Tag löst sich ein schon gelockertes Stück Felsplafond, weil Alfons Mattern den Bohrkeil in genau dem Augenblick nachgeschlagen hat, als Hägelin unter dem Plafondstück stand. «Aussetzen! Nicht schlagen!» hat Hägelin gerufen. Dann hat Alfons geschlagen.

Aus kleinem Abstand bei dürftigem Licht hat Leibrecht die Eile und die Wucht gesehen, mit der Alfons den Vorschlaghammer geschwungen hat. Das abgesprengte Stück Plafond hat seine anderthalb Tonnen. Es hat sich beim Aufschlagen auf den Boden in zwei Teile gespalten. Hägelin ist nicht mehr zu sehen. Alfons Mattern, von dem kleineren Teilstück nur gestreift, ist in die Knie gebrochen. Der Staub muß sich erst legen, ehe zu erkennen ist, was sein gellender Schrei bedeutet hat.

Als die Russen, ein Offizier und drei Mann, an die Unfallstelle kommen, wird der Stein eben so weit angehoben, daß Mattern darunter hervorgezogen werden kann. Die Beine sind von den Knien abwärts mehrfach gebrochen. Gefährlicher jedoch erscheint die Verletzung, die der abbrechende Stein verursacht hat, als er Mattern knapp an der Schulter streifte und das ärmliche Gewand abriß mit allem, was darunter seinem Fall im Weg stand. Der Offizier bestimmt, daß der Verletzte ins Lazarett geschafft wird, und läßt die Arbeit erst beenden, als unter dem größeren Felsstück der zerquetschte Körper des Kriegsgefangenen Hägelin geborgen ist.

Das aber ist erst nach Mitternacht geschehen.

Weil der Mensch hier gut gewertet ist, wird ein ansehnliches Protokoll aufgenommen und den vor Ort arbeitenden Gefangenen mit viel Stimme ein Gerichtsverfahren angedroht. Leibrecht macht eine korrekte Verbeugung, wo ein straffes Hackenzusammenschlagen am Platz gewesen wäre, und meldet sich als der einzig Mitschuldige, da im Augenblick des Unglücks niemand außer ihm vor Ort gewesen sei. Der Offizier sieht ihm fest in die Augen, kneift dann die Lippen eng zusammen und bedeutet ihm, er möge wegtreten. So etwas will einmal deutscher Offizier gewesen sein, sagte der verächtliche Blick. Der Kerl weint.

Den Kameraden aus der Kasematte, soweit sie sich dazu melden, wird nicht gestattet, Hägelin selbst zu beerdigen. So erfahren sie nie, wo er bestattet liegt. Und die ihn fürchteten oder haßten, brauchen sich nicht darum zu grämen, daß er unter Sand und Steingeröll den letzten Platz teilen muß mit Alfons Mattern, der am nächsten Morgen im Lazarett den schweren inneren Verletzungen erlegen ist.

Leibrecht glaubt der einzige zu sein, der im Augenblick der Katastrophe Matterns Absicht durchschaut hat. Er glaubt als einziger die Gründe zu kennen, die ihn zu der verzweifelten Tat getrieben haben. Man soll ihn nicht fragen darum. Die Nachricht, daß auch Alfons tot ist, braucht drei Tage, um bis zu den Gefangenen durchzusickern. Doktor Stauffer, so wird behauptet, hat in der Nacht mit dem Schwerverletzten noch gesprochen, und bei den Russen wird lange nicht Ruhe mit den sich immer mehr häufenden Vernehmungen, weil wie der Geruch von nicht vorhandenem Fisch die Ahnung zu ihnen durchgekommen ist, Hägelin habe bewußt und absichtlich den jungen Mattern getötet, wobei er selbst unter den Stein geraten sei. Sie suchen nach Gründen dafür und finden sie nicht, denn da ihr Verdacht schon verkehrt angesetzt ist, bleiben die Motive unentwirrbar, die selbst dann noch verwirrt genug bleiben würden, wenn einer die Gründe begreifen könnte, die Alfons Mattern bestimmt haben, den Kameraden Heinz Dechant vor einer Anzeige zu schützen. Was aber waren dann erst Hägelins Gründe für die Drohung mit der Anzeige?

Der Tod färbt, was vordem widerlich war, in der menschlichen Betrachtungsweise etwas nachsichtiger ein. Warum Hägelin gefährlich war, ist nicht mehr so bedeutend wie das andere, daß er gefährlich war, ein Irrer auf seine Art, der geradezu krankhaft nach Beachtung und Gunst strebte, bei den Russen nicht anders als bei den eigenen Kameraden, und es wohl nicht ertrug, daß ein anderer dem jungen und hilflosen Alfons Mattern mehr Schutz, Hilfe und männliches Patronat zu bieten vermochte als er selbst.

Wenn er gewußt oder auch nur geahnt hätte, wie die Dinge lagen!

Gegen Ende September, als auch die Russen längst ihre Akten über Schuldfrage und Verdacht geschlossen haben, läßt Doktor Stauffer den Feldwebel Heinz Dechant wissen, daß die Zeit genützt werden müsse. Es ist ja nicht von heute auf morgen zu schaffen, daß einer krank und aus der Krankheit wieder gesund genug wird, um das Abenteuer durchzustehen. Schnee und Kälte sind für eine Flucht, so widersinnig es scheinen mag, die einzige Voraussetzung, von der eine bescheidene Möglichkeit des Gelingens abhängt.

Dechant hat die lagerüblichen Krankheiten schon so ziemlich alle durchlaufen und will nicht den Verdacht der Drückebergerei erwecken, weshalb er diesmal das Zusammentreffen über einen Unfall herbeiführt. Unfälle vor Ort sind aus Vorsichtsgründen nicht mehr gefragt, seit gerüchteweise verlautet ist, daß in einem Stollen zwei Mann durch ein

Stück abstürzenden Plafond den Tod gefunden haben. Die Russen haben ausgesprochen sauer reagiert, wie man hört. Am besten nimmt man also die Russen selbst als Zeugen oder noch besser einen Russen als Schuldigen, wenn es harmlos und glaubhaft aussehen soll.

Die Geröllhalde neben der Erzrutsche, die einen schönen Abrutsch verspricht mit ausgezeichneten Hautverletzungen, ist für ein Spiel beinahe zu hoch und zu steil, denn was im Absturz nicht passiert, kann noch hinterher kommen, falls eine größere Masse Geröll in Fahrt kommt und dem Abgestürzten gleich einen stattlichen Grabhügel aufschüttet. Die Russen aber werden, so rechnet Dechant, schon um der Sensation willen auch in diesem kritischen Fall mit Begeisterung Hilfe leisten. Denn sie sind, in der Mehrzahl wenigstens, Kinder mit kindischem Hang zu Grausamkeit und begeisterungsfähiger Hilfsbereitschaft. Etliche Tage lang klärt Dechant die Lage, aber es dauert einige Zeit, bis ein Wachmann ihm den Gefallen tut, in ausgerechnet dem Augenblick zu stolpern und gegen Dechant zu torkeln, da dieser mit dem gefüllten Korb, auch den Mitträger nahe an die Kante heranziehend, vorüberkommt.

Der Russe macht seine Sache ausgezeichnet. Er greift stolpernd in die Luft, und Dechant läuft ihm genau vor die Hand, schreit, läßt den Korbhenkel fahren und sich selbst im Geröll fehltreten. So heftig, schmerzhaft und gefährlich hat er es sich nicht vorgestellt. Das Steinzeug ist spitzkantig und schlitzt die Wattejacke auf, zerreißt die Hose, reißt Hände und Schenkel wund, recht wirkungsvoll auch das Gesicht, so daß der Abgestürzte einen in allem lazarettfähigen Eindruck macht, als die Russen, wie erwartet, in rechtschaffenem Mitleid zu Hilfe kommen. Unter Wimmern und Gestöhn windet sich Dechant unten auf dem gefrorenen Boden und erprobt, ob er sich aus eigener Kraft noch erheben kann. Es geht nicht. Es ginge wohl, denn kein Knochen ist gebrochen, aber der Schaden muß größer aussehen.

Auf Umwegen nur bringen die Russen ihn herauf, und die Zeit der Hilfsaktion hat bewirkt, daß an den blanken Hautstellen das Blut geronnen ist. Herrlich sieht der Verletzte aus, aber er ist ein ordentlicher Kerl, wie auch die Russen zugeben müssen, denn als der Wachmann, dem die Schuld so geschickt in den Handschuh, wenn schon nicht in die Schuhe geschoben wurde, sich aus Furcht vor der Verantwortung entschuldigend an Dechant heranmacht, sagt dieser nur, aus blutverschmiertem Gesicht verkrampft lachend: «Macht nix.»

Macht nix. Macht nix. Das ist längst ein Stück gemeinsamer Sprache geworden. Macht nix. Dechant stöhnt zwar entsetzlich, als ihn zwei Russen ins Lazarett bringen, und er läßt der größeren Wirkung halber die Knie immer wieder durchknicken, aber er sagt, als ihn Dr. Stauffer schon übernimmt, noch einmal grinsend: «Macht nix.» «Billig haben Sie sich die Sache nicht gemacht», meint Dr. Stauffer trocken, als er die Schrammstellen halbwegs gesäubert hat. «Ein anderer würde an einem solchen Sturz zugrunde gehen.»

«Ist etwas Ernstliches passiert?» «Sie haben gußeiserne Knochen. Drei Tage Lazarett.»

Der Wratsch sieht ein, daß Bekleidungsstücke, die man einem Verletzten vom Leib schneiden muß, soweit sie nicht von dem spitzen Gestein schon in Längsbahnen aufgeschlitzt sind, nicht mehr als Bekleidung für den kommenden Winter anzusehen sind, und bemüht sich in der Kommandantur um zwar nicht neue, aber tragfähige Sachen für Dechant. Insonderheit bei den Stiefeln hat Dechant dafür gesorgt, durch Stöhnen und glaubhaft unterdrückte Schmerzensschreie, daß sie ihm von den Füßen geschnitten werden mußten. Es wird ihm, als er sich bei guter Versorgung für die lange Reise erholt, leider wieder nur ein Paar Filzstiefel vor das Bett gestellt, wo Filzstiefel doch für eine weite Fußreise nicht eben das Passende sind.

Die Gebräuche des Hauses sind Dechant ausreichend bekannt, so daß er nach zwei Tagen flinkfüßig, wenn auch unter Schmerzen, den Weg über die Treppe bis ins Zimmer des Arztes in der kurzen Zeit zurücklegen kann, die der Posten benötigt, um die Treppe am entgegengesetzten Ende des Flurs gemächlich emporzugehen.

«Guten Abend, Doktor.» «Sie sind es, Dechant?»

Noch niemand, seit Dr. Stauffer gekommen ist, hat es je gewagt, ihn zu duzen. Er selbst bleibt jedem gegenüber beim förmlichen Sie. Dr. Stauffer würde selbst den Tod, käme er eines Nachts zur Tür herein, mit dem förmlichen «Sie» ansprechen. Er liebt Distanz und hält sich auch die Menschen, für die er Kopf und Kragen riskiert, auf den Abstand der Ehrfurcht vom Leib.

Er macht sich an einer Sperrholzplatte der Wand zu schaffen und löst sie, der größeren Vorsicht halber sich nach der Tür umblickend, ein wenig aus den Leisten. «Dieses Stück tragen Sie am besten so lange auf dem blanken Leib, als Sie mit einer Entdeckung aus den eigenen Reihen rechnen müssen.» «Ah! Die Karte!» «Ein sauber ausgeführtes Stück. Danhorn kann für Verlängerungen oder Verkürzungen des Maßstabes nicht garantieren. Ein Fluß, der an dieser Stelle in ungefähr diesen Windungen verläuft, muß nicht unbedingt so anzutreffen sein wie aufgezeichnet. Ich spreche in Danhorns Auftrag. Im Winter werden Sie zuweilen, wo Flüsse eingezeichnet sind, nicht einmal eine Eisplatte feststellen können. Im Sommer aber sollen Sie damit rechnen, an gewaltige Flüsse zu kommen, die nicht eingezeichnet sind. Es wird Ihnen zuweilen geschehen, daß Sie ans Meer gekommen zu sein glauben, das in Wirklichkeit nur ein Fluß ist. Sie mögen in solchen Fällen, wenn Sie die Geduld haben, so lange warten, bis aus dem Meer wieder ein Fluß geworden ist, am besten bis zum nächsten Winter.» «Sind Sie wahnsinnig, Doktor? Ich möchte doch heim!» «Ich bin Herr meiner Sinne.»

Stauffer antwortet scharf. Und Dechant entschuldigt sich.

«Das geht über menschliche Möglichkeiten, wollte ich sagen.»

Dr. Stauffer macht die Wand noch um ein Stück weiter auf. «Wie werden Sie diese Sachen in den Stollen bringen?» «Ich bitte Sie, an dem Tag, den wir noch abmachen werden, das alles ins Freie zu legen. Dorthin zum Beispiel an den Stein. Ich weiß, daß ich sehr viel damit erbitte.» «Gut. Wieviel Last können Sie tragen? Sehr viel gedörrtes Brot. Ein gutes Quantum Machorka. Und vor allem: Trockenspiritus. Sie sind sehr kräftig. Leider muß am Anfang, wo Sie die größten Tagesstrecken zurückzulegen haben, das Gewicht am größten sein. Unter dreißig Kilo Last brauchen Sie gar nicht erst zu beginnen.» «Ich trage, was Sie für notwendig halten.» «Niemals in die Nähe der Küste gehen! Sie werden es spüren, wenn Sie der Küste nahe kommen. Sie merken es am Wind.»

Dr. Stauffer trägt trocken seine Ratschläge vor. Dechant hört zu und versteht nur soviel, daß ihm keine Chance bereitet ist.

«Übrigens, Dechant, noch etwas: auch den besten Freunden keine Andeutung machen, daß und wann Sie gehen werden. Sie wissen nicht voraus, wer sich etwa eine Flasche verdünnten Wodka damit verdienen möchte, daß er Ihr Vorhaben den Russen meldet. Sie waren einmal schon nahe daran, mit Ihrem Vorhaben den Russen in die Hände geliefert zu werden.» «An solche Gemeinheiten bin ich gewöhnt. Für eine Niederträchtigkeit dieser Art sitze ich hier.»

Dr. Stauffer drückt langsam die Sperrholzplatte wieder unter die Rahmenleisten. «Ich weiß. Ein junger Mann namens Alfons Mattern.» «Jung? Dann wissen Sie mehr als ich.» «Alfons Mattern war noch nicht siebzehn Jahre alt, als er Sie durch seine Aussagen nach Sibirien brachte.» «Mag sein.» «Hägelin ist Ihnen kein Begriff? Nein? Ein Mann von etwa dreißig Jahren namens Hägelin? Gesund, kräftig, soweit man nach drei Jahren Bleibergbau noch gesund und kräftig sein kann. Sie kannten ihn nicht? Nein? Er kannte Sie auch nicht. Aber er hatte die Witterung eines Wildstückes und wußte eines Tages, daß Sie türmen wollen, daß Danhorn eine Karte für Sie gezeichnet hat. Ich war unvorsichtig, gebe ich zu. Dieser Hägelin aber wußte seltsamerweise fälschlich etwas mehr als wir alle. Als er offen aussprach, daß er Ihre Fluchtabsicht den Russen melden würde, fiel ihm ein Stück Stollenplafond von einigen Tonnen Gewicht auf den Körper. Er liegt irgendwo da drüben beerdigt. Die Adresse seiner Eltern ist hier aufgeschrieben. Ich weiß nicht, ob es die Eltern sind. Aber auch wenn wir einen Menschen nicht achten können, verdienen es die Angehörigen nicht, immer ins Unbestimmte denken zu müssen, wenn sie sich fragen, ob der Sohn, Mann oder Bruder noch lebt oder zugrunde gegangen ist.» «Ich werde die Adresse an mich nehmen und, wenn ich heimkomme, die Angehörigen verständigen. Der Bursche wollte tatsächlich . . .?» «Übrigens:

die Adresse von Alfons Mattern, damit Ihnen die Suche erleichtert ist, kann ich Ihnen auch mitgeben.»

Dechant, das Gesicht entstellt von den Schürfwunden, wird bleich. Der Mund steht ihm offen. Er wollte eben noch den Namen nachsprechen und behält den Mund offen.

«Es ist, glaube ich, die Adresse seiner Schwester.» «Und er selbst?» Dechant ist aufgestanden.

Der Arzt drückt ihn auf den Hocker zurück. «Schade, daß wir Nacht haben. Sonst könnte ich Ihnen annähernd genau den Platz von hier aus durchs Fenster zeigen, wo er liegt. Sie kennen die Russen ja. Mit Gräbern und Totenkult, selbst wenn von ihnen jemand stirbt, treiben sie keinen großen Aufwand. So haben sie Alfons Mattern einfach neben jenen Hägelin gelegt, der den Fluchtplan des Feldwebels Heinz Dechant den Russen melden wollte und nach Matterns Ansicht anders nicht zum Schweigen zu bringen war als durch ein paar Tonnen Fels. Was wollen Sie weiter noch wissen über Ihre Reiseroute und meine Wünsche auf den gefährlichen Weg?»

Heinz Dechant verläßt die Doktorstube erst gegen Morgen.

Stauffer hat ihm ein paar Fragmente aus dem Gespräch von Matterns letzter Nacht erzählt.

«Lassen Sie mich genau den Tag wissen, an dem Sie reisen werden! Die Karte bewahren Sie gut auf. Hüten Sie sich vor zu guten Kameraden! Und sagen Sie, wenn man Sie unterwegs stellt, nicht gleich fürs erste meinen Namen als den Ihres Mithelfers. Sollte man Sie jedoch quälen um ein Geständnis – Sie wissen ja: die Russen sind begabt darin und erfahren auch Dinge, die sich nicht begeben haben –, so halte ich Sie noch lange nicht für einen Feigling, falls Sie meinen Namen sagen. Wenn es gut ausgeht, werde ich nur in den Berg geschickt. Im ungünstigeren Fall wird es auch Ihnen nicht mehr möglich sein, meiner Familie Bericht zu geben, daß es so ungünstig ausgegangen ist. Sollte der Idealfall eintreten, haben Sie, bitte, die Güte, meiner Frau das Leben so erträglich zu schildern, wie es mir vergönnt ist. Nur eins: Hoffnung auf meine Rückkehr machen Sie ihr besser nicht. Alles Glück, mein lieber Dechant!»

Nachdem Dechant mit verheilten Schrammen in die Kasematte zurückgekehrt ist, wartet Dr. Stauffer vergeblich auf das Zeichen, daß er zur Nacht die Fluchtausrüstung auslegen soll.

Er besitzt die Ruhe eines zur letzten Reife fortgeschrittenen Mannes, über dessen Weg ein Faden gespannt ist, von dem er berechnen kann, wann er ihn berühren wird. Krebs. Sooft er auch einem Patienten die Diagnose hat stellen müssen – er hat es in langen Berufsjahren gelernt, die Wahrheit zu beschönigen, weil das Todesurteil jeden, auch den Sichersten und Abgeklärtesten, bis zur Erbärmlichkeit erschüttert hat. Lange genug ist er selbst am Rand einer weinerlichen Erbärmlichkeit hingegangen, bis er sich gerafft und gesammelt hat. Er glaubt – aber er glaubt es nur – zu erkennen, daß die Krankheit nicht sonderlich Eile hat. Dieser Dechant aber soll seine Festigkeit nicht überschätzen und etwa noch lange zuwarten, denn es spannt auch die Nerven eines Tapferen an, wenn die Probe auf den Mut zu weit überdehnt wird.

Dechant ist in der Kaverne und meldet sich nicht. Es wäre ihm nicht zu verdenken, wenn er feig geworden wäre. Wahrscheinlich ist er so und so nicht der Mann mit genügend barbarischen Urzügen, um das Wagnis durchzustehen. Das alles hat er ihm schon einmal gesagt.

Endlich bringt ein Kranker aus Dechants Kasematte die Botschaft mit: Dechant läßt Ihnen sagen, er werde bleiben.

Sehr spät erst ergänzt sich die Nachricht: In dem Augenblick, da es den Haß auf Alfons Mattern nicht mehr gab und die Triebfeder lahm geworden war, die ihn hätte führen und weiterpeitschen können durch eine ganze Erdhälfte, hat ihm das Vertrauen in sich selbst versagt. Die Intelligenz, bis dahin durch den Haß kurzgeschlossen, hat ihre Funktion in dem Gefangenen Heinz Dechant wieder übernommen. Sein derbes Lachen, als Maske vor ein im Grund zaghaftes Wesen genommen, ist klangloser und seltener geworden, erzählt zuweilen ein Kranker. Die Kameraden verstehen ihn nicht so ganz, aber es beruhigt sie, daß der ewige Kehrreim von der Flucht, den er immer und häufig unpassend anzuwenden gewohnt war, aus seinem Wortschatz verschwunden ist. Eigentlich möchten sie sagen, er sei feig geworden, aber so einfach läßt sich das wohl nicht abtun, wenn einer im rechten Augenblick noch die Unzulänglichkeit seiner Kraft erkennt und aufgibt, nachdem Dr. Stauffer ihn entmannt hat mit dem Heraustrennen des Hasses. Intellektuell empfindsame Menschen sind dann wohl feig.

Schade um die schönen Reisevorräte, die hinter der Sperrholzwand immer noch bereit liegen.

Bei Gelegenheit läßt Dechant dem Arzt den Kompaß zustellen und die Karte zurückgeben. Wenn ein anderer es wagen wolle, gebe er ihm von Herzen alle guten Wünsche mit.

Im Frühjahr, als der Schnee abgeht und die ersten Flächen aper werden, kommen die Gefangenen wieder mehr aus ihren Höhlen, stehen in der matten Sonne, wenn sie wirklich einmal durchkommt, und waschen sich im Schnee, bis sie wieder Menschen ähnlich sehen. Dechant schämt sich, den Doktor zu besuchen, und er schämt sich nicht, nach der Stelle zu fragen, an der Hägelin und Mattern beerdigt sind. Niemand kann sie ihm zeigen. Willi Bauknecht, nicht mehr so lahm wie noch im letzten Sommer, sucht beharrlich jedesmal seinen Stein auf, dort in der müden Wärme zu warten, bis die Russen wieder zum Einrücken pfeifen. Er schweigt noch immer und verkommt. Wahrscheinlich hat er die Gabe der Sprache schon verloren.

Leibrecht treibt seine Männer in den letzten Schnee zum Waschen und hat immer noch Haltung in seiner mechanisch gewordenen Geste, die das geschorene Haar an der Schläfe glatt streicht. Drinnen in der Höhle und zur Nachtzeit fällt die Haltung zuweilen ab, wenn er fühlt, daß sich die Zähne lockern.

Häufiger als noch vor einem Jahr werden Leute krank, doch weil es einfach ohne Fieber vor sich geht und sich nur in Schwächen äußert, legt der Wratsch vergeblich sein Thermometer in den Hemdausschnitt, soweit ein Hemd vorhanden ist, worauf er, die runden Augen auf den Patienten gerichtet, die Aufnahme ins Lazarett ablehnt.

Macht nix.

Einen muß er aus Leibrechts Kasematte nehmen und ins Lazarett schaffen lassen, weil das Fieber deutlich zu erkennen ist.

Clemens Forell hat bis Ende Juli noch Körbe getragen, groß und straff und in stumpfe Gedanken alle Wünsche eingewickelt, die schon nicht mehr weit über das Terrain des Bleibergwerks hinausreichen. Dann hat er sich die Erlaubnis erbeten, einmal wenigstens einen Tag außer der Reihe auf dem Reisig liegen bleiben zu dürfen. Zwei Tage später ist der Wratsch gekommen.

«Was machen wir mit Ihnen, Forell?» Dr. Stauffer steht am Bett und betrachtet nach der Untersuchung die kräftige Armmuskulatur des neuen alten Patienten.

«Mir ist alles recht, was mich lange von der Arbeit dispensiert.» «Lungenentzündung.» «Wenn es den Zweck erreicht, soll es Lungenentzündung sein. Ich bin nicht neugierig auf die Kasematte. Im Dezember fünfundvierzig sind wir verurteilt worden. Jetzt haben wir . . . jetzt haben wir . . .» «Nanana, Forell! Läßt das Gedächtnis nach?» «Das ist nur der schweinemäßige Zustand, das Fieber.» «Neunundvierzig.» «Stimmt. Neunundvierzig. Ist aber auch schon unwichtig.» Dann starrt er zur Holzdecke und kümmert sich nicht darum, daß Dr. Stauffer die Stube verläßt.

Im Sommer siebenundvierzig ist das mit Willi Bauknecht gewesen. Im Sommer achtundvierzig hat Alfons Mattern den Fall Dechant an ein tragisches Ende gebracht, wenn man Tragik nennen will, was einem Menschen das Leben bewahrt hat, ein Weiterleben freilich unter Daseinsumständen, die es nicht lebenswert erscheinen lassen. Im Sommer neunundvierzig ist es sogar für einen Mann wie Forell, dem einmal das gefährliche Abenteuer des Krieges eine männliche Lust bedeutet hat, Heil und Erlösung genug, wenn er für ein paar Wochen aus der Kasematte in ein angenehmes Krankenbett beurlaubt wird. Die Rechnung gilt nur noch für diese drei Wochen, oder mögen es vier sein, bis alles wieder ins Bleiloch einmündet, das sein Licht von einer Öllampe bekommt.

Auch das Leben im Blei ist ein Leben.

Die Russen sind höchstenfalls unberechenbar, aber sie sind bei all ihren Launen weder ungerecht noch hart bis über eine menschliche Grenze. Die Küche, bisher von den Russen besorgt, ist seit dem letzten Winter Sache der Kriegsgefangenen, die genießbarer kochen, die empfangenen Lebensmittelmengen vernünftig auswerten und Wasser genug finden, um die mit dem ersten Sommerschiff gekommenen Kartoffeln vor dem Verkochen sogar zu waschen.

Es wird nicht geschlagen. Es wird nicht mit Füßen getreten. Es wird in der Arbeit keine Norm verlangt, deren Nichterfüllung die Brotration kürzen könnte. Das Brot, nicht aus Mehl, sondern aus Getreidebruch gebakken, ist innen so naß und klebrig, daß sein Entzug nicht zu erhöhter Leistung anreizen könnte. Ein neuer, ungewohnt scharfer Ton kommt manchmal in die sonst recht abgeglichene Betriebsamkeit, wenn bei den Russen neue Gesichter auftauchen. Wie der Austausch erfolgt ist, weiß niemand. Nach spätestens drei Jahren sind alle bekannten Gesichter verschwunden. Die neuen Wachmänner bringen eine angelernte Energie mit, aber wenn sie einmal ein paar Brocken Deutsch gelernt haben, sind die von der Doktrin angeschliffenen Kanten schon wieder leicht abgerundet und runden sich immer mehr. Sofern nicht einer der Gefangenen einen mißglückten Fluchtversuch macht, ereignet sich keine Brutalität. Die Arbeit ist mühsam und wird fortschreitend immer mühsamer empfunden, obgleich doch eine Gewöhnung eingetreten ist, eine gewisse Routine handwerklicher Kniffe und Vorteile. Der Fels ist nie mehr unangreifbar, so glatt und abweisend er sich auch darbieten mag. Das Klima ist nicht so sibirisch fürchterlich, insonderheit nach dem ersten Brechen der Winterkälte. Es läßt sich leben. Es läßt sich – aber wann wird das schon noch einem klar? – sterben.

Das langsame, beinahe wohlige Ermüden äußert sich kaum in der Muskulatur, aber im Gehirn, in der Schlaffheit des Denkens, in einem völlig sinnlosen Mitzählen der hinausgetragenen Körbe, in stundenlangem Abendgespräch um Banalitäten. Das wird zum Schlafen im Wachsein, und schwerer als früher erheben sich die Schläfer beim morgendlichen Wekken, die ersten paar Tagesstunden noch nicht ganz wach.

Der Arzt weiß mehr von den Zeichen, die er an seinen Patienten entdeckt. Der Wratsch tastet einfältig nach dem Fieber und findet alle gesund, die ihren Zustand nicht in Temperatur ausdrücken. Sieht es bei einem Kranken ohne stark erhöhte Temperatur dennoch einmal bedenklich aus, so wissen allemal ein paar Praktiker dem Fieber nachzuhelfen, daß es ansteigt. In einem kameradschaftlichen Turnus, über dessen Reihenfolge hie und da gestritten werden mag, denn der Rundlauf zieht sich über ein paar Jahre hin, soll jeder, ob gesund oder krank, einmal ein paar gute Wochen im Lazarett zubringen dürfen.

Forell ist außer der Reihe drangekommen. Seine Lungenentzündung ist ihm selbst, aber nicht mehr dem Arzt, gleichgültig. Viel kann für ihn nicht geschehen. Was die Handapotheke verfügbar hat, sind einesteils schmerzstillende Mittel und andererseits, in einer unwahrscheinlichen Menge, Sulfonamide. Beherrscht wird die Apotheke vom Jod in noch unwahrscheinlicheren Mengen. Dr. Stauffer tut, was er tun kann, doch ertappt auch er sich zuweilen bei einer müden Gleichgültigkeit, und nur wenn ein Fall so kritisch verläuft, daß die Rettung zur Kunst der Hingabe wird, liegt Stauffer angezogen nächtelang auf dem Bett und sieht alle Stunden nach dem Fall – eben nach dem Fall. Forell bleibt etwa zehn Tage lang ein Fall, aber behaftet mit ein paar persönlichen Zügen, die ihn über das bloß Medizinische hinausführen. Wenn Stauffer den groß gewachsenen Mann betrachtet, dessen Kopf oben an der Bettkante scheuert, wenn die Füße unten anstoßen, sein wieder so eigenartig gelbes Gesicht mit den stark gezeichneten Backenknochen, sieht er in ihm den anderen Forell wieder, den Bruder, den Kommilitonen aus Tübingen. Man müßte etwas mehr tun für diesen Kranken als nur das Übliche, ihn eine Woche länger im Lazarett behalten, ein klein wenig parteiisch sein in der Verteilung der wenigen Betten, auf die schon andere warten.

Einigermaßen ausgeglichen zu sprechen ist mit Forell erst, als er schon volle drei Wochen im Lazarett liegt.

«Was für eine Schuhgröße haben Sie eigentlich, Forell?»

Es ist angenehm in der Krankenstube, weil schon seit Mittag die Sonne ansteht. Spinnwebe zwar würde die feisten Staubstreifen sehen, die in den schrägen Lichtsträhnen flimmern, aber wie oft kommt das schon vor, daß die Sonne durch die Seenebel bricht? Forell schaut, denn nur das kann der Anlaß zu Stauffers Frage sein, die unbedeckt gegen das Ende des Bettes gestemmten Füße an und lacht. Oh, man wird zum Sauberhalten gezwungen von Stauffer und Spinnwebe, und sogar die Ballenschwielen vom schrägen Gehen mit den Körben sind blank wie Pergament.

«Vierundvierzig.» «Mhm. Vierundvierzig.» «Ich weiß. Es ist ein beträchtliches Format. Aber ich möchte dieses Erbe meines Vaters nicht schmähen. Er war ein großer Wanderer in Bergblumen und Kirchenschönheiten und hat es mir von jung auf beigebracht, wie man gehen muß, um nicht zu ermüden.» «Mhm. Wie fühlen Sie sich denn?» «Wie ein Mongole. Spinnwebe hat mich gestern in den Scherben eines Spiegels blicken lassen. Das macht Ihr Prontosyl.» «Womit sonst hätte ich Ihrer Geschichte zu Leibe rücken sollen? Besser als nichts war es immerhin. Aber Ihr Gelbsein hat nicht darin allein seine Ursachen. Ich habe dieses wächserne Leuchten als Zeichen von Erkrankung oder Erschöpfung auch früher schon an Ihnen beobachtet.» «Eine gute Tarnfarbe für den Fall, daß der Wratsch einmal wieder Betten frei machen möchte.» «Vorerst brauchen wir noch keine Tarnfarbe.»

Dr. Stauffer sieht durchs Fenster auf den schönen Augusttag hinaus. Bei

Sonne ist auch das Land der Verbannten schön. Daß dieses nasse Grau eigentlich ein echtes Grün ist, hat er noch nie so wie heute beobachtet. Eine schonungsvolle Illusion an einem Tag mit Sonne stellt die Rückendecke des Hochplateaus so dar, als sei eine gut geschlossene, manchmal zwar von einem Rollstein unterbrochene Grasnarbe über alles Land gewachsen. Es ist nur Moos. Aber Wiesen daheim, wenn der Winterfrost über sie hinweggegangen ist und die saftige Farbe abgesengt hat, sehen nicht anders aus.

Wiesen daheim. Mhm.

Forell spürt an den Armen, wie die Sonne durch die Scheiben wärmt.

«Es wird bald kalt werden.» «In der letzten Nacht war schon leichter Frost.»

Wovon reden sie denn? Von Schuhgrößen, Medikamenten, Krankheitsfarbe, Rentiermoos, Sonne, Frieren und ganz zum Ende wieder von Schuhgrößen, als Dr. Stauffer zweimal innerhalb einer Viertelstunde den Namen Kathrin gehört hat.

Kathrin ist gut. Aber es hat eines langen Gesprächs bedurft von hundert sibirischen Dingen, bis ein erstes Mal der Name Kathrin gefallen ist, wo vom eigenartigen Grün des Rentiermooses gesprochen worden war.

Kathrin ist gut. Aber dieser übergroße gelbgesichtige Kerl ist nicht mehr der alte Forell, der wie ein Lausbub dem braven Soldaten Wassilij entlaufen ist und bei der Rückkunft noch geglaubt hat, die Kameraden würden das Spießrutenlaufen nur simulieren. Damals, wie es scheinen will, ist der Abenteurer in ihm erschlagen worden. Forell hat das menschliche Format angenommen, mit dem man in einem nur zwei Meter hohen Stollen am besten zurechtkommt, und hat nur noch das Weltbild eines Taglöhners um Suppe, Tee und Brot im Gesichtswinkel. Kathrin wäre wieder das andere Leben. Mein Gott ja! An Kathrin nur denken und die Entfernung dadurch aus der Welt schaffen, daß man sie für den träg gewordenen Körper als unüberwindbar hält, ist Art der Menschen im Blei. Das hat sich in die Füße gelegt, in den schleppenden Gang, in den leicht eingekrümmten Rücken, in die Zähne, ins Gehirn.

Aber – Kathrin wäre gut.

Dr. Stauffer hinterläßt einen von der Unruhe berührten Menschen, als er seines Weges weitergeht. Vielleicht, aber das kann er in das schleppende Denken des Patienten nicht voll begreifbar einsickern lassen, vielleicht wird schon ein anderer, Arzt oder Feldscher, für die Kranken, Verletzten und Simulanten zu sorgen haben, bis Forell wieder an der Reihe ist zu ein paar Wochen Lazarett.

Wenn Forell nicht selbst kommt, wenn er nicht wie Dechant damals den Postenweg abspäht, um gehetzt und kurzatmig oben ins Arztzimmer zu schlüpfen, den Kopf voll Phantasterei und wahnwitzigem Wagemut, brauchen sie nicht mehr viel zu sprechen. Dr. Stauffer löst die Sperrholzplatte in der Wand seiner Stube und nimmt einen Sack Röstbrot heraus, die Stücke zu prüfen, ob sie nicht etwa weich geworden sind oder Schimmel angesetzt haben. Es wird Zeit, daß morgen wieder mit dem Heizen angefangen wird, die Feuchtigkeit aus dem Haus und aus dem Brot auszutreiben. Dieses verdammte Nebelwehen den ganzen Sommer lang! Aber morgen werden die Genesenden Kohlen tragen und die Öfen anheizen.

Das Jahr ist ja schon zu Ende.

Lässig und wie unbeteiligt, die Antworten an die Kranken oft spitz formulierend, besucht Stauffer täglich zweimal jede Stube und jedes Bett. Sein Humor war immer schon mehr Ironie, und manche Patienten sagen, er sei ein harter Arzt und verderbe mit Worten, was er mit der Behandlung gut mache. An mehr als an sich selbst zu denken, ist ja keiner hier verpflichtet. Manchmal geht Spinnwebe an seiner Seite und beschmutzt sich den Finger an verstaubten Bretterkanten, während Stauffer mit den Patienten spricht. Spinnwebe mag den Arzt so. In ihr graues Leben fällt der Schatten des Arztes eben auch nur grau. Von jedem der Gefangenen ist anzunehmen, daß er in der eingesunkenen Brust müde Pläne von Ausbruch und Flucht trägt. Diesen Doktor Stauffer aber kann man unbedenklich an der Oberwelt lassen, weil er eines anderen als eines ärztlichen Gedankens gar nicht fähig ist.

In der Wand aber, hinter der Sperrholzplatte, liegt ein Vorrat bereit, der einen verwegenen Mann für einen Monat über Hunger und Klima hinwegbringen könnte. Ob die Rubelnoten etwas bedeuten in einem Landstrich der Rentiere, versucht Stauffer sich gar nicht erst auszurechnen. Viel bedeutet Geld hier jedenfalls nicht, sonst würden die Russen, wenn einer krank war und durch die Mühen des Arztes oder die eigene Robustheit wieder ins gesunde Leben zurückgefunden hat, nicht auf die Banknote, die sie dem Doktor in die Tasche stecken, auch noch ein paar Päckchen Machorka legen. Einem Gefangenen Geld zu geben, ist verboten, aber billig. Ihm Machorka zu geben, ist zumindest nicht ausdrücklich verboten, aber es gibt ihn nicht so unbeschränkt wie anscheinend Geld. Beides hat sich allmählich angehäuft, Banknoten wie Machorka. Brot ist weniger kostbar, aber auch nicht gut. Den Trockenspiritus gibt es immer wieder stoßweise für Lazarettzwecke. Das blecherne Kochgestell, zusammenklappbar und in der Tasche zu tragen, ist deutscher Herkunft.

Schlingen, wie sie daheim die Wilderer verwenden, sehen in Sibirien nicht anders aus. Nur sollte der Draht doch wohl etwas weicher sein. Der spröde, elastische Draht könnte sich, wenn das gefangene Tier Ruhe bewahrt, wieder öffnen. Über diese abwägende Ruhe aber, die abwarten kann, bis sich der Draht wieder öffnet, verfügt nur der Mensch. Mit lauter Warten aber wird er stumpfsinnig.

«Was haben Sie denn da?»

Ein anderer als Dr. Stauffer würde bei dem unvermuteten Anruf, nachdem er sich allein im Zimmer gewähnt hat, zusammenzucken.

«Sie, Forell?» «So sehr waren Sie mit dem Draht beschäftigt, daß Sie mich nicht einmal eintreten gehört haben. Was für ein Draht ist das?» «Nichts für Sie, Forell. Ich habe die Schlinge einmal ausgenommen, wo ein Russe sie gelegt hatte, vielleicht um einen Schneehasen zu bekommen. Dechant wollte das Ding haben. Damals. Später, als die Spannfeder seines Hasses abgelaufen war, ist die Schlinge mir geblieben. Ein überflüssiges Stück Ausrüstung für einen Gefangenen.» «Interessant.» «Interessant, ja. Ob auch brauchbar, ist eine andere Frage. Gut, daß Sie gekommen sind, Forell. Unten vor den anderen Kranken kann ich nicht so offen reden. In spätestens einem Monat ist es so weit, daß ich Sie nicht mehr im Lazarett halten kann. Dann müssen Sie zurück in den Bleiberg. Was haben Sie denn? Immer gleich so gelb?» «Anfang Oktober wäre das.» «Leider.» «Muß es denn schon sein?» «Ja. Andere wollen auch einmal an die Oberwelt.»

Betroffen schiebt Forell sich zur Tür hinaus, nicht ohne in der offenen Tür den Schritt des Postens abgehorcht zu haben, bis er am anderen Ende des Flurs gemächlich nach oben kommt. Dann huscht er hinunter in die Krankenstube.

Anfang Oktober. Von da an aber kann es zwei Jahre dauern, bis sich der Stollen für ihn wieder einmal auftut. Nach den zwei Jahren sind es erst sechs Jahre, nach den sechs Jahren bleiben noch neunzehn. Vor sechs Jahren ist Forell noch nicht, wenn ihn ein Wind unsanft umwehte, sterbenskrank geworden. Die Arme sind noch gut. Jetzt sind sie schon ein wenig erschlafft von der Ruhe nach dem ständigen Körbetragen. Das mag sich wieder geben. Aber es gibt sich wieder nur mit dem Tragen von Körben. Nein. Nein.

Als Forell am anderen Abend wieder zur Arztstube hinaufschleicht, will er wissen, ob sich an ihm schon Zeichen von Bleivergiftung eingestellt hätten.

«Wer hat solche Erscheinungen nicht schon an sich?» gibt ihm Dr. Stauffer fast mürrisch zur Antwort.

«Das führt aber unfehlbar zum Tod?»

«Gewiß. Vor allem, wenn die Mittel fehlen, um dagegen anzugehen.»

«Was hilft?« «Den Schriftsetzern rät man einen Berufswechsel an.»

Kathrin wirkt kaum noch anders als in der milden Kraft eines Bildes, das schon verblaßt. Freiheit ist schon unbegehrt geworden, weil die Strapazen zweier Erdteile dazwischen stehen. Das Loch im Berg aber und die Steinwand mit der Öllampe lassen den Genesenden entsetzt in die Zukunft starren. Und die Gewißheit, daß Blei einmal der Tod sein wird, verfolgt den großen Mann bis in seine Träume hinein, so daß er im Erwachen spürt, wie er in der Nacht mit den Fingern im Mund die Zähne erprobt hat, ob sie noch fest in den Kiefern sitzen.

Den Schriftsetzern rät man einen Berufswechsel an.

Dr. Stauffer ist keineswegs verwundert, als Forell unvermittelt mit dem Plan herausrückt, unter allen Umständen vor dem Einrücken ins Bergwerk zu fliehen.

«Wenn der Frost kommt, ist es gut.»

Mehr als das zu sagen, gibt sich Dr. Stauffer gar nicht erst die Mühe. Er sitzt an seinem Tisch und schreibt. Dort hinter der Wand ist alles, aber auch alles, was unter den beengten Umständen für eine Flucht bereitzulegen war. Aber solange Forell nicht kommt und sich, was einem solchen Kerl schlecht ansteht, wie ein Narr gibt, wird es nicht lohnend sein, den um Dechant betriebenen Aufwand zu wiederholen. Bitten muß er, stöhnen und exaltiert nach dem Abenteuer aufheulen muß er, in den Nächten wird er sich auf freiem Land flüchtig sehen müssen und die Nachtträume bei Tag weiterdenken, ehe es sich verlohnt, ihm auch nur die Karte zu zeigen.

Die Männer, wie sie mit Forell in der gleichen Stube liegen, zwinkern sich vielsagend zu: Dieser Simulant! Forell wird so sichtbar und krankhaft nervös, daß es nur die Angst vor dem Bleiberg sein kann, was ihn zum Simulieren veranlaßt. Einmal redet er hysterisch von einer Bleivergiftung und zeigt seine Zähne vor, von denen niemand sagen kann, ob sie wirklich locker sind. Dann wieder flucht er unflätig auf Himmel, Rußland und Schicksal, die alle drei ihn hier verrecken lassen wollen. Er hockt und starrt vor sich hin, und sein von der Krankheit noch fahles Gesicht bekommt die Wachsblässe, aus der zwei tiefliegende Augen zwischen eckigen Knochen ruhelos auf alles schauen, was ihn umgibt. Nervös kaut er an der Unterlippe und überwirft sich mit den Stubengenossen, die mit mehr Trägheit als er und von irgendeiner Krankheit geschwächt die Dinge weniger häßlich zu sehen vermögen.

Am 26. Oktober, als Dr. Stauffer mit seinem Patienten zufrieden ist, wird im Arbeitszimmer oben die Karte herausgenommen.

Beim künstlichen Licht will es fast so erscheinen, als stehe ein Lächeln in dem eiskalten Gesicht des Arztes, während sie beide über Danhorns Karte gebeugt sind. Dr. Stauffer aber ist keineswegs zufrieden oder gar beglückt, denn nun, da er sich in die Absicht eingebohrt hat, sieht Forell den Maßstab nicht mehr. Er überzählt leichthin die Flußläufe, bis er auf etwa ein Dutzend gekommen ist, rechnet sich eine tägliche Marschleistung von fünfzig Kilometern aus und kommt, auf der Karte, bis zum Frühjahr spielend leicht an die mandschurische Grenze. So einfach sieht das alles aus.

«Wenn Sie den Winter über bis an die Lena kommen, dann dürfen Sie in der Taiga niederknien und Gott für seine Güte danken.» «Ich bin doch einigermaßen bei Kraft und gesund.» «Sie wohl. Aber nicht das Land. Haben Sie denn eine Ahnung, wie die Gegend beschaffen ist, die Sie durchwandern wollen?» «Ich will heim.» «Mit dem Finger auf der Karte. Da unten zur Tür hinaus und trapp-trapp nach Westen, weil dort ja das Heil sein muß.» «Ich mag nicht mehr. Ich kann nicht mehr. Ich muß heim.» «Etwas leiser, bitte!»

Forell ist recht schön reif geworden. Dr. Stauffer lächelt wirklich. Verstand, Klugheit, Berechnung, Kenntnis von Land und Sprache – das alles gilt ja nicht und ist nichts wert. Dieses Maß sturen Willens, von keiner Kenntnis der Gefahren belastet, ist wichtiger. Immer schon hat Dr. Stauffer diesen Eisenschädel gemeint, wenn er jemanden für fähig gehalten hat, die Flucht zu wagen. Dechant wäre zu intellektuell gewesen, wenn auch in seinem Fall der Haß alles aufgewogen hätte. Als der Haß erlosch, mußte Dechant zwangsläufig ausscheiden. Forell weiß nur, daß dies hier der Tod ist. Er hat die Vitalität des Mannes, der sich – als Mann – durchschlagen will bis zu Kathrin. Er ist im übrigen seelisch unempfindlicher, genauso wie im Körperlichen, und weil ihm die Sensibilität der musischen Menschen fehlt, malt ihm die Phantasie keine Wirklichkeiten auf die Landkarte, sondern er sieht alles, wie er es sehen kann: Strecken, Flüsse, Berge, Städte – er sieht nicht einmal Menschen darin. Auf Danhorns Karte sind sie nicht eingezeichnet, also sind sie nicht da.

«Wie wollen Sie ohne Menschen am Verhungern vorbeikommen?» «Nur in ihre Nähe gehen und dann nehmen, was ich haben muß.» «Diese Menschen sehen besser als Sie. Diese Menschen laufen schneller als Sie. Der andere schießt, und Sie sind nur Scheibe.» «Ich werde eben sehen, wie es kommt.» «Es kommt so, daß Sie noch froh wären um eine stille Rückkehr in den Bleiberg.» «Haben Sie die Schlinge noch, Doktor, die ich neulich bei Ihnen gesehen habe?» «Die bekommen Sie mit.» «Es ist das schauerlichste Gefühl, ausweglos den Burschen noch einmal ausgeliefert zu sein als Rückfracht zum Spießrutenlaufen. Da brauche ich etwas, um mich frei zu machen.»

Der Doktor blickt ihn an, und sie verstehen sich.

«Das Spiel steht eins zu tausend.» «Weiß ich.» «Reden Sie nicht! Ich höre hier oben mehr als Sie und weiß nichts. Was das Land hinter uns ist, wissen ja nicht einmal die Russen. Und wenn Sie Glück haben, werden Sie so zu gehen versuchen, daß Ihnen fürs erste die Menschen fernbleiben, also durch unerforschte Gegenden. Dort, wo Sie sich vielleicht für den ersten Menschen halten werden, kann es Ihnen recht leicht geschehen, daß Sie in ein Braunkohlenbergwerk tapsen. Dort können Sie dann gleich weiterarbeiten.» «Ich lasse mich, wenn ich es einmal gewagt habe, nicht mehr lebend einfangen.» «Das kann schnell gehen. Plötzlich stehen ein paar Leute vor Ihnen, und Sie könnten sich nicht einmal mehr erschießen, selbst wenn Sie Schießzeug hätten.» Der Doktor sitzt eigenartig eingeduckt, wie wenn er fürchterliche Schmerzen hätte, auf dem Stuhl. So grau und verfallen hat Forell dieses Gesicht noch nie gesehen. Und je leichter Forell, nun plötzlich fanatisch für das Abenteuer begeistert, seinen eigenen Fall nimmt, desto zäher und nachdrücklicher versucht Stauffer ihm die Absicht auszureden. «Was Sie phantasieren, Forell, ist sehr schön phantasiert, aber da Sie nun einmal leider keine Phantasie haben, nicht den inwendigen Reichtum an Bild, um sich vorstellen zu können, was Ihrer harrt, werden Sie zwei Tage nach dem Weggang alles schon bitter bereuen. Leute wie Sie geben sich nicht auf. Gott ja, dann gibt es eben wieder ein Spießrutenlaufen und später wieder einen Fluchtversuch. So rechnen Sie.» «Noch einmal zusammengehauen werden? Nein! Nein! Leibrecht hat mich damals gerettet, sonst wäre ich gleich am Platz geblieben. Diesmal würden sie mich nicht in den eigenen Stollen zurückschicken. Nein. Ich habe Bauknecht gesehen. Nein. Die Leute schlagen nicht mehr so fest wie damals. Aber der Geschlagene erträgt nicht mehr soviel wie damals. Sogar ohne diese mörderische Tortur halte ich es hier kaum noch zwei Jahre aus. Sie sehen es an mir und an anderen, Doktor, wie anfällig wir geworden sind.» «Nach Ihrem ersten Biwak im Schnee haben Sie wieder Ihren Schaden weg. Da draußen gibt es keinen Doktor Stauffer.»

Eine ausgesprochen feindselige Stimmung kommt zwischen den beiden auf. Sie trennen sich in Mißmut. Stauffer geht dem großen Kerl aus dem Weg, aber nach zwei Tagen kommt Forell wieder in die Stube des Arztes und fängt eigensinnig das Fluchtgespräch von vorne an. Außerhalb des Gebäudes ist es grimmig kalt, und seit Stunden schneit es, einen graupeligen Schnee, der sonderbar hart an die Fenster schlägt.

Forell macht den Eindruck eines Irren. Er redet unzusammenhängend, sagt dem Arzt eine Menge Vorwürfe, bittet ihn dann wieder, will schreien, flucht sich das Herz frei und kommt schließlich wieder mit Bitten. Auf Dr. Stauffer scheint das alles keinen Eindruck zu machen. Er sitzt, manchmal bei einem harten Atemzug sich in die Unterlippe beißend, vor seinem Tisch und nickt nur.

Plötzlich fragt er unvermittelt: «Wann soll es denn sein?»

Über diese schroff hingestoßene Frage ist Forell so verwirrt, daß er fürs erste nachfragen muß: «Was?» «Ihre verrückte Flucht.» «Morgen.» «Nein. Am Sonntag.» «Warum am Sonntag? Und wann ist Sonntag?» «Ich sage es Ihnen, wann Sonntag ist. Da sind die Russen besserer Laune, nachdem sie mehr Wodka in sich haben. Übermorgen also.»

Vor Forells Augen flimmert es. Verdammt! Er wird es dem Doktor nicht sagen, daß er in Augenblicken der Erregung immer Farbringe vor den Augen tanzen sieht. Forell ist ja nicht mehr der prügelgesunde Kerl, als den sie ihn auf Transport gesetzt haben. Es liegt zuviel Zeit und Blei dazwischen. Übermorgen also ist Sonntag. Am Abend, wenn sich die Sorglosigkeit einer leichten Alkoholdecke auf alles gelegt hat, wird er aus dem Lazarett verschwinden.

«Sie haben lange gebraucht, bis Sie reif geworden sind», lächelt Dr.

Stauffer und öffnet die hölzerne Wand. «Was werden Sie alles an Ausrüstung brauchen?»

Forell versteht nicht. Ihm wird es noch immer nicht klar, wie der Arzt sachte und spitzfindig das Feuer in ihm geschürt hat, bis der Bedrängte grob und hemmungslos wurde, bis er alle Bedenken abstreifte und nur mehr an Flucht denken, auf Flucht sinnen und in den Nächten von Flucht träumen konnte. Gehetzt und gepeitscht, fanatisiert und mit tierhaftem Freiheitsdrang will Stauffer ihn auf das Abenteuer loslassen. Und auf ein paar Wochen, so hofft der Arzt, wird das Feuer in den habichtfarbenen Augen vorhalten, dieses gelbe, böse, tierhafte, nicht mehr vom Verstand angefachte, sondern vom Instinkt der Kreatur erhaltene Feuer. Durch immerwährende Vorbehalte und eine kühle Ablehnung hat Stauffer den Brand angeblasen bis zu einem irren Flackern, in dessen Schein alle Dinge andere Formen bekommen.

Es ist erreicht. Forell hat zu bedenken aufgehört und denkt nur noch. Er denkt wie ein Tier: Nahrung, Leben, Freiheit, völlig unkompliziert und nur noch insoweit logisch, als das häßlichste Vegetieren jenseits der Gitterstäbe begehrenswerter erscheint als die hinsiechende Trägheit in der Gefangenschaft. Mit Vernunft und Überlegungen, das weiß der Doktor, wird der Fliehende keine hundert Werst weit kommen. Der Instikt des in die Freiheit entsprungenen Tieres sucht den kürzesten, günstigsten und am wenigsten gefährlichen Weg, um wenigstens aus dem nächsten Gefahrenbereich zu entkommen. Hernach freilich wird der Instinkt unnütz werden.

«Sollte es eine unvorstellbare Serie von günstigen Zufällen so fügen, daß Sie an irgendeiner Stelle aus dem ummauerten Rußland hinauskommen, dann tun Sie mir einen kleinen Gegendienst: suchen Sie meine Frau auf und sagen Sie ihr, wo ich bin. Magdeburg können Sie sich merken. Die Adresse ritze ich Ihnen ins Eßgeschirr. Bringen Sie es mir morgen herauf!»

«Ich kann mir doch Straße und Hausnummer ohne Mühen merken.»

«Trauen Sie sich nicht zuviel zu! Auch die intelligentesten Zirkustiere können höchstenfalls bis neun zählen. Und Sie sind von den Umständen längst nicht so begünstigt. Sie werden bald nur noch Vieh sein, sobald Sie nur mehr dem Zweck leben, die rechte Fährte und den rechten Weg an den Schlingen vorbei zu finden. Bis ein Jahr um ist, haben Sie schon kein Gedächtnis mehr für andere Dinge als für den Weg und die Gefahr. Ich will sicher sein, daß meine Frau die Nachricht bekommt. Bringen Sie also morgen Ihr Eßgeschirr! Das ist der Gegenstand, den Sie zuallerletzt wegwerfen werden. Das Tier will fressen.»

«Als ob er mich nur auf die Reise schicken würde, um seine Frau zu benachrichtigen!» denkt Forell. Dann aber ist er mit dem Denken gleich wieder im alten Kehrreim und fängt, in die Krankenstube zurückgekehrt, zu berechnen an, wieviel Vorrat nötig sein wird, um zwei Marschwochen durchzustehen. Er hat vor Wochen schon, wenn es zur Verpflegung die fetten kleinen Fischlein gab, die ihres tranigen Geschmacks wegen niemand essen mochte, wie einst Dechant, alles an Fischen zusammengebettelt und zwischen Fenster und Gitter gefrieren lassen. Beim rechten Wanderhunger wird das fade Zeug schon durch den Hals gehen. Das gedörrte Brot wird für etwa die gleiche Zeit reichen wie das Fett der Fische. Der Arzt freilich, das weiß Forell, hat schon um ein Stück weiter gedacht.

Als Forell am Samstagvormittag, mit dem Denken schon außerhalb des Lagers, über den Flur geht, hält ihn der Posten an, er möge sofort in die Kommandantur gehen.

Er hat nicht die Kraft, seine Knie steif zu halten, als er sich in der Schreibstube meldet und, der Oberleutnant von ehedem, die Hacken zusammenknallen will. Angst in solcher Form und diesem Maß hat er früher doch gar nicht gekannt. Es kann nichts Großes sein, was man von ihm will, denn nicht einmal der Posten hat ihn begleitet. Aber die Knie haben keine Bänder mehr.

«Du bist gesund», sagt der Dolmetscher.

Herrgott! Jetzt ist es geschehen! Warum aber hat der Doktor auch so eigensinnig am Sonntag festgehalten! Man wird ihn ins Bleiloch führen, weil er nicht nach seiner eigenen Absicht schon gestern abgehauen ist. Um vierundzwanzig Stunden zu spät!

«Komm mit!»

Ein krankhaft angestrengtes Gehirn denkt hastig alle Möglichkeiten durch, die eine baldige Rückkehr ins Lazarett bedeuten können. Und über solchem Denken wird er derart wachsig im Gesicht, daß der Dolmetscher nach ihm greift, ihn aufzufangen, wenn er wegfallen sollte.

«Komm mit!»

Ah! Diesen Weg kennt Forell doch schon?

Er weiß nicht, was mit ihm geschieht, als er in einem Schuppen, der als Bekleidungskammer dient, eine neue Foffaika zugeworfen bekommt, eine ebenso über Watte abgenähte Hose, anscheinend nicht russischer Herkunft, eine einfache Wäscheausstattung, all die Dinge, die den Genesenden manchmal gegeben werden, wenn sie wieder in den Berg zurückkehren müssen, nachdem im Lazarett offenkundig geworden ist, daß ihre Bekleidung nur mehr aus Fetzen besteht. Die Walinki, die Filzstiefel, wie Forell sie bekommt, sind zwar auch schon ausgetreten von langem Tragen, aber noch um vieles besser als die alten Stücke, die der Ordnung halber eingezogen werden. Zögernd, aber wohl nur deswegen so langsam, weil er nicht mehr die Macht über seine Nerven hat, legt sich Forell die besseren Sachen an. Der Dolmetscher sagt ihm, bevor ein Begleitposten ihn zurückführt ins Lazarett: «Morgen ist Sonntag. Am Montag arbeitest du wieder.»

Am Montag.

Morgen ist Sonntag.

Den Sonntag darf er also noch im Lazarett verbringen.

«Wenn Sie beim ersten Verstoß gegen Ihr Programm gleich so zusammensacken, kann ich Ihnen nur wünschen, daß Ihnen nirgends ein MWD-Mann oder ein Kragenbär begegnet. Letztere sind selten. Mit der ersteren Kategorie müssen Sie auch dort rechnen, wo vor lauter Einsamkeit nicht einmal Bäume wachsen.»

Doktor Stauffer lächelt. Er spricht beinahe gütig auf seinen Schützling ein und setzt dieses weiche, nachsichtige Gespräch fort, als Forell am Abend über die Treppe huscht, sich alles übergeben zu lassen, was hinter der Holzwand bereitliegt. «Die kühle Situation draußen tut Ihnen vielleicht gut. Ich vertraue darauf, daß Sie die Herrschaft über Ihre Nerven wieder gewinnen. Nehmen Sie Platz, Forell! Hier ist Ihr Eßgeschirr. Sehen Sie die Adresse? Werfen Sie das Geschirr nicht weg, damit Ihnen die Adresse nicht verloren geht! Kennen Sie diese Art und Form von Eßgeschirr? Österreichisch. Aus dem ersten Weltkrieg. Wie sich das Ding bewahrt hat und wie es bis hierher geraten ist, läßt sich nicht aufklären. Vielleicht gelingt Ihnen der gleiche Weg rückwärts.»

Stauffer öffnet, nachdem er kurz zum Flur hinausgehorcht hat, die Holzwand und kramt einen fertig gepackten, nur etwas flachgedrückten Leinensack hervor, der von den Zipfeln zum Bund so verschnürt ist, daß er wie ein Rucksack getragen werden kann.

Fast vierzig Pfund.

Forell schätzt das Gewicht, nimmt zur Probe einmal über und ist nun mit einemmal grinsende Ruhe.

«Das ist Brot und ist Fett, von ersterem viel, von letzterem wenig. Machorka sind es an die zwei Kilo. Eine unwahrscheinliche Menge. Aber ich arzte hier eben schon sehr lang. Schwer zu tragen haben Sie an dem Trockenspiritus, der so notwendig ist wie das Brot. Rauchen Sie nicht! Sparen Sie den Machorka, bis Sie mit Menschen zusammenkommen, von denen Sie dadurch etwas einhandeln können! Was man mit Machorka alles erreichen kann, dürften Sie als alter Kriegsgefangener wissen. Die Puschka hier stecken Sie gleich in die Tasche, ebenso die Rubelnoten. Wie man mit der Puschka Glut auf die Lunte bringt, auch bei Wind, dürfte Ihnen nicht unbekannt sein. Verlieren Sie dieses Wertstück auf keinen Fall, auch wenn Sie einmal gehetzt werden und laufen müssen! Die Rubelnoten – na ja. Es sind knapp sechshundert Rubel. Daß man hier in der Gegend dafür ernstlich etwas kaufen kann, glaube ich nicht.»

So wunderlich aufgekratzt, fast heiter ist Dr. Stauffer, daß Forell sich immer wieder das grau gewordene Gesicht betrachten muß.

«Es ist meine eigene Flucht, was Sie da beginnen.»

Forell ist erstaunt. «Wollten Sie denn auch einmal fliehen?»

«Schon vor euch allen. Nun aber kümmern Sie sich um Ihre Sachen! In diese Unterkleidungsstücke schlüpfen Sie gleich hier.»

Es ist nicht zu übersehen, daß der hagere, lange Kerl dadurch in die Breite gerät, aber Stauffer stopft ihn aus, daß ihm das Atmen schwerzufallen beginnt.

«Nichts wegwerfen! Nichts dalassen! Sie haben keinen Pelz und müssen unter freiem Himmel schlafen. Bei Tag, auch wenn es schweißtreibend wirkt, tragen Sie alles am Körper. Bei Nacht ziehen Sie ein paar Schalen ab und verwenden sie zum Zudecken, zu einem ganz lockeren Zudecken, das Lufträume schafft. Auch die Ohren, auch die Nase zudecken! Sie müssen nur alles sehr locker darüberlegen, daß es wie ein Zelt wirkt. Wo sich einmal Bäume finden, läßt sich das mit einem Ast als Zeltstütze machen.»

Er langt tief zwischen die Holzwände und holt ein langes Messer, in eine Holzscheide gebettet, hervor. «Kennen Sie das Ding? Kandra nennen es die Sibirier. Der Stahl ist ausgezeichnet. Die Klinge ist beiderseits geschliffen. Sie werden in der Praxis bestätigt finden, daß es seine guten Gründe hat, wenn die Sibirier anstatt eines feststehenden und in der Tasche zu tragenden Messers dieses lange Ding mit sich schleppen, das mehr einer Saufeder ähnelt, aber erheblich kräftiger ist. Wenn die Sibirier sich mit einem so plumpen Messer abschleppen, wird es seine Gründe haben.»

Unter dem Bettgestell des Arztes steht ein Paar sonderbarer Schuhe. Forell sieht sie bereits, seit er im Zimmer steht und sich unter der Foffaika einkleidet. Sie reden Belangloses und Wichtiges. Noch nie hat Dr. Stauffer so viel gesprochen, und er gibt auch, als er die Schuhe hervorholt, einen Kommentar.

«Etwas Besseres habe ich für die Füße leider nicht. Aber aus Schnürstiefeln kommen Sie, wenn alles an Ihnen naß ist, viel leichter als aus Schaftstiefeln. Überdies können Sie die Hosenbeine unten in die Stiefelschächte hineinbinden und bekommen nirgends Schnee dazwischen. Amerikanisch. Kennen Sie nicht? Eine seltsame Art von Schuhzeug. Die Russen haben für ihre Kammer einmal eine ganze Menge davon bekommen, tragen sie aber nicht. Meine Schuhgröße ist zweiundvierzig. Können Sie sich gar nicht denken, warum ich Sie neulich nach Ihrer Schuhgröße gefragt habe? Der Umtausch war mühsam, aber hier haben Sie Größe vierundvierzig, Ihre Größe.» «Finden Sie diese Stiefel denn so praktisch?» «Nein, habe ich gesagt. Aber auf diesen Gummisohlen – es ist nicht eigentlich Gummi – laufen Sie fünfmal so lang wie auf Ledersohlen. Darum. Was mir richtig erschienen ist, dürfen Sie ruhig nehmen. Meine Flucht war so gut ausgerüstet und vorbereitet, wie es hier überhaupt möglich ist.» «Warum – gestatten Sie die einfältige Frage! – sind Sie denn nicht längst geflohen?» «Ich war zu gründlich in den Vorbereitungen. Einen Kompaß zum Beispiel hatte ich noch nicht. Da war mir Dechant voraus. Hier. Nehmen Sie seinen

Kompaß! Er ist am Arm zu tragen wie eine Uhr und nicht sehr zuverlässig. Die Karte ist es übrigens auch nicht.»

Dr. Stauffer redet und redet, erklärt, lächelt, ist so wendig und locker, wie Forell ihn noch nie angetroffen hat, und erzählt wirr durcheinander, was er von der Geographie Sibiriens weiß. Wie er all das erfahren hat, alles hier im einsamsten Sibirien, bleibt dem anderen ein Rätsel. Forell spürt, daß sein Gedächtnis nicht die Frische hat, um alles zu bewahren, was da an Wissen über ihn hingeworfen wird, aber er spürt auch das andere, daß ein beinahe überhebliches Vertrauen auf ihn überströmt aus dem Mann, der mit pedantischer Genauigkeit schon seit Jahr und Tag seinen Fluchtplan fertig hatte und ihn mit aller Zurüstung und allen Erfahrungen abtritt wie eine Konzession.

Langsam freilich, als die Nacht fortschreitet und Forell sich noch immer nicht schlafen legen will, weil die Angespanntheit als erregende Ruhe ihn bis in den letzten Nerv ausfüllt, will es so erscheinen, als habe der Arzt sich verausgabt und die Kraft, die dem anderen zuzuwachsen beginnt, bis auf den Grund aus sich herausgeholt, hergegeben wie das Blut bei einer Transfusion. Der sprudelnde Redestrom versiegt allmählich, das Lächeln wird seltener, in dem grauen Gesicht kann nichts mehr darüber hinwegtäuschen, daß der Arzt schlaff wird und müde. Sein Sprechen verhaspelt sich, als hätte er die ganze Flasche Wodka, die er in Forells Leinensack gesteckt hat, ausgetrunken, aber dieses unsichere Reden wird mehr und mehr zu einem Lallen einer rauschgelähmten Zunge.

«Sie wissen den schräg aus dem Boden und auch aus dem Schnee ragenden Stein dort drüben. Sobald es morgen genügend Nacht ist, lege ich Ihr Gepäck dort ab. Sie gehen um neun aus dem Lazarett weg, pünktlich um neun. Sie haben keine Uhr? Nein? Woher sollten Sie eine Uhr haben! Ich werde mit dem Posten auf der vorderen Treppe sprechen und ihn festhalten. Um diese Zeit hat alles in den Stuben zu sein. Von den Kranken also wird niemand Sie sehen, wenn Sie das Haus verlassen. Habe ich Ihnen schon gesagt, daß Sie unterwegs manchmal singen müssen? Daß Sie sich unterhalten müssen mit sich selbst? Wenn Sie einen Baum sehen, dann sprechen Sie mit ihm! Habe ich Ihnen das nicht schon gesagt?» «Ja. Sie haben es schon mehrfach gesagt.» «Sonst verlieren Sie die Stimme. Das ist eine große Gefahr.» Dann plötzlich nimmt Dr. Stauffer aus der Tasche eine Handvoll Pistolenmunition.

«Kennen Sie das?» «Pistolenmunition?» Forell wagt nicht, danach zu fassen.

«Nehmen Sie nur! Die Nagan selbst freilich müssen Sie unter der Bekleidung zwischen den Schenkeln tragen. Das behindert Sie im Gehen, aber falls man Sie innerhalb der ersten vierundzwanzig Stunden faßt, darf man alles andere bei Ihnen finden, nur nicht die Nagan. Dafür werden Sie erschossen.»

Forell wagt es noch immer nicht, diese glitzernden Rundlinge in die Hand zu nehmen. Da knöpft Dr. Stauffer seine Kleidung auf und holt an einem dünnen Riemen eine Pistole herauf.

«Sehen Sie zu, daß Sie das Ding verschwinden lassen und trotz dieses Hindernisses heute schlafen können! Los! So macht man das!» Er schiebt ihm die Pistole unter den Hosenbund und zieht unter dem Hemd den Riemen so, daß er über der rechten Schulter festhängt.

«Woher haben Sie? . . .» «Leider nur sechzehn Schuß. Woher ich die Pistole habe, geht Sie nichts an. Daß ich sie nicht gebastelt habe, können Sie sich denken. Merken Sie sich: das Erwischtwerden mit der Nagan ist Ihr sicherer Tod. Es wäre bei mir nicht anders gewesen. Ich hätte mich auf keinen Fall selbst erschossen. Verteidigt hätte ich mich, ja. Sechzehn Schuß lang. Bei Ihnen ist das anders. Sie sind einer von denen, die schon in männlicher Haltung geboren werden. Sie werden im hoffnungslosen Augenblick den Lauf an die Schläfe setzen. Zuweilen führt das nur zur Erblindung, wenn der Schütze von Anatomie nichts versteht.»

Es wirkt beinahe peinlich, wie Stauffer das sagt. Forell aber, als er erst einmal die Pistole spürt und in der Tasche die Patronen zwischen den Fingern rollen läßt, beginnt die barbarische Sicherheit zu genießen, die vom Besitz einer Waffe ausgeht.

«Ein Reservemagazin habe ich nicht.» «Muß nicht sein. Ich werde mir zu helfen wissen.» Jede leergeschossene Hülse muß immer sofort ersetzt werden. Dann stehen im kritischen Fall acht Schuß zur Verfügung. Das gibt einen ganzen Gürtel von Sicherheit und viel Ersatz für jene Kraft, die dem Körper fehlen mag, weil vier Jahre Haft und Zwangsarbeit daran gezehrt haben.

Forell ist sich mit einemmal dessen sicher, daß ihm nichts mehr geschehen kann. Schuß, Knall, Rückstoß und Mündungsfeuer geben schon als bloße Vorstellung ihrer Heftigkeit dem Besitzer der Waffe eine andere Anschauung von Umwelt und Gefahr. Der rechtlose Gefangene kennt das Gewicht der Waffe ganz anders. Und mit einem solchen Besitz in den Händen ist Doktor Stauffer nicht längst geflohen?

Der Arzt scheint seine Frage zu erraten.

«Legen Sie sich schlafen, Forell! Sie müssen ausgeruht sein. Das Eßgeschirr werfen Sie, bitte, unterwegs nicht weg. Meine Frau hat ein Recht auf Nachricht. Wie lang werden Sie brauchen? Ein Jahr? Zwei Jahre? Sie sagen meiner Frau, was Sie wissen muß: daß ich in Tomsk schon auszubrechen versucht habe und daß ich hier alles vorbereitet hatte, sogar bis zum Besitz einer Nagan. Zu Ihnen gesagt: ich wollte mit Dechant fliehen, denn man muß es zu zweit machen. Dechant ist abgefallen. Er hat seinen Haß nicht mehr und will hier zugrunde gehen. Ich hätte ihm die Geschichte von Alfons Mattern verheimlichen können. Aber wozu? Damals schon begann ich zu ahnen, was ich später sicher wußte. Meine Herren Kollegen sind längst nicht alle so mutig, an sich selbst die Diagnose auf Mastdarmkrebs zu stellen, wenn die Anzeichen unverkennbar werden. Jeder kennt die fürchterliche Reaktion bei den Patienten, wenn ihnen eröffnet werden muß, daß es so ist. Ich habe mich selbst nicht länger als zwei Monate belogen, aber immerhin auch zwei Monate lang, denn der Patient Stauffer wehrte sich mit der Verzweiflung aller Patienten gegen die Richtigkeit der Diagnose, wie sie vom behandelnden Arzt Dr. Heinz Stauffer gestellt worden war. Bilden Sie sich gar nichts ein, Forell, auf meine Wahl! Sie sind mir lediglich unter lauter menschlichen Ruinen als der am wenigsten Ruinöse erschienen, der Knochigste, Härteste. Aber selbst Ihnen die Flucht überzeugend einzureden, war schwer. Kathrin heißt Ihre Frau? Ihr sagen Sie auch einen Gruß, bitte! Und wenn Sie ihr sagen können, was Liebe ist, dann versuchen Sie es ihr zu sagen! Zur Liebe und zum Begreifen der Liebe braucht der Mensch jene begnadete Phantasie des Leides, die zu besitzen alles untragbar schwer macht.»

Er setzt aus und lebt für lange Minuten seinen Schmerzen. Das aschige Gesicht sinkt in Minuten ein, als seien keine Zähne hinter der Haut der Wangen. Die Hände des gekrümmten Mannes klammern sich an das rauhe Brett der Tischplatte.

«Was ist Ihnen denn?» «Es läßt sich so ausdrücken, Forell, daß ich Ihnen gute Heimkunft wünsche. Bevor Sie etwas anderes für Ihr künftiges Leben unternehmen, besuchen Sie meine Frau und sagen Sie ihr, daß ich Sie schicke, Sie an meiner Statt. Ich sei in Tomsk geflohen und habe hier alles bis zur letzten Brotkrume zurechtgelegt für die Flucht. Aber ich sei im Nachwinter von neunundvierzig auf fünfzig gestorben. Im Februar, sagen Sie ihr. Meine Frau ist von echter und tätiger Gläubigkeit. Beschreiben Sie die Stelle da draußen hinter den Barackenbauten, wo die Toten meist vergraben werden. Es sei zwar neun Monate im Jahr Schnee über dem Platz, aber man habe mir ein Kreuz aufs Grab gesetzt. Ach nein – damit sie das Bild frühlinghafter sieht, sagen Sie doch lieber: im März, im März fünfzig.»

Der Sturm wirft Forell die Tür gegen den Körper, als er genau um neun Uhr ins Freie tritt.

Vorne am anderen Ende des hölzernen Gebäudes auf halber Treppenhöhe, so daß er weder den oberen noch den unteren Flur überblicken kann, steht der Posten, von Dr. Stauffer in ein bruchstückhaftes Gespräch über Sturm und Sonntag und Wodka verwickelt. Wäre nicht auf den Sonntag irgendein Feiertag gelegt, den zu begehen auch der Soldat schon seine paar Stagan getrunken hat, wäre ein Gespräch mit diesem sonst so wortkargen Burschen kaum möglich. Zwei Minuten, so ist es vorberechnet, müssen genügen. Beim Öffnen der Tür aber ist die angewehte Lage Schnee abgebröckelt und zu einem Teil in den Flur gefallen. Die Tür schließt nicht, wenn der Schnee nicht eiligst hinausgeworfen wird, und für diese Eile steht nicht einmal eine Minute zur Verfügung. Forell reißt sich die Pelzhandschuhe von den Fäusten und kramt mit blanken Händen den Schnee hinaus, versucht das Schließen der Tür, muß mit den Fingerspitzen den Falz freikratzen und versucht es von neuem. Aber jetzt fällt noch einmal Schnee über die Schwelle.

Sie sprechen noch. Stauffer scheint noch zu spüren, daß die Tür offensteht, denn er ist ja nüchtern. Wenn der Soldat den Feiertag nicht schon in weitgehender Erfüllung seiner Trinkerpflichten mitgefeiert hat, kann es ihm nicht entgehen, daß der eisige Luftzug durch das ganze Gebäude drückt. Forell hat es nicht leicht, wenn er sich so tief bücken muß, denn er ist so dick bekleidet, wie es Stauffers Fürsorge irgend möglich machen konnte. Sorgfältig bis zum letzten Rest Schnee muß er alles beseitigen, was ihn verraten könnte, und mit blanken Händen, damit er das Einklinken spürt und keinen Lärm macht, zieht er endlich von außen die Tür zu.

Die Kameraden im Berg wissen es nicht einmal, wie kalt es oben ist und wie der Wind den Menschen mit klatschendem Schnee ohrfeigt, daß ihm der Mut schon vor der Barackentür abfallen könnte. Irgend jemand schreit. Aber es ist nur ein Schrei in Trunkenheit, weit weg, da drüben in der Kommandantur.

An der Ecke nimmt der Wind Forell einen Handschuh weg, den er noch nicht wieder über die Hand gestülpt hat. Der Flüchtende greift danach, doch der Pelzhandschuh hat sich im Wind schon so weit auf dem Schnee rollen lassen, daß Forell der Länge nach hinschlägt, als er ihn haschen will. Als er ihn endlich wieder gegriffen hat, ist er innen naß. Forell schlüpft dennoch in den Handschuh, denn blanke Hände erfrieren sogleich.

Und doch ist der Sturm ein guter Begleiter. In Minuten wird jede Trittspur wieder zugeweht sein, und soweit die Fläche unter einem fahlen Schimmer von Licht auszuschauen ist, steht nirgends ein Schatten, der etwa die Gestalt eines Menschen hätte.

Die Richtung zu dem schräg im Boden steckenden Stein hat Forell sich bei Tag so innig eingeprägt, daß er sich auch durch den Sturm und die behinderte Sicht nicht aus der Richtung bringen läßt. Der Stein ist, wenn Schnee liegt, auch bei voller Dunkelheit nicht zu verfehlen, weil er als dunkler Block vor dem weißen Grund steht. So entsetzlich dunkel ist die Nacht keineswegs, wenn sich die Augen erst einmal daran gewöhnt haben. Was die Augen nicht sehen, das ertasten die Hände: den prall gefüllten Leinensack mit den Tragschnüren daran, die in den Bund gesteckte Kandra und – na, was ist das denn für Holzzeug? Um die Dinge auszutasten, muß Forell noch einmal einen Handschuh abstreifen, und hernach schlüpft er sogar aus dem zweiten Handschuh: Stauffer hat ihm ein paar sibirische Skier zum Gepäck gelegt.

Solche Dinger haben die Konvoi-Soldaten unter den Schuhen getragen, wenn sie die Geschwindigkeit bestimmten, in der die Gefangenen zu laufen hatten. Die Zweckmäßigkeit ist bei der einfachen Erfindung Pate gestanden. Die vorne und hinten in Schnäbel hochgebundenen Enden dünner Birkenbretter sind von Schnabelspitze zu Schnabelspitze durch dicke Darmsaiten verbunden. Auf der Mitte sind ein paar Riemen befestigt. Der Schuh schlüpft mit der Kappe in eine Schlaufe, und ein zweiter Riemen läßt sich von der Ferse her über den Rist binden. Ob das nun das Letzte an Vollkommenheit ist, macht dem Flüchtigen in diesem Augenblick kein Kopfzerbrechen. Er sieht sich hastig um, ob er im Sturm keine Schatten erspähen kann, aber es stehen nur dünn und bleich ein paar Fensterlichter im Schneetreiben.

Der Stand auf den Birkenbrettern ist ziemlich starr. Der Absatz läßt sich nicht anheben. Aber die Bretter sind so dünn, daß sie auf das Anheben des Fußes reagieren. Mit höchstens sechzig Zentimeter Länge sind die Skier ja nur verlängerte, gleitfähig gemachte Schuhe. Der Fuß sinkt, wo der Schnee angeweht ist, nur mäßig ein. Er braucht nicht bei jedem Schritt angehoben zu werden. Die Spuren werden nicht so tief eingeschnitten, und bald schon wird niemand mehr sehen, wo sich hier ein Mensch bewegt hat. Der Mann im Schnee macht sich so vorsichtig wie möglich für den Weg zurecht und probt die Skier aus, erst ohne Belastung, dann mit dem ganzen Gewicht des Reisevorrats auf dem Rücken.

Mit Zweimeterbrettern von daheim wäre es ein Spiel, jetzt in einer Nacht sechzig Kilometer herunterzulaufen. Diese Skier aber sind fürs erste eine Belastung. Der Mann versucht das Gehen mit der Last, aber als er zweimal auf das Gesicht gefallen ist und den Leinensack zum Nachdruck auf den Kopf bekommen hat, läßt er es künftig gern bleiben, sich weiter als beim schlichten Gehen nach vorn zu legen. Die Stürze sind, vor allem wenn kantiges Gestein nur leicht von Schnee überweht ist, doch recht unangenehm. Wenn Stauffer es für richtig gehalten hat, ihm diese seltsamen Bretter aufzuzwingen, wird er wohl seine Gründe dafür gehabt haben. Forell aber ist schon in Schweiß, als er so weit gegangen zu sein glaubt, daß er dem unmittelbaren Lagerbereich entkommen ist. Er lernt bei den Gehversuchen, die ihn viel Mühe kosten und wenig Gewinn an Strecke einbringen, denn nach einer halben Stunde noch glaubt er hinter sich Fensterlichter zu sehen, so nach und nach, wie er das Gewicht legen muß, wie die Schrittlänge bemessen sein darf, wie die Dinger praktisch als einfache Vergrößerung der Trittfläche auszunützen sind, aber es macht ihm Kummer, daß er nach seinem Gefühl nur geringfügig vom Platz gekommen ist.

Er starrt auf die Nadel seines Kompasses.

Die Richtung sieht er wohl, aber bei gleichen Längen der Nadelhälften ist nicht zu unterscheiden, welche die Nordrichtung ist, und durch das Gehen, Plagen, Fallen und Abmühen mit den Skiern mag er vielleicht schon ins Kreisgehen gekommen sein. Handschuhe aus. Den breiten Feuerstein der Puschka angeschlagen. Die Richtung ist gut. Genau Westen. Aber es ist kein Merkzeichen zur Orientierung und zum Festlegen der Gangrichtung in der schneebleichen Sturmnacht. Nach ein paar hundert Metern muß er wieder Funken schlagen und ist sehr zufrieden, weil die Richtung immer noch genau Westen ist.

Warum eigentlich Westen?

Die Vernunft, für deren primitive Überlegung sich auch Doktor Stauffer nicht verständnislos gezeigt hat, spricht für allgemeine Westrichtung. Stauffer aber hat gesagt: Westen ist für Sie, abweichend vom Kompaß immer dort, wo Sie die geringsten Hindernisse und möglichst wenig Gefahr vermuten dürfen. Sie müssen fürs erste überhaupt einmal nur gehen, um aus dem Suchbereich des Lagers zu kommen. Dann müssen Sie weitergehen, um einfach einen anderen Boden unter die Füße zu bekommen, einen anderen Schnee. Wenn Sie sich erst einmal sechs Wochen lang warmgegangen haben, können Sie mit sich selbst über eine Richtung einig werden.

Auch ein Mensch, der Sibirien schon von Tschita bis ans Kap durchlaufen hat, ein so nüchterner Mann wie Forell, ertappt sich bei dem Gedanken, bei der Vorstellung und der lauen Hoffnung, am nächsten Morgen, auf die Zehenspitzen gestellt und den Hals gereckt, bereits anderes Land zu sehen. Fürs erste ist nur das nicht Trug, daß der Schneegänger sein Wandern als strenge Arbeit empfindet, daß der weiße Belag auf einer undefinierbaren Landschaft stetig leicht ansteigt. Vom Lager her hat das etwas anders ausgesehen, wohl als Steigung zu Anfang, jenseits der Steigung jedoch als unbedeutend bewegtes, steiniges Land mit blockigen Hindernissen, von denen sich in der Wirklichkeit nicht viel bemerkbar macht. Manchmal zwar erscheint neben dem wandernden Mann in der milchigen Nacht eine dunkle Rippe, doch immer neben ihm, nie gerade voraus.

Über die kahle Schädeldecke unter der Pelzmütze rinnt juckend der Schweiß. Die gelösten Ohrklappen sind unangenehm, weil sie Geräusche vortäuschen, wenn der Sturm sie an die Kieferknochen schlagen läßt. Forell steckt sie hoch, unter den Pelzrand, doch nun klebt sich der Schnee auch an den Ohren zackig fest. Also werden die Klappen wieder heruntergenommen und unter dem Kinn zusammengebunden. Mit dem Wind ist es nicht ganz so schlimm geblieben, wie er es zu Anfang empfunden hat, wenn auch auf unangenehme Weise immer wieder die Täuschung eintritt, als käme das Blasen und Schneewerfen einmal von der rechten Seite, dann gerade entgegen ins Gesicht. Nur über den Rücken herein scheint das Unwetter nie zu kommen.

Manchmal wollen die Füße mit den Skiern bedrohlich schnell weglaufen, und wenn der Körper sich gerade darauf eingestellt hat, wird das Laufen zu einem wattigen Gehen; vor jedem Ski bauscht sich der Schnee, und der Geher nimmt vorsichtig den Kopf etwas zurück, weil er knapp vor den Augen aufgetürmtes Weiß zu sehen glaubt. Nein. Es ist nichts. Aus dem strengeren Atmen lediglich wird klar, daß der Boden ansteigt.

Um neun ist Forell weggegangen.

Wenn es jetzt sieben am Morgen wäre, wenn es leicht zu dämmern anfangen würde, wenn der Tag käme, dann hätte die Wanderung doch sicher an die vierzig Kilometer geschafft. Manches Wegstück hat mühevoll Schritt um Schritt gestapft werden müssen. Dann aber sind die Birkenbretter leicht gelaufen, eine Stundenzeit von vielleicht fünfzehn Kilometern oder gar mehr.

Forell denkt umgekehrt. Aus dem Dämmern, wenn es endlich käme, möchte er schließen, daß er schon viel gegangen ist. Da es aber noch nicht dämmern will, mißt solche Logik die Strecke noch klein und unbedeutend. Der ausgepumpte Körper schätzt bereits auf eine voll abgeleistete Nacht, während das Gehirn streng Ordnung schaffen muß zwischen Wünschen und ehrlichen Erwägungen. Denn irgendwo da hinten, wenn man sein Fehlen schon bemerkt hat, können plötzlich Schlittenhunde auftauchen.

Forell tastet nach der Nagan. Er bräuchte sich gar nicht erst über ihr Vorhandensein zu vergewissern, denn sie scheuert sehr unangenehm. Stauffer aber hat zur Bedingung gemacht, daß die Pistole zwei Nachtmärsche lang versteckt bleiben muß. Diesem Mann die Erfüllung einer solchen Bitte zu verweigern, würde ein offenes Unrecht bedeuten.

Es ist ja gut. Es ist doch richtig. Es muß so sein. Es muß sehr lange dauern, ehe die Nacht morsch wird, denn eine lange Nacht bedeutet viel Weg, und viel Weg läßt die unmittelbare Gefahr mit jedem Kilometer um eine Winzigkeit geringer werden. Als Forell sich auf ein stumpfsinniges Kilometerstampfen zu verlegen beginnt und das Denken bloß noch mit dem Allernächsten beschäftigt, mit dem horizontlosen Schnee voraus, mit der Schneefläche vor den Füßen, die sich bei den Schritten sichtbar teilt, mit dem Zählen der Schritte von eins bis tausend, wieder von vorn beginnend von eins bis tausend, schafft er sich so die Ruhe und sieht die Mühen des Fleißes auf seine Weise belohnt, wenn es wieder tausend Schritte sind. Daß er dann nicht mehr weiß, wie oft er nun schon tausend Schritte gezählt hat, ist auch eine Gnade. Denn von da an ist er mindestens wieder tausend Schritte lang damit beschäftigt, zurückzurechnen, ob es siebenmal oder achtmal tausend Schritte waren.

Nur weiter! Wieder tausend. Und noch einmal tausend. Und noch einmal tausend. Bei Forells langen Beinen muß ein solcher Schritt doch das Maß von einem Meter haben. Tausend sind dann ein Kilometer. Hoppla! Das war ein Felsstück. Die Birkenbretter geben einen schönen, schwingenden Ton. Das sind die Darmsaiten. Warum haben die Augen diesen immerhin mannshohen Fels nicht gesehen? Er ist doch ein schwarzer Fleck in der weiß eingetönten Finsternis.

Forell erschrickt, als er beim angestrengten Blick auf den Kompaß die Nadel unterscheiden kann.

Ist es denn schon am Tagwerden?

Er beginnt zu hasten.

Hier gibt es keine Deckung. Und wenn dies wirklich der Tag ist, wenn gar der Sturm nachläßt – ist er nicht schon leichter geworden? –, dann sehen die mit Hunden und Narten auf Verfolgung ausgegangenen Russen seinen dunklen Schattenriß auf große Entfernung. Stauffer hat ihm oft genug gesagt, daß die Menschen aus diesem Land ihn längst sehen, ehe er auch nur einen Schatten erkennt. So schleppend auch das Tagwerden einsetzt, so hastig muß der Ausbrecher noch ein Stück unbewegtes Landes hinter sich zu bekommen versuchen, um sich zum Lagern einzuducken an einem Fels, der dunkel etwas wie eine Wand hinter ihn setzt.

Vom Wind abgekehrt und von einer Schneewächte überhangen, findet er ein zweimal mannshohes Stück Fels, und mit Genugtuung stellt er fest, daß der unter dem Fels angewehte Schnee, vom Wind darüber geblasen und gleich nach dem Hindernis fallengelassen, genug Tiefe hat, daß ein Mann, der sich duckt, aus der Sicht völlig verschwinden kann.

Die Skier als Schaufeln benützend, wirft er am Stein entlang noch mehr Schnee beiseite und schafft sich, von der Wärme in der Kuhle freundlich angerührt, genügend Platz, um nun vom Tag zu verschwinden. Der Sturm, kaum noch zu hören, trägt über den Fels weiter fein stäubenden Schnee, der fast unbewegt niedersinkt. Aber ehe der Mann sich endgültig entschließt, hier zu bleiben, vergewissert er sich, ob der nachsickernde Schnee auch wirklich die Spuren schnell genug zudeckt. Doch. Ja. Es geht schnell vor sich. Aber Forell lehnt wohl schon eine Stunde so, die Beine vor sich in den Schnee gestemmt, mit dem Rücken gegen den Stein, als er sich den Mut nimmt, den abgestreiften Sack aufzuschnüren und etwas Eßbares herauszuwühlen.

Sparen! hat Stauffer gesagt.

Einteilen! hat er immer wieder gepredigt.

Die Schultern schmerzen von den Sackschnüren, und die Beine zittern nach der schweren Marschleistung. Aber den Hunger können solche Beschwerden nicht überdecken. Einteilen! hat Stauffer gesagt. Und Forell kaut nur Brot. Eine dürre Rinde. Eine zweite Kruste. Noch eine. Das darf er sich erlauben. Die Last seines Vorrats hat ihn genügend gedrückt.

Im Kauen hält er immer wieder ein, weil er fürchtet, beim Knacken der hartgedörrten Brotkrusten, wenn andere es genau so laut wie er hören, sich zu verraten. Ach, und es ist so angenehm warm im Windschatten, wie wenn man nicht schon tief im Winter stünde.

Stauffers Tee ist in Leder verpackt, wohl zum Schutz gegen die Feuchtigkeit, die nach und nach, wenn das Schneefallen so weitergeht, den Sack völlig durchdringen wird. Forell, nachdem er wieder in den Tag hinausgehorcht hat, kramt seine Sachen weiter auseinander, tritt einen Platz eben für das dürftige Kochgestell, das ja nicht größer ist als eine Zigarettenpakkung und eben darum so schwer aufgestellt werden kann, und beginnt Schnee zu schmelzen, weil sich über dem halbwegs beruhigten Hunger der Durst aufdringlich bemerkbar macht. Es wird sich billigeres Wasser finden müssen auf dem weiteren Marsch, denn die Gewinnung von so wenig Wasser aus so viel Schnee kostet zuviel Trockenspiritus. Der Tee aber, zu einem hellen Sud aufgebrüht in dem alten k. und k. Eßgeschirr, ist eine Herrlichkeit nach einer so mühenreichen Nacht. Er gibt eine andere Wärme als das kilometerfressende Gehen auf schwierigen und primitiven Birkenbrettern, die den Füßen viel Schmerz bereitet und die Wadenmuskeln überanstrengt haben.

Schlafen, wenn der verhärtete Körper es könnte, müßte schön sein. Es würde den Tag verkürzen, den der Flüchtling sonst fast unbewegt in der Enge zwischen Fels und Schnee verbringen muß, acht Stunden lang, acht Stunden zur Unbeweglichkeit und zum scheuen Horchen verdammt. Die Skier, quer über den Platz so auf den Schnee gelegt, daß sie, wenn der Leinensack noch zwischen sie gelegt wird, den neu anfallenden Schnee etwas abhalten, helfen die Schlafstelle tarnen. Darunter bei fast absoluter Windstille liegen, hier den Tag vorbeigehen lassen, in dieser Ruhe schlafen dürfen, nicht mehr im Bleiberg sein müssen – so denkt das müder werdende Gehirn träg dahin, und es denkt oder träumt von Hunden, die durch die Gegend jagen, nach dem geflohenen Strafgefangenen Clemens Forell auf seiner Fährte zu suchen, es denkt an den Arzt aus Magdeburg, der sein Schicksal, als es für ihn Schicksal zu sein aufhörte, an Clemens Forell verschenkte, nur damit seine Frau Nachricht bekommen soll über den Platz, an dem er begraben ist.

Liebe.

Weiß von denen im Bleiberg überhaupt noch einer, was Liebe ist?

Forell erschrickt sehr, als er mit lärmender Gewalt geweckt wird. Ein grauenhafter Traum ist dem vorausgegangen, aber wunderlicherweise nicht ein Traum von russischen Soldaten und nicht von Kameraden, die ihn geprügelt zwischen ihren Reihen laufen lassen, sondern von einer blühenden Wiese, über die er auf Skiern gefahren ist, bis sie einstürzte unter ihm und ihn weit oben ganz tief hinunterfallen ließ in die Kaverne der Bleigräber.

Er braucht eine Weile, bis er weiß, woran er ist.

Dann nimmt er den Vorratssack von seinem Gesicht und betastet eine Stelle im Gesicht, die leicht blutet. Es war nur dies: Sack und Skier haben sich aus dem Schnee gelöst und sind auf den Schläfer gefallen. Die Empfindungen sind aus dem Erschrecken ins Begreifen der Umstände so schwer zurückzuordnen, weil es ringsum Nacht geworden ist.

Wohin hat sich denn der trübe Tag verloren?

Es ist mühsam, in der Dunkelheit die Sachen zu verpacken, den Vorratssack geordnet zu schließen und zu übernehmen, dabei ein paar Rinden Brot zu kauen und die Bretter an die Schuhe zu binden. Weit kann die Nacht noch nicht vorgeschritten sein. Und mit dem Schneesturm ist es so, daß er immer noch, als der Mann aus seiner Grube emporsteigt, Schnee über den Felsen streut. Die Puschka läßt kurz ein paar Funken über den Kompaß sprühen, damit der Wanderer zu Eingang der Nacht weiß, wohin er sich zu halten hat.

Der Körper ist schmerzhaft steif. Gestern waren alle Gelenke noch beweglich, wenn auch zu wenig straff für große Strapazen. Heute ist alles wie ausgedorrt, so rauh, so hart, wie Riemenleder, das naß geworden ist und getrocknet werden mußte. Darauf ist alles brüchig. Aber wer sich im Bleiberg mit dem Erzkorb allmählich warm laufen konnte, wird die Gelenke auch locker bekommen im Gehen um die Freiheit.

Forell schwingt sich aus seinem Unterschlupf, bindet die Bretter an die Schuhe und nimmt sein Reisegepäck über, nachdem er sich als Frühstück etwas Brot in die Tasche gesteckt hat. Daß ihm beim Herumkramen nach dem Brot ein Stück getrockneten Specks in die Hände geraten ist, merkt er nur an den Händen, die nun nach Speck riechen. Mit überlegener Siegermiene schiebt er die Hände in die Pelzhandschuhe, so siegesstolz wie ein Kettenraucher, der es übers Herz gebracht hat, eine schon zwischen die Lippen gesteckte Zigarette wieder in die Tasche zu stecken. Das Stück Speck ist eben sehr klein, und Dr. Stauffer hat Enthaltsamkeit gepredigt. Zuweilen freilich schlüpft die Hand aus dem Pelzwerk und spielt vor der Nase herum.

Am Morgen, wenn alles gut gegangen ist, wird er einen kleinen, einen ganz kleinen Streifen Speck abschneiden.

Der rechte Schuh nagt ein wenig an der Ferse, aber als die Füße sich im Gehen gewärmt und gelockert haben, verschwindet dieses kleine Drücken fast völlig. Wenn der Schuh sich nicht an den Fuß passen will, muß der Fuß sich an den Schuh passen.

Westen. Westen. Westen.

Das Gehen nach dem kleinen Kompaß auf der linken Hand weicht sicher im Lauf der Nacht ein wenig von der gemeinten Richtung ab. Die Nacht zeigt ein einziges Mal voraus einen dunklen Schatten als Richtungspunkt. Wenn Forell sich links daran vorbeihält, wird er genau Richtung Westen haben. Der Schatten aber verschwindet, als ihn Forell bereits erreicht zu haben glaubt, und als Trugspiel zeigt sich weit rechts irgendwo ein anderer, neuer Schatten. Auf den sibirischen Skiern zu laufen, ist schon nicht mehr so schwieirg. Wenn Stauffer gewollt hat, daß zur Flucht diese Dinger benutzt werden, wird er seine guten Gründe dafür gehabt haben. Stauffer will, daß seine Frau Botschaft bekommt. Stauffer verläßt sich darauf. Seine

Meinung ist, daß die Botschaft am sichersten nach Magdeburg kommt, wenn der Bote solche Birkenbretter benützt. Also sind die Bretter gut und zuverlässig.

Daß ein Mensch so sachlich vom Sterben, von seinem eigenen Sterben, reden und die Botschaft so abfassen kann, als wäre er bereits gestorben und ordne nur als Leichnam noch seinen eigenen Nachlaß?

Zweiundachtzig – dreiundachtzig – vierundachtzig. Forell ist schon wieder dabei, seine Schritte zu zählen. Solcher Stumpfsinn hat viel für sich. Er läßt die Umstände halbwegs vergessen und läßt nie vergessen, daß in einer Marschnacht mindestens fünfzigtausend Schritte gemacht werden müssen. Es sind ganze Serien sehr kurzer Schritte darunter, wenn die Lunge schwerer zu arbeiten hat, weil das Gehen bergan führt.

Dreizehn – vierzehn – fünfzehn – sechzehn. Die Hunderter zählt Forell mit den Fingern, indem er einen Finger im Handschuh so lang ausgestreckt hält, bis beim nächsten vollen Hundert der nächste Finger gestreckt werden darf. Die Tausender werden mit Trockenspiritus-Tabletten gezählt. Acht davon hat Forell in der linken Tasche der Foffaika. Wenn er bei tausend Schritt angelangt hat, nimmt er eine Tablette in die rechte Tasche herüber. Schade, daß Schnee in die Taschen kommt, da sich Stürze nicht ganz vermeiden lassen. Die Tabletten werden schlecht brennen. Aber sie zählen mit, wie oft der Mann tausend Schritte gegangen ist. Nach achttausend Schritten geht der Turnus der Tabletten umgekehrt von rechts nach links.

Jetzt laufen die Bretter plötzlich von selbst. Und Forell, in Zweifel darüber, ob jeder Schritt bergan ein Meter war, macht eine großartige Konzession an sein Zählsystem, indem er den ganzen langen Lauf talwärts als einen einzigen Schritt aufrechnet. Die Minderleistungen von vorher werden dadurch nobel ausgeglichen, wenn nur die allgemeine Richtung einigermaßen beibehalten wird. Bei fünfzig Kilometern glaubt Forell zehn Kilometer für Umwege abrechnen zu müssen. Siebenundsiebzig – achtundsiebzig – neunundsiebzig – achtzig.

Wie weit wohl die Russen ihre Suche betreiben werden?

Stauffer hat mit einem Radius von achtzig Kilometern gerechnet. Diese achtzig Kilometer sind auch nach einer zweiten Nacht noch nicht überschritten. Also schneller! Schneller! Schneller!

Leibrecht, sofern er davon schon erfahren hat, wird in der Kaverne kein Wort darüber verlieren, sofern nicht das Gerücht, das Stein durchdringt, einsickert. Erst eine Woche nach der Flucht eines Gefangenen darf damit gerechnet werden, daß der Entwichene entweder aus dem unmittelbaren Verfolgungsbereich entkommen oder aber irgendwo im Schnee liegengeblieben ist, wo niemand ihn mehr findet. Sterben ist in sibirischer Lebensrechnung die glatte Lösung.

Zweiundzwanzig – dreiundzwanzig – vierundzwanzig.

Forell möchte die andere, die schwierigere Lösung vorziehen.

Als die Nacht um ist, hat er sich bei aller Erschöpfung so in die Uhrwerksmechanik des Laufens eingearbeitet, daß er noch ein paar tausend Schritte zuzulegen versucht, teils weil das Gelände hier zu sehr eingesehen ist und einen einzelnen Mann nach dem Aufhören des Schneetreibens rücksichtslos preisgibt, teils in der Absicht, die brave Leistung von sechzigtausend Schritt zu erzwingen.

Es geht einmal noch bergab.

Und dann stellt der Nachtläufer überrascht fest, daß unter seinen Schuhen blankes Eis ist, hohl klingendes Eis, das auf seine Tritte mit einem singenden Krachen reagiert.

Ein Bach?

Scheu blickt Forell sich um. Hier kann man ihn nur auf kürzeste Entfernung sehen. Zum Biwakieren ist es freilich nicht der geeignete Platz, aber weil die geringe Deckung gegen Sicht etwas wie Sicherheit für den Augenblick vortäuscht, überlegt der Flüchtling gar nicht erst, daß nach dem Ende des Schneetreibens jede Schrittspur tagelang stehenbleiben wird, ihn zu verraten und das Suchkommando an seiner Spur entlang bis zu seinem Lagerplatz zu führen, sondern er fegt mit den Schuhen das Eis frei, um durch die blanke Decke zu erkennen, in welcher Richtung der Bach läuft. Die Laufrichtung des Wassers nämlich wird die falsche Richtung sein. Alles Wasser fließt zum Meer. Am Meer, ob auf der einen oder der anderen Seite, ist die Gefahr, mit Menschen in Berührung zu kommen, größer als im Inneren des Landes. So hat es wenigstens Dr. Stauffer erklärt. Also muß der Flüchtende sich an die Richtung bachaufwärts halten.

Diese Richtung aber ist nach dem Kompaß genau Ostrichtung, genau die Richtung, aus der Forell gekommen zu sein glaubt, in der also das Lager, das Bleibergwerk liegt. Schlapp und erschöpft, aber von Zweifeln geplagt, muß der Ausreißer dem Wasserlauf eine Strecke weit nachgehen, um sich zu überzeugen, daß der Bach launisch die Richtung wechselt und ihn nicht den Fängern ausliefert, wenn sich der Marsch der nächsten Nacht eine Strecke weit an die Eiskruste hält bergauf, weg von den Menschen, die es unten vielleicht gibt.

Mit lauter Denken und Erwägen hat Forell übersehen und mit dem Hinhorchen auf das immer deutlicher werdende Rauschen eines offenen Wassers hat er es überhört, daß das Eis unter seinen Tritten unruhig geworden ist. Beim letzten deutlichen Brechen ist es zu spät, um den Bachlauf zu verlassen, zumal die Uferseiten doch recht steil sind.

Daß ihm beim Nachgeben des Eises nichts anderes in den Kopf kommt als ausgerechnet die gereimte Lesebuchgeschichte vom Büblein, das es trotz Vaters strengem Verbot dennoch mit dem Eis des Weihers wagt, will den Mann wundernehmen, aber selbst als er schon bis an die Knie das eiskalte Wasser spürt, hat er sich noch nicht losgerissen von dem leichtflüssigen Vers, der erzählt, wie der Vater zu Haus das Büblein geklopft hat. Aus dem Instinkt heraus tut er wohl das Richtige und legt sich platt, aber selbst wenn er sich auf dem ungebrochenen Eis halten kann, bis er am Ufer ist, wird es kein Mittel geben, die Nässe aus den Kleidern zu bringen.

Zweimal noch bricht das Eis nach. Der Mann aber gerät, ohne noch weiter als bis zu den Knien naß zu werden, auf einen klobigen Rollstein und kann sich dann am Rand festhalten. Er watet hinaus, steigt am Uferrand empor und sieht jetzt erst in seiner ganzen Breite den Bach, wie er über lokkere Steintreppen herabkommt, die Steine an den über das Wasser ragenden Stellen dick mit Eis verkrustet, wo das aufrührerisch verspritzte Wasser darüberhin gesprüht wird.

Der Mensch in einem menschenleeren Land ohne Baum, Haus und wärmende Unterkunft weiß in diesem Augenblick, daß er an einer läppischen Kleinigkeit sein Leben verspielt hat. Er müht sich mit nassen Fingern, die Riemen der Bretter zu lösen, aber am Holz wie am Leder friert das Wasser bereits fest, und die Kälte fängt schon an, in den Füßen zu ziehen. Die Kompaßnadel, perfid und höhnisch, zeigt jetzt dort Westen an, von wo der Bach kommt.

Es gehört nicht viel Phantasie dazu – Dr. Stauffer hat Forell mehrmals zum Vorwurf gemacht, er habe keine Phantasie –, um in dieser Lage zu begreifen, daß sie das Ende bedeutet.

Die Kälte ist nicht heftiger als vielleicht fünfzehn Grad. Es läßt sich mit bis an den Bereich der Knie nassen Schuhen und Kleidern bei der augenblicklichen Windstille zwei oder drei Stunden aushalten, wenn die Füße nicht zu gehen aufhören und nach ein paar Stunden eine warme Unterkunft winkt. Der Körper ist müde und verlangt nach Schlaf. Der Schlaf ist dann der Tod. In die Wattefütterung der Hose ist soviel Wasser eingedrungen, daß der Körper unmöglich aus eigener Wärme, die ja auch schon zu erlöschen beginnt, Stoff und vollgesogene Watte zum Trocknen bringen kann. Der Platz ist weithin eingesehen. Zur Not wäre bei normalen Umständen eine Stelle zu finden, wo man in trockenen Kleidern sich soweit gegen die Kälte absichern könnte, um nicht zu erfrieren.

Forell ertappt sich bei dem Wunsch, daß jetzt dreizehn Hunde heranfegen mögen vor einer Narte mit zwei Soldaten darauf. Das wäre die Rettung, aber es wäre auf andere, weniger stille Weise, der Tod. In den Hosenbeinen steckt die Nagan, um zwei Mann abzuschießen, wenn sie nicht vorher mit ihren Maschinenpistolen den Fall umgekehrt erledigen. Sonst freilich, wenn die eigene Nagan schneller wäre, könnte das ein gut durchgespielter Fall von gütigem Schicksal sein: ein Hundegespann und eine Narte.

Der Zustand der völligen Lähmung dauert, solange es dem Mann auch erscheinen will, nicht länger als ein paar Minuten.

Forell sucht nach einer Stelle, an der er auf Stein seine Sachen ablegen kann und aus den Schuhen und Hosen schlüpfen darf. Mit dem Tod gibt es kein Verhandeln. Es sieht nach Narrenposse aus, wenn ein Mann unter dem kalten Himmel Nordsibiriens auf verschneitem Sumpf neben einem Bach seine Kleider ablegt, als wolle er ein Schneebad nehmen. Die Kälte fährt ihm beißend in die Beine. Er zieht die Foffaika aus, sich das gut wattierte Zeug um die Waden zu schlingen. Die Füße steckt er in die Mütze, stolpert, tritt daneben in den Schnee und nimmt sich, als der Schnee längst nicht so kalt erscheint wie eben noch die anfrierende Nässe, vor, die Füße gleich dann durch Abreiben mit Schnee warm zu machen.

Schon fällt es schwer, die Nässe aus dem Wattezeug zu drücken. Aber die klamm werdenden Finger, soweit sie überhaupt noch ein Gefühl haben, spüren im Abtasten der Hose, daß sich das Wasser durch den neuen und noch nicht ausgelaugten Stoff abweisen ließ, weshalb die Hose zwar außen und innen naß ist, ohne daß aber die Wattefüllung getränkt worden wäre. Dafür hat die Unterhose und haben die Strümpfe alles aufgesogen, was von unten her eingedrungen ist.

Wenn das so ist, läßt sich mit dem Tod um Frist verhandeln.

Hundekalt ist es für den Körper, wenn die trockengebliebenen Stücke jetzt reichen sollen, die Beine und Füße einzuhüllen. Der Körper bräuchte Essen und Schlaf, aber nicht dieses geckenhaft aussehende Herumhüpfen im Schnee. Hunger und Schlafbedürfnis sind der Angst gewichen, und die Angst macht die Hände unsicher, wenn sie Feuer aus der Puschka schlagen wollen. An einem fast senkrecht aufstehenden Stück Fels hat Forell einen Platz entdeckt, an dem er ein Feuer aus seinen Tabletten etwa so anrichten zu können glaubt, daß die Wärmewirkung auf die nassen Kleidungsstücke übergeht. Es dauert schon eine halbe Stunde, ehe eine Tablette Trockenspiritus einmal das Feuer annimmt, das die Funken auf der Lunte entzünden. Ein Stück Papier und noch ein Stück Papier und wieder eines muß geopfert werden. Forell hat ja nicht viel, und was er hat, das bräuchte er eigentlich, um hie und da Machorka einzudrehen. Rauchen muß nicht sein, aber leben muß sein. Leben muß sein – aber wenn der ganze Vorrat Trockenspiritus darangegeben werden muß, um die paar Stücke Kleidung zu trocknen, ist für morgen verspielt, was heute gerettet wurde.

Als die ersten Tabletten, wie Spielkarten zu einem Häuschen gestellt, endlich brennen, werden wenigstens die Hände warm, denn sie müssen nun ohne Aufhören über dem Flämmchen wenden, was trocknen soll, so nahe über der Flamme wenden, daß dieses bißchen Wärme in seiner Armseligkeit nicht unnütz gegen den sibirischen Himmel aufsteigt.

Lange überlegt der nacktfüßige Mann, dem immer kälter wird, ob er nicht mit seinem langen Messer, dessen Wert und Bedeutung er hier ein erstes Mal zu begreifen scheint, die Birkenskier zu langen Spänen aufspleißen soll, um mehr Wärme für den Augenblick zu gewinnen. Der warme Augenblick aber könnte sehr kostspielig werden. Noch ist Forell nicht aus dem Bereich der Suche. Er wird laufen müssen, tagelang noch so weiterlaufen, ehe er überhaupt aus der ersten Zone der Gefahr ist, immer laufen, wenn er überhaupt je noch einmal laufen wird.

Er wird wieder laufen.

Die Beinlinge der Hose, am wenigsten wasserdurchlässig, zeigen wirklich ein paar beinahe trockene Stellen. Fürs erste und wider die unmittelbare Sterbensgefahr muß es genügen, das Außenstück wenigstens trocken zu bekommen, die naß gewordenen Schuhe von innen wenigstens anzuwärmen, wenn sie schon nicht getrocknet werden können, und dann von dieser Stelle zu verschwinden, die von weither eingesehen ist.

Es scheint zu gelingen!

Die halblangen Strümpfe, das weiß Forell, wird er opfern müssen. Sie sind plötzlich so schlecht, nachdem sie eben noch so gut und warm gewesen sind. Ach, Wolle? Mischwolle sind sie, die schon fünfmal mit dem Reißwolf Bekanntschaft gemacht hat! Miserable Ware! Daheim würde Forell so etwas nicht tragen, niemals! Genau besehen sind sie nicht so schlecht. Und wenn Forell ein Hemd abschneiden muß, um die Füße doppelt einzuwickeln, so wird ihm das Hemd bitter fehlen. Freilich trägt er die Hemden ja vierfach übereinander, aber dieser Winteranfang ist ja erst die dürftige Verheißung jener Kälte, die man sibirisch nennt. Die Strümpfe zu trocknen, ist unmöglich. Also macht das Denken sie schlecht, um die Trennung zu erleichtern.

Schon mit der langen Unterhose dauert es eine endlos scheinende Zeit. Und wenn das lange dauert, wenn der frierende Mann sich die Gefahr auflädt, hier angetroffen zu werden, wird er lieber auch dieses Stück wegwerfen. Die Hose ist tatsächlich, wenn auch erst nach Stunden, trocken, aber die Spiritustabletten sind abgebrannt, es sind neue nachgelegt worden und wieder abgebrannt, wieder neue müssen aufgelegt werden. Womit soll ein Mensch, auf sich allein gestellt in einem Land ohne Holz, Tee bereiten, um sich einmal am Tag von innen zu erwärmen? Forell schlüpft in die Hose, nachdem er es gewagt hat, seine Füße im Schnee heftig zu reiben.

Das tut so übel nicht. Nur muß er gehen, stampfen, laufen, um eine Durchblutung zu erreichen.

Und essen muß er. Ja, jetzt auch ein Stück Speck.

Und wenn schon Stauffer – für alle Fälle – Wodka mitgegeben hat, eben für alle Fälle, für sparsamsten Gebrauch, dann darf es doch in einer solchen Situation erlaubt sein, einen Schluck zu nehmen. Einen knappen Schluck. So ein Schluck gilt eigentlich nur für einen halben. Mit den gezählten Schritten hat Forell es doch genauso gehalten, daß er die kurzen nur als halbe gezählt hat und gegen die langen Ablaufstrecken aufgerechnet hat. Also ist es sein Recht, einen zweiten gleich kurzen Schluck zu nehmen.

Die Unterhose wäre darüber beinahe an einer Stelle angesengt worden. Aber nur angesengt, nicht so stark gebrannt, daß sich das Gewebe an dieser Stelle auflösen würde.

Warum der Mann jetzt plötzlich mit der Nagan spielt? Sie ist auch naß geworden. Überdies hängt eine Pistole zwischen den Schenkeln recht unbequem, wenn man so weite Strecken laufen muß. Sie ist eben hinderlich an einem solchen Platz, wie eine unrichtig eingesetzte Hosentasche, in der man zwanzig Hausschlüssel herumträgt. So eine Pistole ist ein lebenswichtiges Ding.

«Auch sterbenswichtig, sagt Doktor Stauffer.» Forell spricht laut mit sich selber. Wie das rauh klingt!

«Das wäre beinahe schiefgegangen», sagt er dann noch lauter, und es klingt ebenfalls rauh. Aber es gefällt ihm, mit sich selbst zu reden. «Das hat mir Stauffer sowieso aufgetragen. Übrigens: eine ausgesprochen schöne Pistole! Kompletter Unsinn, die Nagan versteckt zu tragen. Für den Fall des Erwischtwerdens muß ich sie ja erst recht in Griffnähe haben. Stauffer nimmt das alles zu genau, zu pedantisch. Ärzte müssen so sein. Das ist richtig. Aber es kann wohl nicht schaden, wenn ich der Pistole jetzt ein anderes Quartier zuweise.»

Tatsächlich werden jetzt im Herumstampfen die Füße warm.

Nur die Schuhe sind so, ohne Einlagen um die Füße, verdammt kalt. Sie haben die Nässe aufgesogen, aber was im Eiswasser mit ihnen geschehen ist, lassen sie sich noch anmerken. Also schneidet Forell sich eines der vier Hemden von der Brust. Zerlegt muß es so und so werden. Das Messer schneidet großartig.

«Gibt nicht nur vier, sondern sechs schöne Lappen um die Füße. Ich habe mit den vier Hemden sowieso zuviel geschwitzt. Die Strümpfe kann ich liegenlassen, den Füchsen zur Beute. Gibt es hier Füchse? Und wenn es Füchse gibt, wo sind die Hasen, damit sie sich gegenseitig gute Nacht sagen können? Mensch, ich bin ja betrunken! Was heißt: Mensch? Ich bin der Mensch hier allein. Diese Hornochsen haben mich nicht gefunden! Mensch! Aber scheußlich ist es doch, die Menschheit ganz allein für ein so großes Land repräsentieren zu müssen. Mensch-Sein ist gut, aber ohne Trockenspiritus hört es schnell auf.»

Zwei Schluck Wodka – und von diesen zwei Proben, die zusammen nur einen einzigen ganzen Schluck ausgemacht haben, ist der Mann, dieser große Kerl, betrunken geworden?

Er redet und geht im Kreis und trocknet und wirft mit großartiger Hand noch einmal ein paar Tabletten Trockenspiritus aufs Feuer. Er knurrt irgend etwas vor sich hin. Betrunken. Völlig betrunken, so daß die Zunge sich an schwierigen Worten verhängt. Dann redet er mit den Händen und schlägt sich den Takt zu irgendwelchen halblaut gemurmelten Überlegungen. Stauffer hat ihm doch gesagt, er soll mit sich selbst sprechen, wenn er allein sein muß. An allem ist dieser verfluchte Bach schuld. Nicht einmal richtiges Eis haben sie in Sibirien, so ein Eis, auf dem der Mensch sorglos gehen dürfte.

Das Umkleiden macht ihm einige Mühe, als er an sich selbst, von den weggeworfenen Strümpfen abgesehen, den alten Zustand wiederherstellt. Das ist warm. Das ist angenehm. Die Füße fühlen sich trocken in die Amerikanerschuhe eingeschlossen. Und davon, daß die abgenähte Hose naß war, ist nichts mehr zu spüren, kaum mehr etwas zu spüren, nur noch soviel zu spüren, als man eben spürt, wenn man auf einer Berghütte vergessen hat, über Nacht die Kleider an die Ofenstange zu hängen. Die Zeit muß schon weit im Tag sein, und von dem schönen Vorrat an Trockenspiritus ist kaum noch ein Drittel im Packsack, den sich Forell nun überwirft, nachdem er die Bretter an die Schuhe gebunden hat.

Soviel ist ihm noch bewußt, wie auch sein Zustand sein mag, daß er nicht hier bleiben darf, wo er eine Menge Spuren hinterlassen hat. Das Gehen fällt ihm schwer. Er hat nicht geschlafen. Er hat sich einen tödlichen Schrecken geholt und dann gefroren, Unsinn getrieben und sich wie ein Betrunkener benommen.

Soll die Schritte zählen, wer mag! Forell ist zu schlaff. Sein Gehirn arbeitet so träg. Nur jetzt weg von hier, in ein aufgerisseneres Gelände, das ihn gegen Sicht deckt! Er muß ja endlich seinen Schlaf nachholen. Der Kopf brummt. Die Augen schmerzen von dem trüben Licht, das der Schnee reflektiert. Stauffer hat in den Packsack so etwas wie eine Sonnenbrille verstaut, eine etwas mühsame Konstruktion, die nur halbwegs den Zweck erfüllt. Forell aber kann sich nicht zu der mühsamen Hantierung entschließen, den Sack von den Schultern zu nehmen und darin nach einem so minderen Gegenstand zu suchen. Über kurz oder lang wird sich doch ein gedeckter Platz zum Schlafen finden.

Das Gelände steigt schärfer an.

Forell kann nicht mehr.

Es liegen klobige, wunderlich zerschliffene Steine dicht nebeneinander am unteren Rand des Gehänges. Bevor es ihm möglich ist, den Weg da hinauf, denn die Kompaßnadel weist ihm diese Richtung, weiterzugehen, muß Forell endlich schlafen.

Das gibt sich wunderbar: wenn er ein paar dieser Rollsteine übersteigt, kann er sich dazwischen hinuntergleiten lassen und hat haushoch ringsum bis auf eine offene Seite mächtige Steingebilde um sich, die ihn wundervoll beschützen. Ein erster Platz, der tatsächlich warm ist. Tee müßte der müde Mann sich bereiten, um den Durst von der Zunge zu bringen. Teekochen aber bereitet soviel Arbeit und verbraucht wieder Spiritus. Die Bretter verkehrt unter sich zu legen, den Beutel mit Machorka unter den Kopf zu legen und die Stiefel auszuziehen, damit er sie locker und ohne das einzwängende Geschnür in den Packsack stecken kann, wäre viel schöner. Ihn ekelt vor dem Wodka. Nur Tee möchte er trinken. Kochen mag und kann er ihn nicht mehr. Ein wenig Schnee zum Anfeuchten des Gaumens. Dann die

Arme vor der Brust übereinandergeschlagen.

Was haben sie denn bloß, daß sie so schreien? Er will nicht aufstehen und vor Ort gehen. Dieses elende Körbetragen den ganzen Tag lang hängt ihm zum Hals heraus.

Dann aber ist er wach, setzt sich auf, krabbelt auf den Knien an die schmale Öffnung zwischen den Steinkloben und hält den Atem an.

Jetzt geht es nur noch darum, ob sie und wann sie seine Spur überschneiden werden. Fünfzehn Hunde – aber das wäre das Erschreckende noch nicht, wenn es nicht einer der Eisenschlitten wäre, was sie mit zwei Männern darauf hinter sich her ziehen.

Diese Art Schlitten kennt Forell, auch wenn er im flirrenden Schneestaub nicht ausmachen kann, wie die zwei Männer aussehen. Das sind Soldaten vom Lager.

Wenn das nicht die Suche nach ihm ist, will er gern die Nagan im Tuchlappen lassen, aber wenn es die Suche nach ihm ist und wenn die Hunde jetzt in der Fahrtrichtung sich nur ein klein wenig nach rechts halten, wird der Schlitten sogleich auf der Spur wenden und den Gefangenen Clemens Forell frisch vom Schlaf erwacht antreffen, nur eben nicht so, wie die Soldaten es sich vorstellen, sondern mit einer Pistole bewaffnet, die bedeuten kann, daß ein führerlos gewordenes Hundegespann mit leerem Schlitten ins Lager zurückfährt, oder aber, daß Forell hernach eine komplette Garnitur Hunde besitzt.

Der Kopf brummt nicht mehr. Es wird dem Belagerten in seiner Steinfestung mit einem Schlag klar, daß seit dem Einschlafen der Rest eines unglücklich begonnenen Tages und eine volle Nacht vergangen ist. Er weiß, daß er entweder noch auf achtzig Kilometer dem Bleiberg nahe ist oder aber daß die Suche in diesem Fall darüber hinaus sich weiter in die Gegend begeben hat.

Besser wäre es, so überlegt er, die beiden Burschen, wenn der Schlitten nahe genug herangekommen ist, aufs Korn zu nehmen. Aber er wird sie beide verfehlen, und dann gehen sie nicht so unbefangen an die Steinblöcke heran, wenn sie überhaupt Verdacht schöpfen, wenn sie eine Spur von gestern kreuzen, wenn ihnen ein Zeichen auf dem Schnee sagt, wo sie den Ausreißer finden werden. Nach dem Kreuzen der Skispur freilich werden sie mit schußbereiten Maschinenpistolen herangehen. Und dann wird Forell sich nur noch die Pistole an die Schläfe setzen können.

Das alles spielt sich ab innerhalb weniger Sekunden. Die Soldaten unterhalten sich schreiend. Auf Schlittenfahrten wird immer geschrien. Die Hunde scheinen die Richtung sehr genau zu kennen. Vielleicht müßte auch Forell sie kennen, seit er mit Wassilij irgendwo hier gefahren ist. Man fährt mit Schlitten offenbar nicht so, wie Forell gestern gegangen ist. Die Hunde stieben unter der Hanghöhe daher, biegen in ihrer Laufrichtung etwas nach links und flitzen auf etwa siebzig Meter an den Steinblöcken vorbei.

Wenn sie jetzt nicht noch die Richtung ändern, müssen sie an der Spur auf hundertzwanzig Meter vorbeifahren.

Als zwei Minuten um sind seit dem Erwachen des friedsamen Schläfers, sind nur ganz fern noch die Rufe an die Hunde und die bellend hingeworfenen Fetzen einer männlichen Unterhaltung zu vernehmen. Dort also, wo die dünne Fahne von Schneestaub sich eben legt, geht es in Richtung zum Lager. Forell versteht von all dem nur soviel, daß er weite Umwege gegangen sein muß. Denn er ist auf diese Steinblöcke von seinem Unglücksplatz her aus einer ganz anderen Richtung zugegangen, und den Bach hat er dort drüben erreicht. Den Bach wissen die Russen. Den Bach meiden sie. Vielleicht ist es ihnen bekannt, daß man dort einbrechen kann und sein Leben verspielt, wenn die Kälte dann alles an den Körper gefrieren läßt.

Die Hände versuchen, ganz ruhig zu sein, als Forell die Pistole in den Lappen hüllt und in die Tasche steckt. Daß sie zittern, ist nicht heldenhaft, aber es ist eben doch schon eine Weile her, daß er mit diesem Instrument umgehen gelernt und sich in solchem Umgang geübt hat. Wahrscheinlich hätte er sehr schlecht geschossen, wenn es nötig geworden wäre.

Nun hat es, nachdem die Russen offenbar umgekehrt sind, keinen Sinn, die Nacht abzuwarten, um dann erst den Marsch fortzusetzen. Es kann neun oder zehn Uhr am Vormittag sein. Die Lichtlage spricht etwa für diese Tageszeit. Forell kramt seine Sachen zusammen, steckt sich Brot in die Taschen, damit er unterwegs essen kann, und steigt aus seinem Steinbau empor, nachdem er die Bretter voraus über einen Steinblock geworfen hat.

Die Nacht ist ihm nicht sehr gut bekommen. Das so kostspielig getrocknete Zeug ist nicht so recht trocken. Der ganze Körper ist unangenehm ausgefüllt von einem feuchten Frieren. Die Schuhe sind eisig kalt geworden und geben die Wärme, die mit den Füßen auf das Leder einwirkt, infolge der Nässe sogleich weiter, wirkungslos in den kalten Boden abgeleitet. Das Gehen wird dann schon warm machen, wenn auch diese Wärme eine billige Täuschung ist.

Ein einsamer Schneeläufer, vor dem die Natur nicht erschrickt, weil nichts Lebendes ringsum ist, was erschrecken könnte, geht, ohne sich vorerst um die Orientierung zu kümmern, die Schlittenspur entlang, die ihm von den Russen in den Schnee gezogen wurde. Wo diese Leute sich bewegt haben, ist der Weg ungefähr sicher. Ebenso sicher ist es, daß in dieser Gegend und vor allem auf dieser Spur niemand mehr unterwegs sein wird, ihn zu suchen.

Gemächlich wie ein Tourist setzt er sich, als es ihm nach dem Hunger so erscheint, wie wenn die Mittagszeit schon weit überschritten wäre, auf einen Stein und packt aus, was er sich für heute als Mahlzeit so schön und gut vorstellen kann: ein schmieriges Päckchen mit den kleinen Fettfischen, die im Lager so schauerlich geschmeckt haben. Daß sie jetzt gut und schmackhaft sein könnten, hat ihm nur der Hunger vorgegaukelt. Sie sind wieder nicht gut. Aber mit solcher Nahrung, so berechnet er ganz real, kommt man in der Kälte weit. Denn sie sind als Futter für die Schlittenhunde vorgesehen, und die Hunde brauchen fettes Futter, um ihre schwere Arbeit durchstehen zu können.

Dann geht er weiter und findet ohne Mühen und ohne Kompaß die Stelle, wo es notwendig wird, aus der Schlittenspur der Soldaten auszuscheren, um die allgemeine Westrichtung wieder zu gewinnen. Die Russen müssen ja, nach Forells Überlegungen, auf ihrer Suchfahrt einen großen Kreis gefahren haben, dem er nicht folgen darf, wenn er nicht wieder dorthin zurückkommen will, wo er geflohen ist.

Am Abend, als er sich einen nicht sonderlich angenehmen Platz zum nächtlichen Biwak gesucht hat, weil eben etwas Besseres nicht zu finden war, überwindet er sich, den Speck tief in den Packsack zu versenken und noch einmal die gräßlichen Fischlein zu verkosten, weil er das Frieren der Nacht unter freiem Himmel fürchtet.

«Auch Sterben ist eine Sache der Gewöhnung», hat Doktor Stauffer ihm einmal gesagt, so grimmig ernst, als verkünde er einen Glaubenssatz. Wenn Stauffer einen Witz riß, war es immer tragischer Ernst.

In drei abwechslungsreichen Wanderwochen, die ihm insgesamt kürzer geworden sind als die drei ersten Tage nach der Flucht, ist Forell zum Gewohnheitsspieler mit Glück und Zufall geworden. Er hat es gelernt, sich ungefährdet in den Nächten bei grimmiger Kälte schlafen zu legen und seine Sachen so um sich herumzubauen, daß ein schützender Luftmantel entsteht. Er hat sich, um nicht vor Langeweile zu vergehen, die sonderbarsten Zeiten zum Gehen ausgewählt, einmal stundenlang vor Tagwerden aufbrechend und bis in den Nachmittag hinein marschierend, dann im Monddunst wieder nur bei Nacht gehend, in allem aber unbekümmert darum, wer und was ihm begegnen könnte.

Es ist ihm gleichgültig, was jetzt sein wird. Seine Vorstellungen von diesem Teil Sibiriens sind so, daß er unrichtige Berechnungen über seine Marschwege aufstellt, sklavisch Zahlen hintereinanderrechnet und sich die Überzeugung zurechtformt, daß er nun wohl bald in angenehmere klimatische Verhältnisse kommen werde. Tausend Kilometer, meint er, seien auch aus der Karte Sibiriens nicht wegzulügen, und tausend Kilometer, glaubt er, seien längst hinter ihm.

Schnee liegt längst nicht so viel, daß er in jedem Fall seiner Skier froh werden könnte, aber nach seiner Erinnerung, die trügt, muß später im Winter hier doch sehr viel Schnee fallen. Dann wird er die Bretter brauchen, vorausgesetzt, daß sie so lang vorhalten, um ans Ziel zu kommen. Aber: an welches Ziel denn?

Die Berge haben ihn verlassen. In Danhorns Karte sind Gebirgszüge als dünne Striche eingezeichnet, alles nur dürr und alles so ungefähr. Wo er jetzt hingeht, müßten Berge sein, aber was er unter dem gefrorenen Schnee nicht nur ahnt, sondern stochernd feststellen kann, ist nasses Moor, kräftig überfroren und bei solcher Jahreszeit ungefährlich. Schon von weitem sieht das Auge die schmutzig-wässerigen Stellen, die den Schnee, wie er im Herbst fiel, aufgelöst und aufgenommen haben, bevor sich die Frostdecke völlig schloß. Seit der Ausbrecher die wesentlichen Marschstrecken bei Tag geht, vermag er von einem Orientierungspunkt zum anderen die Richtung leidlich beizubehalten, doch muß er sich damit zufrieden geben, ganz allgemein die Richtung nach Westen einzuhalten und am Ende eines Marschtages feststellen zu können, daß die am Morgen anvisierten Orientierungspunkte jetzt hinter ihm liegen, wenn auch längst nicht genau dort, wo der Kompaß Osten anzeigt.

Seit Tagen schon hat er keine Richtpunkte mehr.

Das ganze Land, so weit er es ausblicken kann, ist grauenhaft unbewegt, trostlos, zwar in großen Tagesstrecken zu durchlaufen, aber offenbar keiner Wandlung mehr fähig. Eines freilich ist geschehen, ohne sich dann noch einmal zu wiederholen: vor Tagen, als die Landschaft noch bewegter war, hat Forell sein Nachtlager unter Bäumen eingerichtet, und wenn die Bäume auch schlechter waren als daheim, krüppelhafter von Wuchs und niedrig mit wunderlich zerzaustem Astwerk, so waren es wenigstens Bäume, die der wandernde Europäer als bekannte Bäume seiner Heimat ansprechen konnte. Es waren Erlen. Zwei Tage später hat er sich von Weiden, die aus sumpfigem Boden wuchsen, ein paar schlanke Gerten geschnitten, die er in dem längst erleichterten Gepäck mit sich trägt, um sein Biwak auf ebener Fläche mit diesen biegsamen Weidenzweigen zu überspannen und darauf die paar Stoffsachen zu legen, die er nicht am Körper trägt.

Ob die Erzkörbe für das Bleibergwerk wohl aus dieser Gegend kommen? Es spricht nicht viel Wahrscheinlichkeit dafür, da zwischen dem Biwakplatz von heute und dem Bleiberg ja schon eine Riesenstrecke unwegsames Sibirien liegt.

Den ganzen Marschtag lang sucht das Auge nach Merkpunkten. Es sucht von einer Enttäuschung zur nächsten, weil die dunklen Erhebungen an der Grenze des Blickbereichs nach Stunden zielstrebigen Marsches in sich zerfallen als Wolke, als Täuschung, als ein sichtbar gewordener Bruch der Luftschichten. Daran ermüdet das Schauen, und das Auge verwertet dann nicht einmal mehr, was es wirklich sieht.

Dann aber nimmt der Schneegänger einmal doch seine wunderlich geformte Brille, die keine Gläser hat, sondern zwei Kiemendeckel eines großen Fisches, in die waagerechte Sehschlitze geschnitten sind, aus dem Gesicht, um mit unbewehrtem Auge zu prüfen, was diese Kulissen voraus denn wirklich sind.

Wenn das – heiliger Gott, laß es sein! – Wald ist, dann beginnt hier eine andere Welt, in der ein Mensch, und hätte er nichts als seinen sorgsam eingeteilten Hunger und Stauffers Ermahnungen, noch leben kann, wieder leben kann, nicht so ganz und ausschließlich mehr auf Stein und Schnee angewiesen.

Wenn das Bäume sind ...

Forell stemmt den langen Stock, mit dem er sich seit einiger Zeit das Balancieren auf den Birkenbrettern erleichtert, aus voller Kraft in den Boden und setzt das hartnäckige Wandern in einen zügigen Lauf um, weil er ein erstes Mal auf seinem Fluchtweg die Kulisse am Horizont nicht vor sich weglaufen spürt. Er nimmt die Brille wieder über die Augen und sieht den Baumwuchs immer noch. Er reißt sich mit den Pelzhandschuhen die Brille aus dem Gesicht und vermag mit freiem Auge zu unterscheiden, daß es Bäume sind, struppig verästelte Bäume, nicht schäbiger gewachsen als daheim. Der Boden unter den Brettern wird etwas griffiger und zeigt nicht mehr wie Glasscherben die unregelmäßigen Flächen von blankem Eis. Gibt es denn am Rand der Welt außer Moosen und büschelig treibenden Grasinseln und den wehmütig stimmenden Krüppelbäumen solches Wachstum von Bäumen?

Erschreckend ist höchstens die Plötzlichkeit, mit der wie Versatzstücke auf einer Bühne ganze Gruppen von Bäumen in eine Gegend ohne jede Andeutung von mannhaftem Wachstum geschoben werden. Das sieht unnatürlich aus und überrascht. Forell duckt sich, als er zwischen die Bäume gerät. «Ho!» sagt er vor Verwunderung, und er wiederholt seinen Ruf, um zu prüfen, ob es wahr ist, daß der Ton sich hier nicht stumpf ins Grenzenlose verliert, sondern für einen winzigen Sekundenbruchteil erhalten bleibt. «Ho!» Der Ruf verfängt sich in den Ästen.

Der Vater Forell hätte auf etliche Kilometer Entfernung schon sagen können, welcher Art die weitästigen und keineswegs jämmerlich gediehenen Bäume sind. Vater Forell aber ist einundvierzig gestorben. Er war einer der belächelten Weisen, die von den Bäumen nur wissen, warum sie so sind, aber nie erfahren wollen, wozu sie dann noch dienen können, wenn der Mensch sie umgeschlagen hat. Der Sohn Forell schaut an den Stämmen hinauf und betastet die Rinde. Er wühlt etwas Laub aus dem schütteren Schnee und meint, er habe Espen vor sich. Aus Espen macht man Streichhölzer und Streichholzschachteln.

Streichhölzer?

Holz. Dürres Astholz. Streichhölzer. Feuer. Bubenfeuer an einem Berghang und am Abend gespannte Hosen.

Obgleich die Zeit noch nicht mehr als zwei am Nachmittag sein kann, streift Forell seinen Reisesack ab, sucht einen halbwegs trockenen Platz dafür und beginnt, Äste zusammenzutragen. Jetzt ist Abend für ihn.

Abend ist bisher immer dann gewesen, wenn das Frieren begonnen hat. Abend – das ist: zuerst das Abnehmen des Gepäcks, dann das sorgsame Hineinwühlen in eine Kuhle, einen schneefreien Platz, den Raum unter einem überstehenden Felsstück, das Kochen von Tee mit Wasser aus geschmolzenem Schnee, ein beängstigendes Schrumpfen der Spiritustabletten, die tranigen kleinen Hundefischlein aus dem Lazarett, und dann die Geschicklichkeit, alles zu ordnen, daß der Schlaf so wenig wie möglich unter der Kälte zu leiden hat. Gefroren hat Forell jede Nacht.

Es ist Abend, als der Mann aus dem Umkreis von ein paar Bäumen Laub zusammengescharrt und eine Menge Astholz gesammelt hat. Der Wind kommt von dort, von links. Es ist nur ein leiser Wind. Das Feuer also muß von der Windseite her angezündet werden. Der Platz zum Sitzen vor dem Feuer wird am besten auf der gleichen Seite gewählt. Da sieht man, wie der Wind unter die Glut streicht, und man ist ab vom Rauch, der nur unnütz zum Husten reizt. In der Bubenzeit, wenn es ans Entzünden des Feuers ging, hat man sich scheu umgesehen, ob nicht ein Erwachsener in der Nähe war. Forell sieht sich, die Puschka schon in der Hand, wie ein zündelnder Bub um. Das ist Erfahrung eines Einsamgängers. Es könnte ein MWD-Soldat hinter ihm stehen und in diesem beseligten Augenblick des Feuermachens die Hand auf die Schulter des Landläufers legen: Komm mit!

Die Puschka mit einer Lunte von mehr als einem halben Meter ist ein herrliches Ding, das nie versagt. Aber erst die Kunstfertigkeit des Mannes vermag aus dem Glimmen ein hell auflodderndes Feuer zu machen. Mit Moos geht es mäßig gut. Mit Laub geht es besser.

Und dann steht der Mann strahlend auf, gibt dem leisen Wind die Feuerstätte frei, daß er in das Laub fahren kann, und freut sich ein erstes Mal, daß es Abend wird. Das Feuer fährt unter die Äste. Es beginnt zu schnalzen, zu krachen und zu platzen. Im Holz, auch wenn es dürr ist, hat sich viel Nässe gesammelt, aus der über dem Feuer eine schräge Fahne Rauch aufsteigt, ins Geäst der Bäume hinein und oben über die Kronen hinaus. Forell stellt sich so knapp, wie die Hitze es erlaubt, vor das Feuer und dreht und wendet sich, damit endlich einmal die zähe Feuchtigkeit herausgeglüht wird.

Mensch und Feuer – was kann dem Flüchtigen noch Bitteres geschehen, nachdem es wieder Holz gibt, um ein Feuer anzumachen, Feuer, um den Körper einmal wieder durchzuwärmen, eine Wärme, die für einen vollen Tag vorhalten wird, nachdem sie die Feuchtigkeit aus dem immer zähen Gewand gesaugt hat.

Das gesammelte Holz brennt schnell nieder. Der Mensch geht weiter auf die Suche nach Holz. Er steigt auf den nächsten Baum und haut mit der Kandra in schenkelstarke Äste, bis sie, starr durchfroren, mit einem kurzen Knall abbrechen und hinunterstürzen. Solches Holz, unten am Boden kleiner gehauen, brennt unwilliger und gibt von neuem eine Riesenfahne

Rauch, als gegen vier Uhr mit schleichender Dämmerung die Nacht kommt.

Der Boden unter der Feuerstätte taut auf, so daß das Feuer zischt und winselt. Der Mensch, um einmal endlich ganz an der Wärme zu schlafen, haut sich aus den abgeschlagenen Ästen lange Stücke zurecht, die ihm als zwar hartes, aber wassersicheres Bett dienen sollen, das sich nach Bedarf näher ans Feuer heranrücken läßt. Das Feuer zu nähren, ist keine Sorge mehr. Es zu nützen, daß es Vorrat an Wärme gibt, darf auch keine zu große Kunst sein. Forell streift sich alle Kleider und die dicke Fülle Wäsche vom Leib, hängt die abgelegten Sachen über einen schrägen Ast, wo sie vom Feuer eben noch berührt werden, ohne daß es einen Brandschaden gibt, und läuft in den Schnee hinaus, sich barbarisch abzureiben. Das macht nicht kalt. Die Russen wissen es genau, und die Finnen wagen einen Temperaturwechsel, der um hundert Grad liegt. Es ist herrlich, sich im Schnee abzuseifen und so nahe wie möglich am Feuer dann die kalte Nässe auftrocknen zu lassen. Schweiß und Staub, in Bart und Haaren festgefressen, werden herausgewaschen, als der vergnügte Feueranbeter von der Brandstelle wieder in den Schnee zurückläuft, wie um sich auf Wochen voraus zu waschen.

Am Ende des fanatisch betriebenen Zeremoniells sitzt der Mensch, bis auf die Schuhe wieder angezogen, vor dem Feuer, den Reisesack zwischen den Knien, um sich die Mahlzeit zusammenzustellen. Sie ist nur Brot und ist nur Abschöpffett, wie es Stauffer aus irgendeiner trüben Quelle beigebracht hat, aber es soll an einem solchen Abend nicht verwehrt sein, vom Speck ein vorletztes dünnes Scheibchen von vielleicht dreißig Gramm abzuschneiden, damit es ein komplettes Menü werde. Um das Bild bürgerlicher, beinahe spießbürgerlicher Geborgenheit komplett zu machen, fehlt nur noch die Zeitung mit den letzten Nachrichten von einem Erdbeben in Anatolien, einer Revolution in Nicaragua, den Preisen für gelbe Rüben und Orangen und einer kleinen Notiz, daß ein gewisser Clemens Forell, von den Sowjets zu fünfundzwanzig Jahren Zwangsarbeit verurteilt, geflüchtet und nach ganzjähriger Irrfahrt durch Rußland glücklich heimgekehrt ist. In Ermangelung einer anderen Zeitung tut es die Prawda, handlich in Fetzen geschnitten, damit der Mensch sie nur mehr einzurollen, mit Machorka zu füllen und an einem glimmenden Ast anzuzünden braucht.

Als das Feuer vier Stunden gebrannt hat, ist in dem Aschehaufen soviel ausdauernde Glut zusammengehalten, daß der Mensch in dieser ersten Nacht seit langem nicht frieren wird, auf seinem Rost von Prügeln knapp an die Glut herangeschoben, ein zufriedener Mensch, der nicht nur gut über die Strecke kommen will, sondern an das Darüberkommen glaubt.

Das Herz hat sich zum erstenmal selbst für die Flucht erwärmt.

Noch am Morgen ist ein Restchen Glut unter der Asche, um darauf in dem vierkantigen Eßgeschirr mit Stauffers Magdeburger Adresse Tee zu bereiten.

Die Espen stehen nicht reich und dicht genug, um einen Wald vorzutäuschen. Im Sommer mag ihnen das gelingen, wenn sie mit Laub bedeckt sind. Wer glaubt schon daran, daß es hier je Laub geben kann? So unregelmäßig in Dichte und Ordnung die Bäume stehen, so eingeplant in die tellerebene Gegend erscheinen die immer wieder gegen die Sicht hintereinandergreifenden Baumgruppen, als hätten sie ein Geheimnis zu verhüllen, das sie recht lang und zu operettenhafter Überraschung für sich behalten möchten.

Was bei diesigem Morgenwetter dem zeitig aufgebrochenen Menschen als Überraschung kommt, nimmt ihm für Augenblicke die Fähigkeit, weiterzuatmen. Ein paar mit Maschinenpistolen bewaffnete Russen, plötzlich in die Einsamkeit mit den Bäumen gezaubert, wären längst nicht soviel Schrecken wie der neue Anblick: das Meer.

Glatt zugefrorenes, von einer Andeutung Rieselschnee bedecktes Meer, jetzt nur Eis und ungekräuselte Fläche, liegt vor dem einsamen Menschen, der sich mit den Pelzfäustlingen die schwitzende Stirn abwischt. Vom Meer weiß Forell nur so viel, daß es gefährlich ist, weil am Meer auch ein so schreckliches Land bewohnbar wird, wenn auch nur für Wissenschaftler bewohnbar, für Fischer, Kohlenschnüffler, Geographen oder – Sträflinge. Alles ist falsch gewesen, weil dies nun das Meer ist. Ein verwunderlich ruhiges Meer freilich. Meer, das zu dieser Zeit schon mit einer Eisdecke überzogen ist? Gefriert denn das Meer je in seiner ganzen Fläche? Hat es denn nicht so viel Salz, daß ihm eine Vorwinterkälte gar nicht beikommt?

Vom Meer, wie es in diesen Breiten aussieht, weiß Forell nur das Spiegelbild:

Wenn die Strafgefangenen am Ostkap alle acht oder zwölf Tage einmal aus dem Bleiberg ins Tageslicht beurlaubt worden sind, hat Danhorn jedesmal zuallererst nach dem Himmel ausgesehen. Zumeist war er grau und die Sicht von Eisnebeln verhüllt. Zuweilen aber, an nebelfreien Tagen, war der Himmel flimmerig hell und blendete mit seiner Helligkeit. Danhorn pflegte dann zu sagen: «Das Treibeis geht; wir werden kalte Tage bekommen.» Aber es gab andere Tage: da war der Himmel bis an die Grenze des Sichtbereichs hinaus finster, schwärzlich und düster. Das waren, sonderbarerweise, die schöneren Tage. Danhorn schaute den Himmel aus und meinte, der Himmel sei finster, weil das Meer offen und eisfrei sei. Man werde wärmere Tage bekommen. Der Himmel, so hat Danhorn behauptet, spiegle auf weite Entfernung das Meer und zeige untrüglich, ob Treibeis gehe oder die ganze Fläche offen liege.

Ach, dieser Danhorn hat so viele unbeweisbare Dinge behauptet.

Der aus wohligen Ahnungen ins tiefste Enttäuschtsein abgefallene

Mensch nimmt Danhorns Karte heraus und starrt auf die dünnen Striche, die einmal Gebirge und einmal Flußlauf bedeuten. Meer ist dies und Meer ist das. Vor dem Meer hat Stauffer gewarnt, und seine einfache Mahnung ist gewesen: nach Westen gehen! Forell ist, viele Abirrungen weggerechnet, doch nach Westen gegangen, immer nach Westen. Und damit ist er ans Meer geraten.

Da auch die Karte eine glaubhafte Erklärung nicht gibt, steckt der Mensch sie wieder in die Futtertasche der Foffaika und rüstet sich an zu einem völligen Wechsel der Richtung, bloß um wegzukommen vom Meer und wieder ins Land hineinzugeraten.

Es kommt mit dem Tag, der schon auf seine Mitte zugeht, ein heller, matt von Sonne aufgehellter Streifen am Himmel hoch. Die Dunstschicht wird von einem lebhafter werdenden Wind etwas angehoben. Unter dem Dunst aber bekommt das Meer weit draußen ein jenseitiges Ufer.

Und dieses Ufer, wenn das Auge sich nicht täuscht, hat Wald.

Eine Meeresbucht also, etliche Kilometer breit?

Oder aber: was da draußen als Land erscheint und Bäume trägt, ist eine Insel. Der Mensch überlegt schnell. Wenn das Land dort eine Insel ist und so früh im Winter schon durch eine feste Eisdecke mit dem Festland Verbindung hat, wird es bei fortschreitendem Winter einen Rückweg geben über das gleiche Eis, das er jetzt, zur Suche angestachelt, betreten will. Er muß es so und so über das Eis versuchen, denn da er nicht weiß, an welchem Meer er angelangt ist, gibt es keine schlüssige Überlegung, ob er den Weg nach rechts oder nach links fortsetzen soll. Nimmt er die falsche Richtung, so führt eine monatelange Wanderung, für die er mit Proviant gar nicht mehr ausgerüstet ist, auf Umwegen ins Lager zurück, aus dem er entflohen ist. Das bedeutet eine geradezu wahnwitzige Rechnung, aber sie geht logisch dort auf, wo die erste Unbekannte falsch in die Gleichung gesetzt wurde. So erprobt der Mensch denn das Eis, ob es ihn tragen will. Er hat seit dem Unglück an jenem Morgen im Bach den ganzen Leib voll Mißtrauen, wenn ihm zugefrorenes Wasser begegnet, aber in diesem ausweglosen Fall muß er es mit dem Eis wagen, das über die weite Fläche hin manchmal einen knurrigen Ton von stumpfem Bruch vernehmen läßt. Mit den Skiern ist kein Gehen möglich. Die Bretter aber sichern ein ganz klein wenig, wenn er sich halb kriechend hinauswagt und sich, die Kandra in der Hand, auf die Bretter kniet, während er das Eis ansägt. Es gibt eine vertrauenerweckend tiefe Kerbe, ehe auch nur eine Andeutung von Wasser sichtbar wird. Als das Messer endlich durchstößt, mißt der Mensch mit der Hand und kann die Stärke des Eises nicht einmal in die Spanne bringen.

Auf solchem Eis läßt es sich wagen.

Wenn die Fläche, von den Tritten her einsetzend, zu singen anfängt, bleibt der Mensch stehen und hält die Bretter so bereit, daß er sich sogleich mit dem halben Körpergewicht darauf stützen kann, falls aus dem Singen ein bedrohliches Brechen werden sollte. Um sich über das, was andere Angst nennen, hinwegzulügen, zählt er wieder einmal die Schritte. Da es kleine Schritte sind, der Vorsicht wegen, rechnet er fünf zu jeweils vier Metern, doch kommt er bald aus dem etwas komplizierten Zählen, weil die Insel schneller als ursprünglich geahnt näher kommt.

Der Mensch geht schleppend dem Ufer zu und verläßt das Eis, seine Insel zu betreten. Als er dort ist, hält er es für gut, die Kompaßrichtung nach Westen zu gehen, am Ufer entlang. Das Feuer, das er zum Abend anbrennt, ist kein freudig loderndes Feuer. Heute will nicht einmal das dürre Holz so schnell brennen wie gestern das grüne, das er mit dem Schwertmesser aus dem Geäst der Bäume gehauen hat. Es macht nur träg und läßt den Mann mechanisch wiederholen, was ihm gestern soviel Wohltat bereitet hat.

Nicht einmal der Schlaf will kommen in die Müdigkeit.

«Hej! Hej!»

Er setzt sich auf, weil er aus der Finsternis angerufen worden zu sein glaubt. Das Feuer flackert langsam nieder.

Eine sonderbare Unruhe ist zwischen den Bäumen. Eine schleichende Unruhe, die auf tausend Füßen geht.

Dann schreit er fürchterlich auf.

In das fahlrote Licht aus dem müde nachflackernden Feuer hinein ragt ein grauenhaftes Gesicht, kantig und behaart, und bei seinem Schreckensschrei verschwindet das Gesicht wieder. Ringsum ist alles bewegt und so mit fremdem Leben angefüllt, daß der Mann am Boden es mit den Händen ertasten zu können glaubt. Er müßte sich erheben, um dem Überfall nicht in dieser wehrlosen Lage ausgeliefert zu sein, doch er will auch einem Angriff, welcher Art er sein mag, nicht die ganze Körpergröße darbieten.

«Hej! Hej!» Das ist der Ruf, den Forell eben schon einmal gehört hat. Von irgendwo, weiter entfernt, ruft noch ein Mann.

Wie furchterregend ein niederbrennendes Lagerfeuer die mildesten und harmlosesten Dinge doch verzerren kann! Was eben noch so gräßlich anzusehen war, ändert Gesicht und Gestalt im unbewegten Hinstarren: das Tiergesicht über der zottigen Halskrause ist kein böses Gesicht; es hat den glänzenden Blick eines Rehes, dem nicht einmal das kräftige Astwerk des Geweihes sehr viel furchterregenden Ausdruck zu geben vermag. Das Tier scheint sich zu wundern über den Menschen, der bei seinem Feuer liegt und langsam in dem matt gewordenen Dämmer erkennt, daß hinter dem Geweih die Gestalt eines Mannes aufragt. Der Mensch scheint auf dem Tier zu sitzen.

Der Mann – das einzige, was an seiner Stimme auffällt, ist ein ausgesprochen hoher Klang – sagt etwas in Richtung auf den biwakierenden Fremden hin. Die Modulation läßt etwa erkennen, daß die unverständlichen Worte eine Frage bedeuten.

«Ich bin unterwegs», sagt Forell, «und habe mir hier ein Feuer gemacht, um nicht zu erfrieren.» Er steht auf, um von seinem Gegenüber mehr zu sehen. Der Mann sitzt tatsächlich auf dem Tier wie auf einem Esel, aber über den vorderen Beinen, nicht auf der Mitte des Rückens. Die Sprache, die er spricht, ist nicht Russisch.

Aus dem Dunkel tritt hinter dem Reiter ein Mann zu Fuß, jünger als der Reiter, in den Lichtbereich des Lagerfeuers und schaut interessiert zu.

«Ein komisches Volk seid ihr», sagt Forell, «und was sind das denn für Tiere, auf denen man so niedrig sitzend herumreitet?»

Der Reiter sagt ihm zur Antwort eine ganze Menge, blickt manchmal nach der Seite zu seinem Begleiter, wie um ihn aufzufordern, daß er seine Äußerungen bestätigen möge, und nimmt die rechte Hand aus dem Pelzfutteral, sich zwischen drei Fingern dröhnend zu schneuzen. Forell steht nun mit dem Rücken zum Feuer und sieht mehr von all dem, was da vorgeht.

Rentiere sind das!

Natürlich sind es Rentiere. Geweihe wie Hirsche. Zottig mit Mähnen unterhängte Köpfe, in deren Augen das Lagerfeuer grünliche Reflexe auslöst.

Der Jüngere, neben einem Ren stehend, versucht es auf russisch.

Forell versteht sehr wohl, aber es will ihm gefährlich erscheinen, daß er nun Rede und Antwort stehen muß. Er hat keine Ahnung, wo er ist und welcher Art die Männer sind, die sein Nachtlager aufgestöbert haben. Stauffer hat vor den Menschen an der Küste gewarnt. Im Zweifel ist es besser, der Verständigung gar nicht erst eine Brücke zu bauen, sondern leer an den Rentierhirten vorbeizureden, die es ihrerseits mit ihm ebenso halten mögen.

«Der Teufel weiß, ob ich euch Brüdern trauen darf. Ihr seid hier die Herren im Land und könnt mich morgen den Russen ausliefern.»

Was die Hirten aus seinen Worten herausgehört haben, wird ihm so wenig klar wie der Inhalt ihres lebhaften Gesprächs, das eine Antwort ersetzen soll.

Forell unterbricht sie. «Macht mir keinen Verdruß, Kinder, und zieht lieber eures Weges! Was ich wissen will, könnt ihr mir doch nicht sagen. Ich bin irgendwo durchgebrannt und weiß nicht einmal, wo. Ich möchte irgendwohin, wo es sich angenehmer lebt als in dieser scheußlichen Gegend. Heim möchte ich! Verstanden?»

Die Rentiermänner nicken, als hätten sie alles bis in die letzten Winkelzüge der Gedanken verstanden. «Verlaufen habe ich mich obendrein. Ich wollte im Land weiterziehen und Leuten von eurem Schlag so wenig wie möglich begegnen. Jetzt liege ich fest und weiß keinen Weg, keine Richtung mehr.» Plötzlich wird er heftig. «Wenn ihr es ganz genau wissen wollt, was ich bin: die Russen, die Bolschewiken vielmehr, haben mich auf Lebenszeit ins Blei geschickt und lassen mich nicht heim, wie es sich Kriegsgefangenen gegenüber gehört. Vielleicht ist euch das ein Begriff: Kriegsgefangener. Nein? Versteht ihr nicht? Woenna Plenny.»

Jetzt ist es gesagt, und die Hirten nicken so tief und beharrlich, wie sie es bisher noch nie getan haben.

«Njemetz.»

«Ah! Ah! Ah!»

«Germanskij.»

«Ah! Ah! Ah!» Die ganze Renherde scheint bei solcher Eröffnung unruhig zu werden. Der Ältere, der Reiter, schneuzt sich mit großem Aufwand an Gedröhn die Nase, und es ist ein Schneuzen hoher Anerkennung. Seine Hände, jetzt ohne Handschuhe, gestikulieren lebhaft und formen die Worte mit unendlich geschickten Fingern, die zu sprechen verstehen und manchmal, wie im Nachdenken, ihr lebhaftes Spiel unterbrechen, bis sie wieder schnalzend und Worte formend weiterreden. Wenn die Leute schon so freundlich ihre Meinung darlegen, kann sich Forell der Verpflichtung nicht verschließen, auch lebhaft zu nicken und bei einem triumphierenden Lächeln des Sprechenden anerkennend zu sagen: «Ah! Ah! Ah!»

Pehtak oder etwa so heißt der Reiter, der Ältere. Der Mann daneben, der etwas Russisch versteht, scheint Laatmai zu heißen. Vielleicht heißen sie anders, und die Worte besagen etwas ganz anderes. Der Jüngere, der auf den Namen Laatmai hört, wird von dem nun abgestiegenen Reiter über irgend etwas belehrt und verschwindet hinter den Bäumen, während Pehtak, im Gebrauch des sibirischen Messers um einiges gewandter als Forell, mit beachtenswerter Geschwindigkeit Äste abhaut und das Feuer wieder zum Auflodern bringt. Das bedeutet also, daß man sich keineswegs mit der Herde irgendwohin verziehen will, sondern mit dem Fremden zusammenzubleiben gedenkt, um ihn hernach mitzunehmen und — an die Sowjets auszuliefern. Der Fremde tastet unauffällig nach seiner Pistole. Sie ist noch da.

Laatmai kommt zurück, strahlend, wie wenn er eine Goldader angeschlagen hätte, und bietet Forell in seinem steifen Ledersack zu trinken an. Da Forell zögert, ermuntert ihn Pehtak, er möge trinken. Die Hände umfassen, etwas ungeschickt, da der Lederbeutel nachgibt, die dargebotene Gabe und spüren etwas wie animalische Wärme zwischen den Händen. Das ist ja Milch.

Moloko?

Die Rentiermänner nicken lachend und machen es ihm vor, wie er die Milch in sich hineinkippen soll. Renmilch? Man darf nicht unhöflich sein. Und als Forell erst einmal den Probeschluck zag genommen hat, behält er den mächtigen Becher am Mund, trinkend und genießend, was viel besser schmeckt als Ziegenmilch, die er einmal bei einer Bergwanderung widerwillig verkostet hat.

Den halbgeleerten Beutel abzustellen, widerspricht anscheinend den Landesbräuchen. Pehtak nimmt, fast vorwurfsvoll, das Behältnis sogleich auf, trinkt und gibt an Laatmai weiter, Laatmai an Forell – na, der Trunk an diesen Mäulern hat die Sache nicht appetitlicher gemacht, aber wer den Mut zu einer solchen Flucht hat, muß auch die Augen zukneifen können, um die Umstände nicht zu sehen.

Es dürfte sich, glaubt Forell, nunmehr empfehlen, daß er seinen Machorka auspackt und anbietet. So etwas wird bei keinem Volk der Erde als Kränkung empfunden. Die Kerle brauchen ja nicht gerade zu sehen, daß er mit Essen so erbärmlich und mit Machorka so gut ausgestattet ist, weshalb er in seinem Packsack so lang herumnestelt, bis er ohne Preisgabe seines Reichtums eine gemuldete Handvoll von dem Tabak hervorholt, der nach Hühnerfutter aussieht. Das Lob für ein solches Anerbieten fällt reich aus. Einmal faßt ihn Laatmai am Gelenk der rechten Hand, um seine Freude zu bekunden, dann legt ihm Pehtak die Hand aufs Knie, und in den unverstandenen Begleitworten liegt so viel Herzlichkeit, daß Forell gar nicht spürt, wie nahe es eigentlich läge, ihm das sibirische Messer über den Nacken zu hauen, den Vorrat Machorka zu teilen und den abgehauenen Kopf mitzunehmen, für den die Sowjets sicher ein gut gewogenes Kilo Machorka zu geben bereit sein dürften.

Die Renmänner lachen, als Forell sich zum Schlafen einrichtet, nachdem man mit viel Worten aneinander vorbeigeredet hat. Sie hindern ihn in seinem Tun: Mann, so macht man es doch nicht!

Laatmai hat, ehe der Fremde es sich versieht, unten an den Bäumen, wo die Wurzeln lang auslaufend in den Boden kriechen, eine Menge Moos abgekratzt und legt die Fülle in eine große Wurzelgabel. So schläft man wärmer, will sein breites Lachen sagen. Mit Händen und Worten will Forell den Hirten ausfragen, wie man es denn in Gegenden ohne Moos halten soll mit dem Bettenbauen. Laatmais großmögende Gestik zeigt über alles Land ringsum, und seine Antwort ist nicht mißzuverstehen: Moos gibt es überall. Und notfalls: auf ein freundliches Fingerschnalzen kommen ein paar Tiere heran, von denen eines sich, gemächlich wiederkauend, hinter dem Mann zur Ruhe legt wie eine Kuh im Stall.

Es nützt wenig, daß Forell sich vornimmt, möglichst seicht zu schlafen, um bei einem Überfall die Pistole gleich zur Hand zu haben. Auf Moos schläft es sich besser als auf einer Lage Äste, und als der Morgen da ist, müssen die Rentierleute ihren neuen Freund erst wecken mit einem Beutel voll Milch und der Einladung, auch vom dargereichten Käse Gebrauch zu machen.

Oh, dieser Käse!

Wenn der Essende sich vorsagt, die schwarzen Sachen darin seien Pfeffer, bringt er auch solchen Käse hinunter. Aber: sieht Gorgonzola mit seiner grünen Marmorierung reizvoller aus?

Die Renmänner schauen zum Himmel. Der Tag ist nicht sonderlich kalt. Wind wird es auch nicht sehr viel geben. Man kann bleiben. Man kann weitergehen. Forell hat keinen Zweifel über den Sinn der Gespräche. Das alles ist so einfach. Und wenn er selbst zwischen zwanzig lange Sätze einmal ein russisches Wort einzwängt, werden die Gespräche beinahe unkompliziert.

Er muß sich mit Hilfe der Männer nun endlich doch einmal über seinen weiteren Weg orientieren, als er sieht, daß die Herde in dem Moos unter dem Schnee Genüge findet, ohne auf ein Weiterwandern angewiesen zu sein. Was die beiden Männer da an Herde besitzen, sind an die achthundert Tiere. Laatmai weiß erklärend zu berichten, daß in einigen Wochen noch zwei Herden, kleiner und größer, je nachdem, zu ihnen stoßen werden. Dann wolle man zum Dorf ziehen. Zum erstenmal fällt ein Wort, vor dem der Deutsche zurückschreckt: Kolchos.

Wenn das so ist, wenn es sogar für frei wandernde Rentierhalter irgendwo eine Kolchose gibt, ergeben sich für einen Mann, der aus der Gefangenschaft entflohen ist, alle unangenehmen Konsequenzen der Berührung mit einem weltabgelegenen Außenposten des Regimes.

Wohin die Reise mit der Herde dann gehen werde, will er wissen.

Dorthin! Das ist nach Forells Kompaß Osten. Und Osten bedeutet etwa soviel wie die Rückkehr in Richtung auf Kap Deschnew.

Wie weit?

Dreihundert Werst.

Danke! Forell wird sich erst einmal, da es die Sicherheit für das Weiterleben zu sein scheint, für ein paar Tage an die Herde halten. Bis dahin hofft er genug erfahren zu haben, um wenigstens die Richtung zu wissen, in die er seine weitere Reise ansetzen muß.

Er deutet auf den Meeresarm und will das erklärt bekommen.

Laatmai hebt die Schultern. Er versteht die Frage nicht. Aber wenn die Frage so gemeint ist: er möge mitkommen!

Wäre die Kälte nicht und hätte Gott dem Europäer nicht eine empfindlichere Nase gegeben und läge nicht über diesem freien, faulen Treiben fern und trostlos das Wort «Kolchos», dann möchte der Mann zwischen Bleiberg und Zivilisation hier für immer haltmachen, die schmale Hoffnung auf eine Zukunft abschreiben und mit den Renmännern das Schicksal teilen, das vom Gang der Tiere bestimmt wird. Pehtak zieht in die Gegend, plötzlich mit einem Gewehr ausgerüstet, und Laatmai erklärt, nachdem sie eine Strecke auf das Eis hinausgegangen sind, die Kunst des Fischens.

Mit einem Beil schlägt er das Eis auf, schafft ein sauberes Rechteck und holt jedes Krümel Eis von der kleinen Wasserfläche, ehe er ein paar Angelhaken an Saitlingen einhängt. Forell wird aufgefordert, sich ruhig zu verhalten. Weil Laatmai sich wartend auf die Fersen niederhockt, tut Forell ein Gleiches. Hier läßt es sich für Menschen, die keine gemeinsame Sprache haben, gut philosophieren, so oberflächlich und so tiefgründig, daß am gegenseitigen Verstehen gar nicht vorbeizukommen ist. Der Rentierhüter ist kaum älter als achtundzwanzig und voller Sehnsucht nach dem Kolchos. Wenn seine Augen sich wie verschlafen zu einem engen Spalt schließen, dann ist sein Denken im Kolchos beim Weib, bei einem Weib. Er spricht geduldig vor sich hin, ohne Wärme und Betonung, aber seine hochliegende Stimme wird etwas dunkler. Forell nickt dazu. Ein Nicken ist keine Antwort. So muß er denn, da der andere es so von ihm erwartet, auch beschreiben, daß er sich sehnt nach einem Kolch, nein, einer Stadt, in der auf ihn genauso ein Weib wartet. Laatmai verlangt mit gestaltenden Fingern, daß er beschreibt, wie groß sein Weib ist.

Zwei Männer legen eine keusche und ungeschminkt sinnliche Beichte voreinander ab, der urtümliche Asiate mit lodernden Augen, die schlecht zu seiner hohen Stimmlage passen wollen, der Europäer mit der auch in rauhen Soldatenzeiten nicht verlernten Scheu, die auf die Kinder ausweicht und sie schildert nach Größe, Geschlecht, Haarfarbe und allen Einzelheiten.

Dann reißt ein Fisch an einem der Saitlinge. Die beiden werden gewahr, daß sich in der Öffnung schon wieder Eis gebildet hat, Laatmai schlägt einen armlangen Fisch, den Angelhaken noch im Maul, auf das Eis, bis das Zappeln zu Ende kommt und der Angelhaken neu ausgehängt werden kann. Die Darstellung von Weib und Kindern hat den Rentiermann beglückt und in ihm etwas wie Freundschaft ausgelöst für den fremden Mann, der um soviel weiter nach Hause hat. Seine Gestik besagt: Bleib!

Es beißen sechs Fische an, und der Europäer friert bei dem Geduldspiel, das sich lang fortsetzt. Als die beiden ans Ufer zurückgehen, ist die Herde nicht mehr da. Das ist selbstverständlich, bedeutet Laatmai. Die Tiere gehen eben. Sie gehen jeden Tag eine Strecke weit dem Dorf zu. Im Frühjahr gehen sie den Bergen zu, wenn das flache Land hier sumpfig wird.

Dorf bedeutet Kolchos. Das weiß Forell nun.

In ein Dorf würde er gern mitwandern. In eine Kolchose nicht. Das versucht er dem Begleiter darzulegen, und er braucht dazu einige Zeit, bis es in den Augen des Asiaten blitzt: Ich habe dich verstanden. Aber du kannst ohne Sorge sein, Njemetz.

Forell bewundert den Mann, der in seine Sprache nur ein paar russische Brocken mengt, viel und weitläufig redet, aber in der Bildhaftigkeit seiner Handbewegungen, des Lächelns, des Brauenziehens und irgendeines Ausdrucks von Sorge, Vorsicht, Überlegenheit und wohl auch einmal Tücke alles begreifbar zu sagen versteht.

Mit ihren Fischen kommen sie beide zu spät zur Herde, treffen Pehtak beim Ausziehen eines kleinen Pelztieres an, das Forell nicht einzureihen weiß in die Liste der ihm bekannten Tiere, und finden ein Zelt vor, das Pehtak inzwischen aufgeschlagen hat. Die gleichen Hände, die das stinkende Pelztier ausgezogen haben, machen sich an die Fische, denen das lange Messer die Leiber aufschlitzt. Forell nimmt sich vor, davon keinen Bissen anzurühren, aber als er, um die Gastgeber nicht zu kränken, sich mit blanken Händen doch ein Stück des auf der Asche zubereiteten ersten Fisches heranholt, ist er zweifach erstaunt. Der Fisch ist ausgezeichnet durchgebraten und schmeckt vorzüglich. Aber eins vor allem: er schmeckt nicht nach Meer. Das ist ja ein Süßwasserfisch von hervorragender Güte.

Am Fisch, wenn es auch schwierig bleibt und einige Zeit beansprucht, gelingt es Forell endlich, so einfältig und lächerlich, daß die Renmänner sich dann vor Vergnügen die Schenkel schlagen, darzulegen, daß er den Wasserarm da drüben für das Meer hält. Selbst Pehtak, der weniger gesprächig und nicht sehr zum Lachen aufgelegt ist, prustet das weiße Fleisch des Fisches über das Feuer hin, als er seine Verachtung für die Torheit des Europäers kundtut.

Lamu oder so ähnlich heißt das Wort, mit dem diese Leute das Meer bezeichnen. Davon, nein, wollen sie nichts wissen. Lamu ist schlecht, naß, windig, neblig. Und so scheußlich groß ist das Meer. Zum erstenmal fällt der Name des Wassers, von dem Forell noch immer nicht glauben will, daß es ein Fluß ist: Anadyr. Sie sollen ihm nichts vormachen, wo auf seiner Karte doch ganz dünn mit Bleistift und höchstens daumengliedlang ein Bächlein eingezeichnet ist, das diesen Namen trägt. Wenn er es nicht glauben will, dann müssen die Männer aus diesem Land eben noch mehr lachen über die europäische Dummheit, die einen Fluß für ein Meer hält. Es scheint ihnen Vergnügen zu bereiten, einen so unwissenden Mann gefunden zu haben, dem sie erst mit ausgestreckten Armen und viel wirrem Geschrei erklären müssen, daß flußabwärts das alles noch viel größer wird. Man sehe meist nicht vom einen zum anderen Ufer.

Forell nimmt es krumm, daß man ihn so zum Narren hält. Er spricht nur wenig noch an diesem Abend und muß erst deutlich dazu aufgefordert werden, etwas Machorka herauszurücken. Sie wissen, was sie ihrem Gast bieten, schon recht zu bewerten, und können eine kleine Gegengabe verlangen, ohne über die Grenzen des Zumutbaren hinauszugehen.

Die Begegnung war angenehm und lehrreich. Forell aber, weil er das Gefühl hat, daß die Rentiermänner mit ihm ihr Spiel treiben, bis sie ihn, im Kolchos angelangt, den Russen verkaufen können, schnürt sein Bündel und nimmt sich vor, in der Nacht das Weite zu suchen. Als er beim allgemeinen Anrichten zum Schlafen das Zelt verlassen will, sich draußen einen Platz zum Schlafen zu suchen, geraten die Männer in vielredige Aufregung: In einer solchen Nacht schläft man nicht draußen! Ob er etwa glaube, sie hätten bloß zum Spaß das Zelt aufgestellt? Pehtak erklärt es, indem er an den Zeltbögen reißt, wie der Sturm heute nacht mit ihnen allen umgehen wird.

Das ist alles Lüge, um ihn, Forell, die Nacht lang unter Aufsicht zu behalten, daß er nicht mehr entkommt.

Und in der Nacht kommt es doch so, genau wie Pehtak es dargestellt hat. Weil sie beide die Zeltbögen mit den Fellbespannungen nicht mehr zu halten vermögen, muß Forell sich mit auf den Boden stemmen, den Rücken gegen die Zeltwand gestemmt, die auf ihn eindrückt, während es über ihnen jault und schreit. Vielleicht, so meint Forell, wäre es besser, bei solchem Sturm draußen flach am Boden zu liegen und dem Unwetter weniger Fläche darzubieten. Aber er möchte lieber nicht mehr klüger sein als die Einheimischen, die einen Sturm, der bei Nacht kommt, schon am Abend wissen.

Als es schon an die drei Stunden so um das Zelt tobt und eine gewisse Gleichmäßigkeit in die Folge der Windstöße gekommen ist, legt sich Pehtak auf sein Fellzeug nieder und bedeutet den beiden anderen, es sei nun Zeit zum Schlafen. In Forells bekümmertem Gesicht steht die Frage, ob man denn nicht nach einer halben Stunde ohne Zelt unter freiem Himmel liegen werde. Und selbst wenn! Der sehnige Alte mit dem schütteren Bart läßt die Frage offen. Es kann recht leicht sein. Doch gibt es keine Menschen, die sich drei Nächte und drei Tage lang an die Zelthölzer klammern können, ohne einmal auch zu schlafen.

Sie finden eine Art, alles Felldeckenzeug gegen den Sturm zu sichern: alle drei Männer müssen sich eng zusammenlegen, die Felle gemeinsam um sich gerollt und durch das Gewicht der Körper beschwert. Eine erfreuliche Aussicht ist das nicht, wenn der Alte wirklich recht bekommt, der drei so lebhafte Tage voraussagt, aber besser als das Erfrieren draußen auf dem tellerebenen Land, das keinen Unterschlupf bietet, ist der penetrante Geruch der Hirten. Sturm und Schnarchen wirken einschläfernd.

Am Morgen wird Forell dadurch geweckt, daß die Rentiermänner das Zelt aufgerissen haben und bei nur zum Teil gelockerten Riemen ins Freie schlüpfen. Dem Fremden, der sich so gibt, als wolle er es ihnen nachmachen, winken sie ab. Nach einer halben Stunde kommen sie wieder. Die Milch, die sie bringen wollten, ist nur als kleine Andeutung noch auf dem Boden des Lederbeutels zu sehen. Man wird nicht verhungern. Aber den Tieren geht es erträglich. Sie stellen sich draußen wie Holzschragen gegen den Sturm. Forell, wenn er es wagt, das Zelt noch einmal einen Schlitz weit zu öffnen, kann sie als finstere Schatten stehen sehen.

Drei Tage, wie der Alte es angesetzt hat, dauert der Sturm. Dann flaut er ab. Drei Tage ist alle Unterhaltung nur Schreien, und da das Schreien in gegenseitig unverstandenen Sprachen sowieso ohne allen Sinn ist, wird noch mehr als sonst mit Händen und bewegten Gesichtern geredet. Die Männer haben sich mehr zu erzählen, als sie selbst geglaubt hätten, und sie finden sich allmählich so gut in ihre Form der Konversation, daß sie an solchem Abkürzen der Zeit zusehends immer mehr Freude erleben.

Forell gibt es auf, sich selbständig einen Fluchtweg zu suchen. Die Richtung, die gegangen wird, ist schlecht und bedeutet soviel wie eine genaue Umkehr dorthin, von wo er gekommen ist. Aber Laatmai meint, der Weg sei vorerst der einzig richtige.

Der Schnee ist seit dem Sturm mehr geworden. Die Rentiere weiden schneller dahin. Für Fischzüge und Jagdgänge bleibt weniger Zeit, und etwa eine Woche nach dem Ende des Sturmes, ohne daß der Wind inzwischen noch völlig stillgeworden wäre, kommt auf freiem Land ohne jede Markierung zu Pehtaks Herde eine zweite, etwas kleinere Herde, von drei Männern gehütet. Anstatt der fälligen lärmvollen Begrüßung findet ein bedrückendes Palaver statt, das Forell bedenklich stimmt, weil er sich für den Anlaß zu der offenkundigen Übellaune hält. Pehtak zeigt den neuen Mann herum und erklärt, wo und unter welchen Umständen er diesen Fund gemacht hat. Er zieht die Schultern hoch, was soviel heißen mag: Nun haben wir den Kerl einmal da und werden zusehen müssen, wie wir ihn wieder losbringen. Er beherrscht auf eindrucksvolle Weise die Kunst, sich mit den Fingern dröhnend die Nase zu schneuzen, und er scheint auch sonst einiges Übergewicht zu haben, aber die Hinzugekommenen nehmen die Nachricht und die Existenz eines Europäers hier mit offenem Widerwillen zur Kenntnis. Ein Mann, der nur ißt und nur Unannehmlichkeiten mit sich bringt, wenn sich die Kunde auf unerklärbaren Wegen in der menschenleeren Gegend herumspricht, darf nicht erwarten, daß er mit Freude aufgenommen wird. Laatmai hat neben den vier anderen Männern wenig Gewicht, aber er schafft den Boden einer gewissen Toleranz, als er des Gastes Machorka rühmt. Im übrigen, so erklärt er Forell, ist die miserable Laune dadurch verursacht, daß im Sommer und Herbst viele Tiere infolge Krankheit eingegangen sind. Zum Beweis kann Forell die Häute sehen.

Auf ihre Art scheinen die Rentierleute sich reich zu fühlen. Auf den Reichtum aber wirkt eines anderen Armut besitzstörend.

Ein eigentümlich langgesichtiger Kerl ist unter den drei Neuen. Wenn er nicht Russe aus erster Hand ist, so haben seine Vorfahren schon den Einbruch in die urasiatische Blutlinie gewagt. Das erhebt ihn keineswegs über die anderen, sondern führt ihn, da er sich selbst etwas fremd zu fühlen scheint, näher an Forell heran. Die anderen sind intelligenter, während sich in seinem Gemüt eine dienstbotenhafte Gutartigkeit breitmacht. Laatmai sieht es nicht gern, daß der Mann sich in Forells Sympathie einschleicht. Forell spürt es und wird vorsichtig.

Schließlich aber kümmern sich alle zusammen nicht mehr um den Fremden, weil sie mit anderen Dingen reich beschäftigt sind.

Forell begreift nichts von dem Tun der Männer, die unterwegs immer wieder einmal den Schnee mit den Stiefeln aufkratzen. Sogleich, wenn ein Mann so scharrt, laufen ein paar Rentiere heran und holen, wo der Mann den Schnee geöffnet hat, Moos hervor. Das Auseinanderkratzen der

Schneeschicht verstehen die Tiere selbst viel besser, aber sie scheinen das Tun des Menschen für eine Mahnung zu halten, daß sie hier äsen sollen.

Der Langgesichtige, von Forell über den Sinn dieses Tuns befragt, gibt eine unverständliche Auskunft. Er kann nicht erklären. Dann kommt Laatmai dazu und schildert auf seine intelligentere Art, die alles zu deuten weiß, daß man schon nahe am Dorf sei. In einem weiten Umkreis um das Quartier, das Dorf, die Kolchose müßten die Rentiere Äsung finden für den weiteren Winter. Liege der Schnee hoch oder sei er eisig verharscht, obgleich der Harsch den Renhufen wenig ausmache, so könne es sich als nötig erweisen, flußabwärts weiterzuziehen. Und dann sei nichts mit Weib und Kindern. Näher am Meer wiederum, sofern man dorthin ziehen müsse, sei der Schnee meist höher und vor allem die Obrigkeit näher, die Obrigkeit in irgendwelcher Gestalt, etwa mit einer Mütze auf dem Kopf und grünem Tuch am Mützendeckel.

Das Zusammentreffen mit der dritten Herde, von der gesprochen worden ist, vollzieht sich erst am Ziel. So paßt das zwar nicht ganz in Forells Rechnung, denn er hat sich vorgenommen, das Dorf selbst nicht zu betreten und lieber doch vorher aus dem Zug der Herde auszuscheren.

Sind die Häuser des Dorfes auch Hütten, so sind sie stolze Hütten. Die Methodik des Bauens ist vom Zelt übernommen, und die Dichtigkeit der Wände gegen den ungebärdigen Winter wird durch Renfelle erreicht, aber wenn der Mensch schon die blanke Hautseite des Fells bemalt, so vermag er den Stolz der Wohlhabenheit auszudrücken in der Zahl der stilisierten Tiermuster an den Wänden, und die Sinnenfreudigkeit wählt unterschiedlich die stumpfen oder grell leuchtenden Farben für die Bemalung. Kein Mensch kümmert sich um die Tiere. Aus neun Häusern quellen wie Ferkel wohlgenährte Kinder. Es sind bereits Männer da. Es kommen fünf Männer dazu und ein sechster, der nicht ein Mann ist, den man zählt, sondern ein Fremder.

Noch nie hat Forell so deutlich verspürt, wie überflüssig er ist, wie in der gegenseitigen Begrüßung, die an ihm vorbeigeht.

Pehtak ist verlegen, als er endlich doch auf den Überzähligen Bezug nehmen und ihn erwähnen muß. Die Frauen weichen zurück, aber ihre Neugier ist nicht ohne Sympathie. Der Langgesichtige gibt sich so, als wolle er den Europäer zu sich ins Haus nehmen, aber sein Weib scheint mit ihm nicht der gleichen Meinung zu sein. Forell versucht amüsiert auszuzählen, welches Weib zu welchem Mann gehört, denn Frauen und Männer halten sich scheu distanziert. Laatmai schwätzt zuviel. Er deckt seine Verlegenheit damit zu. Plötzlich schwätzen alle wirr durcheinander. Dann zählt Pehtak an den Fingern etwas ab und reckt jedesmal die Hand mit dem gestreckten Finger einer anderen Frau entgegen.

Ohne auch nur ein Wort verstanden zu haben, wird sich Forell bei diesem Aushandeln darüber klar, daß er von Haus zu Haus, jeweils für eine bestimmte Zeit, herumgereicht werden soll. Laatmai ist der erste, der den Europäer aufnehmen soll.

Laatmai hat es eigentlich so gewollt. Und er nickt, er lacht über die ganze Gesichtsbreite und sagt: «Gutt!»

Darauf antwortet ihm ein riesiges Gelächter. Forell hat seinen Namen. Die Männer, mit denen er seit Wochen gezogen ist, haben es oft genug erlebt, wie er beim Begreifen einer mit den Händen gegebenen Darstellung genickt und gesagt hat: Gut. Gutt zieht bei Laatmai ein und torkelt erst über ungeordnet herumliegende Renfelle, ehe er die Augen an das Halbdunkel gewöhnt hat, die Dinge und Farben an den Wänden zu sehen und sich Laatmais Weib zeigen zu lassen. Laatmai sagt: Ankhahta. Ob das der Name des Weibes ist? Soll sie eben Ankhahta heißen. Sie könnte genau so neunzehn wie neununddreißig sein. Wenn man all das Fellzeug von ihr abziehen würde, müßte sie keineswegs häßlich sein. Und wenn die Ferkelherde von Kindern nicht um sie buhlen würde! Zwei, vier, fünf – nein, jetzt zählt Forell doch eines mit, das er schon einmal gezählt hat. Laatmai zeigt mit den Fingern her, daß es sechs sind.

Bloß draußen sein und bloß wieder Bretter unter den Schuhen haben und laufen dürfen!

Es bleibt ihm nicht erspart, Laatmais Nachwuchs zu bewundern, von Laatmais Weib bereitetes Essen hinunterwürgen zu müssen, im gleichen Raum mit der Familie zu schlafen und dem Gastgeber mit allem Aufwand an Überzeugungskraft immer wieder zu sagen, daß er Haus und Weib und Kinder prächtig finde.

Und über allem die Gewißheit, daß die Kollektivierung aus etlichen zehn im privaten Eigentum geführten Renherden eine Kolchose gemacht hat! Von jeder Kolchose, auch wenn sie im letzten Winkel der Erde betrieben wird, laufen die Fäden dennoch nach Moskau, von Moskau kommt Urteil und Verbannung, von Moskau haben auch diese Menschen schon ihre Befehle ans Gewissen, und wenn sie nicht gewissenlos sind im Sinn der Doktrin, wird von hier ein Bote ein paar hundert Werst weit fortgeschickt, die Nachricht an die vorletzte Instanz zu bringen, daß man hier einen Deutschen aufgefangen hat, der alle Schlechtigkeit personifiziert: er ist Kriegsgefangener, Lebenslänglicher, Feind der arbeitenden Klasse, Saboteur und Faschist.

Jeden Tag, sooft Forell mitgeht zum Fischen, zählt er die Köpfe der Männer. Es sind neun. Es waren immer neun. Keiner fehlt. Keiner ist auf Reise gegangen, die Obrigkeit zu verständigen. Gut.

Gutts Nerven werden elend strapaziert durch die verschwommene Ungewißheit. Laatmai ist ein ordentlicher Mann, der mit einer Art Liebe an ihm hängt und ihn niemals ans Messer liefern wird. Die Tage sind schön, wenn am Nachmittag erst auf den Fluß gegangen wird, das Eis aufzuschlagen und Angeln zu legen. Der Tag besteht nur aus ein paar dürftig aufgehellten Stunden, und von da bis zur nächsten hellen Unterbrechung ist Nacht. Beim Weggehen haben die Männer Kerzen mitgenommen, nach Art von Fackeln geformte Unschlittkerzen, die mit viel Rauch langsam abbrennen und als spukhafte Lichter die halbe Nacht lang über dem Eis stehen.

Vor jedem Wasserloch im Eis brennt eine Fackel. Zur Seite des finsteren Rechtecks verharren unbewegt zwei Männer, einen dünnschäftigen Dreizack in der Hand, um das Herankommen eines Fisches zu erwarten. Es gibt kein Frieren für die Fischer. Warm genug sind sie gekleidet, und ihr Handwerk erlaubt es nicht, daß sie sich die Füße warmtreten. Alles ist erstarrt. Der Schaft des Dreizacks steht schräg, von beiden Händen gehalten, eine halbe Stunde lang so, als wäre der Mann bereits erfroren. Es schlägt kaum Blasen und gibt fast keinen Ton, wenn der Dreizack plötzlich wie abgeschossen in die Wasserstelle fährt.

Aber wenn der Mann den Schaft zurücknimmt, hängt an der mittleren, der verkürzten Spitze ein armlanger Fisch, genau in die Rückenmitte getroffen und von den beiden anderen Spitzen zur rechten und zur linken Seite festgehalten.

Das Spiel geht weiter, bis in später Stunde bei guter Beute eine ausgelassene Gesprächigkeit über die Leute kommt. Dann drücken sie auch dem Fremden einmal den Dreizack in die Hand. Gutt soll es versuchen! Oh, es ist kinderleicht.

Forell steht gespannt am Wasserloch, den Dreizack in den beiden Händen, wie er es eben gesehen hat. Ein Fisch kommt in gerader Richtung auf die Fackel zu. Und der Stich geht ins Leere. Von der Lichtbrechung durch das Wasser wissen die Renmänner mehr als der gescheite Europäer, und je ungeschickter Forell sich beim Fischstechen anstellt, desto populärer wird er im Dorf. Die Männer wissen es zu schätzen, daß sie dem größeren Fremden überlegen sind, und die großmütige Herablassung, die ihm etwa wie einem Kind begegnet, schafft um ihn her einen Schutzpanzer, den eine vielleicht zuweilen überlegte Niederträchtigkeit nicht durchstößt.

Zu rühmenswerten Erfolgen in der Fischerei bringt Forell es nie. Das Gerben der Renhäute lernt er schneller. Es ist eine Arbeit, soweit es um das Walken geht, und ein Mann, der ihnen die Arbeit abnimmt, macht sich beliebt. In die chemischen Geheimnisse solcher Gerberei dringt der Europäer nicht ein, aber von den abweisenden Gesichtern bröckelt allmählich die Härte der Reichen ab, und wenn Forell durch Laatmai, mit dem er sich sprachlich am besten verständigen kann, sagen läßt, daß er die Zeit für gekommen halte, um seine Reise allein fortzusetzen, winken die Renmänner ab. Noch nicht. Später. Die Zeit ist noch nicht günstig, und der Winter wird noch so lang dauern. Es klingt nach Ehrlichkeit, aber es kann nicht darüber hinwegtrösten, daß der Ausreißer noch im Januar auf einige hundert Werst dem Ausgangspunkt seiner Flucht nahe ist. Er ist im

Februar noch um kein Stück weitergekommen und versöhnt sich allmählich mit schlechten Lebensgewohnheiten und Gerüchen, mit der schrecklichen Fleischzubereitung und mit dem Gedanken, eine Einladung zu weiterem Bleiben nicht auszuschlagen.

Die Renzüchter aber haben eine eingängige Methode, ihm die Abreise nahezulegen, als sie den Zeitpunkt für richtig halten. Laatmai findet das rechte Grinsen, wenn es gilt, die Eröffnung schmackhaft zu machen. Was dem Europäer keine Freude zu bereiten scheint, ist ihm offenbar ein reines Vergnügen. Man wird eine weite Reise machen, erklärt er in gewundener Beredsamkeit seiner Finger, und der Plan sei vorzüglich. Denn Forell wolle doch heim, über die Berge.

Forell will nichts, fast nichts. Der Eifer, mit dem man seine Abreise vorbereitet, mißfällt ihm. Es hätte hier beinahe schön sein können. Als die Fiebrigkeit, die seiner Abreise vorausgeht, hektisch wird, beginnt Forell zu glauben, daß man es gut mit ihm meint. Für ihn freilich, so rechnet er, wäre keine so stattliche Narte nötig, und für ihn wird doch nicht Gepäck in derlei beängstigenden Mengen verpackt.

Es scheint da, so wie Forell die Dinge sieht, eine schräge Handelsreise inszeniert zu werden, von der etwaige Behörden nicht unbedingt erfahren müssen. Geradlinige Handelstreibende nehmen den Weg übers Meer oder wenigstens ans Meer. In diesem Fall aber wird eine Masse Fracht aufgeladen, Felle vor allen Dingen, die über Land transportiert werden sollen.

In der ganzen langen Zeit ist es Forell nie bewußt geworden, daß die Renmänner, von den Frauen ganz abgesehen, die ihm in völliger Indifferenz begegnen, für ihn echt und ehrlich etwas wie Zuneigung empfinden. Beim Verabschieden jedoch wird er so herzlich auf die Schultern geklatscht und von jedem der Männer so edelmütig beschenkt, daß der Eindruck, als wolle man ihn abschieben, sich angenehm verwischt. Fett, Käse, ausgetrockneter Fisch und körniges Zeug, das sich beinahe wie Brot ißt, werden ihm gegeben. Er weiß voraus, daß er die Hälfte des Proviants abstoßen muß, sobald er nur auf seine Beine zum Laufen angewiesen sein wird. Das mindert die Freude über solche Freigebigkeit nicht. Das schönste Geschenk gibt ihm der rundgesichtige grinsende Freund Laatmai: eine Foffaika, aus den wärmsten Teilen von zwei Rendecken genäht und als Decke, Schlafsack oder Zelt, wie er es in den Nächten auch verwenden mag, eine leichte Schlafausrüstung. Forell hat selbst daran gerben geholfen und sich darüber gewundert, daß sich aus den harten, in der Kälte krachenden Decken durch die Gerbung so leichtes und geschmeidiges Material gewinnen ließ.

Die Abfahrt geht unter großartigen Umständen vor sich, unter einer Art von religiösem Ritual, das sich zur höheren Wirkung des Schnapses bedient. Forell hat einen schweren Kopf, als er den Schlitten besteigen soll, ein Stück Fracht hinter Laatmai, der vorne sitzt und die Riemen der vier

Rentiere in der Hand hat.

Ein blanker Tag und ein fröhlicher Fuhrmann lachen sich zu.

Forell ist guter Dinge, da er seinem Freund Laatmai vertraut.

Das reine Glück wäre es doch wohl nicht, wenn er hier bei den Renzüchtern bleiben und darum seine Sehnsucht nach daheim verschenken würde.

Am sechzehnten Tag, den sie unterwegs sind, bei Nacht die Fahrt jedesmal durch ein Zeltlager unterbrochen, wird Laatmai, dessen Nerven gut in Fett gelagert sind, offensichtlich nervös.

Forell muß sich damit abfinden, daß er am Nachmittag von den sachkundigen Händen eines Fuhrmanns ganz unter die Fracht von Häuten vergraben wird, und es muß längst Nacht sein, als die auf solche Weise recht unangenehme Fahrt ein Ende findet.

Der Schlitten hat mindestens fünfmal angehalten. In sein Versteck hinein hat der unbequem gebettete Reisende Gespräche gehört, dann hat Laatmai die Tiere wieder angehen lassen und durch ein gleichmütiges Gespräch mit den Rentieren zu erkennen gegeben, daß alles seine richtige Ordnung hat.

«Gutt!» sagt Laatmai, als er den Fahrgast aus seiner Gefangenschaft befreit. Forell setzt sich auf und ist erstaunt, als er, vom Licht durch ein Fenster matt angeleuchtet, neben Laatmai zwei Männer stehen sieht, die dem Auswickeln aus den Fellen verschmitzt zusehen.

«Pascholl!»

Das erste russische Wort sei dem Weggang aus dem Lager, und nun ausgerechnet dieses Wort, das einem Kolbenstoß in den Rücken voranzugehen pflegt, mit ihm zumeist kombiniert wird oder ihm gleichkommt. So also hat man ihn verkauft. Der Mann, der «Pascholl!» gesagt hat, mahnt mit hastiger Hand zu schnelleren Schritten. Forell sieht eine Türöffnung und geht hinein. Drängend hinter ihm kommen die beiden Männer nach. Eine Tür nach der Seite hin wird aufgestoßen. Es ist der Raum, aus dem Licht auf den Hofplatz gefallen ist. Forell betritt eine niedere Stube, in der außer einer Bank kein Mobiliar ist. Die Bank scheint anderen Zwecken als dem Sitzen zu dienen, denn sie ist um zwei Handbreiten zu hoch dafür.

Laatmai ist noch mit eingetreten. Forell wirft ihm einen bösen Blick zu: Du Schuft, du ungewaschener!

Der Rentiermann aber grinst nur. Und er kann grinsen, daß ihm sogar die Tiere seine Ehrlichkeit glauben.

Der Befehlende hier ist ohne Zweifel ein Russe.

«Wo kommst du her?» «Vom Bleibergwerk. Zu fünfundzwanzig Jahren verurteilt.» «Du bist Deutscher?» «Ja.» «Wohin willst du?» «Heim.» «Du bist verrückt.» «Nein.» «Wenn ich dir helfe, komme ich als Strafniki dorthin, wo du hergekommen bist.»

Also helfen? Also nicht festhalten, bis Uniformierte kommen? Forell geht gleich aufs Ganze, für den Fall, daß aus seiner Existenz ein Handelsgeschäft gemacht werden soll. Denn daß der Mann, wenn er schon Russe ist, insofern dem Regime übel gesinnt ist, als er Handelsgeschäfte betreibt, die nicht entfernt den Charakter eines konzessionierten Betriebes tragen, unterliegt keinem Zweifel. «Ich bin Ihnen dankbar, wenn Sie mir weiterhelfen. Bieten kann ich nichts.»

Der andere Mann, der wortlos zusieht und zuhört, lacht rauh.

Beide sind abgefeimte Füchse, die Geschäfte und nur Geschäfte machen und für den Augenblick leicht irritiert sind, weil der Mann da in entwaffnender Offenheit zu begreifen gibt, daß aus ihm nichts herauszuwirtschaften sein wird.

«Morgen früh.»

Der Russe scheint sich entschieden zu haben.

«Bist du ehrlich? Lügst du nicht?» Das fragt ausgerechnet ein Mann, dessen Gewerbe nur dadurch möglich wird, daß er in einem fort unehrlich sein freundlichstes Gesicht dienstbar den Herren des Landes zukehrt, während die Hände hinter dem Rücken die trübsten Manipulationen einfädeln. In Augenblicken der Gefahr bekommt der Mensch sichtige Augen. Forell sieht genauso, wie die Dinge wirklich liegen, vielleicht weil im Rentierdorf schon soviel gewispert worden ist, daß der Zweck der Reise offenkundig ist und damit auch der Mann charakterisiert wird, dem die Reise gegolten hat.

«Soll ich meinen Körper herzeigen?«

Der Russe winkt ab.

Von da an ist der Deutsche für die drei Männer überhaupt nicht mehr vorhanden. Die Felle werden hereingebracht. Es sind wunderlich schwere Felle. In seinen Rentiermonaten hat der Deutsche ein gutes Gefühl dafür bekommen, wie leicht sich ein paar Felle auf den Armen tragen. Hier aber wird sichtbar schwer geschleppt. Was da noch verborgen ist, erfährt der unbeachtete Zuschauer nie. Laatmais Gesicht, das so beredt alles auszudrücken weiß, was ausgedrückt werden soll, ist unbewegt und starr. Die Sprache geht unverständlich am Ohr des vierten Mannes vorüber. Nur soviel geht dem Mann daneben auch ohne Erklärung ein, daß auch die Bezahlung nicht in Geld erfolgt.

Der schweigende Begleitmann des Russen bringt, als der Handel abgeschlossen ist, Wodka, Fladenbrot und ein langes Stück gebratenes Fleisch. Man ißt, auf der hohen Bank sitzend, zwischen den Fellen. Der Russe findet es in der Ordnung, daß Forell sich dabei so gesittet benimmt wie in Europa üblich und daß Laatmai sich die Reste der Mahlzeit mit dem langen Messer aus den Zähnen stochert. Er selbst ißt nur aus Höflichkeit mit, aber er trinkt gut und sattelfest.

Zum Schlafen werden Felle auf den Boden gelegt. Die Tür in einen

Nebenraum, der voll Waren ist und dem Russen und seinem Schattenmann als Schlafplatz dient, bleibt zur Nachtzeit offen. Das stört Laatmai nicht, der neben dem Deutschen liegt und noch stundenlang bedächtig auf ihn einspricht. Die Hände unter dem Kopf verschränkt, liegt er da und redet, erzählt, schildert etwas, lacht einmal leise und drückt dann seine beiden schmutzigen Hände auf Forells Gesicht: er möge nun schlafen. Es ist, gerade um der hohen Stimmlage willen, ein tief eindringlicher Monolog, von dem der Deutsche nichts versteht und alles begreift.

Es bedürfte am anderen Morgen, als Laatmai die Rückfahrt antreten muß, der Abschiedsszene nicht, um Forell begreiflich zu machen, daß der grinsende Rentiermann ihm gute Freundschaft geschworen hat. Laatmai ist gerührt, als er zum Verabschieden seine Wange, rauh und schmutzig, an Forells Gesicht reibt.

«Gutt!»

Der Schattenmann des Russen ist schon angezogen und zum Weggehen fertig. Während Laatmai irgendwo draußen seine Tiere sucht, wird Forell aufgefordert, sein Gepäck überzunehmen, denn es werde in einer halben Stunde schon dämmern, und so, von seiner schwer gewordenen Rückenlast bedrängt, dem Führer zu folgen.

Wohin die Richtung geht und wie der Weg durch die Wirrnis trüber Häuser eigentlich gefunden wird, begreift Forell nicht. Er hat schwer zu schaffen mit seiner Last und will den Begleitmann in seiner Eile nicht behindern.

Als schon heller Tag ist, steigen die beiden Männer ein ziemlich hohes Ufer hinab zur Eisfläche eines Flusses, die sie überqueren. Sachlicher und trockener geht es aber denn doch schon nicht mehr, einen Fremden zu führen in sein Glück oder Unglück. Nach einer Gehstunde etwa verhält der Begleitmann und gibt zu verstehen, daß sein Dienst beendet ist. Er schaut sich um und veranlaßt auch Forell, auf ein großes, lose hingesetztes Dorf zurückzuschauen, das mindestens seine fünfhundert Häuser haben mag. Die Hand deutet irgendwo zwischen den Häusern in die Richtung, von wo man gekommen ist, und als der sonst immer stumme Mann «Zweihundert Rubel» sagt, will das soviel heißen: «Zweihundert Rubel sind für meine Mühen doch nicht zuviel.»

Na Gott! Wenn sich so etwas hier mit Geld abtun läßt – der Kerl klopft zwar offenbar nur prüfend auf den Busch, aber Forell rechnet sein mitgeführtes Geld so gering, daß er sein Gepäck auseinandernestelt und aus dem Bündel Banknoten zweihundert Rubel abzählt.

«Dreihundert!» sagt der Stumme jetzt, als er sieht, daß der Deutsche noch mehr hat.

Forell hat einen guten Augenblick. Wenn schon dieser Halunke den Wert von Rubelscheinen zu schätzen weiß, dann ist man nicht so weit von der geldgierigen Menschheit entfernt, daß es richtig wäre, die Papierfetzen

Mit Geld . . .

. . . läßt sich nicht alles regeln, aber vieles und selbst da, wo man kaum damit rechnet. Da mag einer kaum zählen und rechnen können, aber er rechnet doch schon aufs Geld. Wenn es um Geld geht, gehören eben alle der gleichen Religion an – bemerkte schon Voltaire.

leichtsinnig wegzugeben, von denen Forell sich gestern noch bedenkenlos getrennt hätte.

«Nein, Freund. So haben wir nicht gehandelt.» «Zweihundertfünfzig.» «Auch nicht. Da hast du zweihundert.»

Der Stumme, dem die Stimme nur gegeben scheint, um Geldsummen zu nennen, lacht verlegen vor sich hin. Es ist eben nicht gelungen. Wahrscheinlich hat Laatmai für alles Zahlung geleistet, und was der Mann hier verlangt und bekommen hat, ist sein Zusatzhonorar. Wenn es nicht geht, geht es eben nicht. Traurig ist der Bursche deswegen keineswegs. Er tut, wie es ihm aufgetragen zu sein scheint, und gibt Forell mit der Hand, die weit in die Landschaft schneidet, eine Richtung an. Dorthin soll er gehen. Forell mißt mit dem Kompaß ein. Es ist genaue Westrichtung. Im übrigen glitzert rechts unten als breites Band, das etwa die gleiche Richtung hält, der zugefrorene Fluß, an den sich die Wanderung wohl noch eine Zeitlang halten kann, vorausgesetzt, daß die Kräfte durchhalten, um mit soviel Gepäck auf so abgeschlurften Schneeschuhen große Strecken zu gehen. Die Geste des Mannes besagt, ohne Feindseligkeit wegen des teilweise mißlungenen Bargeschäfts: Mach's gut, Mensch! Dann kehrt er um.

Forell aber macht sich auf den Weg, schwer belastet, von der langen Trägheit in den Gelenken eingerostet und so zum Schwitzen verdammt, seines Lebens jedoch auch bei grimmiger Kälte sicher, solange er nicht Proviant und Zeltdecke wegwerfen muß, weil ihm das Gelände vielleicht Schwierigkeiten macht. Ob er auf dem weiteren Weg zugrunde geht, ist all denen gleichgültig, die ihn von neuem in die Wildnis schicken, nur Laatmai nicht, dem goldenen Freund mit den immer dreckigen Backen.

Inzwischen hat er gelernt, mit Moos Feuer zu machen, wenn einmal kein Holz zu finden ist. Vor allem aber hat er gelernt, daß er die Menschen nicht meiden darf, sondern suchen muß, um am Leben zu bleiben. Ein paar wie teilnahmslos neben seinem Weg lebende Menschen bedeuten mehr für die Richtung als ein Kompaß, der doch nur falsch abgelesen wird, wenn es um die bedeutenden Entscheidungen geht.

Zuweilen, so wie der Weg eben führt, dessen Richtung der Stumme mit seinem gesunden Bedürfnis nach Rubelnoten gewiesen hat, kommt wieder das Eis eines Flusses in Sicht. Es scheint immer noch und immer wieder der gleiche Fluß zu sein, der manchmal sogar offen und ohne Eisdecke über eine felsige Terrasse herabspringt. Die Tagesleistungen des Wanderers mit seinem großen Gepäck sind klein bemessen. Wenn er einmal wirklich auf dreißig Kilometer kommt, ist es schon viel.

Er stößt auf eine Herde Rentiere.

Der Leithirsch geht ihn massiv an, mehr aus Überraschung als aus mannhaftem Zorn. Forell aber hat mit den Tieren sprechen und umgehen gelernt und weiß dem Hirsch zu sagen, daß er in guter Absicht durch die Weidegegend komme. Wie eine ganze Herde hier leben kann, wo der

Schnee auch an flachen, nicht überwehten Stellen dreißig Zentimeter hoch liegt, ist ihm unerklärbar. Naß gewordener Schnee ist beinig hart gefroren und braucht kräftige Stöße mit den Stiefelabsätzen, bis er aufbricht. Die Rentiere aber, denen er lange zusieht, schlagen den gefrorenen Schnee mit den Hufen auf, daß es weit in der Gegend klirrt, äsen in der Moosschicht darunter und gehen dann eine lange Strecke weit, ehe sie den Schnee von neuem angreifen. An den Stellen, die von den Tieren achtlos übergangen werden, versucht es Forell mehrmals mit seinem Langmesser: und überall ist die Schneeschicht so hoch, daß der Instinkt der Tiere solche Stellen ausläßt. Es kann geschehen, daß die Rentiere, wo sie ihn scharren sehen, herangetrabt kommen. Sie steigen mit den vorderen Läufen in seine Schneegrube, doch gehen sie bald wieder, auch wenn etwas Moos sichtbar wird, ihres Weges. Forell glaubt ihr Kopfschütteln zu verstehen: Du unerfahrener, einfältiger Mensch!

Es könnte vernünftig sein, sich mit einem kräftigen Tier vertraut zu machen, um es als Reittier zu gebrauchen. Ein angenehmes Reiten ist es wohl nicht, denn die Füße schleifen daneben auf dem Schnee. Forell hat außer Pehtak niemand mehr auf einem Ren reiten sehen, und Pehtak hat sich, worüber Forell sich heute noch wundert, nicht auf der Rückenmitte des Tieres gehalten, sondern die Beine ganz weit vorne neben den Vorderläufen des Tieres abhängen lassen. Es besteht nicht viel Aussicht, daß ein Ren als Reittier eine längere Reise durchstehen wird. Schön und vorteilhaft aber könnte es sein, den Reisesack einem Ren aufzupacken und – zu verlieren, wenn sich das Tier selbständig macht und andere Wege sucht.

Er tut gut daran, solchen Versuchungen zu widerstehen.

Die Tiere bleiben eines Tages hinter ihm, und ein paar Tage später sieht Forell ein Dorf vor sich, ein Kolch aus Zelten, die nur mäßig hoch aus dem Schnee ragen, der um die Zelte aufgeschüttet ist. Er hätte die Zeltgruppe übersehen oder wäre unvermittelt in sie hineingetapst, wenn er nicht durch die Stimmen von Menschen aufmerksam geworden wäre. Sie schreien aber nicht seinetwegen und dämmen ihr Gejohl kaum ein, als sie seiner ansichtig geworden sind. Durch eine Gasse zwischen hohen Schneewänden kommt er an die Zelte heran. Ein sonnig heller Tag liegt über dem Land. Die Menschen sind im Freien und treiben lärmend irgendwelchen Unfug, den sie unendlich ernst zu nehmen scheinen.

Es schafft dem Mann mit dem schlechten Gewissen jedesmal ein Magendrücken, wenn er unausweichbar der Begegnung mit Menschen ausgeliefert ist. Hier weicht er keineswegs aus, sondern hat längst darauf gehofft, aber das Gefühl eines Steindrucks auf dem Magen macht sich trotzdem bemerkbar.

Man ist nicht überrascht. Man sieht ihn an und nickt.

Er mag hereinkommen, ablegen und sich als Gast betrachten. Die Geste der über alles Verfügbare hindeutenden Hand kann auch hier nicht anders verstanden werden. Der Mann, der hier bestimmt und auf seine Weise die Herrschaft auszuüben scheint, könne Kaiser von Rußland sein, würde jemand Haar und Bart ein wenig zähmen und zurechtschneiden. Ein prächtiges Mannesgesicht mit einer Stirn, deren Höhe nicht einmal durch den heftigen Haarwuchs unsichtbar gemacht wird, und groß geöffneten Augen, denen jede Verschmitztheit fehlt. Aus dem ersten und unmittelbaren Eindruck wird er für den Ankömmling der Zar.

Der Zar spricht ein wenig Russisch.

Woher und wieso er mit Forells Ankunft gerechnet hat, erklärt er nicht lang und weiß es wohl auch nicht zu erklären. Man weiß so etwas eben. Er fragt nicht, wann Forell weiterzuziehen gedenke, aber er möchte es offensichtlich gern wissen. Platz ist in irgendeinem Zelt. Der Fremde braucht sich nur umzusehen, wenn er länger bleiben will.

Der Ankömmling kann sich schwer damit anfreunden, daß er in dem engen Zeltbau, den er angewiesen bekommt, zwischen schmutzigen Kindern liegen soll. Der Zar macht ihm den Zelteingang auf: Bitte! Wie wenn er gegen eine Wand aus fetter Luft geprallt wäre, geht Forell einen Schritt weit zurück, kommt ins Stolpern, weil ein paar kleine Menschlein zwischen seinen Stiefeln gleichzeitig einzudringen versuchen, und fällt mitsamt seiner Last auf den Rücken. Das wird den Kindern Anlaß, ein großes Freudengeschrei zu erheben, und die Erwachsenen lachen verhalten mit.

Zwei Anläufe muß er noch machen, ehe er sich überwindet, in das Zelt einzudringen. Rauch, Fett, Ammoniak, ranziger Talg, Fisch, Käse und noch einmal Rauch geben eine so dicke Mixtur, daß Forell sich von neuem darüber wundert, daß er es in ähnlich dicker Luft bei Laatmai und den anderen so lange ausgehalten hat. In den Häusern freilich, wenn sie auch den Rauch in gleicher Weise durch eine Öffnung im Dach abgeführt haben, war es doch ein wenig anders. Das Loch oben im Zelt ist mit Vorbedacht so klein gehalten, daß nicht zuviel von dem ausweicht, was ja doch nur sinnlos eine Menge der kostbaren Wärme mit hinausnimmt.

Hier wird Forell unter keinen Umständen schlafen.

Aber natürlich bleibt er hier und schläft hier und – aber das wird von neuem sehr schwer – ißt hier. Die innere Trägheit ist stärker als der penetrante Gestank der Korjakenfamilie, und der Zar ist ein grundgütiger Herrscher, der die Wahl zwischen Bleiben und Gehen dem Gast zuschiebt und, sobald sich Forell im Sinn einer Weiterreise äußert, dennoch eine Menge Einwände bringt. Es sei noch tiefer Winter, zum Wandern recht und gut. Wenn der Gast aber sich weiterhin zurechtfinden wolle, müsse er sich an Menschen halten.

Im Frühjahr werde man sowieso zeitig wandern, wenn der Schnee breche und die Taiga blank werde.

Allen Vorsätzen zuwider hält es Forell bis Anfang April aus und weiß nur noch in Stunden, da ihn die Hoffnungslosigkeit seines Unterfangens bedrückend überkommt, daß es im Zelt wie unter Säuen stinkt, daß der Fisch im Magen noch einmal hochsteigt, wenn die rings auf Ellen sitzende Familie das grätige Rückenstück des Fisches schnalzend ableckt bis auf ein blankes Gerippe. Er wird nie heimkommen. Das wird ihm zur Gewißheit. Ein Jahr noch wird er brauchen, bis er so tief herunterkommt, daß er die Absichten aufsteckt und irgendwo in Sibirien bleibt. Nun hat er sich schon an so viel gewöhnt, daß er sich über einen weiteren Abstieg keine Gedanken mehr macht. Die Leute sind freundlich und meinen es gut, wenn sie mit ihren fürchterlichen Händen auch ihm zuschieben, was sie essen.

Dann aber kommt mit einer starken Sonne die Zeit, da der Schnee an den Zelten hohl wird. Es taut und gibt nicht einmal Schmelzwasser. Was Winter war, verschwindet einfach.

Mit viel zeremoniellem Aufwand wird zum Wandern gerüstet. Es ist ein immerwährender Abschied im Zeltdorf, bis eines Tages die Rentiere, von denen bisher immer nur gesprochen wurde, beim Aufwachen am Morgen um die Zelte beisammen sind. Niemand hat sie gesehen. Niemand hat genau gewußt, wo sie sind. Vielleicht aber haben sie den Aufenthalt der Tiere so genau gewußt, wie sie alles zu wissen scheinen, was tierisches und menschliches Leben betrifft. Ein Schrei begrüßt ihr Kommen, und ein paar Tage lang wird nur noch geschrien, aufgeregt irgendwelches Zeug geordnet, das schon zehnmal geordnet war, untersucht, getadelt, verpackt, und endlich wird ein paar Tieren auf den Rücken geschnallt, was man zum Zelten, zum Kochen und zum Leben braucht. Die Lasten werden sehr genau aufgelegt und angebunden. Alle Last liegt über den vorderen und den hinteren Läufen, und was man einem Tier an Last zumutet, ist nicht viel. Wozu auch?

Forell braucht sein Gepäck und die ergänzten Vorräte auch nicht selbst zu tragen. Aber die Korjaken untersuchen genau alles an seiner Ausrüstung, ob es regendicht ist.

Und dabei ist Wetter und Land so schön. Es stinkt in den Wanderzelten nur insoweit noch, als die dicke Luft in die Felle der Zeltwände eingedrungen ist und als Last mitgeschleppt wird. Alles an solcher Wanderung ist beglückend, die Reiserichtung, das aufkommende Jahr, die Erfahrung der Rentierleute, das eilige Verschwinden des Winters, dem man bergan gleich hinter dem Schnee folgt. Nur sind die Tagesstrecken kurz, so kurz, wie sie eben von den Rentieren bestimmt werden. Manchmal steht für die Herde nur ein schmaler Streifen hängiges Gelände zur Verfügung, wenn darunter das sumpfige Land von den dünn aufsetzenden Hufen sorgsam gemieden wird. Dann geht es zügig weiter. Liegt aber ein weites Stück Land leicht berghängig und ernährt die Tiere ohne Gefährdung, dann kommt der Frühjahrszug auch einmal drei Tage lang nicht von der Stelle.

Forell hat so viel Zeit verloren und so wenig erreicht, daß es zum

Unglücklichsein über die gemächliche Reise kaum noch reicht. Um die Zeit herumzubringen, würde er sich gern nützlich machen und irgendwelche Arbeit übernehmen, weil er vom Winter her weiß, daß ihm das Beliebtheit einträgt. Aber was will er schon tun, wenn die anderen ihre Tiere so gut gezogen oder sich ihren Wildgewohnheiten so einfühlsam angepaßt haben, daß es keine Arbeit gibt außer dem beobachtenden Dabeisein, einem gewissen Schutz der trächtigen Tiere und einer bescheidenen Jagd neben der Wanderstrecke?

Im Sommer muß ein Mensch, der sich vorgenommen hat, Sibirien zu durchwandern, seine Ziele kurz stecken, sonst steckt ihm die Natur die Grenzen. Der Zar sieht sehr wohl die Ungeduld in seinem Gast, aber er hat immer einen Trost bereit. Und wenn Forell die schon stark verwitterte Karte vor dem Zelt ausbreitet, dem Zar zu erklären, wie weit er bis jetzt etwa gekommen zu sein glaubt und wie weit er noch reisen muß, dann tut der kluge Mann diese Sache, die ihm nicht recht begreifbar wird, mit einem Fingerschnippen ab. Der Sinn seiner Darlegungen ist etwa der, daß ein Mensch nur beginnen soll, was er bei normaler Länge seines Lebens auch erleben zu können glaubt. Aus einem solchen Land fliehen, meint er, sei unsinnig. Ein schönes Land mit guten Menschen. Sich hier an jemand anschließen oder verdingen, sei doch das Beste, was ein Mensch erreichen könne. Mit Jägern gehen, mit guten sibirischen Jägern, bringe viel Geld ein. Die Russen und die Amerikaner – warum eigentlich die Amerikaner? – hätten zwar schon manchen Landstrich leergeschossen. Aber die Pelztiere müßten ja nicht wie die Renherden bei anbrechendem Winter den Flüssen nach ins Niederland gehen, wo sich überall die Russen breitmachten. Zu den guten Tieren müsse der Jäger kommen. Und wer wage das schon in den Bergen oder in der Taiga? Jagen sei gefährlich, aber schön. Nichts für den Sommer. Da seien die Pelze ohne Wert. Immerhin . . .

Die großen, europäisch weiten Augen des Zaren schließen sich vielsagend zu zwei engen Schlitzen, und Forell ist klug genug, nicht mehr nachzufragen. Es könnte die Mitteilsamkeit des Korjaken abdämmen. Forell ist für den Zaren ein beachtenswerter Mann. Wenn einer mit soviel Gepäck den Fluß heraufgekommen ist bis ins Dorf, muß er ein sehr guter Geher sein. Wenn einer den Russen ausreißt und nicht schon nach vierzig Werst von Suchhunden gestellt wird, muß er gescheiter sein als die Russen und die Hunde. Er muß einen Weg gewählt haben, den ein bedächtig überlegender Mann gar nicht riskieren würde. Der Zar fragt weder, wie Forell gegangen ist, noch warum er unbedingt nach Europa zurück will.

«Komm, Deutscher! Wir gehen ein wenig herum!»

Sie gehen ein wenig herum, der Zar eine Flinte über der Schulter und Forell mit Proviant im Sack.

Ein wenig herumgehen – das dauert neun Tage und ist recht mühselig. Die Flinte ist, wie es Forell scheinen will, doch mehr männlicher Schmuck als Jagdwaffe, obgleich sie eine moderne Waffe ist und der Zar ein Dutzend Patronen in der Tasche hat.

Man geht wirklich nur herum. Manchmal schielt der Deutsche auf seinen Kompaß, die Richtung abzulesen, denn recht wohl ist ihm nicht bei so ziellosen Seitenwanderungen, die sich ein immer bergiger werdendes Gelände ausgesucht haben. Der Kompaß gibt keine Auskunft. Es stehen manchmal, nirgends zu einem echten Waldverband geschlossen, windgeplagte Lärchen an einem Hang, mächtige Stämme, die man weit sieht und zum Prüfen der Marschrichtung nehmen kann. Der Zar weiß solche Bäume auch zu verwerten, aber ohne Kompaß. Nie ist festzustellen, woran er sich hält und nach welchen Gesichtspunkten – in des Wortes echtestem Sinn Gesichtspunkten – er seine Richtung ändert oder korrigiert. Was der Zar aus der Gegend liest, sagt dem Begleiter kein Kompaß. Wäre die kleine zu einem Kompaß umgebaute Uhr schwer und nicht ohne jede Behinderung am Arm zu tragen, so würde Forell das Ding jetzt wegwerfen, weil ihm die Bedeutungslosigkeit unangenehm bewußt wird.

Zweimal in dem langen «Ein-wenig-Herumgehen» schießt der Zar. Das eine Mal fällt ein rabenähnlicher Vogel, von dem der Jäger nichts an sich nimmt als die Ständer. Eine Erklärung dafür gibt er nicht. Einen solchen Vogel ißt man eben nicht. Das andere Mal ist, was Forell für einen kleinen Hasen gehalten hat, ein wenig bewegliches Stück Raubwild, das fürs Räuberwerk zu zahm und hilflos erscheinen will. Diesem Tier – es wiegt zerwirkt keine drei Kilo – zieht der Zar mit beachtenswerter Fertigkeit das Fell über den Kopf, bricht es auf und macht es kochfertig. Im Zubereiten ist er nicht minder tüchtig. Und Forell, der mit Ekel dem Braten am Spieß zugesehen hat, stimmt seinem Anführer zu, der genießerisch schmatzend die Aufteilung vornimmt. Salz zum Schmackhaftmachen hat der Mann in unwahrscheinlich verschmutztem Zustand aus einem Lederbeutel genommen. Den Raubwildgeschmack aber haben Moose und Hölzer gebrochen, die ins Feuer gelegt wurden, als der Tierkörper an einem stark harzigen Astholz hing. In allem übrigen leben die beiden aus dem Proviantsack.

Jagd kann nicht der Sinn und Zweck dieses weitschichtigen Herumgehens sein. Der Zar aber benimmt sich auch nicht so, als hätte er andere Absichten. Man ist eben ein wenig herumgegangen, als man neun Tage später wieder zur Herde stößt, die inzwischen kleiner geworden ist. Zwei Männer, außer dem Zaren, sind noch beim Rest der Herde. Die anderen Tiere und Männer haben selbständig ihre Wege und ihre Moosweiden aufgesucht.

Der Ton der Unterhaltung bei den Korjaken, von der Forell kein Wort versteht und auch keines nach seinem Inhalt begreift, weil jede mithelfende Rede mit Gesten unterbleibt, ist nunmehr anders. Der Zar und die zwei noch verbliebenen Männer sind offenkundig zusammengespielt in

Dingen, von denen alle übrigen nichts zu wissen brauchen. Daß der Deutsche dabeisitzt, wird nicht als störend empfunden. Er versteht sowieso kein Wort.

Gemächlich ziehen Männer und Herde noch an die fünf Wochen weiter. Die Tiere suchen sich selbst ihren Weg, und die Berge scheinen, soweit sie weniger gangbar sind, immer irgendwie nach der Seite zurückzuweichen.

Eines Tages bedeutet der Zar dem Deutschen, man wolle wieder einmal ein wenig herumgehen. Für den Fall, daß es sich länger hinziehen sollte, möge Forell sein Gepäck auf die Schultern nehmen. Der Zar begnügt sich mit einem kleinen Proviantsack, in dem er seine eigene Verpflegung trägt, aber die Flinte nimmt er selbstverständlich über. Die Wege werden schlechter. Auf verhältnismäßig hohen Lagen gibt es moderige Sumpfflächen. Und überall, auch wenn man über solche Tümpelreihen hinaus ist, ist die Luft gesättigt von Stechfliegen, die abzuwehren bald unmöglich wird. Der Zar schmiert sich Gesicht, Nacken und Hände mit einer schauerlich riechenden Masse ein, von der er einen Lederbeutel voll mitträgt. Wenn es hilft, will der empfindlichere Deutsche sich auch damit besudeln und bringt den Geruch nicht einmal im Schlaf mehr aus der Nase. Die Stechmücken kümmern sich längst nicht soviel um den satanischen Geruch, aber sie lassen wenigstens die Stellen aus, an denen das Geschmier eine Kruste gebildet hat.

In den Nächten decken die Männer die Gesichter sorgfältiger als den Körper zu, aber beim Aufwachen spürt Forell, daß er die Lippen zweifach so dick wie die Daumenkappe hat, daß die widerlich singenden Mücken auch durch den Bart bis in brauchbares Weidegelände durchgestoßen sind und daß die Augen Mühe haben, zwischen schwer gewordenen Lidern die nächsten Dinge um sich unbehindert zu besehen.

«Wohin gehen wir denn noch?»

Der Zar beruhigt seinen Begleiter, dem die für den Winter recht geeignete Kleidung in der faden, schwülen Wärme bitter zu schaffen macht. Die Rückenlast durch solche Gegenden zu schleppen und das gute Tempo des anderen mitzuhalten, wird von einem Tag zum anderen schwerer. Auf das schweißgesottene Gesicht, aus dem die Schnakenschmiere sich abwäscht, stürzen sich die langbeinigen Sänger wollüstig und bohren sich am Halskragen unter die Feldkleidung hinein, so daß die Finger jedesmal ein paar Schnaken zerquetschen, wenn sie nur am Kragen entlangstreifen.

Obendrein scheint der Zar, der all die Tage her seines Weges noch so sicher war, unschlüssig zu werden. Es tut gut, daß er unvermittelt oft lange Rasten einlegt, aber Forell sieht ihm an, wie er nach und nach das Vertrauen in sein eigenartiges Unternehmen verliert. Man ist ein wenig zu weit herumgegangen und wartet schließlich vier Tage an einem Flußlauf, anscheinend nur darauf, daß einmal dieses flegelhaft daherrollende Wasser zu Ende ist und den Übergang freigibt.

Forell möchte baden.

Na, wenn einer das unbedingt will – der Zar versteht den Wunsch nicht, aber er würdigt ihn. Das eiskalte Wasser tut gut und mildert für kurze Zeit den juckenden Schmerz der ungezählten Mückenstiche.

Am vierten Tag – der Zar weiß offenbar schon seit dem Morgen, daß sich etwas Besonderes begeben wird – kommt auf dem Wasser ein Floß mit drei Männern daher. Sie rufen abwechselnd ein gedehntes Signalwort, und der Zar tritt bis ganz ans Wasser heran, um sich aus dem Ufergestrüpp heraus bemerkbar zu machen. Das Rufen hört auf. Mit einem heftigen Ruck knallt das Floß in eine Baumwurzel, aber die Männer scheinen so bescheidene Unfälle nicht ernst zu nehmen. Sie bringen ihr Fahrzeug, das sowieso einen langen Transport nicht mehr aushalten wird, bis zu einer Anbindemöglichkeit heran und kommen ans Ufer, den Zar trocken begrüßend.

Alle drei Männer sind Russen. Forell, etwas im Hintergrund, hat Muße, sie eingehend zu betrachten: ausgemergelte, hohläugige, von Entbehrungen gezeichnete Gestalten, so übel und verdächtig aussehend, wie wenn sie ihr Weiterleben einem gerissenen Galgenstrick zu danken hätten. Mit solchen Leuten hat der Zar zu schaffen, der nach biederer Rechtlichkeit eines braven Renzüchters aussieht und seine Herkunft auf zwanzig Schritt gegen den Wind nicht abzustreiten vermöchte, weil ihn der Gestank ausweisen würde.

Anastas, Grigorij und Semjon sind ihre Namen. Anastas zählt am bedeutendsten. Er deutet mit einer Kopfwendung auf Forell. Der Zar winkt ab. Das heißt: der Mann ist gut. Laßt ihn nur! Wenn der Zar für jemand einsteht, ist er gut.

Das Gespräch geht russisch vor sich. Zwar hat Forell einige Mühe, den Zusammenhang zu begreifen, aber soviel wird ihm klar, daß die drei Galgenvögel heimatlose Burschen sind und nirgends mit der Behörde in Berührung kommen dürfen. Wintersüber jagen sie und leben vom Ertrag den Sommer lang. Sie kennen auf zweitausend Kilometer im Umkreis jede Andeutung eines für Menschen gangbaren Weges und haben sommersüber irgendwo in dieser Gegend zu tun. Einmal, aber aus dem Gespräch ist zu schließen, daß dies schon Jahre zurückliegt, sind sie alle drei bei den Renleuten im Dorf gewesen, etwa so wie zu Ausgang des Winters Forell. Sie fragen nach den Männern und kennen jeden beim Namen.

«Der Mann da ist ein Njemetz. Wollt ihr ihn weiterbringen?»

«Einen Deutschen?» Anastas lacht breit und lärmend. «Geflohen.»

Anastas betrachtet den Deutschen mißtrauisch. «Wie weit?»

Forell gibt die Antwort selbst: «Ich möchte heim.»

«Das möchten wir auch.» Das Lachen wird gehässig. «Nein.»

Der Zar bedauert diese Entscheidung, aber er redet den Galgenvögeln nicht zu. Das Gespräch geht wieder um Geschäfte.

Dann überreicht Anastas dem Zar ein kleines Hautbeutelchen, das eigenartig schwer wiegt. Forell sieht es deutlich, wie plump das schmächtige Ding auf die große Hand fällt. «Wir möchten uns auf dich verlassen können», knurrt Anastas, der die Verhandlungen ganz allein führt. «Was hast du alles?»

Der Zar packt aus. Er hat es sich nicht anmerken lassen, wie schwer ihm das kleine Gepäck geworden ist. Schrotpatronen haben ein stattliches Gewicht, und es sind acht Dutzendpackungen. Es sind noch mehr Schuß Büchsenmunition.

Bitte!

Die drei Galgenvögel überzählen, was sie da eingetauscht haben, und scheinen zufrieden. Da weiß Forell, was in dem Hauptbeutel war. Er streckt die Hand aus, der Zar möge ihm den Beutel wie zur Probe für einen Augenblick überlassen. Die drei sind erstaunt, daß der Korjak unbedenklich mit einem überlegenen Lächeln das Säckchen diesem fremden Deutschen überläßt.

Es ist, was Forell geahnt hat: Gold, Waschgold.

Der Zar also versorgt die Halunken mit Munition und wird dafür in blankem Gold bezahlt. Die Wege der Munition und des Goldes scheinen weitverzweigt und schwierig zu sein. Sie reichen – damit erst wird Forells ungefährdete Reise vom Anadyr bis hierher in die Taiga begreifbar – bis zu Pehtaks Herden, bis in irgendwelche Städte, bis zu den Russen. So ist das also. Der Zar übergibt nun auch seine Flinte. Gold wiegt schwer und öffnet auch einem nomadisierenden Korjaken die Tore zur Welt. Die Flinte ist in Amerika hergestellt.

Als der Handel abgeschlossen und der Austausch der Güter erfolgt ist, hat der Zar noch immer seinen Schützling nicht los, dem er vor Wochen schon das Jägerleben schmackhaft zu machen versucht hat. Er bietet ihn noch einmal an. «Der Deutsche hat Machorka und ist ein ausgezeichneter Geher.»

In diesem Fall wagt Anastas allein nicht zu entscheiden. Grigorij und Semjon scheinen für Machorka zugänglich zu sein. «Du könntest uns übrigens beim nächsten Mal auch Machorka mitbringen.» «Wenn ihr ihn nehmt.»

Forell wird verhandelt. Er hat nicht zu fragen, wohin die Reise gehen soll. Eine Rentierkolchose ist nicht in der Lage, Lebensstellungen zu bieten.

Der Zar ermuntert ihn, die Gelegenheit zu nützen, er spricht den drei Männern zu, sich einen so tüchtigen Geher und hervorragenden Schützen keineswegs entgehen zu lassen, und zur Vereinfachung des Zeremoniells verabschiedet er sich mit großen Wünschen von Forell. Dagegen gibt es keinen Widerspruch mehr, auch nicht für die drei Waldmänner. Anastas wünscht den Korjaken, den Frauen, den Kindern wie den Tieren das große

Glück und geleitet Forell neben den beiden anderen Männern zum Floß hinunter.

Oben grüßt noch mit biederbravem Gesicht der Herbergsvater aus dem Korjakendorf, während drei schlanke Birkenstangen das Floß vom Ufer abdrücken. Den Männern ist der Fluß keineswegs fremd. Sie staken ihr Floß sicher auch auf sehr rauhem Wasser und bringen es nach höchstens einer halben Stunde genau dort ans andere Ufer, wo eine Sandreiße fürs erste ein weiches Landen erlaubt und die vier zusammengebundenen Stämme dann ins Wasser zurückgelassen werden können und sich festhalten unter überhängenden Laufwurzeln eines Baumes.

Niemand macht sich die Mühe, mit dem Neuen zu sprechen, ihm etwas zu erklären, freundlich zu ihm zu sein oder gar seine Last eine Weile zu tragen, solange die Gruppe nun von der Sandstelle weg auf unerkennbaren Wegen in die Gegend geht. Forell trabt als letzter in der Reihe, schwitzt und wird von den Mücken geplagt und ist mehr als einmal versucht, sich selbständig zu machen, weil er die Geschwindigkeit der unwirschen Wandergesellen nicht mitmachen kann. Es wird Abend, bis sie an einem ersten Ziel sind. Und der Abend kommt erst gegen zehn.

Das Zelt, auf drei Seiten zwischen Bäumen eingebaut, ist aus Renfellen hergestellt. Die Spuren von des Zaren fürsorglicher Hand weisen also bis hierher.

Holz holen. Wasser herantragen in Hautsäcken. Für die Nacht anrichten. Das alles wird Forell zugeschoben. Damit er arbeiten kann, bekommt er eine Axt. Und die drei Galgenvögel, die sich bequem aufs zertretene Gras hingeworfen haben, sehen ihm interessiert zu. Kein Wort wird gesprochen. Forell spürt die Blicke in seinem Rücken, als er zum Feuer anrichtet und mit der Puschka Feuer schlägt. Er hat Glück. Er hat das Kleinholz in kienigen Spänen hergeschnitten und scheint auch recht gut zu wissen, wie man ein Kochgeschirr über das Feuer hängt. Um seinerseits nicht fragen zu müssen, wo die Sachen zu finden sind, aus denen man ein Essen bereiten kann, holt er aus seinem Reisesack hervor, was er für geeignet hält, und richtet eine schwere Holzhauermahlzeit an. Dadurch wird der Rucksack leerer. Es soll ihm nur recht sein.

Gegessen wird barbarisch, aber nicht ohne Anstand. Inzwischen hat Forell sich so sehr an das Schmatzen und das bogensprühende Fressen und Reden und Lachen zugleich gewöhnt, daß er nacheinander die Genossen ansieht und sich zu überlegen versucht, woher sie denn kommen mögen.

«Und jetzt Machorka!» sagte Anastas nach dem Essen. Es ist das erste, was er mit Forell spricht. Das Säckchen ist in der langen Zeit kleiner geworden, denn die Korjaken sind gute Raucher gewesen. Aber auch für künftig vier Mann wird man noch eine Weile zu rauchen haben. Schon ist Forell versucht, eine Handvoll Machorka auf einem Fetzen Papier hinzugeben, da besinnt er sich noch, nimmt den ganzen Sackstumpf aus dem Gepäck und stellt ihn in die Mitte. «Bitte!»

«Du bist Deutscher?» «Wie schon gesagt.» Forell geht auf den derben Ton ein.

«Halt's Maul und sei nicht frech!» Anastas macht mit so einem Kerl nicht viel Federlesens.

«Im Blei gearbeitet und weggelaufen.» «Das kann jeder. Uns imponierst du damit nicht.» «Ob ich euch gefalle oder nicht, ist mir Wurst. Ich habe euch bisher nicht gebraucht und brauche euch weiterhin nicht.» Er wundert sich über seine Unverschämtheit nicht weniger als über das bei aller Holperei recht brauchbare Russisch. Den Galgenvögeln gefällt der Ton überdies gar nicht so schlecht. Man kann mit ihnen reden, wenn man nur ihre massive Sprechart beherrscht.

«Feuer anmachen kannst du, haben wir gesehen. Kochen kannst du auch. Kannst du schießen?» «Sicher so gut wie ihr Banditen.»

Bei dem Wort ‹Banditen› springen die Burschen alle drei auf, Forell tätlich anzugreifen. Das Ehrgefühl scheint mehr als empfindlich zu sein. Forell hat beim Herausholen des Machorkasackes in seinem Besitzstand vorsichtig Inventur gemacht und eilig den Lappen von seiner Nagan gewickelt, um drei so rüden Lümmeln gegenüber auch ein Argument zu haben, auf das er pochen kann. Sein Mut, Frechheiten zu sagen, ist beträchtlich angeschwollen, als er die Pistole griffbereit wußte. Jetzt hat er sie auch schon, ehe einer ihm zu nahe kommen kann, zur Hand. Es ist ihm scheußlich zumute, aber notfalls wird er schießen.

«Zurück!»

«Oh!» In diesem Wort schwingt deutlich Anerkennung mit. Dieser Deutsche ist ja ein Mann, wie man ihn braucht. Wenn er so schnell schießt, wie er die Pistole herausgebracht hat, kann man mit ihm rechnen.

«Eine Nagan hast du?» «Wie ihr seht.» «Geladen vielleicht auch noch?» «Soll ich deinen Schädel als Ziel nehmen?» «Laß das! Aber – du willst Gefangener gewesen sein? In den Lagern kommt ein Gefangener schwerlich an eine Pistole.»

Forell hat das bestimmte Gefühl, daß er jetzt breit und kräftig lügen muß, um sich das Ansehen zu verschaffen, das bei Männern von solchem Schlage etwas wert ist. «Da wir nur mit Spitzhacken ausgerüstet waren, die Wachposten aber zum Überfluß mit beiden Dingern, einer Maschinenpistole und einer Nagan, habe ich für mich keine andere Möglichkeit gesehen, als den Wachposten mit einer Spitzhacke niederzuschlagen und mir seine Nagan zu nehmen. Die Maschinenpistole wäre dienlicher gewesen, aber was sollte ich mit dem schweren Ding? Inzwischen hat mir diese handliche Pistole gute Dienste erwiesen.» Das sagt er so weiträumig und allgemein, daß die Galgenvögel selbst die Zahl der umgelegten Russen in ihre vagen Vermutungen einsetzen können, zwischen zwei und zehn

Opfer, ganz nach ihrer Phantasie. Wenn die Brüder eine Ahnung hätten, wie hinderlich und unangenehm die Pistole zwischen den Schenkeln wetzte, wie sie auch später immer nur ein schweres Stück Metall war, das wegzuwerfen er sich nicht entschließen konnte! Keinen Schuß hat er noch getan, aber die Banditen haben etwas übrig für einen Mann, der seine Visitenkarte derartig vorzeigt und die Sprache zu beherrschen scheint, die ihre Sprache ist.

«Steck die Nagan ein!» «Wenn ihr euch anständig benehmen wollt?» «Gut. Bleiben wir zusammen!»

Anastas gibt ihm die Hand. Grigorij und Semjon machen es nach. Daß Semjon die Pistole betrachten will, überhört Forell und grinst zutraulich, als er sie in die Tasche steckt, auf der rechten Seite, die seine Schlafseite ist. Wenn er bei Nacht auf der Pistole liegt, wird man sie ihm doch nicht so leicht herausziehen können.

Als die Gruppe anderntags weitergeht, bleibt das Zelt stehen. Das kann man immer wieder einmal brauchen, meint Anastas. Es ist auch so jeder Mann noch reichlich beladen.

Unterwegs wird wenig gesprochen. Die Nachtlager werden aus reicher Erfahrung so gut gewählt, daß es gern auch einmal die Nacht lang regnen darf, ohne sie alle zu durchnässen. Und es regnet recht ergiebig. Der Wald hat eine dumpfe Schwüle, in der die Stechfliegen mörderisch böse werden und an der Geduld nagen. Wenn Forell sich unter den Stichen wie verrückt gebärdet, streifen die anderen lediglich zuweilen die dicht aufsitzenden Schnaken weg und beschmieren sich über Hals und Gesicht mit Blut von den zerdrückten Fliegen. Es ist ihr eigenes Blut. Geschwollene Lider und hamsterdicke Backen von den vielen Mückenstichen bekommen sie kaum noch.

Schau, schau!

Die Galgenvögel sind zum Wohnen, unter sibirischen Umständen, ja prächtig eingerichtet. An einen Hang gesetzt, so daß die eine Längswand ganz und zwei Seitenwände zum Teil erspart wurden, haben sie sich eine gediegene Hütte gebaut, nicht in einem Sommer und nicht in zweien. Forell wird eingeführt und spürt, als auch er seinen festen Schlafplatz in der Hütte hat, daß die drei Halunken ihm nichts mehr zuleide tun werden. Bis auf einen Bach, frisch durch hellen Sand daherschneidend und von sauberem Wasser, ist der ganze Bereich weit um die Hütte trocken und von Mücken nicht sehr heimgesucht. Mit dem Bach hat es seine eigene Bewandtnis, die Anastas dem neuen Mann erklären will, als sie ihren Platz im weiten Umkreis besichtigen.

«Ihr wascht hier Gold?» «Weißt du das?» «Man sieht es.» «Dann brauche ich weiter nichts mehr zu sagen. Du wirst viel Arbeit vorfinden.»

An der Art der Anlage ist zu erkennen, daß ein im Goldwaschen erfahrener Mann seine Kenntnisse ausgewertet hat. Menschen, die kein gesägtes

Brett verfügbar haben, müssen aus Bäumen die benötigten Teile mit der Axt zurechthauen, und es scheint die Geduldarbeit von Jahren an diesem primitiven Gewerke zu hängen. Das Wasser des Baches mußte gestaut werden, um nach Bedarf in die Seife eingelassen zu werden. So, wie Forell den Bach vorfindet, ist er umgeleitet. Das Wasser soll nicht in der müßigen Zeit oder bei Überschwemmungen den Sand auswaschen und das Gold wegführen.

Wie ein Fürst zeigt Anastas seinen Goldwäscherbetrieb vor.

«Gelernt ist gelernt», lächelt Forell. Er bedenkt gar nicht, daß er Deutsch spricht. Aber der andere scheint ihn verstanden zu haben.

«Ich hatte zwanzig Jahre und habe drei Jahre davon im Gold gearbeitet. Dann bin ich geflohen.» Er deutet auf Semjon, der ein paar Spaten zurechtklopft, damit morgen die Arbeit beginnen kann. «So gesund müßte man sein wie der. Er hat vom Raub gelebt und ist zu fünfundzwanzig Jahren verurteilt worden. Von ihm ist der Plan zur Flucht. Grigorij hatte nur achtzehn Jahre. Staatseigentum. Alles ist Staatseigentum, und Grigorij war Natschalnik. Da konnte er besser stehlen. Er ist dumm, aber er arbeitet von uns allen am besten.»

«Und du?» «Zwanzig Jahre, habe ich dir schon gesagt.» «Politisch?» «Wieso? Ich bin Mitglied der Kommunistischen Partei gewesen, tätiger Komsomolz. Ich habe meine Frau erschlagen und ihren Freund. Die Ehe ist vom Staat geschützt. Nicht wahr? Sie haben mir die Ehe nicht geschützt, ich habe mir selbst geholfen, und dann haben sie mich fallenlassen.» Anastas ist der Typ von Mensch, der mit Gewalt löst, was anders nicht zu lösen ist, von den drei Männern der geradlinigste und am wenigsten hinterhältige, aber seine Brutalität macht nur vor einer entsicherten Pistole halt.

Am Abend erzählen sie, aus einem Gefühl von echtem Daheimsein redselig geworden, ihr Leben und ihre Schicksale.

«Was wollt ihr denn mit den Politischen?» prahlt Semjon. «Die lassen sich zusammenschlagen und zertreten, aber den Mut zum Ausbrechen bringt keiner auf. Ich habe so lange gewartet, bis sie mir das Goldwaschen einigermaßen beigebracht haben. Bergbau ist scheußlich. Seifenarbeit ist auch scheußlich, aber eine Sache für den kleinen Mann. Ich war mein Leben lang ein kleiner Mann. Glaubst du, von den Politischen wäre auch nur einer bereit gewesen, das Weglaufen zu riskieren? Anastas hat es gewagt. Und zu Grigorij braucht man nur zu sagen: Das machst du so, dann macht er es so.»

Forell will wissen, wo das mit dem Gold denn gewesen sei.

«Kennst du Kolyma?» «Das ist ein Fluß, glaube ich.» «Auch das. Gebirge auch. Kolyma – das ist die Hölle, in der man nicht gekocht, sondern erfroren wird.» «Wo ist Kolyma?» «Wenn du artig bist, darfst du einmal zusehen oder zuhören, wie sie arbeiten. Läßt sich in ein paar Wochen zu Fuß machen. Nicht im Sommer. Da geht man in der Taiga unter.» «Diese Leute mit den Goldbergwerken gehen nicht unter?» «Du bist ein Kind, auch wenn du eine Pistole hast.»

Anastas bringt etwas Ordnung in das zusammenhanglose und deutlich großsprecherische Erzählen des Räubers Semjon, der unbestreitbar den größten Mut und auch das größere Maß an physischer Kraft besitzt. Unter den Politischen sei nur selten einer, der den Mut finde, das Höllenleben von sich aus zu beenden. Nur Selbstmorde kämen zuweilen in Reihen vor, wenn die Sträflinge das tierische Leben nicht mehr ertrügen, wenn ihnen die erfrorenen Finger oder Zehen abfielen und die letzten Reste eines seelischen Haltes zusammensänken.

«Das sind ja ehrenwerte Leute, zwar Konterrevolutionäre, aber in irgendeine Arbeit so versponnen, daß ihnen schon bei der Verhaftung die Knie durchbrechen. Schleimscheißer, die dann jammernd verrecken, weil es schlimmer ist, in der Bergwerksarbeit allmählich von außen und innen zu verfaulen, als an einem Reißbrett zu stehen, im weißen Kittel, bei zweitausend Rubel im Monat. Natürlich: Selbstmord kann man so und so begehen. Man kann aus den schlüpfrigen Unterkünften wegschleichen, den MWD-Männern in die Hände. Dann ist es spätestens am nächsten Morgen soweit, daß die Soldaten dem Mann den Selbstmord abnehmen. Aber wenn man Professor an der Technischen Hochschule war, eine Dreckratte im Goldbergwerk geworden ist und nach der Flucht am Abend noch erfährt, daß man am anderen Morgen erschossen werden soll, beginnt man sich den vorher beabsichtigten Selbstmord ganz anders zu überlegen und schreit die ganze Nacht lang vor Angst wie ein Vieh.»

Forell hat sich, den Kompaß auf Westen gestellt, einen Traum zurechtgelegt von einem menschenleeren Land. Er legt seine Karte auf die Knie und läßt sich von Anastas erklären, wo der Staat seine Goldbergwerke betreibe.

«Das ist ein Riesenraum. Wir zum Beispiel sind von hier aus geflohen.» «Davon sind wir ja nicht sonderlich weit entfernt?» «Du hast recht. Aber wir sind im Winter nicht hier, um uns überraschen zu lassen.» «Es gibt hier Menschen, die Gold ausbeuten? In dieser unmöglichen Gegend? Nein. Ihr haltet mich zum Narren.» Forell wehrt sich gegen die unmenschlichen Vorstellungen, auf fünfhundert Werst nahe so viele Menschen zusammengeballt zu wissen, daß sein Weg dadurch versperrt bleibt. «Im Herbst wird es ein Jahr, daß ich unterwegs bin. Ich muß weiterkommen, wenn ich überhaupt je noch daheim sein will.» «Heimkommen! Laß dich auslachen!» Anastas lacht so hämisch, daß Forell vor einem solchen Lachen erschrickt. Das Hohnlachen Sibiriens schlägt dem Deutschen böse um die Ohren. «Glaubst du, wir möchten nicht auch heim?» «Ich nicht», wirft Grigorij trocken dazwischen.

Anastas gibt zornig heraus. «Wir werden nicht gefragt, ob wir wollen.

Auch du nicht, du Idiot. Merk dir etwas, Deutscher: aus Sibirien gibt es keine Heimkehr. Übrigens – wie heißt du? Den Vornamen meine ich.» «Peter.» «Du lügst noch schlecht. Aber sei beruhigt! Ich heiße auch nicht Anastas. Und die beiden heißen auch anders. Erinnere dich nie, wie du heißt! Ganz schlicht bleiben! Nicht einmal den Vatersnamen dazusetzen! Pjotr Jakubowitsch, oder wie du heißen willst, erinnert zu stark an ein Leben, das es nicht mehr geben wird. Und in der Taiga hat man für lange Namen gar nicht die Zeit. Bis du Stepan Philippowitsch gesagt hast, hat der andere schon geschossen. Und niemand zieht ihn zur Verantwortung. Er hat nur getan, was vernünftig war. Wenn du nicht tun kannst, was vernünftig ist, geh allein deines Weges! Vier Mann zusammen sind schon sehr gefährdet. Ich habe gesehen, daß du die Nagan schnell hochgebracht hast. Noch schneller, mein Sohn! In dieser Zeit müßtest du schon geschossen haben. Also: wenn einer dir begegnet, der dich fragt, wie du heißt, dann schieß und hernach sag: Pjotr! Auf die Reihenfolge kommt es an. Verstanden?» «Ja», sagt Forell kleinlaut. Anastas kann überhaupt nicht spaßen. Bei ihm ist alles tödlicher Ernst in der blutigen Prägung des Wortes.

«Jetzt nimm deine Karte zum Feuermachen her!»

Forell will nicht, aber die Karte ist verbrannt, noch ehe ein Bissen gegessen wird. «Das sind Kindersachen, die den Charakter verderben. Wenn du unterlassen willst, Pjotr, mich durch Einfältigkeiten zu reizen, werden wir gut zusammen auskommen. Ich mag Leute, die etwas riskieren. Vielleicht hast du einmal, als du jung warst, Bücher gelesen von Abenteurern, die es erreicht haben, von Charbin bis Wilna durchzukommen. Bis in die Mitte der zwanziger Jahre kann so etwas möglich gewesen sein. Du sprichst ein ganz brauchbares Russisch, aber jede alte Vettel wird dir aufs Gesicht zusagen, daß du ein Deutscher bist. Und wenn du hundertmal Russe wärst – du kommst in keine Stadt hinein, du kommst aus keiner Stadt heraus ohne Propusk. Der Ausweis darf aber nicht von vorgestern sein, sondern besser von morgen. Du kannst nirgends auf der Bahn fahren, ohne kontrolliert zu werden. Du hast vielleicht eine Karte in der Tasche, auf der nicht bloß die Städte, sondern sogar die Dörfer eingezeichnet sind. Wo die Karte Grassteppe oder Waldtaiga zeigt, läufst du plötzlich in eine Stadt, die vor acht Jahren noch nicht da war. Du stößt in den abgelegenen Gegenden Sibiriens auf Leute, die arbeiten oder ein Bergwerk planen. Du findest Straßen, wo du nicht einmal Schneehasen vermutest. Es wird unaufhörlich geplant, gebaut, erforscht und kollektiviert. So ist das heute in der Sowjetunion.»

Anastas strahlt vor Stolz, vor echtem, ehrlichem Stolz, als er rühmt, was alles an Großem und Beunruhigendem geschieht. Man hat ihn wegen zweifachen Totschlags im Namen jener Ordnung, die er rühmt, zu Zwangsarbeit verurteilt. Er ist der Ordnung entflohen und lebt in der

Gesetzlosigkeit, aber es beeindruckt ihn zutiefst, daß es so schwer, beinahe unmöglich geworden ist, in dem riesigen Vaterland gesetzlos und wider die Ordnung zu leben. Semjon ist boshaft genug, das Lied der Komsomolzen vor sich hin zu summen, und Anastas begeift den Hohn nicht, sondern stimmt leise mit ein, in den Abend starrend, der die Stechmücken in Schwaden heranführt.

«Es wird regnen.»

Obgleich es anderntags regnet, gehen die vier Galgenvögel um eine Zeit, die nicht später als sechs Uhr sein kann, an die Arbeit.

Dem Bach wird die Balkensperre abgenommen, daß er wieder so fließen darf, wie die Menschen es ihm für ihre Absichten gestatten. Die sauber abgeplätzten Stämme werden sauber aneinandergefügt. Das Gefälle wird sorgsam mehrmals verändert, damit es nicht wegschwemmt, was sich recht spärlich an Gold absetzt. Als das Schaufeln des vermutlich goldhaltigen Sandes beginnt, fängt es nieselnd zu regnen an. Der Tüchtigste der Arbeitskolonne ist, wie Forell bald erkennt, Semjon, der Räuber. Er ist nur Muskel, nur Kraft und Ausdauer und wäre längst der entscheidende Mann, wenn er auch nur einen Anhauch von jener Organisationsgabe besäße, über die Anastas verfügt. Grigorij treibt zuviel Idiotie bei der ganzen Sache und veranstaltet immer wieder Dinge, die ihm Anlaß geben zum Lachen. Den nimmt sogar Anastas, wie er ist, denn an ihm rühmen die beiden anderen eine beachtenswerte Findigkeit in unangenehmen Situationen. Er ist nicht eigentlich dumm, da er es sonst nicht – Anastas erkennt das offen an, denn es bedeutet einen Stein im Mosaik seiner Weltanschauung – zum Natschalnik gebracht hätte. Forell schippt zu und schippt weg, erstaunt darüber, daß nach Stunden noch keine Pause eingelegt wird, um schließlich begreifen zu lernen, daß Anastas mit der Ausbeute höchstens dann zufrieden ist, wenn zwölf Stunden ohne Unterbrechung gearbeitet worden ist.

Das ist ja Schinderei wie im Bleibergwerk! Eine selbstauferlegte Arbeitszeit, wie sie den Gebräuchen in Straflagern entspricht, wird ohne Murren abgedient, bis Anastas spät bei schräg hängender Sonne das Zeichen zum Ende des Tages gibt und dann noch die «häuslichen» Arbeiten der Versorgung mit Essen zu erfüllen sind. Zu viert umstehen die hundemüden Männer die primitive Waschanlage, die in manchem einer Hühnerleiter ähnelt, und helfen mit, die letzten Restchen grauen Goldes zusammenzukratzen. Sie wissen, von Forell abgesehen, der die Ausbeute kläglich findet, längst alle, daß es eine sehr magere Seife ist, aber sie können nicht monatelang Probegrabungen machen, um anderswo auf eine ergiebigere Stelle zu stoßen. Der Sommer ist kurz. Grigorij war der erste, der hier im Schwemmsand jenes dünne Glitzern beobachtet hat, von dem andere Leute, die noch nie zur Strafe im Goldbergwerk arbeiten mußten, nicht Notiz nehmen würden. Das Glitzern nämlich ist so glanzlos, daß es dem ungeschulten Auge nicht auffällt.

Es regnet. Der Sommer ist kurz. Erst nach der Arbeit gehen die Goldwäscher mit ihren Flinten los, etwas zu essen aus der Luft oder dem Geäst eines Baumes zu holen. Wenn ein Schuß fällt, weithin zu hören, entladen die beiden anderen sogleich ihre Flinten und gehen auf das Lager zu, denn der Mann, der geschossen hat, hat auch getroffen. Man kann es sich nicht leisten, eine Patrone zu verschießen, man will aber auch nicht mehr Vorrat heimholen als für einen Tag.

Fällt an einem Tag kein Wildstück, dann ist es um den Abendtisch schlecht bestellt. Und sehr reich sind die Wildbestände wahrlich nicht, wenn man sich nicht gezwungenermaßen meist mit dem begnügt, was von oben herunterzuholen ist. Dann muß Grigorij aus der Goldwäschereiarbeit herausgelöst und auf Jagd geschickt werden. Er ist der Findigste von allen und kommt sicher, wenn auch erst nach Tagen, mit dem Fleisch eines jungen Rens angekeucht, das nicht in der Eile verwertet werden kann, in der es verdirbt. Zum Fischen fehlt die Zeit. Es fehlen, da der kleine Bach nichts zu bieten hat, die geeigneten Gewässer.

Man hat nicht Zeit. Man muß Gold waschen und hungert sich den Sommer über das Fleisch von den Rippen.

Forell fragt sich, als er das Hingehen des kargen und von schwerer Arbeit ausgefüllten Sommers mit den Galgenvögeln erlebt, warum die drei Zwangsarbeiter nicht im Goldbergwerk geblieben sind, wo das Essen auch schlecht und knapp und die Arbeit überreichlich gewesen ist.

Anastas hält zäh durch mit seiner Absicht, Tag um Tag bei jedem Wetter zwölf Stunden arbeiten zu lassen, und manchmal, wenn das Beisammensein friedliche Anklänge bekommt, prüfen sie, bieder wie Familienväter, die Lohntüte, ihren Beutel mit Waschgold. Kein Körnchen ist größer als ein Stecknadelkopf, und den ganzen Ertrag des Sommers könnte ein großprankiger Mann auf den beiden Handflächen tragen. Die Nebenarbeiten sind zu viele. Die Goldseife ist zu mager. Die reichlich eingemessene Plage von vier Männern hat, wie sie auch den Wert ihres Goldes umrechnen mögen in Munition, Salz, Kleidung und Waffen, nicht mehr eingebracht, als vier ungelernte Arbeiter in der gleichen Zeit verdient hätten. Aber es ist Gold. Und Gold wird höher gewertet als der gleiche Ertrag in Banknoten. Gold in solcher Form wird auch von Menschen in Zahlung genommen, die den abgegriffenen Waldläufern für noch so echte Banknoten nichts verabreichen würden als höchstens eine Kugel zwischen die Rippen.

Im September fängt es an, ungemütlich kalt zu werden.

Im Oktober erinnert sich Forell einmal, daß es nun ein volles Jahr ist, seit er das Lager im Bleibergwerk verlassen hat, um schließlich bei drei ausgebrochenen Verbrechern anzulangen, die ihn mit Vorbehalten in ihre Brüderschaft aufgenommen haben und ihn mißbrauchen zum Goldwaschen.

Dann friert alles so heftig zu, daß die schon beendete Goldwäscherarbeit endgültig verlassen werden kann.

«Wohin gehen wir?» Forell hat sich diese Frage schon oft gestellt, aber noch nie gewagt, Anastas mit dieser Frage zu kommen. Jetzt muß er es versuchen.

Anastas redet, als sei er schläfrig und lebensmüde. «In den Abwässergräben der staatlichen Goldwäscherbetriebe läuft mehr Gold weg, als wir im Sand finden, den noch kein Mensch berührt hat. Den Bettel hier brauchen wir nicht mehr weiterzuführen. Was meinst du, Pjotr?» «Ich habe bei euch zum erstenmal in meinem Leben Gold gewaschen. Ob anderswo mehr herauskommt, weiß ich nicht.» «Die Union der Sozialistischen Sowjetrepubliken könnte ihre Arbeitskräfte nicht dafür vergeuden, um von vier Arbeitskräften eine Goldmenge fördern zu lassen, die das Fressen für die vier Leute nicht einbringt. Wir müssen weiterziehen und uns ganz auf die Jagd verlegen.» «Wie du meinst. Ich bin sowieso für das Weiterziehen.» «Nach Deutschland, ja?» Anastas lächelt. Er ist nicht zornig. Er spottet nicht auf den Narren, der den Gedanken an das Heimkommen noch immer nicht aufgegeben hat. «Wenn du glaubst, es sei vernünftiger, dann wollen wir uns an deine Richtung halten.» «Wie du meinst.» «Reize mich nicht mit deinem Ausweichen! Was wir vor uns haben, wird weniger schön sein als das Bisherige. Wir haben es schon so und so versucht, denn schließlich treiben wir uns ja bereits sechs Jahre in der Gegend herum. Wenn du mit uns jagen gehen willst, darfst du nicht nach der Richtung fragen. Wir müssen weiter zu leben haben.»

Forell muß sich mit allem abfinden, was Anastas für gut hält. Anastas wiederum muß sich dem fügen, was seine Genossen für ergiebig halten. Und die Genossen haben sich für ein weniger biederes Dasein entschieden.

Eines Morgens wird die Hütte mit Baumstämmen verschlossen. Der Abschied geht formlos vor sich. Kommt man wieder hierher zurück, soll nicht alles unbewohnbar sein. Kommt man nicht mehr an den gleichen Platz, wird ein anderer Unterschlupf finden. Dieser andere wird sich freuen über einen guten Vorrat an Rendecken. Denn auf die Jagdwanderung kann jeder der vier nur mitnehmen, was er am Leib und für die Nächte auf dem Rücken tragen kann. Dazu die Gewehre, den ganzen Vorrat an Munition und die kräftigen Messer. Forell, der sich einiges darauf zugute tut, das Gehen und Gleiten auf den kurzen Skiern leidlich zu beherrschen, erlebt seinen großen Kummer, als die Genossen vor ihm leichtfüßig weglaufen und gewaltige Laufstrecken an einem einzigen kurzen Tag hinter sich bringen. Es gibt Mißstimmung, als die Galgenvögel auf den Deutschen immer wieder warten müssen. In Semjons Gesicht steht, da sein Herz nicht über viele Falten verfügt, recht gut lesbar angeschrieben, was er denkt: Laufen kann er nicht, das Hinstürzen mit dem Gewehr auf dem Rücken hat er noch nicht gelernt, die Reisegeschwindigkeit wird gehemmt – man sollte den Kerl kurzerhand unterwegs zurücklassen, wo er so und so verkommen wird.

Forell spürt zu gut den Haß, den er sich auflädt, wenn er weiter so schlecht geht. Dabei beschäftigen sich die anderen unterwegs mit Erkundungen möglicher Wege und mit der Sorge für die Mahlzeit am Abend. Kommt er endlich auf der Spur nach, die sie stellenweise markieren, indem sie ein Stück Rinde von einem Baum abschlagen, so findet er die Genossen schon um ein Feuer versammelt, auf einem Holzspieß ein paar Vögel aneinandergereiht, rebhuhngroß und von starkem Wildgeschmack. Am dritten Abend, als Forell um Stunden später beim Lager anlangt, sagen sie ihm die Kameradschaft auf.

«So geht es nicht mehr.»

Forell ist so erschöpft, daß er nur eine Handvoll Schnee aufnimmt, sich die Lippen zu netzen. Von der Mahlzeit will er keinen Gebrauch machen. Er hat gleichviel Hunger wie Grausen vor dem halbblutigen Wild. Grigorij lacht ihn schon seit langem aus, weil er Lücken zwischen den Schneidezähnen bekommen hat.

«Dann geht es eben nicht mehr so.» «Wir haben es ehrlich mit dir gemeint.»

Es läßt sich nicht bestreiten, daß sie, nach ihren Maßstäben, ehrlich zu ihm gewesen sind. Verbittert setzt er sich ans Feuer.

«Ihr habt meine Karte verbrannt, weil ich bei euch keine Karte brauche. Jetzt laßt ihr mich allein. Ohne Karte.»

«Du behältst dein Gewehr und hast deine Pistole. Munition geben wir dir, soviel auf dich fällt. Das andere mußt du mit dir allein abmachen.» Anastas bleibt völlig sachlich und holt den Lederbeutel mit dem Waschgold hervor. «Auch davon bekommst du dein Viertel. Soviel steht dir zwar nicht zu, weil ja mit eingerechnet werden muß, daß wir jahrelang an der Goldwäscherei gearbeitet haben, ehe wir auf den Sand kamen zum Waschen. Aber du bekommst genau dein Viertel.»

Mit den bloßen Händen wiegt Anastas den Inhalt des Fellsäckchens auseinander und belehrt ihn, was man alles für dieses Händchen voll Goldstaub bekommen könne: ein Gespann Rentiere samt Narte, Waffen und Munition, Kleider von europäischem Zuschnitt, notfalls sogar einen falschen Propusk, der so echt sei, daß die MWD-Männer vor ihm salutieren würden.

«Wo aber?»

Die Galgenvögel lachen alle drei. Wenn er auf Menschen stoße, werde er jeden zugänglich finden für den körnigen Staub, vielleicht allzu aufgeschlossen und bereit zum Nehmen. Dann freilich habe er eines Morgens beim Erwachen den Kopf nicht mehr auf dem Hals. Semjon lacht begeistert über seinen eigenen Witz. Und Forell versucht sich vorzustellen, wie dieser

Semjon unterwegs umkehrt, den Wandergenossen aus Deutschland erschöpft in unwegsamer Taiga liegen findet und mit einem erbarmenden Lächeln das Messer durch seinen Hals zieht bis zu den Nackenwirbeln. Dann nimmt er dem Toten aus der Tasche das Beutelchen mit dem Viertel Goldstaub.

Anastas läßt ihn unter den vier Vierteln wählen. Forell nimmt irgendeines, legt es wieder zurück und nimmt das nächste. Sie sind gleich, ohne Waage gerecht auf Viertel abgeteilt. Dann ißt er sogar. Das halbgare Fleisch von den Knochen zu ziehen, fällt ihm schwer.

Als am Morgen beim ersten Schimmer aufgebrochen wird, macht niemand viel Worte um die Abmachung von gestern. Die drei Galgenvögel wünschen ihm gute Wege und – Anastas mit einem mitleidigen Lächeln – gute Heimkunft. Dann gehen sie los und überlassen es Forell, wie er eine Weile noch mit ihnen das Tempo hält, um dann langsam abzufallen. Schade um den Goldstaub, den er in der Tasche trägt! Niemand nämlich wird ihn je finden, um daraus noch einen Nutzen zu haben. Mit dem Fellzeug am Körper wird auch das Säckchen vermodern. Dann wird der Goldstaub ausrinnen auf den Boden. Sand. Sonst nichts.

Die Spur bleibt deutlich, und es muß wohl Anastas sein, der immer noch, wo sie mehrmals aus der Richtung abgezweigt und wieder auf die alte Spur zurückgekommen sind, einen Baum am Weg anschlägt für den langsam nachkommenden Deutschen. Warum es noch versuchen, auf Geschwindigkeit zu laufen, um etwa zu späten Abend die anderen einzuholen? Als Forell, seit vielleicht fünf Stunden unterwegs, einen Hasen sieht, macht er sich mit der Ruhe eines Jägers heran und ist plötzlich geweckt und angespannt. Er darf keine Patrone ins Leere verpulvern, denn das Leben hängt auf Monate davon ab, daß er mit seiner Munition ausreicht. Der Hase bleibt im Schuß liegen.

So groß sind die Hasen daheim nicht. Beim Ausnehmen und Zerwirken lobt Forell das breit angesetzte Fett. Sehr gut schmeckt das glasige Fett eines Hasen wohl nicht, zumindest daheim nicht. Hier aber liegt der Fall anders. Das ist, aus seinem hellen, grauweißen Fell geschält, Hase für mindestens sechs Tage. Nur wird Forell sich die Mühe machen, das Fleisch am Stecken durchzubraten, bis die locker gewordenen Zähne es zu kauen vermögen. Es drängt nichts mehr. Es gibt keine Zeit mehr und keine Genossen, die vorwurfsvoll auf ihn warten.

Der gleiche Mann, der tagelang und wochenlang, als er noch an einen Sinn seiner Flucht glaubte, die Schritte zählte, ißt in aller Gemächlichkeit seine Mahlzeit auf, schürt das Feuer weiter, legt sich davor, bis es wieder soweit niedergebrannt ist, daß es neues Holz braucht, und legt sich wieder davor, um auszuruhen, zu schlafen und sich nicht mehr erinnern zu müssen, daß alles umsonst war.

Damit irgend etwas, wenn auch ziellos, geschehe, hält er sich anderntags an die Spur der Galgenvögel, rastet nach Belieben, baut sich zeitig schon für die Nacht ein und stampft am anderen Tag, nun mit mehr Eifer und Geschick, weiter den Spuren nach. Das Land wird weniger bewegt und scheint allmählich abzufallen. Es geht sich besser auf offenem Gelände, das nicht mit dichtem Baumwuchs auf überfrorenem Hochmoor zum Ausweichen zwingt, aber der Weg muß so gewählt werden, daß es für das Nachtlager nie an Holz fehlen wird.

Holla! Was ist das denn?

Der Schnee ist auf eine breite Strecke völlig zertrampelt bis auf den Boden, eine magere und abgedorrte Grasnarbe.

Die Herde – soviel Schätzung hat Forell nun schon – muß wenigstens vierhundert Tiere stark gewesen sein. Die Gangrichtung ist nicht ohne weiteres abzulesen, denn die Tiere haben von dem gebotenen Futter nach ihrem Belieben Gebrauch gemacht, hin und her weidend, bis sie Laune nach einer anderen Gegend verspürten. Wo eine Herde ist, sind auch Menschen. Die Renleute hat Forell in guter Erinnerung und schlechtem Geruch. Was sich bis hierher von der Spur der Galgenvögel gefunden hat, ist in dem Getrappel der ungezählten Hufe untergegangen.

Kein Schade.

Renherden gehen langsam, und die Jahreszeit gibt den Schlüssel für die Richtung. Die Tiere müssen talwärts gezogen sein.

An eine weitgeöffnete Schneise drängt sich nach einem Marsch von vier Tagen, die Schneise verengend, wieder dunkler Waldbestand heran, beiderseits geschlossene Taiga, und schon glaubt Forell, wenn auch die Richtung aus der Hufstellung jetzt eindeutig abzulesen ist, sich von dem Hin und Her irregeführt, als ihn plötzlich, wo er zwischen den Bäumen nur einen engen Raum zum Laufen hat, jemand zischend anruft. Als er auf den Anruf stehenbleibt, hat er auch schon die Flinte aus der Hüfte heraus auf den Platz gerichtet, von wo der Anruf gekommen ist.

«Pjotr!» «Ach, du lieber Gott! Anastas!» «Komm her!»

Ausgerechnet jetzt, da Forell sich mit dem Alleinsein abgefunden hat und in wenigen Tagen auf Menschen zu stoßen hofft, müssen die dunklen Brüder wie Wegelagerer ihn aufhalten!

«Was ist?» Er gibt sich großartiger, als ihm eigentlich zumute ist.

«Du kannst wieder bei uns bleiben.»

Besser als das Alleinwandern mag es sein, zu viert unterwegs zu sein. Man weiß ja nicht, was für Überraschungen der weitere Weg zu bieten hat. Forell hängt die Flinte wieder über. Man macht ihm Platz. Die Freundlichkeit ist ungekünstelt.

«Ihr habt mir mein Erbteil ausbezahlt und wollt mich nicht mehr haben, weil ich zu langsam bin.»

Anastas streckt die Hand hin. Er will den Hautbeutel mit den Goldkörnern wieder haben. Forell aber möchte vorher wissen, woran er denn nun ist. Er wird gelb im Gesicht. Das ist ja ein Überfall, ein Akt der tätigen Reue, die das Gold wieder zurückhaben und auf die einfachste Weise den Zustand der Ordnung wiederherstellen will. Warum aber haben sie ihn dann zurückgelassen und den Mord nicht an einer Stelle vollzogen, die von einem Menschenfuß nur alle fünfzehn Jahre einmal begangen wird? Die Burschen lesen gut in seinem fahlen Gesicht und wissen genau, was er denkt. Anastas winkt mit träger Hand ab. Er lädt Forell zum Niedersetzen ein und erklärt, daß eine sechshundert Tiere starke Renherde um vielleicht zwei Tagesreisen voraus sei.

«Weiß ich», sagt Forell überlegen.

«Das ist auch allerhand Kunst.» Anastas weist ihn sofort in die Schranken zurück. Nur nicht laut angeben! Daß man eine Renherde an den Spuren erkennt, zumal wenn sie auf freiem Gelände auf Kilometerbreite auseinander gehen, weiß hier schon ein Säugling. «Du kannst ja hinterherlaufen.» «Werde ich tun.» «Merk dir eins, Pjotr: nicht die Renherden gehen dorthin, wohin der Mensch will, sondern der Mensch geht dorthin, wohin die Renherde geht. Und dort, wo so eine Herde auch im tiefsten Winter ausreichend Äsung findet, hat der Mensch ein Dorf gebaut. Anzunehmen an einem Fluß. Flüsse im Winter sind schön und ungefährlich. Aber wo es ungefährlich und nicht so satanisch kalt ist, gibt es zuviel Ordnung. Dort kann man von dir einen Propusk verlangen, von dir, von uns allen. Die Herde zieht möglicherweise bis Ende Dezember so weiter. Du gehst hinterher und läufst in die Falle. Du einfältiger Kerl!»

Wenn Anastas es gut und ehrlich meint, hat er eine eigenartige väterliche Manier, zu schimpfen. Dabei ist er, den entstellenden Bart von dem verwüsteten Gesicht abgerechnet, sicher um etliche Jahre jünger als Forell. Aber seine Autorität schöpft er aus den Erfahrungen. Er blinzelt und stellt dem Ankömmling die interessant gewordene Lage dar. Man könnte gut und leicht noch ein paar Wochen hinter der Renherde gehen und sich zuweilen eine Kuh herausholen. «Die Tungusen, die nicht zählen können, wissen genau, wann ein Stück fehlt. Das wird schon aus dem Benehmen der Hirsche erkennbar. Es sind nur zwei Mann bei der Herde. Wir könnten es mit Gewalt machen. Das werden wir nicht tun. Grigorij, der alte Natschalnik der Diebe –»

Kaum hat er es gesagt, hat ihn Grigorij schon mit der Flachkante der Hand in den Nacken geschlagen, daß er ächzend umsinkt. Das war nur Spaß, und Grigorij lacht auch dazu. Aber so ein Schlag auf die Schlagader schmerzt scheußlich, und ein Mann wie Anastas reagiert mit heftig aufflammender Wut, wenn er sich erst einmal von dem Benommensein erholt hat. Im Angehen auf den zurückweichenden Grigorij wankt er noch und spürt ein paarmal die Knie nachgeben. Dann aber ist er wieder Herr seiner Kraft und schlägt Grigorij, wie er sich auch wehren mag, systematisch zusammen. «Noch jemand?» fragte er dann und sieht sich nach den beiden anderen Männern um. Nein. Niemand hat Gelüste danach. Es war um der Autorität willen einmal notwendig, die Kraft zu demonstrieren, die Anastas in seinem beinahe grazilen, aber sehnigen Körper trägt. Anastas übersieht es, daß Grigorij, als er endlich wieder aufstehen kann und herzukommt, den Haß deutlich in den Augen stehen hat.

«Grigorij, der alte Natschalnik der Diebe», setzt Anastas seinen Satz ruhig fort, «ist auf den Vorschlag gekommen, aus der Herde sechs oder acht Tiere herauszusprengen und damit einen anderen Weg einzuschlagen. Das werden wir heute nacht versuchen.»

Zwei Tagereisen einer Renherde, wenn die Futterknappheit noch nicht drängend ist, bedeuten höchstens zwanzig Werst. Und zwanzig Werst laufen so geübte Männer in vier Stunden. Sie gehen vor dem Einfallen der Dämmerung los und sind um Mitternacht der Herde so nahe, daß die Hirsche bereits unruhig werden. Die zwei Männer, die an einem Lagerfeuer sitzen, wissen längst, daß Menschen in der Gegend sind. Das ist schon seit Tagen so. Begegnet ist man einander noch nicht, denn die Galgenvögel haben ihre guten Gründe, sich nicht sehen zu lassen. Aus der Unruhe der Hirsche erfahren die Hüter, daß die Menschen jetzt wieder einmal ganz nahe sind. Anastas sieht einen Mann am Feuer aufstehen und sich umsehen. Der Hüter benimmt sich so gleichgültig, daß die Diebe ruhig noch ein Stück näher herankommen können. Ein Tier ist es nicht, was da durch die Nacht geht, ein Raubstück schon gar nicht. Sonst würde die Herde deutlichere Zeichen von Angst geben. Wenn es Menschen sind, dann werden diese Menschen gelegentlich ans Feuer kommen, sich wärmen wollen und zu rauchen anbieten oder um Machorka bitten.

Die verdammten Hirsche benehmen sich so auffällig, daß die beiden Hüter dann doch das Feuer verlassen, um nach der Ursache der Aufregung zu sehen. Da aber ist es schon zu spät. Die Waldläufer haben sich so in die Herde gedrängt, daß eine Gruppe von mindestens zwanzig Tieren sich durch fremde Männer von der Herde getrennt sieht. Unschlüssig und nervös laufen die Tiere hin und her und versuchen immer wieder, an den Menschen vorbei zur Herde zu kommen.

Forell macht mit, als habe er immer schon vom Herdendiebstahl gelebt. Er verlegt einem Hirsch den Weg und wird niedergerannt, obgleich er eine mitgebrachte Stange quer vor sich her trägt, wie er es bei Grigorij gesehen hat. Der Hirsch nimmt das Hindernis, stolpert und tritt im Ausweichen den Menschen beiseite, der ihm nicht schnell genug ausweicht. Ehe Forell sich wieder vom Boden erheben kann, traben hinter dem Hirsch her ein paar Kühe in der gleichen Richtung, die der Hirsch genommen hat, und hernach macht Anastas dem Deutschen bittere Vorwürfe, daß er sich angestellt habe wie ein Kind, daß ausgerechnet an seinem Platz die schon abgesprengten Rentiere durchgekommen seien und das ganze Unternehmen nur sechs Tiere eingebracht habe.

Das aber ist schon etliche Stunden später, nachdem Semjon den arg zerknitterten Forell vom Boden aufgehoben und die Lücke zur Not noch ein wenig geschlossen hat, von Forell mit allem Ungeschick insoweit unterstützt, daß der Ausbruch der Tiere nicht vollständig wurde.

«Er hätte dich liegenlassen sollen!» brummt Anastas. «Vielleicht hätten dir die beiden Burschen dann die Schlagadern aufgemacht oder dich mitgenommen. Das wäre im übrigen gleich schlimm.» Anastas wird immer gleich so heftig, aber er ist im Grunde auch mit sechs Tieren zufrieden – wenn nicht am Morgen die Renmänner einen Versuch machen, die verlorenen Tiere zurückzubekommen. «Hilf jetzt wenigstens mit, du Idiot!»

Bei der Hauptherde wird die ganze Nacht keine Ruhe mehr, und die sechs Beutetiere gebärden sich so widerspenstig, daß es schwer wird, sie auch nur fünf Werst weit wegzutreiben. Am Morgen dann haben die vier Diebe ihre Tiere in einer Stangengehölzgruppe endlich so eingepfercht, daß alle Aufmerksamkeit den zwei Hütern gelten kann, die vielleicht einen Versuch machen werden, mit Lockung und Gewalt noch zurückzubekommen, was sie in der Nacht an schlechte Menschen verloren haben. Anastas will es allein übernehmen, die Beute zu verteidigen, denn zu einer Schießerei soll es tunlichst nicht kommen, damit der Fall nicht zwanzig Tagreisen weit Staub aufwirbelt.

Die zwei Hüter wissen aus den Fußspuren, daß die Diebe zu viert sind. Sie gehen denn auch sehr vorsichtig an den Platz heran, in den die Spuren weisen, und bleiben mehrmals stehen. Dann geben sie, nachdem sie sich eine Weile beraten haben, endgültig auf, ohne daß Anastas einen Warnschuß in den Schnee stäuben lassen muß.

«Trau einer diesen Asiaten!» meint er bedächtig und beobachtet den halben Tag lang, ob die beiden mit der Herde wirklich abziehen. Dann erst betrachtet er die sechs Tiere als eigenen Besitz und wagt sich mit seinen Leuten und seinen Tieren auf einen neuen Weg.

Viel Freude erleben die vier Waldgänger an der Beute nicht. Die Tiere haben über den einzuschlagenden Weg nun einmal andere Ansichten als ihre neuen Besitzer, und die Besitzer haben zu wenig Erfahrung im Umgang mit Rentieren, um in jedem Fall das Richtige zu tun. Langsam freilich gewöhnen Menschen und Tiere sich aneinander und kommen mit jedem Tag über weitere Strecken, jedenfalls so weit weg von dem Platz des Herdendiebstahls, daß nicht der erstbeste Mensch, der ihnen begegnet, ihnen gleich aufs Gesicht zusagen kann, daß die Tiere gestohlen sind. Vier Männer mit insgesamt sechs Rentieren sehen sowieso verdächtig genug aus, um in jedem Fall einer Begegnung mit Menschen auf Mißtrauen zu stoßen.

Die ersten Menschen, an die sie kommen, wohnen in anständig gebauten Holzhäusern. «Das ist schlecht», sagt Anastas. Ein Kolch von etlichen Zelten wäre ihm lieber, und irgendwelche Anzeichen von Rentierhaltung könnten ihm tröstlicher erscheinen als diese zu betonte Solidität, in der vorhandenes Holz verbaut wurde. Wenn das mit den Rentieren so leicht wäre, würde Anastas lieber im letzten Augenblick noch umkehren. Aber wenn man ihrer von den Häusern aus bereits ansichtig geworden ist, sieht die Umkehr verdächtig aus. So treibt und trabt man denn heran, läßt soviel wie möglich von den aufgelesenen Sprüchen der Rentierhalter hören und tut ganz so, als fürchte man sich nicht.

«Kann man hier zur Nacht bleiben, Genossen?»

Sechs Männer, die teils Karten gespielt, teils gefaulenzt haben, unterbrechen ihr angespanntes Nichtstun, um sich die Eindringlinge zu betrachten. Sehr erstaunt sind sie über die Eindringlinge nicht. In der Mitte des Raumes brüllt ein eiserner Ofen seine Wärme vernehmlich in ein glühendes Rohr, und das Rohr mündet in einen regelrecht gemauerten Kamin. Anastas, sonst immer so vorsichtig, ärgert sich, daß er von draußen diese Zeichen des Anschlusses an die Zivilisation völlig übersehen hat.

«Wenn ihr mit dem Boden vorliebnehmt – warm ist es bei uns», sagt ein Mann von etwa vierzig Jahren, schlank, fast so groß wie Forell, Intelligenzler, sauber rasiert und in diesem Augenblick offenbar bester Laune. «Wo kommt ihr denn her?»

Tiefer und gründlicher hätten die vier Landstreicher wohl nicht ins Unheil tapsen können als hier. Anastas gäbe gern eine Prise von seinem Goldstaub, wenn er wüßte, was Menschen von solchem Gepräge veranlaßt hat, sich in dieser menschenfernen Gegend in festgefügten Holzhäusern niederzulassen.

«Auf der Jagd sind wir, wie du siehst. Wir wollten nach der Küste zu jagen und haben alle drei Schlitten verloren. Die Rentiere und die Waffen – sonst haben wir nichts mehr.» «Setzt euch her, Genossen!» Der Intelligenzler gibt ein neues Spiel aus.

«Wir wollen euch nicht belästigen, wenn ihr uns sagen könnt, wo die nächste Base für Jäger ist.» «Keine Ahnung.» «Wir brauchen zwei neue Narten, Zweispänner, und geben zwei von unseren sechs Rentieren dafür.» «Gib den Genossen zu essen, Amplany!»

Der Mann, der Amplany genannt wird, zeigt sich nicht geizig. Er bringt auf den Tisch, was beinahe als Überfluß erscheinen will, insonderheit für Menschen, die außer halbgarem Fleisch seit Wochen nichts in den Magen gebracht haben. Die Gewehre, nur so weit beiseite gestellt, daß sie im Notfall sogleich zur Hand sind, finden alles Interesse der Männer, soweit sie sich je von ihrem Kartenspiel lösen können. Schöne Gewehre! Nur etwas verwahrlost.

Man unterhält sich so über Tisch und Bank hin, und wenn Anastas auch nicht viel erfährt von dem, was ihn hier interessiert, so wird im Lauf der Stunden wenigstens das offenkundig, daß der Intelligenzler so etwas wie ein Vermessungsingenieur ist, dessen Trupp schon seit mehr als einem Jahr die Gegend durchzieht auf eine Weite von einigen hundert Werst. Andere werden nachkommen, sagt Amplany.

Am Abend wird Genosse Lederer hier sein. Der Ingenieur ist nicht ausgesprochen Freude bis in die letzte Faser seiner Empfindungen, als er davon spricht. Aber er glaubt, den Jägern damit etwas Tröstliches zu sagen.

«Wer ist Genosse Lederer?» will Anastas wissen. «Er sieht nach uns. Heute ist Sonntag.»

An einem anderen Tag also müßten die Leute sich fürchten vor dem Genossen Lederer, der nachsieht, revidiert, prüft und tadelt, wohl auch ungeeignete Leute anderswohin versetzt, wo es nicht mit Sicherheit Holzhäuser und eiserne Öfen gibt. Genosse Lederer repräsentiert in solcher Menschenferne die Macht. Und wenn der Ingenieur ihn fürchtet, stellt er, weniger mit Wissen belastet, die politische Macht dar, die Repräsentation der Partei, in diesem Falle des MWD. Die anderen Männer aber fürchten ihn offenbar noch mehr, und zwar in bezug auf die Versetzung zu anderer Arbeit, zu einer weniger freien Arbeit, zu jener Arbeit eben, wie sie Sträflingen zukommt. Zumindest drei Mann sind, wie die Jäger feststellen, Strafnikis.

Es klingt nur wie beiläufige Unterhaltung, als die Jäger nach dem nächsten Kolch und nach dem gefährlichen Kontakt mit Menschen fragen. Der Ingenieur macht nur beiläufige Handbewegungen. Das nächste Kolch sei zweihundert Werst entfernt. Aber Menschen gebe es reichlich, wenn auch stützpunktweise über die Gegend verstreut. Eine Zweigstraße zu bauen, erfordere eben Leute, eine Menge Leute.

Das sind keine beglückenden Auskünfte für die Jäger, die es um des Deutschen willen für richtig finden, daß sie Anastas reden lassen und selbst nur stumme Rollen spielen. Aus Respekt vor dem Genossen Lederer wird das Kartenspiel beendet und das Säubern der Unterkunft in Angriff genommen. Das geschieht am besten und einfachsten mit Schnee. Anastas meint, er müsse einmal nach den Rentieren sehen, und weil die Tiere sich eine Strecke weit entfernt haben, braucht er alle seine Leute. Wie eingewurzelte Gewohnheit muß es aussehen, wenn sie alle beim Verlassen des Hauses die Gewehre umhängen. Das Gepäck freilich müssen sie liegenlassen.

«Bleib du bloß taubstumm!» faucht Anastas den Deutschen an. «Wenn es nötig ist, werde ich sagen, du seiest wirklich taubstumm. Und ihr anderen beiden: wenn es uns nicht glückt, von hier zu verschwinden, ehe dieser Lederer aufkreuzt, müssen wir es mit der Unverschämtheit versuchen. Es ist immer noch besser, hier etlichen Männchen gegenüberzustehen, als mit der Einfalt von Unschuldskindern geraden Weges in ein Zeltlager mit etlichen hundert Sträflingen zu laufen. Kommt! Wir treiben die Tiere nicht zu nahe heran!»

Da wird ein ungewohntes Geräusch laut. Die vier Jäger wenden sich um und sehen einen Lastkraftwagen, wie trunken holpernd und manchmal dem Umkippen nahe, herankommen. «Ford. Dreiachser, Geländegang.» Anastas gibt technische Daten des Wagens, während auch er, der nie Angst zu haben behauptet, den Halsbund des Pelzzeugs eng werden fühlt. Der Abtransport kann gleich mit dem Lastwagen vor sich gehen.

Weil Genosse Lederer ein bedeutender und kommandogewaltiger Mann ist, kommt ihm der Ingenieur auf sechzig Meter im Schnee entgegen, Meldung zu machen. Genosse Lederer ist nach einer Viertelstunde in den Augen des entlaufenen Sträflings Anastas eine bewunderungswerte Gestalt. Auf dem Höcker der etwas zu kräftig gediehenen Nase sitzt blitzend, mit goldenem Gestänge, eine randlose Brille. Graue Augen dahinter beziehen ihren sprühenden Glanz von dieser Brille. Im Gehen hält der straffe Mann sich leicht nach vorn gebeugt. Das ist nicht Haltungslosigkeit, sondern Habitus eines Feldherrn, der eben, die schon halb gewonnene Schlacht mit ein paar befehlenden Handbewegungen völlig zu gewinnen, den Feldherrnhügel besteigt. Daß es keinen Hügel zu besteigen gibt, behindert den großen Mann offensichtlich. Er schaut sich prüfend nach allen Seiten um, während der Ingenieur schon mitten im Bericht ist. «Was sind das für Leute?» «Jäger, Genosse Lederer. Sie haben ihre Renschlitten eingebüßt.» «Dafür werden sie sich zu veranworten haben.»

Der Fahrer und die vier Begleitmänner des Genossen Lederer haben Papyrossi aus den Taschen gezogen und bieten freundlich an, auch den Jägern. Im Freien ist es kalt, und im Holzhaus ist es so angenehm warm. Die Gefahr sieht aus unmittelbarer Nähe nicht so erschreckend groß aus wie im bloßen Ahnen. Also folgt Anastas dem Trupp ins Haus und hat im stummen Dabeisitzen noch reichlich Gelegenheit, den Genossen Lederer zu bewundern, der straff und eisig über die Arbeitsleistung des Messungstrupps abrechnet, mit schneidender Stimme seine Einwände vorbringt, die Materie beherrscht und zwischen schmalen Lippen präzise Fragen stellt, die er gleich präzise beantwortet wissen will. Solche Männer braucht die Union der Sozialistischen Sowjetrepubliken. Genosse Lederer scheint einmal die Anerkennung in den Augen des auf der Bank gegenüber sitzenden Anastas gelesen zu haben. Er nickt. Anastas nickt auch. Genosse Lederer lächelt. Anastas glaubt, ihm ein Antwortlächeln zu schulden.

«Schämt euch! Ihr habt eure Narten eingebüßt?» «Ja. Das war so, Genosse Lederer . . .» «Wie das war, interessiert mich nicht. Ihr werdet euch beim Leiter der Jägerbase zu verantworten haben und bekommt die verlorenen Narten von dem Ertrag abgezogen. Dummheit ist die verbreitetste Form von Sabotage.»

Anastas muß wohl rechtschaffen dumm aussehen, als er den Genossen Lederer so anhört. Da lacht Lederer. Es bereitet ihm Vergnügen, in den Leuten um sich Angst zu wecken. Er gebraucht die Angst als Mittel der

Autorität, aber wenn er genügend Schrecken um sich angehäuft hat, ist er zum Lachen bereit über die Menschen, die vor ihm Angst haben. Er ist, schätzt Anastas, unberechenbar.

«Wir haben unsere Narten selbst gebaut.»

Genosse Lederer, vom Ingenieur Genosse Kommandant genannt, blitzt mit grauen Augen durch randlose Gläser scharfe Blicke im Raum herum, damit ja niemand sich zu einem Gefühl des Befreitseins durchringt. «Unnütze Verschleuderung von Arbeitszeit! Wollt ihr noch den halben Winter lang herumsitzen, ohne zu jagen? Ihr laßt euch zwei neue Narten geben. Die werden euch aufgerechnet. Du als Natschalnik bestätigst den Empfang und bleibst dafür verantwortlich.» «Wo werden wir . . .?» «Macht das, wie ihr wollt! Ich ziehe euch zur Verantwortung, wenn ihr auch noch einen Tag lang hier herumtrödelt.» Genosse Lederer schreibt einen Schein aus. «Die nächste Base ist über zweihundert Werst entfernt. Ihr laßt euch das Nötige aus dem Magazin des Konzern Dalstroj geben, dreißig Werst flußaufwärts, Genosse Dalgnjew. Ich frage morgen abend bei meiner Rückkunft nach. Und wehe euch, wenn ihr noch dort herumlungert!»

Da wagt Anastas, ganz Subordination, eine letzte Frechheit. «Wir werden dennoch zur Jagdbase gehen müssen, da wir Munition brauchen und Proviant, ein Zelt und für den Notfall etwas Werkzeug, Äxte und Spaten. Das werden wir im Magazin nicht bekommen.» «Wieviel Schuß Munition?» fragt Genosse Lederer. «Vierhundert Schuß Schrot in zweierlei Kalibern, hundertfünfzig Schuß Büchsenmunition.» «Gut. Ein Fellzelt. Vier Äxte. Vier Spaten. Spanngeschirr. Eure Tiere haben alles abgeworfen, wie ich gesehen habe. Hier ist der Schein. Und jetzt hinaus! Der Fahrer zeigt euch den Weg.» Es bereitet ihm ein grinsendes Vergnügen, die vier Jäger in die Nacht hinauszujagen. Anastas nimmt den Schein in Empfang.

«Morgen abend seid ihr aus der Gegend verschwunden!» «Jawohl, Genosse Kommandant.» «Gebt ihnen noch zu essen mit!» lacht Genosse Lederer, indem er, wie ein Feldherr zum Feldherrnhügel, den Oberkröper leicht nach vorn gebeugt, um den brüllenden Ofen geht. Bewegung muß sein. Arbeit muß sein. Der Mensch darf nicht ins Rasten kommen. «Ich werde den Kerlen Eisen auf die Sohlen machen. Ist doch unerhört: in warmen Unterkünften herumlungern, nur weil Sonntag ist!» Die Kritik an der Arbeit des Vermessungstrupps wird wohl um einiges milder ausfallen, nachdem der mächtige Genosse Lederer seine Macht an vier einfältigen Jägern zur Genüge vorexerziert hat.

Die vier Galgenvögel lassen sich mit Vorrat auf den Weg ausstatten, bekommen vom Fahrer des Dreiachsers den Weg gezeigt, zurück der Reifenspur nach, und zockeln mit ihren Rentieren in die Nacht hinein.

«Wo werden wir vom Weg ausbiegen?» fragt Forell, der sich von der gelben Blässe wieder einigermaßen erholt hat.

«Ausbiegen?» Anastas versteht nicht.

«Willst du denn, ohne Propusk, in die Höhle des Löwen gehen?»

«Und ob wir hingehen werden! Genosse Lederer ist ein ansehnlicher Mann, Kommandant über einen ganzen Rayon. Der wird uns einfangen lassen, wenn wir nicht vorgesprochen und uns die Sachen geholt haben.»

Pflichtgemäß sprechen die vier Jäger, ein etwas lächerlicher Aufzug mit den sechs Rentieren, am anderen Morgen gegen elf in einer Ansammlung von Baracken und Zelten vor und werden an den Natschalnik des Magazins verwiesen.

«Wer seid ihr?» «Das ist unwichtig. Hier ist der Schein, ausgeschrieben vom Genossen Kommandant. Ich unterschreibe, während du die Sachen bereitlegen läßt. Eine Vierspänner-Narte, eine zweispännige, Zelt, Schlafzeug, Munition.» «Das kann ich nicht ausgeben.» «Bis zum Abend ist Genosse Lederer wieder hier. Dann wirst du so schnell können, wie du noch nichts in deinem Leben gekonnt hast.» «Der Genosse Kommandant wollte doch erst in vier Tagen wieder durchkommen?» «Sag es deinen Leuten, daß er schon heute abend wieder hier sein wird! Ihr wolltet wohl alles liegen und stehen lassen und euch ein paar gute Tage machen? Ich meine es gut mit euch.»

Zwei Stunden später haben die Jäger alles, was Lederer angewiesen hat, Anastas läßt sich, was ihm übergeben wurde, auf eine Liste schreiben, und der Natschalnik muß ihm bestätigen, daß er die genannten Ausrüstungsgegenstände übergeben habe zu Jagdzwecken unter der Verpflichtung, daß der Wertbetrag bei der Abrechnung nach der Saison in Abzug gebracht werde.

Wenn die Rentiere, die hier nun zum erstenmal ins Gespann kommen, botmäßig wären und auf Ruf und Riemenzeug gehorchen würden, ginge es leichter, nun aus der unangenehm bevölkerten Gegend zu verschwinden. So aber erleben die Männer, die zu Dutzenden aus allen Winkeln zusammenströmen, ein vergnügliches Schauspiel. Es ist, auch wenn die Tiere ans Gespann gewöhnt sind, schon kein reines Vergnügen, mit reichlich Last auf einer Narte zu sitzen und von den Zugtieren über die holperige Gegend auf wenig Schnee gezogen zu werden. Selbst Anastas, der Tausendsassa, ist den Tieren gegenüber hilflos und fliegt in hohem Bogen von seinem niedrigen Fuhrmannssitz, als die Tiere über die Disziplin einer anderen Ansicht sind als die Menschen. Forell hat im letzten Winter Gelegenheit genug gehabt, das Führen und Abrichten der Rentiere zu erlernen. Die Rentiermänner da oben am großen Fluß haben wochenlang ihre träge Geduld an das Abrichten verschwendet, und längst nicht jedes Tier hat sich als brauchbar zum Ziehen eines Schlittens und als gehorsam erwiesen. Wie das hier in ein paar Stunden erreicht werden soll, bis der Genosse Lederer wieder erscheint, vermag Forell sich nicht vorzustellen.

Anastas erklärt den lachenden Gaffern, die Tiere seien seit Monaten nicht mehr im Gespann gewesen und dadurch verwildert. Die Leute aber sind zum Helfen bereit, und etliche bringen auch so etwas wie Erfahrung mit. Den heftigen Übermut der Tiere versuchen sie alle zusammen auf die Weise zu brechen, daß sie die Schlitten übers Maß belasten, während Forell versuchen muß, das Gespann ungefähr über eine bestimmte Runde zu bringen. Es besteht mehr Aussicht, daß ein Schlitten von den Kufen brechen wird, als daß die Rentiere unter menschlichem Zwang Vernunft annehmen werden. Viermal muß der große Schlitten neu beladen werden, weil er in der ungezügelten Fahrt um die Gebäude bei voller Fahrt umgekippt ist. Dann aber, weil ein an den Schlitten gehängter Baumstamm allmählich über die Kräfte der Tiere geht, werden sie langsam müde und finden es für besser, den Menschen ihren Willen zu tun, auch wenn die Menschen es nicht in die Hand bekommen, die Richtung zu bestimmen.

Der Tag wird, da er sowieso schon kurz ist, fast bis zur Neige vertan mit den allmählich weniger mißglückten Fahrversuchen. Forell zwingt die Tiere insoweit unter seinen Willen, als sie wenigstens im Gespann annähernd die gleiche Richtung halten und nicht mehr wie zu Anfang nach allen Seiten auseinanderstreben. Dann freilich, als die vergnügten Helfer es wieder einmal riskieren, den hemmenden Baumstamm abzuhängen, geschieht es plötzlich, daß die vier an die große Narte gespannten Tiere, Forell auf dem Schlitten, nicht mehr in die Runde um die Gebäude einbiegen, sondern ihren Weg geradeaus nehmen. Sollen sie also laufen!

Was passieren wird, weiß Forell zur Genüge. Ohne Logik und ohne Verständnis dafür, daß ihre Schicksale nun eng miteinander verbunden sind, werden die Rentiere den erstbesten Baum, wie er ihnen in den Weg kommt, so umgehen, daß zwei Tiere rechts und zwei links daran vorbeizukommen versuchen. Das zertrümmert den Schlitten zu Kleinholz, die birkenhölzerne Wanne wird in Fetzen davonfliegen, und den Fuhrmann wird der Schwung mit dem Schädel an den Baum werfen, daß seine Hirnschale zerspringt wie das ausgehöhlte Holz.

Ein klein wenig, will es ihm scheinen, halten die Tiere sich aber nun doch an den Befehl der Riemen. Sie fliehen ganz primitiv vor der Last, und die Last will nicht zurückbleiben, und das Land steigt allmählich an, so daß die Last, nicht abzuschütteln, noch schwerer und hinderlicher wird. Damit verlangsamt sich der Lauf von Kilometer zu Kilometer, bis die Rentiere zwar nicht nach dem Willen des Menschen, aber nach ihrer Müdigkeit richtig zu handeln beginnen und müde, ohne Kapriolen, sich ihren Weg suchen, der von erreichbarem Futter bestimmt wird.

Forell schätzt den zurückgelegten Weg auf wenigstens zwanzig Kilometer. Er steigt ab und spricht, wie er es von den Hirten gelernt hat, mit den Tieren, tätschelt sie ein wenig und versucht, es ihnen begreiflich zu machen, daß man auf solche Weise künftig gut auskommen werde. Wenn es den anderen auch so gelingen wird wie ihm, wird man sich ja einmal wieder begegnen, morgen vielleicht, sofern nicht Genosse Lederer inzwischen zum Lager zurückgekehrt ist und andere Konsequenzen gezogen hat. Schneit es nicht, so erhalten sich die Spuren lang. Die drei Galgenvögel – das Einverständnis der Rentiere vorausgesetzt – vermögen ihm ebenso leicht zu folgen, wie die Leute des Genossen Kommandanten ihn finden können, sofern sie an diesem unfähigen Spiel vielleicht Verdacht geschöpft haben.

Um ein Zeichen für die Nachfolgenden zu setzen, macht Forell ein Feuer an.

Aber es dauert bis zum Mittag des anderen Tages, ehe die Galgenvögel nachkommen, so vergnügt, wie wenn sie an einem Jahrmarkt teilgenommen hätten.

«Der Genosse Kommandant ist ein zuverlässiger Mann», schreit Anastas schon von weitem. «Um sieben war er schon da.» Er springt ab, die Kameraden folgen ihm und sind so gutgelaunt wie er. «Im übrigen, Pjotr, du hast es anständig gemacht. Mit Rentieren kannst du besser umgehen als wir. Genosse Lederer freilich kann es noch besser.»

Genosse Lederer kann alles. Er ist wie ein Schießhund hinter seinen Trupps her. Er überfährt die Säumigen und Lässigen mit seiner blechern gellenden Stimme. Er weiß über seinen Rayon Bescheid, wie wenn er schon seit Jahren hier läge. Er weiß, wie man mit Hunden auf einer kleinen Furka fährt, und kann mit Rentieren umgehen, wie wenn er es von Grund auf gelernt hätte.

«Er hat es gelernt. Unsere Regierung setzt auf einen solchen Posten in Sibirien nicht einen Mann aus Odessa, der keine Ahnung von dem Leben hier mitbringt. Da muß einer sich bewähren und heraufdienen, auch wenn er die Hände einmal voll Renmist bekommt. Ein ausgezeichneter Kenner der Dinge, dieser Genosse Lederer. Ihr hättet bloß sehen sollen, wie die Leute um einen halben Kopf kleiner geworden sind, als er kam und zu schmettern anfing. Im übrigen untersteht ihm alles in diesem Distrikt, alle Planung, jedes Projekt, der Straßenbau so gut wie die Goldfelder, die Flußschiffahrt und auch die Jagd. Wir hätten an keinen besseren Mann kommen können.» «Der Ansicht bin ich auch», meint Forell trocken, «wenn ich ihm auch keine Menschenkenntnis zutraue.» «Trotzdem werden wir so schnell wie möglich abziehen. Ganz wie du meinst, Pjotr: nach Westen. Später können wir es uns immer noch anders überlegen.»

Zeitig vor dem Tagwerden am nächsten Morgen brechen sie das Zelt ab und fahren los. Mit den ungeschulten Rentieren ist es noch eine Mühe, und als sie wenige Tage später an einen mächtigen Flußlauf kommen, nehmen sie es als Glück, daß auf dem Eis knöchelhoch Schnee liegt. Auf das blanke Eis würde ihnen nie ein Ren gehen, und es fällt der verlotterten Jagdgesellschaft auch so noch schwer genug, etliche zwölf Werst weit auf dem Eis zu fahren, bis das andere Ufer eine Stelle zeigt, wo der Überhang sich öffnet zu einer beinahe flachen Ausfahrt.

«Hier fahren im Sommer tiefgängige Flußdampfer, die vom Eismeer kommen.» Wenn Anastas derartige Dinge behauptet, will niemand ihm widersprechen, so unsinnig auch seine Gescheitheiten anzuhören sind. Denn er ist von gefährlichem Jähzorn.

Schön ist das winterliche Jagen in unbegangenem Land voll Kälte und Schnee keineswegs, doch dem Deutschen will es scheinen, als sei dies seit mindestens einem Jahrzehnt sein schönster Winter. Zehn Jahre sind es ja längst, daß der Krieg begonnen hat, und von den Kriegswintern ist kaum einer schön gewesen, und nur wenige waren erträglich.

Mit der Kälte weiß Forell sich nicht zu versöhnen. Sobald man am Morgen das Feuer am Rastplatz verlassen hat, werden die Pelzstiefel knochenhart, ob die Männer nun auf der Narte sitzen, wo man sich wenigstens noch ein Fell über die Füße legen kann, oder ob sie lange Strecken zu Fuß jagen gehen. Wenn ein Arm schnell durch die Luft streicht, in Eile nach etwas zu fassen, rauscht die kalte Luft, wie wenn hartes Papier geknittert wird. Grigorij behauptet, die Luft sei so hart gefroren, daß sie zerbreche. Aber Grigorij ist einfältig und nur im Stehlen ein trefflicher Mann. Erträglich wird das Leben in soviel Kälte erst am Abend, wenn ein Feuer angelegt wird. Dann tauen die starr gefrorenen Felldecken soweit auf, daß sie geschmeidig werden, und die äußeren Pelzstiefel lassen sich erst von den Füßen ziehen, wenn die Wärme eine Weile auf sie eingewirkt hat.

Vierzehn Tage haben die Jäger mit widerspenstigen Rentieren ihre Fahrt machen müssen, ehe sie endlich aus der Gefahr menschlicher Bewohntheit herausgekommen sind. Jägergruppen sind ihnen dreimal begegnet, jede in Mißtrauen und offener Unfreundlichkeit. Es fehlt den vier Kumpanen nicht an Ausrüstung und jägerischem Auftreten, aber die Jäger von Beruf haben aus ihren Erfahrungen mit den Menschen und Tieren in der Wildnis an den vier Amateuren mehr verspürt als gesehen, daß sie nicht zum Beruf und zur Landschaft gehören.

Woher und wohin? Welchen Ausgangspunkt und welche Richtung?

Anastas hat immer allgemein zu antworten und die Richtung anzugeben verstanden. Der Neid ist groß. Das weiß er. Es erscheint nicht ratsam, die ungefähre Route anzugeben. Weist sie in mehr begangene Gegenden, so sind die Jäger verärgert, die es auch so versuchen wollten und schon wissen, daß die Tierbestände ziemlich ausgeschossen sind. Wird aber die Absicht offenbar, in verschriene Gegenden zu ziehen, dann möchte sich vielleicht ein anderer Trupp anschließen. Solche Unternehmen können leicht in den Tod führen, aber sie haben ihren Reiz, denn im Frühjahr kann einer das Zehnfache an Fellen auf die Tische der Sammelstellen werfen, wenn er aus dem Risiko heil herausgekommen ist. Äußert nun ein Jägertrupp die Absicht, sich durch unwegsamste Taiga in eine Gegend vorzuarbeiten, die gefährlicher und unerschlossener ist, aber mehr verspricht, so hängt ein zweiter Trupp sich keineswegs an, denn acht oder zehn Jäger zusammen haben es schwerer, durchzukommen, aber es kann recht lohnend sein, einem Trupp zu folgen, der mit seinen Lagerspuren den Beweis liefert, daß ein Durchkommen möglich ist. Anastas hat die Neugier, die sich keine Mühe machte, ihre Absicht zu verbergen, abzuschütteln verstanden, doch weil er selbst keineswegs ein erfahrener Jäger ist, führt er seine Leute mehr bewußt in die Abgelegenheit als in jagdlich lohnende Gegenden. Offene Angst vor den Menschen haben sie alle längst nicht mehr. Aber es sieht schlecht aus, wenn sie als Jäger, die jetzt tief in den Bergen sein sollen, weitab von bejagenswerten Wildbeständen etwa an einer vielbefahrenen Straße neugierigen MWD-Männern begegnen. Das ist ihnen ein einziges Mal geschehen und hat ihnen Verdruß eingebracht.

Seitdem sind ihre Tage hart und gramvoll geworden, ohne recht viel Jagdbeute einzubringen. Sie brauchen Felle, wenn sie im Frühjahr Geld haben wollen, aber wenn sie sich, durch sechs Rentiere und zwei Narten stark behindert, tagelang über zerfurchtes Berggehäng und das Urwaldgerümpel von gestürzten Bäumen oder windgebrochenem Astzeug hinweggearbeitet haben, wird ihnen zum Ende klar, daß sie all die Mühe menschenferner Wildnis auf sich genommen haben, um sich nur wieder näher an bewohnbare Gegenden heranzuarbeiten, die mit weniger Mühen und in kürzerer Zeit auf brauchbaren Wegen zu erreichen gewesen wären.

Hunger in seiner brutalen Gestalt kennen sie nicht. Es fällt ein Wildschaf, wenn sie Bedarf haben, und ein Ren, das den Menschen nur erstaunt anblickt, bleibt ruhig vor der Büchse stehen. Springhasen gibt es genug, und in Ketten stehen zuweilen geperlte Rebhühner auf, kugelig wie Ballen von grauem Gefieder und sehr gut bei Fleisch.

Der Hunger ist es nicht, was sie des Jagdabenteuers überdrüssig werden läßt, sondern die Unleidlichkeit, die unter ihnen aufkommt, je länger sie ohne sichtbaren Erfolg ihr Leben in der Wildnis führen. Mit lauter Ausweichen vor den Menschen haben sie die Orientierung verloren und halten für jagdlich günstig, was schwierig anzugehen ist. Sie suchen Hindernisse auf, anstatt ihnen mit geringen Mühen auszuweichen, weil sie das Hinderliche für das Gute halten. So glorreich und so erfolgsgläubig haben sie sich Spanntiere, Narten und Ausrüstung verschafft, und nun wären sie zuweilen froh, wenn sie alles hinter sich lassen und zu Fuß weiterziehen könnten, weil sie durch den Ballast ihrer Bequemlichkeit am Weiterkommen gehindert werden.

Es ist eine wunderschöne Aufregung, wenn einmal Wölfe die Rentiere in Unruhe bringen.

Da ist längst noch kein Laut zu hören und im hochschäftigen Baumbestand nichts von grünlichen Lichtern zu erschauen, wenn die Rentiere, die sonst weit umher äsen, ans Zelt kommen, in lautloser Aufgeregtheit an die Zeltwand drücken und ein Kopf die Verschnürung von unten her etwas aufschiebt: Gebt acht, ihr Menschen! Es ist Gefahr!

Mond steht am Himmel und läßt Kälte zwischen die Bäume tropfen. Die Nacht klirrt vor Kälte und läßt von Zeit zu Zeit etwas zerbrechen, vielleicht nur die Luft. Wenn ein leichter Wind spielt, macht es keine Mühe, den Wölfen richtig zu begegnen, weil die Räuber gegen den Wind herankommen. Soviel Logik ist in der Grausamkeit der Natur nicht, daß sie auf diese simple Erkenntnis des Menschen umschalten und den Angriff auch einmal mit dem Wind vortragen würde. Anastas drückt seinen Begleitern die Schultern nieder. Sie sollen Ruhe bewahren und in sich soviel Vertrauen setzen wie die Rentiere, die dem Menschen melden, was da kommt, und die Feigheit überwinden. In Generationen haben sie ein gewisses Vertrauen in die Macht des Menschen gelernt, und zum Menschen kommen sie zwischen Feigheit und Vertrauen, ihn zu wecken, damit er tun soll, was er zu tun pflegt, wenn sie Angst haben. Unbändig sind die Wölfe nicht, da ihr Hunger auch anderswo zu stillen ist, aber sie halten es im Grund so wie die Menschen: in Rudeln gehen sie, und mitzunehmen versuchen sie, was sich ihnen am Weg bietet.

Den tüchtigsten Wolfs-Instinkt hat Semjon. Er gleitet am leisesten aus dem Zelt und findet es gut, daß der Mond so hell macht. Er krault ein Rentier, da sich scheu an ihn drängt, beruhigend am Grind und schiebt sich langsam in die Richtung der Wölfe heran, bis ihm das hündische Ducken und Lauern der Schatten sichtbar wird. Seine Hand winkt nach rückwärts: die anderen drei mögen sich etwas nach der Seite hin halten, denn die Wölfe werden die Taktik ändern, nachdem sie die Witterung von Mensch und Ren bekommen haben. Man belauert sich. Lange dauert es, bis ein erster Schuß fällt. Auch eine Wolfsdecke zerstört der Jäger nicht gern, wenn ein Kugelschuß in den Kopf anzubringen ist, der für eine unbeschädigte Decke bürgt, sofern die anderen Wölfe nicht zu hungrig sind und sich auf das gefallene Stück stürzen.

Abenteuer und Gefahr brauchen vier so gut bewaffnete Männer in der Begegnung mit Rotwölfen nicht zu sehen. Nur müssen sie verhindern, daß die Rentiere in der Angst ausbrechen und dann irgendwo, wohin die Büchse nicht reicht, ein Stück nach dem anderen gerissen wird. Es wird gefährlich, als sich erst einmal, sogar für den weniger empfindsamen Menschen spürbar, der Blutgeruch gegen die Windrichtung durchsetzt.

«Pjotr! Gib du auf die Tiere acht!»

Jede Bewegung muß langsam und ohne Hast getan werden. Forell spricht auf die Tiere ein und faßt zum Beruhigen nach einer Halsmähne, durch die sehr deutlich das Pochen eines ängstlichen Herzens zu hören ist. Und die Tiere scheinen sein Deutsch zu verstehen. «Es kann doch nichts passieren, wenn ihr bei mir bleibt. So. Ja. Drückt euch nur her! Was wollen schon die zwanzig Wölfe gegen vier Männer und gegen euch? Natürlich! Ihr habt doch nicht Angst. Nein.» Ein Schuß fällt, und ein Wolf jault fürchterlich auf. Noch ein Schuß. «Es ist ja euch selbst zum Schaden, wenn ihr weglauft. Der Kerl ist tot. Ja, er stinkt. Wölfe stinken scheußlich. Das ist wahr. Aber ein toter Wolf tut euch nichts mehr.» Wieder ein Schuß.

Die Wölfe scheinen mehr Hunger als erwartet zu haben.

«Und feig sind diese Wölfe! Natürlich, ihr seid auch feig. Ich will euch nichts wegtun. Aber ihr müßt so feig sein, daß ihr stehenbleibt. Na also!» Wieder ein Schuß und noch ein Schuß.

Der Leitwolf muß gefallen sein, denn der Rest des Rudels zieht sich zurück, aber die Belagerung hat drei Stunden gedauert, und die Jäger möchten beim Tagwerden doch lieber etwas zum Frühstück kochen, als den Wölfen, bevor die Körper erstarren, die Decken abziehen. Hoch bewertet sind die Decken nicht, aber da man auf den Schlitten noch recht wenig mitführt, gibt das eine gute Legitimation. Der beizende Geruch, allen widerlich, so daß sie ohne Morgenmahlzeit losziehen, verliert sich schnell, wenn die über ein paar Ästen ausgespannten Häute glashart gefroren sind. Die Rentiere zittern noch immer. Sie werden sich, wenn die Jagt gut ausfällt, an vielerlei Raubwildgeruch gewöhnen müssen.

Ihre Angst und ihre Unruhe zeigen den Jägern an, wo sich eine erhöhte Aufmerksamkeit verlohnt. Menschenaugen, die nach langen Wegstunden im Schnee alles nur noch als ein verschwommenes Grau sehen, beachten vielleicht den ersten Abdruck von den Tatzen eines Bären nicht, aber die Rentiere beginnen sofort an den Riemen zu zerren, und schauen großäugig erstaunt um sich, als wollten sie den Menschen Vorwürfe machen darüber, daß sie übersehen haben, was da Anlaß gibt zur Unruhe.

Die Spuren sind nicht ganz neu, einen Tag alt, möglicherweise zwei Tage. Ob es sich verlohnt, ihnen zu folgen, wissen die Jäger alle vier nicht, aber sie machen den Versuch. Einem Bären fällt es weniger schwer, eine schmale Schneise ziemlich steil hinaufzugehen, als den Menschen, die für ihre Schlitten gebahnte Wege brauchen. Ein Bär, so behauptet Grigorij, biege einen armdicken Baum ohne weiteres beiseite, um sich einen Weg zu bahnen, und lasse den Baum dann wieder in seine alte Lage zurückschnellen. Damit erschwere er, sich Kulissen in den begangenen Weg stellend, jedem Verfolger die Suche. Ob das genauso ist, weiß niemand, aber von Grigorij sagen die anderen, er lüge viel.

Die Jäger lassen sich vom Eifer gefangennehmen, denn ein Bär ist ein lohnendes Stück Wild, und geben die Spur auch nach drei Tagen noch nicht auf, zumal sie deutlicher wird und kaum noch Stunden alt sein kann. Forell, der sich manchmal nach der Kompaßnadel umsieht, warnt Anastas vor diesem Tanz zwischen Bäumen und Dickungen, denn es will ihm erscheinen, als gehe man seit Tagen, von Bärenspuren genarrt, im Kreis und plage sich nur sinnlos damit, Bäume umzulegen, damit Narte und Rentiere eine Gasse bekommen. In allem Ernst kann keiner Forells Ansicht widersprechen, aber in allem Ernst will auch Forell nicht darauf verzichten, dem Bären zu folgen, und als die Jäger nach Tagen endlich an eine Stelle kommen, die alt und frisch, wie ein ständiger Wechsel, ausgetreten ist, wobei Anastas vier verschieden große Tatzenabdrücke feststellen zu können glaubt, wird der Eifer zur Leidenschaft.

Mit Zelt und Narten ziehen sie zwischen hufeisenförmig geschlossenem Gebüsch zur Nacht unter und suchen zu vermeiden, daß ihre Gehspuren die Spuren der Bären kreuzen. Um die Rentiere wie in einem Pferch zu halten, würden sie gern ein paar Stangen schlagen und sie quer über die offene Stelle des Lagerplatzes legen, aber es erscheint ihnen klüger, jeden Lärm zu vermeiden, damit die Bären nicht unnütz gewarnt werden. In der Nähe des ausgetretenen Wechsels postiert Anastas seine bevorrechtigten Jagdgefährten aus früheren Wintern, während Forell die Rentiere beim Zelt bewachen muß. Forell möchte gern murren, aber gegen die Heftigkeit eines Anastas ist nicht anzukommen. So liegt Forell denn im Zelt, macht zuweilen lautlos seinen Rundgang und wartet darauf, einen Schuß zu hören. Die Jagdgenossen stehen in guten Deckungen über die Strecke verteilt und müssen irgendwann innerhalb von vierundzwanzig Stunden einen Bären vor die Büchse bekommen. Wie lange sie so ausharren werden, ist eine Frage der Temperatur. Die Beine warmtreten gibt es nicht. Völlig unbewegte Ruhe hat Anastas befohlen. Er wird seine guten Gründe dafür haben.

Eine Viertelstunde nach Tagwerden kommen Anastas, Grigorij und Semjon ans Zelt zurück, alle drei glimmend vor Wut und so ausgefroren, daß sie Forells Tee heiß in sich hineinschütten.

«Dreck!»

«Nichts vor die Büchse bekommen?»

«Dreck!» schreit Anastas und würde Forell am liebsten den Kolben über den Schädel schlagen. «Glaubst du vielleicht, ich habe geschlafen? Die ganze Nacht bin ich wach gewesen, um beim Hellwerden alles zu sehen, was die Bären uns zu zeigen haben werden. Die ganze Nacht kein Laut, kein Tritt, kein Bär. Aber was, meinst du, ist geschehen? Auf knapp zehn Meter, stangengerade vor mir, halb unter mir, hat ein Riesenbär seine Losung gesetzt, genau auf den ausgetrampelten Wechsel.» «Das kann von gestern sein», will Forell trösten. «Von gestern?» tobt Anastas. «Hält sich so etwas in Sibirien einen vollen Tag lang warm?»

Sie streifen, nur ein paar Stunden ausgeschlafen, um Mittag durch Gehölz und Fels, die Augen schmerzend vor Wachsamkeit. Sie suchen die Spuren hinauf und hinunter, eine Höhle oder einen Unterschlupf zu entdecken, und haben nirgends das Glück, einem Bären zu begegnen. Nur dies glauben sie bestimmt zu wissen, daß einer der Bären zumindest am Morgen oder am Abend den Wechsel begeht, und ihn anzutreffen, werden für die Nacht wieder drei Mann ausgestellt. Es wäre ungerecht, Forell zweimal in die Etappe zu verbannen. «Pjotr! Du kommst heute mit! Grigorij bleibt bei den Rentieren.»

Behutsam beziehen Anastas, Semjon und Forell am späten Nachmittag ihre Plätze und erleben, wie schreiend lang die eingefrorenen Stunden werden, wenn nichts um sie ist als Kälte und Zeit, die nicht verrinnen kann, weil auch sie zu Eis geworden ist.

Und es kommt am Abend kein Bär. Die Nacht bringt nichts. Am Morgen wird man wieder ins Zelt gehen, ohne auch nur einen Bären gesehen zu haben. Forell beneidet den Natschalnik der Diebe um seine ruhige Nacht im warmen Zelt.

Grigorij steckt bis zum Hals herauf voll Ärger, weil man ihn zur Nachtwache verurteilt hat. Er schläft fürs erste einmal drei Stunden und macht dann die kleine Runde um die Tiere, die gestern wenig ans Moos herangekommen sind und mit ihrer Unruhe den Hunger meinen.

Es mag etwa zwei Uhr in der Nacht sein.

Nachdem sich nichts Beunruhigendes zeigt, was nicht als Hunger gedeutet werden könnte, legt Grigorij sich wieder in seinen Fellsack.

Warum er, schon zum Schlafen ausgestreckt, noch einmal aufsteht, ist ihm selbst nicht klar. Man kann, zum Teufel noch einmal, sechs Rentiere nicht in einem so kleinen Pferch halten, sondern hätte sie länger als nur ein paar Stunden äsen lassen sollen.

Als er zum zweitenmal das Zelt verläßt, hat er, da man anders überhaupt nicht aus dem Zelt geht, das lange Messer umhängen, aber das Gewehr hängt im Zelt an einer Riemenschlaufe.

Der Ton der Schritte, zumal die Rentiere lauter als gewöhnlich sind, bleibt ungehört.

«Ah, ihr seid schon da!» will Grigorij sagen. Das ist Anastas, natürlich Anastas, in seine Pelze gewickelt, wie er eben noch einmal umschaut in die Richtung, aus der er gekommen ist. Grigorij versucht sich zu besinnen, ob er sich nicht in der Zeit verschätzt hat, denn die Helligkeit ist ja schon der Tag. Wenn in der Nacht, während er so gut geschlafen hat, etwas Störendes passiert wäre, würde Anastas toben wie ein Wahnsinniger und einen lärmenden Vortrag halten über sowjetische Pflichtauffassung.

«Anastas!» will Grigorij sagen. Aber er sagt es nicht mehr.

Der Mann wird plötzlich kleiner und breiter.

Es ist ein Bär, nicht so groß, wie Grigorij sich einen Bären vorgestellt hat. In forschender Neugier war er eben noch aufgerichtet und will sich gerade sachte auf die vorderen Tatzen niederlassen. Ohne das Wort, den Anruf, den Namen noch auszusprechen, hat ihn Grigorij gegen die Schulter getupft, zum Spott auf Anastas bereit, weil er wieder eine Nacht vergeblich gewartet und gefroren hat.

Es wird Grigorij zum Fluch und Nutzen, daß der Bär über die Begegnung nicht minder erschrocken ist als er. Wie erstaunt richtet der Bär sich im Herumwenden auf. Grigorij bringt die Hand an das Messer und wundert sich selbst darüber, daß er im Schrecken dieser angebrochenen Sekunde noch sehr genau überlegt, wie der Stich angesetzt werden muß, um ins Herz zu treffen.

Bis zur Rückkehr der drei Jäger von ihrem wieder erfolglosen Ansitzen auf die Bären vergeht noch einige Zeit, und Semjon, der als erster ans Zelt herankommt, wundert sich sehr darüber, daß er Grigorij und einen schwarzen Bären, beide offenbar tot, wenige Meter vor dem Zelteingang liegen sieht. Der Bär, tot und schon im Auskühlen, liegt drei Mannslängen weit von Grigorij entfernt, und der Schnee ist weit herum von Blut gezeichnet. Grigorij blutet an der linken Gesichtsseite und scheint nur bewußtlos zu sein.

Was ihm zugestoßen ist, weiß er auch dann nicht zu erzählen, als die Kameraden ihn wiedererweckt haben. Erst als im Schnee auch noch das Messer gefunden wird, glaubt Grigorij sich mühsam erinnern zu können, daß er Anastas vor dem Zelt stehen gesehen und ihn zum Necken auf die Schulter getupft habe. Den Stoß mit dem Messer weiß er nicht mehr. Was sich in seinem Gesicht so heftig abgezeichnet hat, mag eine von dem erschreckten Bären blitzschnell verabreichte Ohrfeige gewesen sein, ein Prankenschlag, der nicht voll getroffen hat, sonst würde Anastas, wie er beim Untersuchen der Kiefer und der Schläfe lachend meint, nur noch zahngroße Stücke des Kiefers in den Händen haben.

Es wird ein paar Tage Mühe kosten, bis Grigorij wieder essen oder wenigstens richtig kauen kann, aber das erträgt er mit Wonne, denn auf ihn strahlt nun tagelang die Sonne der Bewunderung, weil er in der Etappe nicht nur, was den anderen versagt geblieben ist, einen Bären angetroffen, sondern ihn mit dem Messer getötet hat. Nach und nach projiziert Grigorij die Bewunderung der Kameraden in seine Tat hinein und erzählt in großen Worten alle Schrecknisse der Hölle, wie er sie erlebt haben will. Die schlichte Wahrheit wäre ja zu wenig heldenhaft. Sein Glorienschein erhält aber dadurch einen dämpfenden Beschlag, daß bei Bärs durch den Tod des neugierigen Chefs Zusammenhalt und Disziplin gelockert worden sind und innerhalb von vier Tagen zwei weitere Bären erlegt werden.

Das viele Fleisch aufzuessen, wenn auch die Bären keine sonderlich großen Exemplare sind, ist den Jägern unmöglich. So werden nur die besten Stücke ausgeschnitten und knochenhart gefroren auf dem Frachtschlitten verpackt. Man will nicht zuviel Last aufnehmen, da die Wege schwer sind, denn alle Anzeichen sprechen dafür, daß die Gruppe in den letzten Wochen aus der Ziellosigkeit einen gar nicht vorberechneten Gewinn gezogen hat und in ein Gebiet vorgestoßen ist, das ganz offensichtlich nur selten von Jägern heimgesucht wird. Einer solchen Erkenntnis entsprechen die Schwierigkeiten, die sich dem Jagdzug in den Weg stellen. Ihr entspricht aber auch die Beute, als einmal Semjon und bald darauf Forell einen Marder schießen. Eichhörnchen werden so als Beigabe mitgenommen, aber sie sind jedesmal gut und gern einen Flintenschuß wert. Mit den Hindernissen sieht es freilich immer wieder einmal so aus, daß die Jäger überlegen müssen, ob sie nicht endlich doch die Narten zurücklassen und mit den Narten allen Erfolg des Winters, nur um ohne Lasten und ohne Zugtiere sich in Bereiche zu retten, in denen für Menschen allein wieder ein Weiterkommen möglich sein wird.

Man muß nur, meint Anastas, die Sache recht betrachten und darauf verzichten, daß man möglichst weit durchs Land komme. Er sagt das mit einem Seitenblick zu Forell hin, aber der Deutsche, vor einem halben Jahr noch heimkehrgierig, hat in sich die Lust entdeckt zum einträglichen Abenteuer des Jagens, und je höher der Stapel ungegerbter Häute auf der Vierspänner-Narte wird, desto weniger empfindet er die Kälte, die Fremdheit, die Gefahr, die Hoffnungslosigkeit. Es geht eben offenbar nicht so, daß man Beute macht und auch seine tiefer liegenden Wünsche auffüllt, daß man Strecke macht und Strecken zurücklegt in einer sinnvollen Wegrichtung.

Alle Enttäuschungen des Winteranfangs werden vielfach wettgemacht, als in einer einzigen Woche neun Füchse ausgezogen werden können und das Jagdglück eine immer splendidere Laune zeigt. Dieses Lächeln freilich muß dem Schicksal als Gegengabe abgerungen werden durch übermenschliche Plagerei bei immer niederträchtigeren Wegen, wenn die kleine Expedition sich unmöglich mehr eine befahrbare Schneise aufreißen kann durch zähen Krüppelwuchs vor und neben und hinter dem Standplatz, so daß die Männer zuweilen für Tage festliegen und nicht einmal mehr erforschen können, wie sie an einen solchen Platz und in eine solche Lage gekommen sind. Vor ihnen klafft ein steiler Abfall. Hinter ihnen, von wo sie gekommen zu sein glauben, ist überhaupt kein beschreitbarer Weg. Nach rechts ist ein Ansteigen selbst mit leichtem Wandergepäck unmöglich. Nach links ist der zähe Bewuchs so fest geschlossen, daß man streckenweise wohl über das Dickichtzeug hinwegsteigen kann, wenn die Füße Schritt um Schritt zusammentreten, was dann wieder hochschnellt, sobald die Last des menschlichen Körpers davon genommen wird. Es muß, um überhaupt Boden zu gewinnen, weiter nach oben gestiegen werden, doch gibt das nie einen Weg für Rentiere und Schlitten.

Wenn es den völlig ins Weglose verirrten Waldläufern endlich gelungen ist, ein paar hundert Meter weit nach oben vorzudringen, sind Rentiere und Menschen versucht, die unbewachsene Fläche zu nützen, um schnell sechzig Werst hinter sich zu bringen, wieder nach unten, bis das tote Gestein von zugeschneiter Moostundra abgelöst wird und den Tieren wieder ihr Recht wird. Dann jedoch stehen sie bald wieder im Ausweglosen und beginnen, da das Jahr schon in den März gegangen ist, daran zu zweifeln, daß sie je noch lebend aus der Wirrnis herausfinden.

Wo sie, ohne sich noch um die Jagd zu kümmern, sich mit Zugtieren und Fracht vorwärts plagen, wahrscheinlich nicht einmal vorwärts, sondern übersichtslos im Kreis, der ihnen aufgezwungen wird, ist wohl noch nie ein Mensch gegangen, wenn es nicht ein Tunguse war, der sich bei seiner Kenntnis der Verhältnisse mehr zumuten darf als die Zivilisierten. Zu den Plagen des Weges kommen neue Entsetzlichkeiten, als aus der Ruhe waldbeschützter Berghänge auf kahlen Höhen peitschender Schneesturm aufkommt.

Die Kälte, auch wenn sie unter der bewegten Hand wie Glas zu zerbrechen schien, war bei gutem Fellzeug zu ertragen. Den Schneesturm erträgt keiner lang, und wenn sie für die Tiere und für sich einen Platz gefunden haben, der für eine Weile die Errettung aus dem Sturm und den Tieren etwas Äsung war, dann graut ihnen allen, den Menschen sowie den Tieren, vor dem Augenblick, da sie aus dem Windschatten heraustreten und weiterziehen müssen.

Keiner wagt es dem anderen zu gestehen, daß er, wenn nicht bald alles ringsum anders wird, für das eigene Leben und das Leben der drei Genossen keine acht Tage mehr gibt. Hier gibt es kein Jagen mehr, selbst wenn einer die Büchse noch halten kann. Aus solcher Gegend flieht sogar das Wild, dem man gefolgt ist, bis das Land nicht einmal mehr in der Lage war, die schamlosesten Räuber zu ernähren.

Die Rentiere bleiben an den Tagen, da die Menschen schon zu überlegen beginnen, wann sie eine Narte aufgeben werden, weil sie eines der Tiere erschießen müssen, dann wieder einmal die Retter. Sie beginnen, wo der Mensch nur alles unter scheinbar gleich hohem Schnee zugedeckt glaubt, mit den Hufen den Windharsch aufzuschlagen. Und wo sie Äsung suchen, dort finden sie über kurz oder lang mit aller Sicherheit Moos unter dem Schnee. Sie zwingen den Menschen die Halteplätze auf, und wenn die Jäger gegen den Sturm das Zelt in den Schneewust zu stellen versuchen, scheint dann auch der Sturm ein klein wenig leichter zu werden. So glauben sie es wenigstens zu verspüren und sind zufrieden, daß der Sturm sie bei Nacht nicht samt dem Zelt wegreißt.

Man wird sie wohl eines Tages, sofern wieder ein verirrter Trupp in die Gegend kommt und der kurze Sommer bloßlegt, was der Winter heulend zugedeckt hat, als unbekannte Tote finden. Das ist sibirisches Schicksal. Früher mag es zuweilen noch einem kühnen Verirrten gelungen sein, daß ein Stück sibirischer Landkarte nach ihm benannt wurde. Die Zeiten sind vorbei. Die weißen Flecken sind, angeblich, aus der Landkarte verschwunden. Wer sie ein zweites Mal zu erforschen versucht hat, zählt zu den unzählbaren Toten, um die niemand zu trauern braucht, denn dieses Land braucht nun einmal immerwährend Tote, um weiter gedeihen zu können.

Es ist gut, daß in dem vom Sturm zusammengedrückten Zelt nicht einmal soviel Feuer zu schlagen ist, um etwas Machorka, in einen Zeitungsfetzen eingerollt, anzubrennen. Sonst würde jeder sich an den flackernden Augen der anderen den Schrecken der Gewißheit holen, daß die Hoffnung schon erloschen ist. Feuer werden sie morgen wieder machen, in einer vor dem Sturm vielleicht geschützten Mulde, und ein Stück gefrorenes Fleisch darauf braten. Für heute muß ein angebratenes Rippenstück, das nach dem Überbraten wieder gefroren ist und in einem Reisesack vergessen wurde, über den Hunger helfen.

Morgen wird man wieder Feuer machen. Oder man wird schon die Hände erforen haben und nicht mehr die komplizierten Kniffe ausführen können, die zum Feuerschlagen mit der Puschka nötig sind.

Wenn nicht morgen, dann übermorgen. Wenn nicht Feuer anmachen, so eben tot sein.

An irgend so einem Morgen oder Übermorgen geben sie die Ansicht vom Sterben wieder auf und meinen wieder mehr das Feuermachen.

Die ausgemergelten Rentiere sind es, die den Weg so gesucht haben, daß die Spur der Narten wieder zwischen Bäumen verläuft. Wo Bäume in solcher Größe wachsen, ist das Land nicht mehr so hoch, und wo die Bäume dichter stehen, tut der Sturm sich damit Genüge, daß er als Wind nur noch die abgenadelten Wipfel beugt.

Menschen und Tiere sind gleichermaßen ausgesogen bis zum letzten Rest von Kraft. Als Grigorij sich in dem Gefühl des Gerettetseins ein hysterisches Lachen erlauben will, formen die erfrorenen Backen nur eine höhnische Grimasse, und der alte Dieb und Lump wird zum kläglichen Kind, dem die Tränen in den Bart kollern. Anastas sagt ihm, er solle sich schämen, wenn er das bißchen Wind nicht mehr ertrage. Semjon und Pjotr schweigen, Semjon, weil er wieder an das Leben glaubt, Forell, weil er zu matt ist, um schon ganz zu wissen, daß von hier aus wieder mehr als nur das Sterben möglich sein wird.

Als sie sich ihr Feuer anbrennen, das sie lang genug erträumt haben, und wie Tiere zu fressen beginnen, sobald der Geruch von Fleisch sich breitmacht, sagt Anastas wie töricht: «Der Winter ist um.» Das Wort klingt so töricht, weil seine Lippen zu plump geworden sind vom Frieren, um noch deutlich und menschlich sprechen zu können.

«Der Winter ist um, und wir müssen zusehen, daß wir ganz hinunter kommen, noch bei Eis über die Flüsse und beim letzten Schnee auf erträglichen Wegen in einen Ort, eine Stadt, wo man uns die Felle abnimmt. Wir sind reiche Leute.»

Auf vier Jäger verteilt, so überrechnet Forell, wird es nicht eben ein großer Reichtum werden. Aber in ein Dorf oder eine Stadt wird man gehen müssen, auch ohne Propusk, nur mit der Liste von Jagdausrüstung versehen, die Ausweis genug sein wird, denn sie trägt ja die Unterschrift des

Genossen Lederer. Seine Unterschrift hat ihnen die Ausrüstung verschafft. Sein Name gilt in ganz Sibirien.

So einfältige Gedanken finden in einem Menschen wieder Platz, sobald der Sturm zum Wind geworden ist, der Hunger wieder zum Gefühl des Sattseins, der Karst wieder zum bewaldeten Hang, der Schnee wieder zur dünnen Konservierungsschicht auf dem Moos für die Rentiere.

Weil die Tiere es so dringend nötig haben, halten die Menschen ein paar Tage Rast, ehe sie tiefer zu den Menschen absteigen. Länger erlaubt die Jahreszeit es nicht, denn weiter unten fängt sicher der Schnee bereits an, krank zu werden. Dann schleifen die Narten auf dem Bauch, und das Ziehen bereitet den Rentieren sinnlos Plage.

Anastas drängt. Aber die Jagdkameraden wollen nicht. Sie vermögen sich nicht mehr so weit zu überwinden, daß sie am Morgen das Zelt von den Stangen ziehen und die Felle einrollen.

«Denkt daran, daß es gefährlich ist! Morgen müssen wir losziehen.»

«Jaja. Morgen.»

Was Anastas auch redet – alles fällt ins Leere, weil die Leute lahm geworden sind und aus Erschöpfung nicht mehr aufwachen wollen. Die Müdigkeit ist so schön, daß sie gefährlich wird.

Die Abrechnung über das Ergebnis der winterlichen Jagd wird ja zugleich die Abrechnung über die menschliche Existenz sein. Es kann recht leicht sein, daß die neugierigen Männer bei der Jagdbase mehr wissen wollen als nur die Differenz zwischen Beute und Ausrüstung. Dann wird man sagen müsse, alle Papiere seien verlorengegangen, ausgenommen die von Lederer abgezeichnete Liste. Wenn es gut geht und die Zahl der Felle starken Eindruck macht, findet sich vielleicht ein Kommandanturschreiber bereit, jedem der vier Männer einen neuen Ausweis auszuschreiben. Aber es muß sich erst noch ein überbeschäftigter Kommandant dazu bereit finden, eilig zu unterschreiben.

Damit rechnet Anastas. Darum drängt er zum Weiterziehen.

Seinen frechen Mut haben die anderen nicht. Darum wollen sie ihr schlappes Leben ohne Ziel noch hinausdehnen, bis ihnen die Entscheidung aufgezwungen wird.

Soviel jägerische Gewohnheit ist längst in die Männer eingegangen, daß sie vom Zeltplatz aus ihre Gänge machen auf erreichbare Tagesstrekken, um etwa noch ein paar Tiere vor die Flinte zu bekommen und um zugleich zu erkunden, in welcher Richtung man sich beim Weiterziehen am günstigsten halten wird. Wo sie im Augenblick stehen, wagt keiner auch nur zu ahnen. Die Stürme bedeuten eine schlechte Auskunft. Solche Exzesse von derart hartnäckiger Dauer leistet die Natur sich um diese Jahreszeit nur dort, wo das Meer in erreichbarer Nähe liegt. Dann kann ein Ausweichen nach der Meerseite hin überraschend zur Begegnung mit Menschen führen, mit Menschen aber, denen die sowjetische Ordnung

Prinzip ist. Dort kann es bei geschicktem Verhalten und eingeschläfertem Mißtrauen Ausweise für eine andere Zukunft geben, sofern die Menschen nicht zu sehr Vollzugsbeamte der Ordnung sind und den Winter hinter Gitterstäben enden lassen. Semjon und Grigorij sehen, sobald Anastas von dem möglichen Zusammentreffen mit Behörden spricht, Gitterstäbe winken. Man sollte, so ist ihre Ansicht, die schöne Beute an Fellen unter der Hand verkaufen, und wäre es auch mit nur mäßigem Gewinn. Diese Lösung erscheint auch Forell eingängig. Sie würde ein menschenfernes Weiterwandern bedeuten, in seinem Fall das günstigere Los, da er als Deutscher mit seinen reichlich ergänzten russischen Sprachkenntnissen dennoch sofort als Nichtrusse zu erkennen wäre. Er bekommt Grigorij und Semjon auf seine Seite, wenn er ihnen darstellt, was für sie alle die Folge sein wird, wenn man auch nur gegen ihn allein Verdacht schöpft.

Er macht es so falsch wie nur möglich, als er sich an die Galgenvögel hängt und Anastas, der ohne Zweifel gediegenere menschliche Qualitäten hat, mitsamt seinem Vorhaben zu überspielen versucht.

Vorerst geschieht nicht viel, was ihm wie Gefahr erscheinen möchte. Es muß, damit überhaupt etwas geschieht, weitergezogen werden, ganz gleich wohin. Anastas ist für die Richtung etwa nach Süden, während die anderen drei der Meinung sind, man sollte sich mehr nach Westen halten, möglichst weg vom Meer, möglichst auf die großen Flüsse zu, die dann wieder eine ganz andere Richtung bestimmen werden, auch in Menschenbereiche hinein.

Beim Heranholen der Rentiere, als das Zelt abgebrochen ist, stellt Grigorij fest, daß eines der Tiere nicht mehr einzuschirren ist. Das Tier sinkt in die Knie und bleibt, teilnahmslos gegen alles Drängen, liegen. Nach allem, was den Tieren zugemutet wurde, ist es nicht verwunderlich. Die Rentiere sind es gewesen, die ihnen das Leben gerettet haben in der fürchterlichsten Zeit der Jagdunternehmung. Sehr viel verstehen sie alle nicht von den Eigenarten eines Rens, aber jeder hat so oft ein anderes Tier verenden gesehen, daß der Zustand, das Keuchen, das Heraushängen der Zunge und das in Schmerzwellen immer wieder kommende Anziehen der hinteren Läufe an den Leib ihnen keinen Zweifel am baldigen Verenden mehr läßt.

«Mach du es!» sagt Anastas zu Forell, «du hast eine Pistole.»

Forell kann es nicht. Er hat schon mehr als einem Tragtier den Fangschuß gegeben. Aber das Morden des treuen Rens nach so harten Wochen, die sie alle nur mit der Hilfe der Tiere überdauern konnten, wird ihm unmöglich. Semjon soll es tun, aber Semjon ist so blaß, als habe man ihn selbst eben zum Genickschuß verurteilt. Grigorij, dem Anastas die Flinte hingibt, er möge auf ganz kurze Distanz die Schrotladung unter dem Gehörn anbringen, tut es gehorsam, weil er Anastas fürchtet. Dann weint er, daß ihm die Tränen in sichtbaren Strähnen in den Bart rinnen, und er weint noch, als die anderen längst beratschlagen, wie vier Männer, zusätzlich zu der überschweren Last von Fellen, untergebracht werden sollen. Das Ren, den Schädel zertrümmert, so daß die weit offenen Augen noch zu leben scheinen, liegt vor Grigorij, der den Blick nicht davon wenden kann.

«Grigorij und Pjotr nehmen den kleinen Schlitten und das einzeln gebliebene Ren. Alle Fracht wird von der kleinen Narte auf die große umgeladen. Ein Mann und ein Schlitten und ein Ren – das geht nicht. Wenn etwas passiert, hat der einzelne Mann keine Hilfe. Also machen wir es so. Wir fahren mit der Frachtnarte ein langsames Tempo.»

Forell hat in der Gemeinschaft der Jäger das geringste Recht. Er kann sich gegen den Entscheid nicht wehren. Grigorij nimmt alles gleichgültig hin.

«Immer an unsere Spur halten! Wir zelten am Abend, bis ihr nachkommt. Immer an unsere Spur halten!»

Der Kerl hat leicht reden. Natürlich ist die große Narte schon überlastet, aber vier zusammengespielte Tiere kommen damit leichter zurecht als ein einziges Ren, das nun plötzlich ohne den Gespanngefährten eine Narte mit zwei Männern ziehen soll. Anastas hat einen nicht zu schweren Weg vorgespurt und läßt es auf bedächtige Umwege ankommen, damit das nachfolgende Gefährt nicht auf der Strecke bleibt. Das ändert nichts daran, daß Forell, der mit dem Ren nicht so gut umgehen kann wie Grigorij, zeitweilig absteigen und zu Fuß der Spur nachgehen muß, bis Grigorij, wo der Weg abzufallen beginnt, wieder irgendwo auf ihn wartet. Dann sitzen sie wieder eine Zeitlang nebeneinander und stellen Betrachtungen darüber an, wie das ganze Jagdunternehmen zerfallen wäre, wenn man zu Anfang des Winters ein Ren auf solche Weise hätte ausscheiden müssen.

Es ist noch nicht voll Nacht, als Anastas und Semjon an einem angenehm stillen Platz das Zelt aufzubauen beginnen. So ganz gemächlich haben sie die Tiere keineswegs gehen lassen, wie es den beiden Nachfolgenden versprochen war, denn sie wissen, daß zwei Mann lange brauchen, um das Zelt auf die Stangen zu bringen, ringsum zu beschweren und dann Holz für ein Feuer zusammenzutragen.

Doch ist die Zeit schon mindestens zehn Uhr, als ein Stück Fleisch überbraten ist und der Hunger die beiden Vorausfahrer unschlüssig werden läßt, ob sie mit dem Essen noch auf Grigorij und Pjotr warten sollen. Anastas schneidet in das Fleischstück lange Kerben, damit es sich im Braten noch tiefer aufreißt, kostet an einem abgeschnittenen Riemen Fleisch und verlangt Salz.

«Wir haben doch ausreichend gesalzen», meint Semjon. «Nein. Das Fleisch schmeckt noch fad.» «Es war der Rest von meinem Salz.» «Grigorij hat immer noch geheim etwas Salz in seinem Packsack. Mach auf und sieh nach! Ich kann jetzt die Narte nicht durchsuchen nach unserem Salzsack.»

Semjon trägt Grigorijs Gepäck ans Feuer heran und beginnt darin zu wühlen. «Er würde uns erschlagen, wenn er wüßte, daß wir in seinem Vorratskeller herumwühlen.»

«Grigorij hält alle für Diebe. Nur sich nicht. Jede Nacht, solange ich weiß, hat er auf dem Sack geschlafen. Ein unbequemes Kopfkissen.» «Dreck hat er. Aber kein Salz hat er.» «Dann sieh zu, daß du alles wieder nach Grigorijs Ordnung in den Sack verstaust!»

Da läßt Semjon einen Pfiff durch die Zähne vernehmen.

«Was denn?» fragt Anastas. «Was es ist, möchte ich auch gern wissen. Komm her!» Anastas geht um das Feuer herum.

Als ihm Semjon ein schmutziges Bündel auf die Hand legt, pfeift er ebenso durch die Zähne. Die Hand ist ihm abgesunken. So schwer ist nur ein Stein. Einen Stein trägt Grigorij nicht mit sich.

«Mach auf!» «Geht nicht. Der dreckige Baumwollfetzen ist nicht nur mit Riemen zusammengeschnürt, sondern zugenäht. Wenn ich die Naht aufmache, weil ich neugierig war, weiß Grigorij morgen früh, daß wir neugierig waren.» «Im übrigen ist es besser, wenn du alles schleunigst an seinen Platz tust. Sie kommen.»

Daß jemand kommt, weiß man im Land ohne Menschen schon früh. Es gibt Zeichen dafür, die man kennen muß. Das menschliche Lebewesen kündigt sich durch unsichtbare und unhörbare Zeichen schon aus großer Entfernung an. Erst später hört das Ohr etwas. Und noch später kommen die Augen zu ihrem Recht, zumal wenn es Nacht ist. Anastas weiß, daß die Narte kommt. Semjon hört es nach einiger Zeit, und als das Ren sichtbar wird, mühsam die Narte über die leichte Steigung ziehend, liegt Grigorijs Vorratssack längst wieder tief unter anderem Zeug vergraben.

«Ihr habt es leicht», murrt Forell.

Semjon grinst. «Ihr habt es noch leichter und dürft euch sofort zum Essen niedersetzen. Schnell das Tier aus den Riemen! Wir haben Hunger vom Zeltaufbauen, vom Holzholen, vom Schneeschmelzen für den Tee. Und wie ist es euch unterwegs ergangen?»

Die Nachkömmlinge sind mürrisch.

Erst später tauen sie auf, als Anastas eine Blechflasche aus den Vorräten heraufholt und Wodka herumreicht. In den übelsten Tagen hat er den Wodka nie herausgerückt, weil er die These vertritt, daß Schnaps nur täuscht, wenn der Mensch glaubt, sich daran in den gefährlichsten Situationen auffrischen zu können. «Hernach kommt die tödliche Müdigkeit. Und das Müdewerden dürfen wir uns erst jetzt erlauben.» «Dürfen wir denn jetzt?» «Wir hoffen, daß wir dürfen.» «Auf die lange Dauer darf sich dieses Affenspiel nicht mehr hinziehen. Ich habe es satt.» «Lassen wir uns noch eine Woche Zeit! Dann haben wir bares Geld.» «Es kommt sehr darauf an, in welcher Währung die Leute auszahlen.» «Kopfgeld», grinst

Semjon. «Hinterkopfgeld.»

Anastas meint, es werde lediglich darauf ankommen, wie einfältig die Genossen sich anstellen. «Wir brauchen Papiere, um wieder anfangen zu können, wo wir vor Jahren aufgehört haben.»

«Wir werden doch jemand finden, jeder einen anderen Bestechlichen, der einen falschen Propusk ausstellt, so echt, wie nur falsche Papiere sein können.» «Was ihr bloß immer mit der Bestechlichkeit habt!» Anastas wird wütend, sobald das Regime in seiner Sauberkeit angezweifelt wird. «An der Bestechlichkeit ist das zaristische System zusammengebrochen, und daraus haben unsere Leute gelernt, daß es nie so kommen darf.» «Sobald wir, jeder auf seine Art, unseren Propusk bekommen haben, kann das System so rechtlich und bieder werden, wie du es dir vorstellst.» Auch Semjon kann wütend werden. «Was haben wir denn bloß im Goldbergwerk an Korruption erlebt! Dein Fressen, Anastas, haben sie genauso zur Hälfte verschoben wie das unsere.» «Was willst du schon davon wissen!» «Den Dreck haben wir bekommen. Die verfaulten Fische, alles so unappetitlich, als wäre es schon einmal gekotzt. Wenn das Geld für Unterkunftsbaracken da war, haben die Hunde etwas anderes davon gekauft, und wir haben wieder einen Winter in Zelten hausen müssen.» «Ich verbitte mir das!» «Verbitte es dir, wenn du wieder im Bergwerk steckst! Wo hast du denn je einen einzigen rechtlichen Mann angetroffen?» «Lederer.» «Lederer ist, so wie ich ihn die wenigen Stunden erlebt habe, ein eiskalter Bluthund. Rechtlich und sauber, jawohl, aber alles auf eine niederträchtige Art und Weise.» «Er hat dafür gesorgt, daß wir eine vollständige Jagdausstattung bekommen haben.» «Dem Tiger macht es, wenn er satt ist, ein Vergnügen, ein Wildschaf zehnmal zum Spiel in die Luft zu werfen, ehe er ihm die Pranke ins Genick schlägt. Lederer war eben satt, als wir ihm unter die Hände gerieten. Vielleicht hat er – es war ein Sonntag – am Samstagabend zwölf oder zwanzig unserer Arbeitsgenossen von einst verspeist. Nach derartigen Spielen werden diese bösartigen Tiere meist so hinterhältig menschlich, daß sie ein paar dummen Jägern die Rentiere ins Gespann nehmen helfen, alles nur in der lachenden Absicht, die vier Jäger nach der Rückkunft von der Jagd abzutun, Pranke ins Genick.» «Wir sind ja nicht töricht genug, uns ausgerechnet dort wieder zu melden, wo wir ausgezogen sind.» «Auf mich müßt ihr dann eben verzichten», brümmelt Grigorij. «Ich kaufe mir einen falschen Propusk und lebe dann wieder wie ein Mensch, als Pelzaufkäufer oder so.» «Wenn du das Stehlen bleiben lassen kannst.» «Ich stehle nur, weil sie alle stehlen.» «Halt dein Maul!» «Das willst du nicht hören. Ich habe bei den Burschen mehr Dieberei erlebt, als man in einem Gefängnis erzählt bekommen kann, wo hundert Diebe eingesperrt sind.»

«Grigorij hat recht», wirft Semjon ein. «Die Kerle jedenfalls, die uns in den Goldseifen unter der Fuchtel hatten, waren so hundeschlecht, daß wir

Verurteilten im Vergleich dazu noch feine Leute gewesen sind. Hie und da haben wir Prämien bekommen, wenn wir einen Monat lang mehr als die Norm herausgeschunden hatten. Ein halbes Kilo Brot mehr am Tag. Für größere Goldklumpen hätte es auch Prämien geben sollen, je nach dem Gewicht. Und was haben wir bekommen? Eine halbe Flasche verwässerten Wodka statt drei Flaschen vollwertigem Wodka. Dann haben wir die fetten Brocken, wenn einmal so ein Exemplar von achthundert Gramm herauskam, mit dem Abraum weggeschüttet. Die sollten das Gold auch nicht haben, weil sie so gemein und so korrupt waren.»

Gemeiner fast noch als die Methoden der Menschenbehandlung in den Goldbergwerken ist die Methode von Schnaps und Streit, mit der Semjon und Anastas dem nun auch schon angetrunkenen Grigorij das Geheimnis seines Reisesackes entlocken wollen. Grigorij ist ein billiger Lump, vielleicht wirklich nur den Schuß Pulver wert, den das System jedem Bürger eines Tages zu gewähren bereit ist, die Nagan unter dem Kleinhirn angesetzt. Aber er ist so viel Lump, daß er sogleich nur mehr Trunkenheit mimt, als Anastas und Semjon das Gespräch von da an immer wieder auf das Goldwaschen und die manchmal zutage geförderten Goldklumpen bringen.

Semjon hat das Thema einleiten müssen, und Anastas, im übrigen tatsächlich überzeugt von der Rechtlichkeit des sowjetischen Systems, geht mit seinem Widerspruch nur deswegen von dem einen interessanten Gesprächspunkt nicht mehr ab, weil er Grigorij in Zorn bringen und ihm ein hinweisendes Wort entlocken will.

Die beiden haben in seinem Gepäck gewühlt und seinen Goldklumpen entdeckt, den er bis heute geheimhalten konnte.

Darum der Wodka.

Darum die Anzüglichkeiten.

Man wird sich trennen müssen.

Sooft die Blechflasche in der Runde zu Grigorij kommt, netzt Grigorij sich nur die Lippen und spielt den genießerischen Säufer, dem das Brennen des Alkohols köstliche Wonnen bis unter die Herzgrube bedeutet. Wenn die Genossen mit vier Rentieren und der großen Narte ihre Freude am lauten Gelächter haben wollen, dann lacht er eben rauh mit. Wenn ihnen am Streit um die Rechtlichkeit des Systems gelegen ist, streitet er gern mit. Nie aber, sooft sie ihn auch mit der Flasche traktieren wollen, fällt er darauf herein, daß er etwa erzählen würde, wie auch bei ihnen sich einmal ein stattlicher Goldklumpen gefunden hat. Er weiß gar nichts. Er ist eben dumm. Er kann sich im übrigen gar nicht mehr so genau erinnern an die Einzelheiten der Goldsklavenarbeit.

Der Wodka in der Blechflasche hält sich seltsam gut. Außer Pjotr, diesem deutschen Kind, säuft ja niemand.

So erwacht denn auch Forell am anderen Morgen mit bleischwerem

Kopf, ist mürrisch, und schimpft auf Grigorij, der dem einen Ren zumuten will, daß es auch noch die zwei Reisesäcke, den von Grigorij und den seinen, schleppen soll. Das macht einen Zentner Last aus, denn niemand hat bisher etwas Überflüssiges weggeworfen. Das Ren ist gestern schon schlecht gegangen. Es hat beide Vorderläufe wund vom harschigen Schnee und setzt die Tritte sehr vorsichtig.

«Du bist verrückt, Grigorij. So kommen wir nicht vom Fleck.»

«Du bist besoffen, Pjotr. Man trinkt Wodka nicht wie Wasser.»

«Laß doch die Sachen bei den anderen!»

«Nein, Pjotr. Du bist dumm, aber du bist mein Freund. Wenn ich sterbe, soll in meiner Nachlaßverfügung stehen, daß du mich beerbst.» «Deine Erbschaft? Danke!» «Oooh, Pjotr! Es könnte sich lohnen.» «Unser Ren wird es nicht lange schaffen.» «Ich fürchte sogar, daß ihm etwas zustoßen wird. Du hast einmal so kleine Skier gehabt. Sehr praktisch. Warum hast du sie nicht mehr?» «Sie waren nicht mehr viel wert.»

«Aber deine Kandra schneidet gut? Dann sieh zu, daß sie dir nie aus der Scheide fällt! Was hast du an Munition?» «Höchstens zwanzig Schrotschuß.» «Das ist gut. Ich habe mich vorsichtshalber besser eingedeckt.» «Was ist denn bloß mit dir, Grigorij? Du hättest gestern weniger saufen sollen. Man macht nicht den anderen den Narren.» «Genau das. Ich will eben nicht den Narren machen. Mein letztes Hemd setze ich dafür, daß wir heute abend, auch wenn wir bis morgen früh durchfahren, nicht mehr auf Anastas und Semjon stoßen werden. Du kannst drei Finger voll Salz dagegensetzen. Die Wette ist angenommen.»

Grigorij ist im Irrtum. Sie kommen, wenn auch erst bei voller Dunkelheit, ans Lager und finden alles vor wie immer: das Zelt aufgestellt, die Kameraden widerlaunig, ein Stück Fleisch am Stecken über dem Feuer, das Feuer behütet und das Nachtlager bereitet. Die Widerlaunigkeit ist echt. Was sich bei den zweien untertags zugetragen hat, weiß ein Kundiger aus den Gesichtern abzulesen. Wer aber ist des Inwendigen solcher Menschen schon kundig? Forell ahnt nur aus Grigorijs wunderlichen Gesprächen, daß der an die Bräuche der Wildnis länger gewöhnte Grigorij Gefahr wittert. Grigorij selbst, an unlauteren Wassern herangewachsen, hält jeden Freund und Kameraden dessen für fähig, was ihm Lebensgewohnheit ist. Den ganzen Tag jedenfalls scheint ein Streit zwischen Anastas und Semjon ausgefüllt zu haben, und dieser Streit gewittert noch in der Stimmung am Feuer nach.

Als Anastas die Blechflasche hervorholt, seinen bisher sorgsam gehüteten Wodka anzubieten, lehnt Semjon ab. Grigorij netzt sich wie am Abend zuvor den Bart und gibt die Flasche weiter. Nur Forell trinkt. Die Rentiere äsen irgendwo herum und kommen gelegentlich näher ans Feuer zu den mürrischen Männern.

«Ich lege mich schlafen», knurrt Grigorij, geht mit einem lauten Gähnen hinüber zur kleinen Narte und holt den Packsack heraus. «Pjotr, ich trage deinen Sack auch gleich mit herein.» «Danke!»

Anastas, Semjon und Forell bleiben schweigsam am Feuer sitzen. Man kennt das Zeremoniell des Schlafengehens. Grigorij pfeift. Die drei anderen wissen nur zu gut, daß ihm nicht nach Pfeifen zumute ist. Weil so gar kein Gespräch mehr in Gang kommen will, gehen sie nacheinander alle schlafen. «He, Grigorij! Rück beiseite! Du brauchst ja nicht das halbe Zelt für dich allein.» Es ist der übliche Ton. Forell nimmt das Zerwürfnis nicht tragisch. In acht oder zehn Tagen wird man sein, wo man hingehört. Geht alles gut, dann kann man sich trennen. Geht es schlecht, dann wird man sowieso beisammen bleiben, freilich unter miserablen Umständen. Vorerst ist Schlafen besser als Streiten. Der Reisesack ist ein taugliches Kopfkissen.

Nur Grigorij schläft sehr flach und erwacht schon, wenn einer der Kameraden auch nur heftiger schnarcht. Die Hände unter dem Kopf auf dem Packsack ineinander verklammert liegt er da und starrt in die Finsternis des Zeltes. Die Gedanken, mit denen er sich plagt, sind einfach und ohne viele Verwinkelungen. Warum mußten denn auch die Brüder in der allerletzten Etappe sein Geheimnis noch erfahren? Sie sind alle gute Kameraden gewesen, Semjon nicht weniger als Anastas, von Pjotr gar nicht zu reden, der folgsam immer zu tun versucht hat, was sie alle nicht gern taten. Jetzt gilt das plötzlich nicht mehr, weil einer ein Stück Gold besitzt, das sein Eigentum ist, weil er es, mit beiden Fäusten ins Schwemmwasser tappend, beiseite geschafft hat. Von da an erst ist ihm die Flucht ratsam und aussichtsreich erschienen. Der Klumpen Gold ist bestimmt, ihm eine Tür ins Leben aufzutun, wenn er ihn verschachert an Leute, die damit etwas anzufangen wissen, und dafür Dinge eintauscht, deren Hingabe wiederum einen sonst gewissenhaften Beamten veranlassen kann, einen Propusk auszuschreiben auf einen neuen Namen und ein neues Leben. Es könnte für einen so ansehnlichen Gegenwert ein sehr guter Propusk sein, mit dem der Inhaber sogleich wieder ein Mann von Bedeutung zu werden vermag. Und wenn erst Grigorij wieder eine Stelle von einiger Bedeutung hat, kommt das verlorene Gold recht bald wieder herein. Nun aber wollen die Jagdkumpane den Goldklumpen haben, und einen ganzen Tag lang haben sie offenbar darum gestritten, wer ihn haben soll, wenn ihm, Grigorij, etwas zustößt. Es ist eine abscheuliche Gegend hier, in der einem Menschen so leicht etwas zustoßen kann, so laut er auch um Hilfe schreit. Der nächste Mensch ist, möglicherweise, sechshundert Werst entfernt. Und selbst wenn er näher ist – die Tiere schreien auch und schreien oft so menschlich wie der Mensch, wenn er Unmenschliches erlebt.

Zur gewohnten Zeit am Morgen brechen sie das Zelt ab und verstauen, was sie besitzen und brauchen, auf der großen Narte. Anastas nimmt Grigorij beiseite. Sie stapfen, jeder die Flinte umgehängt, eine Strecke weit abseits, wie wenn sie es auf einen Fuchs abgesehen hätten. Der Morgen ist recht unsichtig.

«Ich habe mit dir zu reden, Grigorij.» «Das hätten wir besser beim Zelt getan.» «Besser hier. Man braucht uns nicht zu hören.» «Wir haben keine Geheimnisse.» «Außer dem Brocken Gold in deinem Packsack. Semjon weiß davon.»

Damit das alles nicht so wichtig erscheine, schiebt Grigorij nur die Schultern hoch. Soll er es eben wissen. «Hat Semjon nicht in der gleichen Seife gearbeitet wie ich, bei der gleichen Brigade, im gleichen Dreck, von dem gleichen Brigadier um die Prämien betrogen, als monatelang das Gold so reich kam wie sonst nirgends?»

Anastas redet ihm zu. «Was hältst du von einer Teilung, Grigorij?» «Davon habe ich eine ausgesprochen schlechte Meinung. Wir haben alles sauber geteilt, was wir gemeinsam erworben haben, unser bißchen Waschgold, die eingetauschten Sachen, die Felle. Wir werden natürlich auch die Jagdbeute dieses Winters teilen. Alles, was wir zusammen erworben haben. Aber das kleine Ding im Packsack habe ich mit in die Kameradschaft gebracht.» «So geht es nicht.» «Genau so geht es.» «Alles gehört uns gemeinsam. Pjotr scheidet aus. Der ist erst später zu uns gestoßen und hat keinen Anspruch außer auf die Strecke dieses Winters. Pjotr müssen wir sowieso bei nächster Gelegenheit abschieben. Der ist uns nur eine Belastung.» «Ich bin euch jetzt das gleiche wie Pjotr: eine Belastung. Pjotr könnt ihr ja gelegentlich abhängen und verkommen lassen. Mit mir ist das nicht ganz so einfach. Wie habt ihr es denn im Sinn, Anastas? Erschießen? Ausplündern und ohne alles im Schnee stehenlassen? Ihr habt euch einen ganzen Tag lang beraten und seid sicher auf ein gutes Ergebnis gekommen. Wer muß denn auf mich schießen? Du oder Semjon? Das verstehst du doch unter teilen?»

«Teilen, habe ich gesagt.» Der sonst so jähzornige Anastas ist eigenartig träg und schlapp. Er sieht bekümmert dem Genossen ins Gesicht und versucht ihm zu erklären, daß Semjon für eine glatte Lösung ist, für einen Schuß aus zehn Meter Entfernung. «Er hat nun einmal Gold gerochen und will das Gold haben. Sei vernünftig, Grigorij! Geh darauf ein, daß wir teilen! Versteh mich recht, du: ich kann es genausowenig wie Semjon ertragen, in unserem Gepäck einen Kloben von dem gelben Zeug zu wissen, den man nicht teilen kann, der eigentlich nur einem gehören kann, und dieser eine möchte genauso ich sein, wie Semjon es sein möchte. Du hast damit etwas Abscheuliches angerichtet. Sag wenigstens, daß wir hernach teilen wollen!» «Ich kaufe mir davon einen Propusk für ein neues Leben. Für drei Ausweise reicht es nicht. Für drei Leben reicht es nicht.» «Wenn es für drei Leben nicht reicht, dann wird es nicht dein Leben sein, für das es reicht. Semjon ist der Ansicht, daß es nur für das seine reichen soll. Dann bist du überflüssig. Dann bin wahrscheinlich auch ich überflüssig. Du müßtest die

Teilung anbieten, um Semjon das Maul zu stopfen. Teilung ist ja von Grund auf richtig.»

«Behalt du jetzt deine im Komsomol gelernten Sprüche für dich! Kommunismus ist das: der brutalste Lümmel hat am Ende den gelben Brocken. Und das ist Semjon. Gut. Soll er mich niederknallen! Dann brauche ich den Brocken Gold nicht mehr. Aber ich werde eher zu schießen versuchen als er.»

Anastas, sonst immer heftig und ausfallend, rücksichtslos den Kameraden gegenüber, aber zuverlässig in Meinung und Absicht, steht bedrückt an einen Baum gelehnt und bedauert es, daß die Schneestürme sie nicht alle vier samt den Rentieren zugeweht haben. So kennt Grigorij den Kameraden nicht. Anastas hat ja Angst? Diesen Anastas hat Grigorij noch nie gesehen, der Dieb Grigorij, der billige Halunke, dem die Tränen kommen, wenn ein todkrankes Ren erschossen werden muß, und dem das Herz weh tut, wenn ein so prächtiger Mann wie Anastas seine Gewalttätigkeit einbüßt.

«Behalt du dein Gold! Ich brauche es nicht. Wie ihr beide es ausmachen werdet, du und Semjon, das ist eure Sache. Geh nicht mehr mit ihm jagen! Sieh zu, daß wir immer alle zusammen sind. Der Schnee ist tief, und unter den hohen Abbrüchen läuft im Sommer Wasser. Leichen bedeuten in diesem Land keine große Aufregung, wenn überhaupt jemand sie findet.»

Als sie an den Lagerplatz zurückkommen, liegt das eine Ren, das seit zwei Tagen die kleinere Narte durch die Gegend getragen hat, mit durchschnittenem Hals neben der leeren Narte.

Semjon und der Deutsche sind fort. Die vierspännige Narte mit dem Ertrag des ganzen Winters ist weg. Grigorij schreit wie ein Vieh: «Mein Gepäck! Das ganze Gepäck! Mein Gold!»

Semjon und Forell sind allein weggefahren.

«Diese Laus im Balg», knurrt Anastas, «haben wir gut gemästet.» Er nimmt sich vor, den Deutschen, sobald sie der Narte je noch einmal begegnen sollten, als ersten niederzuschießen. Um Semjon wird sich Grigorij annehmen, und der wird in seinem Haß die Sache gründlich bereinigen. Grigorij tobt und schreit, bis er heiser wird, und Anastas gibt sich gar nicht mehr lang die Mühe, ihn zu beruhigen, sondern sucht in dem schütteren Gehölz herum nach brauchbarem Astzeug, aus dem sich Schneeschuhe machen lassen. Auf den bloßen Schuhen ohne Vergrößerung der Gehfläche hier durch den hohen Schnee kommen zu wollen, könnte nur einem Narren einfallen. Hätte man ein Zelt über sich, dann wäre daran zu denken, aus Birkenholz Laufbretter zu schneiden und sie über dem Feuer zu biegen. Jetzt und im Augenblick aber ist es rätlicher, Schneeteller zu flechten und aus der Haut des toten Rens soviel an Riemen herauszuschneiden, daß die Teller an die Stiefel gebunden werden können. Skier würden ein paar Tage Arbeit bedeuten, und Grigorij phantasiert davon, daß er hinter den Rentieren herlaufen und sie einholen wird, um Semjon vom Schlitten zu schießen.

Anastas hebt den Finger: Gib acht!

Irgendwo ist ein Schuß gefallen.

Semjon wird nicht schießen. So muß also ein anderer, ein fremder Mensch in der Gegend sein.

«Du mußt Antwort geben! Einen Schuß!»

Grigorij muß wie Anastas mit seinen Patronen rechnen, aber einen Schuß will er riskieren.

Nach einer Viertelstunde gibt der fremde Mann noch einmal seine Position an durch einen Schuß, diesmal ganz nahe. Die beiden Verlassenen geben ihre Antwort durch Schreien. Dann kommt, das Gewehr an der Hüfte, über eine Bodenwelle der Deutsche, mühsam schlurfend und so schwer von Gang, daß Anastas und Grigorij die schon erhobenen Gewehre wieder umhängen. Also hat Semjon auch den Deutschen zurückgelassen. Es bleibt für Anastas unbegreiflich, was Grigorij veranlaßt, den Deutschen vor Freude aufschreiend in die Arme zu nehmen, wo er doch eben erst auf ihn geflucht und ihn alles andere als einen anständigen Menschen genannt hat. Das Umarmen dauert reichlich lange und will dem unwilligen Zuschauer nicht so ganz als Akt liebender Kameradschaft erscheinen, wenn auch die Freude echt und ungeheuchelt ist. Grigorij gibt sich auch nicht viel Mühe, vor Anastas zu verbergen, daß er hastig und doch recht genau den Packsack auf Forells Rücken abtastet nach irgend etwas, nicht nach einem etwa dort verborgenen Messer, nicht nach etwas zu essen, nicht nach einer von Pjotrs abgegriffenen Habseligkeiten.

Schlau ist er, der alte Dieb. Er hat geahnt, wie etwa die Lösung aussehen würde, wenn Semjon sich absetzen und in den Besitz des Goldbrockens kommen wollte. In Pjotrs Tragsack ist er am besten aufbewahrt, solange der Träger nicht ahnt, was er für Grigorij da gerettet hat.

«Semjon ist ein Halunke.» «Ganz deiner Ansicht, Pjotr.»

Forell versteht ganz genau, was da gespielt wird. «Der Schweinehund hat jetzt allein unsere Narte, unsere ganzen Felle, unsere Rentiere, und macht alles für sich zu Geld.» So schwer ist das nicht in einen Reim zu bringen, und die Dinge liegen für die drei Zurückgebliebenen so, daß Grigorij eigentlich wenig Anlaß hätte, so kindisch zu lachen und sich herumtanzend auf die Schenkel zu schlagen. «Ich habe kaum zwanzig Patronen, nur soviel, als darin waren, als mir Semjon aus der fahrenden Narte den Sack herauswarf. Viel Glück hat er mir obendrein gewünscht und gute Heimkehr.» «Und du hast versucht, ihm nachzulaufen?»

«Ja. Wohin denn sonst?»

Anastas schaut sich grimmig in der Gegend um. Dann blickt er, noch grimmiger, auf Forells Gepäck. «So wie ich die Dinge ansehe, halte ich es für ratsam, daß wir eine ganz andere Richtung gehen.» «Wir müssen baldigst an Menschen kommen.» «Nicht zu bald. Vor allem nicht an einen Menschen mit vier Rentieren im Gespann und einer Ladung gefrorener Felle auf der Narte. Kommt her! Pjotr, du ziehst das tote Ren aus und schneidest aus der rohen Haut Riemen her. Sie werden nicht lange halten, aber wir haben nichts Besseres. Wir haben mehr Erfahrung im Flechten von Schneetellern. Los! Aber schnell, schnell!» «An der kleinen Narte sind ja noch die Leitriemen?» «Gut. Sie sind zu dick für unsere Zwecke. Versuch, schmale Bänder herauszuschneiden!»

Anastas und Grigorij haben allerhand Geschick im Flechten von Schneetellern. Sie haben es schon öfter praktiziert, und nach zwei Stunden ist jeder so ausgerüstet, daß nicht jeder Schritt mehr einsinkt. Bequem ist es nicht, so zu gehen, zumal auf längere Zeit, denn die Teller sind nicht so kunstvoll gefertigt, daß die Füße knapp nebeneinander gehen könnten! Das gegrätschte Gehen macht müde, doch nicht so müde wie das immerwährende Hineinstolpern in den stellenweise hoch aufgewehten Schnee. Außer Pjotr hat niemand Gepäck. Grigorij ist der erste, der sich bereit erklärt, den Packsack für eine Stunde zu tragen. Später trägt ihn Anastas. Und gegangen wird ohne Rast und ohne Absetzen, denn Anastas treibt, und Grigorij glaubt zu verstehen, warum ein so scharfes Tempo vorgelegt wird.

Es gäbe bequemere Wegstellen, auf denen man gut und leicht sechs Werst in der Stunde schaffen könnte. Doch Anastas hat es sich in den Kopf gesetzt, über recht ungängiges und struppiges Gelände zu marschieren, zusammendrängende Birken auseinanderzubiegen und zwischendurch zu gehen. Es ist zwecklos, die Spuren von sechs Schneetellern verwischen zu wollen. Aber es wird ein sinnloses Bemühen sein, diesen Spuren auf einer mit vier Tieren bespannten Narte zu folgen, wenn sie immer wieder zwischen eng stehenden Hindernissen hindurchführen oder die Männer mit den Schneetellern zwei Meter tief über einen felsigen Abfall hinabgesprungen sind.

Der Tag ist kalt, und die Nacht wird sogar noch grimmig werden. Pjotr hat als einziger in seinem Sack eine Felldecke, noch aus seinen schlechteren Zeiten. Das reicht für einen, um nicht gerade zu erfrieren. Die anderen werden es schwerer haben, auch wenn zum Unterschlupf leichtes Stangenholz hergehauen und mit Reisig überdeckt wird. Na ja, man hat schon eine üblere Unterkunft hinnehmen müssen. Bitter aber ist es, daß Anastas kein Feuer machen läßt. Morgen wird man wieder etwas aus der Luft herabholen und über einen Stecken stülpen. Heute fällt die Mahlzeit klein aus. «Um den Magen zu narren, ist das gut», lächelt Anastas und holt aus einem schrundigen Stamm, den ein Tier wundgerissen hat, ein Stück Harz. «Der Magen knurrt noch mehr, wenn man darauf herumkaut, aber es ergeht ihm wie so manchem von uns: man gewöhnt sich an unerfüllte Versprechungen.»

Ohne Widerrede erklärt sich Grigorij bereit, für die ersten Nachtstunden die Wache zu übernehmen. Forell muß gezwungen werden, ihn später abzulösen. «Mein Gott! Wie viele Nächte habe ich schon unter freiem Himmel zugebracht und niemand gehabt, der für mich gewacht hätte! Das ist so überflüssig wie nur irgend etwas.» «Wenn aber Semjon plötzlich dasteht und auf dich anlegt?» Das hätte er beim Wegfahren billiger haben können. Und warum soll er uns, die wir nichts mehr haben, auch noch umbringen wollen?» «Ich weiß auch nicht», sagt Anastas so gleichgültig wie möglich. «Es reut ihn vielleicht, daß er so war, und er wäre imstande, mitten in der Nacht zu kommen und uns wieder zum Mitfahren einzuladen. Du nimmst die zweite Wache. Ich dann die dritte. Schlaf jetzt!»

Grigorij ist nervös, als Forell ihn ablöst. «Immer in diese Richtung beobachten, Pjotr! Wenn etwas kommt, dann kommt es von hier. Nicht schlafen! Es ist gefährlich.»

Dieser Grigorij, der einmal schon einem Bären vertraut auf die Schulter getupft hat, ist nicht mehr der alte. Das Leben der Sibirier ist kurz. Es verbraucht sich zu schnell. Kein Fuchs schnürt durch den Schnee. Kein Wolf heult. Nirgends, auch in der letzten Ferne nicht, läßt sich das trockene Bellen vernehmen, das zur Sprache der Füchse gehört. Aber wenn so erfahrene Männer wie Anastas und Grigorij die Nacht fürchten, muß auch Forell mehr in sie hineinhören, als darin gespenstert. Er ist froh und glaubt, zwölf Stunden Wache gehalten zu haben, als ihn Anastas endlich ablöst.

Am Morgen ziehen sie weiter und wagen am Mittag, als der Hunger sie zwingt, ein Feuer anzumachen. Ein Springhase steckt am Holz und nährt seine Männer so gut, daß sie in den Nachmittag hinein kräftig weitermarschieren können. Weil noch Fleisch da ist, erlaubt Anastas wieder kein Feuer, so sehr sie alle Wärme bräuchten. Und in der Nacht werden sie noch nervöser, wenn sie sich gegen etwas bewachen, was es gar nicht gibt. Grigorij ist der Tor, der zwischen zwei grüne Lichter hinein seine Flinte abfeuert und die Begleiter aus dem Schlaf weckt. Anastas geht in der Dunkelheit hinaus, danach zu sehen, ob denn wirklich ein Raubstück unter Grigorijs Schuß liegengeblieben ist. Nicht die Spur eines Lebewesens. – Das halten sie vier Nächte so.

In der fünften Nacht machen sie Feuer und werfen soviel Holz hinein, daß der Gluthaufen unter der Asche warm hält für den Mann, der auf Wache geht und von der Wache kommt. Sie ertragen das Frieren nicht mehr und fangen an, sich selbst und ihr eigenes Gefühl des Verfolgtseins nicht mehr zu ertragen.

«Wovor fürchtet ihr euch denn?» will Forell wissen.

Anastas ist nicht zu Gesprächen aufgelegt. «Wir fürchten uns nicht. Ich fürchte mich nicht. Es ist Grigorij.» Aber der gleiche Anastas, der keine

Furcht kennt, knallt in der Nacht einen Schuß in die Finsternis, weil er schon genauso wie Grigorij ein Lichterpaar auf sich blicken sieht. Nach dem Schuß stiebt die Asche über der stillen Glut des Lagerfeuers auseinander. Anastas lacht sich aus und wird hemmungslos in seinem Zorn, als die beiden anderen über ihn lachen. Er schämt sich der eigenen Ruhelosigkeit, die er nicht Angst zu nennen wagt, und wird so ausfällig gegen die Lacher, daß er auf Grigorij mit dem Gewehr anlegt.

«Mach keine Dummheiten!» Forell schiebt ihm die Flinte beiseite.

Nach solchen Heftigkeiten sieht Anastas nur ungern ein, daß er im Unrecht war, und grollt Grigorij, weil seinetwegen all der Kummer über die vordem ganz erträgliche Kameradschaft gekommen ist. Dieses verfluchte Gold!

Um Mittag des nächsten Tages, als die Gruppe der drei Männer sich eben über einen Hang hinunterarbeitet, der mehrmals zu einer Rast zwingt, bleibt Grigorij unvermittelt stehen und wirft die Arme hoch, wie wenn er in die Brust geschossen wäre. Die hochgeworfenen Arme wollen nur bedeuten: Keinen Schritt mehr weiter! Sein Gesicht ist eine Fratze grauenvollen Entsetzens.

«Da!»

Von schräg oben verläuft über den Hang eine Spur von Skiern. An der abgehackten Schrittlänge und am Fehlen einer Rille ist abzulesen, daß ein Mann auf ganz primitiven, wahrscheinlich nur mit der Kandra aus grünem Birkenholz gespaltenen und zurechtgeschnitzten Skiern, die sehr kurz sein müssen, den Hang heruntergekommen ist und vor einem scharfen Abfall wieder nach schräg oben gewendet hat.

«Semjon ist da!»

Anastas prüft die Spur genau. Er hat es in den Wildnisjahren gelernt, aus einer Spur solcher Art das Gewicht eines Mannes zu schätzen und aus der Schrittlänge zu errechnen, wie groß der Skifahrer sein mag.

«Glaub das nicht! Heute ist der sechste Tag, daß wir uns von ihm absetzten. Wir haben absichtlich schlechte Wege gewählt. Mit der Narte kann er uns nicht folgen. Alles andere hätte zuviel Zeitverlust für ihn bedeutet. Wir sind nahe bei Menschen. Ohne Zweifel. Aber Semjon ist es nicht.»

Da mag Anastas reden, soviel er will, und den flatternd mit den Armen rudernden Grigorij beruhigen, wie es ihm zum Trösten gerade einfällt. Grigorij weiß, daß Semjon an den Tellerspuren ihre Wegrichtung gefunden hat, und er schaut stier, die Augen rot vorgequollen, nach links, nach rechts, den Weg zurück und die Richtung voraus, jeden Augenblick gewärtig, daß über eine Schneewächte ein Schuß kommt. Semjon wird ihn, Grigorij, als ersten niederknallen.

«Komm, Pjotr! Trag du den Sack wieder eine Weile!»

«Du hast ihn doch erst vor einer Viertelstunde übernommen.»

«Das tut nichts. Nimm ihn nur! Du siehst, wie mir das Gehen Beschwerden macht. Ich bin krank. Ich fühlte mich so hundeelend. Jetzt nimm doch endlich und drück dich nicht vor der kleinen Mühe!»

Also nimmt Forell den Sack über und begreift noch nicht einmal, wie Grigorijs Rechnung geht. Er weiß nicht, warum die Furcht vor Semjon. Er wird nur von den anderen mit dieser Furcht infiziert und hat schon oft genug die Nachtwache für seine Stunden in Furcht abgedient, immer des Anblicks gewärtig, daß Semjons frostbeuliges Gesicht aus der Nacht auftaucht. Um von der Skispur so weit wie möglich wegzukommen, läßt Anastas die Richtung wechseln, in einem Haken zurück, dann über einen sehr steil fallenden Hang nach unten, unten gewendet, weil kein Weg geboten ist, und dann von neuem in eine andere Richtung gedreht, da es unrätlich erscheint, auf Schneetellern über Stellen zu gehen, die ein vernünftiger Mann nur mit Steigeisen angehen würde.

«Nimm den Sack wieder, Grigorij!» Forell weiß es nicht mehr zu schaffen. Bis jetzt hat Anastas jedesmal, wenn die anderen nicht mehr tragen konnten, die Last für eine Zeit übernommen. Anastas hört nicht, daß Forell darum bittet, Grigorij möge ihm den Sack abnehmen. Sie lassen ihn unter der Last verkommen, während sie die Geschwindigkeit bestimmen, jeder nur von der Flinte beschwert, die einem Jäger keine Last bedeutet. In die Eile kommt immer wieder ein Halt, wenn Anastas die Wegrichtung anders wählen muß. Solches Halten macht sie alle nervös. Sie gehen. Sie reden. Sie schreien sich an und beleidigen sich. Sie stoßen, da keiner ruhig stehen will, sondern jeder in eine andere Richtung rennt, gegeneinander, bis sie aus einem plötzlich abbrechenden Steig wieder einen Ausweg gefunden zu haben glauben.

«Da hinaus!» kommandiert Anastas.

Forell spürt, wie er im Wenden lahm wird. Er müßte sich hinwerfen und sich so ein ganz klein wenig Deckung schaffen. Aber er kann nicht.

So häßlich und so von den Frostbeulen verstümmelt hat er Semjons Gesicht längst nicht mehr in der Erinnerung gehabt. Und die beiden anderen sehen noch immer nicht, obgleich der Abstand höchstens vierzig Meter ist, daß Semjon über die Körpermitte aus seiner Deckung herausragt und anlegt.

Mit der erregenden Langsamkeit einer auf Zeit eingestellten Mechanik läuft alles ab. Es gelingt Forell, sich fallen zu lassen. Daß es in genau dem Augenblick geschieht, da der Schuß knallt, ist nicht die Folge von ausgereiften Überlegungen. Über ihm splittert es im Gestein. Es war ganz deutlich Kugelschuß. Semjon hat sich überlegt auf Großwildjagd eingerichtet, auf Menschen, deren Brustkorb einen hutgroßen Ausschuß zeigen wird, wenn die ausgehöhlte Bleispitze eine Rippe auch nur gestreift hat. Eine einzige angebrochene Sekunde läßt Forell Zeit, sich eine Menge jagdlicher Dinge zu überlegen und zu wissen, daß kaum mehr als noch eine Sekunde nötig ist, um zu repetieren.

Herrgott! Und es dauert so lange, bis Anastas seine Flinte von der Schulter bringt! Er soll doch endlich schießen! Semjon gibt sich ja keine Mühe um Deckung. Seine Backen, aufgebrochen wie eine Straße beim Auftauen der Winterfröste, sind blau. Mitten in diese zwetschgenfarbige Grimasse müßte ein Schrotschuß klatschen, wenn Forell nur eine winzige Chance noch geboten sehen soll, je noch von diesem Platz aufzustehen.

Semjon schießt früher als Anastas.

Und dann fällt, schräg hinter Forell, noch ein Schuß.

Die frostbeulige Fratze zerplatzt.

Wie wenn ein Windstoß den Hut weggerissen hätte, sieht Semjon aus, die Schädeldecke weggenommen und den menschlichen Ausdruck von Haß, Genugtuung und Lust am Morden ausgelöscht, ehe der Körper, wie wenn er von einer fürchterlichen Axt getroffen wäre, mit aller Wucht zusammenbricht.

Dann erst hört Forell, was er seit dem Krieg schon vergessen zu haben glaubt: das Sterben eines Menschen, das nasse Röcheln zwischen Sprechen und Atmen, von dem der Röchelnde schon nicht mehr weiß. Anastas war es also, den Semjon getroffen hat, bevor ihm das Gesicht unter den plumpen Schroten zerfallen ist.

Als das kranke Ren erschossen werden mußte, hat Grigorij wie ein Kind geweint. Das letzte Zucken des Tieres ist ihm ein erbarmenswerter Anblick gewesen. Im Angesicht des Todes offenbart auch ein rauher Geselle seine von Schreien und Fluchen überdeckte Weichheit, die nicht in den Strafpapieren steht, wo der gleiche weiche Mensch als Dieb, als Betrüger und als Halunke bezeichnet wird.

Forell steht auf.

Er spürt, daß ihm ein Steinsplitter den Unterschenkel zu einer stark blutenden Wunde aufgerissen hat. Da er von Semjon dazu ausersehen war, als erster tödlich getroffen zu werden, ist es ein geringer Schaden.

«Hast du gesehen?» schreit Grigorij. «Ja. Ich habe einen Splitter abbekommen. Semjons erster Schuß.» «Mach dich nicht lächerlich!» schnauft Grigorij.

Das ist der gleiche Grigorij, der so schön geweint hat. «Hilf mir!» Er zieht, unbekümmert darum, daß er sich mit Blut beschmutzt, Semjon aus der Felsdeckung vollends heraus, wirft den Körper mit Wucht auf den zertrampelten Schnee und legt auf zwei Meter Distanz noch einmal auf das Gesicht des Toten an.

«Du bist ein Schwein, Grigorij!» «Ich habe um dieses Schwein so viel Angst ausgestanden, daß der Kerl es nicht einmal büßen würde, wenn ich ihn noch zwanzigmal erschießen dürfte.» Dann nimmt er dem Toten gemächlich, eine nach der anderen, die Taschen aus. «Habe ich es mir doch gedacht!» murmelt er, als er auf das Fellsäckchen mit dem Goldstaub kommt. «Alles wollte er haben. Nun gehört alles mir.» Er steckt den Beutel unter dem Fellzeug in die Brusttasche. «Wir wollen nicht darum streiten, Pjotr. Das möchte ich dir nicht geraten haben. Wenn ich da liegen würde, wo es Anastas getroffen hat, wäre alles Erbschaft für dich.» Er leert, nachdem er Semjons Körper bis an den steinigen Felsabfall geschleift und in die Tiefe kollern hat lassen, Anastas genauso die Taschen. Es geht um nichts als das Hautbeutelchen mit dem Viertel des Goldstaubes, wie es bei der Teilung jeder als seinen Anteil aus der Arbeit des letzten Sommers bekommen hat.

«Er war ein anständiger Kerl, was uns betrifft. Sonst war er ein Narr, der an das geglaubt hat, was andere predigten, ohne es zu glauben. Die Komsomolzen würden ihm einen roten Stern aufs Grab setzen, wenn sie wüßten, wo er liegt. Besser, er liegt ein wenig tiefer. Die Gegend ist rauh. Und wenn die Wölfe kommen, sollen sie lieber vorher den Schweinehund auffressen, der uns alle umbringen wollte.» Damit schleppt er den toten Anastas bis an den Felsrand und läßt ihn hinabrollen.

Das ist der Natschalnik der Diebe, der immer ein wenig liederliche, ein wenig weichherzige Grigorij, der eine Woche lang Angst ertragen hat, so viel Angst, daß ihm alle Schuld schon um dieser Angst willen verziehen sein sollte. Er ist verrückt. Er handelt, was er auch tut, im Rausch, in seiner Gier, die sich nicht mehr zu erinnern scheint, daß sogar Semjon, wenn die gemeinsame Not groß und unerträglich war, sich als Kamerad erwiesen hat.

Forell schnürt den Bandverschluß der Fellbekleidung auf und sieht nach der Fleischwunde, die ihm ein Steinsplitter gerissen hat. Aus einem Rest von Hemd reißt er zwei lange Bahnen heraus und legt sich einen Verband an. Viel kann mit einer solchen Wunde nicht passieren. Die Kälte tut ihr schlecht, aber man muß das Bein eben warm halten.

Neben Forell steht der Packsack, den Bund offen, da aus dem Durcheinander das zerschlissene Hemd herausgesucht werden mußte zum Anlegen des Verbandes.

«Gib her!» «Was denn?» «Deinen Packsack!» «Brauchst du etwas?» «Ich brauche wirklich etwas», grinst der Kerl, der die Hände von Blut verkrustet hat, und beginnt, unter Forells Habseligkeiten zu kramen. «Damit zwischen uns kein Irrtum, keine Täuschung aufkommt, mein lieber Pjotr Jakubowitsch – dieses Ding hier war nie dein Eigentum. Nein?» «Wenn ich es im Packsack habe, ist es wohl meine Sache. Kommt darauf an. Laß sehen, Grigorij!»

Forell vermag sich nicht zu erinnern, das längliche Paket in dem schmutzigen Wollappen je gesehen und als sein Eigentum gewertet zu haben. Er will das Päckchen in die Hand nehmen, es schätzend zu wiegen, um dann zu wissen, ob es ein Stück seines Eigentums ist. Da reißt Grigorij den schmutzigen Ballen heftig an sich.

«Warum, glaubst du wohl, liegt Semjon erschossen da unten? Und warum, glaubst du wohl, haben wir jede Nacht Wache stehen müssen? Anastas hat es gewußt. Und der ist tot. Semjon hat es gewußt. Den habe ich erschießen müssen, weil er sonst mich erschossen hätte. Du hast es ja gesehen.» Grigorij lehnt sich lächelnd zurück und erzählt in genießerischer Langsamkeit: «Die Bezahlung im Goldbergwerk, weißt du, war schlecht. Man bekommt auch als Strafniki etwas bezahlt, wovon Verpflegung und Unterkunft abgezogen werden, aber wer bekommt es schon? Wir im Goldbergwerk haben Prügel und Fußtritte bekommen. In den Seifen haben wir nasse Füße bekommen und zu essen halbverfaulten Fisch. Semjon hat oft gesagt: Wir hauen ab. Anastas hat mir immer wieder gesagt: Hau mit uns ab, du Feigling! Sie haben lange auf mich eingeredet und mich traktiert. Aber ich wollte nicht, ich konnte nicht, ich hatte Angst vor dem Leben hernach und vor dem Sterben. Da habe ich einen Prämienfisch gefunden. Oh! Andere haben auch Prämienfische gefangen. Du hast nie in einer Goldseife gearbeitet. Wie willst du wissen, was man sich an Gemeinheit geleistet hat, um immer mehr Gold nach Moskau zu liefern!»

Die fahrigen Hände, schmutzig und blutverklebt, haben den Stoff abgenestelt. Forell muß schlucken, um wieder Atem zu bekommen. Grigorij sieht, wie er fassungslos auf den Block in den Lumpen starrt.

Geformt wie ein Kinderschuh, mit Vertiefungen, wo die Knöchel sein müßten, die Oberfläche warzig und unschön, so liegt oft ein Stein am Weg, und der Fuß stößt ihn weg, weil er nur ärgerlich ist und den Fuß zum Stolpern bringt.

«Laß mich sehen!» «Da! Aber nur ansehen! Sollte dir der Appetit auf mehr als nur eine genießerische Augenweide kommen, so drücke ich ab. Vorsichtshalber darf ich so lange den Lauf an deine Schläfe halten.»

Forell bemüht sich, so ruhig wie möglich zu bleiben. Der Lauf der Flinte fühlt sich unangenehm kalt an. Grigorij wird abdrücken, wenn Forell auch nur eine begehrliche Handbewegung macht. Er müßte jetzt schon abdrükken, wenn er wüßte, was Forell denkt und was er, das Stück Gold auf der Hand, nicht mehr zu denken vermag.

«Solche Brocken Gold gibt es?» «Warum nicht? Wir haben viel größere Brocken abgeliefert.» «Solche Exemplare kommen vor in einem Sand wie dem unseren, den wir im Sommer gewaschen haben?» «Unsere Seife war schlecht. Das war ein nettes Kinderspiel für Leute, die sonst nichts zu tun hatten. Wir sind keine Geologen. Wir haben etwas Gold gebraucht, um uns die Dinge einzutauschen, die man in dieser Gegend für schäbige Rubel nicht bekommt. Und jetzt gib wieder her! Du verschaust dich darein und kommst in Versuchung, mir den Kolben deiner Flinte über den Schädel zu hauen.»

Unwillig nur gibt Forell den Goldbrocken zurück.

Irgendwo hier, vielleicht zwei Tagmärsche von den erschossenen Kameraden entfernt, hat Semjon die Narte mit den Fellen stehen. Der volle Ertrag eines guten Winters ist jetzt nur mehr in Hälften zu teilen: die eine Hälfte geht an Grigorij, die andere fällt an ihn.

«Das Ding hat seine zwölfhundert Gramm», konstatiert Grigorij.

Zwölfhundert Gramm. Soso. Den Erlös für die Felle werden sie in zwei Hälften teilen. Den Goldbrocken aber wird Grigorij für sich behalten, den Goldbrocken und den Goldstaub in drei Anteilen. Grigorij liest wortgenau, was Forell denkt. «Solltest du in Versuchung kommen, die Dinge hier anders teilen zu wollen, so etwa, daß du alles hättest und ich nichts mehr, dann müßte ich dir vor der fertigen Überlegung schon bei Nacht einmal die Gurgel zudrücken. Machen wir es doch lieber so: du gibst mir dein Beutelchen Goldstaub in Verwahrung.» «Nein.» «Das kann nachteilig sein für dich.» «Wir könnten unterwegs auseinanderkommen. Dann hättest du alles, und ich nichts.» «Ich verstehe dich sehr gut, Pjotr. Du bist der, der alles haben möchte. Und ich soll der sein, der nichts hat, nicht einmal mehr die Kleinigkeit Leben.»

Der staubiggraue Stein, wie ein Kinderschuh geformt, wird in die Lappen eingewickelt und mit kleinen Riemchen zusammengeschnürt. Grigorij steckt den Kloben rechts, unter dem Außenpelz, in die Tasche. Er wird unterwegs sicher immer auf der rechten Seite gehen. Eine solche Gier hat Forell noch nie empfunden. Es ist die Gier des anderen, die ihn angesteckt hat. Und er, Clemens Forell, hat eine Woche lang unwissend den Goldklumpen in seinem Gepäck getragen. Semjon hat danach die Jagd aufgenommen, als er in Grigorijs Gepäck nichts fand. Um diesen unsauberen Klumpen Metall haben sie jede Nacht Wache gehalten und Angst gehabt und in grüne Raubtieraugen geschossen, die gar nicht waren. Auf ihn, auf Forell, hat Semjon den ersten Schuß abgegeben, des Packsacks wegen. Und hätte nicht Grigorij den Räuber in sein frostbeuliges Gesicht geschossen, daß ihm die Schädeldecke abging wie ein vom Wind weggewehter Hut, so wäre nach Anastas endgültig er, Forell, an der Reihe gewesen zum Sterben. Dann hätte Semjon drei Menschenkörper über den Felsrand geworfen. Drei: Anastas, Grigorij und Pjotr, Pjotr als den überflüssigsten. Und nur einer würde leben: Semjon. So aber leben noch zwei: Grigorij und Pjotr. Wer ist überflüssig, wo doch von drei Leichen das Denken gegangen ist? Es wird, wenn ein paar Tage um sind, nur einer übrigbleiben. Den Klumpen Gold trennt niemand in zwei Teile.

Und warum überhaupt trennen und teilen? So viel Gold ist es ja gar nicht, daß es lohnend wäre, unter zweien aufzuteilen. Man müßte – der Gedanke reift nicht ganz, denn zum überlegten Denken ist Forell nicht fähig –, man müßte diesen Dieb Grigorij, der mit den Menschenleichen übler umgegangen ist als mit erlegtem Wild, unterwegs so schräg vor sich haben, daß er das Ausziehen mit der umgekehrten Flinte nicht sähe, und ihm den Kolben über den Schädel schlagen.

Man müßte diesem Pjtor das Beutelchen mit dem Goldstaub noch abnehmen und ihn dann allein in der Wildnis lassen. Das Gewehr wird man ihm abnehmen müssen. Denn mit einer Flinte schlägt sich ein an Sibirien nun allmählich gewöhnter Mann monatelang durch und taucht nach diesen Monaten wieder auf, das Gericht zu belästigen mit einem läppischen Raubversuch. Grigorij wird lieber allein die Narte suchen, die Semjon irgendwo zurückgelassen hat. Mit den Rentieren, die sicher inzwischen talwärts weitergegangen sind, wird es seine Schwierigkeiten haben. Dazu wird Pjotr noch nötig sein. Er weiß mit Rentieren umzugehen. Hernach aber wird es Zeit sein, ihn beim Jagen zufällig zu erschießen. Es sind schon so viele Skelette zu Dünger für die Wälder Sibiriens geworden, vorher von Wölfen oder hungrigen Füchsen abgenagt, daß sich über eine Leiche mehr kein Perlhuhn wundern wird.

Die Pietät würde erfordern, daß die Leichen von Anastas und Semjon vor den Tieren geschützt würden durch Steine und Geröll. Semjon ist nicht mehr wert, als den Raubtieren ein Fraß zu werden. Um Anastas verlohnt es sich nicht, die felsige Stelle hinabzusteigen. Denn wenn Forell als erster oder als einziger hinabsteigt, wird Grigorij einen Stein hinter ihm lösen, und wenn Grigorij, dem nicht nach Pietät ums Herz ist, sich in eine solche Situation der Unterlegenheit begibt, muß er damit rechnen, daß Pjotr oben sauber auf einem Felsstück auflegen und ihm eine Schrotladung in den Nacken feuern wird.

Zwei zum Tod verurteilte Männer, von denen nur vorerst keiner weiß, wer Verurteilter und wer Henker ist, machen sich auf den Weg, die von Semjon zurückgelassene Narte zu suchen.

«Wollen wir nicht beide unsere Flinten entladen?» fragt Grigorij, als sie des Weges hin gehen.

«Ein vernünftiger Vorschlag», meint Forell und kippt beide Patronen aus den Läufen.

Als sie eine Rast eingelegt haben, machen sie den Handel anders. Forell schlägt dem Begleiter vor, er werde künftighin die Flinten tragen, und zwar beide, entladen und über den Rücken gehängt, während Grigorij die ganze Munition nehmen soll. Das fällt ihm nicht leicht, da er ja sein Gepäck hat, während Grigorij unbelastet geht. Grigorij jedoch meint, Forell habe irgendwo noch eine Patrone in den Taschen und werde sie einmal hinterhältig gebrauchen. Also erzwingt er, daß Forell ihm die beiden Flinten gibt, während er seine Taschen bis zum Umstülpen leert: «Nimm du alle Munition, dann kann es dir ohne Flinte nicht passieren, daß dir eine Patrone losgeht! Und ich kann nicht schießen ohne Munition, nachdem ich alles dir gegeben habe.» Was sie denken, steht in ihren Gesichtern, so sehr sie auch bemüht sind, gleichmütig zu erscheinen und Nebensächliches zu schwätzen. Das Denken kreist bei jedem um den gleichen Zirkel von tödlicher Einfachheit. Jeder krümmt sich unter der Angst um das eigene Leben, jeder schielt voll Mißtrauen nach den Bewegungen des Begleiters, jeder haßt und weiß, daß er gehaßt wird.

Als sie zur Nacht einen brauchbaren Platz für den Schlaf und ein Lagerfeuer suchen, müssen sie sich hungrig niederlegen, da Grigorij die Flinten und Forell die Patronen behalten will. Der Hunger läßt keinen tiefen Schlaf aufkommen, und aus dem seichten Dösen erwacht jeder, wenn der Schläfer daneben eine Bewegung macht. Am Morgen müssen sie sich entschließen, etwas Eßbares aufzustöbern. Grigorij bekommt eine Schrotpatrone, und als er schießt, fährt Forell heftig zusammen, denn der Schuß war sehr nahe. Er ist aber doch ein rechtlicher Kamerad, dieser Grigorij, und das Rehkitz, das unwaidmännisch erlegt wurde, zerwirken die beiden Schneeläufer ruhig und sachlich, wie in den besten Zeiten vor der Goldgeschichte. Es muß ja nicht sein, daß man sich haßt und mißtraut. Der Winter ist gut gewesen. Die Zeiten, die kommen werden, erfordern noch Mühen genug. Zwei Männer halten alles leichter durch und sind in soviel Verlassenheit eine Macht. Anders freilich – das überlegt Grigorij, als er sich wieder satt fühlt – wird es sein, wenn der gefährliche Scherz mit den Behörden einsetzt. Ein Mann allein schafft es vielleicht auf schrägen Wegen, daß ihm ein Propusk ausgestellt wird. Wenn man mit einem Goldklumpen von zwölfhundert Gramm winkt, findet sich doch jemand, der weich und zu einer Fälschung bereit wird. Das Gold jedoch wird Grigorij nicht gern, gar nicht gern hergeben. Er wird es glänzen lassen und wieder wegstecken, wenn er nur erst seinen Propusk hat. Sollte aber beim Anblick des schönen graugelben Steines ein Bestechlicher den Wunsch erwachen fühlen, das Gold ohne Hergabe einer Gegenleistung in Besitz zu bekommen, dann . . .

Auf jeden Fall wird Grigorij allein sein müssen, sobald es um die Zukunft geht. Dieser Pjotr spricht ein miserables Russisch, so gut er auch jedes Gespräch versteht. So einen Begleiter kann Grigorij nicht brauchen. Er wird ihn eben abschütteln müssen. Pjotr soll Vertrauen schöpfen. Freundliche Gespräche tragen sicher einiges dazu bei. Eine Waffe braucht er nicht. Nein. Unter keinen Umständen. Zwei Gewehre auf dem Rücken zu tragen, ist recht unbequem, aber es schafft Sicherheit.

Pjotr aber hat, woran Grigorij sich jetzt erst wieder erinnert, eine Nagan. Ach, darum hat er so bereitwillig die Flinten abgetreten! Ein Magazin Munition ist nicht die Menge, aber es gibt acht Löcher im Körper! Verteufelte Sache!

Ein Magazin Munition – Forell denkt angestrengt darüber nach und überlegt, daß er in der nächsten Nacht die Nagan aus der Innenkleidung hervorholen wird, um sie in der Tasche der Foffaika griffbereit zu haben – ein Rahmen Munition ist wenig, aber man kann sich damit lange wehren.

Am vierten Tag treffen sie auf Renspuren.

Am Morgen des fünften Tages stellt der Deutsche fest, daß er die Pistole nicht mehr hat. Grigorij muß ein ungewöhnlich geschickter Dieb sein. An diesem Tag stoßen sie auf die weidenden Rentiere, und von der Pistole wird nicht gesprochen, da es recht schwerfällt und viele Mühen macht, die Tiere zu bewegen, daß sie den schon abgeweideten Weg zurückgehen. Dort, von wo die Spuren herkommen, steht irgendwo die Narte. Es ist nach den Gewohnheiten der Rentiere leicht auszurechnen. Morgen, übermorgen spätestens, werden die beiden Männer ihre Narte, ihre Felle, ihr Zelt wieder gefunden haben.

Grigorij, der um der widerspenstigen Tiere willen den zweiten Mann eben noch dringend gebraucht hat, hat bessere Augen als Forell. Ihm sind die Konturen der Wildnis so vertraut, daß er jede Veränderung des Natürlichen sogleich bemerkt. Ein von Menschen zurückgelassener Schlitten ist eine Veränderung.

Ohne daß die Pistole gebraucht wird und ohne daß Forell, selbst wenn er die Pistole noch hätte, in der Eile von ihr Gebrauch machen könnte, löst sich Grigorij von seinem Begleiter.

Der Hang, über dessen Kante sie die Tiere treiben, fällt nicht eben steil, aber immerhin zweihundert Meter tief ab.

«Es ist besser so», meint Grigorij, leicht, unbeschwert und nur wie gesprächsweise. «Wie, meinst du, sei es besser?» «So», antwortet Grigorij.

Der Stoß, den er Forell mit der ganzen Körperseite gibt, ist nicht einmal gewaltig, aber da er den rechts gehenden Begleiter unvorbereitet trifft und die Schneeteller keinen festen Stand geben, kommt Forell nicht mehr dazu, im Fallen nach Grigorijs Pelzzeug zu greifen. Er fällt höchstens zwei Meter tief unmittelbar ab, aber der Körper schlägt dann um und kommt ins Rollen, der Packsack schlägt ihm um den Kopf, das umgehängte lange Messer gerät ihm zwischen die Beine, das linke Schienbein schlägt sich an einem Stein wund, der Rücken schmerzt, der Packsack scheint anstatt über den Rücken über die Brust gehängt zu sein, denn er hindert die Hände daran, sich irgendwo anzukrallen, soweit die in den Pelzhandschuhen steckenden Finger es überhaupt vermögen. Gegen den nun sicher in Aussicht stehenden Tod glaubt Forell kein Kraut gewachsen. Als die Hüfte an ein großes Hindernis prellt, schließt der Abgestürzte die Augen ganz fest. Er will den letzten und tödlichen Sturz ins Leere nicht auch noch sehen, aber als der große Sturz nicht eintreten will, reißt Forell die Augen wieder auf, sieht oben Geröll und ganz oben Grigorij, der aufrecht steht und zu ihm herabschaut. Darunter ist nicht mehr viel Gestein, aber mehr Schnee.

«Es tut mir leid», schreit Grigorij. «Lump!» «Kannst du noch laufen, Pjotr?» «Umbringen wolltest du mich!» «Das tue ich nur, wenn du aufstehst und etwa versuchst, da heraufzuklettern.» «Ich kann nicht mehr. Hilf mir, Grigorij.» «Das wäre falsch. Dann hätte ich es mir ersparen können, dich hinunterzuwerfen.»

Forell stöhnt. Die Verletzung von neulich ist wieder aufgerissen, am linken Schienbein schmerzt es, der Körper scheint etwa bei der Mitte von der rechten Hüfte her abgebrochen zu sein. Er kann nicht mehr aufstehen. «Was habe ich dir je getan, Grigorij? Ich bin anständig zu dir gewesen. Ich habe mit dir geteilt. Du willst doch nicht, daß ich hier zugrunde gehe.» «Natürlich will ich das. Und du willst mein Gold, nicht wahr? Wenn ich es nicht getan hätte, wäre dir vielleicht einmal der gleiche Einfall gekommen. Nein. Weißt du, Pjotr: ich will ein anständiges Leben anfangen. Mit dem Gold. Wenn ich Papiere auf einen anständigen Namen habe, werde ich wieder anständig.» «Ich wollte nur heim», stöhnt Forell. «Was?» schreit Grigorij, der ihn nicht verstanden hat. «Heim wollte ich. Heim will ich. Du mußt mir helfen, Grigorij! Zwei Kinder. Und meine Frau. Und . . .»

«Ich verstehe dich nicht.» «Hier gehe ich ja zugrunde.» «Ach so? Du bist nicht der erste, dem das passiert. Aber ich will dir helfen.»

Dann verschwindet Grigorijs Gestalt oben am Felsrand.

Forell versucht, sich aufzusetzen. Es scheint keine Stelle am ganzen Körper zu sein, die nicht angeschlagen wäre. Das bloße Herumwenden schmerzt im Rückgrat, an der rechten Brustseite, am wehesten an der Hüfte, am linken Bein, an den Knöcheln der Finger, am Kopf. Die Stirn blutet. Es ist grauenvoll. Es ist nicht auszudenken, was sein wird. Aber es ist nicht kalt. Warm ist es. Wohlig warm. Nur im Schädel sägt es vom Hinterkopf her. Aber warm ist es. Warm.

Und jemand schreit.

Die Stimme, ja, diese Stimme kennt Forell.

Grigorij schreit.

Forell richtet sich, vor Schmerz immer wieder zusammensackend, mühsam auf und beginnt, obgleich sein gemartertes Gehirn zum Denken nicht fähig ist, die Abläufe wieder ins Gedächtnis zu bekommen. Grigorij hat ihn von da oben heruntergestoßen. Und Grigorij läßt ihn noch immer nicht in Ruhe.

«Damit du nicht verhungerst!» «Was?» «Ich bin ein guter Mensch. Das kannst du nicht bestreiten.»

Grigorij steht nicht oben am Grat, sondern auf halber Höhe, von dem wie gelähmt daliegenden Forell höchstens achtzig Meter entfernt. Neben Forell aber, das sieht er erst jetzt, ist ein anderer Körper. Ein Wildschaf. Die Hand stellt tastend fest, daß es noch warm ist.

Daß ein Mensch so sein kann wie dieser Grigorij? Erst hat er den Kameraden eines langen und wilden Jahres den Felshang hinabgestoßen. Dann hat er ein Stück Wild erlegt und hierhergebracht.

«Du sollst nicht verhungern, denn du bist ein anständiger Kamerad gewesen. Zum Schluß nicht mehr. Verhungern sollst du nicht. Was du sonst tun wirst, macht mir keine Sorgen mehr. Bis du wieder gehen kannst, bin ich weit weg. Aber erinnere dich so an deinen Kameraden Grigorij, daß du ihm nicht fluchst. Ich kann keinen Fluch gebrauchen. Das Leben ist schwer genug.»

Forell weiß, daß es zwecklos ist, noch einmal zu bitten um eine Hilfe, die mehr bedeuten würde als ein kurzes Hinauszögern des Sterbens. Der Kerl ist ein Dieb, und als Dieb ist er mehr Kind als Verbrecher. Das Kind bringt es fertig, den Menschen, den es umbringt, um den Nachlaß des verdienten Fluches zu bitten.

«Wenn du je wieder aufstehen kannst, sieh zu, daß du irgendwo unterkommst, Pjotr! Nach Deutschland kommst du sowieso nie. Rußland ist schöner. Und die Menschen bei uns sind gut. Du glaubst es nur nicht. O ja.» Er redet noch wie für sich, während er den Hang in flachen Kehren hinaufklettert. Dann kommen Steine gerollt, und Forell duckt sich auf sein Bündel zusammen, um nicht getroffen zu werden. Was Grigorij oben beim endgültigen Weggehen sagt, versteht Forell nicht mehr.

Er ist verrückt. Die Schuld trägt der Brocken Gold.

Erst etliche Tage später wird Forell der Zusammenhang von einer anderen Seite her begreiflich. Es ist nicht anzunehmen, daß beim Sturz über den Geröllhang aus dem Packsack das Lederbeutelchen mit dem Goldstaub verlorengegangen ist. Um alles in Besitz zu bekommen, was seine Kameraden je an magerer Ausbeute besessen haben, ist Grigorij den gefährlichen Hang herabgeklettert und hat das Beutelchen geholt. Um die Verruchtheit zu mildern, hat er ein Wildschaf geschossen und über den Hang kollern lassen, damit Forell nicht verhungert. Wäre aber Forell aus der Betäubung aufgewacht, während Grigorij noch im Suchen war, so hätte er sicherlich mit einem Stein dem hinderlichen Menschen den Schädel eingeschlagen oder seine eigene Pistole dazu benützt, den Fall für immer zu erledigen.

Was soll auch das bißchen Goldstaub noch für einen Menschen, der hier dem Sterben ausgeliefert ist?

Es hat – Forell erinnert sich von weither daran – einmal eine Zeit gegeben, da ist ein Mann auf sibirischen Skiern bei Tag und Nacht durch den Schnee gelaufen und hat die Schritte gezählt, tausendweise geordnet, um nach einer durchlaufenen Nacht zu wissen, um wieviel Schritte, um wieviel tausend Schritte, um wieviel Kilometer er der Heimat näher gekommen sei.

Sibirien aber behält seine Menschen. Es wirbt um sie, es schmeichelt mit seiner entsetzlichen Härte und läßt den Haß wie die Furcht zu einer absonderlichen Liebe werden, in der die Gepackten und Gehetzten ihrer Sehnsucht vergessen. Will ein Mensch aber diese brutale Liebe nicht ertragen, so behält Sibirien ihn als Toten.

Seit Monaten hat Forell nicht mehr die Wegrichtung geprüft, ob sie näher an die Heimat oder von ihr weg führte. Er weiß nicht, wo er ist. Es hat ihn nicht mehr gekümmert. Den anderen war es gleichgültig, wenn nur das durchstreifte Land so einsam war, daß es Felle gab.

Jetzt kann es ihm, dem Deutschen, gleichgültig sein, wie weit die Irrfahrt geführt hat und wo sie enden will.

Nein! Gleichgültig ist es ihm nicht.

Und er schämt sich nicht einmal, daß er dem Dieb, dem Halunken Grigorij wimmernd seine zwei Kinder genannt und die Sehnsucht nach seiner Frau erzählt hat. Es war ein jämmerliches Bitten um Erbarmen. Aber Sibirien kennt kein Erbarmen.

Es ist schwer und qualvoll, vom Steinfeld aufzustehen. Der Versuch kostet Stunden, aber als der Mensch erst einmal wieder auf seinen Beinen steht, zwar gekrümmt und so verzerrt, als ob die Knochen an den Bändern falsch eingehängt wären, sinkt er gern wieder in sich zusammen, weil er nun weiß, daß ihn die Tiere der Wildnis nicht als hilfloses Bündel Fleisch bei lebendem Leib anfallen werden, daß er die Kandra halten kann, daß er sich vielleicht bis an eine Stelle wird schleppen können, wo ihm das Anmachen eines Feuers gelingt.

Grigorij ist ein Schwein. Aber er hat ihm ein Wildschaf hingeworfen, um das Sterben hinauszuschieben, vielleicht wirklich, um dem unschädlich gewordenen Gegner, der vor einer Woche noch Kamerad und Freund war, die Chance des Lebens zuzuspielen. Er ist eben – Sibirier.

Forell klammert sich an das Leben, das nur für den Erbarmen hat, der aus einem letzten Fetzen Hoffnung wieder eine Strähne zu flechten vermag. Kommen Menschen über den Weg, solange Forell noch lebt, mag es gut sein. Kommen sie zu spät, finden sie einen Toten. Vergehen zehn Jahre, bis sie vorüberkommen, dann reicht es nicht einmal zum Erbarmen, sondern nur zum Wundern darüber, daß hier einmal schon ein Mensch gegangen ist, gegangen und umgekommen, wie es der Natur des harten Landstriches entspricht. Von den Umgekommenen lernen die anderen das Wagnis.

Messer und Hände haben lange genug gelernt, wie einem Schaf das Vlies abgezogen wird. Grigorij hat das Tier sauber geschossen. Er versteht das Metier des Tötens. Nur ist er für Sibirien, vielleicht, zu weich. Womit hat er denn geschossen? Anzunehmen, daß er die Narte schon erreicht und dort Munition geholt hat. Wahrscheinlich aber hat er nicht alle Patronen abgegeben an Forell. Er tut nichts ganz. Forell greift in den Taschen, wenn er die Hände unter Schmerzen so verrenkt, daß sie hineinfassen können, überall Munition. Patronen ohne Flinte sind nichts. Sie wegwerfen, wird vernünftig sein, denn das Gewicht zählt bitter mit bei einem Mann, der sich selbst nicht vom Fleck schleppen kann und sein Gepäck liegenlassen muß, als er langsam achtzig Meter weit kriecht an eine Stelle, die ein paar Äste Holz herzeigt. Das Holz wird sowieso naß sein. Mit dem Pulver einer aufgeschlitzten Patrone bringt man es leichter zum Brennen. Also ist es richtig, die überflüssigen Patronen nicht wegzuwerfen.

Der Packsack liegt am unteren Rand des Geröllhanges, erst achtzig Meter von Forell entfernt, und beim Auflesen der Äste, die nur aus dürftigem Gesträuch stammen, knickt der schmerzende Körper zusammen.

Am Abend hat Forell einen brauchbaren Platz gefunden, an dem ein Feuer anzumachen ist, aber es wird kein großes Feuer geben, denn er kann nicht wie gestern noch aus ein paar hundert Schritten Entfernung Holz zusammentragen. Ein kleines Feuer bedeutet halbgares Fleisch und wenig Wärme, Wärme nur bis in den späten Abend. Hernach wird der einsame Mensch frieren. Was ihn erwärmen könnte, liegt dort am Fuß des Geröllhanges. Die Füße, die schon nicht um Holz gehen können, werden die Strecke bis zum Packsack nicht schaffen.

Ein Mensch aber, der von oben bis unten aus Schmerzen besteht, trägt darin die Sicherung gegen das Erfrieren.

Wie er durch die Nacht gekommen ist, weiß Forell am anderen Morgen nicht. Grigorij wird, breit auf der Narte sitzend, mit seinem Raub ins neue Leben fahren, während er Ausschau hält nach dem nächsten Schlafplatz, der nicht weit entfernt sein darf, vierhundert Meter höchstenfalls, dann erst wird er den Packsack heranbringen müssen, heranzerren wohl, denn tragen wird er ihn so bald nicht wieder. Die Schmerzen an den verletzten Stellen, und verletzt ist alles, werden heftiger und ordinärer. Gelenke, die gestern nur schlaff waren, sind heute nicht mehr durchzubringen, so dick und schwer und verschwollen sind sie über Nacht geworden.

Der zerschlagene Mann schleppt sich bis zum Packsack, ruht darauf, zerrt ihn eine Strecke weit, rastet wieder und zerrt ihn weiter, nicht in eine fest gewählte Richtung, sondern nur auf eine Stelle zu, die Brennholz verspricht.

Als er am Nachmittag mit der Kraft am Ende zu sein glaubt, trägt er, manchmal vor Schmerzen laut aufschreiend, noch viel Holz zusammen, und als er es getan hat, ist er um vieles stolzer als in den ersten Fluchtnächten, wenn er glaubte, sechzig Kilometer gelaufen zu sein.

Es muß, wenn er nicht inzwischen auch das Rechnen verlernt hat, ein Jahr und ein Winter vergangen sein seit der Flucht. Menschen haben ihm geholfen, doch will es ihm scheinen, als hätten sie mit ihm Handel und Mißbrauch getrieben, alle, auch die biederen Renhirten. Wenn es ihm bloß erspart bliebe, noch je anderem als dem Tier zu begegnen! Dann möchte er laufen, frieren, hungern, Schlingen stellen, rohes und ungesalzenes Fleisch hinunterwürgen, aber laufen jeden Tag, bis irgendwo doch dieses ungeheure und ungeheuerliche Land ein Ende hat.

Aber wohin, wenn er je die Beine und die Füße wieder gebrauchen kann? Er visiert am Abend einen Baum an, hinter dem die Sonne steht. Diesen Baum wird er am nächsten Tag zu erreichen suchen.

Er erreicht ihn beinahe.

Heim! Bloß heim! Aber der Baum, selbst wenn Forell ihn erreicht, bedeutet kaum eine Entfernung von zwei Kilometern. Fünftausend Kilometer wären auf solche Weise zweitausendfünfhundert Tage. Sieben Jahre also. Später wird es sicher wieder schneller gehen.

Bloß heim! Und von den sieben Jahren abhandeln, was das Schicksal hergeben will!

Den Visierbaum des nächsten Tages erreicht Forell nicht. Er hat die Entfernung unterschätzt.

Den übernächsten wiederum erreicht er, und so zäh plagt er an sich selbst herum, daß er sich das Weiterschleppen um ein paar hundert Meter mehr abverlangt, weil er ja heim muß, nicht mehr durch Menschen aufgehalten, nicht mehr bereit, tausend Meter zu verschenken.

Wenn nur die Last des Packsackes nicht wäre!

Er wird ohne Packsack verkommen. Mit dem Sack aber schafft er an einem Tag kaum die Hälfte der Strecke, die er sich ohne Last zumuten möchte.

Manchmal legt er sich erschöpft und erregt platt auf den Boden und starrt, bis ihn die Augen schmerzen, den Weg zurück, den er gekommen ist. Er macht sich die Augen müde mit diesem Ausschauen, das nicht weiß, was es erblicken soll. Einen Verfolger? Einen Semjon mit dem frostzerflossenen Gesicht oder einen Grigorij, den es reut, Barmherzigkeit geübt zu haben? Es war ja nicht Erbarmen, sondern nur Verbrämung der Gier nach dem Beutelchen Goldstaub. Einem Grigorij wäre es zuzutrauen, daß er den Weg des zerbrochenen Menschen ausfindig macht und nachfolgt, um ganz zu tun, was er stümperhaft angefangen und unvollendet gelassen hat.

Was ihm die Unruhe bereitet, weiß Forell nicht.

Doch geht er um der Unruhe des Verfolgten willen allmählich schneller.

Und eigentlich, aus Angst wie aus schmerzender Sturheit, geht er jetzt schon recht gut.

Die Nächte sind keine guten Nächte für einen Menschen, der selbst im Traum noch rückwärts schaut.

Und das Erwachen ist grauenvoll, wenn der Mensch, hastig aufgerichtet, plötzlich von dem Gefühl gewürgt wird, als seien tausend Augen auf ihn gerichtet, eiskalte, böse Augen, die wie mit Messern auf den bedrängten Menschen einzustechen scheinen.

Forell hat nicht die Kraft, sich aufzusetzen. Die Ellbogen gleiten ihm unter dem Gewicht des Körpers weg. Es geht naß durch das Pelzzeug. Das ist immer so, wo der Körper mit seiner Wärme das Kalte unter sich berührt. Was ihn verängstigt, weiß er nicht. Das Tier ist ihm so vielgestaltig, so drohend und so lächerlich schon begegnet, daß er davor das Fürchten verlernt hat. Bisher freilich hat er eine Waffe gehabt. Aber selbst ohne Waffe fühlt er sich Tieren gegenüber nicht unterlegen, solange er sein Messer besitzt.

Die Sibirier wissen, warum sie so ohne das lange Messer nirgends hingehen.

Noch ist es so dunkel, daß außer den Schäften von ein paar sehr dürftigen Bäumen nichts gegen den Hintergrund des Himmels zu erkennen ist. Nichts ist da. Niemand ist, der auf ihn starrt. Aber so zu bannen mit Augen, die nicht einmal zu sehen sind, vermag wohl nur die scheußlichste Bestie unter dem unbarmherzigen Himmel: der Mensch.

Zwei gebrochene und nicht gut zusammengeheilte Rippen schmerzen. Die Lunge hastet den Atem in gehackten Stößen heraus. Forell möchte nicht atmen, um sich durch das raschelnde Geräusch nicht zu verraten, aber es atmet aus selbständiger Gewalt, da ein Mensch in Angst sich immer am Ersticken fühlt und immer mehr Luft einzusaugen versucht. So leise es möglich ist, läßt Forell die Kandra aus der Holzscheide gleiten und spürt, wie ihm der Arm lahm wird in der Ohnmacht des Entsetzens, wie wenn er beschworen wäre.

Sonderbar ist der schwarz über die Linie zwischen Boden und aufkommenden Morgen huschende Schatten. Wenn es Menschen sind – warum sind sie denn feig und schleichen um ihn, wie wenn sie ihn fürchten müßten, den waffenlosen, so gründlich verratenen Menschen, der als einziges noch die Kandra vor sich halten kann, den ersten Gegner wie einen Keiler auflaufen zu lassen?

Forells Atem geht in gehackten Stößen und löst ein genauso abgerissenes, kaum hörbares Echo aus. Er zwingt sich, ein paar Sekunden lang nicht zu atmen.

Das Echo ist dennoch um ihn.

Und das Echo stinkt. Es hat einen beizenden, scharfen Geruch. Dann plötzlich gefriert in den Adern des schreckhaften Menschen das Blut. Deutlich erkennt er, wie es von den Händen her in den Körper hinein, über Schultern und Rücken, mit einem Schlag zu Eis wird. Über leichtflüssiges Metall, das in Stangen gegossen wurde, läuft das Erstarren auch so sichtbar hin, daß ein erfahrenes Auge das Kristallisieren verfolgen kann.

Den Schrei kennt Forell doch?

Hunde bei Vollmond, wenn sie in der Hitzigkeit nach einem Partner rufen, beherrschen diesen gezogenen Ruf, aber die Menschen schlafen daneben oder murren nur im Halbschlaf über die hündische Unart. Hohler und so weiträumig, als wäre der Fang, der den Ruf ausstößt, in der Lage, einen Menschen zu schlingen, heult aber dieser gezogene Ton, vor dem die Rentiere das Zittern lernen und sich, die Köpfe eng beisammen, aneinanderstellen in einen Ring, der aus schlagbereiten Hufen besteht.

Es wird Ruf gegeben, und es kommt Antwort. Wölfe!

Vier Männer mit Waffen brauchen nicht so in Entsetzen zu erstarren, daß ihnen das Blut zu Körnern wird. Um vier Menschen heulen die Wölfe auch nicht. Vier Menschen sind für ein Rudel Wölfe eine unklare Gleichung, die in lautlosem Anschleichen zu lösen versucht wird. Ein Mensch – und die Wölfe, hat Anastas gesagt, wissen genau, ob die Angegriffenen bewaffnet sind – ist der großen Taktik nicht wert, sondern wird offen angefallen, nachdem das Rudel zusammengerufen ist.

Die Stelle, an der Forell gestern Feuer gemacht und sein Lager bereitet hat, ist moosig und naß wie alles ringsum. Etwas Besseres hat er nicht gefunden. Drei krüppelige Bäumchen haben sich in der Form eines Zeltes zusammenziehen lassen, und das hat für den Platz entschieden. Was herankommt, muß sich auf ebener Fläche bewegen. Für den einzelnen Menschen aber, der so auf dem Teller bereit liegt, gibt es nichts an Deckung, keinen aufragenden Fels, der es erlauben würde, sich rückensicher dem Angriff zu stellen. Im Grunde, so hat Anastas immer behauptet, seien die Wölfe feig. Das gilt jedenfalls hier nicht, wo der kümmerliche Mensch von allen Seiten angefallen werden kann.

Wie ein Horizont ist um den Schlafplatz in einem weiten Ring das hohle, weinerlich drohende Schreien gelegt. Aus diesem Ruf erfährt Forell, daß er von allen Seiten umringt ist.

Eben wird es Tag, so viel Tag, daß Forell entscheiden lernt, was an Deckung und Hilfe um ihn ist. Flecken von Schnee, dunkle Streifen zwischen den Schneestellen, und kein Baum. Einen Baum müßte er erreichbar haben, dann würde er es versuchen, daran über die Reichweite der Mäuler hinaufzusteigen und eine Stunde oben auszuhalten.

Der bei Nacht festgefrorene Schnee knirscht unter Forells Schritten. Dem Laufenden kann nicht viel zustoßen, solange nicht mit dem fortschreitenden Tag wieder Tauwetter einsetzt und die dunkle Äderung auf dem Boden zu Tümpeln werden läßt. Dort vorne ist eine schüchterne Baumgruppe, kein Baum aber erscheint groß und stark genug, daß ein Mann ihn zu besteigen wagen dürfte. Seit der Auseinandersetzung mit Grigorij ist Forell noch nie gelaufen. Er weiß, daß er es nicht vermag. Aber es waren auch noch nie, seit er ohne Waffe ist, Wölfe hinter ihm her, Wölfe um den ganzen Ring, den die Augen ausschauen. Natürlich läuft er und weiß keineswegs, daß sein Körper das nicht erträgt. Das Messer aus der Holzscheide zu ziehen, um einen ersten Angreifer auflaufen zu lassen, wäre gefährlich. Auf den schneeblanken Stellen, die bei Nacht überfroren sind, gleiten die Pelzstiefel allzu leicht weg. Dann muß Forell das blanke Messer von sich werfen, wenn er sich nicht beim Sturz selbst aufspießen will. Auf den Sturz warten die Wölfe ja schon. Die paar Augenblicke, bis der Gestürzte sich wieder erhebt und auch noch das weggeworfene Messer suchen muß, können genug sein.

Waren die Wölfe damals auch so groß, so lang, so schmutziggrau?

Unter den vielleicht sieben dürftigen Bäumen findet der flüchtende Mensch mit dem Instinkt des Gejagten genau den heraus, der am ehesten kräftig genug sein dürfte, um bis zu einer Höhe von etwa drei Metern erstiegen zu werden. Und die Pelzstiefel gleiten am Stamm ab. Und ein schundiger Stummel von einem Zweig fängt sich in der Foffaika. Und noch einmal muß Forell sich herabgleiten lassen, damit er es von der anderen Seite mit einem kurzen Anlauf endgültig versuchen kann.

Vier Griffe mit den beiden Händen. Viermal die Beine, die sich nicht recht fest um das Stämmchen schließen wollen, nachziehen. Zwei Meter sind es jetzt. Zweieinhalb Meter. Und die Wölfe sind da. Einer drückt sich stählern federnd vom Boden ab und schnellt sich schräg gegen den Baum. Gut. Er fällt wieder zurück. Aber schon setzt er wieder an. Das struppige Bündel hat sich im Fallen herumgewendet und drückt sich kräftiger vom Boden ab.

Es ist unschwer zu errechnen, wann die Wölfe den richtig bemessenen Absprung erreicht haben werden, um im Sprung wenigstens einmal die Stiefel zu fassen. Forell muß sich um einen halben Körper lang weiter hinaufarbeiten, sonst hat er schon verspielt, bevor ihn die Kraft verläßt. Die leichten Äste halten ja nichts. Der Baum ist nicht mehr als eine Stange, nur so lange Sicherheit, als Hände und Beine den Kletterschluß aushalten. Das ist eine kurze Zeit. Auf solcher Höhe nun will aber der Baum das Gewicht des Mannes nicht mehr aushalten. Er fängt an, sich zu neigen. Das bedeutet, daß die Wölfe bald wieder hinaufreichen bis zu Forells Beinen, im Durchhängen nicht mehr zu den Beinen, sondern zum Rücken. Die Foffaika hängt lose ab. Drei Wölfe, die es gleichzeitig versuchen, geraten aneinander und überschlagen sich, stieben am Boden wirbelnd auseinander und laufen von neuem an, wobei sie wieder in der Luft sich gegenseitig behindern.

Das sind ja – kann ein Mensch in solcher Angst noch schätzen? – fünfundzwanzig Wölfe, fünfundzwanzig hechelnde Fänge, die den Atem sichtbar in die Morgenkälte stoßen. Und der Baum neigt sich. Forell weiß zu gut, wie glatt gefrorenes Holz abbricht, wenn es überzogen wird. Jetzt schreit er. Nur noch die Arme halten den Stamm fest. Der Körper hängt von dem stark gebogenen Stamm weg, er sinkt, und die Verzweiflung stößt die Beine nach unten, um sich vom Boden, wenn sie ihn erreichen, abzudrücken. Die Stiefel sind gegen einen Wolf getreten. Der Wolf stößt ein kurzes Heulen aus. Forell atmet auf. Das Abdrücken hat ihn hochgebracht. Der Stamm richtet sich auf. Aber er biegt sich nach der anderen Seite träg hinab. Die Wölfe kommen um den Baum herum an die Stelle, wo der Mensch jetzt herabkommen muß.

Im Holz kracht es.

Noch einmal, mit beiden Beinen verzweifelnd schlagend, drückt Forell sich ab, diesmal vom Boden, kommt hoch und schreit gellend in den Morgen. Der durchgebeugte Baum macht nur noch eine schläfrige Kreiselbewegung, während unten die Wölfe dem Tanz des Baumes folgen.

Das Holz kracht kurz und hart.

Forell klemmt mit aller Kraft die Augen zu und wartet nur noch auf das Wie des Endes. Wie werden sie ihn zu fassen bekommen? Wird das Sterben – die Tiere stinken ihn widerlich an – sehr schmerzvoll sein unter den langen Fängen der Wölfe? Aber was machen die Wölfe denn? Da hat einer sich im Sturz den Tod geholt, und vier andere reißen gierig an ihm. Der Baum kreist träg weiter, und Wolf springt über Wolf, während ein Kläffen anhebt, das nach Zorn klingt.

Der Baum kracht wieder.

Nicht der Baum.

Ein Knäuel Wölfe kollert übereinander hin.

Noch einmal das Knallen. So bricht kein Holz.

Aber die Hände tun es nicht mehr. Forell spürt, wie die Finger um das Holz sich widerwillig auftun.

Ach, es ist so schrecklich nicht, von Wölfen zerrissen zu werden. Es wird ihm um der grauenerfüllten Angst willen für das vollzogene Sterben angerechnet und den Rest, von dem der Mensch sowieso nie mehr erfährt, schenkt ihm das Schicksal.

Als das Sterben vorbei ist, stehen über ihm, der am Boden liegt, zwei pelzgewandete Männer, die sich einen Spaß daraus machen, ihm den Schnee aus dem Gewand zu klopfen, recht vergnügte Männer, die mit Armen und Lippen und Augen lachen. Sie erzählen lärmvoll und mit viel Gesten eine lange Geschichte, deren Helden offenbar sie selbst sind. Forell sieht sich um. Die beiden Männer haben ja unter den Wölfen ein fürchterliches Gemetzel angerichtet. Und was ihre Büchsen nicht getan haben, das scheint den Wölfen selbst vorbehalten geblieben zu sein. Da ist, noch schief hängend, der Lebensbaum, von dem Forell zu Boden gefallen ist, nicht mehr interessant genug für die Wölfe, die sich mit ihresgleichen zu beschäftigen hatten, als die beiden Sibirier mit jedem Schuß ein Tier niederlegten.

Viel ist von dem Überfluß an stolzer Gesprächigkeit nicht zu verstehen, aber soviel begreift Forell, dessen einziger Wunsch es noch gestern gewesen ist, keinem Menschen zu begegnen, daß die beiden Sibirjaken nicht aus bloßem Zufall an die Stelle gekommen sind, sondern schon seit Tagen das Rudel in der Witterung gehabt haben.

Langsam steht Forell auf. Er hat nichts mehr. Sein Packsack liegt dort, dort, ja, bei den zusammengebundenen Bäumchen. Oooh! Das ist wieder interessant. Unter polterndem Gelächter gehen die Männer mit ihm, als er an seinem Lagerplatz die paar Habseligkeiten aufnehmen will. Sie begutachten seine Art des Lagermachens, die den erfahrenen Mann verrät, aber in dieser Gegend trifft man ja nur erfahrene Leute. Die anderen trifft man nicht, weil sie umkommen, bevor jemand Gelegenheit bekommt, sie anzutreffen.

Woher er komme, wollen die gesprächigen Leute wissen.

Ah, von dort. Forell zeigt die Richtung.

Der Ältere und Bedeutendere der beiden stellt sich vor, indem er die Hand auf seine Brust legt: Kolka.

Also Russen. Aber der Typ ist alles andere als russisch.

Aljoscha, stellt sich der Jüngere vor. Wo ist Forell denn schon der Name Aljoscha untergekommen? Spinnwebe im Lazarett hat den kleinen Mattern so genannt. Mattern ist tot.

Unter Leuten, die so zum Lachen geneigt sind, muß man höflich sein.

Forell macht es halb europäisch, halb sibirisch. Er verbeugt sich etwas und legt sich dann die Hand auf die Brust: Pjotr.

Oooh! Es wird ihm anscheinend als Verdienst angerechnet, daß er Pjotr heißt. Die Knochenbackigen behaupten von sich, sie seien Jakuten. Ehe das Gespräch weitergehen kann, schießt Kolka noch einmal. Hat sich doch wahrhaftig noch ein Wolf in die Nähe gewagt, noch nicht zufrieden mit der Metzelei, deren zerfetzte Überreste den Schnee verschmutzen auf hundert Meter im Umkreis.

Jaja, sie seien Jakuten.

Etwas bedrückt fragt Forell, ob man nahe bei Jakutsk sei.

Ach nein. Neuhundert oder tausend Werst.

Kolka deutet und erzählt, da oben laufe eine Straße nach Jakutsk, vom Meer her.

Und wo das Meer denn sei?

Kolka deutet mit dem Daumen. Nicht sehr weit.

Das immer gleich liebenswürdige Gesicht gibt sich nicht damit zufrieden, nur um Auskünfte angegangen zu werden. Man stellt sich in Sibirien nicht nur vor, sondern sagt sein Woher und Wohin.

«Du bist kein Russe!» sagt Kolka dem Fremden auf den Kopf zu.

Forell überlegt, wie haushälterisch er mit der Wahrheit umgehen kann, ohne für ein paar Stagan Machorka an die Russen verkauft zu werden. Die frech abgeschossene Wahrheit wirkt wohl besser als ein dürftiges Lügengebäude, das ein morsches Gebälk hat.

«Ich bin Woenna Plenny. Germanskij!»

Die Jakuten lassen sich keineswegs anmerken, daß es ihnen die Stimme verschlagen hat. «Gut!» sagt Kolka. «Schon gut.»

Fünf Stagan Machorka werden sie ganz gewiß einnehmen für einen solchen Fund, überlegt Forell. Aber nachdem sie bisher keine Schufte waren, werden sie vielleicht auch künftig anständig sein. Sie mustern ihn noch einmal von oben bis unten, lachen nicht mehr, äußern weder Erstaunen noch Respekt, und klopfen ihm auf die Schultern: Gut!

Die Jakuten haben noch eine Weile zu tun auf ihrem Schlachtfeld und erzählen, daß sie den Wölfen schon seit Tagen nachstellen. Es sei irgendwo etwas mit Rentieren passiert, und von dem Rudel habe man erzählt, es sei ungewöhnlich groß. Wölfe seien hier nicht das Gewohnte. Es müsse irgendwo etwas geschehen sein, was sie hierher verlockt habe. Sie beide, Kolka und Aljoscha, hätten sich die Unterhaltung verschafft, einmal auf Wölfe zu gehen.

«Ihr seid recht gekommen.» «Jaja. Der Mensch ist kein Flughörnchen.» «Ich danke euch.»

Kolka stellt mit viel Lachen und nur teilweise verständlicher Beredsamkeit dar, auf welche Weise sie festgestellt hätten, daß die Wölfe einen Menschen angreifen wollten. Er zeichnet im Schnee die Schlachtordnung auf, in der die Wölfe ein Gespann anzugehen pflegen. Kolkas Finger lassen die Wölfe heranschleichen und in einem großen U den Wettlauf mit dem Gespann aufnehmen, bis es Zeit ist zum Zuschlagen. Dann zeichnet er eine Menschenjagd in den Schnee: einen Sternlauf der Wölfe auf einen zentralen Punkt zu, auf einen hilflosen Punkt, der nur schlecht beweglich ist. Der Mensch ist eben, wenn er allein und ohne Waffen geht, ein armes Wesen.

Forell nimmt seinen Packsack auf, den Jägern zu folgen.

Mit dem Sumpf, der jetzt auftaue, sei das nicht so schlimm, erklären ihm die Begleiter. Man müsse eben hier gehen.

Sie sehen, daß er beim Gehen schleppt und das linke Bein nachzieht. Ob er denn so hart gefallen sei? Bei diesem kleinen Bäumchen?

Nein, erklärt Forell. Das sei älter.

Neugierig sind sie wie die Elstern und fragen, auch wenn die Verständigung holperig vor sich geht, ob er von einem Tier angenommen worden oder aus einer Schneewächte gefallen sei, ob er seit dem Krieg hinke oder aus Freundschaft von einem Freund auf der Jagd eine Schrotladung aufgebrannt bekommen habe.

«Ich bin abgestürzt. Mein Genosse hat mich verlassen.» «Mit Rentieren?» «Ja. Der Kerl hat mir alles genommen.» «So sind die Europäer.» «Ich bin auch Europäer», lacht Forell. «Aber du jagst nicht. Sie jagen dich.»

Dann deutet Aljoscha grad voraus. Es gibt keine Zielmarkierung, aber man ist da. Als sie eine Bodenwelle überschritten haben, empfängt sie das freudige Gejaul von Hunden, die tänzelnd an ihren Herren hochspringen möchten, aber der Sicherheit halber vom Leithund her als komplettes Gespann so verpflockt sind, daß sie keine Reise auf eigenes Risiko unternehmen können. Mit sichtlicher Lust am Klang der Namen ruft Kolka alle dreizehn Hunde, streichelt da, gibt dort einen Klaps, schimpft, lobt, flucht und nestelt das verworrene Riemenzeug auseinander. «Du Miestvieh! Du miserables Stück! Du Sohn von der allerdreckigsten Metze! Willst du dich endlich so lang ruhig halten, daß ich dich anders einschirren kann! O du mein allerbestes Hündchen! Du zartes Schnäuzchen! Und feine Beinchen hast du, jaja. Dreckvieh, das nicht Wert ist, daß man ihm lebend die Haut abschindet! Ein ganz feines Tierchen bist du!»

Die Hunde nehmen alles, wie es gemeint ist: als Koserei. Dann werden

Fische hingeworfen, getrocknete Fische, um die sich das wollige Tiervolk rauft, bis mit Schwanz und Gräten alles verschwunden ist und die Zungen nachgenießend die Mäuler lecken.

Kolka lädt ein. Die Furka, der Hundeschlitten, sei zwar klein für drei Mann, aber gut gerastete und gefütterte Hunde würden es schon schaffen. Kolka voraus an den Leitriemen, Pjotr in der Mitte und Aljoscha dahinter, so fahren sie los, vergnüglich für die Hundeleute, die das Nußschalenschaukeln von Kindheit an kennen und einmal rechts mit einem hinausgestreckten Bein, einmal links, wieder mit beiden Beinen die Richtung und den Halt bestimmen. Eine Rentiernarte ist, mit so einer Furka verglichen, ein Luxusgefährt. Forell muß viel ächzen und hat Kopfschmerzen, als sie am Nachmittag in einem Kolch aus siebzehn Zelten anlangen. Den Typ Zelte glaubt Forell schon zu kennen. Über gebogene Stützstangen gespannt und von außen her absichtlich mit Schnee verdämmt, so daß die Wohnwärme eines Iglus entsteht, erfüllt so ein Zelt den Wohnanspruch von Menschen, die eine weitreichende Sättigung der Innenluft hinnehmen, wenn nur nichts von der kostbaren Wärme verlorengeht.

Kolka ruft den Leuten, die in sympathischer Neugier von überall herankommen, im Stimmfall eines Wanderpredigers eine umfangreiche Geschichte zu. Kein Wort darin ist russisch. Es wird dazwischen gefragt und gelacht. Das Gespräch hüpft wendig hin und her. Forell hört immer wieder zwei Worte heraus, die im Sprechen mit den Anführungszeichen der Verwunderung ausgestattet werden: «Friits» und «Willem».

Der Deutsche, der Angehörige jener bestaunenswerten Nation, die außer vielem anderem den Affen erfunden hat, ist im wohlwollenden Sprachgebrauch der Russen der «Fritz» oder der «Wilhelm». Kolka hat beim Wölfejagen diesen langen Mann aufgelesen, der unwahrscheinlich interessant ist: ein Friits, ein Willem.

Das klingt bedrängend freundlich.

Forell überlegt, wie gefährlich für ihn bei der mundfertigen Gesprächigkeit dieser angeblichen Jakuten das noch mundfertigere Gerücht werden kann, wenn es von diesem Kolch durch ganze Gebirgszüge hindurch weitersickert und das russische Lauscherohr, unwahrscheinlich geschärft seit Jahrhunderten Polizeistaat, von der Existenz eines durch das Land ziehendes Friits erfährt. Die Ochrana, ein vielleicht nur unter russischen Verhältnissen mögliches Kunstwerk der Seelenguckerei, hat über ein paar tausend Werst Distanz den Herzschlag der Bürger vernommen, ob es treu hämmerte oder untreu vibrierte. Das großartig durchgezüchtete System, von den Bolschewiken bis zu jener Verfeinerung weiterentwickelt, die selbst den kaum gewagten Gedanken schon für die Obrigkeit ermittelt und analysiert, kann in wenigen Tagen schon reagieren, wenn hier hinter den Bergen zu laut davon gesprochen wird, daß ein Friits aufgetaucht ist. Als der Deutsche den im Kolch offenbar sehr bedeutenden Kolka am Ärmel zupft, ihm seine Bedenken umständlich dazulegen, tut Kolka alle Sorge mit einer herrlichen Handbewegung ab. Sie sind eben bei dem, wenn schon nicht größten, so doch imposantesten Zelt angelangt. Mit nach außen gezeigten Handflächen tut dieser Bürgermeister eines Zeltdorfes alle Kleinigkeit von Sorge und Zweifeln ab; er sagt stolz «Mein Haus» und lädt ein. Herrlicher hätte er wahrhaftig nicht sagen können: Du stehst unter meinem Schutz.

Beim Eintritt muß ein so langknochiger Mann wie Forell, der die Leute hier sämtlich um einen Kopf überragt, sich noch tiefer als die anderen bükken. Ach, dieses erhabene Haus des ansehnlichsten Mannes hat auch den ansehnlichsten Gestank in seinen Zeltwänden. Möglich, daß die Luft in jener Tiefe, die der Kopf zum Einschlüpfen aufsuchen muß, noch kräftiger und undurchdringlicher ist. Wie ein störrisch gewordenes Pferd, obgleich er schon einiges an sibirischer Heiztechnik genossen hat, geht Forell zurück. Er weiß, daß er die Gastgeber beleidigt, wenn er nicht den Mut zum Eintreten aufbringt. Also gibt er sich einen Ruck, streift die Türfelle zurück und sieht fürs erste einmal nichts. Das Rauchloch ist eng. Rauch und Licht balgen sich in dem engen Durchgang, und der Rauch ist Sieger, bis später das Feuer auf rauchlose Glut niedergebrannt ist.

Das Gefühl sagt dem neuen Mann, daß Menschen in größerer Zahl um ihn her sein müssen. Er tappt sich vor, streckt die Hände tastend aus und spürt es in den Fingern, ohne jemanden zu berühren, wann immer er sich einem menschlichen Wesen nähert.

Alles an Menschen ist unten, alles hockt auf den Bodenfellen. Begrüßungsworte werden nicht gewechselt. Eine Stimme, die einem alten Weib zugehören mag, sagt in hoher Stimmlage Gruß oder Beschwörung. Forell versteht nichts davon. Er glaubt aber, die dünnen Worte so intensiv auf sich einwirken zu spüren wie den penetranten Geruch. Er geht wie durch eine Mauer, doch Mauern halten alles Gefährliche ab, sogar die Furcht vor einer möglichen Gefahr.

Bloß nichts zu essen!

Ein weibliches Wesen von undefinierbarem Alter kommt, so viel vermag er jetzt zu sehen, mit einem Schüsselchen, hält die Schüssel wie verlegen bereit und setzt sie vor dem Gast ab.

«Herr – Wasser!»

Zwölf Paar Augen sind mindestens auf ihn gerichtet, aber er weiß nicht, was mit dem Wasser zu geschehen hat. Trinken? Nein. Getrunken wird aus anders geformten Gefäßen. Wasser trinkt man auch nicht, sondern nimmt es nur als unausweichbare Zutat beim Kochen. Hinter ihm stellt jemand den Packsack ab.

Forell setzt sich, wie er alle anderen sitzen sieht, auf den Boden. In der Schüssel schwappt das Wasser bei der Ruckbewegung beinahe über die Ränder. Forell steckt die Fingerspitzen in das Schüsselchen, nur ein Fingerglied weit, nur um in seiner Unschlüssigkeit überhaupt etwas zu tun. Die immer deutlicher sichtbar gewordenen Gesichter zeigen Zufriedenheit. Das Wasser gehört zum Waschen von Händen und Gesicht. Mehr als eine symbolische Bedeutung kann, bei dem wenigen Wasser, eine solche Waschung nicht haben. Was Forell betreibt, ist nicht mehr nur ein symbolischer Gebrauch, und als er Hände und Gesicht gewaschen hat, ist das wenige Wasser verspritzt.

So war es also richtig. Er wird nie mehr wieder, solange er hier ist, Wasser angeboten bekommen. Eine Verschwendung solcher Art wird nur gestattet bei der Begrüßung eines Gastes. Dabei ist es, wie Forell später feststellt, keineswegs verboten, sich draußen eine Wassergelegenheit zum Waschen zu suchen. Verboten ist es nicht, nur Anlaß zu viel Verwunderung.

Kolka, für den nichts und niemand im Zelt außer dem Gast existiert, bietet einen Trunk an. Die Farbe des Getränks ist, da es in einer Tonflasche dargereicht wird, nicht zu erkennen. Vermutlich ist es trüb. Der Geschmack aber, auf den der Fremde erst nach dem vierten, fünften Schluck kommt, ist nicht unsympathisch. Das Gebräu moussiert leicht wie Perlwein, und daß es auch alkoholisch nicht ohne Wirkung ist, spürt Forell bald im Schädel. Als er später erfährt, daß für dieses Getränk Milch von Rentieren und Hündinnen zum Gären angesetzt wird, ist es längst zu spät, daß ihm der Appetit daran noch verdorben würde. Vorzüglich zubereitet ist der große Fisch, der für Kolka und den Gast aufgetragen wird.

Dort, wenn der Fremde sich schlafen legen will, ist sein Platz.

Ein Mann, der am Morgen von dreißig Wölfen gehetzt wurde, hat es nicht nötig, um einen gesunden Schlaf zu beten. Er merkt es nicht einmal, wie sehr die Frauensleute sich wundern, daß der Fremde sich im ganzen Pelzgewand niederlegt. Der Fremde selbst hat später, wenn er am Abend nicht sogleich vor Erschöpfung einschläft, Gelegenheit, sich seinerseits zu wundern über eine keusche Ungeniertheit der Menschen, die zu zweit in einen Fellsack schlüpfen, über das Ungenierte, das sich der Nacktheit nicht schämt, und über das Maß an Keuschheit, dem erst Genüge getan ist, wenn auch die Köpfe von Fell bedeckt sind. Wer bei Kolka zu Gast ist, genießt bei allen im Dorf Ansehen und Respekt.

Das Gebräu aus Milch von Ren und Hund wird angeboten, wo immer Forell ein Zelt betritt. Ren und Hund, die das Rohmaterial für freundliche Trunkenheit liefern, sind reich vorhanden.

Ein seltsam kleines Ren wird hier gehalten. Forell bekommt nur ein paar Exemplare davon zu sehen und erfährt bei Mahlzeiten, wie trefflich Suppe aus dem Fleisch vom Ren schmeckt. Die Rentiere – Karab sagen die Leute hier dazu – mögen irgendwo sein. Man ist ihrer sicher und hat sie, wenn man sie braucht. Die Besonderheit des Kolchs aber sind die Sabakki, die Hunde, die Schlittenhunde, die von den Jakuten gezüchtet werden.

Der Wohlstand, der durch eine dicke Schicht von Schmutz nicht völlig zu verdecken ist, kommt von der Hundezucht. Die halbwild gehaltenen

Rens entziehen sich jeder Zählung, Ordnung, Kontrolle und Kollektivierung durch ihre Ordnungslosigkeit, die den Dorfleuten jedoch keineswegs die Übersicht nimmt. Natürlich holen sich derlei Herumtreiber wie Friits und seine Genossen, von denen er nur ungern erzählt, die Verpflegung aus dem dorfeigenen Bestand, doch das wiegt längst nicht so schwer wie die andere Tatsache, daß niemand je die Tiere amtlich zählen und verbuchen kann. Wo man so über die Umgehung der Obrigkeit denkt, mag sich auch ein flüchtiger Woenna Plenny getrost für ein paar Tage niederlassen. Das offiziöse Aushängeschild des Dorfes ist die Hundezucht. Auch solches wird, wie Kolka zu berichten weiß, kollektiv betrieben, und die Hand des Staates möchte sich längst auch hier einmengen. Wird die Obrigkeit zu aufdringlich, so werden die Zelte abgebrochen, das Dorf wandert weg, siebenhundert Hunde, bis auf die wertvollsten Rüden und den notwendigen Stamm an Hündinnen, werden losgeschlagen, während der kostbare Rest auf Wanderung geht.

Wie tausend Wollknäuel, die von Bubenhand durcheinandergerollt wurden, tollen die Hunde in mächtigen Zwingergevierten. Sie kennen ihre Pfleger. Sie wissen, wer Futter bringt. Sie jaulen ein grandioses Konzert, wenn Kolka sich sehen läßt. Und sie toben, wie wenn ihr Getöse einstudiert wäre, als sich der fremde Mann zum erstenmal sehen läßt. Kolka mag erklären, soviel er will. Forell versteht unter dem erregenden Gejaul kein Wort und keine Zahl von der Rechnung, die da aufgemacht wird über Wert und Preis eines Gespanns von elf, dreizehn oder fünfzehn Hunden. Die Preise scheinen gut zu sein, denn Kolka strahlt übers ganze Gesicht. Er strahlt immer. Er strahlt sogar noch, wenn seine Augen nicht zu sehen sind, weil er bei Sonne nicht wie die Russen und die Fremden eine eingefärbte Brille trägt, sondern geflochtene Klappen vor den Augen hat. Ein guter Leithund ist ein kleines Vermögen wert, ein Vermögen freilich bei sehr bescheidenen Ansprüchen. Die Leithunde aber haben es auch schwer bei Kolkas Leuten, bis sie nach monatelanger Arbeit endlich die Reifeprüfung ablegen dürfen.

Was ist dieser Kolka für ein Mann? Nicht nur die Frauen gehorchen ihm auf seinen lachenden Wink, untertänig, wenn auch zuweilen nachmaulend. Wenn er kommt und befiehlt, dann schweigen alle Hunde, Rüden und Hündinnen, die berühmten Vererber und die im Gespann geschulten Kastraten.

Morgen, so erzählt Kolka dem Fremden, muß er kurz auf Fahrt gehen. Mit dem Schnee ist es bereits recht dürftig. Es läßt sich nicht mehr hinausschieben, doch möge der Gast sich im Zelt wie daheim fühlen und keinesfalls abreisen, ehe Kolka wieder zurück ist.

«Abreisen? Womit denn?» «Oh! Du wirst eine gute Reise haben.»

Forell findet es angenehm, daß ihm die Schuhe nicht sogleich mit vielsagender Geste vor den Zelteingang gestellt werden. Wie es mit ihm weitergehen wird, wagt er nicht auszudenken. Kolka schirrt dreizehn wieselflinke Hunde vor eine Furka und wird mit großem Wortschwall verabschiedet. Er hat hinterlassen, daß Pjotr, der Friits, auch in seiner Abwesenheit zu behandeln ist, wie es Kolkas Gast gebührt.

Die Männer sind gut. Sie lehren ihn Schlingen legen und nehmen ihn mit zum Fischen. Das Eis ist schon brüchig, und was die Männer da wagen, ist ein verwegenes Spiel, aber sie schleudern aus den Eislöchern Fische heraus, wie wenn sie nur in eine Tonne zu fassen bräuchten, in der die Fische geschlichtet sind wie daheim die Heringe beim Kolonialwarenhändler Mayerthaler um die Ecke. Wenn das Wetter nicht einlädt zum Hinausgehen, und jede kleine Übellaune des Nachwinters wird als Befehl zum Daheimbleiben aufgefaßt, hocken sie auf dem fellbelegten Zeltboden und plauschen. Bewunderungswürdig ist ihre immer vergnügte Laune, beachtenswert ihre Trinkfestigkeit, erstaunlich das immerwährende Pelznähen der Frauen, während die Männer herrlich viele Worte um ihr regsames Nichtstun machen.

Forell ist einmal hier im Zelt zu Gast und anderntags dort. Es wird ihm großmütig nachgesehen, daß er von fremder Art ist, denn draußen bei den Hunden, beim Zerwirken eines Rens und beim Fischen mit dem Pfeil zeigt dieser Pjotr soviel sibirische Erfahrenheit, daß man ihn ruhig arbeiten lassen darf. Wer zu arbeiten versteht, ist aller Achtung wert, auch wenn er von seinen Kenntnissen nicht fortwährend Gebrauch macht. Wichtig ist, daß einer im entscheidenden Augenblick soviel leistet, als wäre er mit acht Händen geboren.

Wenn die Männer um den Tonkrug sitzen, mag ein Sturm kommen und das Zelt umwerfen. Sie beachten es sicher erst nach Stunden. Wenn den Männern das Lachen locker sitzt, girren auch die Frauen mit. Forell hat keine Ahnung davon, wie Männer und Frauen zusammengehören, denn die Frauen sind mindestens dreimal soviel als die Männer. In Kolkas Zelt ist eine Fünfzigjährige, die nicht Kolkas Mutter sein kann und als seine Frau angesprochen wird. Er aber schläft mit einer Jüngeren. Die Fünfzigjährige ist blind. Es gibt mehr blinde Frauen im Kolch. Das käme vom Rauch im Zelt, sagen die Leute, vom Rauch und der immerwährenden Dunkelheit, denn eine Frau kommt nur wenig aus dem Zelt. Forell hat darüber eine andere Meinung. Aber das Zusammenleben mit den Leuten und das Essen aus dem gleichen Napf mit ihnen ist weniger abstoßend und bedenklich, wenn sich der Gast nicht zu intensiv mit derlei Zusammenhängen befaßt.

Kinder gibt es überall reichlich. Es wären noch viel mehr, meint Aljoscha, wenn nicht die größere Zahl bald nach der Geburt sterben würde. Sie gehen so leicht von dieser Welt, wie sie kommen. Und wenn eines kommt, wird nicht einmal der Friits, der gerade mit anderen Männern trinkend herumsitzt, aus dem Zelt gebeten. Später, als er nicht mehr übersehen kann, was da geschieht, ist es zu spät, um noch die Flucht zu ergreifen. Es könnte als Unfreundlichkeit ausgelegt werden. Eine Frau, von der man glauben darf, sie wäre etwa dreißig, schiebt ihre Fellarbeit von sich und seufzt. Ein Mann, der wohl ihr Mann ist, fragt sie etwas. Sie gibt ihm bejahend Antwort. Der Mann gibt, wieder im Ton einer Frage, Anweisungen an zwei andere Frauen, die mit im Zelt wohnen. Dann werden die drängelnden Kinder weggeschickt, offenbar, weil sie stören.

Forell soll sich nicht kümmern. Das ist nun einmal so. Das weiß man seit einiger Zeit, und weil man das weiß, steht im Zelt ein etwa meterhoher Holzpfosten. Andere Zelte, soweit Forell sie schon besucht hat, haben diesen Pfosten nicht und auch nicht die kleinen Pflöcke, diese zwei niedrigen Pflöcke, die jetzt von Fellen und Gerümpel freigelegt werden.

Fliehen wäre jetzt das einzige, denkt Forell. Er hat, denn die Zeit seiner Ehe lang ist er Soldat, noch nie gesehen, wie geboren wird. Unter rauheren Verhältnissen sind auch diese Bräuche rauher. Niemand weicht dem Ereignis feig aus. Das Gespräch wird gedämpfter. Der Mann, dem die Frau zugehört, ist von einer rührenden Fürsorge. Das spricht aus jedem Wort, dessen Sinn in dem liebenden Ton liegt. Helfer will der Mann nicht sein. Das tun Frauen. Sie decken, was geschieht, nach Möglichkeit gegen Sicht ab. Nur zwei dick gewandete Frauenleiber bilden so etwas wie eine Wand durchs Zelt, ohne daß den Blicken entzogen würde, wie weit eine Frau sich entkleidet, die gebären wird, und wie von dem hohen Pfosten her der Gebärenden eine Riemenschlaufe in die Hände gegeben wird. Die Männer unterhalten sich überlaut. Das Gespräch ist ernst. Forell versteht nicht ein Wort davon. Er beneidet die anderen, die mit dem Rücken zur Szene sitzen und nichts zu sehen brauchen. Auch das Gehörte vermittelt genau den Vorgang und den Stand des Ereignisses. Ob der Fremde sich auch wehrt – in einem letzten Winkel des Auges drängt sich das Bild der Frau ein, die nach der Riemenschlaufe winkt, wenn sie ihr einmal wieder entglitten ist, den Riemen wieder zugereicht bekommt und die Beine mit aller Kraft gegen die kleinen Pflöcke stemmt.

Forell wischt sich mit dem Ärmel den Schweiß aus der Stirn.

Das Stöhnen der Gebärenden ist immer nur ein kurzes, fast zorniges Knurren, als ärgere sie sich über den Schmerz. Es wird lauter, die Abstände werden kürzer, und die Männer hören zu reden auf, während die beiden Frauen von Schwatzhaftigkeit überfließen, um dann laut, gerührt und in Bewunderung ausbrechend, sich und den anderen zu berichten, daß auf dem Fell bereits ein Kind liegt. Jetzt fangen die Männer an, sich läppisch zu gebärden, ihrer männlichen Überlegenheit bewußt, nachdem die beiden Frauen gesagt haben, was sie dann auch rühmend zu sehen geben: es ist ein Knabe.

Und da wundert man sich darüber, daß von den Kindern nur wenige das wilde Glück von Ren und Hund und Zelt erleben! Die Saitlinge zum Abbinden der Nabelschnur sind nicht sauberer als das Pelztaschenwerk, aus dem sie herausgezerrt werden, und das Messer zum Abtrennen ist eben ein Messer, das gestern vielleicht ein Renkalb aufgebrochen hat. Gewandte Hände rollen den Rest Nabelschnur zu einer Schnecke auf. Ein zwei Finger breiter Pelzstreifen, in der Mitte zu einem Knoten verdickt, wird dem Neugeborenen um das Körperchen gebunden, und dies so, daß der Knoten den Nabel in den Leib drückt. Jeder Mann im Zelt darf schnell einen Blick auf den Säugling werden, dann trägt eine der beiden Frauen ihn, nackt bis auf den Fellriemen, aus dem Zelt. Forell hat immer noch Lust zu fliehen. Doch jetzt fühlen die Männer sich nach gut abgelaufenem Ereignis erst recht veranlaßt, die irdene Flasche umgehen zu lassen, und sie schreien sich in eine herrliche Begeisterung hinein, bis nach vielleicht zwei Stunden der Säugling zurückgebracht wird, sauber gewaschen oder, wie die Männer behaupten, mit Wolle von Lämmern abgerieben. Vor aller Augen geschieht es, daß sich die Nachgeburt löst. Danach kann man daran gehen, das Lager wieder allmählich in Ordnung zu bringen, die Nachgeburt wegzuschaffen und der Frau das Kind zuzureichen.

Schwer fällt es der Wöchnerin, nach den Strapazen der letzten Stunden sich zu erheben. Als sie aufsteht und winkt, man möge ihr endlich das Kind geben, nachdem sie es doch geboren hat, macht sie einen blutlos müden Eindruck. Die Finger nesteln an dem Pelz, den zu nähen sie vor der Entbindung begonnen hat. Sie seufzt. Und der Seufzer ist anzuhören wie eine leicht unwillige Klage: Daß man doch immer wieder gestört wird!

Als sie das Kind zum erstenmal an die Brust nimmt, tut sie jede Bewegung mit so viel Zartheit, daß die Männer auf leisen Füßen aus dem Zelt gehen.

Was weiter das Schicksal des Kindes sein wird, ob es die ersten Säuglingswochen überleben oder, ohne je ein helleres Licht gesehen zu haben als die rauchgedämpfte Strähne, die durch das Zeltloch hereinkommt, die Herde wieder verlassen wird, erfährt Forell nicht mehr. Es beschäftigt ihn viel, denn noch nie hat er erlebt, wie ein Menschenkind geboren wird.

Nach elf Tagen kommt Kolka zurück.

Die Hunde jagen stolzer als Pferde es vermögen über den Schnee vor dem Zelt, und mit der Geste eines wahrhaft Vornehmen weist Kolka das Frauenvolk an, die Sachen ins Zelt zu bringen, die er gekauft oder eingetauscht hat.

Es war schön. Ooh! Es war wieder interessant. Die Hunde haben einen ausgezeichneten Eindruck gemacht, und für die abgeführten Hunde werde bei dieser Güte noch mehr bezahlt als im letzten Herbst. Dann sieht der strahlende Kolka den Gast. Er ist, bei dieser Größe, ja nicht zu übersehen. Plötzlich steht eine Unmutsfalte in dem sonst so vergnügten Gesicht. Forell begreift, daß er stört. Kolka hat die ganze Reise lang offenbar nicht mehr an ihn gedacht und wohl auch gehofft, ihn nach der Rückkunft nicht mehr anzutreffen, wenngleich er bei der Wegfahrt ausdrücklich gesagt hat, Forell solle bleiben.

Hunde, wenn man sie nur züchtet und als Welpen verkauft, sind kein Geschäft. Abgeführte Hunde, die nach der Kastration und an der Seuche nicht mehr eingehen, zu Lasten des Käufers, solche Hunde, die Sibirien auch schon im Winter gesehen haben, werden mit dem vielfachen Preis bezahlt. Pferde wollen sie jetzt züchten, diese Narren! Als ob für dieses Riesentier bei uns der Platz wäre auf den Wegen, die man selbst suchen muß!

So redet und lacht und bramarbasiert Kolka vor sich hin, als er anderntags mit Forell bei den Hunden ist. Er hat den Deutschen absichtlich mitgenommen und auf andere Begleitung verzichtet. Forell spürt, daß der Abschied ausgeredet werden soll. Es ist Zeit zum Weiterwandern. Es muß ja sein.

Plötzlich wendet Kolka ihm das Gesicht zu, ein keineswegs lachendes Gesicht. «Wie hat der Mann geheißen, der dich allein gelassen hat?»

«Grigorij.» «Vielleicht hat er nicht Grigorij geheißen.» «Anzunehmen.» «Und ihr habt gejagt?» «Den ganzen Winter.» «Sehr viel Beute, habe ich mir sagen lassen.» «Weißt du davon etwas?» «Und was ihr noch zusammengestohlen habt – Gold!»

Forell erzählt, wie das mit dem Gold war, wie sie einen Sommer lang Gold gewaschen und sehr wenig ausgerichtet haben. Dann erzählt er, da Kolka mehr zu wissen scheint, die ganze Geschichte von Grigorijs Goldklumpen mit all den Erbärmlichkeiten, die sich ergeben haben, als in Grigorijs Packsack der Klumpen entdeckt wurde. Es ist wahr und klingt für das Ohr eines Sibiriers glaubhaft.

«Du wirst nicht mehr lange bei uns bleiben», meint Kolka.

«Ich ziehe weiter. Hier bin ich nicht daheim.» «Es wird zwar gesagt, daß du nicht mehr lebst. Aber sie suchen dich. Ich bin in der Stadt gewesen. Das weißt du ja.» «Welche Stadt gibt es denn hier?» «Nicht hier. Dort.» Er deutet. «Ajan.» «Wo ist das?» «Am Meer.» «Sie suchen mich?» «Das ist schlecht. Wenn sie neugierig sind, wollen sie einmal selbst sehen, was unsere Hunde machen. Dann wissen sie sehr schnell, daß du bei uns warst. Ich weiß sowieso einen besseren Platz. Wir gehen mit dem Wasser.» Wie dieses «Gehen mit dem Wasser» gemeint ist, erfragt Forell nicht mehr. Es kann ein mit Absicht falsch gegebener Hinweis sein, falsch gegeben für den Fall, daß die Russen Forell eines Tages zu fassen bekommen und aus ihm mit viel Geschick ein paar Wahrheiten herauspressen.

Seine Überlegungen aufnehmend, wie wenn er sie erraten hätte, führt Kolka das Gespräch weiter. «Du hast mir die Wahrheit gesagt. Das ist mir angenehm. Ich habe alles schon gewußt. Die Russen wissen es auch. Alles von diesem Grigorij oder wie er heißt.»

Forell wird gelb.

«Du kannst Grigorij danken, daß er dir alles abgenommen und dich den Wölfen überlassen hat. Er muß ein dummer Mensch gewesen sein.» «Gewesen?» «Sie haben ihn erschossen, als sie wußten, was sie wissen wollten. Er muß ein sehr dummer Mensch gewesen sein. Geht man denn, wenn man im Goldbergwerk weggelaufen ist, zu den Russen und sagt: Da bin ich?» «Er hatte doch ein Papier, auf dem stand, daß er Jäger sei. Und das Papier war unterschrieben vom Genossen Lederer.» «Das hat ihn das Leben gekostet. Es gibt keinen Genossen Lederer mehr. Der arbeitet heute selbst im Goldbergwerk. Wenn einer sich auf einen toten Mann beruft, kann er leicht selbst tot werden. Ich habe das alles nur so erfragt, weil die Russen von mir wissen wollten, ob wir Jäger gesehen hätten, bei denen ein Deutscher gewesen sein soll. Du kannst beruhigt sein. Wir haben keinen Deutschen gesehen. Die Russen glauben auch nicht im Ernst, daß du noch lebst. Sie haben ja diesen Grigorij oder wie er heißt erschossen, weil er ein paar Leute umgebracht hat, auch dich, weil er mit Lederer unter einer Decke gesteckt ist, weil er Sabotage getrieben und Gold gestohlen hat, weil er aus dem Goldfeld geflohen ist.»

«Er war ein gemeiner Kerl, aber eigentlich hat er sich zu mir am Schluß anständig benommen.» «Um den kannst du später weinen. Wann wirst du gehen?» «Morgen.» «Übermorgen. Du brauchst erst neue Sachen.» «Wohin soll ich mich halten, um nicht den Russen in die Hände zu laufen?»

Kolka gibt ihm keine Antwort mehr. Er hat mit dem Denken Arbeit, obgleich er ein geübter Denker und ein guter Rechner ist. Sie gehen die Hunde durch, sehen eine Weile zu, wie ein neu zusammengestelltes Paar abgeführt wird, Kolka erklärt den besten Hundetyp, sie sprechen vom Frühjahr, Forell verliert das krankhafte Gelb wieder aus dem Gesicht und macht interessiert die Untersuchung von Hunden mit.

Es will dem Deutschen, als man wieder um die Zelte beisammen ist, so erscheinen, als verhielten sich alle Leute jetzt zu ihm distanzierter und abweisender. Es wird nicht mehr von allen Seiten «Friits» gerufen, wenn er auftaucht. Kolka hat wohl schon geplaudert. Die Stimmung ist nicht feindlich, eher spricht Mitleid aus den Gesichtern, wenn Forell sagt, er werde übermorgen seines Weges weiterziehen, um bald an die Grenze zu kommen.

Im Zelt kramt Forell seine Sachen auseinander, um wegzuwerfen, was ihn nur belasten wird. Aha, da sind, bisher noch ohne allen Zweck mitgeschleppt, die Schrotpatronen. In ihrem Mißtrauen haben sie doch die Waffen halbiert: Grigorij hat die leeren Flinten getragen, um nicht in Mordversuchungen zu kommen, und Forell, aus gleichen Gründen, hat nur die Munition tragen dürfen.

«Du kannst sie brauchen», sagt er zu Kolka und reicht ihm eine erste Handvoll Patronen. Kolkas Gesicht geht mächtig auseinander. Die Russen halten die Hundezüchter sehr knapp mit Munition. Schießen sollen die

Jäger, und nicht die Hundehalter.

«Hast du noch mehr davon?» «Ich werde nie mehr zu einer Flinte kommen, fürchte ich.» «Nein. Zu einer Schußwaffe kommst du sicher nie mehr.»

An die sechzig Schuß holt er aus allen Fächern und Taschen seiner Kleidung hervor und läßt sie zu Kolkas Vergnügen auf das Fell rollen.

«Da hast du ganz recht, Pjotr. Dich würden sie genauso wie deinen Freund Grigorij erschießen, denn du darfst ja solche Sachen nicht einmal haben. Woenna Plenny und Munition, das geht nicht. Sie würden fürchten, ein einziger weggelaufener Woenna Plenny würde in Sibirien Revolution machen mit Schrotpatronen.» Ein geradezu festtägliches Lachen läßt Kolka vom Stapel und verspricht dafür, daß Pjotr ein so reiches Gastgeschenk hinterlassen hat, alle Hilfe. Er werde Pjotr ausstatten lassen wie einen Fürsten, wenn auch das Kolch aus Angst vor russischer Schnüffelei wandern müsse.

Pjotr bekommt, was ein Dorf von Hundezüchtern nur aufbringen kann. Er wird künftig auch so ein Pelzhemd tragen und auch in Stiefeln gehen, die über den Knien mit Riemen gebunden werden. Sein Pelzzeug ist ja lumpig und schlecht gearbeitet, miserable Männerarbeit. Es kommt das warme Jahr, und Sibirien ist heiß. Da kann der Mann nicht in so schweren Pelzsachen gehen, sondern muß gut verarbeitete Kleidung tragen, die sehr warm ist bei winterlicher Zeit, aber den Mann in der Sommerhitze kaum beschwert. Ein Pelzhemd, so erklärt ihm Kolka, ist das Wärmste und das Kühlste, was es gibt. Und die Potoki, deren Sohlen es aushalten, daß man zwei Jahre darauf läuft, sind an den Schäften herauf weich wie das Fell eines neugeborenen Schafes. So schwadronierend Kolka das alles anbietet – er hält sein Wort.

Die Patronen haben ein Wunder bewirkt, glaubt Forell. So wichtig aber zählen bei einem Mann von Kolkas Klugheit die Sorgen um Jagdmunition keineswegs. Er neigt in allem zur Übertreibung: im Lachen, in der Gastlichkeit, in der Darstellung der Nöte, die man sich mit der Beherbergung eines Flüchtigen aufgeladen hat, und im Schildern der großartigen Ausrüstung, die er dem Fremden schenken wird. So wertvoll ist das alles nicht, was man ihm an den Leib paßt. Felle bedeuten kaum etwas. Nähen muß das Weibsvolk. Zu essen hat man reichlich. So kann man einem einzelnen Mann gern etwas einpacken für die Reise, viel Palemi vor allem. Palemi schmeckt gut und nährt gut. Die Fladen aus gehacktem Fleisch, Fisch, Hirse und Mehl, an der Luft getrocknet, nehmen nicht viel Platz und nicht sehr viel Gewicht im Gepäck ein. Trotzdem schwillt der Packsack, den die Frauen aus Häuten so dünn wie Fensterleder nähen, dick an.

«Bist du gut im Gehen?» «Ich werde es versuchen.» «Bis zur Grenze ist weit. Wir können dir helfen, daß du wegkommst.» «Dafür bin ich euch dankbar.» «Es wird Sommer. Du fürchtest die Bäche. Ich weiß. Die Flüsse.

Aber ohne Wasser gibt es keine Fische. Und ohne Fische lebst du nicht lange. Bis dir ein Stück Wild in die Schlinge geht, fängst du hundertmal einen Fisch. Mit den Wassern ist das so: bis dir ein Fisch angebissen hat, ist dir auch schon der richtige Weg eingefallen, um über das Wasser zu kommen. Wenn es schwer geregnet hat, sind die Flüsse breit. Dann wirst du eben warten müssen. Zum Warten hast du immer Zeit.» «Damit geht der Sommer vorbei, und ich möchte doch heim.» «Warum so schnell, Pjotr? Wenn du nicht warten kannst, geht es schlecht mit dir.» «Was soll ich tun, wenn ich auf Menschen stoße?» «Grüßen und weitergehen.» «Sibirien ist mißtrauisch.»

Kolka schaut den Gast so gütig verschmitzt an, als habe er ihm in aller Liebe eine unbekannte Erbschaft zu eröffnen. «Sibirien ist ein Land, das du nicht kennst. Es ist mißtrauisch. Du hast recht. Sibirien ist die Barmherzigkeit.» Der lachende, lärmende Kolka läßt den Fremden in eine Falte seines gar nicht einfältigen Herzens schauen. Solche Falten hat er uneröffnet noch zehntausend. Dieser lange Kerl, zu dem er aufschauen muß, hat es ihm angetan. «Geh du nur so zu, wie du gehen willst, Pjotr! Du wirst bald wieder, wenn wir dich auch neu herrichten, wie ein Armer aussehen. Wenn du fünfzig Nächte im Moos und im Wald geschlafen hast, siehst du wieder aus wie zuvor. Das ist gut. Fragt dich einer, wohin du gehst, und hat der Frager ein böses Gesicht, dann sag ihm die Richtung, aber nicht mehr! Er wird dich fragen, was du tust. Dann sag ihm, du bist ein Strafgefangener und mußt dahin oder dorthin, unterwegs zur Arbeit. Der Mann, und hat er ein noch so böses Gesicht, läßt dich gehen und schaut dir mitleidig nach. Kein Land ist so barmherzig wie Sibirien. Sag aber nie, daß du ein freier Mann bist! Sonst bist du nicht mehr lange frei. Sibirien ist mißtrauisch.» «Ich weiß.» «Nichts weißt du.» «Hast du einen Stein für meine Puschka? Der meine geht zu Ende.» «Du weißt doch mehr. Eine Puschka muß man haben, um Feuer zu machen. Eine Angel zum Fischen. Ein paar Schlingen, um auch einmal Fleisch zu bekommen. Und jedem mußt du sagen, du seiest zur Strafe hier. Dann gibt er dir Brot zu deinem Fisch.»

Kolka gibt ihm Docht und Feuerstein, bevor sie sich schlafen legen. Am Morgen jaulen fünfzehn Hunde vor dem Zelt, den Fremden wegzubringen. Prüfend schaut Kolka in die Gegend, die nur noch wenig Schnee hat. Er gibt Aljoscha Anweisungen für die Fahrt und läßt ihn den Packsack auf der Furka verstauen.

«Ich bin fertig, Kolka.» Forell ist traurig.

«Dann fahrt zu! Aljoscha bringt dich über den Fluß. Red nicht viel mit den Leuten! Dein Russisch ist schlecht. Aber deine Gesichtsfarbe ist gut. Und immer mußt du so traurig den Menschen ins Gesicht schauen wie jetzt. Traurigkeit ist das bessere Leben.»

Die Zeltmänner lachen vergnügt über die Zurichtung, die sie dem Friits haben angedeihen lassen. Gestern noch haben sie ihm den Bart abgenommen und das Haar zurückgeschnitten, und unter der Wolle des Verwahrlosten ist ein Gesicht herausgekommen, das Forell selbst fremd war, als er sich beim Waschen betrachtete. Das Gelächter ist von guter Art, und Forell hört es noch, als er beim jähen Anziehen der Hunde rücklings aus der Furka zu fallen droht. Der Schnee ist harschig und von grobem Korn, nicht ungefährlich für die Hunde, doch findet der Leithund recht gut die zu rauhen Eisplatten gefrorenen Schneestreifen, und wenn auch einmal die Pfoten darauf abrutschen, dann nehmen die Hunde es als ein bestelltes Spiel und vergnügen sich damit, daß sie wie Bälle hinrollen.

Am Nachmittag wird der Schnee mehr. Forell muß absteigen und hinter der schlitternden Backmulde herlaufen. Noch später springt auch Aljoscha aus dem Schlitten und übernimmt es, da der körnige Schnee recht unangenehm weich geworden ist, zusammen mit Forell eine Spur zu treten, bis man wieder in abfallendes Gelände kommt. Das Ansteigen ist mehr, so daß Forell die Tagesleistung auf höchstens fünfzig Werst schätzt, als Aljoscha die Hunde anhalten läßt und alle Anstalten zu einem Biwak trifft.

Aljoscha weckt den Deutschen schon zeitig am nächsten Morgen, und als sie knapp eine Stunde gefahren sind, genauso leicht über blankes Moos hinweg wie auf den restlichen Schneestreifen, zeigt Aljoscha voraus: der Fluß!

Das Wasser kommt laut über eine mächtige Felskanzel und gurgelt darunter in einem tiefgesägten Einschnitt talwärts. Der Cañon aber ist seine vierzig Meter breit, durch nichts zu überbrücken bis ans andere Ufer. Aljoscha weidet sich an der Ratlosigkeit des Deutschen. Nein. Es gibt keine noch so bescheidene Möglichkeit, ans andere Ufer zu kommen und die Reise fortzusetzen. Kolka jedoch hat davon gesprochen, daß Aljoscha mitkommen wird bis über den Fluß. Und Aljoscha weiß gut, wo er fünfzehn Werst weiter oben an einem Tobel, in dem das Wasser fast unbeweglich fließt, noch so viel altes Eis findet, daß nicht nur der Mann allein mit seinem Gepäck ans andere Ufer kommen kann, sondern das mit zwei Männern besetzte Schlittengespann übersetzen könnte, solange der Tag nicht zu weit vorgeschritten und die Sonne nicht mit ihrer Wärme dem Eis an den Uferrändern gefährlich wird. Die ganze große Eisplatte wippt, und ihr Nachgeben drückt von den Seiten etwas Wasser herein. Aljoscha aber sichert und findet am anderen Ufer eine Stelle, an der das Hinüberspringen ans Ufer nicht zur Gefahr wird.

«Nimm das!» sagt Aljoscha und reicht ein paar Jägerskier hin. «Du gehst besser damit, vor allem, wo es sumpfig wird.» «Danke, Aljoscha.» Forell kennt die Dinger. Nur hat er sie noch nie so federleicht kennengelernt. Das ganze Gewicht ist kein Kilo. «Hier sind deine Sachen.»

Forell stöhnt leise. Nun steht ihm das Tragen einer Last bevor, die auf ihn und das Tempo seiner Wanderung drücken wird.

«Kolka läßt dir gute Reise wünschen. Aber warte noch!» Damit geht

Aljoscha zurück und schirrt einen Hund aus, der bisher als erster Hund links hinter dem Leithund gelaufen ist. «Den schenkt dir Kolka für die Reise. Du mußt nicht erschrecken, Pjotr. Der Hund frißt vom Fisch den Kopf und das Grätenstück, während alles andere dir bleibt. Kommt dir ein Stück Wild in die Schlinge, dann ist es sowieso gut. Aber der Hund wird dir immer Zeichen geben, wo es gefährlich ist. So hat Kolka gemeint. Und er läßt dir gute Reise wünschen.»

Dem Hund gibt Aljoscha mit gestrecktem Arm den Befehl, mit Pjotr zu gehen. Er selbst wendet mit dem Gespann, nachdem er den unpaar gewordenen Hund in der Furka hat Platz nehmen lassen. Und nach einer Viertelstunde ist der letzte Nachhall der Anfeuerungsrufe verklungen.

Nachdem Mensch und Hund sich aneinander gewöhnt haben, beginnt Forells wunderbare Reise in den Sommer.

Aus reinem und unverdorbenem Herzen gibt ein Mann wie Kolka zwar Ratschläge, die nichts kosten als eine lebenslange Erfahrung und immer noch Eigentum sind, auch wenn man sie zehnmal verschenkt hat. Mit einem Hund, dessen Aufzucht etwas gekostet hat und dessen Hergabe ein Stück baren Verdienst ausschließt, ist das ein wenig anders. Die Farbe stimmt nicht so ganz, denn im Rückenfell sind Streifen, die Forell schon gesehen hat, als sie zum Fluß fuhren. Von Statur ist der geschenkte Hund um jene Kleinigkeit zu groß, die von den Züchtern als entscheidend angesehen wird. Man hat ihn, wahrscheinlich weil er im Gespann unverträglich ist und zum Ziehen nicht so recht taugen will, nicht verschnitten.

«Willem», nennt Forell das Erbstück des Züchterdorfes, denn einen Namen muß ein Hund haben. Friits und Willem wandern nun gemeinsam. Die Wahl des Namens ist gut. Willem aber – darüber besteht kein Zweifel, seit Kolka das Tier verschenkt hat – ist aus der Art geschlagen, ein Mischling, ein Bastard oder aus einem Mißgeschick, das schon weit zurückliegt, eine Demonstration der unerschütterlichen Mendelschen Gesetze.

Forell aber hat ihm, so rüpelhaft er ist und so widerwillig er sich ins Zusammenleben mit einem einzigen Menschen gefunden hat, einen weichen Namen gegeben. Und nun gehen sie mitsammen, soweit Mensch und Hund je den gleichen Weg gemeinsam haben.

Die Richtung nach Westen dürfte die richtige sein, und eine kleine Abweichung nach Süden wird nicht schaden. Wie gegangen wird, wenn Forell am Morgen sich aus der Sasse wälzt, bestimmt ein Baum oder ein steinernes Merkzeichen, nach dem Kompaß anvisiert. Wie weit untertags von der eindeutigen Absicht abgewichen wird, bestimmen die Hindernisse auf dem Weg. Der Mensch versucht den kürzesten Weg. Der Hund ist für eine zwanzigfache Tagesleistung und umläuft den Menschen rechts und links und davor, in seinem Lauf immer wieder den Weg des Menschen überschneidend. Dann schiebt er seine Schnauze unter die Hand des Menschen: «Du kannst mich ruhig ein bissel kraulen, Zweibeiner, wo der Tag so schön und der Buschwald da zur rechten Seite so unbändig interessant ist.» Dann krault Forell eben den Kopf ein wenig und erzählt Willem, was er denkt, wie er den Tag findet, wie unangenehm die Riemen des Packsakkes in die Schultern schneiden, daß er unschlüssig ist über die einzuschlagende Richtung und für den Abend nichts zu essen hat als ein ganz klein wenig Palemi. «Von dem halben Fladen Palemi aber wirst auch du noch die Hälfte haben wollen, Willem. Das ist schlecht.»

«Pah!» schnaubt der Hund und setzt sich nach links ab, die Gegend eindringlich zu durchstöbern. Am Abend sitzen sie dann wirklich bei nur einem Stück Palemi im Moos oder dem Nadelbett himmelhoher Lärchen. Der müde Mensch muß, so schön auch das träge Daliegen wäre, mit dem Hund noch einmal eine Runde machen, um ein paar Schlingen auszulegen, die dort am ehesten etwas einzufangen versprechen, wo Willem mit soviel Eifer gestöbert hat. Da ein paar Schlingen bei einiger Unachtsamkeit schnell verloren sind, steckt Forell Markierungen aus, damit er keine ausgelegte Schlinge übersieht. Beim Erwachen ist es schon heller Tag. Die jagdbaren Tiere sind längst äsen gegangen. Die Schlingen aber sind leer.

«Das ist schlecht, Willem. Der Kalender sieht wieder einen Fasttag vor. Haben wir denn Karwoche, daß die Fasttage so dicht aufeinanderfolgen? Sieh zu, daß du etwas findest! Dann langt mein Palemi um einen Tag länger.»

Willem findet dann wirklich etwas.

Der Entdeckung an einer lang hinlaufenden Baumwurzel scheint eine nächtliche Tragödie vorausgegangen zu sein. Forell würde auf zwanzig Meter Abstand vorübergehen, ohne die Sache zu beachten. Durch das Verbellen aber wird er auf die Szene aufmerksam. Ein armlanges Pelztier, durch einen Biß oder einen Schlag dergestalt bewegungsunfähig gemacht, daß ein paar Wirbel des Rückgrats nicht nur blutig bloßgelegt, sondern abgeknickt sind, wehrt sich mit dem beweglich gebliebenen Teil des Körpers, mit den Krallen der Vorderpfoten und wütend vorgezeigtem Gebiß gegen Willem. Wie ein Rasender gebärdet sich der Hund und hat, obgleich das Tier nur beschränkt über seine Waffen verfügt, wenig Aussicht, so heranzukommen, daß er das wendige Vieh würgen kann. Das hat er eben nicht gelernt. Schlittenhunde promovieren in anderen Disziplinen. Forell hält den Hund zurück und schlägt mit dem Gehstock hinter den Kopf des Pelztieres. Aber er muß viermal schlagen, ehe er es wagen darf, mit vorsichtigem Finger den beizend stinkenden Kadaver aufzunehmen.

Das Fell ist, schon um der vorgeschrittenen Jahreszeit willen, nichts wert. Es wird in Stücken abgezogen und weggeworfen, als Forell dem Hund das brauchbare Fleisch herauslöst. Wenn das Vieh nur um einiges weniger penetrant riechen würde, möchte Forell es sich überlegen, ob auf einem Holzfeuer daraus nicht eine Mahlzeit zu bereiten wäre für menschliche Ansprüche. Er ist geizig mit seinem Palemi, aber das gibt nun einmal keine Mahlzeit, die eigenen Proviant einsparen würde. Denn sogar Willem geht nicht mit überzeugendem Appetit daran.

Morgen wird hoffentlich etwas in der Schlinge bleiben.

Morgen aber sind die Schlingen wieder leer. Sollen sie leer sein.

Forell wacht auf, bevor es zu dämmern anfängt. Da der Tag mit sauberem Himmel angekündigt wird, ist es ratsam, ganz früh die Schlingen einzusammeln, den Packsack überzunehmen und zu gehen. An solchen Tagen, nachdem hinter dem letzten Rest Schnee eilig die Trockenheit gefolgt ist, wird die Luft schon am Vormittag sehr warm. Mit der Kühle, die Kolka an der Fellkleidung gerühmt hat, ist es doch nicht ganz so großartig. Man geht angenehmer, wenn man nicht zur Zeit des hohen Mittags geht.

Die Zeit ist gut, die Stunde vor dem Sonnenaufgang.

Unter den Potokis rauscht steppig dürrer Graswuchs vom letzten Sommer, durch den sich seit Tagen junges Gras schiebt, wenn die Wärme stundenlang die Hänge beleckt hat. Forell wandert ein abgetrepptes Gelände hinab, vor sich ebenen Boden bis weit hinaus, wo noch nicht zu sehen ist, wie das Ebene sich fortsetzen wird. Willem trabt neben seinem Herrn und schaut sich prüfend um, als wolle er sagen: Heute dürfte es aber einmal anders werden mit dem Essen, denn sehr viel haben die letzten Tage uns nicht geboten!

Was zu essen geboten werden wird, mag der Tag selbst entscheiden.

Das erste am Morgen ist etwas anderes.

Ein paar Sterne stehen noch vor dem Wanderer und warten, daß sie ausgelöscht werden. Die Dämmerung fließt auseinander. Tuch um Tuch werden Vorhänge vor- oder weggezogen. Es ist nicht zu erschauen, ob Zudekken oder Aufdecken gespielt wird. Das erste, was gezeigt wird, ist ein verstaubtes Violett wie von alten Paramenten, edelster Samt, der sich mausweich anfühlen müßte, wenn ein Finger so lang wäre, um ihn zu betasten. Das Violett bekommt einen bleiigen Hauch, wird langsam bischofsfarben, dann Flieder in Bauerngärten, kränklich herbstzeitlosenhaft von unten, während ein Übergangsstreifen über dem wandernden Mann sich einfärbt wie Schwefel im Verbrennen.

«Daß soviel Kitsch auf einmal überhaupt erlaubt wird!» lacht Forell beim Ausschauen des Himmels.

Dann verliert er das Lachen aus dem Mund, der sich vor Erstaunen nicht mehr ganz schließt.

Das dürre Gras vom vorigen Herbst brennt!

So erschreckt wie Forell bleibt auch der Hund stehen. Wie von einem ungeheuerlichen Atem geblasen, fegt das Feuer über Gras und Busch, ein höllisches Feuer, dessen Ursprung und Herkunft der einsame Mensch im Lachen über Gottes liebevollen Kitsch übersehen hat. Alles, was gewachsen und das Verbrennens fähig ist, flammt in Augenblicksschnelle auf, und der Mensch, wie wenn er sich gegen das Verbranntwerden sichern möchte, tritt einen Schritt weit zurück und schaut mit weit aufgerissenen Augen in das noch nie erlebte Grasfeuer, das unruhig flammt bis an den allerletzten Rand des Blickbereiches.

Zwischen Sehen und Erkennen, zwischen Erschrecken und Begreifen sind keine fünf Sekunden einzuzwängen. Hernach aber sind in Forells Handflächen die Abdrücke seiner Nägel tief eingeprägt. Er hat im Augenblick und im Anblick des Feuers den Atem und, wie er glaubt, den Umlauf des Blutes angehalten und sich selbst voll beglückten Entsetzens die Nägel in die Handballen gedrückt.

Dann geht der Hund wieder von der Stelle. Forell atmet wieder. Sein Herz schlägt weiter. Die Vögel setzen ihr Rufen fort, das sie für den Augenblick des Feuers unterbrochen haben. Der über das welke und neue Gras geschossene Brand nimmt natürliche und begreifbare Farben an, als die blutige Scheibe der Sonne so weit hochschwimmt, daß der Brand nur noch ein rot zerfließender Sonnenaufgang ist, der auf Sekundenlängen in sich selbst Feuer fing. Was nachfolgt, ist ein messinggelber Tagesanbruch. Nur ein Hase, der am struppigen Gras zu äsen aufgehört und in Verwunderung ein Männchen gemacht hat, übersieht aus Friedfertigkeit die Rückkehr aus dem Brand des Bodens in die gelbe Wirklichkeit, die unbarmherzig heller wird. Um jenen Augenblick zu lang, der die Bewunderung sibirischer Schönheit gefährlich werden läßt, schaut der Hase sich um. Der Hund Willem ist ein Räuber, der so handelt, wie in Sibirien gebräuchlich.

Kolka hat gesagt, die Barmherzigkeit sei hier zu Hause für den, der schwach und gejagt sein Leben verbringt. Kolka muß es wissen. Der Hase war trächtig, stellt Forell fest, und ihn ekelt davor, als er mit dem Hund teilt. «Du Schindervieh, du niederträchtiges!» schimpft er und löst die Schlegel vom Ziemer. Der Ziemer ist für ihn, die Schlegel sind für ihn, die Schultern sind für ihn. Für Willem sind die Innereien, der Kopf und die Rippenlappen vom Ragout. «Während ich den brennenden Morgen betrachte, bringst du eine trächtige Häsin um, du Miststück, du erbärmliches!» Rechts und links haut er dem Hund die durchtrennten Rippenseiten um den Fang, und Willem heult.

Und der Mensch, wie er ist, legt zur Nachtzeit keine Schlingen aus, denn er ist ja barmherzig und hat im Tragsack noch zu essen für Tage. Er bricht anderntags wieder vor der Dämmerung auf, um sich, sentimental wie der Mensch ist, bis in den letzten Seelenwinkel erregen zu lassen durch den Grasbrand beim Heraufglühen der Sonne, die Friedsamkeit nach dem Erlöschen des Brandes zu genießen, das Schöne in seiner erschütternden Barbarei, die Feuer über die ganze Welt schüttet, atemlos zu bestaunen und beim Vergilben des Brandes – so ist der Mensch nun einmal, der bedrängte, auf Barmherzigkeit angewiesene Mensch – sich umzusehen, ob nicht wieder ein Hase den Augenblick der Rückbesinnung verpaßt. Bis auf den Hasen kommt alles wieder genauso wie am Morgen zuvor, und weil noch der ganze Ziemer im Packsack ist, der am Abend über ein Feuer gesteckt werden kann, schmäht Forell seinen Hund, der so gemein ist, daß er eine trächtige Häsin würgt.

Es kommen Tage, an denen es regnet, lang und ergiebig.

Tage gibt es, die plötzlich so voll Gewitterschwüle hängen, daß Forell in den Pelzkleidern den Schweiß über den Rücken rinnen spürt. Er kennt nun die Art schon, wie die Gewitter an den Höhenzügen entlangkommen und mit unwirscher Plötzlichkeit losbrechen. Wenn er dann nicht ein paar Stangen schneidet, die Kandra wie ein Beil gebrauchend, und sich aus seinem Schlaffell ein Dach über dem geduckten Körper errichtet, ist er in einer Viertelstunde so durchnäßt, daß er einen vollen Tag lang alles an die Sonne hängen muß, damit es wieder trocknet. Ein Bach, der vor dem Gewitter noch mit einer Stange zu überspringen gewesen wäre, schwillt dann schmutzig an und verwehrt für Tage den Übergang. Die naive Vorstellung, man brauche an einem Wasserlauf nur nach oben entlangzugehen, um eine schmale Stelle zu finden, die ein Überschreiten erlaubt, hat er schon abgelegt. Es will ihm günstiger erscheinen, talwärts zu gehen, auch wenn er seine vorgenommene Richtung damit aufgibt. An einem Bach gibt es kein Verhungern, seit er gelernt hat, seine Angel auszulegen, und seit er die Bäche darauf abzuschätzen weiß, ob sie den Versuch zu fischen nicht nur mit einem höhnischen Geplätscher beantworten.

In den Nächten, wenn alles friedlich erscheint, wie wenn der nächste Mensch und das gefährliche Tier eine halbe Welt weit entfernt wären, stößt Willem dem Schläfer plötzlich die feuchte Nase ins Gesicht oder auf die Hand. «Wach auf, du!»

Das Schnarchen wird stumm. Forell hat die Disziplin des lautlosen Erwachens gelernt. Ruhig legt er dem Hund eine Hand auf das wollige Fell. Das ist die Geste der Frage. «Was ist, Willem?» Willem sitzt ruhig vor ihm. Nur aus der Bewegung der Pfoten ist abzulesen, daß der Hund erregt ist, weil sie nicht allein sind. Die rechte Vorderpfote setzt auf, dann die linke, wieder die rechte und wieder die linke, der Wechsel geht schneller, je näher das fremde Leben ist, aber es hängt mit einemmal so viel Spannung in der Finsternis, daß jede Bewegung aufhört.

Selten nur erfährt Forell, was es ist. Willem verrät sich und seinen Mann nicht. Er ist oft genug ermahnt worden, sich still zu verhalten. So lauscht und äugt er in die Richtung, aus der er die Anwesenheit eines anderen Lebens erfährt, setzt unruhig in kurzem oder langem Wechsel die Pfoten auf den Boden, zeigt durch erlahmendes Interesse an, wann die Gefahr sich entfernt, und legt sich flach zu Boden, wenn alles vorbei ist: Du kannst wieder schlafen, Mensch! Wie das lautlose Hochgehen aus dem Schlaf hat Forell auch die Kunst gelernt, sich selbst das Einschlafen zu befehlen. Der

Hund schmiegt sich warm an ihn. Er atmet gedehnt. Dann schläft er auch schon wieder.

Bei Tage dann stehen nach zwei Gehstunden, als Mann und Hund aus einem struppig unterwachsenen Waldstück getreten sind, Häuser unter ihnen. Forell zählt. Zwölf, vierzehn, sechzehn Häuser und ein paar lange Gebäude.

So sehen Kolchosen aus.

In Kolchosen leben organisierte und auf Ideale dressierte Leute, denen zu begegnen eine Gefahr bedeutet. Wäre das Fischefangen am Wasserlauf entlang in den Tagen her so erfolgreich gewesen, daß Forell es sich leisten könnte, die Möglichkeit billiger Nahrung zu umgehen, so würde er im Wald untertauchen und eine weniger gefährliche Richtung nehmen.

Aber gibt es das denn überhaupt? In solcher Anbauform auf so großen Ackerflächen werden doch nur Kartoffeln gezogen? Kann man das in einem so unfreundlichen Klimabereich?

Es wird sich, so unangenehm es auch sein mag, mit menschlicher Neugier in Berührung zu kommen, doch wohl verlohnen, des Hungers wegen, an die Siedlung näher heranzugehen, solange das Gelände noch ausreichend Deckung gibt. Willem scheint, da der Mensch so bedächtig weitergeht, zu verstehen, daß es hier nicht ratsam ist, neben dem Weg Sonderexpeditionen anzusetzen. Er bleibt neben Forell. Sobald der Mensch bedächtig verhält, geht auch der Hund keinen Schritt mehr.

Die Leute haben alles, was angenehm und gefährlich ist: Kühe weiden auf echtem Gras, nicht wie Rentiere auf Moosen, und Hunde bellen stundenlang sinnlos in die Luft des regnerischen Tages, mehr aus Gewohnheit als aus echtem Mißtrauen. Sie sind ungefährlicher, wenn sie fortwährend Lärm machen. Reichtümer werden an einem solchen Platz nicht geerntet, aber Kartoffeln wachsen auf ansehnlichen Flächen, und die Schläge da draußen sind anzusehen, als würde Gemüse gebaut. Solche landwirtschaftlichen Wagnisse gibt es nicht in einem Tal ohne Zusammenhänge. Die Kolchose da unten hebt mit ihrer Existenz die Gottverlassenheit der Gegend auf. Forell versteht es so, daß er auf falschen Wegen ist, zu nahe bei irgendwelchen Zusammenhängen mit anderen dichter in die Gegend gesetzten Menschen. Er will nicht in die Kolchose, sondern will sie fliehen. Aber je weiter der Tag abfällt, desto näher arbeitet er sich heran, achtsam jede Regung des Hundes prüfend, der ihm andeuten muß, wenn sich auch außerhalb des Feldbereiches Menschen betätigen. Der Hund bleibt still. Und der Mensch hat sich vorgenommen, zu stehlen.

Das ist sein Recht.

Lange läßt die volle Dunkelheit auf sich warten.

Dort drüben, jenseits der Häuser, gibt es eine Spur, die einem befahrenen Weg ähnelt. Das ist der Nabel, mit dem die Kolchose an eine größere Gemeinschaft von Menschen angeschlossen ist. Dort ist ohne Zweifel die gefährlichste Stelle.

Ein verrücktes Land, in dem die unwegsamste Einsamkeit nicht davor sicher ist, daß jemand in einem Sommer von drei Monaten die Erde um eine Ernte zu prellen versucht. Aber wenn die Erde gibt, dann gibt sie für alle, auch für den Menschen, den nur der Zufall herangeführt hat. Für ein einziges Mal wünscht Forell sich Kartoffeln. Am Fleisch, obschon es immer zu wenig war, ist er übersättigt und spürt längst die Folgen der einseitigen Ernährung. Nur ein einziges Mal Kartoffeln!

Der Hund, Kolkas unbezahlbares Geschenk, verhält sich ruhig, als Forell sich bei Dunkelheit an einen Kartoffelschlag herangearbeitet hat. In der Erde aber, nachdem das Kraut erst eine Spanne hoch ist, kann sonst nichts liegen als nur die zur Saat gesteckten und angetriebenen Kartoffeln, von denen Forell weiß, daß sie im Herbst mit den neuen Kartoffeln, schwarz, wässerig und anfaulig aus dem Boden kommen, ungenießbar für den Menschen. Nachdem die Jahreszeit noch nicht weit vorgeschritten ist, darf der Dieb damit rechnen, daß die Saatkartoffeln noch genießbar sein werden. Er fängt mit den Händen zu graben an und kommt auf eine erste Kartoffel. Oh! Sie ist noch fest. Man darf nur nicht am Rand plündern, wo es einem Vorbeigehenden sogleich auffallen wird.

Als Forell eine Strecke von dreißig Metern umgewühlt hat, sind im Schaffell so viele Kartoffeln, daß sie dreimal für den großen Hunger reichen. Sorglos geht er seinen Weg zurück, baut sich auf halber Hanghöhe für die Nacht ein und freut sich die ganze Nacht lang, wach und im Schlaf, auf das Abkochen, das ihm erst erlaubt sein wird, wenn es Tag ist und das Feuer ihn nicht verrät. Eine Weile muß er am Morgen suchen, bis er ein Feuer wagen darf, ohne vom Rauch verraten zu werden. Wie man Kartoffeln ohne Wasser und Geschirr gar bringt, weiß er aus den Kinderjahren. Kolka hat ihn gelehrt, daß man auch Fische am Lagerfeuer zubereiten kann, wenn man sie in Erde einschlägt oder in Glut eines niedergebrannten Feuers legt.

Salz hat er nur noch wenig, und die Kartoffeln sind süß. Das Antreiben hat ihnen den Geschmack genommen. Aber auch so schmecken sie herrlich, und Willem ist über dieses neuartige Fleisch der gleichen zustimmenden Ansicht wie sein Herr, wenn er auch nur die verkohlten Hüllen bekommt.

«Das schmeckt, Willem, was?» Der Hund stimmt zu. «Für zweimal haben wir noch. Natürlich ist das nicht so ergiebig wie Palemi, und man bekommt einen aufgetriebenen Bauch davon. Wir leben daheim nicht so üppig wie ihr in Sibirien, mein lieber Willem. Ein kleines Schnitzel und viel Kartoffeln, das ist bei uns die Regel.» Forell und sein Hund beschließen, in dieser guten Gegend noch einen Tag zu bleiben. Sie legen sich schlafen, hören Hunde in ihre Träume hinein bellen und vernehmen zuweilen das Gelärm, das die Menschen in der Arbeit vollbringen. Der Wert der geleisteten Arbeit wächst mit dem Geschrei.

Nachdem sie vor dem Abend noch einmal Kartoffeln gebraten haben, fühlen sie sich beide so bedrängend satt, daß Forell nicht den Schwung zu einem Abenteuer in sich verspürt. Aber er möchte sich für länger eindekken und hat den ganzen Tag lang Ausschau gehalten nach der Frequenz der einzelnen Gebäude. Seitdem weiß er, wo die Geräte und Maschinen untergebracht sind, und weiß mit einiger Sicherheit zu sagen, wo die Vorräte liegen.

Die Hunde der Kolchose sind Gewohnheitskläffer. Sie lärmen bei Tag und Nacht, und es fällt nicht sonderlich auf, wenn sie eines ungebetenen Besuchers wegen den Radau steigern. Der wohlerzogene Willem vergißt alle Schläge, die er in seiner Lehrzeit bekommen hat, als sich eine schöne Gelegenheit zu einem Geraufe bietet. Durch ein Fenster schimpft jemand zu den Hunden heraus, ohne mehr zu erreichen, als daß die Raufbolde ihre Auseinandersetzung auf der anderen Seite des Gebäudes fortsetzen, dem Dieb zum Wohlgefallen, der erst nach langem Suchen einen Zugang gefunden hat und den Lärm der Hunde recht nötig hat, um nicht Verfolger auf sich zu lenken, wenn er im Dunkeln über eine Schwelle stolpert und lang hinschlägt. Was will er mit Mehl? Davon ist genug da.

Aha! Die Pekarnija!

Mäuse huschen davon. Wenn die Mäuse sich mit Mehl zufriedengeben müssen, sind die bekömmlicheren Sachen unter dichterem Verschluß. Es muß ein Lager geben, in dem sich zum Brot auch Speck und Butter findet. Forell stellt seinen Packsack ab, um nicht noch einmal mit der Last auf dem Rücken so unangenehm zu stürzen. Als er die Tür erprobt, die zu edleren Reichtümern führen muß, findet er sie verschlossen vor. Das lange Messer ist ein guter Schlüssel, aber es ist nicht ohne Spuren möglich, nach solcher Methode aufzuschließen. Während er noch überlegt, ob er Gewalt anwenden soll, spürt er am Windzug, daß jemand eingetreten ist. Schnell stellt er seinen Packsack beiseite und drückt sich zwischen Wand und hohen Säcken so zusammen, daß er auch bei Licht nicht gleich fürs erste gesehen werden kann.

Der zweite Mann im Lager aber benimmt sich sonderbar. Forell sieht ihn auf ein paar Meter an sich vorbeihuschen und hört ihn an genau der Tür hantieren, die er selbst eben mit dem langen Messer aufzumachen versucht gewesen ist. Dem mit den Örtlichkeiten vertrauten Mann öffnet sich die Tür nach einiger Kraftanstrengung. Er hat sie einfach in den Angeln hochgehoben, und jetzt, als er in dem fensterlosen Raum ist, macht er sogar ein Tranlicht an. Durch den Türspalt ist es genau zu erkennen. Forell drückt leicht gegen die Tür.

Ach, der Bursche stiehlt ja auch!

Und er weiß zu schätzen, was da zur allgemeinen Verwendung gestapelt ist. Salzglitzernde Speckseiten, Butterfässer, Öl, Fässer mit Fisch, Käse,

Machorka. Die Neugier hat die Tür zu weit aufgedrückt. Der Dieb scheint zu spüren, daß jemand hinter ihm steht. Er wendet sich um und starrt fassungslos auf den großen Mann.

«Stoj kto!»

Beide Arme voll gestohlener Sachen, so steht der Dieb da.

«Wie kommst du dazu, hier zu stehlen?» Es bleibt Forell ja nichts anderes übrig, als auf die Karte der Frechheit zu setzen und sich so zu gebärden, als hätte er hier auf Ordnung zu sehen.

«Barmherzigkeit, Gospodin!»

Aus den überladenen Armen fallen ein paar Dosen zu Boden.

«Du hast gestohlen?» «Ja, Gospodin.»

Der Kerl sagt «Gospodin», und nicht «Towarisch».

«Du bist Arbeiter hier in der Kolchose?» «Nur im Sommer. Im Winter arbeite ich anderswo. Straßenbau.» «Bist du ein Strafniki?» «Ja, Gospodin.»

Forell, so sehr ihn auch die Wanderung schon abgegriffen hat, sieht in allem vorteilhafter aus als der alte Bursche mit der Diebesbeute, der ihm sicher, wenn er seinen Stand und Zustand berichtet, kein Wort glauben wird. Es ist schwer, korrekt aus der Affäre zu kommen. Das wäre nur möglich, wenn Forell auf seine Absicht verzichten würde.

«Gib alles her!»

Der Strafniki hat mit Kenntnis und Geschick gestohlen, vom Brot nur einen einzigen Kastenwecken, aber von allem Gediegenen mehr als vom Brot. Er händigt alles aus, und Forell schlichtet es beiseite.

«Du hast Hunger?» «Jetzt nicht, Gospodin. Später. Im Winter.» «Dann nimm dir ein paar Sachen!»

Der Strafgefangene versteht nicht gleich. Forell muntert ihn auf, er solle nur nehmen. Und langsam, mehrmals sich scheu umsehend, ob nicht etwas Schreckliches passieren wird, wählt der schlotternde Dieb noch einmal etwa die gleichen Dinge aus.

«Wo schlaft ihr?» «Dort, in dem Lagerraum neben der Traktorenstation». «Wieviel?» «Vierzig Mann.» «Warum bist du heute nacht stehlen gegangen?»

«Die Hunde waren so laut. Da glaubte ich, es könnte gehen. Ein fremder Hund ist da, wie mir scheint.» «Mein Hund.» Dem Mann in seiner schlotternden Angst wäre es vielleicht zu erzählen, daß er, Forell, in der gleichen Rolle tätig ist. Aber überstandene Angst macht redselig. «Unangemeldete Revision», sagt Forell leichthin. «Da draußen ist mein Hund. Ich werde ihn zurückhalten, daß er dich nicht anfällt. Nimm die Sachen und hau ab!» «Der Sprache nach bist du Deutscher», lächelt der Strafniki. «Halt dein Maul! Das geht dich nichts an.» «Ich kenne das. Ausländische Kommunisten, die hier geschult und schlechter gehalten werden als unsere Leute. Auch schon die Nase voll, Towarisch?»

Der Respekt ist dahin. Der Sträfling hat den Instinkt eines Gehetzten. Er setzt seine Sachen ab, um die Hände frei zu haben, wenn er die Tür wieder schließen will. Sie stehen im Dunkeln. Forell hört, wie der Kerl alles vom Boden aufnimmt.

«Gott segne dich dafür, daß du gut warst! Heute bist du noch Revisor und mußt uns auf die Finger sehen. Morgen schon bist du vielleicht im Dalstroj. Dann soll dir Gott auch einen Barmherzigen schicken, weil du barmherzig gewesen bist.»

Die Tür schließt sich langsam. Forell ist allein. Er packt in den Sack, was der Strafniki weggelegt hat, aber er muß bei so viel Beute rechts und links etwas unter die Arme klemmen, als er die Tür aufschiebt. Willem mit der ganzen Hundemeute der Kolchose ist da und umschwänzelt ihn. Die Hunde folgen ihm, als er sich vorsichtig absetzt, nicht den alten Weg zurück, sondern an der Sträflingsunterkunft vorbei auf die Bohlenbrücke zu, die über den Bach führt. Es ist ohne Zweifel der gefährlichere Weg, aber es ist der einzige Weg, der auf die andere Flußseite führt. Forell hat lange genug nach einem Übergang gesucht. Hier hat er ihn.

Zwischen den Häusern pfeift jemand nach den Hunden. Sie kehren nur widerwillig um, denn dieser fremde Hund hat eine lebhafte Unterhaltung in die fade Nacht gebracht. Wachhunde sind sie allesamt nicht, und auch Willem hat sich liederlich benommen. Aber er hat die Meute von seinem Herrn abgelenkt, und dafür soll er am Morgen, wenn Forell sich endlich sicher glaubt, ein paar Schwartenstreifen vom Speck bekommen.

Vorrat ist gut.

Nachdem Mensch und Hund ausgeschlafen haben, wird alles erst richtig in den Packsack geordnet. Es ist ein Reichtum, von dem es sich ein paar Wochen leben läßt. Tragen jedoch kann Forell das nicht alles. Zurücklassen darf er ebenfalls nichts. Er müßte weitergehen, doch er ist durch seine Last an einen festen Platz gebunden. Eigentlich darf ihm ja alles gleichgültig sein, solange er zu essen hat. Essen jedoch bedeutet nur Leben und nicht Heimkehr. Als vollgefressener Landstreicher genießt er den Sommer in seinen drei faulsten Tagen und denkt, gesättigt, schlecht über sich selbst, nachdem er zum Dieb geworden ist. Um sich bis ganz tief hinab zu schämen, ist er zu aufgebläht. Das Brot macht ihm zu schaffen nach der brotlosen Zeit. Und die Bibel macht ihm Kopfzerbrechen, wenn er das Evangelium vom ungetreuen Verwalter, über das er seit der Bibelstunde nie ohne gedankliches Stolpern hinweggekommen ist, von der Szene her überdenkt, die sich im Magazin der Kolchose abgespielt hat.

Willem hat alles Verständnis dafür, als der Herr am vierten Tag den prallen Packsack übernimmt und die Wanderung fortsetzt.

Als der Sack sich allmählich leert, werden die Tagesleistungen wieder ansehnlicher, und der alten Erfahrung entsprechend werden sie am längsten, wenn erst einmal wieder der Hunger auf die Beine drückt.

Sibirien ist in seinen Sommern so schlecht nicht wie der Ruf dieser Sommer. Freilich gerät der Wanderer, der sich nur an den Kompaß hält, oft genug aus brauchbaren Wegen ins Unwegsame, aber wenn er zum Aufessen überflüssiger Vorräte drei Tage vertun darf, soll es ihn nicht in Verzweiflung bringen, drei Tage gewinnlose Umwege herunterzustampfen, um aus der glitschigsten Taiga die Stellen herauszusuchen, die dem Menschen einen Durchschlupf erlauben. Die Galgenvögel haben ihn nur das Gehen über winterlich gefrorenes Land gelehrt. Von den Galgenvögeln aber hat er am immerwährenden Ausweichen erfahren, daß alles gefährlich ist, was nach üppigem Wohlstand der Natur aussieht. Er hat die Höhen abschätzen gelernt, bis zu denen er nie absteigen darf, wenn er freiere Bewegung haben will.

Und er stiehlt.

Als Jäger ohne Waffen würde jeder echte Sibirier dort durchkommen, wo er sich die Richtung sucht. Forell ist zu ungeschickt dazu. Nur ganz selten gelingt ihm ein Fang. Den aber hat er jedesmal seinem Hund zu verdanken, der schnell das Wildern gelernt hat. Im Fischen hat er mehr Glück und eine bessere Hand. Aber die Wasser sind seine Feinde. Er lernt eine ihm völlig unbekannte und vielfach unwirsche Gegend so sehen, daß ihn glatte Bilder nicht täuschen mit verheimlichten Einschnitten, Abstürzen und Unwegsamkeiten. Forell muß sich aus der Not des Hungerns immer wieder einmal an ein Wasser halten, denn eher als irgendsonstwo findet er an Bächen und Flüssen zu Tal bis an gut geordnete Siedlungen heran. Er muß die Gefahr aufsuchen, aber er fürchtet sie schon nicht mehr, denn er braucht sie, damit er wieder mit vollem Packsack in ungefährlichere Gegenden ausbiegen kann.

Wo die Menschen seinem abseits gewählten Weg nahe kommen, sind sie nicht des Bestehlens wert.

Ein uniformierter Russe kommandiert da irgendwo einen Trupp Arbeiter, die Pfahlbürsten in morastiges Gelände rammen. Achtung! Es wird für eine projektierte Straße eine Sumpfstelle sicher gemacht. Die Straße ist zweifellos in zahlreiche Lose aufgeteilt. Sie kann streckenweise schon vorhanden sein, und Forell muß damit rechnen, daß er in eine Arbeitsgruppe hineinläuft oder an einem unvorsichtig angemachten Feuer plötzlich Besuch bekommt. Er macht um den Bautrupp einen weiten Bogen, geht sogar von seiner Kompaßrichtung ab, um in dichtem Wald mit jener Langsamkeit voranzukommen, die für ihn Sicherheit bedeutet. Und genau dieser Wald, als er sich endlich öffnet, liefert ihn mit einer plötzlich sich aufschließenden Lichtung an die Menschen aus.

«Heh!»

Forell winkt mit der Hand einen freundlichen Gruß. Der Teufel hole die Leute, die da Holz treiben. Willem hat ihn nicht früh genug gewarnt.

«Wohin denn?» Forell deutet eine Richtung.

Wenn ein Mensch allein vorbeikommt, sind die Haufenmenschen immer neugierig, denn der Hinzukommende bedeutet Unterhaltung. Sie halten in ihrer Arbeit ein und kommen um Forell zusammen.

«Was hast du dir denn für einen Weg ausgesucht?» «Verlaufen habe ich mich.» «Wohin willst du denn?»

Auf die ohne Mißtrauen gestellte Frage eine Antwort zu geben, die glaubwürdig klingt und nicht Mißtrauen schafft, fällt schwer. So mühsam Forell auch alle Städtenamen in der Hast durchdenkt, die auf tausend Kilometer nahe sein könnten – es fällt ihm nichts ein. Und töricht sagt er: «Nach Tschita.»

«Das ist noch weit. Mit der Bahn?»

Der Russe, der ihn befragt, deutet mit dem Daumen über die Schulter.

Forell beeilt sich, zu nicken. Ja. Natürlich. Mit der Bahn.

«Dienstlich?»

So seltsam ist er noch nie befragt worden. Was soll das denn bedeuten: Mit der Bahn? Was heißt: Dienstlich?

Der alte Kolka, der Mann, in dem alle Weisheit, Tücke und Güte Sibiriens vereint ist, hat ihm am Tag vor der Abfahrt einen Ratschlag gegeben, von dem Forell noch nie Gebrauch gemacht hat. Was sind das für Leute? Was tun sie hier? Was ist ihre Arbeit und ihre Aufgabe? Holz zusammenziehen und treiben.

Forell setzt sein kläglichstes Gesicht auf. «Wenn ihr es schon wissen müßt: acht Jahre Zwangsarbeit. Ich habe sie abgedient und bin entlassen, aber nur so, daß ich mich in Tschita beim Rayonchef des MWD melden muß. Man wird ja nie mehr ganz frei. Darum muß ich nach Tschita.»

«Dann natürlich mit der Bahn», meint der Frager.

Noch nie und noch nirgends ist Forell so herzlich aufgenommen worden wie bei den Männern im Wald. Mit den Männern im Wald ist das gar nicht so. Sie haben unten, zwanzig Minuten von dem Platz, an dem Forell ihnen zugelaufen ist, ein ansehnliches Blockhaus, wohnen anständig und sind mit Verpflegung ausgestattet, von der sie dem Fremden, ohne daß er zum Stehlen gezwungen wäre, gastlich anbieten. Es ist Abend, und der Kontrolleur kommt erst wieder in sechs Tagen, die Leistung nachzuprüfen, die inzwischen vollbracht wurde. Wenn ein Fremder vorüberkommt, ist das so interessant, daß man gern einmal früher Schluß machen darf. Forell erfährt, als sie am Abend zusammensitzen, aus der gesprächigen Hilfsbereitschaft der Waldleute alles, was Arbeit und Schicksal der Männer ist. Sie sind keineswegs Strafnikis. Oh nein! Sie sind nur hierher verpflichtet, auf zwei Jahre. Die Entlohnung ist gut, und nach den zwei Jahren hat man ein schönes Geld, aber da die Verpflichtung doch nicht so ganz freiwillig vor sich ging, rechnen die Männer damit, daß man ihre Verträge nach den zwei Jahren verlängern werde. Es wird immer gern verlängert, was der Staatsbürger nur unwillig tut.

«Wo hast du denn gearbeitet, Pjotr Jakubowitsch?» «Autostraße», tippt Forell gut. «Aha!» «Es war erträglich.»

«Du bist aber kein Russe?» «Balte», knurrt Forell.

Ah! Darum die seltsame Aussprache des Russischen.

Forell lauert beständig, um jede Klippe im Gespräch heil zu umgehen. Die Waldarbeiter sind ohne Mißtrauen und wollen ihm helfen. Sibirien ist die Barmherzigkeit.

Verwundert aber hört Forell auf das beiläufige Erzählen von einer Bahn, die alles Holz abtransportieren soll, wie es hier geschlagen, getrieben, eine Strecke weit flußabwärts getriftet und dann verladen wird. In Sibirien ist alles möglich, auch eine Bahn, wo gestern sich der Blaufuchs noch vor den Menschen sicher gefühlt hat in der Unzugänglichkeit seiner Taiga. Die Güterzüge werden für die Strecke bis Tschita mit höchstens drei Tagen Fahrt berechnet. Wenn das wirklich so ist, muß Forell weit von seiner Richtung abgekommen und schon dem Amur nahe sein. Daß er sich aber auch von den Galgenvögeln die Karte hat vernichten lassen!

Langsam erst wird Forell sich darüber klar, daß er und die Männer aus dem Wald aneinander vorbeireden, wenn sie von der Bahn sprechen. Und als er begreift, daß von einer anderen, einer neuen Bahnlinie die Rede ist, behält er alle unnützen Fragen, die nur seine verdächtige Unwissenheit bloßlegen würden, für sich.

Der Kontrolleur wird erst in sechs Tagen wieder kommen, die geleistete Holzmenge abzunehmen. Bis dahin wird Forell verschwunden sein müssen. Er tut gut, wenn er über die Absicht schweigt und sich darauf einrichtet, eines Vormittags, während alle Männer bei der Arbeit sind, im Nebenraum, wo sie kochen, den Ranzen vollzupacken und mit einem Vorsprung von einem halben Tag zu verschwinden. Das Stehlen hat er inzwischen gelernt, und seit mit den Galgenvögeln alles tödlich auseinandergegangen ist, sind die menschlichen Hemmungen und Sicherungen so massiv überbrückt, daß Forell wenig Bedenken hat, sich aus der Gastfreundschaft und den Essensvorräten wegzustehlen. Die Waldarbeiter nämlich, und das bestimmt ihn vor allem zur Flucht, nehmen es wörtlich mit seinem dienstlichen Auftrag, in Tschita anzutreten, und wollen mit dem Kontrolleur verhandeln, daß er Pjotr als Transportbegleiter einteilt. Dann ist er schnell in Tschita.

«So schnell will ich nicht dort sein», grinst Forell. Sehr schnell sogar will er dort sein, aber nicht so: aus dem Zug heraus dem erstbesten MWD-Mann übergeben.

Mhm – mhm. Freilich. Das ist zu verstehen, daß einer, dem günstigstenfalls wieder Zwangsarbeit in erleichterter Form in Aussicht steht, sich nicht beeilen will. Das andere aber würden die Männer schlecht verstehen, daß einer die Gastfreundschaft mißbraucht und den Packsack vollschlichtet mit den Dingen, die zur allgemeinen Verpflegung bestimmt sind. Forell hat Glück. Sie beachten es nicht. Er hat Unglück. Denn der Kontrolleur hat seine Rundfahrt kürzer genommen und steht an genau dem Abend, bevor der Deutsche sich wortlos empfehlen will, plötzlich vor den erstaunten Männern.

Und der Ton wird sogleich scharf dienstlich.

«Ihr wißt, daß ihr niemanden beherbergen dürft. Wer ist der da?» «Wir beherbergen niemanden. Der da ist Pjotr Jakubowitsch, acht Jahre Zwangsarbeit und bei der Entlassung nach Tschita befohlen zum Rayonchef des MWD. Wir haben überlegt, daß es sich gut trifft, wenn der Bursche gleich zur Transportbegleitung eingeteilt wird, damit er schneller nach Tschita kommt.» «Wenn ihr schon denkt!» schimpft der Kontrolleur.

Der immer freundliche Natschalnik der Holzarbeiter ist lauter Demut. «Ich weiß: wir sind nicht zum Denken, sondern zum Arbeiten da, und wir haben sechshundert Festmeter Holz getrieben, daß es am Wasser liegt. Wenn du aber meinst, Genosse Kontrolleur, daß wir den Mann wegjagen sollen, schicken wir ihn hinaus.» «Er soll sich unterstehen!»

Noch scheint dieser rauhmäulige Genosse Kontrolleur keinen gefressen zu haben. Und sechshundert Festmeter sind eine gute Leistung.

«Die Papiere, Pjotr Jakubowitsch . . . wie heißt du doch?» «Lemengin», schnauft Forell. Er hat sich noch nie einen Namen zulegen müssen und trifft in der Aufregung gar nicht gut.

«Lemengin – du bist kein Russe?» «Balte.» Das mit dem Balten ist nun schon eingeübt. «In acht Jahren Zwangsarbeit hättest du Zeit gehabt, Russisch zu lernen. Die Papiere.»

Noch vor einem Jahr hätte Forell bei dem gleichen Ansinnen das verdächtige Gelb ins Gesicht bekommen. Inzwischen ist er um vieles kaltblütiger und schlechter geworden. Er zuckt nicht einmal. Was beim Mißlingen sein Schicksal sein wird, vermag er sich auszurechnen. Aber ohne Regung sagt er in einem läppischen Rekrutenton: «Die Papiere sind wie üblich auf dem Kurier- und Postweg nach Tschita abgegangen, damit ich unterwegs ohne Propusk bin und nicht selbständig meiner Wege gehen kann.» «Man kennt euch Lumpen. Trotzkist, ja?» «Nein. In Riga 1940 verhaftet.» «Balte – auch nicht viel besser.»

Wie hat Forell sich genannt? Lemengin. Das muß er sich merken, damit er morgen früh nicht anders sagt. Pjotr Jakubowitsch ist ihm seit den Galgenvögeln geläufig.

Genosse Kontrolleur, der sich so rauh gibt, ist herrlich eitel auf ein seltsames Gebilde von Motorboot, mit dem er im Sommer seine Kontrollfahrten auf dem Fluß macht. Als hernach das Gespräch aus dem dienstlichen Ton absackt ins Private und das Holz besichtigt wird, läßt Forell einen Seufzer sehnsüchtigen Respekts laut werden beim Anblick des Bootes. Er weiß nicht, daß er die weichste Stelle in dem so rauh ummantelten Gemüt angerührt hat, und darf, damit seine Bewunderung vollkommen werde, sogar den Riemen ziehen, durch den der Motor angelassen wird. Der Genosse Kontrolleur weiß wortreich darzustellen, daß er mit diesem Prachtboot jederzeit die Fahrt bis ins Eismeer wagen und Kap Deschnew umfahren würde.

Kap Deschnew!

Auch das hat es einmal gegeben. Hundertmal ist seitdem schon das Gelingen der Flucht hoffnungslos abgeschrieben worden, und selbst auf der Wanderung seit dem Abschied von dem gescheiten Kolka ist Forell sich nie dessen sicher geworden, ob der Weg denn überhaupt irgendwo in Richtung auf die Freiheit ziele. Jetzt kommt ein wichtigtuerischer Mann daher und nimmt den Gedanken auf, Forell als Transportbegleiter auf einen Güterzug zu setzen, der nach Tschita fährt. Tschita war die Ausgangsstation des nordsibirischen Elends. Von Tschita bis zur Grenze ist nur noch ein kleiner Weg.

Dann ist das Schwerste vorüber.

Zwei Männer betrinken sich an diesem Abend am Wodka. Der Genosse Kontrolleur bewahrt Haltung, auch wenn er nur noch lallt. Der Strafniki Pjotr Jakubowitsch Lemengin sinkt zeitig unter die Bank und schläft dort ein, seinen Hund Willem umarmend. Gut, daß er in seiner Trunkenheit kein Wort mehr deutlich über die Lippen bringt, wenn er sein Deutsch, von dem er seit Jahr und Tag keinen Gebrauch mehr gemacht hat, an den Hund hinspricht. «Was sagst du zu diesen besoffenen Säuen, Willem? Ich verzeihe dir alles, was du je gewildert und mir aus dem Rucksack gestohlen hast, denn du bist das einzige, was in ganz Rußland gut und anständig ist. Ein Bastard bist du, und der alte Kolka hat mich beschissen, als er dich in allen Tönen lobte. Aber dich nehme ich mit, bis wir daheim sind. Und die Kinder sollen mit dir spielen. Nicht beißen! Die Kinder, meine ich, nicht beißen! Wenn wir erst daheim sind, du! Wenn wir erst daheim sind. Glaubst du dummer Hund denn daran, daß wir je noch heimkommen werden? Nie. Das ist vorbei. Ich habe schon gelernt, wie ein Räuber zu leben. Lügen wie ein Armenier. Stehlen wie ein Lump auf Sicherungsverwahrung. Und wenn ich einen finde, der nach einem Klumpen Gold aussieht, schlage ich ihm den Schädel ein. Auf den Hund bin ich gekommen, Hund. Es ist zum Kotzen. Mir ist zum Kotzen.»

Die anderen nehmen wenig Notiz davon, daß der Balte das heulende Elend bekommen hat. Er soll seinen Rausch ausschlafen und morgen mit dem Genossen Kontrolleur fahren, nach Tschita verfrachtet, wo ihm das Ende seiner acht Jahre wieder nur Anfang einer neuen Rechnung sein wird. Armer Hund!

Das komische Motorboot des Genossen von der Holzabteilung bringt den gelbgesichtigen Balten flußabwärts zu einer Landestelle, wo das Triftholz durch einen Rechen aufgefangen und an Land gezogen wird. Ein Sägewerk mit sechs Vollgattern schneidet das Holz ein, und auf einer

Laderampe arbeiten an die zwanzig Mann daran, Bauhölzer, Bohlen und Bretter auf Waggons zu verladen.

Wenn das Schicksal und der Genosse Kontrolleur es so wollen, übernimmt Pjotr Jakubowitsch, mit einem Fahrausweis versehen, bis Tschita die Aufsicht über die zwölf Rungenwagen, fährt auf einem Bremserplatz und sieht pflichtgemäß auf allen größeren Stationen die Rungenketten nach, wobei er vor allem dafür zu sorgen haben wird, daß nicht bei Aufenthalten auf freier Strecke gewandte Freibeuter zusteigen und für ihren vom Staat nicht genehmigten Bedarf herabwerfen, was so billig und in so ausgezeichneter Qualität nicht gleich wieder zu haben sein wird. Ein Güterzug ist gut. Den kontrolliert der MWD nicht.

Und ein Hund, meinen die Eisenbahner, sei auch nicht schlecht, wenn er nur für die Dauer der Fahrt mit Fressen versorgt sei. Mit schönem Eifer bringen sie alles heran, was einem Hund über ein paar Reisetage hinweghelfen kann. Forell sortiert die Sachen, indem er eine erste Wahl für sich selbst trifft.

Um Mitternacht nach dem letzten Verladetag läuft ein Güterzug ein. Es wird lärmvoll darum gestritten, ob die Holzwaggons in die Mitte genommen oder am Ende des Zuges angehängt werden sollen. Sie sollen nach Ulan Ude laufen. Forell liest es aus der Bezettelung und versucht, sich mit schmerzender Anstrengung des Denkens zu erinnern, wohin ungefähr in die Landkarte seiner Erinnerung dieser Name gehört. Nur der Klang des Namens ist ihm noch bekannt. Sein Sinn in den ungeordneten Erinnerungen, die Lage des Ortes, die Nähe zur Grenze und die Einordnung in etwas Berechenbares bleiben im Verschwommenen hängen. So leer ist also das Gedächtnis geworden? Es kann doch nicht das alles verflachende Nachwirken des Rausches sein? Der Genosse Kontrolleur hat den Verladearbeitern erzählt, wie sich dieser Balte am Wodka besoffen hat, und einen Kanonenrausch, der bis an die Grenze einer Alkoholvergiftung gegangen ist, ehrt immer noch in Rußland den Mann, der den Rausch durchgestanden hat. Die Arbeiter bringen ihm, wo sie ihn sehen, die Ehrung eines verständnisinnigen Lachens aus, weil er so großartig saufen kann. Nach acht Jahren Straflager verstehen sie es alle, daß ein Freigewordener die Wodkaflasche nicht mehr aus den Händen läßt. Aber der Rausch, der nun schon Tage zurückliegt, darf doch nicht die Ursache sein für den fatalen Gedächtnisschwund? Forell plagt sich, bis ihm der Schweiß ausbricht, aber nach der strapaziösen Denkarbeit weiß er nicht einmal mehr, wie der Ort heißt, der als Zielbahnhof für die Holzwaggons angegeben ist, und er muß die Zettel neuerlich nachsehen. Ulan Ude. Er wird es sich jetzt merken.

Die Waggons werden, so umständlich es auch ist, in die Mitte des Zuges genommen. Mit einem ausgewachsenen Fluch von mindestens achtzig Silben wird Forell aufgefordert, endlich seinen Hund an sich zu nehmen und das vorgesehene Bremserhaus zu besteigen. Dann läuft der Zug aus in die Nacht.

Da auch ein Fahrplan weitgehend Glückssache ist, läuft der Zug erst fünf Tage später in Tschita ein.

Die Strecke, die er gefahren ist, begreift Forell nicht. Er ist ein Mann von wenig Phantasie. Manchmal, wenn der Zug stundenlang halten mußte auf einem großstädtisch weiträumigen Feld von Geleisen, hat Forell sich die gedankliche Plage abgerungen, mit aller Gewaltanstrengung des Gehirns wissen zu wollen, ob er den Bahnhof und die Gebäude jenseits der Geleise nicht schon einmal gesehen habe. Waren es neue Bahnhöfe, so mußte er die Möglichkeit absetzen.

Ulan Ude ist ihm, so eifrig er auch den Namen studiert hat, nicht untergekommen. Es muß also erst nach Tschita kommen. Tschita war damals die östlichste Station, das Ende der Bahnfahrt.

Lächerlich, daß er sich eingeredet hat, sein Gedächtnis sei schlaff und untauglich geworden. Er kennt doch genau das Gewirr der Geleise, das auffallend helle Dach dort, den widerlich verrußten Bau, die Bohlenwege, auf denen die Gefangenen über die Geleise geführt worden sind. Nichts hat sich deutlich verändert, auch das Gedächtnis nicht. Das Gedächtnis weiß noch so widerlich genau, wie in der Osmita die Konvoisoldaten aufgetaucht sind, und die Herrschaft der Peitschen begann. Nie wieder Tschita!

Sein Ausweis ist gut und gediegen. Die Unfreien haben ein sicheres Dasein in Sibirien. In der Osmita ist es so sicher, daß durch doppelt vergitterte Fenster nichts an die Eingesperrten herankommen kann.

Auf der langen Fahrt hat Forell es sich so überlegt, daß er in gespielter Einfalt in seinem Bremserhaus sitzen bleiben und das Weiterfahren des Zuges abwarten wird. Ulan Ude ist nun einmal weiter im Westen, wo es auch liegen mag. Alles Weiterkommen hat nur einen Zusammenhang ins Leben hinein, wenn es nach Westen führt. In der Üblichkeit, mit der Forell inzwischen vertraut geworden ist, wird der Zug rangiert und in einem Ablaufgeleise zerlegt. Die Holzwaggons laufen ein Stück weit und werden später von einer Maschine verschoben. Es wäre völlig falsch, wollte Forell sein Bremserhaus schließen und sich wie den Hund vor den Eisenbahnern verbergen. Versteckenspielen gilt nicht mehr und schafft nur Verdacht, denn die Rangierer springen zu den Bremserhäusern hinauf, die Kurbel zu drehen, wenn sich ein Waggon verlaufen möchte. Sie sollen ihn nicht unvermutet in seinem Häuschen antreffen, sondern ihn schon von weitem sehen, wie er an seinem Platz steht, weit hinausgebeugt und voll Dienstfertigkeit auf Befehle wartend.

«Was tust du denn da oben?» «Begleitmann für die Holzwaggons nach Ulan Ude.» «Braucht man dazu einen Hund?» «Es wird unterwegs so viel

Holz gestohlen.» «Dann mach freundlichst deine Bremse auf! Wir fahren an.» «Schon offen.»

Willem beschnüffelt den Rangierer und läßt sich von ihm den Rücken kraulen. Er macht einen Ausflug über ein paar Geleise, und was dem Hund gestattet ist, wird dem Menschen nicht verboten sein. Das Bahnpersonal ist zugänglich, wenn auch von rauhem Ton. Nur nicht ausweichen! Nur nicht fürchten! Und nicht zuviel reden!

«Komisch siehst du aus.» «Wieso?» «Dein Anzug.» «Ein Wald ist kein Büro. Arbeitet auch einmal im Wald!»

Gerade als der Zug, neu zusammengestellt, zum Ausfahren fertig ist, kommt ein fürchterliches Gewitter auf.

«Mach deinen Stall da oben zu! Sonst ersäufst du.»

Der Regen ist plötzlich da und schlägt vehement an die Holzwände. Ringsum rinnt es nieder, als fahre der Zug durch Wasser. Er fährt tatsächlich. Ein Fahrgeräusch ist nicht zu hören, aber das vertraute Rütteln läßt keinen Zweifel darüber, daß man wieder auf der Strecke ist. So unvermittelt, wie er eingesetzt hat, hört der Regen wieder auf. Forell öffnet die Tür einen Spalt breit und bekommt einen heftigen Klatsch Wasser auf den Nacken. Eine helle Wolkengruppe treibt noch daher und wird wie mit einem breiten Besen aus dem Himmel gekehrt. Dann ist es wieder wie in den Tagen bisher, auch bei geöffneter Tür, kochend heiß in dem engen Aufbau, und wo der Zug anhält zum Wasseraufnehmen für die Maschine, schlabbert Willem gierig an der Lache übergeflossenen Wassers, während Forell einen Zeltbeutel unter einen Überlauf hält und dann das Wasser breit in den Mund laufen läßt.

Mit den heißen Tagen ist es ein Elend, wenn nichts gegen die wütend auf das Dach brennende Sonne schützt und darunter auch bei offener Tür eine Hitze von schätzungsweise vierzig Grad entsteht. Die Tage aber gehen vorüber, und die Nächte sind gut.

Forell verschläft sie. Zwar muß er sitzend schlafen, aber das bewirkt höchstens zuweilen, daß die Beine blutlos erstarren, bis der Schläfer, ohne zu erwachen, sich eine andere Lage aussucht.

Der Zug kommt in Ulan Ude zur Nachtzeit an, da Forell zu schlafen pflegt. Ein unwilliges Knurren von Mann und Hund meldet, daß hier jemand schläft und seine Ruhe haben will vor der berufsmäßigen Neugier, die das Bremserhäuschen öffnet. Das Begleitpersonal des Zuges kennt den Schläfer. Die Tür wird wieder zugeschlagen. Forell schnarcht weiter. Gegen Morgen werden die Holzwaggons herausgezogen, und Forell erwacht erst bei hellem Tag unter einem mörderischen Geschrei, das weniger seiner Anwesenheit als den Waggons und dem Holz gilt.

«Ihr könnt die Waggons wieder zurückgehen lassen. Ich denke nicht daran, das Holz abzunehmen.» Das ist der Hauptschreier.

Beschwichtigend, aber auch noch laut genug, gibt ein zweiter Mann ihm

Antwort. «Was uns an Holz zugeteilt ist, müssen wir abnehmen. Und das Holz ist ohne Zweifel ausgezeichnete Ware.»

Forell stößt mit dem Fuß die Tür auf.

Der Hauptschreier läßt sich wieder vernehmen. «Die Fracht geht zu unseren Lasten. Ich kann sie nicht übernehmen.»

«Wir melden eben die Sache, nehmen ein Protokoll auf, und der Schuldige wird zur Verantwortung gezogen.» Das ist der zweite Mann.

«Welcher Hornochse im Staatskommissariat hat denn bloß auf die Idee kommen können, uns Holz anzuliefern, das mit sechzehnhundert Werst Frachtweg vorbelastet ist, während wir Holz in jeder Menge und Güte vor der Nase liegen haben?» «Psst! Man kann uns zuhören.» «Das ist mir gleichgültig. Von hier aus wird Holz dafür wahrscheinlich nach Chabarowsk geliefert. Der nächste Weg. Das eine hin. Das andere her. Die Bahnen überlasten. Sinnlose Frachten verursachen. Mit Pechfackeln sollte man diese Bürokraten ausräuchern. Es sollte wirklich einmal so einem Saboteur der Prozeß gemacht werden!»

Forell schiebt seine Tür noch um einiges weiter auf.

«Was will der Kerl denn? Schwarzfahrer, was?» Der Hauptschreier steht vor dem Bremserhäuschen und blickt wütend auf den Mann.

«Das ist nur der Frachtbegleiter», beschwichtigt der andere.

«Frachtbegleiter? Auch wieder eine neue Einführung.»

«Unterwegs wird sonst so viel Holz gestohlen», meldet sich Forell.

«Wenn bloß alles gestohlen worden wäre!»

Forell betrachtet die neue Umgebung. Offenbar über einen Industrieanschluß sind die Waggons in ein Fabrikgelände gelotst worden, das imposant genug ist, um so eine Kleinigkeit Holz schnell zu verarbeiten. Die Herren, die über die Bürokratie einer so abfälligen Meinung sind, sehen nicht unerfreulich aus. Der große Schreier ist ein gar nicht großer Mann mit kahlem Schädel, wendig, blitzgescheit, bedeutend in seiner Funktion, jedenfalls so bedeutend, daß er ein böses Wort auf die Bürokratie wagen darf. Der zweite, der physisch größere Mann, scheint geringere Rechte zu haben oder aus schlechten Erfahrungen furchtsamer geworden zu sein.

«Steig endlich aus, du da oben!»

«Sind wir denn schon am Ziel?» Forell gibt sich einfältig.

«Wenn ihr im Wald alle so dumm seid, wundert mich nichts mehr an der Dummheit im Forstkommissariat.» «Sind wir schon in Tschita?» «Tschita?» Der Stimmgewaltige kann lachen. Er ist ein Mensch. Er hat Gemüt und Seele. Forell geht mit den beiden hochmögenden Genossen, den Packsack übergenommen und den Hund zur Seite, von der Rampe zu einem monströsen Verwaltungsgebäude, und wie der Stimmgewaltige nie aufhört, polternd auf die Bürokratie zu schimpfen, so wird er auch nicht müde, den bärtigen Mann aus dem Bremserhäuschen als Trottel aus dem Wald herumzuzeigen, damit, wenn schon er selbst auf diesem Posten nichts zu lachen hat, wenigstens die Leute etwas zu lachen haben sollen über einen so verwunderlich angezogenen Waldgeist, dem keiner die komplette Kenntnis des Alphabets zutraut.

Nach dem vorgezeigten Ausweis hat der Waldschrat sich ja in Tschita zu melden, aber in seiner Idiotie ist er durchgefahren bis hierher. Na gut! Man wird eben seine Papiere ergänzen durch einen Fahrschein zurück nach Tschita. Die sozialen Betreuer der riesigen Fabrik, in der für die Eisenbahnverwaltung anscheinend alles gebaut wird, entdecken am Lachen des Genossen Direktor ihre Fürsorgepflicht für diesen nach Nomadenart gekleideten Trottel aus dem Wald und lassen ihm alle amtlich zugelassene Liebe angedeihen. Forell begreift, daß man ihn als nicht voll zurechnungsfähig betrachtet, und auf diese Tour, die ihm mit seiner verdächtigen Aussprache des Russischen weniger Gefahren einträgt, spielt er sogleich recht geschickt, als er ins Brausebad gesteckt wird. Was hätte er, als die Hundezüchter ihm ein Schüsselchen Wasser anboten zum Netzen von Fingern und Gesicht, für ein solches Bad gegeben! Hier muß er so tun, als wehre er sich, und er fällt auch dann nicht aus dem Rahmen, als er sich zehnmal von oben bis unten abseift und das Bad nicht mehr verlassen will. So sind sie eben, diese Wildesel!

Der Bart wird ihm geschert und rasiert. Man schneidet ihm die Haare auf Millimeterlänge weg. Er wird gefüttert und macht ein großes Gezeter, als sein gutes Pelzhemd verbrannt wird. Freilich geben sie ihm ein paar neue Hemden dafür, aber er will sein Pelzhemd behalten, und der Widerstand ist sogar ernst. Im Brausebad, als ihm alles abgenommen war zum Entlausen, haben die Sanitätsgehilfen seinen abgenagten Körper nackt gesehen. Der Gehilfe ist zum Wratsch gelaufen, der Wratsch zum Arzt, und der Arzt läßt Forell nach der pflegerischen Prozedur sich noch einmal blank ausziehen. So sehen Strafgefangene nach langen Jahren Zwangsarbeit aus.

Forell spürt den Verdacht.

In seinem Ausweis steht das nicht deutlich, denn es heißt nur, er sei als Transportbegleiter eingesetzt bis Tschita, wo er sich beim Rayonchef des MWD melden müsse. Mit Flunkern geht hier in einem so geordneten Betrieb nichts. Er wird eben wieder sagen müssen, daß er entlassen sei nach achtjähriger Zwangsarbeit und sich – der Form halber – noch beim Rayonchef zu melden habe. Treuherzig wie ein Kind sagt er sein Sprüchlein auf und läßt erkennen, daß er keinen sehnlicheren Wunsch habe, als schnell in Tschita zu sein, um dann endlich seine volle Freiheit zu genießen.

Wenn einer schon so dumm ist und sich von dort die Freiheit erhofft, wird er keines Begleiters bedürfen.

Zu Forells bisherigen Papieren gesellt sich ein weiteres, das den Reisenden sicher nach Tschita geleiten wird. Wer hätte nicht Mitleid mit so einem dummen Teufel nach acht Strafjahren!

Ins Gesicht möchte er diesen Ausfragern springen, die ihn nicht mehr aus den Krallen lassen, ihn zum Bahnhof bringen und die Bahnhofsaufsicht des MWD ersuchen, dem Einfaltspinsel besonderes Augenmerk zu schenken, damit er nicht in den falschen Zug gerate.

Der MWD, sein Freund und Helfer, entbehrt aller Schrecklichkeit für einen Mann, der im Augenblick unter dem fernen Schutz des Rayonchefs steht. Die Männer mit dem Grün im Mützendeckel sind als Freunde und Helfer gebeten und gebärden sich entsprechend. Mitleid und Erbarmen wachsen überall unter dem schroffen Himmel Sibiriens, auch in den Wachstuben des MWD.

«Ob ich wohl ohne Umsteigen nach Tschita komme?» Forell sitzt unter der Karte des Rayons und löffelt seinen Teller Kascha. Neben ihm sitzt Willem, frisch entfloht, denn in der Fabrik hält man sehr auf Sauberkeit. Er benimmt sich so adrett, daß auch ihm eine Schüssel Kascha nicht verwehrt sein soll. Er hat schon besser und schon schlechter gefressen.

«Du kommst geradenwegs nach Tschita und brauchst nicht mehr umzusteigen.» «Ist da aber ganz bestimmt keine Gefahr, daß ich wieder in die falsche Richtung komme?» «Das kann man überhaupt nicht.» «Ihr müßt mich bis in den Zug bringen. Sonst geht das wieder schief.» «Hast wohl Angst?» «Ja. Das Bahnfahren ist so schwierig, wenn man allein ist.»

«Dir geben wir eigens einen Führer mit!»

Also gut. Er darf allein fahren. Er fragt noch viel Törichtes und weiß, wie günstig und großartig der falsche Zug sein könnte, nicht einmal der nach Westen, sondern der andere, der mit der dritten Möglichkeit. Die Karte, unter der er sitzt, gibt genaue Auskünfte. Forell gibt den Teller zurück und findet so Gelegenheit, um aufzustehen und dabei einen Blick auf die Karte zu werfen. Er tritt Willem auf eine Pfote und muß ihn beruhigen. Das geht viel besser, wenn er sich zu Willem auf den Fußboden kniet. Beim Aufstehen bekommt er wieder einmal die Karte vor die Augen. Unter Schutz und Aufsicht seiner Peiniger studiert er die Karte. So nahe ist die mongolische Grenze, und mit der Bahn wäre hinüberzufahren. Er aber muß zurück nach Tschita, das so weit von der Grenze entfernt ist.

Der freundliche Soldat, dem Mensch und Hund die Bewirtung verdanken, bringt ihn dann zum Zug. Die Wünsche für die Reise sind ehrlich. Aus Forells flackernden Augen blickt eine an Idiotie grenzende Einfalt, als er einen Gruß zum Abschied nickt.

Auf der ganzen Fahrt bis Tschita spricht Forell kein Wort zu den Mitreisenden, die alle bei dem schon beengten Platz es als ungewohnt angesehen haben, daß so ein Tölpel mit seinem Hund reist. Dann verlebt der Hund eine gute Fahrt, weil kein Russe und kein Sibirier es unterlassen kann, den Hunden auf derbe Art Zuneigung zu zeigen.

Eine Woche später ist Forell wieder in Ulan Ude.

Die Augen, tief in dem gelben Gesicht liegend, flackern ruhelos in Angst ebenso wie in Haß. Mit der gespielten Einfalt geht es einmal, aber kein zweites Mal mehr. Die Züge standen nebeneinander. Forell las die Aufschrift am anderen Zug und stieg um. Er saß in der letzten Ecke, den Hund eng bei sich unter der Bank, und wartete darauf, daß unterwegs eine Kontrolle zustieg. Mit harmloser Idiotie war nichts mehr zu machen. Das Spiel ging um den letzten Einsatz. Forell wußte in den paar Reisetagen nicht mehr, wie weit er heruntergekommen war. Die anderen Reisenden rückten scheu von seiner stieren Schweigsamkeit ab. Und es kam kein Kontrolleur. Forell hätte ihn bei der Frage nach dem Propusk angefallen und ihm das lange sibirische Messer durch den Hals gezogen bis auf die Wirbel.

Es fehlt ihm jede Kontrolle über das, was er tut und denkt. Die tagelang gespielte Narrenposse ist schuld. Nein. Die Rayonkarte im Wachraum des MWD vom Bahnhof Ulan Ude ist schuld. Nein. Die Furcht ist es. Die ausgefransten Nerven sind es. Die schon zermürbte Kraft. Das Entsetzen darüber, daß ihn das Gedächtnis verläßt. Die Hysterie, wie sie ihn anfällt im Überdenken, daß er so nahe an der Grenze jetzt über eine Kleinigkeit stolpern sollte. Die Tierhaftigkeit, die alles um der Freiheit willen Durchgestandene mit einemmal in bedenkenlosen Haß umschlagen läßt.

Wie ein Betrunkener, der sich zum Führen einen Hund mitgenommen hat, torkelt der Schwarzfahrer, als er in Ulan Ude den Zug verlassen hat, über die Gleisanlagen. Von irgendwo raunzt ihn jemand an. Er sieht kaum um und schimpft etwas Wüstes vor sich hin. Seine Stimme ist heiser und hohl.

Dort unter dem Vordach hat der MWD sein Wachlokal. Sicherlich stochern ein paar Männer in den Bahnhofsanlagen herum. Sollen Sie!

Keiner macht einen Kontrollgang. Ist auch besser für ihn.

So volltrunken wie dieser Forell muß einer sein, wenn er durch die eng gelegten Maschen der Menschenfängerei aus einem Bahnhof entkommen will.

Der Erschöpfte braucht Schlaf, und er schläft hinter dem ersten Mauerstück, das seinen Weg behindert. Nach dem Schlaf steht er auf und sucht durch die Straßen, mehr einem Schlafwandler ähnlich als einem wachen Menschen, der ein bestimmtes Ziel sucht. Oh! Er weiß um sein Ziel ganz genau. Das stand auf der Karte beim MWD. Kjachta heißt die Stadt, sicherlich eine gute Stadt, denn sie hat Bahn und Straße dorthin, wohin Forell gehen möchte.

Die Straße dürfte wohl diese Straße sein.

Immer wieder wenden sich Leute nach dem irren Läufer um, der in ungewohnter Kleidung mit lässig aufgepackter Rückenlast dahingeht und Beschilderungen studiert.

«Du bist fremd. Wohin willst du denn?» «Nach Kjachta.» «Du bist von drüben?» «Ja.» «Die Autostraße. Zu Fuß wirst du doch nicht gehen wollen?» «Nein.»

Forell weiß hernach nicht, wie der Mann ausgesehen hat, der ihn gefragt und ihm die Richtung gewiesen hat.

Eine ansehnliche Stadt, dieses Ulan Ude. Nicht schön, aber groß und verwirrend als Ordnung aus lauter Unordnung. Besser ist es, aus der Stadt herauszukommen, aber ja nicht in der falschen Richtung, sondern dort, wo es nach Kjachta geht.

Daheim – Forell freut sich, daß sein Gedächtnis doch noch keinen Schaden erlitten hat – daheim hat man während des Krieges die Hand erhoben, wenn ein Lastkraftwagen vorbeikam, der die gewollte Richtung fuhr. Neun von zehn Fahrzeugen sind vorbeigefahren, aber ein zehntes vielleicht hat angehalten.

Forell zählt, wie oft er schon vergeblich die Hand aufgehoben hat. Zwei sind vorbeigefahren, ohne seiner zu achten. Drei.

Der vierte hält. Um soviel sind die Russen höflicher und entgegenkommender als die deutschen Kraftwagenfahrer.

«Nach Kjachta!» «Komm!»

Was gelbhäutig ist und aus leicht geschlitzten Augen blickt, ist für Forell summarisch alles Chinese. Ein reizender Chinese übrigens, und das Reizendste an ihm ist, daß er russisch noch viel schlechter spricht als er selbst. Wenn es mit der versuchten Unterhaltung aneinander vorbeigeht, lacht der Chinese, als wäre ihm die schönste Freude widerfahren. Dann lacht auch Forell, gehemmt und beinahe verärgert darüber, daß er ein Auftauen in sich selbst verspürt.

Um als völlig ehrlich genommen zu werden, ist ihm der chinesische Fahrer zu freundlich, zu wohlgelaunt und zu hilfsbereit. Erstaunlich aber ist die Fahrtechnik des Chinesen, der die Lust am technischen Spielzeug sich austoben läßt, bis es bergauf im Kühler zu kochen beginnt und der Wagen ein paar hilfreiche Handreichungen braucht, damit er wieder ganz so will wie der gewandte gelbe Mann. Der Chinese aber scheint noch mehr zu beherrschen als die Seelenkunde der Vergasermaschine. Er lächelt, lacht, schmunzelt, grinst, scheint sich der lebhaften Realitäten auf und neben der Straße zu freuen und setzt den Begleiter an einer buschig bewachsenen Stelle mit jener gleichen Liebenswürdigkeit ab, mit der er ihn aufgenommen hat. Über Forells Hund und Knie hinweg langt er nach der Tür des Fahrerhauses und stößt sie auf.

Jaja! Aussteigen!

Forell versteht es so, daß der Chinese ihn jetzt in Grenznähe nicht mehr bei sich haben will. Wahrscheinlich deutet er den Vorgang richtig. Wenn es sein muß, und es muß wohl sein, dann steigt man eben aus. Die Höflichkeit gebietet, daß man sich für die Mitnahme bedankt. Der Chinese freut sich, wobei offen bleibt, ob er sich über den Dank freut oder über die Erlösung von einem ungebetenen und im Fall einer unweigerlich kommenden

Kontrolle unangenehm werdenden Mitfahrer.

«Gute Reise!» sagt Forell und wirft sich den Packsack über.

«Bolschij rekommandantura!» grinst der Chinese. Er ist sehr stolz auf einen so zusammenhängend herausgebrachten Abschiedsgruß, doch scheint er so wenig wie Forell zu wissen, was der Sinn des Spruches ist. Dann tritt er auf den Gashebel und zieht mit schwarzer Fahne seines Weges weiter.

Gerade weil der Chinese den weiteren Weg nach links gewiesen hat, bleibt Forell rechts der Straße und sucht sich auf eigene Faust einen Weg, der ihn an die Grenze bringen muß. Das Land scheint gefährlich zu sein und nicht das an Versteck bieten zu wollen, was ein Landflüchtiger für günstig hält. Alles ist zu offen, zu steppig, zu wenig geeignet für Unterschlupf und verborgenes Leben. Eine Grenze läuft man nicht in dem wütenden Trotz an, mit dem Forell Vernunft und Gefahr beiseite geschoben hat, als er vom Koller befallen wurde. Er will die Grenze erst einmal sehen und dann alles heftige Gefühl in sich zurückdämmen, damit es ihm nicht die Überlegung erwürge. Weit kann der Weg nicht sein, aber er liegt so offen, daß er die vielfache Länge bekommt. Der Sommer hat das Land abgedorrt und glüht heiß darauf nieder, dem Menschen wie dem Tier den Aufenthalt verleidend.

Das Gehirn ist so blutgeädert wie die geröteten Augen. Es sollte endlich etwas anderes denken und verarbeiten dürfen als nur Überlegungen der verzweifelten allerletzten Konsequenz. Ruhig muß es jetzt alle Überlegungen auf die kühle, sachliche Absicht einstellen, nur noch den ganz kleinen Einsatz zu wagen, die Grenze genau zu beobachten, die Möglichkeiten zu prüfen und nach den nüchternen Möglichkeiten lautlos zu handeln.

Wie die Russen ihre Grenze bewachen, wagt Forell nicht zu ahnen. Ist das hier, wo er aus magerem Buschzeug ins trockene Leere gegangen ist, schon unmittelbare Grenznähe, dann mag es leicht geschehen, daß der einsame Mann auf einen Trupp stößt, der das Hinterland der Grenze abgeht, um jeder Annäherung die Wege abzuschneiden. Für den Hunger muß reichen, was im Packsack ist, und es muß noch reichen für den Hund. Wasser gibt es nicht. Ein kräftiger Tau des Morgens an den dürren Gräsern ist alles an Feuchtigkeit. Nur nicht das Denken wieder in den Fatalismus zurückverfallen lassen, der alles mit einem Messerhieb zu ordnen bereit ist! Wenn die Kehle austrocknet, funktioniert bald alles andere, was mit Überlegungen zu ordnen ist, nicht mehr. Der Mensch sieht das Elend des Hundes, der hechelnd die Zunge hängen läßt und am Morgen an dem hageren Gras leckt. Er kann nicht helfen, aber er macht es dem Hund nach, um zu ahnen, wie Wasser schmeckt.

Der Hund hält den Kreis um den Menschen ganz eng. Und der Hund ist es, der als erster vor dem künstlichen Gebilde stutzig wird, das Menschen in die Gegend als Zeichen ihrer Herrschaft oder Ohnmacht gesetzt haben.

Weil der Hund warnt, sieht Forell den Turm erst vor sich, als er schon gefährlich nahe ist. Trigonometrische Zeichen und Wachttürme sind die Stigmen eines Landes von Vermessungsmathematikern und ängstlichen Gewaltherren. Forell geht platt zu Boden, damit er sehen kann, ohne gesehen zu werden. Die Türme – es sind vier, die von diesem Platz aus zu sehen sind – stehen so eindeutig auf den höchsten Punkten des kahlen Landes, daß ihre Aufgabe und ihre Wirkungsweise über alle Zweifel erhaben sind. Das ist die Grenze. Der zunächst stehende Turm ist besetzt. Auf den anderen ist zwischen den Sparren der Soldat nicht zu erkennen. Natürlich sind auch sie besetzt.

Willem legt sich flach neben seinen Herrn. Er blickt ihn an, blickt zu den Türmen hinüber und bleibt so liegen, die Augen wie interessiert dorthin gerichtet, wo außer seinem Herrn noch Menschen sind. «Interessant ist das, mein Lieber. Dort bewegt sich etwas. Wo sich Zweibeiner von deiner Art bewegen, müßte es eigentlich Wasser geben. Aber – wie haben wir uns denn in ähnlichen Fällen immer verhalten? Wir sind in Deckung gegangen.» Der Kopf des Hundes legt sich lang und flach auf die vorderen Läufe. Die Sache ist tatsächlich interessant. Türme, Menschen, und zwischen den Türmen doppelt mannshohe Pfosten in regelmäßigen Abständen. Daß sie mit Draht verspannt sind, sieht das Auge nicht. Aber wenn einer wie Forell schon unter solchen Drähten liegend mit klickender Schere eine Grenze aufgeschnitten hat, mag es auch zehn Jahre her sein, dann weiß er, daß zwischen zwei solchen Palisaden ein toter Raum ausgespart ist, den niemand durchschreitet. – Ablösung kommt.

Alles stimmt genau. Die Ablösung geht zwischen den Palisaden und wechselt auch dort die Besetzung aus, wo Forell bisher die Umrisse von Menschen nicht ausmachen konnte. Jeder Turm ist besetzt.

Wäre es schon Abend, so dürfte Forell seinen Platz sogleich verlassen, da jeder Versuch einer Annäherung die Maschinengewehre zum Tacken bringen würde. Jetzt, wo die Stunde noch hell ist, wagt Forell nicht einmal das Zurückgehen. Damit muß er bis zur Nacht warten. Es war schon ausreichend leichtsinnig, so nahe heranzugehen.

In aller Vorsicht, da der Grenzzaun irgendwo weiter ins Land zurückspringen kann, schlüpft der Flüchtling tief zurück in die Nacht, als sie ganz dunkel geworden ist. Hier geht das unmöglich. Zwei Jahre abenteuerlicher Wanderung vom Kap bis zur Grenze, um dann zwischen Schwedenreutern als Leiche hängen zu bleiben – nein.

Am nächsten Tag steht Forell an einem herrlichen Wasser. Willem saust in vergnügtem Zickzack den Uferhang hinunter und trinkt sich voll, bis der Leib wie eine Trommel gespannt ist. Dann kommt er den halben Weg zurück zu seinem Herrn und besinnt sich noch einmal: es wird vielleicht lange dauern, denn die Erfahrungen der letzten Tage sind bedenklich, bis sie wieder an Wasser kommen. Er geht noch einmal ans Wasser und löffelt noch einmal mit gemuldeter Zunge in sich hinein, was Platz findet. Dann erst suchen sie gemeinsam eine Stelle, an der sich auch der Herr hinunterhanteln kann bis ans Wasser. Dort bleiben sie sitzen, Forell die verschwollenen Füße ins Wasser gestellt, beschauen das lebhafte und durch Baumwuchs veränderte Bild und nehmen als schön, was selbst für einen Menschen schön ist, dem es bevorsteht, wieder an die tödlichen Palisaden zu schleichen, wenn die große Reise nicht hier für immer enden soll.

Der Fluß reißt nicht, aber er ist gefährlich breit. Er kommt wohl von drüben, aus der Mongolei. Den Fluß also muß Forell irgendwo überschreiten, wenn er es an aussichtsreicherer Stelle wieder wagen will, über die Grenze zu kommen.

«Kannst du schwimmen, Willem? Du bist im Schnee daheim. Das ist etwas anderes. Schwimmen, weißt du. Mit den Beinen rudern, langsam, bedächtig, ohne jede Hast, denn das Wasser ist breit. Wir werden es wagen müssen.»

Nur hier wollen sie es nicht wagen. Man geht besser eine Strecke weit flußabwärts.

Das aber stellen sie nach drei Gehstunden wieder ein.

Verfluchtes Paradies!

Sobald das oben strohdürre Gras grün wird, füllt sich der Raum mit Tier und Mensch, das Vieh in tausendfacher Zahl, und der Mensch dazu in entsprechendem Proporz. Wo der Reichtum noch nicht so üppig ist, weiden Schafherden in der grünen Spärlichkeit. Wo das Grün sich zu einer Decke schließt, sind die Schafe abgelöst durch prachtvolles Rindvieh. Alle Möglichkeiten des Chaotischen aber sind zugleich, auf den ersten Blick erkennbar, abgelöst durch die Zeichen einer systematischen Nutzung. Das reiche, schöne, sonnige Sibirien legt dem an Wildheiten gewöhnten Mann einen Teppich zu Füßen, auf dem er sich schlecht bewegen dürfte, denn wer hier vorspricht, muß in die Gesellschaft passen. Wald und Taiga dulden einen solchen Mann, der in Jakutenkleidung herumläuft und mit einem Hund geht. Das offen aufgebreitete Paradies mit tausend Tupfen darin, wo Herden gehen, und den lieblichen Kalkflecken von Häusern ist für einen Menschen von Forells Vergangenheit und Plänen unzugänglicher als die übelste Taiga.

Stehlen wird er müssen. Das hat er gelernt.

Es will nicht viel bedeuten, daß sie sich bei Nacht an eine Kolchose heranarbeiten, die Forell bei Tag ausgemacht hat. Mehr als ein Lamm braucht es nicht zu sein, was sie haben möchten als Fleisch für die nächsten Tage. Sie bekommen kein Lamm, aber Willem hat nach dem Abenteuer ein aufgerissenes Ohr, weil die Hunde der Kolchose wachsam sind, und Forell wird vor zwei verfolgenden Hunden nur dadurch gerettet, daß jemand die Hunde endlich zurückpfeift.

Nicht einmal stehlen kann man mehr in Sibirien!

Ergrimmt über sich selbst, weil er nicht mehr gewagt hat, sucht Forell nach einem Platz, an dem der Fluß zu durchschwimmen ist. Er selbst wird es schaffen, und der Hund wird es schaffen müssen. Hier ist nichts zu wollen, noch weniger als auf den ausgedörrten Höhen. Aus dem Buschwerk am Ufer haut er mit dem Messer ein Bündel Äste, die er zusammenschnürt. Das kann eben reichen, um Kleider und Gepäck zu tragen, wenn er das Floß aus Zweigen schwimmend vor sich her schiebt.

Kleider, Wäsche und Gepäck werden zusammengebündelt. Forell schüttelt sich widerwillig ab, als er bis an die Brust ins Wasser gestiegen ist. Es ist unangenehm kalt. «Willem! Komm!» Willem aber tut, was er nicht tun soll. Er stellt sich schragenhoch ans Ufer und bellt. Die Rückenhaare stehen ihm als starrer Streifen auf. Er ist wütend. Und Forell muß zurückschwimmen, muß Willem gut zureden und ihn mit viel Schmeichelei dazu bringen, daß er auf dieses unzuverlässige Experiment mit dem Wasser eingeht. Als der Hund endlich willens ist und als Scherz hinnimmt, was er als Ernst unzumutbar gefunden hat, ist das Floß fünfzig Meter weit abgetrieben. Forell greift weit aus, um den davongleitenden Ballen einzuholen. Allmählich kommt er heran. Willem schwimmt jaulend und japsend hinter ihm und verausgabt sich zu schnell.

«Langsam, Willem! Wir sind ja noch nicht einmal auf Flußmitte. Ganz zügig schwimmen, so wie ich!»

Sie kommen über die Flußmitte. In dem Geplätscher und dem eigenen Keuchen hat Forell nicht gehört, daß den Fluß herauf ein Schiff kommt. Er schiebt das endlich erreichte Zweigbündel mit seinen Habseligkeiten vor sich her und überrechnet, ob er mit seiner Kraft bis ans Ufer durchhalten wird. Da fällt ihm ein Schatten schräg in den letzten Blickraum des Auges. Er wirft sich herum.

Ein Monstrum von Schiff steht da rechts von ihm, ein Dampfer, wie man sie ähnlich groß daheim auf den Seen zu Sonntagsfreuden benützt. Willem hat das Ungestüm schon früher gesehen und holt aus Angst mit hastigen Tappern auf. Forell greift hastiger aus, gibt dem Floß einen Schubs und holt es wieder ein. Da heult dumpf die Sirene des Dampfers und warnt. Forell braucht den Warnpfiff nicht. Er weiß auch so, daß ihn die Bugwellen überspülen werden. Schlimmer ist, daß im rauhen Wellengang um den Dampfer das Zweigefloß umschlagen und alles ins Wasser abladen wird, was er braucht, um nicht nackt am anderen Ufer stehen zu müssen.

Die Sirene gibt noch einmal ihr Warnzeichen. Dann glaubt Forell zu spüren, daß der Dampfer ausbiegt.

Noch nie in seinem Leben hat Forell sich so geschämt wie jetzt. Von Furcht ist nicht mehr die Rede. Der Dampfer kommt auf gleiche Höhe mit ihm, und an die zwanzig Männer lehnen oben weit vornübergebeugt und lachen aus vollem Hals auf den nackten Mann, den Hund und das treibende

Kleiderbündel herab. Die Wellen kommen. Der Schwimmende hält krampfhaft sein Floß, damit es nicht umschlägt. Der Hund heult vor rechtschaffener Angst, und die Männer oben lachen wiehernd über die Hilflosigkeit des armen Menschen im Wasser. Aber – denn der Mensch ist gut – der Steuermann des Dampfers hat sorgsam einen Bogen gezogen, damit dieser technischen Herrlichkeit wegen nicht etwa ein Mensch und etwa gar noch ein Hund, so ein liebes, entzückendes, süßes Tierchen, ertrinken muß.

Zum Verabschieden läßt der Dampfer dann noch einmal seine Sirene tuten, als der bleiche Körper eines knochenhageren Mannes ans Ufer steigt und sein Kleiderbündel und seinen Hund aus dem Wasser holt. Die Sachen sind oberflächlich naß geworden und haben Zeit zum Trocknen, während Forell in einer Ausbuchtung des Flusses nackt auf einem Büschel Laub sitzt und die Angel aushängt.

Den Fisch freilich, ein herrliches Exemplar von Fisch, der endlich an der Angel bleibt, muß er roh zu essen versuchen, und er findet das Fleisch süßlich und ekelhaft. Willem ist darüber einer anderen Ansicht. Es ist unrätlich, so nahe an der Grenze, bedrängt vom Hinterhalt der in Wohlstand fast bis an die Grenze heran lebenden Menschen, ein Feuer anzumachen. Nach dem rohen Fisch empfindet Forell eine beschwingte Heiterkeit, die in nichts zu ihm passen will. Melonen, Gurken und Mais werden nicht so innig gehütet wie das auf Weiden herumstehende Fleisch. Der vegetarische Nachtisch freilich wird erst am anderen Tag gedeckt, und nachdem Forell sich daran gesättigt hat, aber das Leid des Hundes beobachtet, dem nichts von all dem schmecken will, geht er bei Nacht zu den Herren der Melonen plündern, so rücksichtslos plündern, daß der Packsack wieder schwer wird.

Durch verdächtig schönes Waldland geht Forell nun die Grenze suchen. Er glaubt zu wissen, wie er die Richtung nehmen muß, und gerät dabei, aus Irrtum oder aus Konsequenz, in immer dichteren, geschlosseneren, hartnäckigeren Wald. Trotz seiner Urtümlichkeit und Dichte glaubt er dem schweigsam ältlichen Baumbestand die naive Unberührtheit nicht.

Hier ist irgend etwas Lüge, das Vogelrufen, das ferne Tacken, als würde in feinem Frieden Holz geschlagen, der Ausschnitt reinen Himmels, das Gefühl des Alleinseins, die Ruhe, die pausbäckige Bauernschönheit von Beeren an einem halbgeöffneten Schlag – etwas lügt hier, und dem abgebrühten Mann, der mit kleinen Ängsten nicht mehr zu necken ist, seit er durch Sibirien geht, klettert wie eine schleimige Schnecke die Furcht am Rückgrat entlang. In der Furcht, die er Vorsicht nennt, wählt er seine Pfade bedächtiger, manchmal dem Gefühl hingegeben, als habe er die Grenze unbemerkt und ohne alle hemmenden Zwischenfälle bereits hinter sich gebracht.

Die künstlich gehauene Schneise hätte ihm Warnung sein müssen. Er weiß hinterher selbst nicht, warum er unbedacht hinausgetreten ist, nur vier oder fünf Meter weit, in dem breiten Kahlhieb aber auf den Raum von mindestens drei Wachttürmen den Blicken ausgesetzt, die doch immer nur den kahlen Streifen abschauen, hinauf, hinunter.

Der Posten auf dem Turm gerade vor ihm schaut, von Forell abgewendet, nach der anderen, der mongolischen Seite. Er langweilt sich. Gleich wird er sich herüberwenden, ebenso gelangweilt, denn es begibt sich doch nichts. Forell müßte, den Posten im Auge behaltend, vier Schritte nach rückwärts tun und spürt plötzlich, daß er ohne alle Macht über seinen Körper ist. Ein Mann wie er muß doch längst aufgehört haben, im Angesicht einer Gefahr zu erschrecken. Aber es geht nicht. Der Soldat geht oben zwischen den Planken nach der linken Seite. Jetzt wird er sich ganz herüberwenden. Das Pelzgewand, die Hautseiten nach außen, ist so hell, daß es gegen den Hintergrund von Wald deutlich absticht. Und Forell hat keinerlei Kraft, sich zu bewegen. Wenn der Posten das Maschinengewehr auf ihn richtet, wird Forell erstarrt stehenbleiben müssen.

Ist es denn möglich? Schaut der Soldat denn durch ihn hindurch?

Willem steht statuenhaft unbewegt neben Forell. Er hat Disziplin oder begreift, daß sie Baum, Busch oder grauer Holzstumpf sein müssen. Der Soldat wendet sich – er hat da oben immerhin ein paar Quadratmeter Raum verfügbar – langsam weiter der Längsrichtung der Schneise zu. Da spannt sich der Körper des Hundes. Die in hypnotischer Erstarrung nach oben gerichteten Augen sehen nicht, was Willem sieht oder wittert.

Ein zweiter Soldat ist da. Er kommt die Schneise herauf, nicht allein, sondern mit einem Hund. Der Hund des Russen hat Witterung genommen und fegt über die baumlose Stelle.

Ob die Rauflust des Naturells oder der Trieb, seinen Herrn zu schützen, Willem dazu bestimmt hat – Willem stellt sich dem doppelt so großen Hund, schreit wütend auf, der Hund des Russen schreit noch gellender. Jetzt ist der Bann in Forell gelöst. Zum Überlegen bleibt ihm keine Zeit. Das Maschinengewehr oben auf dem Turm fegt einen Feuerstoß heraus. Forell sieht, als er schon zwischen die Bäume zurückgetreten ist, die beiden Hunde im Schuß zusammenbrechen, keine zehn Meter von der Stelle entfernt, an der Forell eben noch starrend und bewegungsunfähig gestanden hat.

Haben die Russen denn beide den Mann nicht stehen gesehen?

Der Hundeführer beugt sich über die zwei Kadaver.

Das ist das letzte, was Forell noch bewußt sieht.

Sie haben ihn gesehen. Sie werden ihn suchen. In einer Stunde haben sie eine ganze Koppel Hunde beisammen und setzen sie auf die Spur, Willem ist tot. Ein Baum haut dem eiligen Mann einen Ast quer über das Gesicht. Die Hand spürt deutlich Blut. Es wird noch mehr Blut geben. Gegen diese Riesenhunde sich wehren zu wollen, ist nutzlos. Sie springen dem Menschen an die Kehle und machen Schluß mit allem Widerstand, wie es ihr Auftrag ist. Der Posten auf dem Turm hat Willem und den eigenen Postenhund mit dem gleichen Feuerstoß getötet. Der erste und gefährlichste Verfolger ist erledigt. Einen zweiten Hund herzuschaffen, dauert eine Stunde.

Eine Stunde. Forell läuft.

Eine Stunde. Das ist der knappe Vorsprung vor dem Tod.

Er läuft, wo der Wald offen ist, denn das gibt eine Kleinigkeit mehr Vorsprung. Für einen verfolgenden Hund bedeutet das dichteste Unterholz kein Hindernis.

Eine Stunde.

Der nächste Suchhund ist aber vielleicht nur zwei Postentürme weit entfernt. Eine halbe Stunde dann.

Forell weiß nicht mehr, daß er läuft. Er spürt die physische Leistung nicht. Er läuft nur. Immerzu. So müßte einer fünfundzwanzig Kilometer in einer Stunde machen können. Leicht. Dreißig. Was laufen eigentlich die Marathonläufer? Weniger. Mehr. Ein Hund läuft vierfach so schnell wie der beste Sprinter, glaubt Forell zu wissen. Dann stolpert er wieder einmal. Aber zum Hinschlagen hat er nicht Zeit. Es wirft ihn einfach nach vorn.

Wenn die halbe Stunde um ist . . .

Da wird der Wald ganz offen. Eine blanke Stelle ist schlecht. Umkehren? Das wäre Verlust an Zeit, wo alles ja um eine halbe Stunde geht.

Die blanke Stelle tieft sich ein. Unten läuft ein Wasser.

Die Überlegung wird erst zu Ende gedacht, als Forell bereits bis an die Knie im Wasser steht und im Wasser bachabwärts geht, läuft, stolpert und schlittert. Das nämlich muß die Rettung sein. Mit dem Wasser verliert der Hund unweigerlich die Witterung. Das Wasser treibt kräftig und bringt den eiligen Menschen vorwärts, aber es ermüdet ihn sehr schnell. Die Schritte zählen fast so wie Schwimmbewegungen, nur ist ihr Erfolg größer.

Kein Pelzstück und kein Faden an dem wahnwitzigen Wasserläufer ist mehr trocken, das Gepäck ist durchnäßt, das Wasser ist kalt, die Lunge hält her, Forell macht es immer noch. Und er macht es bis in die Nacht hinein.

Bis hierher leitet einen Suchhund keine Spur von Witterung mehr. Und morgen wird Forell wieder im Wasser weiterlaufen, solang es nicht noch größer wird und ihm vielleicht keinen Grund mehr bietet.

Die Bäume stehen locker. Bäume.

Forell schaut einen ruppigen Stamm hinauf.

Breit hängende Äste erlauben einen fast mühelosen Einstieg in die Krone. Die Krone wird schützen gegen Sicht.

Mechanisch, als hätte er das alles seit Jahren überlegt, sucht er nach zwei eng nebeneinander aus dem Stamm zweigenden Ästen, die bequem

Sitz bieten. Und im Sitzen schlafen, ist für Forell keine Kunst mehr. Er ist naß. Das Gepäck ist naß. Aller Vorrat ist durchnäßt, soweit er Wasser annimmt. Um jetzt etwas zu essen, ist er zu erschöpft. Schlafen wird er müssen. Schlafen. Was er in und an seinem Packsack an Riemenzeug hat, knüpft er aneinander und bindet sich um den Leib und um die Brust an den Stamm, damit er nicht in der Schlaffheit des Schlafes hinabstürzt.

Als er erwacht, friert er. Frieren ist ihm so ungewohnt nicht. Noch ist der Tag nicht weit gediehen. Er ißt hastig ein paar Bissen und ertappt sich dabei, wie er einen Brocken beiseite geben will für Willem. Willem ist tot. Willem hat für eine Sekunde die Aufmerksamkeit der Grenzposten auf sich gelenkt und ist erschossen worden.

Das Erschossenwerden steht nur Forell noch bevor, wenn der Tag halten will, was der gestrige angedroht hat. Anastas erschossen. Semjon erschossen. Grigorij erschossen. Willem erschossen.

Von Grenze und Grenzübertritt keine Rede mehr.

Fürs nächste gilt nur das Frieren in dem nassen Zeug, und um über das Frieren hinwegzukommen, geht Forell kräftig in den Tag. Die Eile wird mehr von der Flucht vor den Folgen des gestrigen Tages bestimmt.

Forell geht nicht, wo die Landschaft offen, sondern wo der Wald dicht ist. Er meidet das Einfache und Mühelose, plagt sich an sauber bewaldeten und zum Teil geforsteten Hängen weiter nach oben bis ins Unwirtliche, erfährt hier andere Höhenunterschiede als je auf seinem Weg, sucht das Unmögliche als letzte Möglichkeit auf und wagt es erst nach elf Tagen wieder, die Sorge um das Verfolgtwerden langsam abzulegen und notfalls auch Menschen unter die Augen zu treten. Wo er geht, weiß er längst nicht mehr. Er will ja gar keine Richtung angehen, sondern nur mit jedem Tag weiter wegkommen von der Grenze, die er sorgenvoll gesucht hat. Was er an Weg aussucht und abdient, wird zu einer Narrenleistung, aber die Furcht vor der ans Nackenhaar gedrückten Pistole ist Auftrieb genug, um auch einen körperlich abgewirtschafteten Mann immer neu das Leben oder wenigstens die Chance des Lebens suchen zu lassen.

Die ersten Menschen, unausweichbar, da er bei aller Angst zu unvorsichtig war, die ihm begegnen, sind Angehörige einer Waldaufsicht. Forell wird von zwei Männern angesprochen nach dem Woher und Wohin. Die Fragen klingen nicht inquisitorisch, aber für einen Menschen, der nicht entferntest eine Ahnung davon hat, wo er sich befindet, wird das Flunkern schwer. Er sei zur Waldarbeit angeworben, habe aber wegen Krankheit nicht zum abgemachten Zeitpunkt anfangen können. Nun müsse er suchen und habe das Gefühl, als hätte er sich verlaufen.

«Kranke Leute schickt man nicht in den Wald», murrt der ältere der beiden Aufseher. «Das habe ich auch gesagt. Aber was soll ich machen? Und nun suche ich schon seit drei Tagen.» «Zu welchem Kader schicken sie dich?» «Oblenow», sagt Forell, um irgend etwas gesagt zu haben. «Oblenow? Gibt es nicht. Orsoy vielleicht?»

Forell zieht seine Papiere heraus, die sämtlich nur davon handeln, daß er sich in Tschita zu melden habe und dorthin unterwegs sei. «Ja, Orsoy», flunkert er. «Orsoy. Wo ist das?» Unzugänglich für irgendeine Art Neugier, steckt er die Papiere wieder weg.

«Da mußt du wenigstens noch einen Tag gehen. Warum haben sie dich nicht mit der Seilbahn heraufgebracht? Die Seilbahn erreicht alle sechs Kader.» «Ach, unsere blödsinnige Organisation! Nichts klappt.» «Es klappt sehr wohl», weist ihn der Mann zurecht. «Manches ist zwar überorganisiert. Das gebe ich zu. Du gehst die Richtung weiter, wo der dreißigjährige Bestand an die schlagbaren Bezirke anschließt. Nach etwa fünfzehn Werst kommst du auf eine Straße, die zum Holzausfahren einigermaßen brauchbar ist. Die Straße gehst du nach links, bergwärts. Dort kommst du bald auf die ersten Arbeitsgruppen.» «Will sehen.» Forell ist müde und erschöpft. Er braucht gar nicht erst von Krankheit zu erzählen, denn er spürt, daß er es nicht mehr lange so durchstehen wird. «Wenn ich die Nacht bei euch bleiben könnte, wäre ich sehr dankbar.» «Natürlich bleibst du.»

Die Waldaufsicht, über deren Funktionen sich Forell nicht so ganz klar wird, hat zwei gediegen gebaute Holzhäuser und eine Sauna. Sechs Mann, den Alten mit eingerechnet, führen ein verhältnismäßig angenehmes Leben, wenn sie ihre weit ins Gebiet führenden Begehungen ausgeführt haben. Ordnung muß sein, und für Ordnung sind überall in Rußland oder Sibirien Leute angesetzt, damit die Dinge in ständigem Umtrieb und in Unruhe bleiben.

Der fremde Mann soll baden, ist die Ansicht des Alten. Die Sauna wird geheizt. Mihail, ein Mann von vielleicht siebenundzwanzig Jahren, leistet die Helferdienste und schüttet Wasser auf die Steine.

«Miserabel siehst du aus, Pjotr.» «Ja. Ich war krank.» «In diesem Zustand kommt einer nicht mehr weit.» «Was heißt: weit?»

«Nur so», brummelt Mihail.

Sie füttern ihn gut, geben ihm aus ihrer Verpflegung, die alle drei Wochen herangebracht wird, auch etwas in den Packsack und lassen ihn schlafen, solange er will. Es ist Sobota, Sonntag. Mag der Kerl sich ausschlafen. Ein bejammernswerter Mann.

Als Forell am Montag sich den Ranzen überwirft, sagt ihm der Alte noch einmal genau den Weg. Mihail erbietet sich, den Mann eine Strecke weit zu führen. Nur nicht zu weit, denkt Forell. Sie sind eine Viertelstunde gegangen, als Mihail stehenbleibt und Forell eine Hand auf den Arm legt. «Sie bloß vorsichtig, du!» «Wieso?» Forell spürt, wie das Erschrecken ihm das Herz abschnürt. «Nur so.» Das scheint Mihail eine stehende Redensart zu sein. «Ich werde jetzt die Richtung schon finden», versucht Forell, den Begleiter freundlich abzuschütteln.

«Ich glaube nicht, daß du sie finden willst.»

Forell bleibt stehen. Die alte Unverschämtheit ist ihm noch nicht ganz abhanden gekommen. Er möchte aufbegehren, weiß aber nicht, wie die spitzen Bemerkungen gemeint sind.

«Du bist im Leben doch kein Russe oder Sibirier. Mach mir nichts vor! Soll ich dir sagen, was du bist? Ein Deutscher, und zwar Süddeutscher, wahrscheinlich Österreicher.»

Forell bleibt stehen und verzichtet darauf, noch irgendwelche zornigen Einwände gegen einen solchen Verdacht zu erheben. «Mein Vater ist seiner Herkunft nach Tiroler. Stimmt. Ich bin Deutscher. Stimmt auch.»

«Und du bist ein weggelaufener Kriegsgefangener. Ob die anderen dir dein miserables Russisch glauben, weiß ich nicht. Unser Alter ist die Gutmütigkeit selbst. Er untersteht wie wir alle dem MWD. Das hättest du dir ja ausrechnen können. Deswegen brauchst du nicht zu erschrecken.» «Ich erschrecke keineswegs.» «Du bist schlecht bei Gesundheit. Das sieht man. Wie willst du denn über die Grenze kommen?» «Bei Kjachta habe ich es versucht und dann noch einmal.» «Du bist ein Idiot. In die Mongolei gehen, hilft nichts. Die liefern dich aus, auch wenn du schon tausend Werst weit im Land bist. So ein Versuch ist ja Kinderei. Ob an der mongolischen Grenze oder anderswo – du kommst aus der Sowjetunion an keiner Stelle heraus.» «Dann kann ich ruhig hier verrecken.» «Das wirst du sowieso. Wie weit kommst du denn schon her? Vom Baikalsee?» «Nein. Vom Ostkap.» «Was?» «Tschuktschen-Halbinsel.» «Und so bist du bis hierher gekommen?» In Mihails Gesicht zeichnet sich ein ehrlicher Respekt ab. «Dann traue ich dir noch einiges zu. Du wirst natürlich nicht zu den Holzhauern gehen. An der Ausfahrtstraße sieh zu, daß du dich ungesehen verkrümelst! Nordwestlich halten! Sehr vorsichtig sein! Weißt du, wo Abakan ist? Nein? Noch weit. Noch sehr weit. Solltest du dorthin kommen, so suchst du meinen Vater auf. Er ist Natschalnik in einer Bäckerei. Einfach nach dem Genossen Leopold Meßmer fragen!» «Dann heißt du Mihail Meßmer?» «Ein guter Mann, mein Vater. Er wäre sicher genausogern heimgekommen nach Wiener Neustadt wie du nach Innsbruck oder sonstwohin. Du kannst ihn, wenn du ihn triffst, selber fragen, wie das war.»

Mihail lacht. «Abakan heißt die Stadt, vorausgesetzt, daß du sie erlebst. Leopold Meßmer, Pekarnija an der Straße der Oktoberrevolution.»

Dann kehrt Mihail um, aber lacht noch einmal zurück. «Und sprich nicht weiterhin ein gar so österreichisches Russisch! Nicht jeder hat einen Wiener Neustädter zum Vater, aber auch andere merken es, wo du daheim bist.»

Abakan heißt die Stadt.

Vorsichtig überschreitet Forell die Ausfahrtstraße, die nur ein besserer Ziehweg ist. Er duckt sich unter der Seilbahn, als könne der armdicke Draht ins Tal hinunter melden, daß sich hier ein Fremder herumtreibt, an dessen Russisch jedermann sogleich erkennt, daß er aus Deutschland stammt, stiehlt unterwegs ein Holzhauerbeil, damit er zunftgerechter aussieht, und stößt am nächsten Tag auf ein Frauen-Straflager.

Von einem gegen Sicht gedeckten Platz aus sieht er zu, wie etwa vierzig Frauen, männergleich angezogen in abgenähten Hosen und Foffaikas, Holz schlagen. Zwei Aufseher genügen für vierzig Frauen. Es erscheint Forell, so leicht es bei der weiträumigen Arbeitsstelle auch wäre, nicht ratsam, sich mit einer der Frauen in Verbindung zu setzen. Die Gesprächigkeit erlahmt auch bei der hart vorangetriebenen Arbeit nicht. Eine Frau würde eher als ein Mann bei der unerwarteten Begegnung mit einem Fremden kreischend Lärm schlagen. Trotzdem verhält der Waldgänger stundenlang, ungeachtet der Gefahr, die ein schäbiger Zufall mit sich bringen kann, bei den arbeitenden Frauen und weiß nicht einmal die tiefsten und innersten Gründe für sein Verhalten, für sein Hinhorchen auf meist unverständliches Gespräch, für die träge Träumerei und für das männliche Lächeln, wenn über dem Kahlhieb ein großes Lachen aufsteigt, das sich in den Wald so wunderlich schön einfügt wie das Quinkelieren all der hundert Vögel. Und die Frauen sind Sträflinge, sind Diebe, Abtreiberinnen, vielleicht auch Huren aus irgendeiner Großstadt. Dem Abend zu wird das liederlich schöne Jubilate gedämpfter. Der Nacht zu flackert es noch einmal auf.

Und weiter in der Nacht, als roh gezimmerte Unterkünfte herb gegen den Himmel stehen wie Baracken jeder Sträflingsunterkunft, ob darin Frauen oder Männer gefangengehalten werden, sprengt Forell mit seinem Holzhauerbeil ein Fenster aus dem Rahmen und stiehlt, was er für ein paar Wochen als Mundvorrat braucht, denn alles Vorkommen von Menschen an seinem Weg hat nur den Sinn einesteils der Gefahr und andernteils des Fressens.

Dann geht er, so schlecht es auch um seine Kraft bestellt ist, die Nacht durch und baut sich erst beim Tagwerden an einem gesicherten Platz zum Schlafen ein.

Enteuthen exelaunei ...

Das Gespenstische aber kommt, als Forell aus den ungastlichen, unfreundlichen und unheimlichen Höhen herabsteigt, wo sich das Jahr schon ganz winterlich zuzuschließen begonnen hat.

Es ist in den Tagen her einiges an Niederschlag gefallen und, wie wenn schon Oktober wäre, als Schnee liegen geblieben. Vielleicht ist wirklich schon Oktober?

Unter dem Krüppelwuchs, der den Mann gegen Sicht deckt, breitet sich eine weiche Landschaft aus, die nur etwas mehr Schnee haben müßte, um an Sonntagen von Skifahrern bei idealen Abfahrtsmöglichkeiten überlaufen zu werden. Nach dem Schnee und dem Winter müßte dies die von Gott zum Überwandern erschaffene Sommerfrische sein, mit Kühen auf den milden Hängen, mit Kuhglockengeläut und lieblicher Zukehr bei Sennen und Sennerinnen. Vierunddreißig Häuser zählt Forell, keines mehr als eine Almhütte. Die Dächer sind überzuckert von Schnee. Alles ist verträumt und eingeschlafen. Die Bewohner sind wohl beim Anbrechen des Winters ins Tal gezogen.

Lange beobachtet er von seinem Auslug, ob sich nicht doch eine Tür öffnet und eine Nachbarin zur Nachbarin geht. Wäre in den letzten Tagen jemand gegangen, so müßten die Trittspuren bis da herauf zu sehen sein. Forell empfindet eine seltsame Hemmnis in sich und zieht den Entschluß zum Hinabsteigen immer wieder zurück, bis er endlich doch den totenhaft hellen Raum von den Krüppelbüschen bis zum ersten Haus zu überschreiten wagt.

Das Schreien eingerosteter Angeln, als er eine nur angelehnte Tür aufdrückt, läßt ihn zusammenschrecken. Durch den Spalt ist Schnee in den Raum geweht worden. Forell sieht sich um und kann die Spuren seiner eigenen Tritte den ganzen Hang hinauf erkennen.

«He!» ruft er. Der Ruf klingt hohl. Die Tür, noch um einiges weiter geöffnet, knarrt von neuem so widerlich.

Niemand ist da.

Der Raum zur linken Hand ist leer. Ein paar Reste von Möbeln liegen herum. Hier ist geschlafen worden, als das Haus noch bewohnt war. Der Raum zur rechten Hand hat noch Herd und Wandbank. Die Fenster sind grau und von Staub und Spinnweben matt gemacht. Almhütten sind nicht so auf dauerndes Bewohntsein gebaut und lassen an der Art des Inventars die Zeitweiligkeit des Bewohntseins erkennen. Hier aber ist offenbar immer, das ganze Jahr lang, gewohnt worden.

Forell zieht die knarrende Tür zu und geht zum nächsten Haus. Jedes Haus, die zwei hallenhaft langen Gebäude nicht ausgenommen, die offensichtlich den wesentlichen Ertrag gemeinsamer Bewirtschaftung aufzunehmen hatten, ist ohne Bewohner, aber in den beiden Hallen fährt die aufgestoßene Tür über eine ganze Herde von Ratten hin, die mit hellem Geplärr davonjagen, ein wüster grauer Keil auf dem Balkenboden, als ihre absolute Herrschaft gestört wird durch einen Menschen, wo der Mensch nichts mehr zu suchen hat.

Die Ratten fressen nicht Holz und Stein. Sie wären längst abgewandert oder gar nicht erst zugezogen, wenn es nicht lohnend wäre, hier zu leben in zurückgelassenen Vorräten. Aber was immer auch hier gelagert gewesen sein mag – der Rest ist Spelz und Schelfen, ein undefinierbar wattiger Belag auf dem Boden, knöcheltief, nach Schimmel und Fäulnis riechend, sofern nicht der Geruch überhaupt nur auf die Tiere zurückgeht, so wie in altem Gemäuer, das kein anderes Lebenszeichen mehr kennt als das Rascheln von Nagetieren und das Klappern unachtsam geschlossener Fenster im Wind.

In den Häusern ist es gastlicher. Zwar fegt bei den Schritten des Menschen auch hie und da ein Tier eilig über den Fußboden davon und verschwindet durch eine vom vielen Befahren ausgeweitete Röhre, aber da hier nichts geblieben ist, was zur Ernährung brauchbar wäre, werden die Häuser offenbar nur der Neugierde wegen besucht. Ein Dach über dem Kopf, auch wenn der Schlaf nicht ungetrübt und ungestört sein wird, ist besser als nur ein hagerer Strauch. Forell macht Feuer im Herd, als ihm ein Haus wohnlich erscheint. Die Reste des Mobiliars geben Brennholz für Tage, aber von der Wärme allein lebt es sich schlecht, und die Vorräte im Packsack sind wieder einmal klein geworden. Um nicht von den Nagern über Nacht arm gefressen zu werden, hängt er sein Gepäck an einem Riemen unter die Decke des Raumes und richtet sich auf einer Bank zum Schlafen ein.

Draußen wimmert die ganze Nacht lang ein eintöniger Wind. Er rüttelt an losen Holzteilen und jammert um die Ecken. Manchmal fällt ein rostiges Blechgerät um, wenn die Ratten in ihrer hungrigen Neugier darüberlaufen. Die Leere und Einsamkeit, die der Mensch nur mit den Ratten teilt, wirkt erregend, und der Schlaf wird endgültig unterbrochen, als der Packsack auf den Schläfer fällt. Die Ratten haben den dünnen Riemen durchgebissen, als sie oben von der Decke her den Angriff auf die Vorräte des Mannes versuchten. Forell steht auf, legt von neuem Holz auf das Feuer und nimmt dann, noch bevor es Tag geworden ist, sein Gepäck über. Hier ist kein Bleiben für ihn, der seit zwei Jahren nur die Einsamkeit sucht und nun soviel Einsamkeit fürchten lernt.

Was mag bloß über die Leute gekommen sein, daß sie ihr Dorf verlassen haben? Sie haben Eile gehabt oder sind zur Eile getrieben worden. Niemand in ganz Rußland läßt ein Stück Möbel, und wäre es auch alt und schadhaft, leichtfertig zurück. Zwischen den Fronten mitten im fortschreitenden Angriff hat Forell mehr als einmal Frauen gesehen, die sich an einem erbeuteten Möbelstück abschleppten, um an solchen Besitz zu kommen, den der Staat nicht oder nur selten liefert.

Warum sind die Menschen aus dem Dorf hier geflohen?

Forell flieht selbst.

Hier würgt ihn das Entsetzen. Noch vor dem Tagwerden ist er, gut durchwärmt, aber fieberfröstelnd, auf der Wanderung und sieht sich, als es hell geworden ist, ängstlich nach seiner Trittspur im Schnee um. Bloß fort von hier, wo man ihn an der Spur tagelang verfolgen kann! Das Land ist ja tot, als wäre die Pest darüber gekommen.

Um Mittag etwa, als Forell mit Absicht talwärts gegangen ist, wo es wieder Menschen geben muß, steht er von neuem vor einem Totendorf. Er ist nicht mehr so vorsichtig, wie er gestern gewesen ist. Wenn schon aus keinem der Häuser Rauch kommt und in der halben Stunde des lauernden

Beobachtens niemand über die Gasse gegangen ist, braucht der Ankömmling mit keinerlei Leben zu rechnen. Genauso wie gestern stehen die Türen offen. Der Anblick der Häuser, wie sie ihn von innen bieten, ist nicht anders. Nachdem er durch vier Häuser mehr gelaufen als gegangen ist, findet er unheimlich leer einen riesenlangen Stall, aus dem, wie die Menschen aus den Häusern, das Vieh weggestorben zu sein scheint. Die letzte Streu liegt noch vermodernd da, und der Dunghaufen ist im Verrotten eingesunken.

Da steht Forell plötzlich einem Menschen gegenüber, einem Mann, der trefflich zu diesem Totendorf paßt. Der Mann hat Bart und Haar noch länger als Forell, ist grau und verschmutzt und schaut Forell mit dem Blick eines Irren an.

«Was willst du hier?» Die hohle Stimme paßt zu einem solchen Mann. «Ich habe mich verlaufen.» Forell weiß keine andere Antwort. «Woher du kommst, will ich wissen!»

Forell tastet nach dem Messer. Das knochendürre Gerippe kann ihm nicht gefährlich werden, aber Forell weiß nicht, was und wer an Menschen da noch irgendwo in den Häusern versteckt ist, um ihn anzugreifen, weil er es gewagt hat, das Totendorf zu betreten. Der Greis winkt verächtlich ab. Mit dem Messer will er nichts zu tun haben.

«Ich bin unterwegs nach Abakan und habe mich verirrt.» «Abakan?» Der Greis denkt nach und schüttelt den Kopf! «Oh! Abakan!» Es dämmert in seinem vergrindeten Schädel. «Fünfhundert Werst.» Dann wedelt er mit den Armen: «Geh nur zu! Laß mich allein! Abakan ist dort. Weit weg. Über eine Fähre oder über die Eisenbahnbrücke. Geh nur endlich! Hier kann ich dich nicht brauchen. Das ist gefährlich!»

Während der Greis spricht und mit irrer Hast dem Eindringling bedeutet, er möge bald verschwinden, kommt entfernt ein eintöniges, eigentümlich bekanntes Surren auf. Ehe Forell sich in die Richtung zu wenden vermag, packt ihn der Greis an beiden Händen und reißt ihn hinter sich her ins nächste Gebäude.

«Eine Rata», stellt Forell fest.

Der Greis nickt intensive Bejahung, die Bejahung eines ängstlichen Geständnisses. Er lehnt sich im Haus eng an die Mauer wie Frauen in der Furcht vor fallenden Bomben. Forell schaut behutsam durchs Fenster hinaus. Er hört am Geräusch, daß die ganz niedrig fliegende Rata eine Schleife über dem Dorf zieht. Der Greis bebt an Händen, Schultern und Bart, bis sich das Flugzeuggeräusch entfernt.

«Was bedeutet das denn?» «Sie kommen alle paar Tage nachsehen, ob nicht Menschen hier sind.» «Warum?» «Hier darf niemand sein. Alles leer. Alles ausgeräumt.» «Hat man die Leute weggebracht?»

«Weit fort. Ich weiß nicht, wohin. Ich bin wiedergekommen. Da ist mein Großvater gewesen, meine Mamuschka ist in diesem Haus gewesen.

Meine Frau. Ich. Meine Kinder. Ich bin wiedergekommen. Einmal haben sie schon geschossen und Bomben geworfen, weil sie meine Schafe gesehen haben.» Der Alte grinst, wie eben ein Narr lacht. Er schiebt eine Tür auf. Da stehen in einem Nebenraum, der einmal zum Wohnen gedient hat, vier Schafe, und auf einem Leiterbaum werden etliche Hühner unruhig. «Ich bin wieder da und gehe nicht fort. Bomben haben sie geworfen, und geschossen haben sie. Ich war gar nicht draußen. Nur meine Schafe.» «Was bedeutet denn das? Warum hat man die Leute weggebracht?»

Der Alte hält sich, damit ihm kein Wort entwischt, die ganze Hand vor den Mund.

«Ich weiß es nicht», sagt er, als Forell auf ihn eindrängt. «Ich weiß es nicht. Alle Dörfer sind leer. Leer gemacht, Tannu Tuwa. Tannu Tuwa.»

«Wer ist Tannu Tuwa?»

Der Narr deutet mit den Armen, und um nicht weiter mit Fragen belästigt zu werden, bietet er Forell sechs Eier an, schmutzige Eier, die er als Vorrat in einem verrosteten Sieb liegen hat. Forell nimmt an. Die Eier, als sie hart gekocht sind, lassen sich ja von der Schmutzkruste um die Schalen befreien. Frisch sind sie auch nicht mehr. Aber es ist etwas zu essen. Der Schafkäse ist nicht weniger unappetitlich. Der alte Narr würde noch mehr anbieten als Lösegeld, um sich die Einsamkeit zu erkaufen, wenn nur Forell sich endlich bereit finden möchte, zu gehen.

«Wie muß ich gehen?» «Dorthin. Lauter leere Dörfer bis übermorgen.»

Bis übermorgen kommt Forell noch zweimal an ein Dorf ohne Bewohner.

Einem lebenden Menschen, wie dem verrückten Alten etwa, begegnet er nicht mehr, aber als ihm ein paar Schafe unterkommen, weiter in den Bergen, wo er endlich die Totendörfer für immer hinter sich zu haben glaubt, will er es aus Gespensterfurcht, die er in diesen Tagen gelernt hat, lange nicht wagen, sich an die Schafe heranzumachen. Er schaut sich immer wieder um, immer fürchtend, es werde plötzlich aus dem Schnee, aus einer Kluft oder dem Buschzeug ein Mensch treten, ihn zu töten, weil er es wagt, hier zu sein, wo das Leben ausgelöscht ist. Die Schafe, nicht wild aufgewachsen, sondern beim Abzug der Menschen zurückgeblieben und in die Berge gegangen, sind der Menschen bereits entwöhnt. Sie narren den Verfolger einen vollen Tag lang und laufen steile Hänge hinauf, wo er ihnen nur auf Umwegen folgen kann. Ob er sie lockt oder Rollsteine nach ihnen wirft – die Tiere bringen ihn nur von allen brauchbaren Pfaden ab.

Der Hunger lehrt ihn die Schläue der Tiere überwinden, so daß er endlich zwei Schafe unter sich stehen hat und nur ein Felsband abzulösen braucht, damit es über die Schafe niederstürzt.

Wohl kommen die Tiere zu Fall, aber sie kollern zusammen mit dem

Steingeröll den Hang hinab. Sie sind tot, zu Tode gestürzt, aber an diesem Tag hat Forell keine Aussicht mehr, sie noch zu finden, denn er braucht Stunden, um bis hinunter zu kommen zu seinen Opfern.

Die Suche beschäftigt ihn einen vollen Tag lang. Als er sich herangearbeitet hat, ist für ihn nur noch das wenige an Fleisch da, was ihm das Raubwild zurückgelassen hat, ein zerfetztes Rückenstück und vierzig Meter davon etwas vom Halsgrat des zweiten Schafes.

Zum Jäger hat er wenig Geschick, und die Natur will seine unwaidmännische Wilderei nicht gelten lassen. Eher taugt er schon zum Dieb, wo sich wieder Menschen finden, die man bestehlen kann.

Er fühlt sich von der Bedrückung durch das Spukhafte und Gespenstische der menschenlosen Dörfer erleichtert, als aus dem Fürchten wieder ehrliche Furcht wird und aus dem Totenland wieder ein Bereich echter Gefahr.

Gefahr ist das Einsteigen in die Vorratshäuser kläglicher Kolchosen, denn auch die Armseligen bewachen ihre Habe. Gefahr ist es, mit der Diebesbeute im Packsack die Erschlaffung zu ihrem Recht kommen zu lassen und sich in dem erstbesten Unterschlupf, manchmal nur fünfzig Meter vom Schauplatz der kleinen Räuberei entfernt, niederzulegen zum längst notwendigen Schlaf. Er weiß, daß er verschwinden muß, bevor es Tag wird. Das schlechte Gewissen ist ein zuverlässiger Wecker. Aber draußen ist es kalt, und im Erwachen fühlt Forell sich zuweilen versucht, noch eine Viertelstunde anzuhängen, eine Viertelstunde Schlaf, eine Viertelstunde Wärme, bevor wieder das Angehen gegen Wind und nassen Schnee beginnt.

Der Glaube, daß er je noch heimkommen wird, führt auch nur noch so einen trägen, dämmerigen Schlaf in ihm. Warum geht er denn eigentlich noch weiter? Es müßte doch auch so zu leben sein, nicht kalt und nicht warm, eben erträglich in einem Zustand ohne Wunsch. Mihail ist ein intelligenter junger Mann, der sein Rußland kennt: es gibt keine Grenzstelle, an der einer aus Sibirien oder Rußland entkommen kann. Wäre Forell damals zu den Waldarbeitern gegangen, so hätte sich vielleicht eine Gelegenheit gefunden, über diese unbegehrte Arbeit den Anschluß an eine erträgliche Existenz zu finden, Papiere zu bekommen, den Stand eines einfachen Arbeiters ohne alle Ambitionen zu erreichen und dreimal am Tag bei einer Mahlzeit zu sitzen.

Was er seit zwei Jahren lebt, ist nur das Leben eines Tieres, das um Nahrung und Wärme geht, den Instinkt für Gefahren entwickelt hat und im Kreis wandert, immer stumpfsinniger ein Schlupfloch suchend in dem umgebenden Käfig. Daß es den Durchschlupf nicht gibt, weiß auch der gefangene Tiger, aber er hört nicht zu gehen und zu suchen auf, ohne noch zu wissen, daß er sucht und was er sucht. Forell freut sich nicht einmal mehr, wenn er Vorrat für ein paar Wochen gestohlen hat. Es ist sein

Erwerb. Es ist längst keine Leidenschaft und kein reizvolles Spiel mehr. Er ist Landflüchtiger aus Beruf und hat in diesem seinem Beruf eine gewisse Vollkommenheit erreicht.

Er gerät, als er weiterwandert, an den Schienenstrang einer Eisenbahn und geht, den Kontrollen zum Trotz, neben den Geleisen her. Spricht ein Streckengänger ihn an, so gibt er kaum Antwort. Er wäre innerlich bereit, so einem lästigen Frager den großen Schraubenschlüssel zu entreißen und ihn damit niederzuschlagen. Nur aus Zorn und lahmer Wut. Das nützt und hilft niemand. Forell kann keine trübe Spur auf seinem Weg brauchen, denn wenn er schon für immer in diesem Land bleiben muß, will er saubere Hände hinstrecken können zu den Fingerabdrücken auf neue Papiere für ein neues Leben, das einem verkümmernden Absterben ähnlich sein wird.

Er wird diesen Leopold Meßmer fragen, wie man Rußland ertragen und Deutschland vergessen kann.

«He du! Wie weit ist es nach Abakan?» «Nicht weit. Geh zur Fähre!»

Als der Fährmann ihn im eisigen Wind auf der Fähre über einen Fluß bringt, hockt Forell wortlos auf der Bank des Fährkahnes und weiß am anderen Ufer, da er der Gebräuche des Zahlens entwöhnt ist, nicht zu deuten, was die aufgehobene Hand bedeuten soll.

Ach so! Hier muß bezahlt werden.

Forell ist in den ganzen zwei Jahren noch nicht in der Lage gewesen, sich vom Rest seines Geldes zu trennen und dafür etwas zu bekommen. Er nestelt in seinem Gepäck herum und holt eine kleine Note heraus. Der Fährmann wird ärgerlich. «Was willst du denn damit? Diese Rubel gelten längst nicht mehr.»

Dann kann er eben nicht zahlen. Und der Fährmann beharrt nicht eigensinnig auf seiner Forderung. Der Fahrgast kommt wohl von den Toten, aus der Vergangenheit, aus einer fremden Welt, in der das Leben nur gespenstisch und schemenhaft abläuft. «Geh zu!»

So geht er eben zu. Man sagt ihm, wo Abakan ist.

Kein großer und gar kein erfreulicher Ort.

Man verlangt keinen Propusk von ihm. Anscheinend ist er von einer falschen Seite in die Stadt geraten.

In einer Lagerija sagen sie ihm, wo die Pekarnija ist.

Den Genossen Meßmer kennt man. Oh ja.

Ein eisgraues Männchen, so gar kein Ebenbild des strammen Mihail, empfängt ihn lau und ängstlich. «Was willst du?»

So also sieht einer am Ende des Lebens aus, jenes Lebens, mit dem Forell sich abfinden will.

«Grüße soll ich dir bestellen von deinem Sohn Mihail, den ich unterwegs getroffen habe.»

Das Gesicht gleitet zu einem zahnarmen Lächeln des Stolzes auseinander. Dann wird es wieder ernst und ängstlich. «Komm herein!» «Das ist im Grund alles, was ich auszurichten habe», sagt Forell auf deutsch, als sich die Tür hinter ihnen geschlossen hat.

Leopold Meßmer sieht sich um. «Beim ersten Wort von dir habe ich gewußt, wie ich dran bin. Tiroler?» «Bayer. Eine Tiroler Hälfte. Um es schnell herunterzusagen: vor zwei Jahren am Ostkap geflohen. Seitdem unterwegs. Ich will heim.» «Das wollte ich auch.» «Warum bist du geblieben? Und wie macht man es, daß man hier bleiben und existieren kann?» «Ich wollte auch heim. Ich war Bäcker in Wiener Neustadt. Aber nun arbeite ich hier auch unter erträglichen Verhältnissen. Ja, ich wollte auch heim. Erst die Weißen in Sibirien. Dann die Roten. Man hat uns hin und her gestoßen. Überflüssig. Nebensächlich. Hinderlich. Neunzehn wollte ich heim. Zwanzig wollte ich heim. Sie haben mich, glaube ich, vergessen. Im einundzwanziger Jahr habe ich Arbeit angenommen. Waldarbeit. Dann haben sie überhaupt vergessen, daß ich übriggebliebener Kriegsgefangener war. Später noch haben Nansen-Leute in Sibirien nach ehemaligen Kriegsgefangenen gesucht. Ich habe mich zum Rücktransport gemeldet. Aber das hat sich verloren. Das zweiundzwanziger Jahr ist herumgegangen. Das dreiundzwanziger. Sie haben mich vergessen.» «Dreißig Jahre?» «Da ist eines Tages Albrecht zur Besichtigung gekommen. Weißt du – Albrecht, der Forstkommissar. Ein Deutscher. Er hat besichtigt, und ich habe mich herangedrängt. Weil ich Deutsch gesprochen habe, bin ich ihm aufgefallen. Da habe ich ihm meine Geschichte erzählen dürfen. Er hat mir gesagt: Sobald ich in Moskau bin, gehe ich der Sache nach. Du kommst heim. Das hat er gesagt. Als nach zwei Jahren noch nichts da war, habe ich um die sowjetische Staatsbürgerschaft nachgesucht. Das war eine Sache von einem halben Jahr. Seitdem bin ich Sowjetrusse. Dann ist, ein Jahr später, die Verfügung gekommen, daß ich heimkehren dürfte. Man konnte sich auf Albrecht verlassen. Gut. Ich bin von einer Dienststelle zur anderen gelaufen, und da haben mir die Herren gesagt, daß ich als sowjetischer Staatsbürger die Ausreiseerlaubnis nie bekommen werde. Ich habe sie auch nie bekommen.»

Der Alte sinnt vor sich hin. Dann schaut er sich wieder scheu um, als fürchte er Zuhörer. «Sag es niemand, daß du mit mir gesprochen hast! Es geht mir hier erträglich. Ich bin Genosse Meßmer geworden, bin hier Natschalnik, habe große Kinder und bleibe Genosse Meßmer.»

Forell nickt nur. Was soll er dazu auch sagen.

«Du willst heim?» fragt Meßmer. «Ja.» «Dann gehst du am besten gleich heute weiter.» «Wohin?» «Das ist völlig gleichgültig. Heimkommen wirst du nie. Und hier bleiben? Das kannst du auch nicht. Denn eigentlich bist du ein toter Mann. Wann du beerdigt werden willst, ist deine Sache.» «Sehr trostreich!» höhnt Forell. «In dieser Aufmachung kommst du nicht weit.» «Hast du eine Ahnung, wie weit ich schon gekommen bin?»

Meßmer schüttelt den Kopf.

Die Angst vor all den Dingen, die einem Menschen in Sowjetrußland zur Angst gedeihen können, nicht die landsmannschaftliche Fürsorge, bestimmen den alten Genossen Meßmer, mit bienenhafter Emsigkeit an Kleidungsstücken zusammenzutragen, was sich findet und was für diese Statur passen dürfte. Mihail hat annähernd Forells Größe.

«Er braucht seine alten Sachen noch. Man bekommt schwer etwas zu kaufen. Aber er verdient gut. Probier!» «Mihail ist ein prächtiger Kerl. Er hat mir geholfen.» «Und ob Mihail ein prächtiger Mensch ist!»

Der an seinem Vaterstolz berührte Mann erinnert sich an brauchbare Wintersachen und rückt behutsam damit heraus, bis er Forell aus all dem für den Winter ausgestattet hat. Forell ist vor soviel Angst eiskalt geworden, er verachtet den Mann und hat keine andere Absicht, als zu nehmen und zu bekommen. Der alte Meßmer aber gibt nicht aus Hilfsbereitschaft, sondern um sich freizukaufen und durch diese Gabe an das Schicksal und den Bedürftigen wieder die Ruhe zurückzubekommen. Kein Stolz aber, so sehr auch Forell in dieser Richtung manövriert, kein Gefühl der Gemeinsamkeit mit diesem Mann aus der gleichen Heimat kann den Genossen Meßmer bestimmen, daß er den Flüchtling zur Nacht behält. Er muß fort.

«Wohin gehe ich weiter, um an die Grenze zu kommen?»

«Versuch es nach Iran! Es sind auch andere schon nicht hinübergekommen. Sag es mir lieber nicht, wohin du gehen willst! Was ich nicht weiß, läßt sich nicht ausplaudern.»

Noch vor dem Abend, wenn auch schon bei Dämmerung, weil sie beide das Zwielicht bevorzugen, verabschiedet sich Forell. Der schüchterne Bäkker aus Wiener Neustadt atmet erleichtert auf. Der Flüchtling schlendert aus der Stadt und kaut vom warmen Brot, das ihm die Angst mit auf den Weg gegeben hat.

Er schläft in den Nächten, wo Menschen sonst nicht schlafen. Er ißt von dem, was er nicht bezahlt. Er trifft auf die Angst häufiger als auf die Güte. Von der Güte aber nimmt er mit rauhen Händen, denn wenn schon Sibirien das Land der Erbarmnis ist, hat der Erbarmungswürdige Recht und Anspruch darauf.

Die Kleinen und die Armen verstehen auf ihre Art die schweigsame Kunst des Erbarmens. Philemon und Baucis, Mamuschka und Musch, in der kleinen letzten Hütte einer Kolchose nehmen ihn, als er ans Fenster pocht, ohne Fragen auf und bewirten ihn. Als er satt und warm ist, bitten Mamuschka und Musch ihn, zwischen ihnen auf dem Ofen Platz zum Schlafen einzunehmen.

«Bist du ein entflohener Cilny?» fragt Mamuschka, als Forell sich am Morgen verabschiedet.

«Nein. Woenna Plenny.» «Gott beschütze dich! Unser Sohn ist als Cilny im Goldfeld. Komm gut in deine Heimat!»

An dem Mann, der seinen Packsack auf einem selbstgebauten Handschlitten hinter sich her durch die Gegend zieht, hat die Welt der Großen nichts verloren. Er ist ohne Wert und Bedeutung. Er kokettiert mit seinem Unwert und geht unbehelligt an den Gefahren vorbei. Man will ihn nicht mehr. Er ist zu minder, als daß man von ihm einen Ausweis über seine Berechtigung zu leben verlangen würde.

So, wie er auf freier Landstraße daherzieht, ist er ja nur ein Bild der lächerlichen Ärmlichkeit, wenn ihm entgegen aus dem Schneetreiben eine befremdend ausgerüstete Kolonne daherzieht: Kamele, die als Zugtiere genutzt werden und in schnellem Gang Lasten befördern. Etliche Tage später sind es dreiachsige Lastkraftwagen, aus deren Fahrerhäusern überlegene Männer auf den bettelhaft daherziehenden Fremden blicken. Armut und Elend sind eine herrliche Tarnung. Er lernt die bettlerische Unverschämtheit, auf das Trittbrett eines angehaltenen Wagens zu steigen und um eine Zigarette zu betteln, nicht um der Zigarette willen, sondern aus prostitutioneller Unverschämtheit eines Mannes, der sich schon abgeschrieben hat. Bei Nacht stiehlt er. Bei Tag bettelt er. Unter freiem Himmel zu schlafen, erscheint ihm längst unangebracht und gefährlich. Die Gutmütigen geben ihm Quartier. Bei den Unsympathischen nimmt er sich das Recht, in einen Bau einzusteigen und sich schlafen zu legen.

Wenn es unerträglich wird, Tag um Tag eine richtungslose Marschstrecke herunterzutreten, fürchtet er sich seiner Ausweislosigkeit keineswegs, sondern bittet frech um die Erlaubnis, auf einem offenen Lastwagen ein Stück weit mitfahren zu dürfen. Neun von zehn Fahrern lehnen rundweg ab. Ein zehnter läßt sich weich kriegen, und sobald Forell ein Nicken der Zustimmung auch nur ahnt, lädt er seinen Handschlitten mit auf. Es sind kalte Fahrten, die den Mann erstarren lassen. Ehe er so starr wird, daß er die Finger nicht mehr zu bewegen weiß, schnüffelt er die Wagenlast nach brauchbaren Dingen durch und stopft in seinen Packsack, was ihm verwertbar erscheint. Das ist seine Art, die Freundlichkeit zu entlohnen.

Der Oberleutnant Clemens Forell, ein Mann von guter Abkunft, verheiratet, Vater zweier Kinder, in Ehrbarkeit aufgewachsen und einst dazu bereit, für Familie und Heimkehr alles zu wagen, verkommt. Er wird einer aus dem hefigen Gesindel, das vom Abfall der Ordnung lebt und die Güte mißbraucht.

Um Weihnachten, wo die Menschen sich mehr als sonst zur Güte verpflichtet fühlen, nächtigt er wie ein streunender Hund auf einem Strohlager in Kubzow. Bald danach streunt er, von den Männern des MWD scheel angesehen, aber ihrem Zugriff gewandt entweichend, durch Semipalatinsk und versucht ohne Erfolg, auf dem Markt Lebensmittel mitgehen zu lassen. Was er heute nicht bekommt, bekommt er morgen. Es wird schon wieder einmal jemand mitleidig oder unachtsam sein.

In Uspenskij, wohin er sich verirrt hat, weil der Lastwagen, der ihn mitnahm, eben dorthin fuhr, erfragt er die Richtung nach Kasalinsk.

Verschwommen und sicherlich als Ziel so unbrauchbar wie alle Orte, die er je berührt hat, schwebt ihm der Name Kasalinsk vor. Daran ist Danhorn schuld, der seine Karte im Westen mit der Stadt Kasalinsk aufhören ließ als dem westlichsten und letzten Punkt aller Möglichkeiten. Danhorn hat so gerechnet: wenn der Flüchtling auf der Höhe des Aralsees angelangt sein wird, ohne die Grenze überschritten zu haben, braucht er keine Fortsetzung der Karte mehr, da inzwischen sowieso alle Hoffnungen erloschen sind. Danhorn hat recht behalten. Für Clemens Forell ist bereits alles erloschen, und in ihm hat schon aufgehört, was ihn zwei Jahre lang geführt hat. Aus tagelangem Belauern hat er sich genug Routine angeeignet, um unkontrolliert einen Güterzug zu besteigen und vor den gefährlichen Hauptstationen wieder zu verlassen.

Er steht im Schneewind, der die Sicht schon nach zwanzig Metern begrenzt, stundenlang vor einem matt erleuchteten Bahnhof, beobachtet den mäßigen Betrieb, schiebt sich an die Fenster heran, um zu sehen, ob nicht auch ein Bahnhof zu geben hat, was ein Landstreicher braucht, und sieht die Beamten ihre Frachtkasse abschließen. Einer der Eisenbahner zählt Banknoten und Hartgeld in eine Blechkassette und steckt die Blechkassette in eine abgetragene Ledermappe.

Diese Ledermappe sieht Forell hernach in der Hand des Beamten, als er den Bahnhof verläßt. Forell weicht zurück. Er läßt den Mann erst die Richtung wählen, ehe er sich heranmacht. Er wird ihn ohne Bedenken niederschlagen, um an das Geld zu kommen.

Der Beamte geht an dem Schienenstrang entlang auf einem ausgetretenen Fußpfad. Das scheint der kürzere Weg zum Ort zu sein. Als kein Schritt sonst im Schneewind zu hören ist, nur das mürrische Dahintappen des Eisenbahners, taucht Forell auf der anderen Seite des Schienenstranges auf.

Hernach hat Forell eine schmutzige Ledermappe mit einer Kassette voll Geld darin, aber er hat seinen Packsack zurücklassen müssen, weil der Mann, von Forells Gehstock nur ungefährlich an der Schläfe getroffen, zu schreien angefangen hat. Höchstens zehn Minuten Frist bedeutet es für Forell, bis der Eisenbahner sich von da unten, wohin der Räuber ihn gestoßen hat, wieder bis auf den Bahndamm heraufarbeitet. Nach einer halben Stunde werden Suchhunde da sein. Forell weiß, daß er nicht entlaufen kann. Er weiß nur nicht, warum er das getan hat, wie er zum Räuber werden konnte, wieso er dem Beamten das Geld geraubt und ihm seinen Gehstock an die Schläfe gehauen hat.

Er rennt wieder einmal kreuz und quer wie damals an der Grenze. Man wird ihn fassen. Er rennt gegen den Wind, mit dem Wind, möchte die

Mappe wegwerfen, um sich das Laufen zu erleichtern, will sie behalten, um nicht ohne alles zu sein, was ihm helfen kann.

Am schnellsten, wie er feststellt, kommt er auf dem Bahndamm weiter mit großen Sprüngen über jeweils zwei Schwellen.

Da kommt ein Zug. Er sieht von weitem die rötlich glotzenden Lichter und springt über Schnee und Schotter nach der Seite. Unsinn! Der Zug wird ihn nicht überfahren. Er hält ja. Er hat keine Einfahrt in die Station.

Forell keucht unterhalb des Bahndamms am Zug entlang und klettert bei etwa der Zugmitte wieder herauf. Eine Minute später liegt er flach hingeduckt auf einem Waggon, der mit Maschinen beladen ist, wühlt sich unter die riesige Plane und spürt, wie der Zug anfährt.

Der Zug rollt in die Station.

Alles ist voller Aufregung. Alle Lichter brennen. Vier Mann umstehen den schnauzbärtigen Eisenbahner, der eben beraubt worden ist und sinnlos in der Gegend herumdeutet: dorthin muß der Lump geflohen sein, der Dieb, der Räuber, der Sohn einer Hundemetze. Dieser Aufregung wegen ist das Einfahrtssignal zu spät gezogen worden.

Der Lump! Der Vagant! Der Tagedieb! Der Verbrecher!

Ein Güterzug mit lebenswichtigen Gütern für das Wohl und den Wiederaufbau der Sowjetunion darf wegen eines solchen Vorfalls nicht länger als statthaft angehalten werden. Das Signal wird gezogen. In einem offenen Wagen fährt ein Trupp MWD heran. Der Güterzug aber fährt aus.

Der Lump! Der Verbrecher!

In das Rollen hinein hört Forell immer, die ganze Nacht lang, den anderen Tag lang, unter der Zeltplane verborgen, nur das keifende: Der Lump! Der Tagedieb! Der Verbrecher! Der Räuber! Zum erstenmal seit langer Zeit schämt er sich.

Um weit wegzukommen von dem Platz seiner Gemeinheit, bleibt er ausgefroren und ausgehungert in seinem Versteck, bis er es vor Kälte und vor Leere nicht mehr aushalten kann.

Das Weiterleben ist um vieles schwieriger geworden, seit ihm alle Ausrüstung fehlt. Er hat die Kassette aufgesprengt und schäbige elfhundert Rubel gefunden.

Drei Wochen später ist Forell in Kasalinsk.

Er hat unterwegs wieder gestohlen, weil er das für sein Recht hält. Zuerst kommt doch das Fressen.

Der Lump! Der Tagedieb! Der Räuber!

In dem umplankten Basar, wo die Marktgeschäfte betrieben werden, schlendert Forell umher und zwängt sich vorsichtig ein paar Banknoten aus der Tasche, sich dies und jenes zu kaufen. Zu essen vor allem braucht er, ehrlich gekauftes Essen von unehrlich und räuberisch gewonnenem Geld. Machorka muß er haben. Und einen Stagan Wodka läßt er sich eingießen. Wodka hat er lange nicht mehr getrunken, und die Zeiten sind kalt.

Noch einen Stagan!

«Du, Deutscher! Komm mit!»

Forell gießt sich im Erschrecken die Hälfte des Wodkas über das verschmierte Gewand. Geht das ihn an?

«Geh mit, Deutscher!»

Langsam wendet sich Forell nach der Seite, den Mann zu sehen, der ihm das zuflüstert.

Ein Jude, der ein paar Einkäufe unterm Arm trägt, schaut ihn aus ruhigen blauen Augen an. Gibt es blauäugige Juden?

«Ja, dich meine ich. Komm nur mit!»

Forell muß jedes Aufsehen vermeiden und zischt nur aus dem Mundwinkel ein paar russische Worte. «Was redest du denn für eine Sprache?» «Deutsch. Wie du.»

Es ist stark jiddisch akzentuiertes Deutsch.

«Mach dich nicht auffällig! Ich meine es gut mit dir, wenn ich dir sage, du sollst mit mir kommen.»

Der Jude ist hartnäckig, und ein Jude ist gefährlich, wenn er einen Deutschen so in die Hände bekommt nach den Dingen, die an den Juden in Rußland geschehen sind. Forell weiß nach langer Zeit wieder einmal, was Angst ist. Nur aus Angst geht er, nachdem er scheinbar gleichmütig seinen Wodka hinuntergeschüttet hat, neben dem Juden aus dem Basar.

«Reden wir lieber nicht hier! Komm mit!»

Das ist ein schwerer Gang, zwanzig Minuten lang, bis in einem unerfreulichen Vorstadtviertel der Jude vor einem niedrigen Häuschen einen Schlüssel herauszieht und die Tür aufsperrt.

«Hier wohne ich. Bitte!»

Das Häuschen, von außen nur Hütte, ist von spiegelblanker Sauberkeit und ausgesprochen reich eingerichtet. Teppiche auf dem Boden, Teppiche an den Wänden, viel Gerät aus Kupfer und Messing.

«Ich heiße Igor.» «Ich Pjotr.» «Wie du dich nennst, ist mir gleichgültig. Wo du aus der Gefangenschaft entsprungen bist, kann mir ebenso gleichgültig sein. Beim ersten Wort habe ich gewußt, daß du Deutscher bist. Du willst über die Grenze?» «Ja.»

Igors Haushälterin kommt und bietet Brot und Salz an.

«Das ist doch nicht jüdischer Brauch?» «Ich wollte dir nur zeigen, daß du mein Gast bist.» «Danke.» «Ich bin Jude aus Armenien, lebe hier schlecht und recht und möchte dir helfen. Ich kann dir helfen.»

Die Haushälterin bringt zu essen. Forells Abwehr aber will nicht auftauen. Er wartet, sooft draußen auf der Gasse ein lautes Wort fällt, daß die Tür sich öffnen wird. Ein Jude – und einem Deutschen in dieser Lage helfen? Nein.

«Bleib bei mir, solange du willst!»

Forell überlegt, wie er sich der Gastfreundschaft, die doch nur eine verdächtige Form von Haft ist, entziehen und aus dem Haus verschwinden kann. Igor geht auf zwei Stunden weg. Sobald aber Forell sich erheben und leise weggehen will, ist die Haushälterin da, lautlos zwischen dicken Vorhängen aufgetaucht, und fragt nach den Wünschen des Gastes.

Zehn Tage bleibt Forell im Haus des Juden. In all den zehn Tagen bringt er sein Mißtrauen nicht los und versucht immer wieder und immer vergeblich, aus dem Haus zu entkommen. Am zehnten Tag, nachdem Forell wieder ein gut menschenwürdiges Aussehen gewonnen hat und so eingekleidet ist, wie man sich nun einmal in der Sowjetunion kleidet, nicht elegant, aber warm, sagt ihm Igor, daß er jetzt auf die Reise gehen müsse.

«Du fährst mit der Bahn nach Uralsk.» «Was sollte ich in Uralsk tun? Und wo ist das?» «Es gibt keinen anderen Weg als über den Kaukasus.»

Und dann läßt der blauäugige Jude seinen Gast in Zusammenhänge Einblick nehmen, die Forell so verwunderlich erscheinen, daß er mit hundert Vorbehalten ein erstes Mal zu glauben beginnt.

Forell hat noch nie von einer Kulaki-Bewegung gehört und hält es für faulen Zauber, als ihm der Jude eine Adresse in Uralsk angibt und ihm aufträgt, sich dort unter dem Kennwort «Starschoj» zu melden. Von da an werde weiter für ihn gesorgt werden.

«Die Adresse nicht aufschreiben, sondern nur einprägen: Mihail Iwanowitschslatin, Uliza Stranskaja zweiundvierzig, Uralsk.»

Am Morgen darauf zieht Forell seines Weges.

Er ist froh, dem geheimnisvollen Gemunkel um eine angebliche Widerstandsbewegung entronnen zu sein, und nimmt den Weg nach Süden.

Das ist im Februar.

Zu Anfang Juni steht in der wunderschönen Stube des kleinen Häuschens am Stadtrand von Kasalinsk abgegriffen und verschmutzt, nun wirklich nur noch das Wrack eines Mannes, der Deutsche, und fragt die Haushälterin nach Igor.

Es wird Abend, ehe Igor kommt, der sich nicht einmal wundert über die Wiederkehr des Mannes, sondern nur lächelnd fragt: «Du hast mir also nicht geglaubt und wolltest es auf eigene Faust über die iranische Grenze versuchen?» «Ja.» «Wer traut schon einem armenischen Juden, zudem, wenn er Deutscher ist? Ich habe es geahnt.»

Forell erzählt die halbe Nacht lang. Er braucht nichts zu sagen. Es steht ihm deutlich genug angeschrieben, daß er näher am Tod war als an der Grenze.

Drei Wochen lang pflegt die Haushälterin mit heiligmäßiger Sorgfalt den zerbrochenen Mann. Dann hält Igor die Zeit für reif, daß Forell die Weiterreise antreten kann. «Mit der Bahn geht das jetzt leider nicht mehr so, wie es im Winter gegangen wäre. Es wird sehr viel kontrolliert. Mach den Weg zu Fuß oder sieh zu, daß du unauffällig mitgenommen wirst!»

Darin hat Forell einige Erfahrung. Er lächelt ein geduldiges Lächeln. «Ich bin ja sogar schon zum Räuber geworden.» «Nur das nicht!» warnt Igor. «Kein Unrecht! Du kannst nicht Glück haben, wenn du mit Unrecht belastet bist.»

Es ist glühend heißer Juli, als Forell, jetzt ein unauffälliger Russe wie Millionen anderer auch, seine Wanderschaft antritt und unbehelligt nach vielgeübten Landfahrerbräuchen einige hundert Kilometer weit nach Nordwesten wandert. Er weiß, daß sein Weg die Bahnlinie sein wird, und will nicht darauf verzichten, die Bahn zu benützen. Erfahrungen darin hat er reichlich, und wenn etwas daran gefährlich ist, so die ansehnliche Zahl von Schwarzfahrern, die vom Gemeinbesitz der Staatsbahnen ihren Anteil genießen wollen. Die Kunst des Zusteigens will gelernt sein, noch mehr aber die Kenntnis des richtigen Augenblicks zum Verschwinden. So zerlegt sich eine Stecke von fünfhundert Kilometern in ein Dutzend Einzelraten des Fahrens, und für Landfahrer ohne ein echtes Ziel gibt das die rechte Mischung von Glücksspiel, Nervenkitzel, Genuß der Landschaft und geruhsamen Pausen. Die Pausen findet Forell nicht allzu geruhsam, denn an der fundamentalen Lebenstechnik des Stehlens hat sich nichts geändert, als er nach Uralsk geht und fährt.

Der armenische Jude Igor hat ihn bitter beschämt, als er den Mißtrauischen wieder zu sich aufnahm. Und noch immer bringt Forell ein Gefühl beengenden Unbehagens nicht los, wenn er nach dem nächsten Glied in der Kette von leisen Verschwörern sucht und die Uliza Stranskaja in Uralsk hinauf- und hinuntergeht, fünfmal an dem Haus Nummer zweiundvierzig vorbei, ehe er eintritt.

Ob er den Genossen Mihail Slatin sprechen könne?

Die Frau ist nicht übers Maß freundlich, und das Haus hat keine Reichtümer zu zeigen. Forell wird gebeten, Platz zu nehmen, bis Mihail Iwanowitsch kommt.

Genosse Mihail ist ein einfacher Mann.

«Was ist?» «Genosse Igor hat mich geschickt, ich soll ausrichten: Starschoj.»

In Mihails Gesicht zeichnet sich Verärgerung ab. Es ist eine Last, den Leuten dienstbar sein zu müssen, die so von irgendwo geschickt werden. Langsam macht Mihail die Fenster zu.

«Igor hat mir anbefohlen, alles der Wahrheit gemäß zu sagen: Ich bin deutscher Kriegsgefangener gewesen, befinde mich auf der Flucht und suche eine Möglichkeit zum Grenzübertritt.»

Darüber wird Mihails Gesicht nicht freundlicher. Er ist nicht sprachgewandt und nicht redselig, aber er horcht den Gast gründlich aus, wie um sich zu vergewissern, daß Igor nicht auf einen Lumpen hereingefallen ist. Bis er Forell für gut befindet, bedarf es für ihn eines langen Verhörs. Dann sagt er nur knapp: «Gut. Morgen gehst du weiter nach Alexandrowsk. Vor der Stadt, wo die Straßen gabeln, liegt rechts eine Kolchose Klara Zetkin. Filip Bonin ist der Sohn des Natschalnik dieser Kolchose. Starschoj ist dein Wort.»

Ohne die Freundlichkeit zu übertreiben, bewirten die Slatins den Fremden, weisen ihm eine Matratze zum Schlafen an und kaufen für ihn ein. Weil er förmlich den Seufzer seines Wirtes über geldliche Nöte zu hören vermeint, gibt er von seinem Geld zum Einkaufen, von dem Ertrag des Raubüberfalles.

Als Forell sich am andern Morgen verabschiedet hat, kann er es nicht unterlassen, das bunte Einkaufstreiben am Basar eine Weile zu betrachten.

Verdammtes Uralsk!

Forell hat nie hierhergehen wollen. Das war Igors Wille, Igors wie ein Befehl klingender Ratschlag auch nach dem lebensgefährlichen Versuch, über die iranische Grenze zu kommen.

Und jetzt, seit er eine Packung Streichhölzer gekauft hat, geht ständig jemand hinter ihm her. Ein Frauenzimmer verfolgt ihn und läßt den Abstand nicht kleiner werden, als er durch schwatzende Gruppen sich etwas rüpelhaft einen Weg bahnt, um in der Menge unterzugehen. Ein Lockvogel des MWD? Ist er denn so ungeschickt und in seinem Russisch so hilflos, daß er sich jedesmal beim ersten Wort verrät?

Es gelingt ihm nicht, das Frauenzimmer abzuschütteln, und an einer Straßenecke kommt die Verfolgerin so an ihn heran, daß sie ihm ins Gesicht sehen kann, als sie ihn anspricht.

«Oh, Verzeihung!» «Wie meinen Sie?» Zu spät wird ihm bewußt, daß er prompt hereingefallen und deutsch geantwortet hat.

«Ich habe es mir gedacht, als ich Sie Streichhölzer kaufen sah.»

«Reden Sie nicht dummes Zeug und lassen Sie mich in Ruhe!»

«Freundlich sind Sie nicht. Ich kann es verstehen. Man wird mißtrauisch, wenn man sich auf Schritt und Tritt beobachtet glaubt, weil man ja auf der Flucht ist. Oh, Verzeihung!»

Das sagt das Mädchen wirklich charmant. Es klingt entzückend und kann verführen zu gefährlicher Vertrauensseligkeit. Forell versucht, sich loszumachen, aber Frauen sind nun einmal anders als Männer, und nach vielen Ausreden, die von der Furcht her kommen, ist er endlich so wehrlos, daß er mit dem Mädchen gehen muß, ohne Widerrede, in miserabler Laune.

«Ich heiße Ljuba», sagt das Mädchen, als es den fremden Mann in das kleine, etwas hager eingerichtete Zimmer eingelassen hat, in dem es wohnt, schläft und sich, nach dem kleinen Haushaltsgerät zu schließen, die Abendmahlzeit bereitet.

«Mein Name ist Pjotr Jakubowitsch.» «Nachname?» fragt Ljuba lächelnd. «Uljanow.» «Den Nachnamen brauchen wir. Uljanow ist ein guter Name. Er kommt beinahe so häufig vor wie bei euch Huber oder Meier.» «Was wollen Sie eigentlich von mir?» «Haben Sie gegessen? Sind Sie hungrig?» «Ja. Das heißt: nein.» «Kochen wir also.»

Ljuba bindet sich eine Schürze vor und beginnt zu hantieren mit den drei Töpfen und ein paar leicht festonierten Tellern. Hübsch sieht sie aus, aber wie eine Katze gibt sie sich in ihrer gewandten, klugen und behenden Art.

«Sie wundern sich, Pjotr Jakubowitsch?»

Plötzlich hat sie aus einer Schublade, in der eine nett abgestimmte Unordnung herrscht, ein Foto hervorgezogen und auf den Tisch gelegt. «Das ist Georg.»

Forell schrickt zusammen. Das Foto zeigt einen angenehm aussehenden Mann von etwa achtundzwanzig Jahren in deutscher Uniform mit den Abzeichen eines Sanitätsfeldwebels.

«In Charkow habe ich ihn zum letztenmal gesehen.» «Das war ...?» «Ja.» Das kommt fest, klar, sauber.

So fest und so klar und so sauber ist alles in der Jungmädchenstube von dem Augenblick an, da Ljuba das Bild wieder wegschließt. Forell sieht ein paar ernste Fältchen an den Augenwinkeln des Mädchens. Ganz so jung, wie die adrette Schürze es vortäuscht, ist Ljuba nicht.

Charkow – das war dreiundvierzig. Wenn Ljuba damals auch nur neunzehn gewesen ist im letzten Glücklichsein mit Georg, so zählt sie heute achtundzwanzig.

«Wenn man die Bevölkerung der ganzen Stadt zusammenführt und mir sagt, es sei ein einziger Deutscher dazwischen, so finde ich ihn heraus. Ich liebe euch Deutsche nicht. Nein. Aber wenn ich bedenke, daß Georg Deutscher war ...» «Was dann?» «Sie schlafen hier, diese eine Nacht. Ich gehe weg und werde bei einer Freundin schlafen. Morgen bleiben Sie den ganzen Tag völlig still in diesem Zimmer. Mein Bett ist Ihr Bett. Schlafen Sie! Tun Sie, was Ihnen den Tag verkürzt! Ich bin um sieben am Abend wieder da.»

Um sieben am Abend des anderen Tages ist Ljuba zurück.

Sie legt Forell einen Ausweis vor. «Hier unterschreiben Sie! Aber nicht falsch! Können Sie fehlerfrei mit kyrillischen Buchstaben schreiben? Dann also: Pjotr Jakubowitsch Uljanow.»

Forell besitzt zum erstenmal, seit er aus dem Lager geflohen ist, einen Propusk, einen Reise-Propusk ohne Foto, berechtigend zum Verlassen der Stadt und zu Reisen im Umkreis von achthundert Werst. Achthundert Werst sind das Maximum überhaupt. Für größere Reisen ist ein Sonderausweis nötig.

Wie Ljuba, die nach ihren Angaben in der Kommandantur arbeitet, zu dem völlig regelrecht ausgeschriebenen Propusk gekommen ist, erfährt Forell nie.

Warum hat sie es getan und wie sie es erreicht hat?

«Genosse Malachow hat unterschrieben. Und – Georg ist in sowjetische Gefangenschaft geraten. Das ist das letzte, was ich mit Sicherheit noch erfahren habe. Mag ihm helfen, was ich an Ihnen getan habe!»

Forell, mit allen Wassern jener Verderbtheit gewaschen, die sich breitmacht in einem Menschen auf der Flucht, Landstreicher, Vagant, Dieb aus Notwendigkeit und zum Räuber abgesunken auf jene Stufe des Verfalls, wo den Menschen vom Tier nicht mehr viel scheidet, steht erschüttert vor dem Mädchen, das um einen Kopf kleiner ist als er. Ljubas Augen sind hart. Forell ist so benommen, daß er zum Abschied das rechte Wort nicht findet. Darüber lächelt Ljuba. So sind die Deutschen. Es hat nur eine einzige Ausnahme gegeben.

Clemens Forell aber, der die Stadt Uralsk gefürchtet, gemieden und verflucht hat, schaut sich unterwegs nach Alexandrowsk ein paarmal um. Der neue Tag mit seiner in einem nächtlichen Regen blankgewaschenen Sonne mag schuld daran sein, daß es, von dieser Seite her besehen, eine schöne, eine liebenswerte Stadt ist, unseres gnädigsten Herrn gute Stadt Uralsk.

Der Weg in die Freiheit ist noch weit.

Daß er gefährlich ist, gefährlicher vielleicht als der ganze Fluchtweg vom Ostkap bis Uralsk, nimmt nur noch der Instinkt auf, der als einzige bis zu krankhafter Überfeinerung entwickelte Funktion den gefährdeten Menschen so handeln und reagieren läßt, wie es der Augenblick bestimmt. Findigkeit und Instinkt aber würden im hoffnungslosen Raum agieren, wäre dem Flüchtling nicht ein dünner Faden vom Menschen zum Menschen gespannt, von Uralsk nach Alexandrowsk, von Alexandrowsk nach Urda, von Urda nach Grossnyi, von dort nach Machatschkala, mit allen Möglichkeiten des Irrens und Versagens dazwischen, die den sibirischen Strolch jedesmal von neuem unsicher werden lassen.

Forell glaubt an seine Chance, die ein armenischer Jude ihm zugespielt hat, selbst dann noch nicht, als er im November, einen wegkundigen Begleitmann aus Machatschkala zur Seite, auf unmöglichen Pfaden über den Kaukasus steigt.

Er glaubt an eine Niederträchtigkeit, die ihm Furcht und Hoffnung bis ins letzte zu kosten gibt, als der Begleitmann ihn zwei Wochen später an vier trübe Gestalten übergibt, die vom Rind bis zum echten Jamaika-Rum, von der Maschinenpistole bis zum hausgewebten Stoff in ganzen Ballen, vom tombakenen Schmuck bis zum kompletten Gespann alles über die Grenze zu bringen wissen, nach der iranischen wie nach der russischen Seite. Was Forell noch an Geld besitzt, nehmen sie insgesamt. Das ist die bare Zulage zum Lohn des Himmels, den sie dafür erhoffen, daß sie einmal ohne Gewinn etwas oder jemand über die Grenze schaffen. Sie tun es offenbar nicht zum erstenmal und tun es für jeden Auftraggeber.

Als Forell in dem zügigen Wasser des Grenzflusses weggeschwemmt zu werden droht, fassen sie ihn von beiden Seiten unter den Armen und führen ihn. Oh, du lieber Gott! Das ist doch eine Furt, ungefährlich und schon von tausend Rindern begangen. Man gerät höchstens bis zu den Hüften ins Wasser. Freilich ist das Wasser widerlich kalt und setzt dem Menschen mehr zu als einem Tier. Der Mann da ist eben nicht mehr viel von einem Menschen, weil die Not an seinen Knochen nicht mehr viel gelassen hat.

Forell glaubt es den Gaunern nicht, als sie ihm sagen, er sei nun endgültig auf iranischem Gebiet. Warum, wenn das so ist, gehen sie denn noch mit ihm?

«Den Tag abwarten», sagt grinsend der Chef der Schmuggler.

Als es dann Tag wird, und die Schmuggler ihren mühsam dahinkeuchenden Mann in ihrem zügigeren Tempo nicht mehr mitschleppen wollen, weisen sie ihn ein, wie er zu gehen hat.

«Bilde dir aber nicht zuviel darauf ein, daß du jetzt in Sicherheit bist! Die Grenze hier ist eine wässerige Sache. Zwanzig Kilometer weit im Land kannst du jederzeit noch auf russische Streifen stoßen. Das ist unser großer Verdruß. Dann mach dich klein! Geh mindestens drei Tage weit, bevor du dich offen sehen läßt! Hast du zu essen?» «Kaum noch.»

Sie geben ihm Brot und eine Schweineblase voll Fett.

«Ich kann nicht bezahlen.» «Schon bezahlt.»

Sie lachen im Weggehen, daß es Forell eisig über den Rücken läuft, nicht der nassen Kälte wegen, die alles Gewand an ihm festkleben läßt, sondern ein letztes Mal aus riesenhafter Angst, man könnte in der entscheidenden Stunde ein verräterisches Spiel mit ihm getrieben haben. Das Lachen aber scheint zur Sprache der trüben Grenzgänger zu gehören, um Empfindungen auszudrücken, deren so rauhe Männer sich zu schämen haben. Vielleicht ist das dröhnende Lachen ein Ausdruck der Erbarmnis.

Nach zwei Marschtagen fängt Forell an, sich mehr als bisher an die Betriebsamkeit der Leute zu halten und die Richtung zu nehmen, die von den Menschen eingehalten wird. Er weicht nicht mehr aus, sondern beginnt zu suchen, was er bisher umgangen hat.

Die Stadt, die er am vierten Tag betritt, läßt einen Mann wie Forell nicht sonderlich auffallen. Aber sie stellt ihm zum hoch aufflackernden Entsetzen etwas vor die suchenden Augen, wovor er drei Jahre lang geflohen ist.

An einem imposanten Gebäude prangen Hammer und Sichel. Darunter stehen, hunderttausendmal gesehen, die vier Buchstaben: C C C P.

Forell fragt einen Passanten, wie die Stadt denn heiße.

Der Mann versteht ihn nicht.

Forell beginnt zu laufen, den Platz hinauf, so weit als möglich weg von den Zeichen der Macht, der er entronnen zu sein glaubte. Vor einem öffentlichen Gebäude stehen zwei Posten, zur Platzseite einer und nach der Seitenstraße hin einer. Andere Uniformen. Andere Kopfbedeckungen. Er rennt an dem Posten vorbei in das Gebäude und fragt laut: «Polizei?»

Polizei? Ja. Hier. Ein Herr deutet auf zwei Zimmertüren.

Ein junger, hübscher und gepflegter Mann in Uniform steht vom Platz hinter seinem Schreibtisch auf und stellt erstaunt eine Frage an den seltsam bekleideten Besucher, der zur Tür hereingestürmt ist. Forell hebt die Schultern. Er versteht nicht.

«Sprechen Sie Russisch?» fragt Forell auf russisch.

«Ich spreche Russisch.»

«Haben Sie einen deutschen Dolmetscher?»

Der junge Offizier kommt um den Tisch herum. «Deutscher Dolmetscher hier bin ich.» Es kommt in einem eckigen, kasernenhaften Deutsch.

«Ich bitte um Asyl.» Forell bringt seine Bitte schüchtern vor.

Der Offizier scheint nicht verstanden zu haben. «Was haben Sie gesagt?»

«Ich bitte um Asyl. Seit drei Jahren bin ich auf der Flucht von Sibirien und habe illegal die Grenze überschritten.»

«Wem sagen Sie das?» Die glatte Ruhe des Offiziers wirkt aufreizend.

«Ich war als deutscher Kriegsgefangener in Ostsibirien, bin dort geflohen und habe die Grenze Ihres Landes ohne Erlaubnis überschritten.» «Und hier haben Sie das Unglück gehabt, geradenwegs der Polizei in die Arme zu laufen.» «Das war Absicht. Ich wollte mich stellen. Da draußen auf dem Platz habe ich eine sowjetische Dienststelle gesehen, in Ihrer nächsten Nachbarschaft. Bitte, liefern Sie mich nicht an die Russen aus!» «Das sowieso nicht. Wir haben nun einmal einen sowjetischen Verbindungsstab, hier, in Täbris. Vielleicht sind Sie dort zur Tür heraus und irrtümlich hier zur Tür hereingekommen. Sie wollen Deutscher sein? Welche Ausweise haben Sie?» «Keine.» «Sie werden verstehen, daß ich Sie in Arrest nehmen muß.» «Damit habe ich gerechnet. Ich bitte Sie aber noch einmal: Liefern Sie mich nicht an die Russen aus!» «Wenn Sie deutscher Gefangener sind, sowieso nicht. Wenn Sie, was wahrscheinlicher ist, russischer Spitzel sind, erst recht nicht.»

Es gibt einiges Aufsehen unter den subordinateren Gestalten im Zimmer. Der Offizier gibt Anweisung, den Mann in eine Zelle zu bringen.

Forell bekommt zu essen und bittet um eine Möglichkeit zum Baden. Nach einer solchen Reise möchte er endlich aus den Kleidern kommen, und wenn er sich unterwegs mit Ungeziefer behängt habe, sei es höchste Zeit, es jetzt loszuwerden. Der Offizier – er ist Oberleutnant – hört sich die Bitte an und gibt die Erlaubnis dazu.

Mehrmals wird Forell vernommen. Es vergehen vier Tage, ohne daß etwas weiteres geschieht. Dann steht eines Morgens der Oberleutnant winterlich reisefertig in der Zellentür. «Kommen Sie mit! Sie werden abtransportiert. Ein Zweifel darüber, daß Sie sowjetischer Spion sind, besteht wohl kaum noch. Fertigmachen!»

Das Fertigmachen geht recht robust vor sich. Die Fesselung ist eng und rücksichtslos. Gefesselt wird Forell im Hof in einen geschlossenen Wagen gebracht. Ein Soldat oder Polizist sitzt die ganze Fahrt lang bei ihm, und die Fahrt wird so lang, daß der Begleiter endlich sich des geschundenen Mannes erbarmt und wenigstens so lang jeweils die Fesseln öffnet, als der Wagen in Fahrt ist. Die Straße scheint gut ausgebaut zu sein. Man erfährt das auch, wenn man nichts sehen kann.

Als Forell in Teheran, wieder gefesselt, aus dem Wagen ins Polizeigefängnis geführt wird, erhascht er über ein Dach hinweg einen Blick auf ein Gebäude dahinter: auf dem Dach wehen zwei weiße Fahnen, die eine mit dem roten Kreuz, die andere mit dem roten Halbmond. Wenn diese Dinge hier so öffentlich gelten, braucht der Gefangene keine Furcht zu hegen.

So bitter kann man sich irren!

Es wird bei den Verhören offensichtlich, daß ihm niemand auch nur ein Wort glaubt. Die Zelle ist sauber und das Essen gut. Forell aber wird müde gemacht mit täglich mehreren Verhören. Ein Polizeioberst, Gentleman in allem, auch in der Höflichkeit, in der er die Verhöre führt, will unbedingt wahrhaben, daß Forell nicht geflohener Kriegsgefangener ist, sondern von den Sowjetrussen geschickt ist mit recht eindeutigen Aufträgen. Je mehr und je genauer Forell seine Schicksale erzählt, desto deutlicher wird das Mißtrauen. In den ersten Tagen fungiert der Oberleutnant aus Täbris als Dolmetscher. Als er fort ist, offenbar zurückgekehrt nach Täbris, ist eine Frau als Dolmetscherin bei den Verhören.

Wochen gehen hin. Nichts kommt auch nur um einen Schritt weiter.

Forell bittet um einen Arzt. Er ist krank. Darüber besteht kein Zweifel. Aber immerhin muß der Gefangene eine Nierenkolik bei Nacht so großartig vorspielen und seine Schmerzen mit so tobsüchtigem Geschrei ins Persische übersetzen, daß es den Verantwortlichen ratsam erscheint, einen Arzt zu zitieren.

Der Arzt ist Türke und spricht Deutsch.

«Sie müssen mir helfen», ächzt Forell. «Das ist mein Beruf», lächelt der Arzt konventionell. Das Honorar, wie es für die Behandlung von Häftlingen bezahlt wird, reizt nicht gerade zu erregender Freundlichkeit.

«Sie müssen mir einen Dienst tun!» «Was meine Pflicht ist, werde ich tun.» Der Wärter hat, als Forell zu schreien begann, einen Offizier benachrichtigt. Der Offizier hat die Zuziehung des Arztes genehmigt, aber er steht statuenhaft starr dabei, als der Arzt zu untersuchen beginnt. Ist es denn Unrecht, was Forell verlangt? «Gehen Sie, bitte, morgen zum Roten Kreuz und Roten Halbmond. Man möge Nachricht geben nach Ankara, Türkisches Wirtschaftsministerium, Straßenbauleitung, Herrn Erich Baudrexel, er solle alles in die Wege leiten, um meine Identität festzustellen.

Herr Baudrexel ist mein Onkel. Meine Name ist Clemens Forell.»

Der Offizier ist mißtrauisch. «Was wird da gesprochen?»

Der Arzt ist ängstlich. Flüsternd, mit keinem Wort für Forell verständlich, berichtet er dem Offizier, was ihm da zugemutet wird. Der Offizier sinnt nach. Dann nickt er dem Arzt zu. Was er sagt, scheint etwa den Inhalt zu haben: Das können Sie tun! Hätte Forell sich den Onkel in Ankara schon früher einfallen lassen, so hätte der Oberst ihm die Erfüllung der Bitte gewiß nicht abgeschlagen. Durch den türkischen Arzt erst ist Forell an einen solchen Ausweg erinnert worden. Der Arzt verabreicht dem Patienten ein Spasmolyticum und läßt ein paar Tabletten zurück. Er verspricht, sich der Sache anzunehmen und am anderen Tag noch einmal nachzusehen.

Sechs Tage später schließt der Wärter zu ungewohnter Stunde die Zelle auf und bedeutet dem Häftling, er möge zu einem Verhör kommen.

Das Verhörzimmer ist das gleiche wie bisher, nur ist diesmal eine großartige Besetzung aufgeboten. Der Oberst sitzt am Tisch, zu seiner rechten Seite ein melierter Herr in Zivil, neben dem Herrn die Dolmetscherin, links neben dem Oberst ein Leutnant, sichtlich auch in Dolmetscherfunktion. «Bitte!» sagt der Oberst.

Im Sommer 1936 hat Forell seinen Onkel zum letztenmal gesehen.

Ja. Das ist er. Älter geworden. Sehr stark angegraut. Ein Gesicht ohne Lachen. Forell weiß um die Schicksalsschläge, die aus ihm einen herben, verschlossenen Mann gemacht haben.

Bekümmert, unwillig fast, sieht Onkel Erich Baudrexel, als er Forell eine lange Weile betrachtet hat, auf einen vor ihm liegenden Stoß Bücher und Papiere.

«Ich habe den kuriosen Auftrag bekommen, Sie als meinen Neffen zu identifizieren.» Er blickt Forell noch einmal prüfend an. «Wenn Sie der sind, als den Sie sich ausgeben, werden Sie mir einige Fragen zu beantworten wissen.» Forell schluckt nervös. Krampf ist das alles! Eine gestellte Szene mit Zeugen. Feigheit von Onkel Baudrexel, sich hinter geschraubten Worten zu verschanzen und nicht einfach laut zu sagen: Natürlich ist das mein Neffe Clemens Forell.

Herr Baudrexel schlägt ein altmodisches Familienalbum auf, dreht es Forell so zu, daß die Bilder ohne Mühen zu sehen sind und fragt, den Finger auf einem Foto: «Was ist das?»

«Die ganze Herde Forell!» So hat der Vater sich auszudrücken gepflegt. «Der Brunnen, vor dem die Aufnahme gemacht ist, steht in Kufstein. Vater. Mutter. Egon. Lena. Der eben den Strampelhosen des Säuglings entwachsene Bursche da auf dem Brunnenrand bin ich.»

Die Dolmetscherin übersetzt. Der Oberst nickt.

«Was stellt dieses Bild dar?»

«Den Eingang zum Alten Botanischen Garten in München. Der Mann an der Säule ist mein Vater.»

Bilder werden herumgeblättert. Korrespondenz aus alten Jahren wird in Auszügen vorgelesen. Forell muß aus Briefstellen die Beziehung zu bestimmten familiären Geschehnissen erläutern können. Onkel Erich sieht ihn immer wieder lange und prüfend an, als wolle er sagen: Ein gewiegter Schwindler!

«Diese Aufnahme?» Baudrexel schiebt seinem Neffen ein Soldatenbild zu, das den Neffen selbst zeigt.

«Reichenhall 1939. Gebirgsjägerregiment 100. Gefreiter Forell.»

«Stimmt.»

«Es lohnt sich vielleicht, die Aufnahme aus dem Album zu nehmen, um nachzusehen, was auf der Rückseite steht. Die Aufnahme hatte niemand außer meiner Mutter. Ich habe sie ihr geschickt, und zwar, wenn ich mich recht erinnere, zu ihrem Geburtstag am 18. Oktober.»

Baudrexel nimmt die Aufnahme heraus, liest auf der Rückseite zwei mit Tinte geschriebene Zeilen, sieht Forell an und gibt die Karte weiter an die Dolmetscherin, die vorliest: «Meiner lieben Mama in aller Liebe: Clemens. 18. Oktober 1939!» «Also bist du doch Clemens!» sagt Baudrexel leise. «Ich habe dich nicht erkannt, habe nichts von all dem geglaubt und kenne dich auch jetzt nicht. Aber es besteht kein Zweifel.»

Die Dolmetscherin übersetzt. Der junge Offizier neben dem Oberst überschlägt sich in Beredsamkeit. Die Szene der Identifizierung macht ihm Vergnügen. Dann spricht der Oberst, und die Dolmetscherin übersetzt lächelnd:

«Das genügt. Ich danke Ihnen, Herr Baudrexel. Sie, Herr Forell, sind selbstverständlich mit diesem Augenblick ein freier Mann. Daß wir Sie aus Gründen unserer Sicherheit in Haft nehmen und so lang in Haft behalten mußten, bedauere ich. Wollen Sie die Unannehmlichkeiten, bitte, entschuldigen! Man hat Sie hoffentlich korrekt und anständig behandelt. Nehmen Sie zu Ihrer bevorstehenden Heimkehr nach Deutschland aber vor allen anderen meine herzlichen Glückwünsche!»

Er geht um den Tisch und reicht Forell die Hand.

Noch in der Zelle wird Forell von einem herbeigerufenen Friseur das Haar und der Bart geschnitten, der Bart bis auf einen dekorativen Rest, den Forell weiter so tragen will. Ins Gefängnis wird innerhalb von zwei Stunden auf Onkel Baudrexels Veranlassung alles gebracht, was zur Ausstattung eines Mannes gehört, von der Unterwäsche bis zum weichen Hut.

Forell weiß sich nicht zu benehmen und zu bewegen, als sie ins Hotel gehen. Und Herr Baudrexel schaut dem großen, hageren Mann an seiner Seite immer wieder ins Gesicht.

«Ich weiß, daß du es bist. Ich höre genau wieder den Tonfall und das Kehlige, soweit es tirolerisches Erbteil ist. Aber daß ich dich nach Haltung und Gesicht erkennen würde? – Nein.»

Da vier Tage vergehen, bis über die Gesandtschaft die Formalitäten erledigt sind, haben die beiden Männer Zeit, sich aneinander zu gewöhnen. Onkel Baudrexel lächelt zum erstenmal, als er im Hotel beobachtet, wie sein Neffe sich wie ein gutwilliges Kind abmüht, Gabel und Messer so zu benützen, wie es europäischer Sitte entspricht.

Über Ankara, Istanbul, Athen fliegt Forell nach Rom. Die anderen Fluggäste wundern sich über einen solchen Reisegenossen. In Rom trifft die Maschine so ein, daß Clemens Forell am Morgen des 22. Dezember 1952 in München sein wird, drei Jahre und zwei Monate nach seinem Weggang vom Ostkap.

Er sollte eigentlich aus Rom ein Telegramm aufgeben.

Doch er unterläßt es, da er annehmen muß, daß auch Kathrin nach all dem ihn nicht mehr erkennen wird und daß sie sich verfehlen werden.

NACHWORT

So, wie er es sich in Omsk auf einer zufälligen und kalten Station zu Beginn seiner langen Reise vorgenommen hat, ist Clemens Forell in den drei Jahren seither die Kirchen abgegangen, deren Schönheit ihn sein Vater gelehrt hat.

Es will ihn wundernehmen, daß nichts mehr so ist, wie er es von damals in Erinnerung hat. Die Räume sind noch die gleichen, und in der Ettaler Kirche hat er wie je seine Stimme ins Leere fallen gespürt. Seit er durch Sibirien gewandert ist, wundert er sich darüber nicht mehr. Die grenzenlose Einsamkeit dort hat ihm das Wort, den Hilferuf, den Fluch und das Stöhnen von den Lippen gewischt, so daß er selbst sich nicht mehr hörte. So ist nun einmal die Akustik in den Räumen der Ewigkeit.

Worüber er sich wundert:

Daß aus dem Gold der Stukkaturen Silber geworden ist, ein mattes Silber zudem. Daß roter Samt und blutfarbener Brokat inzwischen verbleicht sind zu einem fahlen Gelb. Daß im Himmel das Blau fehlt, als wäre es ersetzt worden durch eine graue Leinwand. Daß ein sachliches Zeitalter jene hundert Zwischentöne von Grün zu Grün abgeschafft hat, wie der Vater Forell sie auf den Sonntagswanderungen den Kindern zeigte.

Die Ärzte haben es sich eine Weile überlegt, ehe sie dem heimgekehrten Clemens Forell, als er vergeblich nach den ihm von früher bekannten Dingen suchte, behutsam erklärten, daß er den Sinn für die Farben verloren habe. Nach und nach haben sie ihm noch vielerlei Veränderungen mit Schonung begreiflich machen müssen, weil nun einmal ein Mensch, der jahrelang im Blei gehaust hat und drei Jahre das Leben eines Tieres und bei den Tieren üben mußte, nicht mehr als jener zurückkehren kann, der er vordem gewesen ist.

Schrecklicher ist, daß er für das Erlebte nicht mehr die Erinnerung des Inhalts, sondern nur noch der Umstände besitzt. So erzählt er denn seine sibirischen Jahre an den Kleinigkeiten entlang und starrt beim Erzählen, wo ihm alles durcheinandergerät, in seine Hände, mühsam als Erinnerung beschwörend, was er schon ins Vergessen abgelegt hat, was nur noch gespiegelt da ist wie das Helle und das Dunkel am Himmel über dem Eismeer als Zeichen für treibendes Eis oder freies Wasser. Es ist grausam, die Gnade des Vergessens zu unterbrechen und den Gepeinigten zum Nachdenken zu zwingen. Denn das Vergessen und die Gedächtnislosigkeit ist eine Auswirkung jener Erlebnisse, die den Menschen Clemens Forell zwar zu seiner Zeit heimkehren ließen, aber nur als den äußerlichen Rest eines Menschen.

Aus guten Gründen hat er, als er Deutschland geteilt vorfand, den Weg nach Magdeburg nicht gewagt. Er hat an Frau Stauffer geschrieben, daß er ihr Botschaft zu bringen habe von ihrem Mann. Die Antwort der Frau ist kurz und schlicht gewesen: Ich weiß, daß mein Mann tot ist; lassen Sie mich die Zeit seines Todes und den Platz seines Grabes wissen! Das mußte auf brieflichem Weg geschehen. Mit dem spärlichen Gepäck ist dem Flüchtigen alles verloren gegangen, auch das alte österreichische Eßgeschirr, in das Stauffers Magdeburger Adresse eingeritzt war. Als wirklich einziges sind ihm die Narben am Körper und an der Seele geblieben, die Zeichen vom Blei, und außer diesen Zeichen jene Furcht, die er drei Jahre lang sich selbst abzuleugnen versuchte.

Aus dieser Furcht mag es verstanden werden, daß er seinen wirklichen Namen nicht genannt wissen will.

953/1

Erzählungen großer Autoren unserer Zeit in Sonderausgaben

367/24